# テスカトリポカ

佐藤 究

角川文庫
24192

# I

## 顔と心臓《イン・イシトリ、イン・ヨリョトル》

ただし、神々だけは本物である。

――ニール・ゲイマン『アメリカン・ゴッズ』

（金原瑞人／野沢佳織訳）

# 01

cc

メキシコ合衆国の北、国境を越えた先に〈黄金郷《エル・ドラド》〉がある。そう信じこみ、そう信じこまずにはいられなかった人々がいる。

砂塵《さじん》のかなたの赤茶けた夜明けに向かって、道なき道をひた歩く者たち。岩とサボテンの荒野で命を落とす危険もかえりみず、十字を切り、疲れきった足を引きずって進む。

行《ゆ》く手にはアメリカ合衆国の国境警備隊が待ちかまえているが、監視の目は完璧《かんぺき》ではない。国境の幅があまりに広すぎる。メキシコとアメリカの国境、それは東西およそ三千キロにおよぶ、地球最大の密入国多発地帯だ。あらゆる方法を駆使して、非合法に国境を越えている者の総数は、年間で二千万人にも達すると言われている。

だが、全員が無事に旅を終えられるわけではない。国境警備隊のヘリコプターに見つかれば、羊の群れのように追い立てられる。人権団体に非難されているこの作戦は、〈ダスティング〉と呼ばれ、低空飛行で迫るヘリコプターによって徒歩集団を威嚇《いかく》し、メキシコ側へと追い返すものだ。ヘリコプターを逃れたところで、過酷な砂漠のなかで道に迷い、仲間とはぐれてしまえば、その人間の末路は目に見えている。

それでも人々は、出口のない貧しさの連鎖から抜けだそうとして、国境をめざしつづける。どうしてもたどり着かなくてはならない。太陽のように燃えさかる資本主義の帝国へ。アメリカへ。

メキシコ北西部、太平洋《たいへいよう》側の町に生まれたルシアも、できるならそうしたかった。国境を越えてアメリカへ行ってみたかった。空想上の並行世界《パラレル・ワールド》にあるような、もうひとつの人生。だが、彼女はそうしなかった。国を出たが、結局、北には行かなかった。

一九九六年。ルシア・セプルベダは十七歳の少女だった。インディオとスペイン人の血を引くメスティーソ。つややかな黒髪と、その髪よりもさらに色濃い黒曜石のような大きな黒い瞳《ひとみ》をしていた。

彼女の生まれたシナロア州の州都クリアカンは、事情を知らない観光客――そんな人間は絶対に来ないが――には、ごく普通の町のように映るはずだった。しかしその町には、法とは別の秩序があった。暴力と恐怖。どこにでも死体が転がっているわけではない。それでいて町は戦場に等しかった。いつまで待っても国連軍が介入してこないようなタイプの戦争《ゲーラ》がつづいている。それは麻薬戦争と呼ばれていた。

カルテルが町に君臨し、その構成員の麻薬密売人《ナルコ》がいたるところで目を光らせている。麻薬密売人《ナルコ》は路地裏でこそこそ麻薬を売りさばく末端の売人《プッシャー》ではない。彼らは高級車のランボルギーニやフェラーリを乗りまわす。アサルトライフルのあつかいに長《た》け、必要とあればテロリストに変わる。

メキシコのカルテルは国内の町どころか、海外にまでネットワークを広げ、世界規模のビジネスを展開する。主力商品は〈黄金の粉《ポルボ・デ・オロ》〉、すなわちコカインで、もっとも巨大なマーケットの隣国アメリカを筆頭にカナダ、EU、オーストラリアなどで天文学的な利益を上げている。どれだけ売ろうが、課税されない商品だった。

アジア――日本、フィリピン、そしてとくにインドネシア――は今後のさらなる成長が期待できるマーケットとして見られている。しかし、それらは今のところコカインよりも氷《イエロ》のほうが売れている地域だ。氷《イエロ》とはスペイン語で、覚醒剤《かくせいざい》の一種メタンフェタミンを指す。

カルテルはコロンビアやペルーに専属契約の農場を持ち、コカイン生産量を管理し、製造、輸送、分配までをみずからおこない、政治家、官僚、検事、警官らを買収して、彼らを麻薬ビジネスの内側に取りこみながら、新しい資金洗浄法を常に考えている。誘拐、拷問、殺人などの計画的な実行も業務の一部であり、壮大なスケールの犯罪企業体を無数の麻薬密売人《ナルコ》が支えている。空を映しだすハーフミラーの窓ガラスで覆われた立派な本社ビルが建っているわけでもなく、最高経営責任者《CEO》が会見することもないが、彼らは世界金融に影響を与えられるほどの資産を有している。逆らえる者はいない。彼らに言論の自由は通用しない。表立って攻撃すれば、鎌を持った死神を、家族とすごす自宅のリビングに呼びこむことになる。

クリアカンに暮らすルシアは、幼いころ、首都メキシコシティの私立高校へ入学する夢を描いていたが、小さな食料雑貨店を細々と経営する両親に、生活費と二千ペソの月謝を払わせることなどできなかった。ルシアは知っていた。おそらく自分は地元の高校にも入れない、と。両親は麻薬ビジネスとは無縁でいつでも貧しく、借金もあった。相談もせずに高校進学をあきらめたルシアは、食料雑貨店を手伝いはじめた。

雨季の七月の午後、彼女が店番をしているときに、二人の男が入ってきた。一人はビデオカメラを回していた。町の人間ではなかった。テキサスからやってきた観光客かと思ったが、今のクリアカンは観光にはふさわしくない。

二人は観光客ではなかったが、アメリカ人だった。ビデオカメラを持ったアメリカ人が「僕はジャーナリストなんだ《ソイ・ペリオディスタ》」と笑顔でルシアに言った。もう一人はだまったまま、袋入りアーモンドと日焼け止めのクリーム、それにアルファベットのXが二つ並んだラベルの瓶ビール〈ドス・エキス・アンバー〉を二本レジに持ってきて、最後まで何も言わずに代金を払った。

ジャーナリストと聞いてルシアは不安を感じた。この町で取材の対象になるのは彼らだけだ。

彼女の不安は的中し、翌日二人はどこかで連絡を取りつけた三人の麻薬密売人《ナルコ》を引き連れて、きのうと同じようにルシアの店でドス・エキス・アンバーを買い、野球帽をかぶってバンダナで顔を隠した男たちに冷えた瓶を手渡した。男たちはその場でビールを飲みはじめ、よりによって食料雑貨店のなかでインタビューがはじまった。

ルシアはアメリカ人の無神経さを呪いつつ、どうか何ごとも起きませんように、と神に祈った。聞きたくもなかったが、男たちの低い声は店のなかによく響いた。ほかに客はいない。彼らがいては誰も寄りつかない。

ベルトに拳銃《けんじゅう》を挟んだ三人は、ビデオカメラを向けられるのを楽しんでいる様子だった。

「この世でいちばん強いのは、自分たちだと思ってる？」アメリカ人が訊《き》く。

「それは信仰の話か」と麻薬密売人《ナルコ》の一人が訊き返す。

「いや、現実の話だよ」

「だったら、おまえらアメリカ人《グリンゴ》の軍隊は強いだろうな。海兵隊」

「へえ、そう思うの？」

「おれたちはこの国の海軍省《SEMAR》と撃ち合ったことがある。特殊部隊の奴らだ」もう一人の麻薬密売人《ナルコ》が答える。「おまえらの海兵隊はあいつらより強いらしいから、それなら強いだろうな」

仲間の話をだまって聞いていた一人が笑いだす。「ただし連中が最強《ロス・マス・フエルテス》なら、おれたちは死の笛《シルバト・デ・ラ・ムエルテ》だ」

「どういうこと？」とアメリカ人が尋ねる。

「おれたちが笛を吹けば、すぐに死がやってくるってことさ」

男たちは空の瓶をレジに残して出ていき、撮影係があとを追いかけた。

**死の笛**《シルバト・デ・ラ・ムエルテ》。その言葉の響きが、ルシアの耳にこびりついて離れなかった。

二人のアメリカ人は週末まで取材をつづけ、ルシアが彼らの強運と神のご加護を信じはじめた直後、日曜日の朝に、町の外れの空き地でどちらも死体となって発見された。

二人が麻薬密売人《ナルコ》に笛を吹かれた理由は謎だった。ジャーナリストを演じる麻薬取締局《DEA》の捜査員と思われたのかもしれない。どれほど注意深く行動しても、ほんのささいなことで命を奪われる。二人は額に銃弾を撃ちこまれ、破裂した頭蓋骨《ずがいこつ》を飛びだした脳漿《のうしょう》が野球帽の内側にペースト状になってこびりついていた。ビデオカメラやレコーダーは消え、財布や身分証もなくなっていた。撮影係のカーゴパンツのポケットに、ルシアの店で買った日焼け止めクリームのチューブだけが残っていた。

二人の死を小さく報じる新聞記事を見て、ルシアはため息をつき、目を閉じた。

これが、私の住んでいる町。

ルシアには二歳上の兄がいた。名前はフリオ、やせて骨ばった体つきで、背が高く、肩幅が広かった。地元の仲間に〈肩〉《エル・オンブロ》というあだ名で呼ばれていた。

フリオもまた、たくさんの人々と同じように、アメリカに渡って働き、貧しい両親に送金して生活を支えるのが望みだった。

長く働くためには、どうしても不法に国境を越える必要がある。

だが一人では不可能で、密入国ブローカーの力を借りなくてはならない。

不法にアメリカに入るルートは〈コヨーテ〉が仕切っていた。彼らは麻薬密売人《ナルコ》につながる密入国ブローカーで、ようするに事実上カルテルの一部だった。

フリオはコヨーテではない密入国ブローカーを懸命に探した。そんなことはエメラルド《エスメラルダ》を掘り当てるより困難だぞ、と友人に笑われてもあきらめなかった。

一度でもコヨーテの力を借りてしまえば、麻薬密売人《ナルコ》と縁ができる。その縁は生涯つづく。コカインの運び屋や最末端の売人をやらされ、際限なく神経を張りつめる人生が待っている。

ついにフリオは「おれはコヨーテじゃない」と話す男を見つけた。元国連職員だったというその男に運命を託して、フリオは苦労して貯めた二万ペソを払った。それはあまりに無謀な賭《か》けだった。

二日後、見知らぬ男がフリオの前に現れ、「国境を越えたいのなら追加で二万ペソを払え」と告げた。「払えないならアメリカにコカインを運ぶしかない」

つまりフリオが見つけた相手も、当たり前のように麻薬密売人《ナルコ》とつながっていた。それだけの話だった。

フリオは男の要求を断った。運び屋をやれば死ぬまで抜けられない。二万ペソを返してほしかったが、あきらめるよりほかなかった。だまされて金を巻き上げられた――普通であればこれで話は終わるはずだった。しかし、クリアカンでは終わらない。ものごとの結末は、麻薬密売人《ナルコ》の考えしだいで決められる。

翌日、フリオは変わりはてた姿で見つかった。両目をえぐりだされ、舌は切断されていた。全裸で路上に転がされていたが、長い手足はすべて関節のつけ根から切り落とされていた。フリオはコヨーテ以外の密入国ブローカーを探した罰を受け、見せしめにされた。

こうしてルシアの兄は、十九年の生涯を終えた。

敵に顔を知られないように黒い目出し帽をかぶった警官たちが死体遺棄現場にやってきて、黄色い規制線を張り、写真を撮り、現場検証をすばやく終わらせた。規制線が外され、鑑識に回すフリオの死体が車で運び去られるまで、二十分もかからなかった。

アスファルトに染みついた血、砂埃《すなぼこり》の交ざった風、うなだれて歩いてきて血の臭いを嗅《か》ぐ肋骨《ろっこつ》の浮いた犬。

麻薬密売人《ナルコ》による虐殺は、避けがたい自然現象と呼べるまで日常に浸透していた。町の人々と同じように、ルシアもこう思っていた。もう誰も助けてくれないのだ、と。

わりに、ルシアは葬儀の手配をし、遺品のうちで金に換えられる物
兄の余計な思い出は一つも残さないように努めた。

ならこれが最後のチャンスだ。ルシアはそう思った。ここで行動を起こさなければ、恐怖に身がすくむばかりで、一生この町を抜けだせない。

両親への置き手紙すら書かなかった。下手な証拠を残せば誤解が生まれ、麻薬密売人《ナルコ》に目をつけられる原因になる。だまって一人で消えるしかないのだ。彼女は誰にも伝えずに、ひっそりと寝室の十字架に口づけして、シナロア州クリアカンに別れを告げた。

兄とはちがって、コヨーテ以外の密入国ブローカーを探したりはしなかった。そもそも他人を頼らなかった。

国境の北、アメリカへ渡るのに麻薬密売人《ナルコ》へ金を払わなくてはならないのなら、はじめからアメリカに行かなければいい。

彼女は南をめざした。

十七歳のメキシコ人少女の冒険。

牛肉を運ぶトラックの荷台にまぎれこみ、毛布にくるまって木陰で眠り、知らない州の知らないバスに乗り、ひたすら南下する。やせこけた老人が乗る牛車よりもさらにのろまな農家のトラクターを呼び止めて、むりやり乗せてもらったこともあった。

相手がどんなにやさしげな笑顔を見せてこようと、信用しない。

彼女は故郷でそれを学んできた。たとえ老婆だろうが、身の危険を感じれば服の下に隠した小型の山刀《マチェーテ》で殺すつもりだった。ナヤリット州、ハリスコ州、ミチョアカン州――いくつもの夜を乗り越えて、十七歳の少女は南下をつづけ、太平洋をのぞむゲレーロ州の港湾都市アカプルコにたどり着く。

**まだ生きている。**

潮風に吹かれながら、ルシアは呆然《ぼうぜん》と空を見上げた。犯されて喉《のど》を切り裂かれてもいないし、泥の色をした川をうつぶせになって漂ってもいない。信じられないが、一人でここまでやってきたのだ。

ルシアは十字を切り、グアダルーペの聖母《ヌエストラ・セニョーラ・デ・グアダルーペ》に祈りを捧《ささ》げた。それでも喜びはたいして湧《わ》いてこなかった。自分が何十歳も年老いてしまったような気がして、どこかあきらめに似た安堵《あんど》に包まれただけだった。

観光客でにぎわう九〇年代のアカプルコの光景が目にまぶしかった。クリアカンにくらべれば天国のような土地だった。

やがて、このアカプルコも麻薬密売人《ナルコ》の戦場となり、リゾートホテルから客が消え、毎に殺人が起こるようになるが、それはまだもう少し先のことだった。

職を見つけたルシアは、支給された制服とエプロンを身につけて、テーブルに酒や料理を運んだ。ゆたかな黒髪に褐色の肌、黒曜石のように澄んだ大きな瞳をした少女はスペイン語しかできなかったが、すぐに世界中から来る観光客の人気者になった。アカプルコ滞在中に何度も店に現れる客もいた。デートに誘われて、チップ《プロピーナ》をほかの従業員より多くもらった。

食堂《コメドール》ではいつも明るく振る舞っていたが、ルシアの心は晴れなかった。これまであまりにも怖ろしい日々をすごしてきたせいで、心に穴が空いてしまい、何もかもがトンネルを抜けるようにその穴を通過していった。他人への警戒と、冷めきった視線を押し隠して、彼女は客に笑いかけた。
いらっしゃいませ《ブエナス・ノーチェス》、と言った。

暑い五月の午後、いかにも金まわりのよさそうな、身なりのいい白人の若者が食堂《コメドール》にやってきた。連れはいなかった。若者はミチェラーダを飲み、薄切りの牛フィレステーキ《カルネ・アラ・タンピケーニャ》を黙々と切りわけていたが、ふとナイフとフォークを置いて、テーブルの隅にマッチ棒を並べはじめた。縦向きに三本、先端の薬剤の色は白だった。中央の一本だけ軸木を折ってあった。

並べられたマッチに気づいた瞬間、ルシアの顔は引きつった。何も気づかなかったふりをして、若者のグラスに水を注ぎ足し、厨房《ちゅうぼう》に引き下がった。いちばん仲のいい同僚のアレハンドラを呼び寄せて耳打ちした。「あのテーブルにいる奴、気をつけて」

「どうしたの？」

「声をかけられたり、名前を覚えられたりしないで」

「あいつ、何かふざけたこと言った？」ペルー出身のアレハンドラは眉《まゆ》をひそめた。

ルシアは固く口を結び、何も答えなかった。

ほどなくして白人の若者は食事を終え、静かに口をナプキンで拭《ふ》き、代金とチップ《プロピーナ》を置いて店を去った。警戒を解かずにいるルシアを尻目《しりめ》に、アレハンドラはつかつかとテーブルへ歩み寄り、ルシアに目くばせして代金とチップ《プロピーナ》を回収してきた。

戻ってきたアレハンドラは笑っていた。「もしかしてあのマッチ棒？」

今度はルシアが眉をひそめる番だった。アレハンドラも、あの意味を知っているのだろうか？

「引っかけようとしたってだめよ」アレハンドラはなおも笑いながら言った。「麻薬密売人《ナルコ》が来たってサインでしょ？　最近、あれ流行《はや》っているから」

言葉の出ないルシアのエプロンのポケットに、アレハンドラは紙幣をねじこんだ。

「ほら、あんたのチップ《プロピーナ》よ」

食堂《コメドール》での勤務後、アレハンドラと夕食に出かけたルシアは、『掟《マンダミエント》』というタイトルの連続テレビドラマについて教えられた。

ハリウッド俳優も出演している人気シリーズで、物語の舞台はアカプルコ、主人公はカルテルの幹部をめざす若い麻薬密売人《ナルコ》だった。アレハンドラが言うには、マッチ棒を置くサインはドラマのなかの印象的な場面で何度も登場していた。いたずらなのか、自己満足なのか、いずれにしても白人の若者は、ドラマにかぶれて真似をしただけだった。

ルシアは食事をしながら、本気で怯《おび》えた自分をばからしく思った。だが声を出して笑うことはできず、自分が故郷で本物のマッチ棒のサインを目にして、その直後に起きた銃撃戦に友人が巻きこまれた話を、アレハンドラに打ち明けることもしなかった。

兄のことを思いだす。それと両親。神の教えに背いて自分は老いた父と母を見捨て、故郷を出てきた。でも、と彼女は考える。最初に神に逆らったのは誰？　兄をあんなふうに殺して平然と生きているのは？　あいつらからコカインを買っているのは？　テレビドラマ？　麻薬密売人《ナルコ》を気取った観光客？　この世は救いようのない、巨大な冗談なんだわ。

ルシアがアカプルコで働くようになって一年がすぎた。仕事を終えたロッカールームで、アレハンドラに「もうすぐ店をやめる」と告げられた。ルシアのたった一人の友人は、勤務用に束ねた長い髪をほどき、頭を左右に振りながら言った。「ちょっとだけ故郷のペルーに帰って、つぎは日本《ハポン》で働くの」

思いがけない言葉だった。**日本**《ハポン》。名前くらいは知っているが、地図のどこにあるのかまではわからない。日本人観光客は食堂《コメドール》によくやってくるが、正直に言って中国人と見分けがつかなかった。

「短期滞在ビザで入国して、そのあいだにとにかく円を集めるのよ」とアレハンドラは言った。「日本の通貨は強いから。あんたたちみたいに隣にアメリカがある国民とちがって、ペルー人は日本へ出稼ぎに行く。トーキョー、カワサキ、ナゴヤ、オオサカ――」ルシアにとって、それは驚くべき発想だった。そしてアレハンドラの言うとおり、たしかにメキシコ人は人生の転機がアメリカにしかないと考えがちだ。だから、命がけで国境を越えようとする。

「向こうで日本人と結婚できれば、もう言うことなしね」給仕の制服を脱いで下着一枚になったアレハンドラは、ロッカーのなかに腕を伸ばし、ハンガーにかけたオレンジ色のTシャツをつかんだ。「そうしたらずっと働ける」

「どこにあるの、日本って?」ルシアはまだ給仕の制服のままだった。袖《そで》のボタンすら外していなかった。

かぶったTシャツのなかでもがいていたアレハンドラは、いきおいよく頭を突きだすと答えた。

太平洋の端《アル・ボルデ・デル・パシフィコ》。

## 02

örne

アレハンドラが食堂《コメドール》をやめてからも、そこでルシアは働きつづけた。酒と料理を運び、観光客に笑いかけ、記念撮影に応じた。休憩時間には店の裏で紙巻煙草を吸った。煙を吐きだしていると、いつのまにかアレハンドラの声が耳によみがえってくる。太平洋の端《アル・ボルデ・デル・パシフィコ》。それは美しい詩のような、忘れがたい響きを持っていた。グアテマラ、コスタリカ、パナマ、コロンビア、ペルー、ブラジル――思いつくどんな国々の名前よりも、ルシアの心をゆさぶった。

行ってみようか。

ルシアはその思いつきをすぐに打ち消した。無理だった。知り合いもいなければ、言葉もわからない。アレハンドラを頼りたくても連絡先を知らない。出稼ぎ労働者の友情は、すれちがう旅人と同じでその場かぎりだ。それにメキシコ人の自分は日本にあるというペルー人コミュニティの輪にも入れないだろう。

だが、それでも海の果てへの思いは、不思議とつのるばかりだった。

なぜなのか？　ルシアは自分に問いかけた。行ってどうする気なのか？

答えがあるとすれば、おそらくそれは人生の希望や、幸福を探し求めているからではなく、ほとんど空っぽになってしまった自分の心のためでしかなかった。

あの町で育つうちに、心臓をえぐり取られたように胸に空いた穴、もうその穴を埋めることはできないし、埋めようとも思わない。だったら私は、もっと空っぽに近づきたい。

彼女の願いは、生きながらにして風のような無になることだった。それは流浪を意味しているのかもしれなかった。クリアカンを出た旅はまだ終わっていないのだ。知らない土地で、誰でもない者になる。メキシコでも、ペルーでも、アルゼンチンでもなく、アメリカ大陸の外側の、ずっと遠くの東洋の島国でなら、自分はすべてを忘れられるかもしれない。砂漠よりも広い、海の果てまで行けば。

アレハンドラの話していた日本へ向かう出稼ぎグループに交ざって出発することも考えたが、メキシコの観光地であるアカプルコにそういった目的を持つ人々はいなかった。

クリアカンを出るとき、身分を証明する書類を持ちだしてきたルシアは、アカプルコの役所でパスポートを作り、日本行きの短期滞在ビザについて調べた。メキシコ人は、ペルー人やコロンビア人とはちがって、ビザ取得は必須《ひっす》とされていないのがわかった。ビザなしで、最大六ヵ月間滞在できる。ただし九十日間を超える場合は、在留期間満了前に日本の法務省に出向いて、書類を更新しなくてはならない。

どこの国であれ、役人とはなるべく関わりたくはなかった。強制送還されるかもしれない。それでもうまく立ちまわれば、半年間は日本にとどまることができる。

アカプルコ国際空港から、生まれてはじめて飛行機に乗ったルシアは、兄のような最期を迎えずに国境を越える自分の現実が、なかなか信じられずにいた。もっと信じられないのは、空から見下ろす海の青さだった。深淵《しんえん》のような太平洋の眺めにルシアは震え、気づくと窓は真っ白な光に包まれて、ここが雲のなかだと理解するまでに、しばらく時間がかかった。雲のさらに上、はるかな天のかなたに、見たこともない永遠の暗闇がのぞいていた。


ルシアが太平洋《アル・ボルデ・デル・パシフィコ》の端にたどり着いたのは、一九九八年七月三日、金曜日だった。成田《なりた》空港からバスで東京に行き、アカプルコのような食堂《コメドール》の職を探したが、日本語をまったく話せない彼女はすぐに追い払われた。それ以前に、まともな経営者が観光目的で入国した彼女を採用することはあり得なかった。

東京ではビジネスホテルに泊まった。この都市では息をするだけで金が消えていく。物価の高さに怯えながら、ルシアはやっと仕事を見つけた。六本木《ろっぽんぎ》のホテルの客室清掃で、IDを提示せずに雇ってくれたのは関西《かんさい》人のオーナーだった。ルシアはベトナム人従業員たちに仕事を教わり、浴槽を磨き、シーツを回収し、コンドームが放りこまれたごみ箱の袋を交換した。そこは日本人が〈ラブホテル〉と呼ぶ施設で、セックスのためだけに利用される場所だった。娼婦《しょうふ》も男娼も学生も一般市民もやってくる。雇われて十七日目に、オーナーから呼びだされた。解雇される、と思った。もしかして警察を呼ばれたかもしれない。

怖るおそるオフィスのドアを開けると、オーナーが地図を広げて座っていた。オーナーは面接のときと同じく日本語と細ぎれの英単語を交えて話し、ルシアは英語だけを聞き取って、ときおり質問を挟みながら、話の内容をつかんでいった。アカプルコで少しだけ身につけた英語が頼りだった。

「サウスサイド、カンサイ、オーサカ。大都市《メガ・シティ》、わかるよな?」オーナーは地図を指してそう言った。「ナンバシティ、マイフレンドの店、チャイナゲームの〈麻雀《マージャン》〉、ウーマンのワーカーを探している。グッドルッキン、チャイナドレス、わかるだろ? 外国人オーケー、ノーIDオーケー。その店でドリンクを運ぶ。灰皿クリーニング、スマイル――」

最後にオーナーは、単語の羅列ではない英語でこう言った。

**給料三倍《スリー・タイムス・ザ・サラリー》**。

新たな働き口を紹介されたルシアは、六本木でスペイン語表記の地図を買って、はじめて乗る新幹線で大阪に向かった。

難波《なんば》の路地裏に雑居ビルを見つけたのは、深夜の一時すぎだった。エントランスの詰所にいる管理人にラブホテルのオーナーの名前を告げ、しばらく待たされた。やがて男が階段を下りてきた。その男に案内されてルシアは上の階へ行った。

雑居ビルの二階の一室で、オーナーの言ったとおり、客は中国のゲーム、麻雀を楽しんでいた。つぎにルシアが案内された四階では、誰も麻雀などやっていなかった。ライトグリーンのマットを敷いたテーブルにチップが積まれ、男たちや女たちがルーレットに、ポーカーに、ブラックジャックに興じていた。客は日本人だけではなかった。

男がルシアの肩を叩《たた》き、おまえのだ《イッツ・ユアズ》、と言った。大きな手提げ袋を差しだしていた。受け取ったルシアがなかをのぞくと、話に聞いていたチャイナドレスではなく、バニーガールの衣裳《いしょう》が入っていた。

ここがどういう場所なのか、説明されるまでもなかった。ひと目見てカジノだとわかる。ただし、日本でのカジノ賭博《とばく》は犯罪行為に当たる、という話は初耳だった。メキシコではカジノは合法だった。

ルシアは手提げ袋を持ったまま考えた。ほかに行くあてもない。とりあえずここではIDなしで働けるし、給料はホテル清掃の三倍もらえる。

翌日の夜から働きはじめた。髪を結い上げて、頭を長い兎耳《うさぎ》で飾り、網タイツを穿《は》き、ヒールの高いパンプスを履く。闇カジノでギャンブルに興じる客に酒や軽食を運びながら、少しずつ日本語を覚えていった。給料の金額は嘘ではなかったので、手もとに円を確実に集めることができた。
最初の滞在期限の九十日が近づくと、闇カジノの店長に相談し、日本語学校の在学証明書を手渡された。もちろん偽造だった。彼女は地方入国管理局で、いつわりの語学留学の苦労を語りながら、滞在資格の更新に成功した。

アカプルコで会ったアレハンドラのような友人はできず、いつも孤独だったが、金に余裕ができたおかげで衣服や化粧品にくわしくなり、気晴らしの買い物を終えると、バーに行って酒を飲んだ。口説いてくる男たちをあしらうのが面倒で、一人でも静かにすごせる店がどこかにないかと思い、ある日、闇カジノの店長に尋ねてみた。
店長は言った。

**一人で飲めるところ？　そんなもん家で飲め。それが嫌なら葉巻《シガー》吹かせ。葉巻バーや。**

彼女は教えられた心斎橋筋《しんさいばしすじ》の店に出かけた。葉巻バーの客は男ばかりで、女は来るな、という暗黙のルールが感じられた。バーテンダーはルシアをさりげなく追い払おうとしたが、高額のチップをつかまされると、何ごともなかったように微笑み、サービスのバーボンを出した。

ルシアはバーボンを飲み、キューバ産葉巻の香りを味わった。

常連になると、メキシコのハリスコ州から輸入されたメスカルを頼むようになった。壁に置かれている瓶がずっと気になっていた。メスカルは竜舌蘭《マゲイ》から造る蒸留酒で、瓶のなかに虫が入っている。メスカルを飲むと、ルシアの目に異様な光が宿った。その目つきはバーテンダーや常連客をかすかに怯えさせた。どこか空怖ろしい虚無の輝きがあった。いつしか誰もが彼女を、ラテンアメリカ出身の高級娼婦なのだと思うようになり、今はおそらく地元のヤクザに囲われているのだと思いこむようになった。誰も彼女を口説かなかったし、一夜かぎりの値段を訊くこともなかった。

その冬、カジノの常連客に風邪をうつされたルシアは、休ませてほしい、と店長に電話で頼んだが認められず、遅刻してでも出勤してくれと言われた。薬を飲み、化粧をし、ロングコートを着て、マフラーを巻いた。熱のせいで鏡に映る自分がかすんで見えた。客にもらった〈エルメス〉のメッセンジャーバッグを抱え、ブーツを履き、ふらつく足取りでマンションを出た。

深夜一時の開店時刻から一時間遅れて雑居ビルの前に着いたルシアは、赤い光が建物を下から照らしている眺めに立ち止まった。まるで燃えているようだった。だが火災ではない。警察《ポリシーア》。

大阪府警の十一台のパトカーが、回転灯をきらめかせていた。護送車も停まっていた。

野次馬の群がっている様子がルシアには新鮮だった。難波の日本人は警察の張った黄色い規制線の手前まで来るが、クリアカンではちがう。誰もそこまでは近づかない。家のなかや物陰から眺める。現場で新たな銃撃戦が起きるかもしれないからだ。

現行犯逮捕された闇カジノの従業員と客が野次馬に見送られ、つぎつぎと護送車に乗せられていく。ルシアはすぐにマンションへ引き返した。偽名で働いていたにせよ、難波に留《とど》まっているのは危険すぎた。不安と悪寒に震えながら彼女は荷物をまとめ、つぎに取るべき行動を考えた。行くあてはなかった。頼れるような人間は闇カジノの関係者ばかりだった。

心斎橋筋の葉巻バーを頼る？　まさか。あの店の客は、警察に何か訊かれたら答えるタイプの男ばかりだ。

熱が上がってきて、悪寒がひどくなり、吐き気が襲ってきた。滞在期限の六ヵ月がまもなくすぎようとしている。それについても考えなくてはならない。ルシアは疲れきっていたが、重いキャリーケースを引きずって、パトロール中の警官の姿を見逃さないようにしながら、夜道でタクシーを拾った。

「新大阪駅まで」と告げた。終電出てますけどいいですかと運転手に訊かれ、「はい」と答えた。始発がうごくまで、近くのファミリーレストランで時間をつぶすつもりだった。

ドアが閉まりタクシーが走りだしたとき、ふいに一人の男の顔が浮かんだ。葉巻バーで会った客。めずらしく声をかけてきた男、ただ一度会ったきりの。

「仕事は何を？」と男は言った。

友人であれば多少の会話も許されるが、基本的に他人に干渉しないのが葉巻バーのルールだった。

せっかくの休日なのに男に口説かれるのがわずらわしくて、ルシアはそこにいた。話しかけてきた男はルールを破っていた。彼女は男を無視して煙を吐き、カウンターの奥にいるバーテンダーをちらと見た。するとはにかむような微笑みが返ってきた。ルシアは思った。はじめて日本に来たころはまったく理解できなかったが、今では読み取れる。

バーテンダーの笑顔は、闇カジノの店長もときおり見せる表情と同じだった。例外《エクセプシオン》を示すサイン、つまり、自分に話しかけてきた男は、店にとっての上客ということだ。

「雀荘《ジャンソウ》で、働いてる」一つ椅子を挟んだ隣に座っている男に、ルシアはたどたどしい日本語で答えた。闇カジノの店長に指示されている回答だった。

「雀荘？　雀荘って言ったのか」男は眉をひそめて、ルシアの横顔をじっと見つめた。

「雀荘ってのは、どこにあるんだ」

「難波」

「ねえさん、卓《たく》に入れるのか」

「麻雀できるかってこと？」

「ああ」

「できない」ルシアはスペイン語で答えた。

「だろうな」男はなおもルシアの横顔を見つめながら、肩をゆすって笑った。

男はルシアに店でいちばん高いバーボンをおごり、だまって葉巻を吹かした。かすかに開いた口からドライアイスが気化したような煙が流れだして、暗い照明の下でゆるやかに渦を巻いた。闇カジノでルシアの尻に手を伸ばしてくる男たちとはちがい、下卑《げび》た冗談も言わず、しつこく誘ってもこなかった。髪をオールバックに撫《な》でつけ、縁なしの眼鏡をかけていた。体形にぴったり合ったスーツはおそらくオーダーメイドで、ネクタイピンは金色、カフスボタンは光沢のある黒い石で飾ってあった。

「ところで、おれも店を持っている」と男は言った。「クラブだよ。ねえさんが働きたかったら、いつでも相談に乗る。外国人ならもう雇っているし、ねえさんなら大歓迎だ。場所は大阪じゃないがな。どうだ？　交渉しないか？」

ルシアは首を横に振った。男に名前を訊かれたので、念のために偽名の〈アレハンドラ〉を名乗った。

男がカウンター席を立つと同時に、バーテンダーが預かっていたコートをすばやく用意して差しだした。コートの袖に腕をとおした男は、座っているルシアに近づき、カウンターに片肘《かたひじ》を突いて、彼女の目をのぞきこんだ。「生きていくってのは、しんどいよな。そりゃいろいろあるさ。ねえさんみたいな別嬪《べっぴん》だって、空っぽになっちまうよ。あんたの目は空っぽだよ」

葉巻バーで一度会った男を思いだしたルシアは、タクシーにゆられながらバッグのなかをかきまわし、渡された名刺を捜した。闇カジノの客の名刺は一枚もないが、別の場所でもらったものは捨てずにいた可能性があった。名刺は手帳のなかに挟まっていた。クラブで外人も雇っていると話していた男の名刺。

Club Sardis
Saiwai, Kawasaki, Kanagawa
Kozo Hijikata

ルシアは名刺を裏返した。手書きの携帯番号があり、つづけてこう書いてあった。クラブ・サルディス、神奈川県川崎《かわさき》市幸《さいわい》区、ヒジカタ・コウゾウ――

印刷された英語にも、手書きの日本語にも、ハウスナンバーやストリートナンバーらしきものは記されていなかった。本当に店はあるのか。ルシアは考えた。もしかして、これも闇カジノなのか。わからなかったが、決断をためらっている余裕はなかった。

始発を待ちつづけた長く暗い夜が明けて、関東《かんとう》へ向かう新幹線の座席で目を閉じたルシアは、土方興三《ひじかたこうぞう》のことを考えた。たった十分ほどの短い会話を交わしただけだが、闇カジノを仕切る男たちに通じる空気を漂わせている男だった。普通のビジネスマンではなかった。

品川《しながわ》駅で乗り換え、到着した川崎駅のホームで、名刺の携帯番号にかけた。きっとつながらないと思い、彼女は期待しなかったが、土方興三は電話に出た。

迎えに現れた男と再会したルシアは、すぐにクラブに案内された。まだ営業前だったが、店は実在し、給料もきちんと支払われることを知った。そこは闇カジノではなかった。ルシアの懸念はすべて外れたように見えた。だが土方興三は彼女が直感したとおりの人間で、暴力団幹部だった。幸区にある高級クラブと、川崎区の港湾倉庫の経営をまかされていた。

ルシアは男の素性を知っても動揺しなかった。わかりきっていたことだった。彼女は大阪府警から逃げなくてはならず、滞在期限も迫っていた。川崎のクラブでホステスとして働きだしたルシアは、土方興三と暮らすようになった。

彼女はこう思っていた。

**どんなに悪い男だろうと、メキシコの麻薬密売人《ナルコ》よりましだわ。**

## 03
ēyi

土方コシモは二〇〇二年三月二十日水曜日、川崎区の病院で生まれた。記録された出生時刻は午前四時八分、体重四千三百グラムの大きな新生児だった。

父親の土方興三は暴力団幹部の日本人、母親のルシアは父親の経営するクラブで働くメキシコ人、二人は正式に結婚したのでルシアの在留資格が認められ、息子には日本国籍が与えられた。

赤ん坊の泣き声を嫌がって、父親は家を空けるようになり、二十三歳のルシアは一人で息子を育てなくてはならなかった。身寄りもなく友人もいない。

川崎には多くの外国人労働者が移住していたが、メキシコ出身者はまれな存在で、とくにコミュニティもなく、結婚したことでルシアの孤独はいっそう深まり、物質的には満たされても心はますます空っぽになった。

その空虚さこそ、彼女自身が望んだものだった。

だが、人はみずから望んだものに傷つけられる。

息子の誕生をきっかけに、捨てたはずの故郷の景色がよみがえるようになった。目の前にもう一人の、自分と同じように孤独で小さな人間が現れたのだ。いったい彼に何を伝えればいいのか？　彼のルーツはどこにあるのか？　目に焼きついている兄の死体、泣き叫んでいる両親、私が持っているものは、むなしさと憎悪ばかりだ。ルシアは思った。罪深い記憶のほかには、本当に何もない。

　ルシアは過去に取り憑《つ》かれ、日本人として生まれたはずの息子に日本語を教えようともせず、古書店の洋書の棚で見つけてきたスペイン語の聖書を毎日のように読んで聞かせた。正典としての聖書には記されていないが、メキシコ人にとってはかけがえのないグアダルーペの聖母《ヌエストラ・セニョーラ・デ・グアダルーペ》の伝説も、息子相手にくり返し話さずにはいられなかった。たった一度だけ訪れた首都メキシコシティ、そこで目にしたきらびやかな独立記念日の前夜祭の思い出も語った。九月十五日の午後十一時、憲法広場《ソカロ》を埋めつくした人々の前で、国立宮殿のバルコニーに立った大統領がドローレスの鐘を打ち鳴らし、メキシコ《ビーバ・》万歳《メヒコ》を叫ぶ。大群衆の声がそれに呼応する。

　**メキシコ万歳《ビーバ・メヒコ》！　メキシコ万歳《ビーバ・メヒコ》！**

　夜空に花火が打ち上げられ、国旗を表す緑、白、赤の三色の光がまばゆく輝き、パラシュート部隊が降りてくる。兄とともにパリのシャンゼリゼ通りを模して造られたレフォルマ通りを歩くルシアは、信じられない量の花火と、地鳴りのように響く大歓声にひたすら圧倒され――
熱に浮かされて語るルシアの目は、いつしか宙をさまよい、記憶と現実の区別がだんだんつかなくなっていく。幼いコシモには、何が何だかわからない。夢中で語る母親の顔を、見つめ返すばかりだった。

コシモは保育園にも幼稚園にも通わなかった。母親と二人きりで、たまに父親が現れた。コシモは家でテレビを観て、日本語を覚えた。もう少し大きくなると、ボリュームを小さくしてラジオを聴いた。言葉はわかっても、読み書きはまったくできなかった。日本人として地元の小学校に入学したが、授業についていけなかった。同級生たちは彼を笑った。

二〇一一年、神奈川県で〈暴排条例〉――正式名は暴力団排除条例――が施行されると、土方興三の生活は急激に苦しくなった。三年前に起きたリーマンショックによる損失を穴埋めできずにいた状況で、組の関与する口座をつぎつぎと凍結された。条例に応じて、高級クラブの経営権も手放すことになった。残された港湾倉庫の経営に集中し、財政を立て直そうとしたが、条例を好機と見て横浜《よこはま》市から進出してきた同業の中国人グループに、すでに大きな後れを取っていた。

土方興三は愛車を売り払い、酒を飲んでは荒れた。幹部に昇格して以来、ひさしくやらなかった路上の喧嘩《ゴロ》でストレスを晴らすようになり、半グレや暴走族の若者を殴りつけては、全裸で土下座をさせたりした。

留置場で夜を明かし、不機嫌のまま家に帰ると、理由もなくルシアを殴った。怖ろしい父親にいたぶられる母親の姿を、幼いコシモはじっと見ていた。そんな日々がつづくうちに、ルシアの口数は減り、感情を表に出さなくなり、ついには食事も作らなくなった。

九歳になったコシモは、自分で料理をした。茹《ゆ》でたほうれん草を食べ、フライパンの上で殻を割りそこねて黄身のくずれた目玉焼きを食べた。冷凍庫にあった鶏肉《とり》を鍋《なべ》で煮て、塩を振って口にしたとき、これがいちばんおいしい、と思った。それからは冷凍庫に鶏肉を見つけると必ず食べた。

育児放棄《ネグレクト》に陥ったコシモの母親は、それでもときおり買い物に出かけた。最低限の食料と日用品を買って戻ってくると、なぜか元気になっていた。それは元気という以上の異様な活力で、興奮と呼んだほうがふさわしかった。彼女は歌い、笑い、踊りまわることすらあった。

ルシアに活力を与えたのは、皮肉にも彼女が心から憎んだ麻薬密売人《ナルコ》の商品だった。海を越えて川崎までやってきた商品、ただしそれは黄金の粉《ポルボ・デ・オロ》――麻薬密売人《ナルコ》がもっとも重要視するコカインではなかった。コカインでなければいい。ルシアはそんな理屈で、自分自身への裏切りから目を逸《そ》らした。

「これはちがうの」注射器を握った彼女は、事情のわからないコシモに話しかけた。

「鼻で吸ったりしない。ちょっと刺すだけよ」


コシモはいつも空腹を感じていて、登校するのも嫌だった。友だちもいなければ、授業にもついていけない。給食費も払っていないので、毎日先生に文句を言われた。

小学四年生になった春、コシモは家から多摩川《たまがわ》まで歩き、教科書の入ったランドセルごと振りまわして、水の流れに放り捨てた。つぎの日から学校に行かなくなったが誰にも何も言われなかった。

笑っている母親は錯乱し、幻覚のなかを生きていた。虚《うつ》ろな表情で座りこんでいたかと思うと、突然に踊りだす。

コシモは母親の財布から紙幣を引き抜いて肉屋に行き、安い鶏の胸肉を買った。鍋で茹でて、塩を振り、むさぼり食った。骨を嚙《か》み砕き、茹で汁も残さず飲んだ。

栄養のかたよった質素な食事しかとらないのに、コシモの背は日を追うごとに伸びていった。母親が瓶を投げつけて割った洗面所の鏡、亀裂《きれつ》の入ったその鏡面に映っている自分を見るたびに、コシモは不気味に感じた。肩幅がやけに広く、手足は棒のように細長い。頰はこけて、シャツを脱ぐと浮いた肋骨が映った。

十一歳になるころには、すでに身長は百七十センチを超えていた。

悪夢にうなされる母親のつぶやくスペイン語を夜明けまでずっと聞き、六時になると起き上がって、やはり鶏肉の朝食を食べた。皿を洗い、水筒代わりの空き缶に水を入れる。その空き缶と、父親の部屋からくすねた小刀《こがたな》を持って、川崎区の児童公園に出かけるのがコシモの日課だった。

児童公園に落ちている枯れ枝を拾い、ベンチに腰かけ、小刀を使って樹皮を剝《は》ぐ。枝の表面をなめらかにすると、そこに細かく模様を彫りこんだ。円や三角といった図形から、犬や鳥などの絵柄まで、模様はさまざまだった。

児童公園には、コシモのほかにも常連がいた。毎朝必ず現れるのは車椅子の老人だった。くたびれたニット帽をかぶり、紺色の作業用ジャンパーを着ていた。車椅子の車輪を自力で転がしてやってくる。彼の左手には小指と薬指がなかった。

車椅子の老人の日課は、ベンチのそばで紙巻煙草を吹かし、競輪の予想紙を読むことだった。独りごとをつぶやきながら、選手の名前に赤鉛筆で印をつけていった。

コシモは喉が渇くと、空き缶に入れてきた水を飲んだ。児童公園には水道もあったが、手もとに水があれば木彫りに集中できる。少年は枝に模様を彫りつづけ、車椅子の老人は予想紙を読みふけった。どちらも相手が見えていないかのように、まったく干渉しなかった。二人は長いあいだ、ひと言も交わさなかった。

その土曜日の朝、六人の高校生は、深夜のたまり場にしている児童公園に落とし物を捜しにやってきた。こんなに早い時刻に公園へ来たことのなかった彼らは、見かけない顔に気づいて立ち止まった。

車椅子の〈ジジイ〉は何度か見た覚えがあるが、ベンチに座っている奴は知らなかった。肌はやや浅黒く、黒い瞳は日本人よりも大きく色濃かった。外国人のように見えた。

六人の先頭に立っている少年は、新品の〈プーマ〉のコーチジャケットを着て、同じように箱から出したばかりの〈グランドセイコー〉の腕時計を手首にはめていた。そのどちらも、高齢者相手に詐欺の電話をかけて稼いだ金で買った品だった。

「こんちは」コーチジャケットの少年は、明るい声で呼びかけた。「近くに住んでるのか？」

コシモは答えずに下を向いたまま、枝に模様を彫りつづけた。

「そのベンチにイヤホン落ちてなかったか？　あれ気に入ってたんだよなあ」

やはりコシモは答えなかった。

コーチジャケットの少年は体をかがめ、コシモの顔をのぞきこんだ。「おまえ、ペルー？」そう訊きながら、紙巻煙草に火をつけた。昨晩はこの公園で大麻を吸っていたが、明るいうちに吸ったりはしなかった。

「あのな」と少年は言った。「シカトって言葉があるだろ。あれ何で〈無視〉って意味なのか知ってるか？　外国人なら知らないかもな。特別に教えてやると、〈花札〉っていうカードゲームがあって、そのカードの絵柄なんだよね。十月のカード。鹿が月にそっぽ向いてるんだよ。鹿と十でシカト。じゃあ何で鹿なのかっていうと、賭場《とば》のおっさんに習ったのはさ、『なめられてる』ってことなんだってさ。虎や狼じゃなくて、鹿みたいに弱い奴にケツを向けられるなって。だから絶対にシカトされるなってことになるんだな。おれってやさしいだろ？　ちゃんと説明したからな」

コーチジャケットの少年が饒舌《じょうぜつ》に話しているあいだに、仲間の大柄な少年が足音を忍ばせてベンチの後ろに回りこみ、コシモの首にすばやく腕を巻きつけた。下手な形だったが、柔道の裸絞めだった。前腕で気道を圧迫され、コシモは暴れだした。

「こいつすげえ力だぞ」と大柄な少年が叫んだ。「おまえらも押さえろ」

ほかの仲間が飛びつき、高校生が四人がかりで十一歳のコシモの手足を押さえつけた。コシモの指から枝が落ち、小刀が落ちた。

コーチジャケットの少年は、息ができずに顔を真っ赤にしているコシモの顔に、拾った小刀を突きつけた。「おれをシカトするな。何か訊かれたら答えろ。日本語わかんねえなら、ハローとかブエナスとかって言え」

少年は小刀をさらにコシモの顔に近づけていき、ついには額に押し当てた。縦に裂けた傷口から血が流れ、興奮した少年はつぎに水平に切りつけた。赤い滝がコシモの顔面を伝い落ちた。

ベンチの脇にいる車椅子の老人は、騒ぎを気にせず競輪の予想紙を読みつづけていた。

そして老人のほうも、道端に転がっている石のように誰の視界にも入っていなかった。

「とりあえず明日、上納金《カンパ》持ってこい」と少年が言った。少年はベンチに置かれた空き缶を蹴《け》り飛ばした。

「やめとけ」唐突に車椅子の老人が言った。コシモもはじめて聞く声だった。

少年たちの視線が集まったところで、車椅子の老人は競輪の予想紙から顔を上げた。

「そいつ、土方さんところの息子だよ」

コシモを押さえつけていた少年たちは驚いた顔をして、すぐに手を離した。気道を圧迫していた腕がほどかれ、コシモは目に涙をためて苦しげに咳《せ》きこんだ。

「ジジイ」コーチジャケットの少年が車椅子の老人に詰め寄った。「ガセ言うなよ」

「そう思うならつづけろ。おれは知らん」

「証拠あんのか？」

「証拠もくそもあるか」と車椅子の老人が言った。「その坊やを事務所に連れていって訊いてみな。おれもいっしょに行ってやろうか」

指の欠けた左手を掲げて笑いだした車椅子の老人を前に、少年は顔色を変えてだまりこんだ。ジジイの言うことが本当なら、袋叩きでは済まない。家にも帰れないだろう。

咳きこむコシモをよそに、六人の少年は試合前に円陣を組む選手のようにおたがいの顔を寄せ合って、暴力団の名前をささやいた。

声はコシモにも聞こえたが、暴力団の名前も、父親のことも、自分には何の関係もなかった。息を整えて、ゆっくりと立ち上がり、さっきまで自分の首を絞めていた大柄な少年に歩み寄った。相手は高校生だったが、身長だけならコシモのほうが上だった。コシモは大柄な少年の髪を右手でわしづかみにすると、驚いた相手が激しく抵抗するのにもかまわず、そのまま地面に引きずり倒した。ほとんど叩きつけるようないきおいだった。

やせこけた体からは想像もつかなかった腕力に、ほかの五人は目を瞠《みは》った。コシモの指のあいだに、ちぎれた少年の髪がからみついていた。

仰向《あおむ》けに倒された少年は頭を打ってうごかなくなり、コーチジャケットの少年は、とっさにコシモに石を投げつけた。石はコシモの頰に当たり、にぶい音を立てた。右の頰が裂けて血が流れだし、口のなかも切れた。痛みで怒りをかき立てられたコシモは、すさまじい目つきになり少年に迫った。

コーチジャケットの少年は、コシモと同じように川崎に育ち、何人もの滅茶苦茶《めちゃ》な大人たちをその目で見てきた。〈懲役太郎《ちょうえきたろう》〉――ヤクザのあいだでも毛嫌いされる、暴力衝動をコントロールできない最下層の組員たち。連中は逮捕と出所を何度もくり返す。ある〈懲役太郎〉は、キャバクラで肩がぶつかっただけの半グレの男を何十発も殴りつけたあげく、粘着テープで口を塞ぎ、車に乗せて多摩川まで連れていった。そして手足の自由を奪った男を釣り用の手漕《てこ》ぎボートに一人で転がし、多摩川に放流した。ボートは河口付近で見つかり、男は東京湾を漂わずに済んだが、逮捕された〈懲役太郎〉は悪びれもせず刑事に言った。殺すつもりなら、はなからボートに乗せやしないだろ。おれのどこが問題なんだ？

　ほかに少年は〈ウルトラさん〉も知っていた。正気を完全になくすほど薬漬けになっている超《ウルトラ》ジャンキーたち。ある女の〈ウルトラさん〉は、堀之内《ほりのうち》のマンションの三階から飛び降りて、素足でアスファルトに着地した。骨の飛びだした右足を引きずって向かいの喫茶店に入ると、自動ドアのそばに置かれた水槽に手を突っこみ、泳いでいる金魚をつかんだ。そして笑いながら一匹残らず金魚を平らげた――

　そうした大人たちと同じように、まともには太刀打ちできない相手が、まさに少年の前に立っていた。流れこんだ血がまなざしを赤く輝かせ、むきだしになった歯も赤く染まっていた。人間離れした動物のようで、誰かを襲って返り血を浴びてきたように映った。

　少年は拾った小刀に加えて自分のバタフライナイフも持っていたが、本能的に危機を感じ取った。相手は〈懲役太郎〉や〈ウルトラさん〉の同類だった。

　やばい、と思った。親父の問題もあるが、こいつこそが問題だ。やり合ったらただじゃ済まない。死ぬ気で来る。何しろ、いかれてるんだからな。

「ころす《テ・マト》」とコシモはスペイン語で告げた。

「まあ待て」すさまじい殺意に気圧《けお》されて、今すぐ逃げだしたくなる衝動を必死に抑えながら、少年は声を振り絞った。「悪かったよ」

すっかり怯えきった少年は歯を食いしばり、持っている金をいくらか取りだすと、コシモの着ている安いフーディーの腹についたポケットにねじこんだ。それが撤退の合図だった。少年たちは倒れた仲間を残して逃げようとしたが、車椅子の老人に怒鳴られると、二人がしかたなく残って、失神した仲間を抱え上げようと試みた。だが重すぎてうまくいかなかった。コシモに片手で引きずり倒された高校生の体重は八十キロを超えていた。三十秒ほどすぎるとその少年は意識を取り戻し、ぼんやりした顔で二人を交互に見た。何が起きたのか覚えていない様子だった。少年は二人に肩を借りて立ち上がり、ふらつきながら児童公園を去っていった。


へし折られた枝を拾い上げ、転がった小刀と空き缶をベンチにそっと並べたコシモは、公園内の水道まで歩いていき、蛇口をひねった。額と頬の傷口に水をかけながら、車椅子の老人のことを考えた。

コシモがベンチに戻ると、車椅子の老人のほうが声をかけてきた。「災難だったな」と言った。「けどよ、やっぱり喧嘩《ゴロ》のセンスあるよ。親父譲りだ」

「おれのこと、しってるの」

「知ってるさ。母ちゃんメキシコ人だろ」

「いてえ《メ・ドゥエレ・アキ》」コシモは額の傷に触れてつぶやき、それから頬を撫でてスペイン語で言った。

「ここがいたい」

「帰って氷で冷やしてこい」

「うん。じゃあね」

「おっと待った」老人はコシモを呼び止めた。「坊や、そのドンブリにいくら入れてもらった？」

「――ドンブリ――」

「腹のポケットを、ドンブリって言うんだよ」老人はコシモを見ながら、自分の腹を指した。

　指先にからみついた高校生の髪の毛を払って、コシモはポケットのなかを探った。しわくちゃになった一万円札が三枚出てくると、老人は患者を診察する医師のようにさりげなく腕を伸ばし、コシモの手から紙幣を取り上げて、二枚を自分の懐に収めた。そして一枚をコシモに返した。

「いい小遣い稼ぎになったな」老人はそう言ってにやついた。開いた口に前歯はほとんど残っていなかった。「来週、坊やも競輪やるか？」

# 04

## nähui

治りかけた額と頬の傷を秋風にさらして、コシモはいつものように児童公園のベンチに腰かけ、拾った枝に熱心に模様を彫りこんでいた。

ベンチの脇には車椅子が停まっていた。しかし老人は競輪の予想紙を読んではいなかった。先週のレースで勝った金で手に入れたポータブルテレビの画面を見つめ、つないだイヤホンで音声を聞いていた。

ひたすら小刀をうごかしていたコシモは、急に影が差したので顔を上げた。車椅子がいつのまにか目の前に移動してきていた。

「器用なもんだ」老人はコシモの手にした枝を見つめて言った。「そこに並んでるのは雀《すずめ》か？」

「からす《クエルボ》」コシモはスペイン語で答えてから、日本語で言い直した。「からすだよ」

「そりゃ失礼した」と老人は言った。「それにしたって、そんなちっこい枝に彫るのは骨が折れるだろう？　もっと太いやつに細工したらどうなんだ」

「ほね？　おれないよ。なんでほねがおれるの」

コシモは作業に戻った。なるべく細い枝を選んで彫るのが楽しかった。集中しているあいだは空腹も忘れられる。

老人は車椅子の右側の車輪を回して向きを変え、それからふいに思いだしたように九十度旋回すると、横を向いてコシモに話しかけた。「川崎の遊びってのは競輪と競馬だけどよ。玉入れってのもおもしれえぞ。坊や、見たことあるか」

コシモが答える前に、車椅子の老人はイヤホンのプラグを引き抜いて、買ったばかりのポータブルテレビを見せつけてきた。小さな画面のなかで大きな男たちが、ダークオレンジのボールを奪い合っていた。一人がボールを床に叩きつけ、跳ね返ってくるとまた叩きつけて走り、猛然と飛び上がった。立ちはだかる相手の腕を空中でかわし、頭上の網にボールを放りこんだ。

「よし」車椅子の老人は微笑み、ポケットウイスキーの瓶をあおって秋風に冷えた体を温めた。「これで金を賭けられたらな」

コシモは身を乗りだして小さな画面を見つめた。かつて小学校の授業で似たようなゲームをやった覚えはあったが、もう名前すら忘れていた。

あれとおなじなのかな。ちがうかもしれない。

縦横無尽にコートを駆けまわる大きな選手たちに、コシモは鏡に映った自分の姿を重ね合わせた。だがダークオレンジのボールを奪い合う男たちは、自分よりもっと大きく、すばやくて、力もあるはずだった。攻守はめまぐるしく入れ替わり、点が入り、あっといううまに時間がすぎた。コシモは目を回しながら見つづけた。選手同士がぶつかり、一人が床に倒れると、立っている男が倒れた相手を見下ろす。笛の音が鳴る。少しの中断を挟んで、またゲームがはじまった。ぶつかった二人が喧嘩《けんか》にならないのが不思議だった。小さな画面をのぞきこむコシモの頭に、色褪せた銀杏《いちょう》の葉が降ってきた。

「おもしれえだろ」と車椅子の老人が言った。

「このひとたちは」とコシモは訊いた。「なんのひとたち?」

コシモはスポーツの名前を尋ねたつもりだったが、車椅子の老人は電機メーカーの社名を口にした。川崎に拠点を置くその企業名が老人の応援している社会人チームの名称で、それをゲームの名前だと誤解したコシモは、聖書の祈りの言葉のように企業名をつぶやきながら、ゲームの後半戦を見守った。


車椅子の老人が去り、コシモは児童公園に一人になった。日が落ちるころにようやく小刀をしまうと、一日かけて模様を彫りこんだ四本の枝を持って、機械部品工場の跡地に向かった。コシモの歩く道に影が長く伸びた。リーマンショックの余波を受けて廃業に追いこまれた工場は、備品や設備こそ持ちだされていたが、建物自体は解体されずに廃墟《はいきょ》となって残っていた。立入禁止の看板、張り巡らされた鉄条網。たやすくなかに入ることはできなかった。車椅子の老人が言うには「夜になると有刺鉄線《バラセン》の外れたところから麻薬の売人と客が入ってきて商売がはじまる」場所だった。

コシモは自分の母親も麻薬をやっていると知っていた。母親がみずからそう言ったのだ。コカインではない麻薬を腕に打っている。コシモは思った。かあさん《マドレ》もまやくをかいに、ここにきているのか。

廃墟の西側のブロック塀は崩れかけていて、そこから建物に少しだけ近づくことができた。コシモは汚れたトタン屋根へ向かって、手にしている枝を投げ飛ばした。

錆《さ》びついたトタン屋根に積み重なった枝の様子は、鳥の巣を思わせた。どれもコシモの作品で、上にある新しい枝は明るい色をしていたが、下にある枝はくすんだ色に変わっていた。模様を彫りこんだ枝は、すべて工場の跡地の屋根に投げこむ。コシモが自分で決めたルールだった。

崩れかけたブロック塀を離れると、コシモはフーディーのポケットを探った。泣きそうな顔をしていた高校生がくれた一万円札を取りだし、じっと見つめた。

この金で車椅子の老人に教えてもらったゲームのボールが買えるのではないかと思った。あのゲーム、走ってボールを取り合って網に投げこむスポーツ。

スポーツ用品店のあった場所はどこだったか、しばらく考えてから新川通《しんかわどお》りを西へ歩き、境町《きかいちょう》の歩道橋を渡り、通りの向かい側の路地に入った。

老夫婦の経営するさびれたスポーツ用品店に来ると、コシモは鼻をすりながら、電機メーカーの名前を口にした。老夫婦は近くにある電器店をコシモに教えた。その電器店でコシモは、同じ質問をくり返した。するといろいろなタイプの電球が並ぶ棚に案内され、どうしてこうなったのかわからずに呆然と立ちつくした。ボールを手に入れられないまま、気落ちして家路についた。境町の歩道橋を戻る途中で、小学生たちとすれちがった。

すきです、かわさき、あいのまち。彼らは〈ごみ収集車の歌〉を歌っていた。その歌ならコシモも知っていた。本当の題名は〈好きです　かわさき　愛の街〉だったが、ごみ収集車がいつもこの曲を流して走っているので、子供にとっては〈ごみ収集車の歌〉だった。小学生たちは歌いながら、突然歩道橋の柵《さく》に駆け寄り、下をのぞきこんだ。見つけたのは自転車を漕ぐ彼らの同級生だった。歌うのをやめ、いっせいに叫んだ。


**どこ行くの！**


自転車に乗った少年は驚いてブレーキをかけ、歩道橋を見上げた。小学生たちの笑い声を聞きながら、コシモは一人で階段を下り、家に向かって歩いていった。

マンションの部屋で母親がテレビを観ていた。父親は高級クラブの経営権を手放していたが、母親は別のクラブに仕事を見つけていた。めずらしくおきている。

しごとなのか、とコシモは思った。

母親は髪を結い上げ、化粧をしていた。きれいな服、甘い匂い、爪の手入れもしてあった。コシモよりもやせこけて、頬骨も鋭く浮いていた。それでも薬をやっていないときには、本当に美しい母親だった。

普段はだまって財布から金を抜きだしていたが、母親が素面《しらふ》なので、コシモは小遣いをねだった。断られても、あきらめなかった。

「しつこいよ《ケ・ペサード》」

強い語気でたしなめられても、コシモは満足だった。欲しいのは小遣いではなかった。

## 05

***mäcuiltli***

背が伸びるにつれて、コシモはいろんな品物を盗むことを覚えた。路上に停めてある自転車、ホームセンターで売っている服、靴、それに彫刻刀。食べ物はあまり盗まなかった。母親の財布から抜き取った金で鶏肉を買うことができた。

コシモが十二歳になると、住む場所が変わった。暴排条例に締めつけられる父親の収入がさらに減り、今まで住んでいた川崎区のマンションを引き払うことになったのがその理由だった。家族が転居した先は同じ川崎市の高津《たかつ》区にあるアパートで、父親の学生時代の友人が、建物の一階で金物店を経営しながら、二階にある部屋を貸して家賃収入を得ていた。

家族は空き部屋に敷金と礼金なしで入居できたが、土方興三はこれまでどおり、ほとんど家に戻らなかった。そこを自分の家だとも思っていない様子で、たまに姿を見せても妻に生活費を渡したりなどしなかった。

母親がクラブに出勤して稼ぐ給料から家賃が支払われ、残った金はつぎつぎと薬物に消えていった。クラブの同僚が母親に麻薬を売っていた。

前の家よりも狭くなった部屋にごみが散乱し、母親の服がそこかしこに脱ぎ捨てられていた。アパートの近くの府中《ふちゅう》街道を大型トラックが走るたびに、地面を伝わる震動で窓ガラスがゆれた。

金物店の二階で目覚める朝、親しんだ児童公園に出かけられず、車椅子の老人にも会えないのは淋《さび》しい気がしたが、孤独には慣れていた。コシモはすぐに別の楽しみを見つけた。

盗んだ自転車に乗って中原《なかはら》区の等々力緑地《とどろきりょくち》に行き、広い緑地を横切って〈とどろきアリーナ〉をめざす。窓口でチケットを買って、ゲームを観る。母親の保険証を持っていけば、小中学生価格で入場できた。そのゲームの名前は〈バスケットボール〉で、車椅子の老人に教えられたのは、川崎に本拠地を置く電機メーカーのチーム名にすぎなかった、という事実を、高津区に引っ越したコシモはどうにか自力で理解していた。

十二歳のコシモの背丈は、すでに百八十センチを超えていた。とどろきアリーナのロビーですれちがう人々は、誰もがコシモを地元のバスケ少年なのだと思いこんだ。本人はボールに触れたこともなく、ルールさえ正確にはわかっていない。それでもゲームを観るのは楽しかった。

体育館の客席には空席が目立った。アマチュアの社会人チームを応援するのは企業関係者が多く、一般のファンは少なかった。コシモはフードを目深《まぶか》にかぶり、二階席の暗がりにいつも一人で座っていた。でっかいやつらだ、とコシモは思った。いつかおれもあんなふうになれるのかな。

堂々とした巨木に見える黒い肌の巨漢が、コシモのいちばんのお気に入りだった。ケリー・デュカス、身長二メートル十センチ、体重百二十キロ、ポジションはセンター。その日、電機メーカーのチームは後半に出場したデュカスの活躍で逆転勝ちを手にした。

体育館を出たコシモは、自転車に乗って中原区の大きなスポーツ用品店へ向かった。二日前に店内の下見は済ませてあった。店員が店に届いた荷物の検品に取りかかったとき、コシモは人工皮革《ひかく》製の七号のバスケットボールに手を伸ばした。生まれてはじめて触れる試合用のボール、それをコシモの長い指は大人のように片手でつかむことができた。コシモは堂々と店を出て、戦利品を自転車のかごに放りこみ、普段より速くペダルを漕いで向かい風を味わった。

つぎの朝は早起きして、かつて住んでいた川崎区まで出かけた。コシモは電車やバスに一人で乗ったことがなく、移動手段は決まって自転車だった。

ボールを車椅子の老人に見せてやろうと思い、児童公園に行ったが、鳩がうろついているだけで誰もいなかった。ベンチに座ってしばらく待った。昼まで待っても老人は現れなかった。枝に模様を彫るための小刀は持ってきていない。退屈なのでドリブルの真似ごとをやり、シュートを打つ気持ちで銀杏の幹《みき》にボールをぶつけて遊んだ。日が暮れるまで待ちつづけたが老人が来ないので、コシモはしかたなくボールを自転車のかごに入れ、ペダルを漕いで高津区のアパートへ帰った。

車椅子の老人は事故に遭い、すでに死んでいた。コシモが児童公園にひさしぶりにやってくる六日前だった。ポケットウイスキーに酔って車輪の操作を誤り、川崎区を通る第一京浜《けいひん》――国道15号――の車道に落ちて、大量の砂利を運搬する十トントラックに車椅子もろとも轢《ひ》きつぶされ、老人の体重を支えていた鉄のフレームは瞬時にねじ曲がった。外れたねじやボルトが対向車線まで吹き飛び、アスファルトの上できらきらと輝きながら跳ねた。

神奈川県警第一交通機動隊と自動車警ら隊が事故現場を規制線で囲み、その横の車線を続々と通過する大型トラックの排ガスが渦巻くなかで、交通捜査課が鑑識をおこなった。十トントラックのブレーキ痕《こん》、ヘッドライトの破片、ポケットウイスキーの瓶の残《ざん》骸《がい》、ちぎれた肉片、それぞれの写真を撮り、丹念に回収していった。

対向車線を一時通行止めにして、警官たちが散らばった車椅子の部品を拾っていると き、交通捜査課の一人が奇妙な枝を見つけた。人の手で鳥の絵や幾何学模様などが細かく彫られていた。老人の私物だったのかもしれず、そうであれば遺族に渡さなくてはならない。

交通捜査員は思った。遺族が現れればの話だが。

写真を撮って枝を拾い、保管用のビニール袋にそっと入れた。

七号のバスケットボールを手に入れたコシモは、新たな一日のスケジュールを自分で作り上げた。金物店の二階で目を覚ますと、小刀、バスケットボール、鯖《さば》の水煮の缶詰、水道水を入れたペットボトルを持って、多摩川の岸まで歩いていく。いきなりバスケットボールでは遊ばない。まずは枝を拾い、昼まで模様を彫りこむ。時計は持っていないので、空腹が時間の経過を知る目安だった。製作途中の枝は草むらに隠し、つづきは翌日にした。

鯖の水煮の缶詰を食べ、ペットボトルに入れてきた水道水を飲み、川原で昼寝をし、日が暮れるころに、バスケットボールを抱えて溝口《みぞのくち》緑地へ出かける。寒くても夕方まで外にいるのは、以前と同じだった。早く家に帰ってもすることがない。

下校途中の中学生や高校生に、あいつは誰なんだ、とささやかれながら、コシモは溝口緑地に着き、基本もわからないドリブルをくり返した。ケリー・デュカスのダンクシュートを真似て飛び上がり、頭上に伸びる桜の太い枝にぶら下がると、驚いた鴉《からす》が鳴き声を上げて逃げた。コシモはそのまましばらくぶら下がって、浮いた両足をゆらしていた。

学習塾に通う途中で溝口緑地を通り抜ける小学生たちは、夕闇のなかでボール遊びをするのか、ぽにに〈ゴーレム〉というあだ名をつけていた。

おまえ、ゴーレム見たか。

見たよ。

あいつ、一人で何やってるのかな?

バスケだろ。

あれバスケか? ずっと木にぶつけてるだけだぜ。鳥に話しかけたりして、たぶん頭がおかしいんだよ。

## 06

*chicuacë*

溝口緑地は蝉の鳴き声に包まれていた。緑地の先にある図書館へ向かう人々が、急ぎ足でコシモの後ろをすぎていく。まだ明るかったが、閉館時刻はもうまもなくだった。図書館の利用客をときおり眺めながら、十三歳になったコシモは自己流のドリブルをつづけた。図書館に入ったことはなかった。嫌いな学校に似た雰囲気があったし、本を開いたところで漢字が読めない。絵本や図鑑はおもしろそうだったが、幼児に交ざってまで読みたいとは思わなかった。

やがて図書館の扉が閉ざされ、西の空が赤く染まっていった。まったく音のしない爆弾が町に落とされて、炎が噴き上がったかのようだった。空全体を覆った赤に、いつしか暗い黄色とオレンジ色が混ざり合った。かすかな緑色も見えた。たなびく雲は、怪物の鉤爪《かぎづめ》が空をえぐった傷痕《きずあと》のように映った。

夕日がさらに沈むと、放たれる赤い光はどす黒い血の色に変わり、宙に浮かぶ雲は、ちぎれた臓物の生々しさを帯びた。残酷な絵画を描《えが》きながら、雲の隊列は整然と飛行をつづけ、西へと突き進み、バスケットボールと自分の影の見分けがつかなくなる前に、コシモは帰ることにした。Tシャツの裾《すそ》をめくり上げて、額の汗をぬぐった。ゆったりとバスケットボールを突きながら、緑地を歩いた。頭上の木々にへばりつく蟬はしつこく鳴きつづけ、暗い空を鴉が飛んでいった。

家路につくコシモの頭に浮かぶのは、金物店の二階の部屋でうわごとのようにスペイン語をつぶやく母親の姿だった。母親は全裸で玄関に倒れたり、台所で小便を漏らしたりするようになっていた。そしてときおり悲鳴を上げた。

車の多い府中街道に出ると、コシモはドリブルをやめた。車道にバスケットボールを絶対に出さないほどの自信はなかった。ボールは大切な友だちだった。右手、左手、交互に片手でつかんで歩いていった。

一階の金物店の明かりはまだついていた。店主の大家は包丁研ぎの注文も請け負っていて、暗くなってから近所の飲み屋で働く人間が包丁を持ってくることも多かった。

コシモは引っ越してきた直後に一度だけ、金物店に入ったことがあった。父親の友だちだという店主は、紙巻煙草を吸いながらコシモに、おう、と短く言った。コシモは頭を軽く下げ、棚をざっと見渡して、木彫りに使える彫刻刀がないかと探した。あれば盗みたかったが、調理用の刃物しかなかった。あとは並んでいる安っぽい金色の薬缶《やかん》、業務用の寸胴《ずんどう》をむなしく眺めて、それで終わりだった。

バスケットボールを胸の前に抱えこんで、コシモは建物の外階段を上り、二階の部屋へ向かった。ドアの鍵《かぎ》は開いていた。悲鳴が聞こえた。コシモがドアを開けると、ひと月ぶりに姿を見る父親が、倒れている母親を蹴っていた。母親は何かを抱いて守っていた。畳に顔を向け、両手を腹の下に隠し、長い黒髪を垂らしていた。父親はかがみこんで、母親の腕をつかんだ。

「痛い」と母親が日本語で叫んだ。「やめて」

「面倒くせえな」と父親が吐き捨てた。「腕ごとぶった切るか」

靴も脱がず、玄関に立って二人を眺めていたコシモは、母親が必死で隠している腕の青黒い注射痕を思いだした。とうさん《パドレ》はちゅうしゃのことでおこっているのか？　コシモは考えた。でもあれはずっとまえからだ。いまごろおこるのはおかしい。

二人をじっと見ているうちに、コシモは父親の意図を察した。注射のことで腹を立てているのではなく、母親の指輪を奪おうとしていた。母親の左手の薬指に宝石入りの指輪がはめられていた。

ルシアが指輪を売り飛ばす前に、土方興三は自分で換金する気でいた。

ルシアは泣きわめいた。「あなたがくれたリングなのよ」

それは嘘だと土方興三は知っていた。結婚指輪はない。とっくにこいつは売り払っている。

ルシアの薬指で光っているのは、仲見世通《なかみせどお》りのクラブに来た客の贈り物で、ザンビア産〇・〇八カラットのエメラルドが五つ並んでいた。その客はラテンアメリカの女に目がなく、ルシアには自分が土方興三の妻だとは教えられていなかった。

思いがけないルシアの抵抗に遭った土方興三は、疲れた表情で紙巻煙草を吸いはじめた。灰皿を使わずに吸い殻を下に落とし、畳の繊維に灰の染みが広がっていった。

突然鋭い笛が鳴り、コシモは驚いた。土方興三も同じだった。台所のガスレンジでステンレス製のコーヒーポットが火にかかっていた。真っ白な湯気を吐きだして、コーヒーポットは甲高く叫んだ。

バスケットボールを抱えて玄関に立っている息子に気づいた土方興三は、暗く沈んだ目つきで「火、止めろ」と言った。

コシモは靴を脱いで上がり、栓をひねって火を消した。

「こっち来い」と父親は言った。「この女の腕を押さえてろ」

コシモは聞こえなかったふりをして、そのまま洗面所に行こうとした。息子の肩を父親の太い指がつかんだ。うなだれて振り返ったコシモは父親と向かい合った。

「おい」と父親は言い、あきれた顔で息子を見上げた。「またでかくなったのか。おまえいつも何食ってるんだ。犬の餌でも食ってんのか」

ちいさいな。父親を見下ろしてコシモは思った。ケリー・デュカスとならんだら、こどもみたいだろうな。

目も合わせられないほど恐かった父親は、会うたびにその迫力を失っていった。百七十六センチの父親は決して小柄ではなかったし、手も足も首も太く、胸板も厚かった。だが背丈ならコシモはとうに父親を超えていた。変わったのは父親ではなく、コシモのほうだった。コシモは自分でも気づかないうちに笑っていた。

息子の顔に浮かぶ侮蔑《ぶべつ》の色が、父親を激昂《げきこう》させた。父親は怒鳴り声を上げ、コシモの頰を平手打ちした。手加減なしだったが、ぎりぎりの理性で自分を抑えて、拳《こぶし》は握らなかった。拳で殴れば殺しかねなかった。

全力で叩いたはずの息子は、しかしひるみもせず、その場に立っていた。抱えたバスケットボールすら落とさなかった。そしてまだ笑っていた。父親に残っていたわずかな理性が消し飛ばされ、歓楽街の喧嘩《ゴロ》と同じように拳で息子を殴りつけた。

それでも息子は倒れるどころか、踏みとどまっていた。仕返しに息子は、バスケットボールを持った長い両腕を叩きつけ、父親を突き飛ばした。

腰から畳に倒れこんだ父親は息が詰まり、声を出せなかった。大きく口を開けてあえぎ、ようやく空気を吸いこむと、のろのろと上体を起こした。頰を腫《は》らした息子を見上げて、しばらく呆然としていた。自分の身に起きたことが信じられなかった。喧嘩《ゴロ》の相手に突き倒されるなど一度もなかった。どんな奴が相手だろうと記憶にない。

こいつの腕力は桁ちがいだ。父親は思った。おれの血なのか、それともシャブ中の母親の血なのか。それまで咳きこんでいた父親はすばやく立ち上がると、台所の棚を乱暴に開けた。包丁を探したが一本も見つからなかった。この家に包丁はなかった。錯乱した母親が振りまわすので、コシモが全部捨てていた。枝を彫る小刀や彫刻刀は押入れの奥に隠してあった。

数年前まで肌身離さず持っていた短刀が、父親の懐中《かいちゅう》にはすでになかった。時代は変わっていた。短刀どころか文房具のカッターナイフでさえ、警察に所持をとがめられる。今では得物《えもの》の代わりに催涙スプレーが選ばれていた。渡世《とせい》の人間がそんな物で身を護《まも》るなど、父親には悪い冗談でしかなかった。

台所の棚の扉を力まかせに蹴り飛ばし、父親は怒りに顔をゆがめて外に出ていった。足早に階段を駆け下りる音を聞きながら、コシモはバスケットボールを見つめた。とうさん《パドレ》はもどってくる、と思った。

コシモの直感したとおり、凶暴な顔つきのまま戻ってきた父親は、金物店から持ちだした包丁を手にしていた。近所の飲み屋が刃研ぎに預けた刃渡り二十センチの牛刀《ぎゅうとう》で、研がれたばかりの刃紋が、夕立前の雨雲のようにうっすらと光り輝いていた。

血走った目で父親が牛刀を突きだし、コシモは冷静にあとずさってよけた。でたらめに包丁を振りまわす母親よりも、うごきが予想しやすかった。

父親は完全に理性をなくしていた。息子を刺そうと試みた。

自分の腹に向かって突っこんでくる刃先に、コシモは抱えていたバスケットボールを叩きつけた。深く刺さった牛刀が人工皮革を貫いて、バスケットボールは大きな音とともに破裂した。弾力を失い、死んだように床に落ちた。

コシモは激しい怒りを感じた。死んだボールから父親が牛刀を引き抜いて、なおも襲いかかってきた。二人はもみ合いになった。父親はコシモの首を切りつけた。傷は浅かったが、畳に血が滴り落ちて模様を描いた。コシモは左手で父親の喉をつかむと、強靭《きょうじん》な握力で頸《けい》動脈を締めつけながら、片手の腕力だけで父親を持ち上げた。驚愕《きょうがく》と苦痛に目を見開いた父親の足が浮いた。コシモは手加減しなかった。父親と同じように。

どうしておれのともだちをころしたんだ、とコシモは言った。

父親の頭が天井に叩きつけられ、電灯が割れて、ガラス片がきらめき、明かりが消えた。父親の太い首の内側で、骨の折れる音が響いた。


真っ暗になった畳の部屋で、ルシアがぼんやりと目にしたのは、息子が左腕だけで夫を持ち上げている影だった。夫の爪先《つまさき》はだらしなく垂れ下がり、まるでうごかなかった。受け止めきれない現実が、常用している麻薬の幻覚と混ざり合い、ルシアに襲いかかった。滝のような汗をかきながら、彼女は作られた現実に入りこんだ。その瞳に映るのは夫と息子ではなかった。**フリオ**。肩幅が広く、背が高く、みんなに肩《エル・オンブロ》と呼ばれていたなつかしい兄、その兄がここにいる。憎くてたまらない麻薬密売人《ナルコ》を、兄が自分の手で絞首刑にしているのだ。ルシアは歓喜し、十七歳の少女に戻っていった。

辺りに漂っているのは、竜舌蘭《マゲイ》の茎の香りだった。酒。テキーラの、メスカルの。

兄は復讐《ふくしゅう》を果たしたのだから、みんなで宴《バンケーテ》を開かなきゃ。ルシアが宴《バンケーテ》の準備を手伝おうとしたとき、ふいに視界が真っ暗になって、兄の姿が消えた。

汗に濡《ぬ》れた髪をかき上げて、ルシアは暗がりに目を凝らした。そこで死んでいるのは兄だった。ふたたび絶望の底に突き落とされた。やっぱり兄さんは殺された。彼女は自分の手にある指輪を見た。そうだ、と思った。私は追いかけられて、指輪を奪われるところだった。あいつらには渡せない、お金に換えてこの町を出るの。早くしなくちゃ、早く。

逃げようとして顔を上げると、怖ろしげな大男の背中があった。大男は兄の死体を眺めているようだった。その大男が振り向いた。

身の危険を感じたルシアは、乾いた藁《わら》の上に転がっている小振りの山刀《マチェーテ》に目を向けた。クリアカンを出るときに持っていった武器だった。ルシアは髪を振りみだして山刀《マチェーテ》をつかみ、十九歳の兄をなぶり殺しにした麻薬密売人《ナルコ》に猛然と襲いかかった。

畳に落ちた牛刀を拾って襲ってくる母親の姿に驚き、コシモは思わず彼女を殴りつけた。父親と争ったばかりで、手加減できなかった。母親は背後の壁に叩きつけられ、尻もちをついて、それから糸が切れたようにうなだれた。

コシモは言った。

**かあさん《マドレ》。**

研ぎ終えた牛刀を持ちだされた金物店の店主は、通報するべきかどうか迷っていた。何本も紙巻煙草を吸い、二階で聞こえる物音に耳を澄ました。足音に混ざって、何かの破裂音が聞こえた。まさか拳銃じゃねえだろうな。静かになると、店主の頭に怖ろしい光景がひとりでに浮かんできた。

階段を下りてくる足音が聞こえ、店のドアが開いた。家族を殺して返り血を浴びた土方興三が現れると思っていたが、そこにいるのは背の高い混血の息子だった。息子は手ぶらで、Tシャツに血の染みが広がっていた。

「刺されたのか」と店主は訊いた。

「すこしだけ《ソロ・ウン・ポコ》」コシモはそう答えて、首の傷を指してみせた。

「親父はどこだ」

「けいさつをよんでください《ジャメ・ア・ラ・ポリシーア、ポル・ファボール》」

「何だって」

熱に浮かされたコシモは、自分がスペイン語を話していることに気づかなかった。どうしてわかってくれないのかと思いながら、何度もくり返した。けいさつをよんでください《ジャメ・ア・ラ・ポリシーア、ポル・ファボール》。

いくつも重なって鳴り響くサイレンが府中街道を駆け抜け、赤色灯が金物店の入口を明るい血の色に染めた。パトカーを降りた警官たちが二階の部屋のドアを開けたとき、十三歳の少年は壁ぎわに座って、しぼんだバスケットボールを宙に放り上げていた。明かりのない部屋に両親の死体が並んでいた。

「日本語わかるか?」フラッシュライトの強く冷たい光で少年を照らしながら、警官が呼びかけた。

## 07

### chicöme

事件発生後に広まったのは、「民家に侵入した外国人が日本人を殺して捕まった」という不正確な噂だった。

殺人現場から戻ってきた刑事課の車両が高津南《たかつみなみ》署に現れると、報道陣がカメラのレンズをスモークガラスに向けてフラッシュを焚《た》いた。黒い窓のほかには何も写らず、かりに写ったとしても未成年の顔は公表できなかったが、殺人犯の乗る車両そのものに報道《ニュース》価値《バリュー》があった。

コシモは手錠と腰縄《こしなわ》で拘束されて署内を歩き、浅く切られた首の傷の処置が済むと水を飲まされ、薬物検査用に尿を採取された。それから取調べ室へと連れられていった。制服警官がコシモの腰縄を机の脚に結びつけて、ようやく手錠が外された。

男女二名の刑事が取調べ室に入ってきて、コシモの向かいに座った。男は刑事課の寺《てら》嶋延彦《しまのぶひこ》警部補で、女は生活安全課の葛西紀子《かさいのりこ》巡査だった。葛西巡査は少年犯罪を担当していた。

「本人でまちがいないな」寺嶋警部補が書類をコシモの前に差しだして訊いた。

「ちがうとおもう」書類を見たコシモは首を傾げた。見たことのない漢字があった。

「あなたの名前でしょう」葛西巡査が穏やかに告げた。「戸籍上の本名。コ、セ、キ、わかる？」

コシモはもう一度書類に目を落とした。

**土方小霜**

葛西巡査が言った。「あなたにいくつかサインをもらうけれど、できればこの名前で書いてね。カタカナじゃなくて」

コシモは〈土方〉の字であれば読めたし、書くこともできた。だがその下にある漢字は知らなかった。彼はじっと漢字を見つめた。

これでコシモとよむのか。

自分の名前に漢字があったことを、彼は取調べ室ではじめて知った。

小学生のときにランドセルを多摩川に捨てた、それから学校には行っていない――質問する葛西巡査は少しずつ情報を得ながら、やがて彼が自分の年齢について誤認していると気づいた。

「土方君」と葛西巡査は言った。「あなたが生まれたのは二〇〇〇年ではなくて二〇〇二年です。だから年齢も十五歳ではなく十三歳ですよ」

「十三」コシモはうなずいて言った。「十三《トレセ》」

「お父さんの名前を教えてくれますか」

「コウゾウ」

「仕事は知ってる？」

「やくざ。かわさきのぼうりょくだん」

「お母さんは？」

「かあさん《マドレ》」コシモは鼻先を指でかいた。

「ええ」淡々と話す少年の態度に、葛西巡査の顔が険しくなった。

少年の両親は死亡していた。父親の死因は頸椎《けいつい》骨折および頸髄離断《けいずいりだん》と推定され、母親は頭部外傷と推定されていた。検視結果を待たなくてはならなかったが、現場の状況から見てどちらも即死だった。

「かあさん《マドレ》はルシア」とコシモは言った。「ルシア・セプルベダ、コシモ・イ・ルシア」

「それはどういう意味？」

「コシモとルシアってことだよ」

## Kosimo y Lucía

コシモは調書を作る葛西巡査にスペイン語の綴《つづ》りを教えた。

「お母さんの国のことは知ってる?」と葛西巡査が訊いた。

「メキシコ《メヒコ》。シナロア、クリアカン。にほんごだと、メキシコ」

「そう、メキシコね」葛西巡査はうなずき、心のなかでため息をついた。「今夜はずっと家にいたの?」

「くらくなって、かえってきた」

「何時ごろだ?」刑事課の寺嶋警部補が会話に加わった。

二人は、少年が両親を殺害するまでの経過を記録しようとしたが、時刻に関する少年の供述はまるで参考にならなかった。少年は普段からまったく時計を見なかった。アナログ時計の文字盤にいたっては読み取ることさえできなかった。

刑事たちは話題を少年の両親に戻した。少年は父親についてあまり知らず、母親について訊かれるとこう言った。「かあさん《マドレ》はイエロがすきだった」

二人の刑事はしばらく考えた。少年は、自分の母親が男好きで、それも黄色い肌に目がなかった、と言っているのだろうか。

「それはアジア人、黄色《イエロー》人種のこと?」と葛西巡査が訊いた。

「ちがうよ。こおりだよ」

「氷?」

「うん。でも、こおりだけど、こおりじゃない」

「アイスか」寺嶋警部補が腕に針を刺すジェスチャーをしてみせた。「お母さんが打ってたやつ」

「うん《シ》」コシモはスペイン語で言った。

二人が署内で確認すると、氷《アイス》の俗称で知られる覚醒剤メタンフェタミンはラテンアメリカでhielo――氷《イエロ》と呼ばれていた。

「土方君」と葛西巡査が言った。「きみはイエロをやってない？」

「ない」コシモは首を横に振った。

ノックの音がして取調べ室のドアが開いた。神奈川県警の組織犯罪対策本部に勤務する吉村剛時《よしむらたけとき》警部が立っていた。

指定暴力団〈石崎心道会《いしざきしんどうかい》〉の幹部、土方興三が殺害されたと聞いて、県警本部から高津南署に駆けつけた吉村警部は、警察学校の同期だった寺嶋警部補に声をかけ、二人は廊下に出ていった。

コシモはパイプ椅子の背もたれに寄りかかり、ぼんやりとした目つきで天井を見上げた。残った葛西巡査は少年を見つめ、彼の未来について考えた。ヤクザの父親、覚醒剤を打つ母親、混血、育児放棄、不登校。川崎でそんな環境に生まれ育ったこの少年は、親殺しの罪を償うべきだったが、一方的に責められるべきでもない。彼女はこう思うしかなかった。この子には運がなかったのだ。

吉村警部と寺嶋警部補が取調べ室に戻ってきた。吉村警部はコシモを見下ろして低い声で言った。「腕、見せてみろ」

「どっちの」とコシモは訊いた。

「おまえの親父の首根っこをつかんだ腕だよ」

ちゅうしゃのあとをさがしてるのか。コシモは考えた。やってないのに。なんでしんじてくれないんだ。

署で着替えたTシャツの袖から伸びる左腕を、コシモはだらしなく机に載せた。掌《てのひら》を上に向け、肘の内側が刑事に見えるようにした。

吉村警部は注射痕を探しているわけではなかった。組対《そたい》でキャリアを積んだ刑事の関心は、少年の腕そのものにあった。吉村警部は言った。「ちょっと力入れてみな」

コシモは無表情で刑事を見た。何を求められているのかさっぱりわからなかった。しかたなく指を折り曲げ、拳を固めた。少年の細長い腕が、みるみるうちに変わっていった。上腕だけではなく、前腕もふくれ上がり、太い血管が浮きだした。

三人の刑事は目を瞠った。ただの腕だ。入れ墨も注射痕も自傷痕もない、少年の腕。それにもかかわらず、川崎で押収される拳銃や刃物と同様の迫力があった。少年の腕は取調べ室の机に突然現れた大蛇を思わせた。獰猛《どうもう》さ、暴力の可能性。三人の刑事は思った。言葉を交わすだけでは、この少年の本質は見えてこないのだ。

吉村警部は喧嘩自慢の暴力団員を数多く逮捕してきた。そのうち本当に強いのは四、五人ほどで、いくつかのタイプに分類できた。しかし目の前にいる少年の印象は、その誰とも異なっていた。実の父親にさえ似ていない。

殺された土方興三は、横浜市鶴見《つるみ》区ですごした中学生時代に相撲を経験し、川崎市の高校に進学するとアメリカンフットボール部に入部した。ポジションはランニングバック、関東地区で名を知られるレベルの高い選手だった。

喧嘩の強さでも彼の名は知れ渡っていた。アメフット選手らしくマウスピースをくわえて自分の歯を守り、それでいて相手の歯をへし折るのが趣味だった。喧嘩の相手が見つからないときには、路上で酔ったふりをして自分からぶつかり、平謝りして、因縁をつけられると喜んで態度を一変させた。

当時の吉村は横浜市の高校に通っていたが、一学年下の男の名はときおり耳にしていた。吉村はインターハイ重量級に出場するレベルの柔道部員だった。選手の暴力行為は固く禁じられ、吉村も規律を守っていたが、不良どものばかげた行動を聞いて、仲間と笑い飛ばすのを楽しんでいた。神奈川県内で流れているそうした話は、柔道部の部室にいればいくらでも聞くことができた。なかでも喧嘩で負け知らずの土方興三の噂は、〈荒くれ者〉という点ではずば抜けており、聞いただけでは十六歳の高校生とは思えないものがあった。

――ある日、土方は会員でもないスポーツジムに泥酔して押しかけ、スタッフの制止も聞かずに、補助なしのベンチプレスで百五十キロを挙げた。血管が切れて鼻血が噴きだしたが、そのままいびきをかいて眠りこんだ。通報を受けてやってきた警官に叩き起こされ、血まみれでジムから放りだされた――

この話を聞いた吉村は、「酒の入った状態で補助なしのベンチプレスで百五十キロを挙げる」ことが可能なのか、部室で仲間と意見を交わし合った。釣り逃した魚と同じで、水増しされて伝わっている、という結論に落ち着いたが、たとえ九十キロであっても、酔って挙げるには相当の力が必要だった。

土方にはつぎのような噂もあった。

――七月の夜、アメフットの厳しい練習後、その足で堀之内に出かけてナイジェリア人の客引きと口論になり、喧嘩になった。相手は二メートル近い元ボクサーだった。土方はその男の歯を折っただけではなく、殴ってきた拳をつかんで指の骨を折り、さらに引きちぎろうとした。警官と救急隊員が駆けつけたときには、中指と薬指の関節を外されたナイジェリア人が、ゴムのように伸びてぶらつく自分の指を見つめて悲鳴を上げていた――

アメフット推薦で大学進学が決まっていた土方は、高校三年の夏に大麻所持で現行犯逮捕され、推薦を取り消された。高校を自主退学した土方はこれまで以上に暴れるようになった。

吉村が大学を卒業して神奈川県警に就職したころ、土方は指定暴力団の一員となり、川崎市の組事務所に出入りするようになっていた。

高校時代に顔を合わす機会のなかった二人は、大人になって警官とヤクザという立場で対峙《たいじ》した。土方のほうは吉村の名を聞いたこともなかったが、現場で出会った吉村はアドレナリンが湧いてくるのを抑えられなかった。

土方の噂は本当だった。吉村は土方と組事務所で押し合いになり、向こうが折れて、吉村が手錠をかけた。だが短い押し合いだけでも、土方の底知れない肉体の強さが理解できた。柔道家にもこれほどの奴はそういなかった。しかも向こうは本気ではなかった。じゃれ合い程度の余裕を見せて、笑みを浮かべていた。彫り物の下にぶ厚く強靭な筋肉が眠っていた。応援の警官がいない場所であれば、会いたくない相手だった。そのときは拳銃で撃つしかない。

土方の凶暴さと腕力は組員のあいだでも有名で、警官相手のじゃれ合いをのぞけば、喧嘩で誰かに負けたことがなかった。

その男があっけなく死んだ。

検視に回された死体のサイズは身長百七十六センチ、体重百二キロ。百キロを超える男が片腕で持ち上げられ、天井に頭を叩きつけられ、首の骨を折られていた。県警本部の柔道場で今も汗を流している吉村警部には信じられなかった。あり得ない力だ、と思った。どれほどの握力、腕力、背筋力が必要なのか？　瞬発力もいるだろう。そして相手は土方興三だ。

たった十三歳の少年がこんな殺しをやったとすれば、怪物と呼ぶほかはなかった。土方に息子がいることは把握していたが、前歴もなく、マークしていなかった。

まさかこんな倅《せがれ》が育っていたとは、そう思いながら吉村警部は告げた。「もういい。楽にしろ」

コシモは腕の力を抜いた。

「立て」と吉村警部は言った。

「念のため手錠《ワッパ》かけ直そう」と寺嶋警部補が言った。

「いや結構」吉村警部は寺嶋警部補の助言を断って、コシモの顔を見すえた。「いいか？　暴れるんじゃねえぞ。立て」

コシモは不服そうな表情で、パイプ椅子を後ろにずらして耳障りな摩擦音を立てた。腰縄で机の脚につながれたまま、ゆっくりと立ち上がった。百八十八センチの背丈。頭が天井に向かって伸びていき、取調べ室のドアに向けた目線が、正面に立つ吉村警部の頭を超えた。吉村警部は少年を見上げた。

「おれはしけいになる？」とコシモは言った。

吉村警部は答えなかった。コシモの目を凝視していた。それから言った。「病院で検査があって裁判がある。結果しだいで少年院だな」

十三歳だから第一種行きか、と吉村警部は思った。矯正教育を受けて数年後に出てくる。だが、できるならこいつは外に出さないほうがいい。

「そうだ」とコシモが訊いた。「バスケットボールできるかな」

吉村警部はコシモをにらみつけた。「自分のやったことを考えて物を言え」

「わるいのはとうさん《パドレ》だよ」とコシモは言った。「バスケットボールをころした。ともだちだったんだ」

取調べ室が沈黙に包まれた。三人の刑事は少年を見つめ、十三歳の先に待つ長い日々のことを考えた。


**あいつ、最近見ないよな。**

**うん、どこ行ったんだろ。**


相模原《さがみはら》少年院にコシモが入所した二〇一五年八月、夕暮れどきの溝口緑地を通る小学生たちは、いつのまにか〈ゴーレム〉がいなくなっているのに気づいた。

お気に入りの都市伝説のキャラクターが急に消えてしまったのを、小学生たちは残念がった。おそらく〈ゴーレム〉は下水道に暮らしていて、マンホールから地上に出てきていたはずだった。バスケットボールを木にぶつけているのは、虫や鳥を衝撃で落として食べるためだった。

姿が消えたのちも〈ゴーレム〉は、しばらく小学生たちの話題に上った。彼を真似てサッカーボールを木の幹に当てる子供もいた。

しだいに名前が出なくなって、〈多摩川に棲《す》んでいる四つ目の鰐《わに》〉の噂が新たに広まると、すっかり忘れ去られた。

# 08

## chicuëyi

処刑、暗殺、死者——

橋に吊《つ》るされた首のない男女、しめやかに葬儀のとりおこなわれる墓地でサブマシンガンに撃たれる神父と参列者、**現実**。

殺人、報復、犠牲——

燃え上がるスクールバス、泣き叫ぶ親、旋回するヘリコプター、**現実**、通学路で加速する警察の装甲車。

悪夢、惨劇、死体——

爆破されたビル、床に転がった手足、こぼれだした腸、**現実**、黒煙を背にコカインを積んで走りだすピックアップトラック。

タマウリパス州ヌエボ・ラレド、メキシコ北東部の戦場は、この国を呪っている**現実**、麻薬戦争《ゲーラ・コントラ・ラス・ドローガス》のなかでも最悪の一帯となった。絶望が人々を覆い、あらゆる路地で残酷な死の風が吹き荒れた。二つのカルテルが激突し、市街地を地獄に変えていった。

国境をへだてるアメリカ合衆国、テキサス州南部の都市サン・アントニオに本社を置く『サン・アントニオ・ジャーナル』は、二〇一五年九月十一日の朝刊に、つぎの記事を載せた。

二年におよんだ最新の麻薬戦争が、最終局面を迎えようとしている。メキシコ北西部シナロア州クリアカンと同様に、北東部タマウリパス州ヌエボ・ラレドも今や無法地帯となった。市民が暮らし、犬が歩き、車が走り、交差点の信号機も明滅しているが、町に潜む危険さは計り知れない。

わが州と国境を挟んで隣接するヌエボ・ラレドは、黄金の「サーティー・ファイブ」とつながっている。州間高速道路35号線。ミネソタ州までをつなぐこの長大なルートで、メキシコからアメリカに密輸される麻薬の四十パーセントが運ばれている。これが天文学的な金額の利益をドラッグディーラーにもたらす。たとえ北東部の麻薬戦争が終結してもコカインの密輸量は減少しない。変わるのは勢力図であり、独占企業体《カルテル》の顔である。

北東部で起きた麻薬戦争を、北西部を支配する勢力は静観している。シナロア州を拠点とする彼らは、メキシコから密輸される麻薬の半分を管理している。ライバル同士のつぶし合いは大歓迎だ。どちらも傷ついてくれれば、自分たちの〈縄張《プラザ》り〉を拡大する好機になる。

かつての北東部の支配者〈ロス・カサソラス〉は劣勢だ。彼らはティラノサウルスのように滅びるだろう。そして〈ドゴ・カルテル〉の時代が到来する。

コカインの密輸量は変わらない。もう一つ変わらないのは、アメリカ合衆国がその最大のマーケットであるという現実だ。

*San Antonio Journal*

ベラクルス出身のカサソラ兄弟がメキシコ北東部に進出し、二十年かけて巨大化させた〈ロス・カサソラス〉、彼らの縄張り《プラサ》を急激に台頭してきた新興勢力の〈ドゴ・カルテル〉が侵略し、二〇一三年に戦争は開始された。

北東部でロス・カサソラスに刃向かう者はひさしく途絶えていた。新たな麻薬戦争はメキシコ当局だけではなく、アメリカの麻薬取締局《DEA》や中央情報局《CIA》の強い関心をも惹《ひ》きつけた。

ドゴ・カルテルのリーダーは、生粋のメキシコ人ではなかった。その男はアルゼンチン生まれの移民で、率いるカルテルの名はピューマすら咬《か》み殺すアルゼンチン産の闘犬、〈ドゴ・アルヘンティーノ〉にちなんでいた。

象徴《シンボロ》に選ばれた世界最強と謳《うた》われる闘犬と同じように、ドゴ・カルテルの戦闘力はきわめて高く、ロス・カサソラスにひとたび食らいつけば、どんな反撃を受けようが突き立てた牙《きば》を離さなかった。

二つのカルテルは連日のようにヌエボ・ラレドの町で撃ち合い、血を流し合い、アスファルトに薬莢《やっきょう》をばらまき、死をまき散らした。

どこにいようと相手が見つかれば発砲し、市民を巻きこむ。

五十人以上の麻薬密売人《ナルコ》が市街戦をはじめたときは、半径五十メートルにある建物が穴だらけになり、走行中に窓ガラスと車体の側面を撃ち抜かれたミニバス《ペセロ》のなかで、乗客十八人が命を落とした。将来を有望視されていた野球選手が乗るワゴンにも銃弾は当たり、二人が死亡した。所属チームは追悼試合をおこなったが、選手は誰もカルテルを責めなかった。その名を口にできなかった。

麻薬戦争が激化するいっぽうで、地元の新聞社の言論も封じられた。紙面では犠牲者が悼《いた》まれたが、元凶であるカルテルを非難する記事はいっさい掲載されなかった。

Los Casasolas《ロス・カサソラス》 y《と》 Cartel del Dogo《ドゴ・カルテル》——

一面トップを連日飾るはずの見だしは、報復の恐怖に屈してまったく印字されることがない。

アジョセ・ルビアレス、五十五歳、新聞記者。

トマス・テジェチェア、四十一歳、新聞記者。

ペルペトゥア・ルシエンテス、三十三歳、ジャーナリスト。
ビビアノ・フリアス、二十七歳、ライター、ブロガー。
アンヘル・ガルサ、三十八歳、テレビ局プロデューサー。

勇気を持って麻薬戦争を非難し、カルテルに脅迫されたのち、無残に処刑された人間をかぞえ上げればきりがなかった。そうした人々の声は地の底に葬られ、町中におびただしい血が流される毎日のうちに、法の秩序とジャーナリズムは死に絶える。

独自の情報網とゆたかな見識を持ち、ロス・カサソラスと地元警察の癒着を一貫して糾弾してきたベストセラー作家、カシミーロ・サン・マルティンの死は、メディアに重くのしかかり、カルテルの報道を自粛させられる契機となった。

二十四時間体制で同行していた十一人のボディガードをあっさりと殺され、ロス・カサソラスに拉致《らち》されたカシミーロ・サン・マルティンは、五日後に唐辛子《チレ》の加工工場で発見された。死体のあまりのむごたらしさに、麻薬密売人《ナルコ》の残虐さを知る捜査員ですら目を背けたほどだった。

右腕、左腕、右足、左足、いずれも原形を留めていなかった。検視の結果、七十三歳の作家は生きたまま腕と足を凍結され、それから硬いハンマーのようなもので砕かれていたことが判明した。死因は失血性ショック死だったが、おそらくその前に恐怖と苦痛で、老作家の心臓は止まったはずだった。おそらくは。調べようにも心臓がなかった。

えぐりだされて、胸に穴が空いていた。

ロス・カサソラスの麻薬密売人《ナルコ》が、ドゴ・カルテルのメンバーの乗るジープの防弾ガラスを、グレネードランチャーで吹き飛ばす。

燃え上がり転倒した仲間のジープをよけきれず、後続車がつぎつぎと追突する。ロス・カサソラスの男たちはすかさず銃撃を浴びせ、引き金を引きつづけ、さらに手榴弾《しゅりゅうだん》を投げつける。手榴弾を使いきると、車に近づいて、わずかに息のある者を見つけては車外に引きずりだす。服を剝ぎ取り、ナイフで頸動脈を切りつける。処刑の様子を撮影してインターネットに流すのは日常茶飯事だった。ドゴ・カルテルも同じことをやっている。だがこれほどの激しい戦闘状態にあっては、悠長に撮影している暇もない。敵の増援が着く前に、すばやく殺すだけだ。牛を殺すように、虫を踏みつぶすように、まだ生きている人間をひたすら殺してまわる。究極の暴力、際限ない恐怖、地獄には底がなく、道路は血に染まっていく。

警察の特殊部隊が到着すると、ロス・カサソラスはしばらく撃ち合うが、基本的にはすぐに撤退する。ライバルに惜しみなく銃弾を贈る彼らも、警察に同じことをやるのは「経費の無駄」だと考えていた。それはカルテルを特徴づける実用主義《プラグマティズム》の表れだった。すべてはビジネスだ。

ヘルメットや防弾ベストなどの装備が充実した特殊部隊とやり合うには何千、何万発もの弾が必要になる。しかし警官個人の出勤時、帰宅時を襲えばたった数発で仕留められる。そのために殺し屋《シカリオ》を放つ。
指揮を執る者を一人ずつ暗殺し、家族も殺す。三百六十五日つけ狙うことで、カルテルは警官を怖れさせ、戦意を喪失させる。敵対する検事や裁判官も追いつめる。辞職してアメリカ人の国《グリンゴ》へ逃亡する日まで。でなければ、また一つ死体が増える。

ロス・カサソラスを仕切っている四人の兄弟。
〈ピラミッド《エル・ピラミデ》〉――ベルナルド・カサソラ。
〈ジャガー《エル・ハグワル》〉――ジョバニ・カサソラ。
〈粉《エル・ポルボ》〉――バルミロ・カサソラ。
〈指《エル・デド》〉――ドゥイリオ・カサソラ。

敵対するドゴ・カルテルは、アメリカの麻薬取締局《DEA》に匹敵する通信傍受システムを構築して、カサソラ兄弟の潜伏先、郊外にある邸宅の座標を割りだし、四人には思いもよらなかった方法で奇襲を加えた。
米軍が中東でくり返しているドローンを使った空爆は、二〇一五年九月九日の午前四時に実行された。

暗闇を飛行してきたドローンは大型で、翼の全幅は八メートルあった。カサソラ兄弟の潜伏先に軍用の五百ポンド《二百二十七キロ》爆弾を投下し、邸宅を吹き飛ばした。一度目の空爆で長男のベルナルド・カサソラ、次男のジョバンニ・カサソラが死亡した。あとには燃えている肉片が転がっただけで、埋葬できるような死体は残らなかった。

眠れずに寝室を出て、ゲートを警備する歩哨《ほしょう》と話しながら紙巻煙草を吸っていた三男のバルミロ・カサソラは、偶然にも一度目の空爆を逃れられた。吹き飛んだ邸宅を振り返り、空対地ミサイル《ASM》を撃ちこまれたのかと思った。敷地を走ってきた部下が上を向いて叫ぶ姿を見る前に、バルミロは空を仰いだ。

まだ月と星が光っている空を旋回するドローンの影の大きさに、バルミロは海軍省《SEMAR》の特殊部隊に急襲された可能性を考えたが、逮捕を目的とする軍が警告なしに空爆するとは思えない。

それなら犬《ドゴ》の奴らか、とバルミロは思った。

妻と子供たちが邸宅の地下に身を隠していた。逃走ルートのトンネルは崩落したコンクリートで塞《ふさ》がれてしまい、兄弟の四男、ドゥイリオ・カサソラの判断で、家族は地上に連れだされた。

バルミロは、頭から血を流して叫んでいる弟の姿を見た。アメリカ製のアサルトライフルAR－18を抱えていた。ドゥイリオの趣味は、捕まえた敵の指を生きたまま豚に食わせることだった。そのために彼は指《エル・デド》の通称で怖れられていた。

「くそ野郎《ピンチェ・カブロン》」とののしりながら、ドゥイリオが兄弟全員の家族を防弾仕様の車に乗せた。グランド・チェロキーが一台とレンジローバーが三台。ドゥイリオは叫んだ。「**行け《バモス》！　行け《バモス》！**」

「行くな《ノ・アルト》」とバルミロは声を張り上げたが、二度目の空爆が襲いかかってきて地面がゆれ、木々をなぎ倒す爆風が駆け抜けた。火柱が上がり、ドゥイリオの姿が見えなくなった。

　バルミロの妻や子供の乗った車は、間一髪で走りだしていた。それを二機目の大型ドローンが追いかけていた。無人機の追跡は正確で、チェロキーに乗ったロス・カサソラスの男が身を乗りだし、ロシア製の対戦車擲《てき》弾で狙いをつけたが、無人機はすでに計算しつくされた座標に爆弾を投下していた。四台の車は宙を舞い、地面をえぐり取る衝撃がすべての命を消し去った。

　バルミロの持つ無線機に「ドゴ・カルテルの車列が接近中です」と連絡が入ってきた。しかし手遅れだった。列をなす車のヘッドライトの光がもう見えはじめていた。銃と手榴弾をかき集め、ピックアップトラックのラム１５００に乗りこんだバルミロは、背後に迫る銃声を聞きながら、夜明け前の林道を走り抜けた。アクセルペダルを踏み、大型ドローンに搭載されているはずの高解像度カメラについて考えた。おれの顔も識別できるのか。おそらくできるだろう。だったら追ってくる。

潜伏していた邸宅からおよそ二十キロ離れた空き地に逃げ、以前の住人に棄てられた納屋のなかにピックアップトラックを隠した。車のルーフをさらせば恰好《かっこう》の標的にされる。家族の死を嘆く暇もなく納屋を出たバルミロは、油断なく草むらに腹這《はらば》いになって、周囲に目をくばりながら、部下のアンドレス・メヒアに無線で連絡を取った。

やがて現れたアンドレスは、双眼鏡を携帯し、プラスチック爆弾のC－4《シー・フォー》を詰めたバックパックを背負っていた。アンドレスは双眼鏡を上に向けて、白みはじめてきた空を悠々と飛んでいる大型ドローンを観察した。

「軍用無人機ですが――」とアンドレスは言った。「空軍のものではありません。見るかぎり〈ボーイングX－45〉に似ています」

メキシコ陸軍除隊後に麻薬密売人《ナルコ》となったアンドレスは、兵器について豊富な知識を持っていた。アンドレスは双眼鏡をバルミロに手渡し、バルミロはレンズをのぞいた。全幅八メートル、窓のない不気味な灰色の無人機が、ヌエボ・ラレドの上空を旋回している。ドゴ・カルテルの捜索している獲物は明らかだった。

おれが逃げた映像を奴らははっきりと見ている。

粉《エル・ポルボ》。バルミロは麻薬密売人《ナルコ》や法執行機関の世界だけではなく、世間でもそう呼ばれていた。ロス・カサソラスを指揮する四人兄弟のなかでもっとも凶暴な一人。ドゴ・カルテルは兄弟を三人殺したが、最後の一人をまだ仕留めていなかった。

大型ドローンの捜索をやりすごしたバルミロとアンドレスは、町の中心へと移動した。そこまでは追ってこないはずだった。ラム1500に乗りこんで走りだし、五分もしないうちに、ドゴ・カルテルの車両部隊に見つかり、激しい銃撃を浴びせられた。ピックアップトラックの防弾ガラスは霜が降りたように真っ白になって弾を防いだが、まもなく砕け散り、撃たれたタイヤが破裂して車は大きくスリップした。

バルミロとアンドレスは車を飛び降りて反撃した。アンドレスは銃を撃ちながら手榴弾を投げ、だがすぐに右肩を撃たれた。噴きだした血がバルミロの頬にかかった。転倒したアンドレスは這って逃げ、敵の弾がアスファルトを跳ね返って道路標識に当たり、連続して甲高い音を立てた。

バルミロにアンドレスを救うことはできなかった。落ちていたC－4の入ったバックパックをつかみ、アンドレスとは逆方向に逃げた。国道に向かって自分の足で走る途中、路肩に停まっているトヨタのトラックを見つけた。唐辛子《チレ》の山を積んだ荷台に、若い農夫がシートをかけ終えたところだった。バルミロは農夫の頭を撃ち抜き、死体を路肩の隅に転がして、彼の帽子《ソンブレロ》を奪ってかぶり、できるだけ顔を隠した。

運転席に乗りこむと、助手席に農夫の妻が座っていた。バルミロは彼女の額を撃ち、ドアを開けて死体を蹴り落とした。すばやくトラックを降りてシートをめくり、荷台をたしかめた。農夫の息子でも乗っているのではないか。しかし誰もいなかった。荷台には唐辛子《チレ》の山だけがあった。バルミロはふたたび運転席に乗りこんだ。

セルフサービスのガソリンスタンドに入った。

敷地の隅にトラックを停めると、自販機でガムを買った。それからバックパックを開け、C－4の起爆装置の電話番号をたしかめた。起爆装置と一台のスマートフォンが配線でつながっていた。そのスマートフォンにかければ装置は作動する。銃で撃ったり、火を放ったりする程度ではC－4は爆発しない。起爆装置が不可欠だった。スマートフォンの番号を覚えると、個別包装された粘土状のプラスチック爆弾の一つに起爆装置を挿入し、荷台の唐辛子《チレ》の山のなかに埋めて、ガソリンスタンドを出た。

トラックを走らせて東へ向かった。目当ての民芸品店が見える路肩で停車し、農夫の帽子《ソンブレロ》をわずかに押し上げて周囲をたしかめながら、アンドレスの無線機に連絡した。「民芸品店に来い」と言った。「柱サボテン《カットゥス》の看板のところだ」

アンドレスはおそらく撃たれて死んでいるか、拷問を受けて殺されているはずだった。バルミロのメッセージは、無線機を回収したドゴ・カルテルに聞かせるためのものだった。

午後一時すぎ、雨季の曇り空の下で、バルミロ・カサソラは柱サボテン《カットゥス》を描いた看板を掲げる民芸品店を視野に入れながら、トヨタのトラックの運転席のバックミラーに自分の額を映した。自販機で買ったガムを嚙み、すぐに口から取りだして、血が目に入ってこないように傷口に貼りつけた。

息を深く吸い、吐きだした。四十六歳になっていた。だが体力も精神力もいまだに衰えてはいない。そうでなければ麻薬密売人《ナルコ》としてメキシコで生きられない。兄弟を、部下を、妻を、息子を、娘を殺されても、天を仰いで「神よ」と叫んだり、教会ですすり泣いたりはしない。そんなことをするのは、麻薬密売人《ナルコ》以外の普通の人間だ。

家族が殺された瞬間から復讐の月日がはじまる。おれの神は罪を許す神ではない。バルミロは思った。地獄をも超越する戦いの神、夜と風《ヨワリ・エエカトル》、われらは彼の奴隷《ティトラカワン》、煙を吐く鏡《テスカトリポカ》。

二丁の銃を膝《ひざ》に載せて、残弾数をたしかめた。オーストリア製の拳銃グロック19には四発残り、スイス製のマシンピストルTP9には三発が残っていた。どちらも同じ規格の弾、九ミリ×十九ミリパラベラム弾を使っている。

マシンピストルの残弾を取りだしたバルミロは、それをグロック19の弾倉に移した。マシンピストルのほうが弾丸の初速もあり、射程距離も長いが、これからやることを考えれば、あつかいやすい拳銃に七発の弾丸を集めておくべきだった。

拳銃を握ってシートに寄りかかり息を整えた。左耳が聞こえなかった。空爆の衝撃波で鼓膜がやられていた。めまいがした。内耳《ないじ》や三半規管に傷を負い、平衡感覚をなくしているかもしれなかった。こんなひどい気分になったのはコロンビアの夜以来だった。

七年前にバルミロは、コロンビア人のカルテルが用意した小型潜水艦に同乗した。小型潜水艦はジャングルで建造され、人間六名とコカインを乗せて海中を潜航する。その内部は刑務所の懲罰房並みに狭く、酸素が薄くなり、メキシコ湾の海底を進む途中で、コロンビア人の一人が吐いて意識を失った。艦内にたちまち嘔吐物《おうとぶつ》の悪臭が充満したが、海軍省《SEMAR》が監視しているので浮上できず、換気もできない。嘔吐した男はやがて息を吹き返したが、仲間のコロンビア人に激怒され、上陸後に射殺された。

あの鋼鉄の棺桶《かんおけ》は最悪だったが、水のなかを進んでいただけまだましだった。バルミロはそう思った。今はもっとひどい。

船は沈んだ《エル・バルコ・セ・ウンディオ》。

船は自分のカルテルだった。そこにすべてがふくまれていた。すべてが。

トラックの運転席に深く身を沈め、柱サボテン《カットゥス》の看板を眺めて待った。かつてその民芸品店には、〈死者の日《ディア・デ・ムエルトス》〉を祝う品を買い求める外国人観光客が押し寄せた時代があった。骸骨《カラカ》の人形、祭壇《アルタール》、髑髏の砂糖菓子《カラベラ・デ・アスカル》。十一月のパレードにはほど遠い季節にも、色あざやかな髑髏《カラベラ》は人気だった。今では観光客などいない。民芸品店の広いフロアは閑散として、店舗に来るのは地元の住人だけだった。人々は店主の仕入れる掃除用のバケツやホースや箒《ほうき》をそこで買った。

民芸品店の駐車場に一台の車が入ってきた。停まった車から降りてくる老人と老婆、その小さな孫。孫は七歳くらいの男の子で、子犬を抱えるように〈バットモービル〉を両腕に抱きしめていた。悪を倒す〈バットマン〉専用のスーパーカー、それは玩具《おもちゃ》にしてはサイズがずいぶん大きく、バルミロの目には太いタイヤの直径が輪切りにされたオレンジ《ナランハ》ほどもあるように見えた。ラジコンなのかもしれなかった。

老人は周囲に目をくばり、妻と孫をうながして柱サボテン《カットゥス》の看板の下にあるドアをくぐった。わずか一分後に三人の不運をあざ笑うかのようにして、ドゴ・カルテルの麻薬密売人《ナルコ》が乗った五台の車が現れた。粉《エル・ポルボ》を狙う武装した男たちはぞろぞろと店内に入り、外には三人の見張りを立てた。

バルミロはトラックのエンジンをかけ、民芸品店に向かってアクセルペダルを踏んだ。見張り役が正面から撃ってくると、頭を低くし、体を丸め、運転席のドアを開けて飛び降りた。

走っている車から飛び降りるのは、若いころに何度も経験してきた。メキシコで知られる麻薬密輸のスタイルの一つに、コカインを積んだピックアップトラックを岸壁から海に落とし、波間を漂う商品をモーターボートに乗った相手が回収する方法がある。バルミロたちは海に転落する直前までピックアップトラックのハンドルを握り、どこまで乗っていられるか、おたがいに金を賭けて競い合った。度胸試し《チキン・ゲーム》。飛び降りた地点には白墨《ヒス》で印をつけた。

民芸品店の駐車場を転がったバルミロは膝立ちになり、弾数を逆に数えながらグロック19の引き金を引いた。

七《シエテ》、六《セイス》、五《シンコ》――

突っこんでくる無人のトラックをよけようとした見張り役を一人撃ち、MP5を連射するもう一人の頭を撃ち、六発目の弾で三人目の腹を撃った。撃たれた相手はなおも立ち向かってきたが、バルミロは反撃せずにスマートフォンの発信ボタンを押した。

トラックが民芸品店に突っこむのと、唐辛子《チレ》の山に隠されたC-4が爆発するのは同時だった。窓ガラスが吹き飛び、アスファルトがゆれた。黒煙が立ち昇り、柱サボテン《カットゥス》の看板が燃えながら崩れ落ちた。破壊された民芸品店から、鼠《ねずみ》が猛烈ないきおいで駆けだしてきた。鼠は炎に包まれていた。駐車場を走りまわり、バルミロの足もとに来て、おぞましく燃えながらぐるぐる円を描いた。バルミロはそれが鼠ではなく、玩具のバットモービルのタイヤだと気づいた。

## 09

### chiucnähui

拳銃の弾は残り一発しかなく、そんな弾数で出歩くのは少年のころ以来で、冗談のような状況だった。バルミロはバス《カミオン》を乗り継ぎながら、テキサス州の町に電話をかけた。会話はしない。ただかけるだけだ。いくつかの町にロス・カサソラスの築いた拠点があった。アメリカ人《グリンゴ》がリオ・グランデと呼ぶ大河リオ・ブラボーの対岸に位置するラレド、そしてデル・リオ、オースティン、ダラス。

潜伏先を壊滅させられ、兄弟をみな殺しにされ、ドローンの空爆を怖れている男は、ヌエボ・ラレドからどこに逃げるのか？　北だ。犬《ドゴ》の奴らはそう考える、とバルミロは思った。敗走する粉《エル・ボルボ》は、アメリカ合衆国へ逃げる、と。

国境はヌエボ・ラレドの目の前にあり、テキサスのほうがカサソラ兄弟の故郷ベラクルスよりも近い。アメリカに逃げれば、少なくとも市街地で野放しにされる大型ドローンに追われる心配はなくなる。通信記録を傍受したドゴ・カルテルがタマウリパス州とテキサス州をへだてる国境を嗅ぎまわるように仕向けたバルミロは、スマートフォンを路地裏に放り捨てた。

ヌエボ・ラレドの小さな肉屋《カルニセリーア》に勤める十六歳の〈ロロ〉ことテオドロ・フォルケは、ロス・カサソラスを崇拝する少年の一人で、路上の売人としても働き、カルテルの一員とは見なされなかったが、町の裏社会でほんの少しだけ名を知られていた。それでも、ロロは家族の暮らしを支えなくてはならず、拳銃すら買えないほど貧しかった。いつかロス・カサソラスの麻薬密売人《ナルコ》になって大金を稼ぐ日を夢見ていた。

競走馬の飼育係だったロロの父親は麻薬トラブルに巻きこまれ、ドゴ・カルテルのサンチョという男に殺されていた。ロロは復讐を考えたが、サンチョはすぐに死んだ。粉《エル・ポルボ》に殺されたらしいぜ、と先輩の売人がロロに教えてくれた。だったらあの拷問を受けたはずだ。おまえの親父も報われたな。粉《エル・ポルボ》――バルミロがサンチョを殺したのは事実だったが、それはロロの父親の死とはまったく関係がなかった。しかしロロの心は救われた。メキシコのカルテルのなかでも最強と言われるロス・カサソラス、その四兄弟の幹部の一人が父親の仇《あだ》を討ってくれたのだ。

手の届かない高みにいる粉《エル・ポルボ》が、何の前触れもなく目の前に現れたとき、ロロは眉一つうごかさなかった。彼はバルミロの顔を知らなかった。

「あのバイクは誰のだ」とバルミロは訊いた。店の前にインド製バジャージCT100が停まっていた。

「おれのです」とロロは言った。

バルミロは紙幣を取りだした。金額を見たロロはひそかに歓喜した。どういう風の吹きまわしなのか。これで拳銃が買える。借り物ではないおれの銃が。麻薬密売人《ナルコ》への一歩を踏みだせる。

「新しいバイクを買え」と言ってバルミロは金を手渡した。「ヘルメットはフルフェイスか？　そいつも買いたい。あと飲み水をくれ」

ロロに渡されたコップの水で喉をうるおし、バルミロは髪を濡らして、額の傷口が開かないように顔を洗った。それからキーを受け取って買い取ったバイクにまたがり、ガソリンの残量をたしかめた。

ロロは小声で言った。「セニョール、ほかに必要な物はありませんか？　コカはいらない？」

バルミロは首を横に振り、フルフェイスのヘルメットで顔を覆い隠してエンジンをかけた。「じゃあな《アスタ・ルエゴ》」と言った。

リオ・ブラボーの雄大な流れに沿ってメキシコ連邦高速道路2号線を南下しつづけた。ヘルメットのシールドに流れる風景を見つめ、逃走用の地図を思い描きながら、この先に待つ果てしない日々のことを考えた。どこまでも逃げ、ふたたび力を手に入れ、家族《ファミリア》を殺したドゴ・カルテルに復讐する。命乞《ご》いをする者もすべて殺す。縄張り《プラサ》を奪い返し、カルテルを立て直すには長い年月がかかるだろう。それでもおれはすべてを成し遂げる。絶望という言葉はバルミロにとって意味をなさなかった。世界の残酷さを受け入れ、神に血を捧げ、地獄のような毎日を戦士として歩む。痛みには慣れている。アステカの神に祈り、苦痛と連れ立って歩くことには。

二百六十七キロの距離を走ってレイノサに着くと、バルミロは市場《メルカード》に向かった。混雑している入口にバイクを停め、フルフェイスのヘルメットを脱ぎ、これ見よがしにハンドルにかけた。キーも差したままにしておいた。市場《メルカード》を少し歩いて振り返ると、くたびれたTシャツを着た若者が、急いでバイクを盗み去る姿が見えた。

遠くへ運んでいけ、とバルミロは思った。

サボテンの実を売る男に「携帯をなくしましてね」と告げてチップ《プロピーナ》を渡し、旧型のブラックベリーのスマートフォンを借りた。バルミロは刑事のミゲル・トルエバに連絡した。ミゲルはレイノサ警察に勤務するカルテルの内通者だった。

落ち合う場所を刑事に伝えると、通話履歴を消去してバルミロはブラックベリーを男に返した。

にぎわう市場《メルカード》を歩き、屋台で作り置きのコッペサンド《トルタ》を買った。釣り銭をもらう代わりに調理用のビニール手袋をひと組もらい、牛肉とアボカドを味わいながら人混みを進んでいく。

着替えのシャツとスラックスを買い、別の店で包丁を買い、別の店で中国製の安いフラッシュライトを買った。

西に進むにつれ、人通りは少なくなり、すっかり静まり返ったところで教会が現れた。バルミロは礼拝堂の告解室《こっかい》に入り、床板を外し、地下につづく階段を下りていった。

レイノサの地下を東へ延びるトンネルは、ロス・カサソラスの幹部のあいだで〈クエツパリン〉と呼ばれていた。蜥蜴《とかげ》を意味するナワトル語、滅亡したアステカ王国《アプエラ》で話されていた言葉。メキシコには今でも使われている地域がある。バルミロの祖母もそんな島の出身だった。

ロス・カサソラスは、タマウリパス州とテキサス州をつなぐトンネルを所有していたが、その大がかりな掘削《くっさく》工事に取りかかる前にレイノサで試験的に掘ったのが、全長七十メートルのクエツパリンだった。

バルミロは暗闇をフラッシュライトで照らし、頭を下げて進んだ。高さ一・五メートルのトンネルのなかは冷えきっていた。服を買ったのは、このトンネルを通るためだった。地上に出るころには、全身泥まみれになっている。

突き当たりにぶら下がった縄梯子《ばしご》をよじ登って、バルミロは地上に出た。そこは帽子《ソンブレロ》の倉庫のなかだった。市場《メルカード》で売るさまざまな色の帽子《ソンブレロ》を収めた段ボール箱が大量に積まれていた。

倉庫で待っていた刑事のミゲル・トルエバを見つけたバルミロは両手を軽く叩き、それから服についた泥を払った。

トルエバは逃走用に準備した足のつかないナンバーのSUVに寄りかかっていた。フォード・エクスプローラー。トルエバはずいぶん前にやめたはずの紙巻煙草を吹かしていた。

「娘は元気か」とバルミロは言った。

「ああ」トルエバはうなずき、笑ってみせた。救いがたい作り笑いだと、自分でもよくわかっていた。

ロス・カサソラスにもう先はない。新しい時代がやってくる。トルエバは悩んでいた。目の前にいる粉《エル・ポルボ》を、バルミロ・カサソラを、おれはここで殺すべきだろうか？　やるなら今しかない。ロス・カサソラスの生き残りがこいつだけであれば、それですべてが終わる。だが、たしかめようがない。こいつの部下がどこかにいれば、おれは当然の報いを受ける。メキシコシティで暮らす娘の寮に殺し屋《シカリオ》が放たれ、あの子は地獄を見るだろう。

巡査部長のトルエバは、ロス・カサソラスに協力した見返りの金で新車を買い、五人の娘を育て、老いた母親の入院費を工面してきた。メキシコシティの私立学校に入った長女の学費を払えるのもカルテルのおかげだった。

倉庫のなかでトルエバはいつでもバルミロを撃つことができたが、拳銃を取りだすことすらしなかった。逃走用の車のキーと偽造IDをバルミロに差しだし、南のベラクルス州で手配した冷凍船の名前と出港時刻を教えた。

「疲れたな」もらったキーをポケットに入れて、バルミロはため息をついた。「汗を拭きたいが、タオルはないか」

「ハンカチなら」

バルミロは受け取ったハンカチで顔を拭いた。そして「世話になったな《グラシアス・ポル・トード》」と言いながらトルエバに歩み寄り、背中に右腕を回した。メキシコ式の片腕の抱擁だった。トルエバもバルミロの背中を右腕で軽く叩いた。

借りたハンカチをバルミロは左手でマジシャンのようにふわりと広げ、トルエバの頭にかぶせた。これで返り血を浴びずに済む。右手で抜いた拳銃をトルエバのこめかみに押し当て、引き金を引いた。流れるような一連の動作だった。銃声が倉庫にこだまし、血と脳漿でハンカチを染めた汚職刑事がコンクリートの上にくずおれた。

ここで撃たれなくても、いずれドゴ・カルテルに殺されるはずだった。嗅ぎつけられ、監禁され、拷問され、粉《エル・ポルボ》の行き先を吐かされる。知らなくても待つのは死だ。バルミロは死体を眺めて思った。おまえはいい奴だった。よく働いてくれた。

弾の尽きたグロック19を捨て、バルミロは汚職警官のホルスターから新たな拳銃を奪い、死体の着ているシャツを剝ぎ取った。屋台でもらった調理用のビニール手袋をはめ、あらわになった死体の胸に同じ市場《メルカード》で入手した包丁を突き立てた。胸を縦に裂き、さらに力を込めて胸骨を切断した。ごりごりという音が倉庫に響き、死体の頭が左右にゆれた。強靭な胸骨が上下に分かれ、バルミロは邪魔になる肋骨も切り取り、大きく空いた穴に腕を突っこんだ。まだ温もりがあった。心臓《コラソン》はうごいていた。心臓を左手でつかみ、右手に持った包丁で、太い血管の枝を切り離す。あふれる血のなかで手ぎわよく取りだした心臓を、バルミロは死体の顔の上に載せた。そしてナワトル語で祈った。

**顔と心臓。**《イン・イシトリ、イン・ヨリョトル》

迷える愚者の顔と心臓は一つに結ばれ、ミゲル・トルエバはいけにえとなって神に捧げられた。

バルミロが信じているのはイエス・キリスト《ヘスクリスト》ではなく、メキシコの麻薬密売人《ナルコ》がこぞって信仰する〈死の聖母〉《サンタ・ムエルテ》でもなかった。スペイン人がアステカ王国を滅ぼす前、キリスト教がもたらされるずっと以前からこの国に根ざしていた力、それこそが彼の信じるものだった。

# 10

## mahtlactli

アメリカ合衆国に脱出せず、タマウリパス州を南へ下る。カルテルの主力商品だったコカインの密輸ルートではなく、二番手の商品——氷《イエロ》の密輸ルートをたどって姿をくらます。

バイクに乗りながら、レイノサの地下トンネル《クエッパリン》を進みながら、バルミロは頭のなかで入念な逃走計画を立てていた。

コカインのほとんどは最大のマーケットであるアメリカをめざして北上するが、そうではない麻薬の一部は南にも流れていく。その代表格が氷《イエロ》だった。

氷《イエロ》、メタンフェタミン、覚醒剤の一種。自然界のコカの葉が原料になるコカインとは異なり、人工的に作られる麻薬で、一八九三年にエフェドリンから合成された。最初の合成に成功したのは日本人の薬学者、東京帝国大学教授の長井《ながい》長義《ながよし》だった。一九三〇年代に中枢神経を刺激する興奮作用が判明し、その後ドイツで〈ペルビチン〉、日本では〈ヒロポン〉の名称で市販された。脳を破壊する危険性が認知され、禁止薬物となった以降も、地球規模で取引されてブラックマーケットをうるおしている。

ロス・カサソラスがタマウリパス州の工場で生産していた氷《イエロ》には、おもに二つの密輸ルートがあった。どちらも海路を利用していた。

第一の密輸ルートはメキシコ湾を出て、カリブ海を南下、ベネズエラで陸揚げ後に、陸路でブラジルへ運ぶものだった。

第二の密輸ルートの場合には、カリブ海を南下、パナマ運河を横断し、太平洋に出て、チリで陸揚げしたのち、陸路でアルゼンチンへと運ぶ。首都のブエノスアイレスでふたたび船に積まれ、南大西洋《みなみたいせいよう》を渡り、オーストラリアに届けられる。旅はそこで終わるわけではなかった。麻薬資本主義《ドラッグ・キャピタリズム》と自由市場の原理がウロボロスの蛇のようにからみ合い、販路は広がり、メキシコで作られた覚醒剤はインドネシアや日本まで運ばれていく。

ドゴ・カルテルの追跡を逃れるバルミロは、第二のルートをたどって姿を消すつもりでいた。ミゲル・トルエバが用意したフォード・エクスプローラーを走らせ、レイノサを南に進み、ベラクルスへ、手配した冷凍船の待つ港湾都市へと向かった。

ベラクルス州ベラクルス、カサソラ兄弟の生まれ育った町、そこはバルミロにとってのルーツであり、現代メキシコの誕生においてもルーツとなる土地だった。この地からメキシコの歴史がはじまり、アステカの歴史に破滅がもたらされた。

一五一九年、現在のメキシコ湾岸に一人のスペイン人が武装した軍隊を引き連れて上陸した。青白く灰色がかった顔をして、薄いひげをたくわえた征服者《コンキスタドール》。

エルナン・コルテスは、そのとき三十四歳だった。コルテスは沿岸に植民都市を築き、〈真の十字架の富める町《ビジャ・リカ・デ・ラ・ベラ・クルス》〉と名づけ、これがのちのベラクルスの原点となった。基地を手にしたコルテス隊は、彼らスペイン人が〈大陸《ティエラ・フィルメ》〉と呼ぶ未知の大地を西へと向かった。道中で出会い戦った部族たちはいずれもコルテス隊の近代兵器に屈したが、同時に執拗《しつよう》な警告を発した。西の王国に行ってはならない。おまえらみな殺しにされるぞ。

コルテスの抱いた野望、それはクーバ総督ディエゴ・ベラスケスでさえ思い描かなかった壮大な計画にあった。大陸《ティエラ・フィルメ》でもっとも怖れられるアステカ王国の征服《コンキスタ》。インディオの王が持つ黄金を、コルテスは根こそぎ奪い取るつもりでいた。

「もともと自分たちを〈メキシコ人《メシカ》〉と呼んでいたのは、アステカ人のほうだったのさ」幼かったバルミロは祖母《アブエラ》にそう聞かされた。「スペイン人はアステカ人の王様を殺し、神殿《テオカリ》も壊したよ。都を滅茶苦茶にして、その上に宮殿と憲法広場《ソカロ》を作ってしまった。どこだと思うね？　そう、メキシコシティさ。昔はあの場所に、〈テノチティトラン〉という夢みたいな美しい都があったんだよ。何もかも奪われたのさ。それでもアステカは、征服者《コンキスタドール》のものにはならなかった。連中はアステカの怖ろしい神々を怒らせたよ。白人の文明に取りこまれたふりをして、アステカの神々は奴らのはらわたを食いちぎり、首を切り落として回っているんだよ。麻薬戦争は終わらないだろう？　あれは呪いなのさ。最初にアヘン《オピオ》を持ってきたのは東洋人だったけれど、それもアステカの神々が呼び寄せたんだよ。いいかい？　海を越えて、アステカの偉大な神々のもたらす災《わざわ》いが、どこまでも広がっていくんだよ」

九月のベラクルスの気温は三十度を超えた。雨季に入って四ヵ月がすぎていた。午前中は雨が降らず、メキシコ湾の波が光り輝いていた。パナマ運河に向かう冷凍船に乗りこんだバルミロは、シャツのボタンを二つ外し、額の汗をぬぐった。きつい日射しに目を細めて、船に染みついた魚の生臭さと潮風の香りを吸いこんだ。

デッキを飛び交う蠅は海上にまでついてきた。蠅はバルミロのシャツの上にとまり、すぐに飛び立ち、またとまった。蠅の羽音を聞きながら、バルミロは海をしばらく眺めていた。左耳はまだ聞こえなかった。体を休めておく時間だった。バルミロはゆっくりと目を閉じた。夢のなかでジャガー《オセロトル》が駆け、鷲《クアウトリ》が舞い、砂漠の塵《ちり》のなかを這う蛇《コアトル》が鎌首をもたげた。

バルミロと兄弟たちを深く愛し、母親《マドレ》のように面倒を見てくれた祖母《アブエラ》の名はリベルタといった。その名は彼女が子供のころ――おそらく三つか四つのときに――親類につけられたスペイン名で、今の時代を生きるにはそちらのほうが便利だと思われていた。

リベルタの名を与えられる以前は、ナワトル語の〈雨《キアウィトル》〉という名で家族や村人に呼ばれていた。ほかにアステカの暦《カレンダリオ》の出生日にもとづいて〈二の雨《オーメ・キアウィトル》〉と呼ばれることもあった。だが、どちらも通称で、本当の名前は〈鏡の雨《テスカキアウィトル》〉だった。

リベルタはベラクルス州カテマコに生まれた先住民族《インディヘナ》で、湖に面した土地には滅亡した王国のオルメカ、マヤ、そしてアステカの末裔《まつえい》たちが暮らしていた。そうした人々はかつて〈インディオ〉と呼ばれていたが、時代が変わるにつれて新たに〈インディヘナ〉と呼ばれるようになった。〈インディオ〉という言葉に侮蔑の意味合いがある、というのがその理由だった。だがリベルタや多くの村人は、白人やメスティーソにたいして、自分は〈インディオ〉だと名乗っていた。

彼女の育った村ではアステカの儀式がいまだに受け継がれ、呪術師《じゅじゅつし》たちはスペイン語とナワトル語を織り交ぜて、夜ごとアステカ王国の神話を語り、火を灯《とも》し、コパリの香《こう》を焚き、メキシコ当局に取り締まられない程度のささやかな儀式をとりおこなった。本物のアステカの儀式をおこなえば、村中の人間が逮捕されかねない。

たとえ小さな火でも、かすかな香煙でも、呪術師に聖なる力が宿っていれば、幼いリベルタの目に荘厳な光景が映った。失われた神殿《テオカリ》で燃え盛るかがり火が見えたし、偉大な神の像を包みこむ祭壇の煙の渦が見えた。そこに呪術師たちの低いささやき声が重なり合って、リベルタの前にアステカの宇宙が広がり、そのすべてが彼女の魂を育《はぐく》んでいった。

本物の聖なる力を感じ取ることのできたリベルタは、どの村でもおこなわれている観光客向けの儀式が大嫌いだった。派手なだけで中身がなく、謎めいた夢の世界に通じる扉も感じられない。リベルタは見せ物で金を稼ぐ呪術師の家に押しかけ、戸口に立ち、スペイン語で「嘘つき！《メンティローソ》」とののしり、ついでにナワトル語でも「嘘つき！《イストラカトキ》」と言ってやった。「アステカ《メシカ》の神様に食われるといいわ」

窓から顔を突きだした呪術師は占いに使うカカオ豆や、干した草の根を投げつけて、小さな告発者を追い払った。

リベルタの家はとても貧しかった。苦労して育てた家畜が伝染病で全滅した年、収入の途絶えた家計を助けるために、十六歳になったリベルタは村を出た。

彼女は休暇でカテマコの湖にやってきた白人に見染められ、求婚されていた。相手はベラクルスに住むカルロス・カサソラという男で、クリオージョ——メキシコ生まれの純スペイン人だった。祖父が興《おこ》した貿易会社〈カサソラ商会〉を継ぎ、ベラクルス港に船を何隻も持っていた。家族への経済的援助と引き換えに、リベルタはその男と結婚する道を選んだ。メキシコでは爆発的な混血化が進んでいたが、それまでカルロスの家系にインディヘナの血が混ざったことはなく、暗黙のうちに白人至上主義が守られていた。カルロスはインディヘナの妻をめとった一族で最初の男になった。

リベルタには嫁入り道具などなく、ベラクルスの屋敷に運べるようなまともな私物すらなかった。カテマコを出る彼女が持っていったのは、小銭と、生家の思い出の日干しレンガ《アドベ》、麻袋に収めた古い笛、呪術師にもらった黒曜石のナイフだけだった。お祈りに使う竜舌蘭《マゲイ》のとげを持っていこうとしたが、ベラクルスの市場《メルカード》に売っていると教えられ、彼女は不安そうな顔をして、手に取ったとげをしぶしぶ家に残していった。

ベラクルスで財を成すカサソラ家の家系図をさかのぼれば、一五二一年にアステカ王国を滅ぼした征服者《コンキスタドール》にたどり着く。その史実について、リベルタはカルロスに前もって聞かされていた。だがカサソラ家に嫁いで、村に残した家族を助ける意志は変わらなかった。征服者《コンキスタドール》の末裔、そんな者はメキシコにはうようよいる。彼女は思った。いかに大統領が平等を語ろうとも、ここは彼らの国なのだ。

村を出た新しい生活にリベルタは慣れなくてはならなかった。週に一度、港湾都市に出かけて見聞を広めることを、夫のカルロスに許された。人々の声、スペイン語、英語、聞いたこともない言葉、儲《もう》け話、でたらめな噂、現れては消えていくいろいろな国の水夫、商人、荷揚げ労働者、そして巨大な市場《メルカード》——少し歩くだけでも目が回った。

自分と同じインディオの娘が体を売って稼ぐ姿を見るのは、つらい思いがした。彼女たちはカテマコではない別の土地からやってきて、港湾都市で稼いでいた。裕福な白人と暮らすリベルタの噂はすぐに広まり、彼女は嫉妬《しっと》され、すれちがいざまに物を投げられたりした。

それでもなかには気さくな娘たちがいて、リベルタは数人と親しくなった。カフェの片隅に座って、トウモロコシの粉を溶かした温かいアトレを飲みながら、おたがいの故郷について語り合い、紙巻煙草を吹かし、ときおり涙を流した。別れぎわにリベルタは、娼婦となって生き抜く娘のために、アステカ式のお祈りをしてあげた。

市場《メルカード》で買った竜舌蘭《マゲイ》から引き抜いたとげをつまみ、その先で自分の耳たぶを突き刺す。浮いてきた血を煙に振りかけて悪運を祓《はら》い、神に祈りを捧げる。コパリの香煙ではなく、灰皿に載せた紙巻煙草の煙を使うのがいかにも現代的だったが、リベルタの心は滅びた王国の民とつながっていた。竜舌蘭《マゲイ》はアステカを象徴する植物で、醸造酒《プルケ》の原料にもなり、聖なる力を持っている。目の前の娼婦の娘がひどい不幸にさいなまれ、もっと力が必要だと感じたときには、リベルタは迷わず自分の指先や手首をさらに傷つけて、煙に振りかける血を増やした。

屋敷に戻り、指に巻いた包帯のことをカルロスに尋ねられると、リベルタは「魚の調理のときに怪我をしました」と答えた。

「またか」とカルロスは言った。「不器用な奴だな」

港湾都市のベラクルスではメキシコ湾で水揚げされる魚が食卓に並ぶ。カルロスはカジキ鮪《まぐろ》のスープが好みだった。

白人の妻になるまで、リベルタは砂糖の入った固形のチョコレート《チョコラーテ》を食べたことがなかった。彼女の育った村のチョコレート《チョコラーテ》はアステカ時代と変わらない昔ながらの飲み物で、カカオとトウモロコシの粉に唐辛子《チレ》を混ぜた、どろどろした粘り気のある液体だった。夫と町に出かけて菓子店のチョコレート《チョコラーテ》を食べたとき、土くれのような硬い食感と異様な甘さに驚いたリベルタは、思わず口から吐きだした。

信じられないできごとをいくつも経験したが、都会暮らしが楽しいとは感じなかった。貧しさにあえぐ人々の悲しみは村人より深く、世界は村より混乱しているように見えた。地震が起きるとベラクルスの人々は青い顔で表に出てきて、不安そうに隣人と語り合ったが、「震度」とか「震源」の話をするばかりで、誰も〈オリン〉の話をしないのがリベルタには不思議でならなかった。オリンにはナワトル語で〈うごき〉という意味があり、地震を示している。アステカで用いられた暦のなかにある二十種の象徴《シンボロ》、その十七番目。

大地がゆれても、ゆれなくても、アステカの暦にははじめから地震がふくまれているというのに。それが暦というもので、それが時間というものなのに。リベルタは思った。この国は本当にアステカを忘れ去ったのだ。キリスト教徒の征服者《コンキスタドール》に踏みにじられた大地を照らす太陽、スペイン語の曲が歌われる宴《うたげ》を淋しげに照らす月、打ち壊され、地下に埋められた神殿《テオカリ》、ありとあらゆる場所から、神々の計り知れない怒りが伝わってくる。太陽と月に血を捧げなくてはならない。

誰も血を捧げないせいで、神々の怒りが日ごとに増している。これでは災いが鎮《しず》まらない。どこまでも広がっていくばかりだ。

　かつてアステカの首都、湖上都市テノチティトランが存在した国、非情にもその湖を消し去り真上に新たなメキシコシティを築いた国、そこに住むほとんどすべての者がキリスト教の洗礼を受け、カトリック《カトリコ》になっていた。

　リベルタの夫も熱心なカトリック《カトリコ》で、同年代の男たちにくらべれば妻を束縛することは少なかったが、邪教であるアステカ趣味を人前にさらすのだけは許さなかった。自分の見つけた若く美しい妻は、敬虔《けいけん》なキリスト教徒として振る舞うべきだった。

　リベルタは教会で洗礼を授けられ、神父には「災いを呼ぶ言葉である〈鏡の雨《テスカキアウィトル》〉の名前を捨て去り」「心からキリストを信じて生まれ変わり」「その正体は悪魔であるアステカの神々の名を記憶から永劫《えいごう》に消すように」ときつく諭《さと》された。

　**ウィツィロポチトリ、トラロク、シペ・トテック、ミクトランテクトリ、トラルテクトリ、ショロトル、コアトリクエ、ケツァルコアトル**——神々はもっといた。どれほど未開の邪教と謗《そし》られようと、リベルタは神々を忘れなかった。

　アステカの神話、複雑な迷宮のように入り組み、ある神が別の神に変身し一人で何役もこなしたりする、白人にとって理解しがたい世界、その神話で語られるできごとは、単純な善悪の対立や神々の系譜だけではとても説明できなかった。夢の地層、混沌《カオス》で満たされたなかに垣間《かいま》見《み》える人間を超えた底知れない法則、人間をゆさぶる謎めいた力、それは〈うごき《オリン》〉であり、地震と同じ力であり、神話は人間に破壊と再生をもたらす。人間はおのおのが昼と夜をすごし、目覚めては眠り、眠っては目覚め、そのくり返しで夢の世界に触れているが、個人の夢よりもはるかに大きな世界である神々の領域には暦を介してだけ触れることができる。

アステカ王国では二百六十日の〈祭祀暦《トナルポワリ》〉と、三百六十五日の〈太陽暦《シウポワリ》〉の二つが用いられていた。

祭祀暦《トナルポワリ》での一ヵ月は二十日で、一年は十三ヵ月だった。

20×13=260

二百六十日で終わる暦のなかに、二十種の象徴《シンボロ》が十三日ずつ順番に日々を支配していく〈トレセーナ〉という暦が組みこまれ、これを人々はみずからの吉凶を占うものとして重要視していた。

太陽暦《シウポワリ》は月と年をかぞえるもので、一ヵ月は二十日、一年は十八ヵ月で構成されていた。

20×18=360

この三百六十日に〈暦にない日《ネモンテミ》〉と呼ばれる忌日の五日を足して、一年を三百六十五日とする。二十日ごとに神々の祝祭がとりおこなわれ、すなわち一年中儀式が実施されていたが、最後にあまった五日間だけは、全国民が喪に服すような沈黙のうちにすごした。

祭祀暦《トナルポワリ》二百六十日、太陽暦《シウポワリ》三百六十五日、この二つの暦の輪が一周し、ふたたび始点に戻ってくるまでには長い時間が必要だった。二百六十と三百六十五の最小公倍数一万八千九百八十。

18980÷365=52

——五十二年——

アステカ人にとってもっとも大きな暦の最後にあたる一日は、キリスト教徒の怖れる裁きの日と同じように、あるいはそれよりもさらに破滅的な深淵として待ち受けているものだった。

それは時間が尽きはてる日を意味していた。そのとき世界は死を迎える。つぎの暦、新たな五十二年間が存在し得るのかどうか、誰にもわからない。神々でさえ運命を知らない。

　五十二年周期の暦が完結する日、人々は家財道具をすべて捨て去って家のなかを清め、テノチティトランの神官たちは神々の古い偶像をテスココ湖に放りこんだ。太陽が沈むとアステカ王国の全土で火が消された。過去の火は消されなければならなかった。

　とてつもない恐怖に満ちた夜、時間の尽きはてた真夜中がやってくる。ただの闇ではない。時間そのものが燃えつきてしまい、どこでもない虚無が口を開けて待っている。女たちと子供たちは魔除《よ》けの仮面を着けて穀倉に身を隠し、異界の悪魔にさらわれないようにと震えながら祈った。

　男たちは寝ずの番をして家族を守り、神官《トラマカスキ》たちは都の東にあるイッタパラパンの丘に築いた神殿《テオカリ》から天体を観測した。彼らが見ているのはプレアデスの輝きだった。その光が天頂点を通過し、つぎの五十二年の時がはじまりつつある兆候を確認すると、いけにえの心臓をえぐりだし、胸に空いた穴のなかで火を燃やした。宇宙は人間の捧げる血で活動を保っている。いけにえの胸のなかで火が美しく燃え上がれば太陽が現れる。だが消えてしまえば、時の流れは戻らず、人知を超える破壊が天空を覆いつくし、悪魔と呪われた怪物どもが大地に現れて人間を虐殺するだろう。
いけにえの胸の穴で火が燃え上がると、神官《トラマカスキ》は祭壇の炉へその火を移し、きらめく光と熱のなかにえぐり取った心臓を投げこむ。いくつもの松明《たいまつ》に火が分けられ、すべての神殿《テオカリ》に届けられる。闇に包まれた王国に一つ、また一つと新しい火が灯されていく。しかし多くの民はいまだに暗がりで恐怖に耐え、息をひそめている。

ついに太陽が東の空に現れると、王国全土の国民は新しい五十二年の開始を知り、なかでも首都テノチティトランで夜明けを迎えた二十万の人々は歓喜に沸き立った。涙を流して祝い、神々に感謝し、悪魔の目から隠してあった祝祭の衣裳《いしょう》を取りだした。家財道具は湖に捨てたが、それだけは残してあった。人々は翡翠《ひすい》とケツァル鳥の羽根で頭を飾りつけ、岸辺から眺める水面のように美しいターコイズ《シウィトル》をちりばめた衣裳を着た。子供たちは緑岩の耳飾りと鹿の革をまとい、神官《トラマカスキ》を真似て棒切れの杖《つえ》を握った。富める者、貧しい者の区別はなかった。貴族も奴隷も並んで歌い、踊った。

太鼓が打ち鳴らされると、戦争の神〈蜂鳥の左《ウィツィロポチトリ》〉の戦士たちが〈クアウトリ〉をかたどった戦闘服を身にまとい、その羽根で覆った盾をかざして、テノチティトランの市街地を行進した。〈クアウトリ〉も十三《トレセーナ》日の象徴《シンボロ》の一つで、大空を舞う鷲《わし》だった。

人々はトウモロコシの粉で作ったトラスカリ——のちに征服者《コンキスタドール》にトルティーヤと呼ばれる——を食べ、醸造酒《プルケ》を飲み、コパリを焚いて、耳たぶを竜舌蘭《マゲイ》のとげで刺し、浮いてきた血を煙に振りかけては、新たな暦の再開を許してくれた神々を讃《たた》えた。

神殿《テオカリ》、群立する巨大な階段ピラミッド、その頂上で夜明けからずっと儀式がとりおこなわれていた。神々のためにいけにえが捧げられていた。儀式は正午をすぎてもつづけられ、まるで終わる気配を見せなかった。いけにえはひたすら殺されていった。神々に血と心臓を差しだし、宇宙の食べ物《トラスカリ》となるのはすばらしいことだった。戦争に負けて捕虜になった他国の兵士などは、いけにえにならないかぎり地獄へ送られてしまう。沐浴《もくよく》で体を清めた彼らは、神殿《テオカリ》へと引き立てられていった。

神官《トラマカスキ》たちは心臓をえぐり取った死体を、下へと突き落とした。神に食べられ、胸に穴の空いた死体は、長い石段を転がり落ち、待ち受ける係が首を切り落とした。首も供え物だった。首なしの死体を囲む人々が、腕と足を切り落とした。神は心臓を食べるが、人間に食べることが許された部位は腕と足のみだった。アステカの厳格な戒律にしたがって、人々はいけにえの腕と足を火であぶって食べた。人間の肉が焼かれるすぐ横で食用のアルマジロも焼かれていた。

いけにえの腕のなかでも上質なものが人々によって選《よ》りわけられ、顔を黄色と黒に塗りわけた神官《トラマカスキ》に差しだされた。その神官《トラマカスキ》の仕える神は人間の心臓のつぎに腕が好物だった。

腕を預かった神官《トラマカスキ》は百人を超す奴隷を引き連れ、神殿《テオカリ》の長い石段を上っていった。従者が死の笛を吹いた。見ることも、触れることもできない怖ろしい存在に、いけにえの心臓と腕が捧げられようとしていた。

新しい五十二年の開始を祝う人々が、神官《トラマカスキ》と奴隷の姿に気づき、神の名をおごそかに口にしはじめた。われらは彼の奴隷《ティトラカワン》、夜と風《ヨワリ・エエカトル》、双方の敵《ネコク・ヤオトル》、どれも同じ神を指していた。

永遠の若さを生き、すべての闇を映しだして支配する、**煙を吐く鏡《テスカトリポカ》**。

## 11

mahtlactli-huan-cë

儀式のスケールは栄華を誇ったアステカ王国の時代に遠くおよばなかったが、唐辛子《チレ》のひと房《ふさ》のように小さくささやかな祈りでも、欠かさず神々に捧げなければならない。リベルタは夫に隠れて、アステカの祭祀暦《トナルポワリ》で日と週をかぞえ、神々を思った。月と年をかぞえるには太陽暦《シウポワリ》を使った。本当は毎月二十日ごとに祝祭を催すべきだったが、もちろんそれは叶《かな》わなかった。

一年のなかでもっとも暑い五月は、人々が独立記念日のある九月や、クリスマスのある十二月を重んじているように、リベルタにとって何よりも大事な月だった。雨の降らない乾季がようやく終わりに近づくと、メキシコ《アステカ》の太陽はみずからを燃やしつくすように、さらに激しく照りつける。怖ろしいまでに空が青く輝き、土から水が奪われていく。耐えがたい猛暑、作物に死をもたらす乾燥、それらが頂点に達する五月に、テスカトリポカが君臨している。かつてその神のためにとりおこなわれた大祭は、一年かけて入念に準備がされ、五月の名と同じく〈トシュカトル〉と呼ばれていた。

カテマコに暮らしていたリベルタは、六歳になったある日、老いた村長に呼びつけられた。

二人は湖の岸を並んで歩き、少しずつ遅れだした村長はやがて立ち止まり、こう語りだした。「おまえのご先祖様はな、アステカ王国でテスカトリポカ様に仕えた神官《トラマカスキ》だったよ。そればかりかジャガー《オセロトル》の戦士団を率いる部将でもあった。神官《トラマカスキ》と戦士を兼ねるのは、王《トラトアニ》になるのと同じくらい名誉なことだ」

「テスカトリポカ――」とリベルタはつぶやいた。呪術師にいろんな神々を教わっていたが、それははじめて聞く名前だった。そして自分の本名に似ている、と思った。

「おまえも知っているとおり、黒曜石を磨いて、アステカ人は鏡を作る」と村長は言った。「鏡のことは〈テスカトル〉といった。黒のことを〈トリルティク〉といった。煙《けぶ》るというのは――」

「〈ポポカ〉でしょ」

「かしこい子だ。テスカトリポカ様の名は、この三つの言葉でできておる。わしは昔、この村に来たアメリカ人《グリンゴ》の考古学者がテスカトリポカ様のことを〈煙った鏡《スモーキング・ミラー》〉と呼んでいるのを耳にした。まったくあいつらときたら、何にでも自分たちの言葉で名づけたがる。さて、リベルタ、おまえの名前――鏡の雨《テスカキアウィトル》に入っておる〈テスカ〉の一語は、おまえがご先祖様の血を受け継いだ証《あかし》だ。そうでない者が〈テスカ〉の一語をたやすく名前に加えるわけにはいかん。たしかにおまえの家族は貧しい。父も、母も、とても苦労しておる。しかし、おまえたちは特別な一族だ。貧しくともそのことを忘れるな」

家に帰ったリベルタは、汗まみれで家畜の世話をしている父親のところへ行き、村長に聞かされた話を伝えた。六歳の娘が「テスカトリポカ」と言った瞬間に父親は顔色を変えて、飼料のかごを放りだし、周囲に誰もいないのをたしかめた。父親は娘を納屋の奥へ連れていき、幼い目をじっと見つめて告げた。

「その神様の名を口にするんじゃない」

ささやき声だったが、父親は怒っていた。なぜ怒られるのか、リベルタにはわけがわからなかった。立派なご先祖様を誇りに思うべきだ。神様のことを隠す理由は何もない。

父親は娘の顔を見つめつづけた。やるなと言ったことをやるのが子供だった。父親は言った。「どうしても名を口にするときには、小声で『夜と風《ヨワリ・エエカトル》』と言いなさい。同じ神様の名だ。いいか？　本当の名は声に出すな。胸のなかにしまって鍵をかけておけ」

ずっとあとになって、成長したリベルタは、父親の気持ちがわかるようになった。父親は怒るというよりも怖れていたのだった。**テスカトリポカ**の名を娘が口にすることで、征服者《コンキスタドール》によって眠らされた怖るべき神が地の底からよみがえり、ふたたび力を持つのではないか――そう危惧《きぐ》していた。あの神が目覚めれば、乾季の終わりの大祭〈トシュカトル〉も復活してしまい、娘の心臓がえぐりだされかねない。呪術師《ティトラカワン》の声を借りて神が娘の心臓を求めれば、もう拒むことはできないのだ。なぜなら、**われらは彼の奴隷だ**

からだ。

そして老いた村長は、何も気まぐれで昔話をしたのではなく、「テスカトリポカ様を敬えば、力が与えられ、おまえの家は貧しさから抜けだせる」と娘をとおして父親に暗に助言を授けたのだった。

だが、リベルタの父親はそんな力を望んではいなかった。あの残酷なアステカの神を古代から目覚めさせるよりは、貧しい暮らしを送ったほうがましだ、と思っていた。


五月になって、リベルタはベラクルスの市場《メルカード》に帽子《ソンブレロ》をかぶって出かけ、生きている雄鶏《ガジョ》を買った。行商人は針金のゆがんだ安っぽいかごに雄鶏《ガジョ》を入れてリベルタに持たせた。つぎに彼女は土を焼いた鉢《はち》を買った。直径は十センチほどで、側面にアステカ風の髑髏《どくろ》の浮き彫りがほどこしてあった。出土品レプリカ《レプリカ・デ・ピエサス・アルケオロヒカス》と呼ばれる商品で、観光客向けのみやげ物だった。

飛べない羽で激しく羽ばたき、やかましく鳴きつづける雄鶏《ガジョ》を屋敷の裏庭に連れていき、嫁入りのときカテマコの家から持ってきた麻袋を開けて、黒曜石のナイフを取りだした。石器時代のような荒削りの道具だったが、雄鶏《ガジョ》の首を切り落とすのは造作もなかった。リベルタは殺した雄鶏《ガジョ》を逆さにぶら下げて血抜きをした。こぼれてくる血をブリキのバケツにためこみ、雄鶏《ガジョ》の羽根をむしり取った。胸に黒曜石のナイフを押し当て、深くえぐり、ウズラ《コドルニース》の卵よりひとまわり大きな雄鶏《ガジョ》の心臓を取りだした。

土器の鉢に載せたコパリに火をつけ、香煙が漂ってくると、いけにえの心臓をその上に重ねた。ブリキのバケツにためた血を心臓と煙に振りかけ、神の名を口にした。神は夜と風《ヨワリ・エエカトル》という名のほかに、双方の敵《ネコク・ヤオトル》という名を持ち、さらにわれらは彼の奴隷《ティトラカワン》という名を持っていた。その名はアステカ人にとっての神の偉大さを示していた。それは神がみずから名乗るものではなく、人間からの呼びかけでしかない。つまり、神は名乗る必要さえない。ただ人間が神を讃え、祝い、服従を表明するだけだ。

コパリが溶けきってしまう前に、リベルタは黒曜石のナイフを鉢の前に置いて、神の本当の名をささやき、祈りを捧げた。

テスカトリポカ様。
すべてのものが乾く季節が終わり、雨の神トラロク様がふたたび
空をお歩きになられるよう、どうかお取り計らいください。
アステカの末裔に生きる糧をお与えください。
誇り高い死を迎える日をお許しください。
あなたは偉大な夜と風《ヨワリ・エエカトル》。
われらは彼の奴隷《ティトラカワン》。
テスカトリポカ様。

麻袋から取りだした死の笛《シルバト・デ・ラ・ムエルテ》を短く吹いて儀式を終えると、リベルタは邪教の痕跡がカルロスに見つからないように、心臓を載せた鉢をまるごと土に埋めた。もし見つかれば、激昂した夫はリベルタを魔女とののしり、悪魔祓いの神父を家に呼びつけ、そして彼女が一人で市場《メルカード》に行くことを二度と許さないはずだった。

供え物を土に埋めることは、少しも無駄ではなかった。地の底にはミクトランテクトリが暮らしていた。テスカトリポカの力にはおよばないが、さまよう魂が落ちてくる冥界《めいかい》を支配する神だった。

雄鶏《ガジョ》の丸焼きが夕食に出されても、カルロスは何の疑いも抱かずにナイフとフォークをうごかした。リベルタは口をつけず、料理を夫に切りわけるばかりで、自分はずっとスープを飲んでいた。あまった肉は家政婦たちの胃に収まった。

町の教会に通い、いつわりの十字を切る日々のうちに、リベルタは子を授かった。最初は男の子で、二年後に女の子を生み、翌年にまた女の子を生んだ。

長男のイシドロは父親に溺愛《できあい》され、雇い主の顔色をうかがう家政婦たちにも甘やかされ、とにかく何でも他人に頼る性格に育っていった。村育ちのリベルタには考えられない境遇だった。貿易会社を継げるような男になれるとは到底思えず、この子はきっと苦労する、と息子の将来を案じてため息ばかりついた。

たしかに怠け者だったが、イシドロは観察眼が鋭く、ときおり皮肉屋になるところがカルロスに似ていた。彼は母親がアステカの神々を慕っていることに気づき、わざと聞こえるように独りごとを言った。「嫌だなあ、僕は地獄行きだ。だってかあさん《マドレ》が黒魔術をやってるんだもの」

夫の怒りと世間での風評を警戒するリベルタは、アステカの神話を子供たちにいっさい聞かせなかった。

ある日、二人の娘を連れて市場《メルカード》に出かけ、路地に座ったインディヘナの男の前で娘が足を止めた。

男は四十センチ四方の板に細かな模様を彫っていた。観光客だけではなく、外国の水夫たちも男の巧みな技術に見とれて、まだでき上がってもいないのに、値段の交渉をはじめる者まで現れだした。

「すごいね。あれ何だろう？」と娘は母親に言った。

訊かれたリベルタは、困ったような顔で首を傾げた。「さあ、何だろうね」

心のなかで、リベルタはこう答えていた。

――あの男が彫っているのはトラルテクトリといって、怖ろしい大地の怪物だよ。ベラクルスの港を行き来するどんな商船よりも大きいのさ。鯨《くじら》よりも大きいよ。手のつけられない暴れ者で、言葉も通じない。しまいには、戦士の姿をしたテスカトリポカ様と海で戦うことになって、八つ裂きにされたよ。それでも死ななかったけれどね。テスカトリポカ様の片足を食いちぎったほど強かった。怪物だけれど、あれもアステカの神様なのさ――

男は神の姿をじつに器用に彫った。リベルタはいつか話してみたい欲求に駆られたが、モクテスマ二世の玉座の装飾を再現した出土品レプリカ《レプリカ・デ・ピエサス・アルケオロヒカス》を売る男を見たのは、それが最後だった。

カルロス・カサソラは順調に事業の利益を上げ、前途には何の憂《うれ》いもなかった。持病もなく、長いあいだ風邪すら引いたことがない。

死の予兆は突然にやってきた。大量の銀とターコイズを積んで出港するカサソラ商会の船を見送った帰り道、路地を駆けてきた野良犬に右手を咬まれた。

傷は浅く、カルロスは自分で手当てをしたが、漁師の攩網《たもあみ》を借りて野良犬を捕まえた水夫が、「こいつは獣医に調べてもらったほうがよさそうです」と言った。水夫は犬の様子を見て病気だと思い、その病気の恐さをよく知っていた。

野良犬は役所に引き渡され、やがてベラクルス市の保健課からカサソラ商会に連絡があった。「犬は狂犬病を発症しており、狂躁《きょうそう》期の状態にありました」と職員は言った。

カルロスは病院へ行き、傷口をあらためて洗浄し直してもらった。病原は犬の唾液中にあった。医学の進歩にもかかわらず、狂犬病ウイルスはなおも死の鎌を振るっていた。

神に祈った一ヵ月の潜伏期間がすぎて、カルロスは狂犬病を発症した。風邪に似た高熱、咬傷《こうしょう》の痛みを訴え、卒倒して病院に担ぎこまれ、病室で目覚めると、ウイルスに侵された延髄の生みだす幻覚に襲われて絶叫し、猛烈に暴れだした。よだれを垂らして、悪魔に憑かれたようにわめく夫が、防護服を着た看護師たちに引きずられていった。その光景を眺めたリベルタは思った。アステカの神に呪われたんだわ、と。

暦を見ればあきらかだった。カルロスが港で狂犬病の犬に咬まれた日は〈死《ミキストリ》〉、髑髏の象徴《シンボロ》が支配する十三日間《トレセーナ》の一日目。つまり、死神がやってきたのだ。

狂犬病に罹《かか》った者は、喉の筋肉の過剰な痙攣《けいれん》によって、嚥下《えんげ》障害に苦しめられる。何かを飲みこむと激痛が走るため、いつしかグラスに注がれた水を目にしただけでもパニックを起こすようになる。恐水症とも呼ばれるのはそのためだった。悪魔祓いの神父が振りかける聖水、その容器を見て拒否反応を起こすのは言うまでもない。医者の制止を聞かずに病室に現れた神父を見たカルロスは、神父の胸の十字架を見て聖水のことを本能的に思いだした。恐怖に顔をゆがめ、身もだえし、「来るな、近づくな」としゃがれた声で懇願して、それから神父を口汚くののしった。

幻覚、錯乱、絶えまない喉の渇き、苦しみ抜いたカルロスは、家族に別れを告げることもできずに死んだ。暦を見たリベルタは総毛立った。神の呪い、先祖の怒り。夫が死んだ日は〈蛇〉の象徴で開始された十三日間の六日目で、〈六の犬〉の日であり、その日の支配者は死神ミクトランテクトリだった。すなわちカルロスの魂は死神の寄こした犬によって、〈地底世界《ミクトラン》〉へとむりやり連れ去られたのだ。本来そこは自然死した者の魂が旅を終えてたどり着く、地下空間の最下層だった。迷える魂はそこで消滅する。しかし、おそらくミクトランテクトリは、カルロスを出口のない無限の迷路に追いやるつもりでいた。永遠の苦しみが待つ異界へ。

怖ろしい符合はまだあった。それは夫の死んだ週、十三日間《トレセーナ》全体の象徴《シンボロ》が〈蛇《コアトル》〉だということだった。リベルタは、カテマコの小さな村の老村長と呪術師から、テスカトリポカに仕えた自分の先祖の名を聞きだしていた。

王すなわち最高位の〈話す者《トラトアニ》〉であるモクテスマ二世に与えられたという栄光に満ちた先祖の名、それは〈鏡の蛇《テスカコアトル》〉だった。

母親の懸念どおりの遊び人に育った長男イシドロは、父親が金庫に保管していた遺言にしたがって、カサソラ商会を継いだ。カルロスの部下たちに経営手腕を疑われながら、意気揚々と事務所に出かけ、適当に働き、夜は飲み歩いた。

用事もないのに仕事だと言ってほかの州に出向き、オアハカ州で遊んでいたとき、地元の裕福な家に生まれたメスティーソの娘、エストレーヤと出会った。半年後にイシドロはエストレーヤと結婚し、それから五人の子供をもうけた。

みんな男の子だった。

若くして孫を持ったリベルタは五人に愛情を注ぎ、彼らもリベルタに懐《なつ》いた。

ベルナルド。

ジョバニ。

バルミロ。

ドゥイリオ。

ウーゴ。

夫を亡くしたのち、リベルタがカトリック《カトリコ》を演じなくてはならない場面はずいぶん減ったが、やはり孫たちにはアステカの神話を聞かせなかった。息子にも嫁にも嫌がられるからだった。二人との確執を避けて、五人の孫とすごすときは、ナワトル語も使わないように注意を払った。

カトリック《カトリコ》の祝祭日にリベルタを囲んだ孫たちは、はしゃぎながら彼女の手を引っぱって叫んだ。

「おばあちゃん、お祭りに行こうよ！《バモス・ア・ラ・フィエスタ、アブエリータ》」

リベルタは微笑みながら首を横に振り、「楽しんでおいで《パサラ・ビエン》」と言って孫たちを外に送りだした。

アステカの神々のことは、自分の胸にだけ秘めておくほうがいい。

リベルタがその考えをあらためたのは、末っ子のウーゴが夫と同じ狂犬病の犬に襲われて、苦しみ抜いて死んだせいだった。

末っ子のウーゴだけが、母方の祖父母とまだ会ったことがなかった。ウーゴは母親のエストレーヤに連れられて、オアハカ州へ出かけた。ちょうど七月の〈ゲラゲッツァ〉が、州都オアハカ市で催される時期だった。

〈ゲラゲッツァ〉は各地のインディヘナが集まっておこなう大規模な祭りで、多くの観光客がやってくる。リベルタも知っていたが、たいして興味はなかった。それはキリスト教徒の国になったメキシコでのエンターテインメント《エントレテニミエント》にすぎず、決して古い神々がよみがえる儀式ではないと思っていた。

彩りゆたかな民族衣装を着て踊る女たちを眺めていたウーゴの母親は、走ってきた犬にも、息子の泣き声にも、まったく気づかなかった。通りを満たす歌と太鼓の音だけが聞こえていた。ほかにも咬まれた観光客がいて、人々が騒ぎだしてから、ようやく息子の異変に気づいた。

かわいそうなウーゴが犬に咬まれたのは〈一の犬《セー・イツクィントリ》〉の日で、またしても死の犬が顔をのぞかせていた。

潜伏期間が経過したのち、祖父と同じように発症したウーゴは、脂汗にまみれ、苦痛と恐怖に目を見開き、水さえ飲めず、声を出せなくなると、口だけを大きく開けて無言で叫びながら、咬まれてから四十四日目の晩に息絶えた。

それは〈水〉《アトル》がつかさどる十三日間《トレセーナ》の五日目で、週の背後で力を持つ神は〈翡翠の七面鳥〉《チャルチウトトリン》――テスカトリポカの仮の姿の鳥だった。そしてウーゴが死んだ〈五の葦〉《マーキッリ・アカトル》の日を支配するとされる神は、まさにテスカトリポカだった。


容赦ない神の怒り、暦の突きつけてくる現実を前にして、リベルタは眠れなくなった。孫たちにアステカの神話を伝えなかったことを後悔し、泣きながら神に許しを乞うた。

私自身が誰よりもアステカを裏切っていた、とリベルタは思った。神はその報いを孫にお与えになったのだ。夫が死んだとき、これは警告だと気づくべきだった。テスカトリポカ様に命じられたミクトランテクトリが、冥界の犬を使いに寄こしたのだ、と。

ウーゴの両親イシドロとエストレーヤは、騒音で警察に通報されるほど激しくののしり合い、息子の死を嘆き悲しんでいたが、リベルタはもう涙を流さなかった。

リベルタの目には、アステカの首都テノチティトランの神殿で燃え盛るかがり火《テオカリ》が映っていた。彼女の受けた絶望の痛みはあまりに大きく、それは陶酔へと変わり、暦が教える夫と孫の死の意味は、生き生きとしたアステカの神々の声として、血が血管を流れるように体のなかを駆け巡った。

これを伝えるために冥界から犬《イツクイントリ》が寄こされたのだ。愛《いと》しいウーゴ、おまえはテスカトリポカ様のいけにえになったんだよ、おまえは名誉の死を遂げた。なぜならおまえのおかげで、私はようやく神様の考えに気づけたのだから。大事な五人の孫からおまえだけが差し引かれて、四人が残った。その意味もわかるよ。すべては運命だったんだよ。

# 12

mahtlactli-huan-ōme

小さなウーゴの棺《ひつぎ》が埋められた十字架の墓の前で、リベルタはもう十字を切らなかった。彼が死んでひと月がすぎ、カトリック《カトリコ》の追悼ミサがきのう済んだばかりだった。四人の孫を連れて墓地を訪れた彼女は、それぞれの目を見つめて話しかけた。「ベルナルド、ジョバニ、バルミロ、ドゥイリオ、悲しむのはもうおよし。これからおまえたちは、四人で一人だ。カサソラ兄弟は四人で一人。いいかい？　よく聞くんだよ」抑えた声でスペイン語を話すリベルタの口調には、聞く者の心を惹きつける響きがあった。それは呪術師の声だった。

リベルタは長男のベルナルドを近くに呼んで言った。「ベルナルド、おまえを護ってくださるのは、北にいる黒のテスカトリポカ様だ。おまえは宇宙の果てで、その向こうにはもう誰もいない。おまえが三人の弟を見守ってやるんだよ」

つぎにジョバニを呼んで言った。「ジョバニ、次男のおまえを護ってくださるのは、西にいる白のテスカトリポカ様だよ。西はメキシコシティにあった大神殿《テンプロ・マヨール》の向いていた方角だから、おまえはアステカの神様への祈りを忘れちゃいけない」

バルミロを呼んで言った。「バルミロ、三男のおまえは用心深くて、それに早起きだ。いいことだよ。だから、東を護る赤のテスカトリポカ様がおまえについてくださる。おまえは人より早く目覚めて、誰よりも早く夜明けの薄闇に立ち、兄弟を助けておやり」

ドゥイリオを呼んで言った。「さて、最後はおまえだね、ドゥイリオ。四男のおまえには、南にいる青のテスカトリポカ様がついてくださるよ。戦争の神ウィツィロポチトリ様もいっしょだ。おまえの背は小さいけれど、今にきっと強くなる」

十月の正午だった。死者の十字架の並ぶカトリック《カトリコ》の墓地が、雨季の雨が降る前の日射しに輝いていた。四人は自分たちが祖母《アブエリータ》に何か大事なことを告げられ、役割を与えられたと感じていたが、どれほど考えても意味がわからなかった。

雲の影が墓地に落ちた。リベルタを見上げたバルミロが、太陽の光に目を細めながら聞いた。

「テスカトリポカって何《ケ・エス・テスカトリポカ》？」

つぎの朝、帽子《ソンブレロ》をかぶって屋敷を出たリベルタは、四人の孫を連れて市場《メルカード》に向かった。カサソラ家には車もあり、運転手も雇われていたが、リベルタは町を走るミニバス《ペセロ》に乗ることにしていた。孫たちにも世間の暮らしを学ばせておかなければ、イシドロのような遊び人になってしまう。

市場《メルカード》では生きている雄鶏《ガジョ》を買った。四人は大喜びして、雄鶏《ガジョ》の入ったかごを自分の手で持ちたがった。それからみんなで屋台のタコスを食べ、帰りのミニバス《ペセロ》に乗った。リベルタはほかの客の視線にもかまわず、雄鶏《ガジョ》のかごを堂々と持ちこんだ。運転手は彼女がチップ《プロピーナ》をくれるのを知っていて、何も言わなかった。
屋敷に着くと雄鶏《ガジョ》が裏庭に放たれた。四人は逃げまわる雄鶏《ガジョ》を追いかけて遊び、昼食の時間が近づいたとき、リベルタが彼らの楽しみを終わらせた。

リベルタは暴れる雄鶏《ガジョ》を捕まえて、黒曜石のナイフでひといきに首を切り落とした。首のない雄鶏《ガジョ》が羽ばたき、血のついた羽毛が飛び散った。突然の惨事に四人は目を見開いた。ウーゴがいなくなり末っ子になったドゥイリオが泣きだした。芝生に転がった雄鶏《ガジョ》の首、ブリキのバケツにどぼどぼと注がれる鮮血、祖母《アブエリータ》の手にした黒光りする凶器、すべてが悪夢のようだった。ほかの三人も、今にも泣きそうな顔をしていた。

「この世界を創造されたのは〈二つの神《オメテオトル》〉様だよ」ブリキのバケツに雄鶏《ガジョ》の血をためながら、リベルタはそう言った。「いちばん最初の神様で、何もないところにお生まれになった。ご自分でご自分をお創りになったのさ。そんなことができるのは、あのお方だけだよ」

「聖書に書いてある？」長男のベルナルドが青ざめた表情で訊いた。

リベルタは答えなかった。ええ《シ》ともいいえ《ノ》とも言わなかった。同じ屋敷に住む四人の両親はあくまでもカトリック《カトリコ》で、キリスト教を否定すれば争いの火種になる。

雄鶏《ガジョ》の首の切り口をしばらくたしかめ、リベルタはふたたび逆さに吊るして血抜きをした。本当は首を切らずに生かしておいて、まだうごいている心臓を取りだしたかったが、あとで調理するので血抜きしておく必要があった。リベルタは話をつづけた。「オメテオトル様は、何もないところにご自分以外のものを創ろうとなされた。まず世界の器、四つの方位を用意して、そこに四人の神様を置かれた。それが東西南北のテスカトリポカ様だよ。テスカトリポカ様は四人で一つとなって、夜と風《ヨワリ・エエカトル》になり、この世界を支配されているんだよ」

四人はウーゴの墓の前で聞いた話を思いだそうとした。黒、白、赤、青、兄弟は四人で一人——幼いドゥイリオはテスカトリポカの名をきちんと発音できず、さらに自分の味方をしてくれるという戦争の神ウィツィロポチトリについても、なんとかポチトリとしか覚えていなかった。

雄鶏《ガジョ》の首から滴る血が止まったのに気づくと、リベルタは羽根をむしりだした。「世界とそこに住む神々を創造されたあと、オメテオトル様はお隠れになった。どちらに行かれたのか誰にもわからないよ。この宇宙に流れる時間の外かもしれないね。最初にいた神様がいなくなったのだから、テスカトリポカ様がいちばん古い神様になった。〈トロケ・ナワケ〉、神のなかの神、テスカトリポカ様は、神々のなかでも特別なお方だ。そのお方に、今からいけにえの心臓を捧げるよ」

首なしの雄鶏《ガジョ》の胸を黒曜石のナイフで切り裂いて、リベルタは心臓を取りだした。四人は祖母《アブエリータ》の掌に載った心臓を眺めた。小さな逆三角形に見覚えがあった。母親《マドレ》の持っているターコイズ《トゥルケサ》の形によく似ていた。

　土を焼いた鉢でコパリが焚かれ、甘ったるい香りの煙のなかに雄鶏《ガジョ》の心臓が置かれて、ブリキのバケツにたまった血が少しずつ振りかけられた。

　リベルタが祈りの言葉を唱えるあいだ、事情のわからない四人は教会でやるように目を閉じて頭《こうべ》を垂れていた。

　祈りが終わり、四人が目を開けると、血に濡れた黒曜石のナイフが日を浴びてきらめいていた。黒い氷のようで、怖ろしい眺めだった。

　四人の思いを察したように、リベルタは黒曜石のナイフを拾い上げてこう語った。

「この国は、かつてアステカのものだった。ほかにも周辺に国があったけれど、取るに足らないね。いちばん大きな国がアステカだったよ。アステカの人々は、火山から生まれるこの黒曜石を削ってナイフを作り、鏃《やじり》を作り、鏡を作った。鏡は〈テスカトル〉というのさ。王や神官だけの神聖なものだよ。闇を支配するテスカトリポカ様の偉大な力は、その鏡に現れる。黒曜石より黒いものはこの世になく、それこそが人間の運命を映しだすのさ。テスカトリポカ様が自在に姿を変えられるように、黒曜石にもいろんな顔がある。あるときには敵の武将の首を刎《は》ね、あるときはいけにえの心臓をえぐり、あるときは鏡になる」

　戦争、犠牲、運命、神――

漆黒の石が放つ光は、人間のはかなさと、星々のかなたに広がる永遠の闇を同時に宿していた。理解できないことばかりだったが、四人の目には、その鉱物が別の世界から祖母《アブエリータ》のもとに落ちてきた物体のように映った。

雄鶏《ガジョ》の丸焼きの夕食が済むと、リベルタは四人を部屋に呼び集め、ゆらめく蠟燭《ろうそく》の火が照らすテーブルの前に座らせた。薄暗がりのなかで彼女は煙草を吸い、コパリを焚き、テーブルの上に紙《アマトル》を広げた。四人が見たことのない紙は、アステカ時代と同じように木の皮で作られた紙だった。

ブリキのバケツにあまった雄鶏《ガジョ》の血を灰皿に垂らして、リベルタは羽根ペンの先を血に浸した。蠟燭に淡く照らされるコンゴウインコ《アロ》の羽根の美しさに、四人は目を輝かせた。ラテンアメリカの古代文明で重宝されたこの鳥は、今ではホンジュラス共和国の国鳥《アベ・ナシオナル》になっていた。

「周りはすべて湖」と言いながら、リベルタはテスココ湖の輪郭を紙《アマトル》に描き、十六世紀まで湖面に浮かんでいた壮大な都市を描いた。驚くほど手早かった。雄鶏《ガジョ》の血の染みが線となって、勝手に浮き上がってくるように四人には見えた。

「テノチティトラン」とリベルタは言った。「〈サボテンの岩の場所〉という意味さ。これがアステカの都だよ。湖の上にいくつもの神殿《テオカリ》があって、神々と王、神官、貴族、戦士、商人、捕虜、奴隷が暮らしていた。テノチティトランには、農民は住んでいなかったね。どういうことかわかるかい？　今の大都会と同じさ。何十万人も暮らしていて、外国の民族も商売でやってくるから、都では農業以外の仕事でみんなが暮らしていけたんだよ。それほどアステカは豊かで、大きな国だったのさ」

滅びた王国の絵地図が紙《アマトル》の空白を埋めていった。湖上都市に張り巡らされた水路、土《ど》手道《てみち》、橋、葦《アカトル》のいかだの上に作られた湖上の菜園《チナンパ》、そしてスペイン人に打ち壊され、今では無残な姿をさらしている大神殿《テンプロ・マヨール》の真の姿——その巨大な階段ピラミッドの頂上では、二人の神が祀《まつ》られていた。

西を向いた神殿《テオカリ》の右側に〈蜂鳥《はちどり》の左〉こと戦争の神ウィツィロポチトリの神殿《テオカリ》が描かれ、その壁板はいけにえの頭蓋骨をぎっしりと並べた〈頭の壁《ツォンパントリ》〉で飾られていた。左側には雨の神トラロクの神殿《テオカリ》が配置され、リベルタはその入口に、考古学者が〈チャクモール〉と呼ぶ人形《ひとがた》の像を描いた。横たわった像は、いけにえの血と心臓を受けるための器を抱えていた。

「メキシコシティに行けば見られる？」とジョバニが訊いた。

「残骸と博物館があるだけさ」とリベルタは言った。「美しかった湖もない。コルテス《マリンチェ》——征服者《コンキスタドール》の隊長がひどい灌漑《かんがい》工事をやらせたせいで、水はすっかり干上がってしまった。さて、よくお聞き。おまえたちのおばあちゃん《アブエリータ》は、ベラクルスに生まれたけれど、ご先祖様はこのテノチティトランに暮らしていたよ。とても偉いお方だった。その血がおまえたちにも流れている。この紙《アマトル》に手を重ねてごらん。目を閉じてごらん。今からアステカの都の様子を、おまえたちに見せてあげるよ」

四人は死んだ雄鶏《ガジョ》の血で描かれた絵に小さな手を載せて、目を閉じた。ひんやりとした紙《アマトル》の感触、コパリの匂い。リベルタは語りつづけ、彼女の低い声が、アステカ王国の光景を現実と同じように呼び覚ます。

「テノチティトランからカヌーに乗って、北に向かうよ。みんな乗ったかい？　見えてきたのは、トラテロルコという町さ。信じられないくらい大きな市場《メルカード》があるだろう？　ナワトル語では市場《ティアンキストリ》というのさ。おまえたちが知っているベラクルスの市場《メルカード》よりずっと大きくて、何でも売っている。はじめてやってきたスペイン人の征服者《コンキスタドール》も腰を抜かして、夢じゃないのかと自分の目を疑ったくらいさ。ローマで見た市場《メルカード》よりも、コンスタンティノープルで見た市場《メルカード》よりも、はるかに規模が大きいんだからね。一日に二万人が来て、五日ごとの特別市には六万人がやってくる。さあ、市場《メルカード》を歩いてみるよ、ついておいで。果物売りの女がたくさんいるね。派手な服で偉そうに歩きまわっているのは貿易商たちで、〈ポチテカ〉というのさ。コパリを詰めた香筒《こうづつ》を売っている男がいるし、蜂蜜《はちみつ》と竜舌蘭《マゲイ》を混ぜた薬売りの女もいるね。ここから湖の岸まで、ずっとずっと売り場がつづいているよ。トウモロコシ《エローテ》、唐辛子《チレ》、七面鳥《パボ》、家鴨《パト》、子犬《ペリート》、雄鶏《ガジョ》、雌鶏《ガジーナ》、ガラガラ蛇《セルピエンテ・デ・カスカベル》、インゲン豆《フリホーレス》、カカオ豆《カカオス》、松明《アントルチャ》、松脂《レシーナ・デ・ピノ》、それに南から運ばれてきたサルビアの花。『チャルチウィトル』と尋ねまわっている男は翡翠《ハデ》を探していて、『シウィトル』と訊きながら歩いている女はターコイズ《トゥルケサ》を探しているのさ。売り場はまだまだつづくよ。黄金もあり、銀もあり、緑岩もある。耳飾り、織物、腰巻、バニラの実、サボテンの実、アステカ人の大事な食べ物〈ウァウトリ〉もあるね。これはアマランス《アマラント》のことさ。貴族しか買えないケツァル鳥の羽根も売っているし、アロの羽根も売っているね。私の持っている羽根ペンもその鳥の羽根でできているよ。醸造酒《プルケ》はおまえたちも知っているだろうけれど、川獺《かわうそ》の革は見たことがないだろう？ 穴熊《あなぐま》の革、鹿の革もある。斧《おの》、土器、壺《つぼ》、おまえたちが手を載せている紙《アマトル》、かぞえきれない種類の染料も売っているし、男の奴隷、女の奴隷も売られているね。奴隷たちは貴族にいい暮らしをさせてもらえたよ。すすんで奴隷の身分になる者もいたくらいさ。奴隷を動物みたいにでたらめに働かせたのは征服者《コンキスタドール》だよ。さて、向こうに人だかりができているだろう？ 腕利きの工芸職人《トルテカ》が、客の前で仕事を見せているね。〈テクパトル〉、燧石《ひうちいし》のナイフに模様を彫っている男がいて、黒曜石のナイフを削りだしている男もいるよ。買えるのは貴族だけだね。どうだい、トラテロルコの市場《ティアンキストリ》を見てまわると、きりがないだろう？ とても一日じゃ歩ききれないよ。でもね、この町にあるのはそれだけじゃない。テノチティトランと同じように、大神殿《テンプロ・マヨール》もあるのさ。ほら、耳を澄まして、よく聞いてみるんだよ」

リベルタは目を閉じている四人の前で、テーブルを叩きはじめた。はじめは静かに、しだいに強く叩いていく。**神殿《テオカリ》から聞こえてくる太鼓の音。**

「見えるかい？ あの山のように大きな神殿《テオカリ》で儀式がはじまったよ。テスカトリポカ様にいけにえが捧げられるのさ。いけにえが石の台に寝かされているのが見えるだろう？ 四人の神官《トラマカスキ》が腕と足を押さえているね」

**リベルタはさらに強くテーブルを叩く。**

「もう一人の神官《トラマカスキ》が黒曜石のナイフを振りかざしたところだ。おまえたち、目を背けちゃいけないよ」

**リベルタがテーブルを叩く。リズムが速くなる。神殿《テオカリ》の太鼓。**

「ご覧、いけにえの胸から赤く光る宝石が取りだされたよ。何だかわかるかい？」

「心臓《コラソン》だ」とバルミロが言って、ほかの三人も目を閉じたままうなずいた。

「おまえたちはかしこいね」リベルタは微笑んだ。「そのとおりさ。アステカでは〈ヨリョトル〉というんだよ。覚えておきなさい。心臓《ヨリョトル》が取りだされて、空へと上っていくよ。見えるだろう？　処刑とはちがうのさ。神様に食べ物を捧げたんだよ」

「タコスみたいな？」とジョバニが訊いた。

「そうさ。人間の心臓《ヨリョトル》が神様のトルティーヤなのさ。神官たち《トラマカスキ》がいけにえの体を石段から放り捨てていくよ。滝を流れる水みたいに、ごろんごろんと体が転がっていくね。おや、泣いているのは誰だい？　ドゥイリオかい？　恐がる必要はないんだよ。いけにえは人間の生きる世界を支えたのさ。魂は天に還《かえ》って、残った体は抜け殻でしかないんだよ。さあ、もう目をお開け」

目を開けた四人は、まるで自分の心臓がえぐりだされたような気がして、薄暗がりのなかで胸に手を当て、穴が空いていないかどうかたしかめた。

# 13

## mahtlactli-huan-ëyi

イシドロ・カサソラは、四人の息子たちの前でリベルタがもはや邪教趣味を隠さなくなった変化に気づいていた。妻のエストレーヤも不安げな顔をして夫に言った。「あの子たちを巻きこまないでほしいわ」

インディヘナの多いオアハカ出身のエストレーヤは、古い文化を許容しているつもりだったが、ほとんどの人々と同じようにカトリック《カトリコ》の信仰のもとで育てられた女性だった。彼女の考えはこうだった。マヤであれ、オルメカであれ、そしてアステカであろうと、滅びた文明の記憶は、調度品や祭りなどの娯楽として受け継がれるべきもので、本物の信仰として現代によみがえってくるべきものではない。

「かあさん《マドレ》はカトリック《カトリコ》じゃないからな」イシドロはエストレーヤにそう言うと、書斎に入って扉を閉めた。葉巻に火をつけ、ショットグラス《チュピート》にテキーラを注いであおり、大きなため息をついた。

昔から何を考えているのかよくわからない母親だったが、アステカへの執着だけは一貫していた。そのせいで父親に激怒され、平手打ちされる姿を何度も見てきた。それでも母親はアステカを捨てなかった。やがて父親は狂犬病に罹り、苦しみ抜いて死んだ。あの最期は、彼女の目に「アステカの神の怒り」として映ったはずだった。そばで見ていればわかる。さらに同じ狂犬病でウーゴの命も奪われたとあっては、心穏やかでいられるわけがない。

イシドロはテキーラをもう一杯あおった。信心深いのは結構なことだ、と思った。でもメキシコはカトリック《カトリコ》の国なんだ。アステカの王――〈モクテスマ〉や〈クアウテモク〉なんていうのは、教科書だとか、通りの名前だとか、酒の銘柄にされるような歴史上の人物で、大神殿《テンプロ・マヨール》にいたっては観光客のための遺跡だ。そんなものを真剣にあがめていたとしたら、正気を疑われる。おれにだってエストレーヤの不安はわかっている。だけど、いったいどうしろっていうんだ？

イシドロから見た母親は、理解しがたいだけではなく、近寄りがたくて恐い存在だった。やかましく説教されたことはないし、叩かれたこともない。それではなぜ恐いのか？ 答えは一つだった。イシドロは母親の信じる得体の知れない呪術を怖れていた。それでいて、そんな自分を認めたくはなかった。呪いなどありはしない。本当にあるのなら、アステカ王国は征服者《コンキスタドール》を返り討ちにできただろう――

しかし子供心に一度抱いた感情は、合理的な思考をしたところで消えはしなかった。カテマコ生まれの田舎者の母親を、イシドロがいつもさげすんだ目で見ていたのは、恐怖心の裏返しだった。大人になっても、面と向かって母親に意見を言ったことはなかった。

イシドロは新たにテキーラを飲み、口もとをぬぐって考えた。エストレーヤの言うとおり、息子たちに多少の悪い影響はあるかもしれないが、でも知識ってのは、おしなべてそういうものだ。化学の実験だって悪用すれば人殺しの知識に変わる。つまり、許容範囲を守るってことが大切なんだ。今のところ、息子たちはマリアやグアダルーペの聖母の悪口を言っていない。合衆国独立の父、イダルゴ神父も敬っているはずだ。教会のミサにも通っている。もしミサに行きたくないなんて言いだしたら、リベルタのもたらす知識の影響は、許容範囲を超えたことになる。そこで手を打つべきだ。かあさん《マドレ》にはすまないが、そのときはもう屋敷には置いておけない。田舎に安い部屋でも借りてやって、そこで一人暮らしをしてもらうさ。

考えがまとまると、イシドロはショットグラス《チュピート》を机に置いて書斎を出た。屋敷の一室で待機している運転手に声をかけ、車の用意をさせた。屋敷にいたくなかった。できればカジノで遊んで気分を晴らしたいが、賭けを楽しむ金もない。運転手に「港町の事務所に行ってくれ」と告げた。

父親に甘やかされ、遊び人に育ったイシドロは、自分のことを優秀な事業家だと思っていた。父親に雇われた古株の社員に、実力を正当に評価されていないことが不満だった。

二十七歳になって遺言にしたがい、カサソラ商会を継いだイシドロは、新しい時代に合わせて収益を上げようと知恵をしぼった。

思いついたのは、曾《そう》祖父の代からあつかってきた銀とターコイズ《トゥルケサ》の輸出に加えて、それらを自分たちで加工した装飾品の卸し売りをはじめることだった。翡翠《ハデ》と鳥の羽根を組み合わせた首飾り、ターコイズ《トゥルケサ》を埋めこんだ銀の指輪、腕輪――デザインはリベルタの好きなアステカ芸術にヒントを得たもので、イシドロはバイヤーにこう宣伝した。


**オアハカにある工房で、ナワトル語を話すインディヘナの職人たちに作らせた、アステカ時代と変わらない魔除けの装飾品だ。**


現実には工房はベラクルスにあり、生粋のインディヘナは皆無で、従業員はほぼメスティーソだった。ほかにボリビア出身の黒人が二人と、チリからやってきた中国人移民が一人いた。誰もアステカの神話など知らず、ナワトル語も話せなかった。ただ家族を養うためだけに工房で働いていた。

一九六〇年代の後半にアメリカでヒッピーカルチャーが流行すると、〈先住民の作るアステカ文明の装飾品〉は飛ぶように売れた。カサソラ商会の船は大量の装飾品を積んでベラクルス港を出港し、メキシコ湾を北上して、アメリカへ商品を届けた。

ほかにイシドロは白人の富裕層を相手にジャガー《ハグワル》やピューマの毛皮を高く売りつける

れなかった。

事業もはじめた。剝製《はくせい》を売るときには、オークションにかけて値を吊り上げることも忘れなかった。

イシドロは自分の力を示した気でいたが、装飾品や毛皮の売り上げは商会の利益全体の数パーセントでしかなく、経営基盤が銀とターコイズ《トゥルケサ》の輸出にあることは変わらなかった。

カサソラ商会の生命線は、曾祖父、祖父、そして父親が代々築いてきた、メキシコ国内の鉱山主との密接な関係にあった。彼らがいなければ船の積み荷もない。

父親のカルロスとともに働いてきた社員たちは、鉱山主を相手に、人を見くだしたような態度で強気の交渉をするイシドロを見かねて、何度も考えをあらためるように忠告したが、イシドロはまったく耳を貸さなかった。

グアナファト州の銀山の所有者がカサソラ商会を見かぎると、倣《なら》ったように各州の鉱山主たちもあとにつづいた。銀とターコイズ《トゥルケサ》の供給源を他社に奪われ、カサソラ商会の収益は激減し、船を何隻も売却しなければならなくなり、社員たちは去り、倒産するのは時間の問題になった。

九月十五日、独立記念日の前夜、例年なら仲間たちと首都メキシコシティまで出かけ、大群衆で埋めつくされた憲法広場《ソカロ》で酔っ払い、「メキシコ万歳《ビーバ・メヒコ》!」を叫んでいるはずの時間に、イシドロはがらんとしたカサソラ商会の事務所に一人残って、窓からベラクルス港を眺めていた。

煌々《こうこう》と明かりを灯した船が音もなく夜の海を行き交い、ときおり鳴らされる汽笛が静寂を破った。

イシドロは煙草を吹かし、メスカルを飲み、机の上の拳銃に触れた。古いコルトのリボルバー。父親の形見で、幼いころのイシドロは、征服者《コンキスタドール》だった先祖の遺品だと思いこんでいた。大人になって、その拳銃は、征服者《コンキスタドール》がアステカ王国を倒した十六世紀よりもずっとあとに開発されたものだと知った。

一度手に取ったリボルバーを机に戻したイシドロは、事務所に飾ってある曾祖父の肖像画を見上げた。額縁に収まった曾祖父は、カサソラ商会が負った借金の総額を知っているかのように、不機嫌な顔をして、できそこないのひ孫をいつまでも見下ろしていた。

何も頭を撃ち抜くことはないよな、とイシドロは思った。酔っ払って海に飛びこめばそれで終わりだ。

事務所の電話が鳴った。

注文したはずの荷はどうなった、というニューヨークの業者からの苦情だった。弁解を重ねて電話を切ると、スペインのバルセロナから借金返済を催促する電話がかかってきて、その電話を切るとギリシャのピレウスから、サンフランシスコから、そしてニューヨークの別の業者から、やはり借金の取り立ての電話がかかってきた。

メスカルを注いだタンブラーを片手に眠たげな目をこすり、もう何度鳴ったかわからない電話を取ると、妻の声が聞こえた。

「限界だわ」とエストレーヤは言った。「あの子たち、裏庭で焚き火をやっているのかと思ったら、何をしていたと思う？　サボテンのとげで自分の指を刺していたのよ。その血を煙に振りかけていたの。狂ってる。誰が見たって黒魔術じゃない。せっかくの独立記念日が台なしだわ。あなたがリベルタに強く言わないせいよ、放っておくからこんなことになったのよ。耐えられない。リベルタを追いだしてちょうだい、でないとあの子たちを連れて、私がオアハカに帰るわ」

「サボテンのとげじゃないんだ」とイシドロは言った。

「何ですって？」

「サボテンじゃなくて竜舌蘭《マゲイ》のとげだ。知ってるだろう？　醸造酒《プルケ》の原料になるやつさ」

「あなた何を言ってるの？」

「仕事の電話がかかってくるんだ。もう切るから」

エストレーヤの怒りの叫びを遠ざけて、受話器をそっと置くと、静寂が肩にのしかかってきた。イシドロはメスカルを飲みほし、瓶を引き寄せて、タンブラーに注いだ。

電話が鳴った。

「もしもし《ブエノ》」とイシドロは言った。

「景気の悪い声だな」と相手は言った。「イシドロ・カサソラと話したい」

「私ですが」

　その一本の電話がイシドロの未来を変えた。相手が口にしたのは、苦情でも借金の取り立てでもなかった。まったく新しい取引の商談だった。

　四代にわたって海上輸送に携わり、ベラクルス港に船と倉庫を所有するカサソラ商会が、今にも倒産しかけている。

　その情報を麻薬密売人《ナルコ》が聞き逃すはずもなく、彼らはイシドロに接触する機会をずっとうかがっていた。

　最初の依頼は、ニューヨーク港へのハシシの密輸だった。

大麻の花穂《かすい》の樹脂を固めたハシシ——この麻薬の密輸を二ヵ月にわたって成功させたことで、イシドロはカルテルの信頼を得た。彼らはつぎにコカインの密輸を頼んできた。指導のために派遣されてきた麻薬密売人《ナルコ》に教えられ、木材の山にコカインを隠す方法を学んだ。イシドロは責任者としてみずからも乗船し、バルセロナまで無事に商品を送り届けた。

　木材のほかにも、冷凍魚の腹、剝製の目玉のなか、額縁入りの絵画の裏、コカインの隠し場所はいくらでもあった。かろうじて売却せずに済んだ一隻の船を休まず運航させて、さまざまな表向きの積み荷を運ぶうちに、商会の財政は、イシドロ本人が感じたように「あたかもラザロが復活するかのごとく」息を吹き返した。

札束が空から降ってきて、地面からも湧いてくるように思えた。なぜはじめからこの商売をやらなかったのか、イシドロは今になって昔を振り返り、じつに不思議な気がした。過去のいっさいに現実感がなく、これまでの日々はうなされていた悪夢にすぎなかった。今見ている世界こそが現実だった。

商品の輸送を担うカサソラ商会に、カルテルは敬意を払い、それを金額の桁《けた》で示した。コカ農家、路上の売人、そういう存在を虫けらとしか思わない彼らも、輸送経路の拡大と維持への投資を惜しみはしなかった。投資を上まわる見返りがあった。

舞いこんでくる巨額の金、事務所に増えた新しい顔ぶれ、借金は消え去り、イシドロはカルテルの推薦する会計士を雇い入れ、自分自身の余暇のためにヨットを買い、女たちと乗った。

時代後れの鉱山主に頭を下げる必要はなかった。新しい鉱山主から銀とターコイズ《トゥルケサ》を買いつけ、かつてのように船で海外に輸出したが、鉱物の輸出量は以前の三分の一だった。それでも、つぶれかけたカサソラ商会が持ち直した、という噂はすぐに広まった。

イシドロも若いころに、パーティーで回ってきたハシシやコカインを楽しんだ経験はあった。しかし、それを自分の手で売ろうとは思わなかった。しょせんは路地裏の客相手のうしろめたい商売だ。広大な採掘現場を視察し、鉱山主と取引をして、大量の銀とターコイズ《トゥルケサ》を輸出する事業の規模とは比較にならない――そう思っていた。

今やその認識は根底から覆された。**麻薬ビジネス**。大きな衝撃とともに、イシドロはこう考えるようになっていた。

――麻薬ビジネスで何よりも重要なのは、生産ではなく輸送だ。海路は黄金の通り道になる。自分で関わってみなければ、これほどまでの金額がうごいていると聞かされても、とても信じられなかっただろう。おれが経験しているのは、『金を稼ぐ』という単純な考えを超越したできごとだ。このとてつもない金の流れは、企業の利益というよりも、まるで税収のようだ。そうだ。税と呼ぶのにふさわしい。目に見えない〈麻薬密売人《ナルコ・エスタード》の国〉が海をまたいで広がり、その国に世界中の国民が麻薬税を払っているんだ――

人間は危機に直面すると、生き延びるために態度を変え、あたかも成長したような行動力を見せたりもする。そして、ひとたび危機を脱したと見れば、あえなく過去の自分に戻っていく。

カサソラ商会を立て直したイシドロは、資産目当てで群がる連中におだてられ、昔のように惜しげもなく金を浪費しだした。事業を破滅の淵《ふち》から救い、保有する船数も最盛期に戻した自分には、派手に遊ぶ資格がある、と思っていた。

財力に酔いしれ、ダイアモンド《ディアマンテ》の指輪を買い、エメラルド《エスメラルダ》をあしらった腕時計を買い、オーダーメイドの背広を何十着とそろえ、女たちをはべらせて、夜どおし酒を飲んだ。アステカの狂信者の母親と、カトリック《カトリコ》の妻が憎み合っている屋敷には帰りたくなかった。五人の愛人の部屋を泊まり歩き、息子たちの顔も見ず、働き、遊び、眠り、目覚め、そして働いた。

巧妙にコカインを隠した船がベラクルス港を出港しさえすれば、そのうちに天井知らずの金が入ってくる。


カルテルへの畏怖《いふ》を忘れ、毎晩騒いでいるイシドロの態度は、すでに組織内で目をつけられていた。当のイシドロは人を殺した経験もないのに、自分も麻薬密売人《ナルコ》として一目置かれている、と自惚《うぬぼ》れていた。

イシドロはカルテル相手に報酬の増額を要求するようになり、そればかりか、誤った独断によって仕事上での失敗も起こした。

西アフリカの港で荷揚げ予定の密輸船が、入港前に引き返したトラブルがあった。その原因は沿岸警備隊を買収する金をイシドロが出し惜しんだことにあり、イシドロは「ビジネスだ」と主張したが、まったくの判断ミスだった。陸地で待っていた別の麻薬密売人《ナルコ》が異変を察知して船に連絡しなければ、事情を知らない船はそのまま入港して、百五十キロを超すコカインを摘発されていた可能性が高かった。その場合の損失額は、少なくとも約四十四億メキシコ・ペソにおよぶ。

そこで潮目が変わった。誰が舵《かじ》を取っているのか、イシドロを通じて警告を発するとき、が訪れた。カルテルの警告は本人にではなく、周囲の人間に向けておこなわれる。警告の意味を理解するのはこれから関わる者たちであって、本人ではない。教訓を得てやり直す機会は与えられない。

メキシコのカルテルはビジネスパートナーであるコロンビアのカルテルに連絡を取り、「カサソラ商会の社長《プレシデンテ》を殺すが、海上輸送はこのまま継続される」と伝えた。それから殺し屋《シカリオ》を放った。

イシドロと親しかった富裕層の友人たちは、彼を待ち受ける運命をひそかに耳に入れても、誰一人として「不運な奴だ」とは思わなかった。むしろ「信じられないほど幸運な奴だった」と思っていた。

あんな態度を取りながら、あの世界で何年も生きられたのだから。

屋敷の裏庭で雄鶏《ガジョ》を神に捧げると、リベルタはブリキのバケツにためた血を指ですくい上げて、四枚の小皿に少しずつ垂らし、四人の孫に言った。「さあ、門の前にまいておいで」

朝の六時だった。小皿を持った四人は、咲き誇るダリアの花の匂いを嗅ぎながら、血をこぼさないように静かに歩き、屋敷の正面へと向かった。

鋼鉄の門の前に、死体が転がっていた。

誰かがいたずらで人形を置いていったように見えた。素っ裸の人形。首と腕と足が胴体を離れて、別々に転がっていた。切断面は黒く変色して、肌のところどころが紫色になっていた。それは痣《あざ》だった。

門の前を通りかかった女が悲鳴を上げ、その声が途絶えると、異様な静けさが訪れた。四人はだまって立っていた。

悲鳴を聞きつけた家政婦が様子を見に現れて、眉をひそめながら内開きの門をゆっくりと引いた。通りに出た家政婦は、死体の顔をたしかめた瞬間に卒倒した。それでも四人は雄鶏《ガジョ》の血を垂らした小皿を持ったまま、じっとしていた。やがてバルミロが小皿を足もとに置き、裏庭へと走りだし、井戸水で手を洗っているリベルタに報告した。

リベルタはバルミロを見つめて訊いた。「本当かい？」

バルミロはうなずいた。

「まちがいなかったかい？」リベルタはもう一度たしかめた。

「本当《エス・ベルダード》だよ」とバルミロは答えた。「あれはとうさん《エセ・エス・ミ・パドレ》だよ」

リベルタは長いため息をついたが、取りみだしはしなかった。バルミロといっしょに門の前へ行って、死体と、三人の孫と、失神している家政婦を順番に見た。すでに野次馬が集まっていた。

切断されたイシドロの死体を、リベルタは孫たちの手で裏庭まで運ばせた。ベルナルドとジョバニが担架を持つようにして胴体を持ち、泣いているドゥイリオは二本の腕を拾った。リベルタはバルミロに向かって「おまえは首を持っていきなさい」と言った。四人が屋敷の敷地に入ると、リベルタは残った重い二本の足を引きずって、門を閉ざし、閂《かんぬき》をとおした。

四人は父親の切り離された部位をあるべき場所に置いて、できるだけ切断面とくっつけようとしたが、どうやってもうまくいかなかった。首も、腕も、足も言うことを聞かず、妙な方向にごろごろ転がった。変わりはてた父親を眺めているうちに、ドゥイリオ以外の三人も泣きはじめた。

ほとんど家にいなかった父親なのに、遊んでくれた日の笑顔や声ばかりが頭に浮かんできた。悲しみはふくれ上がり、悔しさがこみ上げ、それらは深い憎しみに変わった。ウーゴも、とうさん《パドレ》も、いなくなった。

「誰がやったんだ」とベルナルドが叫んだ。

「麻薬密売人《ナルコ》だよ」とリベルタは言った。

四人は泣き腫らした目でリベルタを見上げた。

港町で働く貧しいインディヘナの娼婦たちをはげまし、頼まれれば無償で運勢を占ってあげていたリベルタは、彼女たちからイシドロが関わっている連中についてよく聞かされていた。

「よくない死にかただね」とリベルタは言った。「どうにも、よくないよ」

「どうして？」バルミロは泣きながら訊いた。「ウーゴみたいに、いけにえになって死んだんじゃないの？」

「そうだ」とベルナルドが言った。「敵と戦ってばらばらにされたんだから、とうさん《パドレ》はアステカの戦士だ。神様の食べるトルティーヤになって、世界が滅ぶのを防いだんだよ」

「おまえたちの父親は、戦って死んだわけじゃない」とリベルタは言った。「人の話を聞かず、へまをやって殺されたのさ。それにイシドロはアステカの神々のことなんて知りゃしないよ」

「じゃあ、とうさん《パドレ》は地底世界《ミクトラン》に落ちる？」ベルナルドが怯えながら言った。

「地底世界《ミクトラン》はね、カトリック《カトリコ》の地獄とはちがうよ。神々に捧げられなかった魂が旅をして学ぶ暗黒の土地なのさ。旅の最後に魂は消える。せめてそこへ行ければいいんだが、イシドロはちがうね。全然ちがう場所に連れていかれて、怖ろしい目に遭うだろうよ」

「たすけてあげてよ、リベルタ」ドゥイリオが泣きついた。

「一つだけ――」リベルタはしばらくだまってから、低い声で言った。「一つだけ方法がある。もう一度殺すのさ」

四人は言われたとおりに父親の胴体を押さえつけ、リベルタが黒曜石《オリン》のナイフをその胸に突き立てた。切り裂き、穴を空け、骨を切り、ずいぶん前にうごきの止まった心臓をえぐりだした。

「父親の顔を真上に向けておくれ」とリベルタが言った。

首を裏庭まで運んできたバルミロは、何となくそれは自分の役割なのだという気がした。横を向いたイシドロの頬を両手で挟み、顔を真上に向けた。開いたままの光のない目に晴れた空が映りこんだ。

リベルタがイシドロの顔の上に、えぐりだした心臓を載せた。四人は困惑した。ばあ《アブエ》ちゃ《リータ》んは何をやってるんだ？

「そのまま支えておくんだよ」リベルタはバルミロに指示を出すと麻袋に手を入れて、イタリア人の吹くオカリナに似た笛を取りだした。オカリナを見たことのなかったバルミロは、アボカド《アグワカテ》の形を思い浮かべたが、くすんだ白い色が日を浴びている輪郭を眺めて、その笛が髑髏《カラベラ》にそっくりだと気づいた。赤ん坊の頭ほどの小さな髑髏《カラベラ》。

リベルタが笛に息を吹きこむと、女がむせび泣くような音が鳴った。音はしだいに大きくなっていき、窓の外で低くうなる風の音になり、それから火あぶりにされる人間の悲鳴になって、ついには地獄から聞こえる亡者の絶叫が飛びだしてきた。

かすれた音色のあまりの怖ろしさに耐えきれず、バルミロ以外の三人は両手で耳を塞いだ。父親の首を支えているバルミロもできるならそうしたかった。小便を漏らしそうだった。だがここで手を離せば父親の首が転がり、心臓が顔から落ちてしまう。バルミロは懸命に恐怖に耐えた。

〈風の笛〉《エエカチチトリ》――

十六世紀の征服者《コンキスタドール》を震え上がらせたアステカの笛、これほどまでにぞっとする音を出す楽器は、おそらくこの世に二つとなかった。征服《コンキスタ》に同行するスペイン人修道士にも〈死の笛〉《シルバト・デ・ラ・ムエルテ》として忌み嫌われたその笛がひとたび吹かれれば、風《エエカトル》が呼び寄せられ、死《ミキストリ》が地の底から顔をのぞかせ、そして最後にすべての闇の支配者たる夜と風《ヨワリ・エエカトル》がやってくる。

笛を吹き終えたリベルタが言った。

**イン・イシトリ、イン・ヨリョトル。**

「おまえたちの父親は、もう一度死んだ」心臓を右手に取り上げたリベルタは、四人の顔を見渡して告げた。「これで魂は誰も知らない怖ろしい場所じゃなくて、神様のいる天上界に上っていくよ。おまえたちの父親が二度死ななければならなかったのは、あやまちを犯したからだ。だから一度目はひどい死にかたをした。父親の犯したあやまちについて、おまえたちは知っておく必要がある。いいかい？　よく聞くんだよ。おまえたちの父親は、『アウィクパ・チック・ウィカ』だったのさ」

四人はリベルタを見上げた。

「『それを持ち、それを持たぬ《シン・ジェバールロ、ロ・ジェバス》』」とリベルタは言った。「胸に宿った聖なる心臓を、ぼんやりと運んでいるってことさ。自分が何をしているのか知らず、生きる意味を知らず、ただ遊び歩いているばか者ということだよ」

「とうさん《パドレ》はばか者だったの？」とベルナルドが訊いた。

「そうだとも。ベルナルド、ジョバニ、バルミロ、ドゥイリオ、おまえたちは『アウィクパ・チック・ウィカ』になっちゃいけないよ」

「どうすればそうならないの？」とジョバニが訊いた。

「おまえたちの小さな胸に手を当ててごらん。どきどきしているのがわかるだろう？　そうだ。心臓《コラソン》さ。心臓《ヨリョトル》さ。おまえたちはそれをまだ見つけてはいない。未熟すぎて、神様とつながっていないからね。おまえたちは顔《カラ》——顔《イシトリ》で世界を感じているだろう？　まなざしは顔に宿っているからね。ところがその顔は、生きる意味を知らないのさ。おまえたちのように子供だったり、父親のように遊び人だったりする者は、顔と心臓がばらばらだ。だから、本当の顔も持ってはいない」

本当の顔がない。四人は思わず自分の顔に手を触れてたしかめた。

「戦士は神様のために戦って死に、いけにえは神様のために身を捧げて死ぬ。おまえたちが神様のために犠牲を払ったとき、はじめて顔がこの世界をきちんと眺め渡すことができる。そして聖なる心臓を見つけるのさ。おまえたちの父親には、それがわからなかった。だけど、おまえたちはアステカの戦士だ。おまえたちは本当の『顔《イン・イシトリ》と心臓《イン・ヨリョトル》』をちゃんと手に入れて、助け合って生きるんだよ」

門の前で気絶していた家政婦を介抱したエストレーヤは、屋内に戻ると、震える手で受話器をつかんで警察に電話をかけた。すでに近隣から通報済みで、パトカーはカサソラ家に向かっているところだった。

到着した警官たちは門の前の血痕を確認し、「死体はどこに行ったんです?」とエストレーヤに訊いた。

彼女が答えるより先に、裏庭に回った警官の一人が仲間を呼んだ。

ばらばらにされ、心臓までえぐりだされたイシドロ・カサソラの死体の横に、インディヘナの女と四人の子供が立っていた。女は石器のナイフを持っていた。警官たちは女に拳銃を向けてナイフを捨てさせると、後ろ手《で》に手錠をかけた。パトカーに押しこまれるリベルタは堂々と振る舞い、抗議の声をひと言も上げなかった。

派手に遊び歩いたあげく麻薬密売人《ナルコ》にばらばらにされた夫、その死体を孫たちの目の前で平然と傷つけて心臓を取りだしてみせるインディヘナの義母、悪魔に魂を奪われた子供たち、終わらない邪教の儀式。

四兄弟の母親エストレーヤは、ベラクルスのカサソラ家にいることに耐えられず、発狂しかけていた。わめき、物を投げ、椅子を倒し、家財を残して故郷のオアハカへ一人で帰っていった。

〈埋葬後のイシドロ〉を掘りだしてリベルタが冒瀆したのであれば、最長で五年間収監される可能性もあったが、彼女が黒曜石のナイフで胸をえぐったのは〈埋葬前のイシドロ〉だった。状況から見ても被害者がカルテルに殺されたのは明白で、リベルタは連邦刑法にしたがい罰金を科され、四日間の勾留《こうりゅう》ののちに釈放された。

屋敷に戻ると、居間はひどく荒れていて、食後の皿がテーブルに残されていた。

「ばあちゃん《アブエリータ》」リベルタの姿に気づいたバルミロが、階段を駆け下りてきて言った。「かあさん《マドレ》は出ていったよ。ミラもいない」

ミラは四十年のあいだカサソラ家に勤めていた家政婦だった。

「おまえ、母親についていかなかったのかい？」

「うん《シ》」

「ベルナルドとジョバニとドゥイリオは？」

「屋敷にいるよ」とバルミロは言った。「おれたちはリベルタといっしょだ。アステカの戦士だからね」

リベルタは家財を売却し、これまで無償でおこなってきた占いに値段をつけ、その稼ぎで食べ物を買い、四兄弟を養った。

ベラクルス港にあるカサソラ商会の事務所は残っていたが、事業は完全にカルテルに乗っ取られ、リベルタには一メキシコ・ペソすら入ってこなかった。

**とうさん《パドレ》を殺した相手に復讐したい。**

四人が胸に秘めた思いをリベルタは理解し、尊重していた。人間は誰でも生きる目的を知らず、〈それを持ち、それを持たぬ《アウィクパ・チック・ウィカ》〉という存在でしかない。ゆらぐことのない意志こそが、そんな人間を目覚めさせ、神とつながる道、〈顔と心臓《イン・イシトリ、イン・ヨリョトル》〉へと導く。

四兄弟は、リベルタの語る失われた王国の物語に毎晩耳を傾けた。

いつ聞いても退屈しなかった。彼らは恐怖から多くのものごとを学び、恐怖を知ることで現実に立ち向かう知恵を身につけた。あまりにおもしろかったので、金を払って映画館に出かける必要もないほどだった。とくにアメリカ人《グリンゴ》が製作するホラー映画《ペリクラス・デ・テロール》の中身は、どれもリベルタの話にそっくりだった。

一九七五年の夏、長男のベルナルドは、学校の友人たちと映画館に出かけて、とても恐いと評判の『悪魔のいけにえ《ザ・テキサス・チェーンソー・マッサカー》』を観た。友人たちは手で顔を覆ったり、途中で劇場から逃げだしたりしたが、ベルナルドは、まったく怖ろしさを感じなかった。どうしてみんながこれに金を払うのか、そればかりが気になった。殺人鬼の〈レザーフェイス〉がやっていることは、アステカの神、シペ・トテック様と同じで、しかもくらべられないほど雑な仕事だった。皮を剝がれた神、シペ様は生きている奴隷の皮をきれいに剝ぎ、目玉をくり貫き、それをすっぽりとかぶっていつも暮らしている。シペ様をあがめるアステカ人も、太陽暦《シウポワリ》の祭りでやはり奴隷の皮を剝ぎ取って、二十日間それを着つづけ、踊り、人々を追いかけたりした。

『悪魔のいけにえ《ザ・テキサス・チェーンソー・マッサカー》』を観て以来、ベルナルドはホラー映画《ペリクラス・デ・テロール》に興味をなくし、のちに『13日の金曜日』が封切られても観に行かなかった。弟たちにも「金の無駄だ」と伝えた。一年後の続編『13日の金曜日 PART2』ではマスクをかぶった殺人鬼が山刀《マチェーテ》で襲ってくる姿が話題になったが、マスクも、凶器も、噂を聞くかぎり、実在したアステカの戦士の安っぽい真似ごとにすぎなかった。

リベルタの語り口は魔術的でありながら、いっぽうで死に関してどこまでも現実的だった。夢と幻の物語のなかに、絶対的な〈死の刻印〉が押されていた。人は死ぬ。復活はしない。よい死にかたをすれば魂は天に還るが、それは今の自分ではない。つまりあの世での暮らしなどない。魂の転生はある。だが、その前に魂は一羽の鳥に変わるので、昔の自分のことなど覚えていない。過去を覚えていないものを、どうして生まれ変わりと言えようか。

風の笛《エエカチチトリ》のすさまじい音色、神殿《テオカリ》の頂上に座っていけにえの腕をむさぼり食い、夜に沈んだテノチティトランを眺めているテスカトリポカ、蛇《コアトル》の革を張った太鼓の音、戦争の神ウィツィロポチトリをあがめる神官《トラマカスキ》がいけにえの心臓を鷲《クアウトリ》に託し、鷲《クアウトリ》は心臓をくわえて舞い上がり、十三層からなる天空の世界を駆け上り、聖なる石器のくぼみに心臓を落とし、その石器をケツァルコアトルが太陽まで運んでいく。役目を終えた鷲《クアウトリ》は急降下し、いつしかその姿を禿鷲《コスカクアウトリ》に変えて、九層からなる地下空間を下降しつづける。その横を神々に捧げられなかった人間の魂が、真っ逆さまに落ちていく。魂は暗い九層の地下空間を旅していき、四年をかけて冥府の最深部、地底世界《ミクトラン》へとたどり着く。怖ろしい髑髏の顔をした死神ミクトランテクトリに遭遇し、そこでようやく魂は〈消滅〉して、休みなく暗黒をさまよう旅から解放される。

「何度も言うけれど、大事なのは死にかたさ」リベルタはコパリの香煙のなかで言った。「おまえたちがどんなふうに命を使いきるのか、それが大切だよ」

滅びた王国の血と神話をとおして、四人は宇宙の秩序と現実の残酷さに触れ、光と闇について考え、意志の力の重要さを知り、おたがいの絆《きずな》をより強固なものにしていった。
父親を処刑し、高祖父が築いたカサソラ商会を奪ったカルテルの情報を集めるうちに、四人は「メキシコ連邦刑法ではこの連中を裁くことはできない」と思うようになった。麻薬密売人《ナルコ》は法の外にいた。すなわち自分たちが警官や検事の職に就いたとしても、無駄でしかなかった。
復讐へと真っすぐにつづく道は、敵の敵になることだった。父親の命を奪ったカルテルに敵対する組織に入ればいい。
四人はアステカの記憶と複雑にからみ合いながら成長し、復讐の次元へ、みずからも麻薬密売人《ナルコ》になる未来へと近づいていった。

ベラクルス全州から獰猛な連中が集まったカルテルのなかにあって、カサソラ兄弟の残虐さは群を抜いていた。四人の噂はたちまち広まった。

**敵の幹部を捕らえて、心臓をえぐりだし、アステカの神に捧げる狂信者ども。**

銃撃戦では必ず先頭に立った。仲間が拉致されそうになると、敵陣に突っこんで撃ちまくり、接近戦では手斧を振りまわして敵の腕を切断した。連れ去られて拷問され、惨殺される運命にあったはずの何十人もの麻薬密売人《ナルコ》が、カサソラ兄弟の驚くべき勇気に助けられた。それは勇気というよりも、怖れ知らずの狂気に近かった。

同じ組織の殺し屋《シカリオ》でさえ、四人を怖れた。若者たちは四人にあこがれるあまり、大神殿《テンプロ・マヨール》や鷲の戦士《カバジェーロ・アギラ》といったアステカを象徴する絵柄の入れ墨を肌に刻み、さらにはナワトル語で戦争を意味する〈矢と盾〉《ミトル・チマリ》の文字を彫りこんだ。アステカの神をあがめ、カトリック《カトリコ》を見かぎって教会のミサに行かなくなる者まで現れた。

四人は歓楽街にまったく姿を見せず、敵対するカルテルが高級娼婦を使って緻密《ちみつ》に張り巡らした情報網にもかからなかった。

父親を手にかけた殺し屋《シカリオ》をついに突き止めると、四人は白昼堂々と銃撃戦を仕掛けて生け捕りにした。しかしバルミロとドゥイリオの撃った弾が相手の腹に穴を空けてしまい、そこから腸がこぼれだして、今にも死にそうだった。手に染みついた硝煙《しょうえん》の臭いを嗅ぎながら、バルミロはリベルタに電話をかけて、「こいつをそっちに連れていったほうがいいか?」と訊いた。

「いや、おまえたちでやりなさい」とリベルタは言った。「だけど、あとでそいつの心臓と左腕を持っておいで」

四人は泣き叫ぶ殺し屋《シカリオ》を殺し、えぐりだした心臓と、切り落とした左腕を持って屋敷へ帰った。待っていたリベルタは、心臓と左腕を裏庭の井戸水でていねいに洗い、布で拭き、冷凍庫に入れて扉を閉めた。

殺された殺し屋《シカリオ》の心臓と左腕がふたたび取りだされたのは、一年後の五月だった。太陽暦《シウポワリ》のトシュカトル、テスカトリポカの祝祭がとりおこなわれ、いけにえが神殿《テオカリ》に捧げられる季節に、冷凍庫の扉を開けたリベルタは、心臓のほうは常温で解けるのにまかせたが、左腕のほうは「テスカトリポカ様が食べやすいように」と言ってハンマーで叩き、細かく砕いた。

笑いながら祖母《アブエリータ》の様子を見守っていたバルミロは、ふと敵を恐怖に陥れる拷問の方法を思いついた。

それはのちに彼の名を知らしめ、彼自身の二つ名になるものだった。粉《エル・ポルボ》は〈黄金の粉《ポルボ・デ・オロ》〉といったような、最上級のコカインを指すときに使われる麻薬ビジネスの隠語だったが、バルミロにつけられた呼び名にはそれ以上の意味があった。

拉致した人間を生かしたまま、液体窒素で手足を凍らせて、鋼鉄のハンマーで打ち砕く。犠牲者は粉々にされる自分の手足を、自分の目で見ているように強要される。

殺し屋《シカリオ》を仕留めて復讐を果たしたのちも、カサソラ兄弟は敵対するカルテルの麻薬密売人《ナルココ》をつぎつぎと殺していった。幹部の心臓は神に捧げられ、いけにえが死ぬたびに、四人は自分たちに宿る聖なる力が増していくのを感じた。

殺し、コカインを売り、武器を買い、また殺し、ときには港町で働く貧しいインディヘナの娼婦たちに金をくれてやった。娼婦たちは竜舌蘭《マゲイ》のとげで耳たぶを刺し、血を香煙に振りかけては、リベルタの孫、カサソラ兄弟への感謝を込めた祈りを捧げた。

肺炎に罹ったリベルタが倒れると、四人は彼女一人のために五人部屋の病室を借り切った。すっかりやせ細った彼女の横たわるベッドの周りを、ケツァル鳥の緑色の羽根や、ジャガー《オセロトル》の毛皮で一生懸命に飾りつけた。黄金やエメラルド《エスメラルダ》も運びこみ、病室の入口と周囲には武装した警護係を二十四時間立たせた。

孫たちの贈り物のうちで、リベルタがもっとも喜んだのは、バルミロが盗掘者から買い取った黒曜石の鏡だった。遺跡に埋もれていたアステカ時代の鏡《テスカトル》、テスカトリポカの分身。

リベルタは高熱を出してさらにやせ細り、〈雨《キアウィトル》〉がつかさどる十三《トレセーナ》日間の五日目、〈五の家《マーキッリ・カリ》〉の日に死んだ。

四人はリベルタの亡骸《なきがら》を引き取り、特注した棺に彼女をそっと寝かせて、さまざまな羽根、毛皮、装飾品、そして黒曜石の鏡をともに納めた。

太陽が西に沈むころ、買い取ったベラクルス市の郊外の丘にリベルタを埋葬した。十字架が一つも立っていない、リベルタのためだけの墓地だった。

心臓をえぐりだす必要はなかった。彼女は〈アウィクパ・チック・ウィカ〉ではなく、はじめから〈イン・イシトリ、イン・ヨリョトル〉だった。四人はすべてを彼女に教わった。

リベルタの棺のかたわらに、もう一人の死者の棺が埋められていた。中身はバルミロが射殺したリベルタの担当医だった。担当医の命を奪ったのは、その男が自分の愛する祖母《アブエリータ》を死なせたからではなく、孤独なリベルタの魂につき添わせるためだった。天上の世界への旅を終えるまで、彼女には従者が必要だった。

アステカでは高貴な者が死ぬと、神への捧げ物といっしょに従者が埋葬される。鷲《クアウトリ》や猿《オソマトリ》が埋められ、ターコイズ《シウィトル》の耳飾りをつけた犬《イツクィントリ》なども埋められた。獣たちは死後の従者として働くが、もっとも価値のある従者はやはり人間だった。バルミロは担当医をリベルタの従者に選んだ。

棺が土に隠れてしまうと、血のような夕焼けが丘全体を緋色《ひいろ》に染めた。周囲には何もなかった。四人は星が現れるまで、ずっと丘に立っていた。暗闇を風が吹き抜けると、静かに目を閉じた。

リベルタと別れた哀しみを振り払うように、カサソラ兄弟はひたすら戦争《ゲーラ》に明け暮れた。

暴力は激化し、乗っ取られたカサソラ商会の事務所を破壊しつくしたのち、港に停泊する商船をも爆破して、敵対するカルテルを壊滅に追いこんだ。ライバルと戦うだけではなく、同じ組織内で彼らを敵視する麻薬密売人《ナルコ》にも容赦なく銃口を向けた。戦争の日々がつづき、四人は血で血を洗い、その血を神に捧げながら、アステカの暦で日々をかぞえた。

ベラクルス州だけではなく、北にあるタマウリパス州も支配して、四人は新たなカルテル、〈ロス・カサソラス〉の誕生を宣言した。

メキシコ合衆国当局、そしてアメリカ合衆国の麻薬取締局《DEA》や中央情報局《CIA》にも追われる立場になり、アメリカ人《グリンゴ》の捜査資料には新興のカルテルの幹部についてこう書かれていた。

最重要指名手配犯《モースト・ウォンテッド・フュージティヴス》

ベルナルド・カルロス・カサソラ・バルデス
【通称・ピラミッド《エル・ピラミデ》】

ヘスス・ジョバニ・カサソラ・バルデス
【通称・ジャガー《エル・ハグワル》】

**バルミロ・マルコス・カサソラ・バルデス**
**【通称・粉《エル・ポルボ》】**

**ファン・ドゥイリオ・カサソラ・バルデス**
**【通称・指《エル・デド》】**

二〇一五年、晴れた九月のベラクルス港を出た冷凍船は、メキシコ湾からカリブ海へ向かい、パナマ運河を抜けて太平洋を南下し、サーモンを積みこむためにチリの首都サンティアゴに入港した。

バルミロは冷凍船を下りると、港に近い中古車業者の店に足を運び、いくつかの車のタイヤの状態をたしかめた。買ってから交換をしている暇はなかった。車体は泥まみれだが、タイヤの状態は悪くない三菱パジェロを現金で買い、車の窓拭きで稼いでいる路上の少年に小遣いをやって、急いで車体の泥を落とさせた。

パジェロで陸路を進み、国境までやってきて、偽造パスポートを提示してアルゼンチンに入国した。そこから先は空路だった。パジェロを乗り捨て、古ぼけたプロペラ旅客機に搭乗し、アルゼンチンの西の端から東の端まで飛んだ。首都ブエノスアイレスのアエロパルケ空港に着陸するまで、機体はがたがたと激しくゆれつづけた。

ドゴ・カルテル——アルゼンチン生まれのリーダーが率いる組織に狙われながら、リーダーの親族や協力者たちがいるはずの国に足を踏み入れるのは大きな賭けだった。チリから太平洋へ出航する船に乗り、ただちにラテンアメリカを去ることもできた。あえてそうしなかったのは、もちろん敵を攪乱《かくらん》するためだった。

バルミロは、ブエノスアイレス港で過去に何度もロス・カサソラスの氷《イエロ》の密輸に協力してきたコンテナ船の船員と接触した。船員はバルミロの顔を知らず、バルミロのほうも偽名を名乗った。

バルミロがコンテナ船に乗って密航する交渉は、三万ドルの価格で成立した。もし船員が目の前の男の正体を知っていれば、その三倍は要求したはずだった。

頼んでいたスマートフォンを船員から受け取ったバルミロは、支払いにデジタルの暗号通貨を利用すると告げた。〈バティスタ〉と呼ばれ、既存の別のシステムをウルグアイ人のプログラマーが改造したもので、コロンビアのカルテルが好んで使っていた。

文字と数字の配列に隠された暗号は三つのパーツに分かれ、GPSの位置情報と結びつけられていた。バルミロの乗った船の出港が確認されると最初の公開鍵が送信され、船員は秘密鍵を使って報酬総額の十パーセント——この場合は三千ドル——相当の暗号通貨を入手する。船が目的地に入港すると、同じ流れで船員は報酬総額の四十パーセント――この場合は一万二千ドル――を手に入れることができる。船員が最後の公開鍵を開けて、報酬総額の三万ドルの残り半分、一万五千ドルを得るには、目的地に上陸したバルミロの暗号化された位置情報と、あらかじめバルミロが登録しておいたパスフレーズも同時に取得しなければならない。パスフレーズはバルミロの設定した目的地から本人が送信するため、当然バルミロが生きていることが条件になる。ただしバルミロが何もしなかった場合は、上陸して二十四時間後に自動的に公開鍵だけが送信され、船員は一万五千ドルの三十パーセント、四千五百ドルを手にして取引を終える。

〈バティスタ〉のシステムは、非合法の取引における前払いと後払い、双方のリスクを軽減し、到着前の裏切り、到着後の殺人行為などを可能なかぎり抑止して、契約どおりに相手に麻薬や武器を運ばせる、麻薬資本主義《ドラッグ・キャピタリズム》に適した発明だった。

　密航の手はずを整えて、夜がふけるのを待ち、ブエノスアイレスのステーキハウスで食事をしていたバルミロは、隣のテーブルにいた白人の老夫婦に歌劇場の場所を訊かれた。バルミロは笑顔で答えながら、二人を油断なく観察した。八十歳をすぎているはずの老夫婦で、バルミロを地元の人間だと思いこんでいた。あるいは、そういう演技をしているドゴ・カルテルの協力者かもしれなかった。

「私どもはスイスからやってきて――」妻のほうがスペイン語で言った。「明日ベネズエラに発《た》つんですよ」

バルミロはうなずき、微笑んだ。「お二人ともお元気ですね」

ベネズエラ、とバルミロは思った。その国は指名手配された麻薬密売人《ナルコ》の潜伏先として知られていた。だが、それはあくまでもアメリカ人《グリンゴ》の麻薬取締局《DEA》などの捜査機関から逃れている場合だった。相手がラテンアメリカを知りつくしたカルテルであれば、潜伏先としてはふさわしくない。

席を立ったバルミロは、もう一度老夫婦に笑いかけた。「さよなら《アディオス》」と言った。「よい夜を《ケ・テンガン・ウナ・リンダ・ノーチェ》」

午前零時になって、バルミロは船員の手引きでパナマ船籍のコンテナ船に乗りこんだ。二十フィート、四十フィート、おもに二つの規格の鋼鉄製コンテナが船を埋めつくし、依頼主が割り増しの海上運賃を払った荷物は〈アンダーデッキ〉に、それ以外の荷物は〈オンデッキ〉に積まれていた。できればバルミロはアンダーデッキのコンテナに潜伏したかったが、急な依頼で船員の準備時間がなく、オンデッキのコンテナに入るしかなかった。

コンテナ船の行き先は西アフリカ、リベリアの首都モンロビアだった。大西洋を横断してモンロビアに入港するまでの約二十日間、オンデッキのコンテナは風、雨、海水に絶えずさらされる。太陽の光を受ければ、コンテナの内側はどうなるのか、はじめからわかりきっていた。窓のない密室で波にゆられ、拳銃を握り、椅子もベッドもなくすごす。自分自身を密輸する過酷な船旅がはじまった。

船員が日に二度、バルミロの隠れたコンテナに水と食料を運んできた。バルミロは水を飲み、缶詰の魚を口にした。テキーラもコーヒーも飲まず、紙巻煙草もマリファナも吸わなかった。コンテナのなかにある農薬の缶を横倒しに並べ、その上で眠った。夜明け前の海は砂漠の夜のように冷えこむので、毛布にくるまった。目覚めるとプラスチック容器に排泄《はいせつ》し、そのままふたをした。

まる一日、暗闇のなかで息をする。

光を浴びないので昼も夜もないが、太陽は感じられた。洋上の強烈な日射しがコンテナの内側を灼熱《しゃくねつ》の地獄に変える。そしてコンテナ船はさらに赤道へと近づき、アフリカ大陸へと向かっていく。

熱中症でいつ死んでも不思議ではない環境に、バルミロは耐え抜いた。苦痛はあっても恐怖はなかった。バルミロは思った。ここで死ぬのなら、おれの心臓をテスカトリポカに捧げるだけだ。ここで死なないのなら、たどり着いた土地で用意するいけにえの心臓をテスカトリポカに捧げるだけだ。おれには赤のテスカトリポカがついている。皮を剝がれた神、シペ・トテックもここにいる。

船員が食料を運んできた回数を手がかりに、三つの暦をかぞえた。アステカの祭祀暦《トナルポワリ》と太陽暦《シウポワリ》、キリスト教のグレゴリオ暦。
すっかりぬるくなった水を飲めば、汗となってすぐに滴り落ちる。抗生物質の錠剤を嚙み砕き、暑さで朦朧《もうろう》とする意識のなかで、とりとめのない過去の記憶に翻弄《ほんろう》される。現実と見まがうばかりの混沌《こんとん》の渦。

裏庭で殺される雄鶏《ガジョ》、交渉で出かけたペルーの農場、コカノキ、レベル3の防弾加工車両、コカ農家の男、コカイン精製業者、誰かが叫ぶ、「行け《バモス》、行け《バモス》！」、コカインのトン数を表示する電卓、鳴っている電話、祖母《アブエリータ》の声――「大事なのは死にかたなのさ！」、GPSの座標、ベルリンの町、投資家に三百二十万ユーロで売った十四キロの液体コカイン、血まみれの浴槽、部下の裏切り、悲鳴、女たち、インターネットに流す拷問の映像、命乞いをする検察官、手足を凍らされて死んでいく作家、橋《プエンテ》に吊るされた部下、テキサスのホテル、一ポンドを九千ドルで売りさばく氷《イエロ》のかけら、液体窒素のタンク、鋼鉄製のハンマー、冷凍魚の腹に隠したコカイン、ドローン空爆で吹き飛ばされる息子、娘、妻、兄弟たち、立ち昇るコパリの香煙、テノチティトランを歩く、カヌーに乗り、トラテロルコで下りる、血で濡れた神殿《テオカリ》の石段、階段ピラミッド、テスカトリポカ、夜《ヨワリ・》と風《エエカトル》、われらは彼の奴隷《ティトラカワン》、彼はこの世を洪水で滅ぼした、四の水《ナーウィ・アトル》、また祖母《アブエリータ》の声――「いいかいおまえたち、アステカの戦士は捕虜にした全員の耳を削《そ》ぎ落としてクルワカンの王に捧げたのさ！」、おれたちはアステカの戦士、おれたちは伝説の地アストランからやってきた、おれたちはスペイン人の血と混ざり合った、そしておれたちはすべてを奪われた、だがおれたちはまだ消えてはいない、おれたちは捕虜の首を手に行進する、おれたちの力、ショットガン《エスコペータ》、死の笛《シルバト・デ・ラ・ムエルテ》、黒曜石の刃《オハ》、いけにえの腕は神に差しだされ、神はやわらかな掌をむさぼり食っている、おれたちが雄鶏《ガジョ》を食らうように、おれたちが雄鶏《ガジョ》を、おれたちが。

大西洋を横断する航海を終え、コンテナ船は西アフリカにたどり着く。リベリアの首都モンロビアの港で、バルミロの隠れた〈オンデッキ〉のコンテナは、ほかのコンテナと同じようにクレーンで陸揚げされて、彼は船員の協力でコンテナを出ると、熱病にかかったようにふらつきながら倉庫にまぎれこみ、震える手でバケツの水をすくって顔と体を洗い、安物のTシャツとジーンズを身につける。二十二日間の航海のうちに体重が減り、ベルトを締めなければジーンズが腰からずり落ちてしまう。

赤道に太陽が沈むころ、仕事を終えて家路につく港湾労働者たちにまぎれて町へ出た。所持金をリベリア・ドルに両替し、開襟シャツとスラックスと革靴を買って身なりを整え、町のホテルにチェックインした。一度部屋に入ってから非常階段を下り、ホテルを出て、周囲に目を光らせながら、路地裏の安宿に入った。その部屋でバルミロは暗号通貨システムに音声データを認証させ、船員との約束を果たした。パナマ船籍のコンテナ船に乗る男は、これで残りの一万五千ドルを得ることになり、すべての暗号化された位置情報の記録は消去される。

安宿の硬いベッドで泥のように眠り、目覚めると朝だった。バルミロは大通りまで歩き、そこでタクシーを拾った。「マデロ・インターナショナルへ行ってくれ」と英語で告げた。

マデロ・インターナショナルはモンロビアに本社を置く総合商社で、十九世紀初頭までは〈アデル&マデロ商会〉と名乗り、黒人奴隷と武器の売買で利益を上げてきた歴史を持っていた。

六年前からロス・カサソラスの資金洗浄に協力するようになり、バルミロも本社を二度訪れたことがあった。彼にとって、リベリアの首都は知らない土地ではなかった。

マデロ・インターナショナルの地下にある貸金庫を、ロス・カサソラスは、〈フランシスコ・マルティネス〉という架空の名義で借りていた。

バルミロは鍵を受け取り、金庫のなかの現金と、左右一対の松葉杖を取りだした。

松葉杖はごく普通の、アルミニウムとゴムを組み合わせたものに見えたが、じっさいの重さは同じ器具の二倍だった。それはグラスファイバーと、液体コカインを混合した合成樹脂でできていた。密輸用の偽装スーツケースを作る技術が応用され、松葉杖全体に混合されたコカインを完璧に分離できれば、五百万ドルの値がつく。

松葉杖を突きながらバルミロは建物を出て、タクシーを呼び停めた。スーツケースと異なり、松葉杖は「代わりにお持ちしましょうか?」と言われることもなかった。肌身離さず持ち歩ける魔法の杖だった。

モンロビアに長期滞在する気はなかった。バルミロは麻薬密売人《ナルコ》だけが把握する世界地図を頭のなかに広げ、大胆に移動していった。

まずは環境保護団体の調査船に同乗してギニア湾を南下し、南アフリカ共和国のケープタウンに入港した。バルミロを乗せた団体の船は、金を払えばワシントン条約で取引を禁じられた動物も運んでくれることで、アフリカの密猟者たちにはよく知られていた。その船は麻薬や難民も乗せた。

ケープタウンをすぐに出港すると、ふたたび過酷なコンテナ船の旅がはじまった。猛烈な日射しに焼けつくコンテナのなかの暗闇、抗生物質の錠剤をかじり、ひたすら耐えつづける日々。

インド洋を横断したコンテナ船は、オーストラリアのパースに入港した。松葉杖を突いて港町を歩くバルミロに、人々は親切に道を譲ってくれた。

ベラクルスからすでに地球を半周する以上の距離を移動していたが、それでもバルミロは立ち止まらなかった。バルミロは思った。ありとあらゆる危険に満ちた麻薬密売人《ナルコ》の世界に生きる者は、どんなときでも自分自身の足を使って迷路を描くのを忘れてはならない。それを怠ったとき、ヌエボ・ラレドのような空爆を受ける。

オーストラリア西端のパースは、遠く離れた東の首都キャンベラよりも東南アジアに近く、多くのアジア人が暮らしている都市だった。バルミロはアジア人のコミュニティで金を使い、情報をたどり、信頼できる協力者を得て、さらなる密航の手はずを整えた。

ヌエボ・ラレドで見失った獲物を、ドゴ・カルテルはアメリカとメキシコの国境付近でいまだに捜しつづけていた。

そのころバルミロはオーストラリアを去り、東南アジアの混沌のなかに姿を消していた。

# II

## 麻薬密売人と医師《ナルコ・イ・メディコ》

一九世紀初頭、南米で戦利品とされていた人間の干し首がヨーロッパでもてはやされたために、南米で部族間の戦いが引き起こされたという歴史に深く埋もれている事件がある。

――スコット・カーニー『レッド・マーケット　人体部品産業の真実』（二宮千寿子訳）

ドゥルーズ＝ガタリいわく、資本とは「これまで信じられてきたものの一切を寄せ集めた雑色の絵」、いわば、超近代と古代の奇妙なハイブリッドなのである。

――マーク・フィッシャー『資本主義リアリズム』（セバスチャン・ブロイ　河南瑠莉訳）

## 14

*mahtlactli-huan-nāhui*

メキシコで鍛え抜かれた観察眼のフレームを、バルミロはジャカルタという都市のサイズに合わせて調節した。

言葉はもちろん重要だったが、言葉がなくても見えてくるものは無数にあった。注意深く町を歩き、風景を分析すれば、それだけで大量の情報が入ってくる。麻薬中毒者はどこに集まるのか？ 誰が路上の売人なのか？ 夜の女たちが仕事前に食事をする店はどこで、強盗殺人の多い区画はどこで、悪徳警官のパトカーが停まる高架下はどこなのか？

ジャワ島北西岸にあるジャカルタ、人口一千万を超える港湾都市、ロス・カサソラスの拠点があったタマウリパス州よりもはるかに大きな都市は日々変貌《へんぼう》を遂げ、押し寄せる資本主義の波が果てしない熱気を生みだしていた。

ジャカルタは言うまでもなく、この国全体が麻薬密売人《ナルコ》にとっては見逃せないマーケットだった。インドネシア共和国は巨大な島嶼《とうしょ》国家で、複数の島々により形成される国土の幅は、アメリカ合衆国の東海岸から西海岸までの距離に相当した。東南アジア諸国で最大の面積を誇り、世界第四位の人口、二億六千万人が暮らすこの多民族国家は、アジアに燃え上がった新しい資本主義の太陽となっていた。新しい太陽は新しい影を作り、新しい闇をもたらす。

資本主義こそは、現代に描かれる魔法陣だった。その魔術《システム》のもとで、暗い冥府《めいふ》に眠っていたあらゆる欲望が、現実の明るみへと呼びだされる。本来、呼びだされてはならないようなものまで。

さまざまな形を取る資本主義の魔法陣のうちで、おそらくもっとも強力な魔術《システム》の図形である麻薬資本主義《ドラッグ・キャピタリズム》、その中心にずっと身を置いてきたバルミロにとっては、潜伏先に選んだインドネシアという国、ジャカルタという都市の闇を理解することはたやすかった。

都市の特徴の一つに、すさまじい交通渋滞があった。

どこまでもつづく自動車の列がクラクションを鳴らし、排ガスを垂れ流しながら、まるで進まないでいた。そのあいだを縫って〈バイクタクシー〉がのろのろ走り、足止めされた三輪車の〈バジャイ〉に乗った客が運転手に文句をつけ、うごかない車両の列を尻目《しりめ》にブロックで囲まれた専用車線を〈軌道式バス〉が悠々と走り抜けていく。地上を急ぐなら軌道式バスが便利なのか。バルミロは渋滞を見つめてそう思った。

あまりにも渋滞がひどい区域には〈スリー・イン・ワン〉という規制が導入されてい

た。「一台の自動車に三人以上が乗っていなければ規制区域の通過を許可しない」というもので、渋滞を緩和しようとする新たなこの試みが、新たな商売を生みだした。規制区域の手前で路上を歩いている者たちは、乗車人数が三人に満たない車を見つけると、ノックしてすばやく乗りこみ、数合わせをして規制区域を通過させた。車を降りるときに、代金として運転手から二万ルピアの金をもらうその人々は〈ジョッキー〉と呼ばれた。

二万ルピアは、アメリカ・ドルに換算すれば二ドルにも満たないが、ジョッキーにとっては貴重な収入だった。なかには赤ん坊を抱いた女もいて、彼女はスリー・イン・ワンの人数に乳幼児もふくまれることを知っていた。赤ん坊は金を要求せず、二人で働いても利益は独り占めになる。そこに目をつけて、他人の赤ん坊を借りてくる女までいた。

人々の生きる知恵で渋滞はまったく解消されなかった。

バルミロは規制区域の近くに出かけてはジョッキーの働く様子を眺め、自分の仕事に使えそうな男を探した。

どんなブランド品でも売っていると聞いて、バルミロはジャカルタ市内の高級ショッピングモールに香水を買いに出かけた。安宿に潜伏している場合は必要ないが、事情があって三つ星ホテルを利用するような場合には、高価な香水は自己演出の力強い道具となる。マーク・トウェインの有名な童話のように、富裕層と貧困層、どちらの人間も演じられるように備えておくことを彼は麻薬密売人《ナルコ》の世界で学んでいた。

ショッピングモールの駐車場にはメルセデス・ベンツ、BMW、ポルシェ、フェラーリといった高級車が並び、客層は一目瞭然《りょうぜん》だった。現代美術館のような大きな窓ガラスに面した入場ゲートでは、テロ対策のための身体検査と手荷物検査がおこなわれていた。液体コカインを混入させた松葉杖《づえ》をバルミロは手にしていなかった。わざわざホテルの部屋から持ちだす必要もない。バルミロは両手を上げて、ショッピングモールの警備員がかざす金属探知機のチェックを受けながら、熱帯の太陽が照らす駐車場の高級車を眺め、カルテルで下っ端だったころの自分を思いだした。

ボスに呼ばれて家を訪ねるたびに、こんなふうに金属探知機を当てられていたな。


シャネル、グッチ、イヴ・サンローランの直営店の前を通りすぎて、高級時計と宝石売り場のあいだを歩き、香水の売り場にたどり着いた。身なりを整えたバルミロは、その空間によく溶けこんでいた。バルミロは英語で質問し、若い店員も英語で対応した。

香水を買ったあとは、携帯電話専用のショッピングモールに出かけた。〈ITCロキシー・マス〉という店名で、売り場のすべてが携帯電話とその関連商品で埋めつくされていた。

インドネシア国内の携帯普及率は総人口の百三十パーセントを超過し、スマートフォンは、どの国にもまして生活必需品とされていた。路上の雑貨商でさえSIM《シム》カードをあつかっている。購入時には誰であれ身分証を提示せずに済み、金さえ払えば番号が手に入った。

バルミロにとっては好都合だった。ITCロキシー・マスでギャラクシー、オッポ、ブラックベリー、三機のスマートフォンを購入し、ハヤムウルク通りの露天商からインドネシアの大手通信キャリア——インドサット、テルコムセル、XL——のSIMカードを買いこんだ。

バルミロは英語を話せる〈ジョッキー〉を見つけだし、その男を通じて、スペイン語を話せるジャカルタ在住の路上の売人を見つけた。売人からハシシを買い、世間話をして、うまく町の情報を引きだしながら、インドネシア語の学習に時間を割《さ》いた。インドネシア語は、世界的に見てもきわめてシンプルな言語として知られ、日常会話程度の言葉をバルミロが覚えるのは、麻薬売買に使う複雑な暗号を頭に叩《たた》きこんだり、読み解いたりする作業にくらべれば、まるで苦にならなかった。

オーストラリアで換金していたアメリカ・ドルの一部をルピアに両替し、路上の売人に紹介された業者に金を払い、いくつもの偽造書類を用意させた。さらに同じ業者を通訳に雇って、ジャカルタ市の露店商を取り仕切る元締めのもとへ出向き、巧みに交渉して、現地で〈移動式屋台《カキリマ》〉と呼ばれる車輪つきの屋台を購入し、みずからその店のオーナーとなった。

移動式屋台《カキリマ》を置いたのは、ジャカルタの歓楽街を東西に貫くマンガブサール通りの東側だった。

メニューは〈コブラの串焼き《コブラサテ》〉と〈ビンタンビール〉と二種類の紅茶だけで、紅茶は飲酒を禁じられたイスラム教徒のために用意しておいた。インドネシアに住むイスラム教徒の人数は地球上でもっとも多い。

ただしバルミロの屋台に地元のイスラム教徒がやって来ることはほとんどなく、コブラサテの売り上げに貢献しているのは海外の観光客たちだった。

バルミロはペルー共和国出身を自称し、二つの偽名を併用していたが、屋台仕事に雇った元ジョッキーの二人の若者には、自分のことをスペイン語で〈調理師《エル・コシネーロ》〉と呼ばせていた。その通り名とは裏腹に、バルミロが生きたコブラを調理することはめったになく、若い二人にまかせきりだった。

**こんばんは《スラマッ・マラム》。**

二人は好奇心で屋台に近づいてくる観光客に、地元の言葉でにこやかにあいさつをした。

これまでスリー・イン・ワンの規制区域で他人の車に乗りこみ、こつこつ小銭を稼いでいた二人は、もう何年もこの仕事をつづけてきたような顔をして、生きたコブラを手ぎわよく捌《さば》いていった。一人は地元育ちのジャワ人で、もう一人はスラウェシ島出身のスンダ人だった。

コブラサテは高級料理と呼ぶにはほど遠いが、ジャカルタには欠かせない名物になっていた。コブラ料理はどこにでも出されているわけではない。

注文を受けた店員は、生きたコブラを檻《おり》から取りだし、首をしっかり握って押さえてから、わざと頭を叩く。すると怒ったコブラが牙《きば》をむいて威嚇《いかく》する。路上の余興、そのスリルも代金のうちに入っている。しかし油断は禁物だった。屋台の売り物に咬《か》まれて病院送りになる者はあとを絶たなかった。

コブラの獰猛《どうもう》さを客が堪能《たんのう》したところで、店員は首を切り落とす。普通の包丁で切ってもかまわなかったが、バルミロの屋台では〈クリス〉というジャワ島の伝統的な短剣を店員に使わせていた。小道具は大切だった。それ自体が這《は》っている蛇のように波打ったエキゾチックな刃の短剣が振り下ろされ、コブラの首と胴体がみごとに切り離される。切断後もしばらくうごめいて、その嫌らしさに客は顔をゆがめ、同時に興奮で頰を紅潮させる。うらみがましく開閉する口に思わず目をやり、ぬらぬらとした毒牙《どくが》がきらめくのを眺めた客は、写真を撮らせてくれ、と言う。

どうぞ、と店員は答える。でも気をつけて。首だけになっても咬みつきますからね。首に咬まれて死んだ奴だっているんです。あと唾液《だえき》を飛ばすのでそれも注意してください。

店員はのた打ちまわる首なしのコブラを手に取って、逆さにし、切り口からあふれだす血をショットグラスに注ぐ。生き血も重要な商品になる。またとない鮮烈な飲み物だ。生臭さに辟易《へきえき》して一滴も飲めない者もいれば、おもしろがってひといきに飲みほす者もいる。

血を抜かれたコブラは鉄の鉤《かぎ》にかけられ、皮を剝《は》ぎ取られ、まな板の上でぶつ切りにされる。肉を一つずつ串《くし》に刺し、金網に載せて焼き、皿に盛りつける。

寡黙なペルー人のオーナー、調理師《エル・コシネーロ》の移動式屋台《カキリマ》は、強引な客引きをすることもなく、釣り銭をごまかしもせず、路上で地道にコブラサテを売っていた。屋台に立つのはいつもジャワ人とスンダ人の若者で、ラテンアメリカ出身の男がオーナーだと知る者は少なかった。かりに知ったとしても、ほとんど価値のない情報だった。ジャカルタに屋台は星の数ほどもあり、元締めならともかく移動式屋台《カキリマ》一台を所有して商売をやったところで、一日の売り上げなどたかが知れていた。

屋台は金にならない、そんなことはわかりきっていた。バルミロはコブラサテで儲《もう》けようなどとは考えていなかった。バルミロは小さな屋台の裏で、別の商売を手がけていた。そしてその商売のほうでも儲けるつもりはなかった。都市の闇により深く潜りこむための手段として利用しているにすぎなかった。バルミロは目を光らせ、耳を澄ました。

# 15

## caxtölli

その日本人にバルミロが会ったのは、ジャカルタに潜伏してはじめて迎えた乾季《ムシム・クマラウ》だった。

二〇一六年六月六日、月曜日、イスラム教徒の〈断食月《ラマダン》〉が開始される日で、あれほど収拾のつかない交通渋滞を日常的に起こしているジャカルタの大通りが、ゴーストタウンと呼びたくなるほど閑散としていた。バイクタクシーとバジャイが軌道式バスと同じように止まらずに進み、普段は加速できない直線を華僑《かきょう》やオーストラリア人ビジネスマンといった異教徒の乗るスポーツカーが、これ見よがしに疾走していく。その光景を眺めているバルミロも、ラマダンの外側にいる異教徒の一人だった。

マンガブサール通りにもラマダンの影響はおよび、多くの屋台が店を閉め、バルミロの雇ったジャワ人とスンダ人の若者も、信仰のために仕事を休んでいた。

勤勉を気取って営業するつもりはなかったが、静まり返ったジャカルタを味わうのにはいい機会だった。バルミロはインドネシアの大手IT企業のロゴが入った野球帽をかぶって、傾いた丸椅子に座り、ビンタンビールを飲み、のんびりと屋台の店番をしながら、赤い箱に入ったインドネシアの紙巻煙草〈ジャルム・スーパー16〉を吸った。目の前を歩く野良犬を眺め、メキシコの青さとはちがう色合いの空を見上げた。吸い殻が足もとに増えていき、時間がすぎていった。

白人の観光客が近づいてきた。女二人と男一人だった。三人は檻のなかにうじゃうじゃいるコブラを怖るおそる眺めた。

「串焼き《サテ》って、本当にこれを焼くの？」と女が言った。

「食べてみてくださいよ」とバルミロは英語で返した。「栄養たっぷりですから」

「みんなキングコブラ？」

「ジャワコブラです」とバルミロは答えた。「ジャワ島で獲《と》れたばかりの生きのいい連中でしてね。みなさんはどちらからお越しに？」

「カナダからよ」

「それなら食べていったほうがいい。ここでしか食べられない」

「だったら――」ともう一人の女が言った。

「おまえ本気か？」男がそう言って肩をすくめた。

　バルミロは檻からコブラを引きずりだし、頭を叩き、牙をむかせて三人をたっぷり恐がらせてから、短刀で首を叩き切った。切断面から生き血をしぼって、紅茶用のティーカップに注ぎ、「どうぞ」と言った。

三人が顔をしかめて生き血に挑戦するあいだ、バルミロは鉄の鉤に引っかけた蛇の皮をひといきに剝ぎ、短刀で肉をぶつ切りにして、串に刺し、ていねいに炭火であぶった。

カナダから来た三人が去ってしまうと、静けさが戻ってきた。ほとんど飲まれずにティーカップに残された生き血を、バルミロは指ですくい取り、赤く光っている木炭の上に少しずつ振りかけた。アステカの神に祈り、死んだ兄弟を思い、息子、娘、妻、そして祖母の顔を思い浮かべた。ティーカップが空になると、木炭の火を紙巻煙草に移して口にくわえ、マンガブサール通りを眺めた。

影のように現れたイスラム教徒の女が二人、バルミロの前を足早にすぎ去った。全身を布で覆い隠すブルカではなく、髪の毛だけを人目につかないようにするジルバブをかぶっていた。目線を落として先を急ぐ彼女たちの姿には、ラマダンをすごす者の厳粛さがあった。

断食の月か、とバルミロは思った。ここまで町の様子が変わるとはな。アステカ王国にもこんな日があったのだろう。

イエス・キリスト《ヘスクリスト》を讃《たた》えるお祭り騒ぎならメキシコで見てきたが、この国のラマダンはただのお祭り騒ぎではなかった。神にたいして人間が断食という犠牲《サクリフィシオ》を払っていた。

「やあ《マラム》」

煙をくゆらせて考えにふけっていたバルミロは、砕けたあいさつを耳にしてわれに返った。

屋台の前に黄色い肌の男が立っていた。連れはいなかった。眼鏡、白のワイシャツ、膝丈のハーフパンツで素足に革靴、熱帯のジャカルタで活動するビジネスマンの典型的な身なりをしていた。だがバルミロは、その男から血の臭いが漂っているのに気づいた。それは男の魂に染みついた、どうやってもぬぐいきれない気配のようなものだった。

中国人か。バルミロは男を見つめた。

「コブラサテを一つ」と男は穏やかな表情でインドネシア語を話した。「ラマダンだけど、ここは営業してるね」

「私はカトリックなので」とバルミロは答えた。「ムスリムだったら、今日から休めたんですがね」

コブラの首を短刀で切り落としながら、バルミロは考えた。男の話すインドネシア語に、北京《ペキン》語や広東《カントン》語の訛《なま》りは感じられなかった。だとすれば、ジャカルタ育ちの華僑かもしれない。

バルミロは身をくねらせている首なしのコブラをつかんで逆さにすると、生き血が滴るのを待った。血の注がれたショットグラスを出された男は、開襟シャツの胸ポケットに手を入れた。バルミロはスマートフォンで写真を撮るつもりなのかと思ったが、そうではなかった。男はポケットから五千ルピアの紙幣を取りだして、筒状に丸め、屋台のテーブルに置かれたショットグラスの血のなかに突っこんだ。

路上での麻薬売買に〈秘密のサイン〉が用いられるのは、世界共通の法則で、バルミロの屋台で麻薬を買うために取り決められたサインを男は知っていた。明確な意志がないかぎり、そして手品を披露して金をもらうマジシャンでもないかぎり、人間はコブラの生き血のなかに紙幣を突っこみはしない。

コブラの皮を剝ぐ手を止めて、バルミロは血を吸い上げながらゆっくりと沈んでいく五千ルピアに目を向けた。表情は変わらなかったが、暗い光を両目に宿していた。バルミロはあらためて東洋人の男を観察した。

年齢は四十すぎ、髪型は側頭部を刈り上げたツーブロック、髪には白いものが交ざっているが老けこんではいない。黒い縁の眼鏡は高級品で、レンズの奥に東洋人にしては大きな二重瞼《まぶた》の目が輝いている。身長百六十五センチ程度、小柄だが筋肉は引き締まり、半袖《はんそで》のビジネスシャツからのぞく腕や首筋に入れ墨はなく、ハーフパンツにはきちんとアイロンがかけられ、革靴は光沢を放っている。

新顔だった。バルミロに見覚えはなかった。

常連の顔を、バルミロは一人残らず記憶していた。雨漏りのする安い造りの移動式屋台《カキリマ》だったが、軒下には日本製の監視カメラが隠してあり、麻薬を買いにくる顧客は全員映りこむ。

鉤に引っかけられ、皮を剝がれている途中の首のないコブラが、まだうごめいていた。

バルミロは顎先《あごさき》で男をうながし、小さな屋台を出て、建物のあいだの路地裏へ歩いていった。人間の足音に気づいた鼠がそそくさと逃げだした。

「会ったことないよな」暗がりのなかで壁に寄りかかり、バルミロはインドネシア語で言った。

男はバルミロの訛りにすぐ気づき、スペイン語で言った。「はじめまして《ムーチョ・グスト》。ところで《ポル・シエルト》、クレジットカードは使えますか《プエド・パガール・コン・タルヘタ》？」

「いや《ノ》」とバルミロは言った。冗談につき合って笑いながら、すばやく周囲に目を光らせた。男は〈エンクビエルト〉――おとり捜査官の可能性があった。

バルミロの笑顔に、男のほうも屈託のない笑みで応《こた》えた。「スペイン語のほうがいいでしょう？ スペイン語訛りで話すあなたには。インドネシア語はわかりやすいですが、それでもおたがい言葉には苦労しますよね。僕は母国語以外だとドイツ語がいちばん得意なんです。つぎが英語、つぎがスペイン語、ひさしぶりに話しましたよ」

「おれのことを誰に聞いた」

「戴《ダイ》にです」

男の答えを聞いたバルミロは、あいつか、と声を出さずに思った。

戴圭明《ダイ・グィミン》は、ジャカルタ在住の三十二歳の中国人だった。〈919《ジゥ・イー・ジゥ》〉の構成員でもあり、自分では「幹部だ」と名乗っていた。919《ジゥ・イー・ジゥ》は中国黒社会《ヘイシャーホェイ》の組織の一つで、名称は銃弾の規格――九×十九ミリパラベラム弾――に由来していた。

戴《ダイ》はバルミロの屋台でクラックを買う客の一人だった。十八カラットの純金のピアスで耳を飾り、インドネシアの伝統的なバティックシャツを好んで着ていた。マンガブサール通りに自身の経営するナイトクラブを持ち、金まわりは悪くないようだったが、少なくとも919《ジゥ・イー・ジゥ》の幹部ではない、とバルミロは推測していた。はったりにすぎない。幹部であれば、屋台の売人からクラックを買ったりはしない。

バルミロの目に映る戴《ダイ》は、常に金と権力に飢えていながら、黒社会《ヘイシャーホェイ》に相手にされず、そびえ立つピラミッド状の組織の二階か三階でくすぶっている男だった。そしてクラックはそういうレベルの男がやる麻薬だった。

「戴《ダイ》が何を話したのか知らんが」とバルミロはスペイン語で東洋人の男に言った。「あんたみたいなビジネスマンが気に入るコカインはないよ。持ってない。おれが売るのは安いクラックだ」

バルミロはジャカルタにいるマレーシア人の売人からフリーベース――塩酸と未結合の遊離型コカイン――を買い、重曹、ベーキングパウダーなどを混ぜ合わせ、真珠の粒ほどのサイズに丸めたクラックを作り、細々と屋台で売っていた。ビジネスの最下層にいる売人が独断で〈混ぜ物《カット》〉をすれば殺されることになるが、バルミロはマレーシア人に売り上げの六割を渡す条件で、混ぜ物《カット》を認められていた。

クラックをあつかう末端の売人は少なくなかった。コカインの粉末よりずっと安価で、麻薬資本主義《ドラッグ・キャピタリズム》の世界では薄利多売に分類される商売だった。もしジャカルタに〈粉《エル・ポルボ》〉の名を知る者がいたとしても、その本人がクラックを売っているなどとは、絶対に信じないはずだった。カルテルの幹部にまでなった麻薬密売人《ナルコ》が、クラックの売人になるのはあり得ない。それはさながら石油王が路上の飴《あめ》売りに転身するようなものだった。屋台のオーナーになり、クラックの売人でいることは、バルミロの正体を完全に覆い隠してくれた。

「クラックでいいんです」と男は言った。「買いますよ」

「それならいいがね」とバルミロは言った。「パイプはいらないか？　いいのがあるから選んでくれ」

ガラス製のパイプに粒を入れて加熱し、その煙を吸引するのがクラックの摂取方法だった。バルミロは一度屋台に戻り、コブラの檻の下に隠していたパイプの箱を持ちだして、また路地裏に戻ってきた。相手を警戒し、急いで商売を終えようとするのは三流のやることだった。危険を感じる者にはこちらから積極的に話しかけ、情報を引きださなくてはならない。

「商売熱心だな、わかりましたよ」男はバルミロに見せられたパイプをいくつか吟味して、一つを選びだした。「こいつをもらうよ」

「あんた中国人か？」バルミロは九粒のクラックとガラス製パイプの代金を受け取り、

紙幣をかぞえながらさりげなく尋ねた。

「ジャカルタ市民さ」と男は答えた。「ところで、つぎに来るときはどうすればいい？　毎度コブラの血に紙幣を突っこむのか？」

「連絡をくれ。用意しておく」紙幣をポケットに収めたバルミロは、スマートフォンを取りだし、男に番号を訊いた。その番号にかけて、ワンコールで通話を切った。「今の番号にかけてくれればいい。それで、あんたの呼び名は？」

「〈タナカ〉で覚えてくれよ」と男は答えた。

「――タナカ――日本人《ハポネス》なのか」

「華僑のふりをしていたこともあるが、つづかなくてね」男は眼鏡のブリッジを軽く押し上げて笑った。「北京語が下手すぎるんだ。黒社会《ヘイシャーホェイ》の奴らに見抜かれて撃たれる前にやめたよ。あんたの言うとおり、おれは日本人《ハポネス》だよ」

「そうか、日本人の作る車は最高だな。もしかしてあんた、日本の自動車企業で働いているのか？」

　タナカは答えなかった。「じゃあな《アディオス》」とだけ言って、マンガブサール通りを西へ歩きだした。そのとき向こうからパトロール中の警官たちがやってきた。インドネシアでは麻薬犯罪にたいしてきわめて重い刑罰が科される。もちろん所持も重罪だった。しかしタナカは臆《おく》することなく警官とすれちがい、奇妙な自信すら漂わせて乱立するナイトクラブのネオンのなかに消えていった。

バルミロは男の背中が見えなくなるまで視線を外さなかった。日本人を名乗る男、染みついた血の臭い、ラテンアメリカの麻薬密売人《ナルコ》とも、中国の黒社会《ヘイシャーホェイ》の構成員とも異なる何かがあった。新しいタイプの日本の企業マフィアか。でなければ、やはりおとり捜査官《ピエルト》なのか。

バルミロは腕時計を見た。いつのまにか午後四時になっていた。鉤にぶら下がったコブラの皮を剝ぎ、肉をぶつ切りにして串に刺した。金網の上で焼き、プラスチックの箱に詰めて、マンガブサール通りの西側で営業しているドリアンの屋台まで持っていった。ヒンドゥー教徒の店主はコブラサテが大好物だった。バルミロが割り引き価格で売ってやると、店主は厚く切ったドリアンを手に取った。

「おい、調理師《エル・コシネーロ》」と店主は言った。「持っていけよ。うちも客が来ないからな」

バルミロは軽く手を振ってドリアンの贈り物を断り、通りを渡って自分の屋台へと戻った。

## 16

caxtölli-
huan-cë

タナカは三日おきにやってきた。コブラサテは二度と注文せず、前もって連絡したバルミロと落ち合い、屋台から少し離れた路地裏でクラックを買った。

「パイプで一服つけるのも大事だよ」紙幣を渡しながら、流暢《りゅうちょう》なスペイン語でタナカは言った。

バルミロはだまってうなずき、紙幣をかぞえた。

「鼻で吸ってばかりだと、そのうち溶ける」タナカは愉快そうに言った。「知り合いに鼻中隔《タビーケ・ナサル》が崩れた奴がいてね。闇医師のところで軟骨を作り直してもらうのにえらく金がかかったらしい。ところで調理師《エル・コシネーロ》、ジャカルタ市内でいいペルー料理店はないか？　お客さんを連れていけるところがいいな。日本料理とか中華料理はおれのほうが食い飽きてしまってね」

バルミロは鼻中隔《タビーケ・ナサル》というスペイン語をはじめて聞いたが、何のことか見当はついた。タナカに自分の行きつけのペルー料理店の場所を教えてやり、それから訊いた。「お客さんって何の客だ」

タナカは眼鏡を外してレンズを拭《ふ》いた。空に向けて汚れがないかたしかめた。笑みを浮かべ、「またな《アスタ・ルエゴ》」と言って立ち去った。

常連となった日本人は、移動式屋台《カキリマ》のオーナーをすっかり気に入った様子だった。バルミロのほうも悪い印象は持たなかった、タナカはいかにも日本人らしく礼儀をわきまえて、その場でクラックをあぶりだすような真似もせず、信頼関係を築くためのちょっとした会話には必ずつき合った。タナカはバルミロから買うクラックのほかに「コカインも常用している」と言った。

東南アジアのコカイン常用者は、社会性を維持している場合が多い。そのことをバルミロは知っていた。彼らは自分たちを酒や葉巻を愛する人間のような〈コカイン愛好家〉だと思っており、〈麻薬中毒者〉の連中とは一線を引いていた。そういう境界線があるのだと信じていた。

インドネシアで大きなシェアを占めるヘロイン、アンフェタミン、そして氷《イエロ》をバルミロが屋台で売らない理由には、それらの麻薬を欲しがる客に、他人をトラブルに巻きこむタイプが多い点にあった。クラックの客はややおとなしめで、コカインを買う客はずっと大人だった。東南アジアでのコカインの末端価格は高く、常用者はほとんど富裕層だった。金もあり地位もある自称〈コカイン愛好家〉は、地雷を巧みによけて歩いていく。麻薬捜査の地雷原。どれほど危険地帯であっても、信管さえ踏まなければゲームはつづけられる。いつか信管を踏むその瞬間までは。

ある日、クラックを買ったタナカは、自分の兄の話をした。

「頭のいい奴でね」とタナカは言った。「日本全国の模擬試験で、どの教科でも十位以内に入っていた。だけど死んだよ。兄貴が死んだ理由は何だと思う？　医師国家試験に落ちた。それだけさ。前日に食中毒になって、脱水症状になって、試験どころじゃなかったんだ。それで自分に腹を立てて、バイクで飛ばして事故を起こした。頭はいいが、まったく運のない奴だった。とはいえ、今のおれを見て地獄で笑っているだろうな。調理師《エル・コシネーロ》、あんたに兄弟は？」

「いない《ノ》」とバルミロは答えた。思いだすのはいちばん上の兄、ベルナルドのことだった。彼は祖母《アブエリータ》に黒のテスカトリポカの力を与えられ、左胸にいけにえの首の入れ墨を彫り、背中には美しい神殿《テオカリ》を彫っていた。〈ピラミッド《エル・ピラミデ》〉の二つ名で怖れられた、カサソラ兄弟の長男。ロス・カサソラスのなかで大きなビジネスの青写真を描くのは、いつもベルナルドの役目だった。

　ひと月におよぶラマダンが終わり、〈断食明けの大祭《イドゥル・フィトリ》〉の喧騒《けんそう》に町が包まれた七月の夜、マンガブサール通りのペルー料理店でバルミロは夜食をとった。ペルー料理店は五階建てのテナントビルの一階にあり、三階の水煙草屋をのぞけば、あとはすべて風俗店が入っている建物だった。

海老《えび》のセビーチェを食べていたバルミロは、向かいの奥のテーブルに座っているタナカに気づいた。連れが一人いた。ネクタイを締めたその東洋人の男はひどく酔っていて、タナカを相手にわめき散らしていた。バルミロには意味はわからなかったが、おそらくそれは日本語だった。

とうとう男が酔いつぶれてテーブルに突っ伏すと、衝撃で跳ね上がった皿が床に落ちて割れた。ガラス片を拾いに来たペルー人の店員にタナカはスペイン語で謝り、すると意識をなくしたかに見えた男がおもむろに顔を上げて、テーブルの上に吐いた。それからがくりとうなだれた。タナカは苦笑しながら、店員に金を渡してさらに詫《わ》び、嘔吐物《おうとぶつ》にまみれて眠っている男の頭を支えて、首のネクタイをゆるめ、シャツのボタンをいくつか外してやった。つぎに頰を指で挟んで口を開かせて、ペンライトで照らしてたしかめた。

バルミロはそのすばやいうごきを見守っていた。嘔吐が原因で窒息死する人間のことをよく知っている動作だった。普通の親切や介抱とはちがっていた。救急隊員がやるような気道確保。

こいつ。バルミロの目が鋭くなった。このタナカという日本人。

タナカは椅子の背にもたれかかり、自分の両手をタオルで拭き、演奏前のピアニストのようにすべての指を伸ばして、それからゆっくりと内側に折り曲げた。ハンカチで額と首筋の汗をぬぐい、何げなく店内を見まわした。タナカは視線の先にバルミロを見つけた。

冷えたビールの小瓶と店員に借りた栓抜きを持って、タナカはバルミロのテーブルに歩いてきた。テーブルの上に〈星《ビンタン》〉のラベルが二つ並んだ。

「偶然だな、調理師《エル・コシネーロ》」とタナカは言った。「いや、あんたに教えてもらった店だから、あんたがいるのも当然か？」

「酔っ払いの世話は苦労するな」バルミロは奥のテーブルを見てそう言った。「同郷の奴か？」

「ジャカルタで日本人の評判を落とさないように、おれ自身は努力しているつもりなんだがね」と言ってタナカは笑った。「だらしない奴の相手で台なしさ。見苦しいところを見られちまったな」

栓を開け、乾杯《サルー》を言わずにそれぞれのビンタンビールを飲んだ。表から聞こえてくるのはイドゥル・フィトリを祝う歌声だった。ペルー人を騙《かた》るメキシコ人、タナカの偽名を名乗る日本人、どちらも小瓶を片手にだまって歌声に耳を澄ましていた。

テーブルに突っ伏していた日本人の男が、ふいに顔を上げた。不思議そうに宙を見つめ、嘔吐物で汚れたネクタイを力なくつまんで、周囲を見渡し、バルミロと飲んでいるタナカを見つけると、よろよろと立ち上がった。

「新しい友だちか？　いいなあ」二人のテーブルに近づいてきた男は日本語で言った。

「タナカさんは、そこでおしゃべりしていろよ。おれは女の子と遊んでくるから」

男は地図を持っていた。地図にはマンガブサール通りで営業する置屋《おきや》の場所が記してあった。そこに行けば指名した女を外に連れだすことができた。ナイトクラブやマッサージ店を兼ねた置屋もあり、店内で遊ぶことも可能だった。

「そうだ、タナカさん」歩きだそうとした男が立ち止まり、振り返った。「『セックスしようよ』って、インドネシア語で何て言うんだっけ?」

「『マリ・ジキ・ジキ』ですよ」タナカは小瓶の赤い星《ビンタン》を見つめて答えた。

男はタナカの肩をだらしなく叩いて、「いいねえ」と言った。「あと『きれいだよ』は何て言うの? いや、『愛しているよ』がいいかなあ」

「どっちを答えたらいいんです?」

「じゃあ、『愛しているよ』だな」

「『アク・チンタ・パダムー』です」

男は教えられた言葉をつぶやいて、ふらふらとドアへ向かった。するとタナカも立ち上がり、店員に代金を渡して、釣りも受け取らずに男のあとを追った。

その後ろ姿は、上司の夜遊びに振りまわされるビジネスマンにも見えたし、金のある客を捕まえて娼婦《しょうふ》を斡旋《あっせん》する現地の仲介業者にも見えた。だが、とバルミロは思った。おそらく、どちらもあの男の本質ではない。

タナカは何かを隠していた。バルミロは、クラックを買う常連の正体を探っておく必要があった。

翌日の午後、身なりを整えたバルミロはジャカルタの中心街を歩き、路上の新聞売りを見つけて英語の日刊紙『ジャカルタ・クロニクル』を買うと、〈プラザ・インドネシア〉に向かった。〈グランド・インドネシア〉とともに市内で有名なショッピングモールだった。セキュリティチェックを受けたバルミロは、フードコートのカフェに入り、アイスコーヒーとケサディーヤを注文した。ケサディーヤの味はベラクルスやヌエボ・ラレドで食べた味とはちがっていたが、これもケサディーヤだと思えばそう思えないこともなかった。

英語の『ジャカルタ・クロニクル』を広げ、事件記事に目をとおした。

「インドネシア国家警察、スラバヤでヘロイン密売グループと銃撃戦、中国人マフィアのメンバー一名を射殺」

「東ジャワ州警察、バリ島コテージに滞在中のイギリス人演奏家をヘロインの所持および使用の容疑で現行犯逮捕。容疑者はバイオリン奏者として国際的に有名」

「バタム島沖でBNN(国家麻薬委員会《バダン・ナルコティカ・ナシオナル》)とインドネシア海軍による合同捜査チームが、メタンフェタミン一トンを積んだフィリピン籍の貨物船を拿捕《だほ》」

「ジャカルタ特別州警察、コタ駅付近に潜伏する麻薬密売人を一斉摘発。強行突入時に容疑者五名を射殺、犯行グループの使用したパキスタン製手榴弾《しゅりゅうだん》により捜査員一名が死亡」

アイスコーヒーを飲みながらすばやく朝刊を読んだだけで、この国の地下を溶岩のように流れている麻薬ビジネスの熱を感じられる。

バルミロは読んだ記事の内容について考えた。

**「インドネシア国家警察、スラバヤでヘロイン密売グループと銃撃戦、中国人マフィアのメンバー一名を射殺」**

射殺された「メンバー一名」は〈新義安《サンイーオン》〉の奴か？　新義安《サンイーオン》は中国黒社会《ヘイシャーホェイ》の最大組織だが、あるいは919《ジャ・イー・ジュ》の男が殺されたのかもしれない。新義安《サンイーオン》の連中にはメキシコで三度会ったことがある。奴らは〈コヨーテ〉と同じように、アメリカで働きたいと望む中国人から金を取り、メキシコからアメリカへ密入国させるビジネスを手がけていた
――

**「東ジャワ州警察、バリ島コテージに滞在中のイギリス人演奏家をヘロインの所持および使用の容疑で現行犯逮捕。容疑者はバイオリン奏者として国際的に有名」**

国際的に有名なイギリス人演奏家、そういう奴がこの国に来てヘロインで挙げられるってことは、それだけ上物《じょうもの》のヘロインがこの国で手に入る現実を意味している。〈黄金《ゴールデン・》の三角地帯《トライアングル》〉産のヘロインと見てまちがいない。ヒップホップ、ロック、クラシック、ジャンルは何であれ、ワールドツアーができるクラスのミュージシャンどもは、国ごとのおすすめ料理を知るように、麻薬についても知っている。この国でおすすめなのはコ

カイン、あの国でおすすめなのはヘロイン——バイオリン奏者の奴、アジアで逮捕されて震えているだろう。垂れこまれたか？　いずれにせよ、高くついた休暇だな——

「バタム島沖でBNN（国家麻薬委員会《バダン・ナルコティカ・ナシオナル》）とインドネシア海軍による合同捜査チームが、メタンフェタミン一トンを積んだフィリピン籍の貨物船を拿捕」

「ジャカルタ特別州警察、コタ駅付近に潜伏する麻薬密売人を一斉摘発。強行突入時に容疑者五名を射殺、犯行グループの使用したパキスタン製手榴弾により捜査員一名が死亡」

この二つの記事はセットで読むべきだろうな。フィリピン籍の貨物船、パキスタン製の手榴弾、これを見れば背景はガキでもわかるはずだ。イスラム過激派が東南アジアの麻薬ビジネスに積極的に関わり、資金源にしているってことだ。フィリピンには〈アブ《A》・サヤフ《S》・グループ《G》〉などがいて、パキスタンにいるのはたとえばビン・ラーディンの遺志を継いだ〈インド《A》亜大陸《Q》のアル《I》・カーイダ《S》〉だ——

　バルミロは食器の返却口にトレイを置き、食べ残したケサディージャの上に畳んだ『ジャカルタ・クロニクル』を重ねた。カフェを出てショッピングモールのエスカレーターに乗り、下の階へ移動しながら、考えを巡らせた。

　東南アジア最大の国、人口二億六千万を超えるインドネシアは、麻薬資本主義《ドラッグ・キャピタリズム》にとってまたとない魅力的なマーケットだ。コカインに関しては、西アジアのアフガニスタンから流れてきているが、品質が今一つという難点がある。かといって海をへだてたラテンアメリカ産の商品をあつかえば末端価格が高騰《こうとう》し、大量の流通ができず、在庫の確保は厳しい。だから、ごくかぎられた顧客のための高級嗜好《しこう》品になる。

大きなシェアを占めるヘロイン、アンフェタミン、氷《イエロ》のうち、黄金の三角地帯《ゴールデン・トライアングル》のヘロインは特別だ。ラオス、タイ、ミャンマーの三ヵ国で囲まれる地帯で育った芥子《けし》を、非水溶性の濃縮アヘン粉末《モルヒネ・ベース》に化学変化させてから、ヘロインに加工する。通称〈ナンバー4〉、世界最高品質ヘロイン、こいつは絶大な人気を得ている。東南アジアの麻薬ビジネスで富を築くには〈ナンバー4〉を売らなくてはならないが、〈チャイナ・ホワイト〉の別名が示すように、ようするに中国黒社会《ヘイシャーホエイ》が管理している。組織に属さないおれのような一匹狼には、まず触れられないだろう。連中に信頼されれば話は別だが、そこにたどり着くまで黒社会《ヘイシャーホエイ》の下請けをやって獲物の返り血を浴びている時間はない。それ以前に連中がおれを信用するはずもない。中国人じゃないからな。表のドアから入ったところで相手にされず、蠅一匹ほどの印象すら残せずに終わる。しかし、どこかで連中と関わらなければ、金を手にできないのはたしかだ。ドゴ・カルテルの奴らを殺すには金がいる。金が力を呼ぶ。金のために何か新しい発想をしなくてはならない。

エスカレーターを降りたバルミロのポケットのなかで、オッポのスマートフォンが鳴った。

電話をかけてきたのは、ジャカルタ市内でアンフェタミン中毒になりかけているオーストラリア人だった。バリー・グロッセ、表向きは英会話講師として暮らしているこの男は、ジャカルタの裏社会で少々名を知られていた。その理由は身辺調査能力の高さにあった。故郷オーストラリアのメルボルンで長く探偵業者として働いてきたバリー・グロッセは、その才能を活《い》かしてジャカルタの裏社会の依頼に応える見返りに、アンフェタミンを供給してもらっていた。この男に善悪の線引きはなく、どんな調査依頼でも請け負った。アンフェタミンさえもらえるなら、自分の仕事のせいでのちに死人が出てもまったく気にかけなかった。

「タナカの報告だ」とグロッセは英語で言った。「ビジネスホテルに長期滞在している。一年以上も前からだな。会社の寮だとか、自分の家とかは持ってないはずだ。こいつのいるビジネスホテル、あんたの屋台からそう遠くないぜ。同じマンガブサール通りさ」

「そうか」バルミロは声を低くして、歩きながら出口《イグジット》の表示を見上げた。ホテルに長期滞在するビジネスマンはめずらしくなかった。〈プラザ・インドネシア〉の外に出ると、雑踏が目の前に広がった。「黒なのか、白なのか」とバルミロは訊《き》いた。

「白だね」とグロッセは答えた。「こいつはおとり捜査官《アンダーカバー》じゃない」

「たしかなのか」

「別ルートで、ホテルの新入りの清掃員に金をやって部屋に入らせた。その後の反応を待ったが何もない。つまり部屋に監視カメラを設置していないってことだよな。おとり《アンダー》捜査官《カバー》なら脇が甘すぎる。逆にこっちは部屋をくまなく撮影できた。あとで動画を送るよ」

「ああ」

「苦労して本名も調べたんだ。この場合、追加で五千ドルぶんの〈ベニーズ〉をくれる話だったよな」

「そうだった」とバルミロは答えた。ベニーズはアンフェタミンを指す隠語の一つだった。

「オーケー。だったら、一万ドルぶんのベニーズで手を打つ」

「強気は結構だが、まだ取引するとは言ってない」

「あんたは買うよ。水揚げされたばかりの新鮮な一次情報《プライマリー・インフォメーション》だからさ。タナカの使っているクレジットカードの番号を突き止めて、偽名のパスポートの名前を割りだした。それからそのパスポートを偽造したグループにいる女に接触して、そいつに金をつかませて調べさせたよ。経費がかさんだから、おれの売り値は二倍だ。三倍の価値だってあると思うがね。日本国内の記録とも照合したんだ」

「まず動画を送れ」

通話を切ったバルミロは、バリー・グロッセの送信してきた動画を眺めた。マンガブサール通りに建つビジネスホテルの一室を、清掃員の持つスマートフォンのビデオ機能がくまなく映しだす。ダブルの部屋、鏡の前に脱ぎ捨てられた開襟シャツ、ナイトテーブルに積まれたドイツ語の雑誌、ジャカルタ市内の娼婦の名前を記したリスト。

カメラはバスルームに入り、トイレの貯水タンクのふたの裏にガムテープで貼りつけられたガラス製のパイプを映した。ところどころに煤《すす》の目立つパイプは、タナカが本当にクラックをあぶっている証拠だった。本物の刑事であれば、目の前の標的をあざむく状況でもないかぎり、すすんでハイになったりはしない。不良の多いアメリカ人の警官ならともかく、おとり捜査に任命されるようなインドネシア人の刑事が、こんなふうに職務を逸脱する確率は低かった。

動画を眺め終えたバルミロは、「タナカは捜査官ではない」という確証を得た。もとよりジャカルタ警視庁《ポルダ・メトロ・ジャヤ》の警官が日本人を演じる必要性は皆無だった。かりにタナカが日本から派遣された刑事であるのなら、日本人はこの国で捜査権を持たないのだから、テキサス州からメキシコに乗りこんでくる麻薬取締局《DEA》の人間のような単独行動はできない。

ひとまず調査内容に納得したバルミロは、動画を見ていたオッポとは別のスマートフォンを取りだし、ムルデカ宮殿へ向かって北へ歩きながら、屋台で雇っているジャワ人の若者に電話をかけた。

指示を受けた若者は知名度のある〈マリキング〉のデリバリーバッグを載せたバイクにまたがって出発した。デリバリーバッグには焼き上がったコブラサテの入ったプラスチック容器と、一万ドル相当のアンフェタミンが収められていた。

サワブサール駅の近くに英会話レッスン用の部屋を持つバリー・グロッセは、〈マリキング〉が届けにきたすべての品物を確認したのち、コブラサテの料金だけを払った。

遠ざかるバイクに手を振って見送ると、部屋に戻り、串に刺さったジャワコブラの肉を噛《か》みちぎりながら、タナカの本名と過去の履歴をまとめた英語のテクストを暗号化して、バルミロが指定した携帯端末のメールアドレス宛に送信した。

## 17

### caxtölli-huan-öme

末永充嗣《すえながみちつぐ》は、クラックの売人に本名を知られたなどとは夢にも思わず、西ジャカルタ市の雑踏を歩いていた。

〈エフェクター〉の黒い縁の眼鏡、ショッピングモールで買ったばかりの半袖の開襟シャツ、コヨーテブラウンのハーフパンツ、素足に革靴、普段どおりの恰好《かっこう》をして、片手に蛍光オレンジのスポーツシューズをぶら下げていた。靴ひもはライトグリーンだった。

雨季の空模様の下、東京二十三区の人口密度に匹敵する都市の雑踏がどこまでもつづいていた。末永は眼鏡のレンズ越しに、タムリン通りの交通渋滞を観察した。

渋滞緩和のために考案されたスリー・イン・ワンは、ジョッキーという新種のストリートビジネスを生んだだけで、早々と廃止されていた。新たに登場した〈奇数・偶数〉制度は、車のナンバープレートの末尾の数字を利用するもので、交通規制区域の通行に関して、末尾が奇数ナンバーの車は奇数日のみ通行可、偶数ナンバーの車は偶数日のみ通行可とされた。

タムリン通りを見つめる末永の目には、新たな制度はスリー・イン・ワンより役に立っているように映った。乗車人数とはちがい、ナンバープレートはごまかせない。それでも抜け道がないわけではないし、そのうち問題も出てくるはずだった。

タムリン通りに背を向けて歩き、一方通行の路地を曲がった。しばらく進んだ末永は、向こうからやってくる三輪のバジャイを見つけた。スポーツシューズを持った手を真横に伸ばして、停止の合図を送った。バジャイやタクシーを拾うときは、腕を真上に挙げず、水平にするのがインドネシア式だった。

バジャイに乗りこみ、運転手に行き先を告げ、運賃の交渉をはじめた。ジャカルタにやってきたばかりのころは足もとを見られていたが、今では末永のほうが上手《うわて》だった。何度も目にした裏社会の取引にくらべれば、運転手との交渉は言葉遊びにすぎなかった。

走りだしたバジャイにゆられ、すれちがう人や車を眺めた。座席は狭く、無理をすれば二人で並んでも座れるが、基本的には一人席だった。開襟シャツの襟《えり》と裾《すそ》をはためかせながら、末永は排ガスの混ざった空気を吸いこんだ。


**ようやく今夜、商品を取りだせる。**


この一週間の苦労を振り返ると、ため息がこぼれた。ゆれるバジャイのなかで末永は静かな解放感を味わった。

山垣康《やまがきやすし》という男の腹から、右側の腎臓《じんぞう》一つを取りだす予定になっていた。臓器を違法に摘出するジャカルタのバックアレイ・ドクター——闇医師——が、どこも先約で埋まっていて確保できず、手術日が決まるまで、末永は日本から送られてきた山垣の夜遊びにつき合わなくてはならなかった。

商品が危険にさらされてはならない。本当は禁酒させてホテルに閉じこめておきたかったが、国外で腎臓を売るような男に、酒を飲むなと注意したところで聞く耳を持たない。

泥酔した山垣が眠りながら嘔吐したときには、窒息しないように気道確保をしてやり、風俗店に出かけるときには、卑猥《ひわい》なインドネシア語を教えてやったりした。

山垣の腎臓はテロ組織——インドネシア国内のイスラム過激派——が円換算で約百六十万の値で買い取り、彼らはそれをさらに高値で転売する。最高で四百万の値がつくことを末永は知っていた。利益は彼らの活動資金にされる。

東南アジアにおける臓器売買の熱は高まるばかりで、末永は自分自身の目でいろんな現場を見てきた。非合法の薄汚れた手術室を眺め、ダークウェブを使って臓器売買情報を流す男たちに会った。

大人の腎臓の仕入れ値よりも、子供の腎臓のほうが安い。貧しい子供たちが、価格交渉もなしにブローカーに腎臓を売っていた。左右二つある腎臓のうち一つを売った金で、子供は携帯端末を買う。遊ぶためではなく、スマートフォンやタブレットPCがなくては、都会で仕事にありつけないからだった。装置を買うには、臓器を売るのが手っ取り早い。子供たちはそう考える。でなければ、小児性愛者《ペドフィリア》向けの売春をやる。医師免許を失った闇医師たちは大忙しになり、手術予定表はまるで表社会の大病院のように埋まっていく。手術が追いつかなくなる。末永の仕事にもその影響はおよんだ。執刀医が決まらないおかげで、山垣を遊ばせておくしかなかった。

執刀医、頭に浮かんだその言葉に末永は笑った。ジャカルタで知り合った闇医師たちの顔が浮かび、そのつたない技術を思い起こした。

あれは執刀医なんてものじゃない、と末永は思った。よく言って解体業者ってところだ。腎臓なんておれがいつでも取りだせるのにな。

末永の仕事は、日本国内の臓器ブローカーとインドネシア国内のイスラム過激派のあいだを、巨大都市ジャカルタの闇にまぎれてつなぐことだった。臓器売買のコーディネーター、末永は自分に与えられたその役割をわきまえて働いた。かつてはおれも外科医だった――とは絶対に明かさなかった。

**心臓血管外科医**、その肩書きは臓器売買の世界でダイアモンドに等しい輝きを放っていた。下手に過去を知られれば、闇に生きる者たちが自分を放っておかないことは末永にもよくわかっていた。テロリスト、黒社会《ヘイシャーホェイ》、暴力団、ビジネスパートナーの候補はいずれもひと筋縄ではいかない連中で、経歴を知った瞬間に自分を拉致《らち》するような相手だった。

腎臓《商品》を自分の足で運ぶパッケージ——山垣康は三十九歳の日本人で、東京都港《みなと》区に本社を置く防犯機器メーカーに勤務する経理課長だった。山垣は有給休暇を取って、マンガブサール通りのビジネスホテルに滞在していた。

四年前、三十五歳になったとき、山垣はダークウェブを通じてはじめて合成麻薬のMDMAを買った。一回だけのつもりがすぐに夢中になった。錠剤、チップ、どんな形状をしていてもMDMAを飲めばいろんな方向から音が聞こえてきて、宙に浮いている気分になれた。トリップすることが生きがいになり、風俗嬢を何度も部屋に呼び寄せてはMDMAを分け合った。

合成麻薬の売買が世界各地で厳しく摘発されるようになると、マーケットでの流通量が目に見えて減少し、末端価格がいっきに跳ね上がった。摂取回数が増えていた山垣は惜しみなく金を注ぎこんで買いつづけたが、今年になって預金口座がついに底を尽き、安価な大麻を試しても物足りず、やはりどうしてもMDMAを手に入れなければならない、と思った。

借金をする代わりに山垣が考えついたのが、臓器を売ることだった。自分の腎臓を売ってMDMAを買った人間がインターネットの世界には何人も実在していた。借金をするよりも腎臓を売ったほうがいい、と考える者たち。そこには人間の欲望が深く関わっている。みずからの臓器を金で売ると決めること、それ自体のなかにマゾヒスティックな〈死の快楽〉の作用があった。恐怖を楽しめる者は、手術日が近づくにつれてナチュラルにトリップし、ハイになれた。もちろん手もとに麻薬があればそれに越したことはない。

だが山垣の場合は、〈死の快楽〉よりも、たんに借金を怖れているだけだった。収拾がつかなくなって自己破産したくなかった。経理課長の職を失いたくなかった。

山垣は知り合った売人に「腎臓を売りたい」とメールで相談し、数回のやり取りを重ねて山垣の決意をたしかめた売人は、「だったら〈バックアレイ〉を紹介してやるよ」と返信した。

山垣にはバックアレイの意味がわからなかったが、のちにそれが英語の〈裏路地《バックアレイ》〉のことで、バックアレイ・ドクターすなわち闇医師を指しているのだと知った。売人に教えられた闇医師の仕事場は神奈川県川崎市にあった。

末永充嗣とつながっている日本人の闇医師、川崎市に拠点を置く野村健二《のむらけんじ》のもとを訪れる客の大半が、禁断症状を起こす麻薬中毒者、あるいは中毒寸前の状態にいる常用者だった。そうした患者は体内に入れた成分が明らかにされたり、注射痕《こん》を見られたりすると、その場で医師に通報されるので、正規の病院のドアをくぐることができなかった。

捜査の手が迫っている客は、全身の血液交換を頼んできた。〈シャブ抜き〉と称されるこの依頼はかなり多かった。交換用の血液パックを常備しておくだけでもひと苦労で、野村は忙しい日々を送っていた。

何年も麻薬を静脈注射しつづけている客の血液検査、心肺機能チェック、解熱剤の処方、過剰摂取《オーバードーズ》になり失神して仲間に担ぎこまれてくる客の救命措置、正規の医師だった時代とは異なり、看護師はいない。何もかも一人でこなさなくてはならなかった。そして本来野村は、個別に診療するタイプの医師ではなかった。

闇医師になる前の野村は、関西の大学病院に准教授として勤務する麻酔科の医師だった。

その立場を利用して医療用薬品を持ちだし、別の病院の医師に個人的に売って小遣いを稼いでいた。売った薬品は麻薬として使われるので、野村はなかば医療界にいる売人のような存在だった。近年になって危険性が報じられるようになったフェンタニルも、すでに自分で何度も使用し、ほかの医師にも売っていた。フェンタニルは心臓外科手術で用いられる麻酔剤なので、麻酔科医の野村はたやすく手に入れられた。

自分でフェンタニルの効果の危うさを実感すると、代わりにコカインを試してみた。コカインは院内にないので、本物の麻薬の売人から入手した。だが売人には金を払わず、院内から持ちだした各種の薬品と物々交換するのが野村のやりかただった。売人のほうもそれを歓迎していた。

コカインの粉末を鼻から吸引するのに、筒状に丸めた紙幣を使う者は多い。しかし野村の場合は、手術予定表のコピーを鋏《はさみ》で細かく切り刻み、それを丸めて使っていた。ほどなくしてコカインは野村の生活の一部になった。

コカインをやりすぎて、左右の鼻腔《びくう》を仕切っている鼻中隔《びちゅうかく》が崩れだしたときは、一日中サージカルマスクを着用して隠したが、さらに鼻が変形してくると、とうとう現役の医師でありながら闇医師に頼るほかなくなった。

野村は休日に神戸《こうべ》まで行き、韓国人の闇医師に大金を払って鼻中隔再建手術をしてもらった。

野村が病院を追われたのは、二〇〇九年の十月だった。薬品の横領が発覚し、大学病院の経営陣は事実の隠蔽《いんぺい》にうごいた。政治家や官僚も入院する病院のブランドを落とすことはできなかった。刑事告訴はされず、メディアにも隠された。本人より依願退職の申し出という形で、野村は永久追放された。

野村健二の名は、全国の医師のあいだでひそかに出まわっているブラックリストに掲載され、彼が正規の医療行為に関わる可能性は二度となくなった。

このとき野村の頭に浮かんだのは、神戸で頼った韓国人の闇医師だった。闇医師に鼻中隔を再建してもらった鼻をバスルームの鏡に映しながら野村は思った。腕のいい奴だ。あいつも過去にいろいろあったんだろうな。

大学病院を追われ、大阪を去り、流れ着いた神奈川県川崎市で闇医師として開業してまもなく、地元の暴力団員が死体を持ちこんできた。この町で開業する話はつけてあり、現れた暴力団員は顔見知りだった。「先生、こいつの腎臓を取りだしてくれ」と暴力団員は言った。そして彼は腕時計を見た。「仏になったのは二時間前だから、全然いけるだろう」

野村は真新しい死体を眺めた。自殺なのか、他殺なのか、事故死なのか、初見では判別がつかなかった。

「私は麻酔科でしたので」と野村は言った。「基本的に執刀はやりません。内科医の真似ごとがせいぜいです」

「うまいなあ、先生」と暴力団員は言った。「堂々とした物言いだ。開業したばかりとは思えないね。特別料金はあとで請求してくれ」

暴力団員が笑いながら去り、野村は死体とともに取り残された。

しかたなくコーヒーを淹《い》れ、しかたなくマグカップを片手に、しかたなく死体を眺めた。臓器売買のマーケットについて知らないわけではなかった。すぐにはむずかしくても、闇医師として利益を上げるには、いずれは手がけなくてはならない分野だった。そのときに備えて道具だけはそろえていた。メス、天然ゴムの手袋、切開部を固定するスタビライザー、トレイ、キャスターつきの器具台――道具を集めるだけではなく、自宅で酒を飲みながらドイツの外科医療サイトにアクセスして、各種の臓器摘出術を眺めてもいた。摘出術そのものには、麻酔科医として何度も立ち会った経験があった。画面のなかで何が起きているのか、解説がなくても理解できた。

放っておけば腐っていくだけか。野村は暴力団員が残していった死体を眺めてそう思った。一歩を踏みだすにはいい機会なのかもな。

少しでも鮮度を保つため、冷房のスイッチを入れて部屋の温度を下げた。死体の服を剝ぎ取り、ふと思い立って脈をたしかめ、瞳孔《どうこう》を観察し、呼吸をたしかめた。万が一にも生きていれば、後味が悪くなる。まちがいなく死んでいるのを確認した野村は、メスをつかんで死体に押し当て、腹部正中切開《ふくぶせいちゅうせっかい》の手法でいっきに皮膚と肉を切り裂いた。

やがて戻ってきた暴力団員は、釣り具メーカーの帽子をかぶり、クーラーボックスを肩に下げていた。野村の摘出した二つの腎臓をビニールバッグに詰めて、保冷剤を敷いたクーラーボックスに入れながら、暴力団員は言った。「先生みたいな人ってさ、やっぱり『ブラック・ジャック』を読んで、あれにあこがれたりするわけ？」

「『ブラック・ジャック』か」と野村は言った。「そういや読んだことないな、私は」

「まじか」暴力団員はあきれた顔をした。「手塚《てづか》先生の漫画、読んでないのか？」

「一作だけ」と野村は言った。「医大生のころ、終電が出てしまって、泊まった漫画喫茶で一作だけ読んだな。何だっけ？　たしか『グリンゴ』だ」

「それだけか？　しかも未完のやつじゃねえかよ」

暴力団員はクーラーボックスを持ち上げ、摘出費の封筒を置いて出ていった。

その夜を境にして、野村は運ばれてくる死体から腎臓を摘出し、ほかに高額で売れる角膜《かくまく》の採取なども試みた。

売人に紹介された山垣康が目の前に現れても、野村は簡単な健康診断をするだけで、ほかにはまったく手をつけようとはしなかった。生きた人間の腎臓を摘出できるほどの外科技術はなく、それ以前に「その人間が自力でうごけるのであれば、闇の手術は東南アジアでおこなうべき」というのが、日本における臓器売買の常識となっていた。

海外旅行をよそおって出国させ、臓器摘出後に帰国させる。

その方法が好まれる大きな理由は、日本には死体をふくむ〈提供者《ドナー》〉から臓器を摘出する野村のような闇医師はいても、それを〈受容者《レシピエント》〉に移植できる闇医師がほとんどいないことにあった。

摘出と移植の技術レベルはまったく異なり、移植のほうがはるかにむずかしく、しかし臓器売買はその両者がそろってはじめて金になる。臓器だけ用意したところで、移植を欠けばビジネスは成立しない。

移植手術も可能な闇医師が多いのは東南アジアだった。だとすれば摘出した臓器を苦労して密輸するよりも、自分の足でパッケージそのものを飛行機に乗せるほうが合理的だった。

野村は山垣康のパスポートを預かり、格安航空券を手配し、ジャカルタのコーディネーターに連絡を取った。タナカの偽名を名乗る日本人は元心臓血管外科医で、かつて野村からフェンタニルを買っていた末永充嗣だった。末永もある事件で野村と同じように医療界を追放され、さらに日本の捜査機関から追われていた。

心臓血管外科医こそは全外科医の頂点であり、困難な手術を成功させるにあたって、心臓血管外科医と麻酔科医は運命共同体の関係にあった。勤務する病院が別だった野村は、末永と組んだことはなかったが、こんな形で仕事をともにしていることに人生の皮肉を感じずにはいられなかった。

才能や将来性という面では、末永は野村よりもはるかに上にいた医師だった。心臓外科手術のために生まれてきたような男だった。


末永を乗せたバジャイは、西ジャカルタ市にオープンしたボルダリングジムの前で停まった。末永は運転手に金を払い、低いドアを開けて外に出た。雨が降りはじめていた。

ジムのなかは空調が効いて快適だった。インドネシアで根強い人気を持つ大衆音楽〈ダンドゥット〉が流れていた。新曲がつづくなかに、ときおり一九七〇年代のサウンドが混ざり、ロマ・イラマが歌いだした。スハルト政権下に登場した国民的スター、通称〈ダンドゥットの王様〉。

受付係はロマ・イラマの歌声に合わせて軽く頭をゆらしながら、顔馴染《なじ》みの日本人に微笑みかけた。偽名の会員証で受付を済ませた末永は、彼の服のサイズを覚えている受付係にレンタルウェアを渡された。ロッカールームで着替え、持ってきた蛍光オレンジのスポーツシューズを履き、ライトグリーンの靴ひもを結んだ。ウェアとはちがって、どんな日でもシューズはレンタルしなかった。末永が履くのは簡易性重視のベルクロ仕様ではなく、微調整ができるレースアップのシューズだった。

インドネシア国内のボルダリング人口は増えつづけ、ジムの会員数も末永が入会した日よりずっと多くなっていた。パレットに絵の具を散らしたような、さまざまな色のホールドが並ぶ壁から、初心者が声を上げてマットに落ちてくる。そんな光景を眺めながら、末永は準備運動を終え、チョークボールを握った。炭酸マグネシウムの粉で指先を白く染めると、ほぼ垂直の壁に取りついた。足を使わず、腕力だけで全身を引き上げていった。最近の課題であるサイドプルのホールドを中心に選び、一分もしないうちに天井へと到達した。映像を巻き戻すような無駄のないうごきでクライムダウンして、マットに降り立った。マナーを守って壁を離れ、隅のほうで水分補給した。隣の壁が空くのを待って、今度はピンチのホールドばかりを選び、これもほとんど腕の力だけで登りきった。

ウォームアップのあとは、難易度の高いスラブをクリアし、それからオーバーハングに挑んだ。百四十度の傾斜は学生時代のフリークライミングで何度も登った地元の〈どっ被《かぶ》り〉によく似ていた。オーバーハングの崖《がけ》を日本の登山家はそう呼ぶ。

どっ被りを制してマットに着地した末永は、チョークボールを握り直し、白く染まった自分の指を見つめて深呼吸をした。そしてさらに傾斜のきつい隣の壁のオーバーハングを見上げた。傾斜の終わるその先に百八十度の世界が待っていた。つまり床と平行になっていて、色とりどりのホールドが固定されていなければただの天井でしかなかった。そんなところへ登っていく者も、壁が空くのを待っている者もこのジムにはいなかった。

重力に逆らってオーバーハングを移動し、ルーフと称される天井までたどり着いた末永は、床に完全に背を向けた。汗の粒を落としながら、指、腕、体幹の力でルーフを這い進んだ。ジムのスタッフと常連のあいだで、末永は〈蜘蛛《ラバ・ラバ》〉と呼ばれていた。最初に〈スパイダーマン〉を意味するインドネシア語の〈マヌシア・ラバ・ラバ〉のあだ名をつけられ、いつしかそれが短縮された。

ルーフからオーバーハングのコーナーに戻って、自分の手足の動作をたしかめつつ時間をかけてクライムダウンした。体はハーネスを介してロープに結ばれていたが、末永は壁を離れた宙吊《づ》りの状態で下降しようとはしなかった。

ストレッチを終えて汗を拭くと、ジムの三階にある休憩スペースに行った。ドリンクカウンターでチョコレート味のプロテインを注文し、「ミルクじゃなく水」と言い足した。

スタッフはプラスチック製のシェイカーを取りだし、計量カップですくったチョコレート味のプロテインを入れて、冷えたミネラルウォーターを注いだ。シェイカーのふたをしっかり閉めてから、右手でリズミカルに振りだした。

プロテインが水に溶けるのを待つあいだ、末永は両足の大腿四頭筋《だいたいしとうきん》に力を込め、両腕の上腕二頭筋に触れ、首をすくめて僧帽筋《そうぼうきん》をふくらませた。それが済むと指を一本ずつ折り曲げていき、最後に糸のないあやとりをするようにすべての指を同時にうごかした。

指先の感覚を研ぎ澄まし、長い緊張状態に耐えられるように全身の筋肉を鍛錬しておくことは、過去の自分がいた領域に戻るために絶対に欠かせなかった。


心臓血管外科手術こそ、末永にとってのすべてだった。

その手術はときとして十時間を超えることもあった。精神的にも肉体的にも過酷な状況にあって、第一執刀医は完璧《かんぺき》な運針《うんしん》で全員の期待に応え、患者に忍び寄る死を遠ざけなくてはならない。それを可能にするのは、強靭《きょうじん》かつ繊細な指だった。さらに体幹の強さも必要とされた。肉体が悲鳴を上げれば、それだけ集中力が低下する。

二度と心臓血管外科手術の現場に戻れないレベルの肉体に堕落することを、末永は自分に許さなかった。

外科手術の最高峰、その現場で末永は失われるはずの命をいくつもつなぎ留め、人々に称賛されてきた。

当の本人は〈命を救う〉ことや〈患者から感謝の言葉〉などには、何の魅力も感じていなかった。末永が求めたのは力だった。権力や暴力とは異なる種類の力を望んでいた。

心臓が止まれば誰でも死ぬ。心臓は洞結節《どうけっせつ》の出す電気信号で作動しているポンプであり、そこで開始される血液循環が生命体を維持している。このような複雑なポンプが、いかにして生みだされたのか？　奇跡としか言いようがなかった。〈神〉がいるのかどうか、末永は答えを持たなかったが、少なくとも心臓という装置の完成度は、〈神〉の所業としか言いようがなかった。

謎めいた心臓のシステムを知りつくし、病いを取りのぞき、患者を死から遠ざけることは、末永にとって〈神〉に挑戦する行為に等しかった。

積み上げてきた技術を駆使する術野《じゅつや》での戦いのなかで、末永はこの世界の神秘を感じ、同時に、自分自身に宿っている特別な力を感じられた。

ボルダリングジムの三階の休憩スペースの窓ぎわに座り、雨の上がった西ジャカルタ市の雑踏を見下ろして、水に溶けたプロテインを飲んだ。飲み終えると紙コップに注いだ水でクレアチンの錠剤を喉《のど》に流しこむ。ジムにクラックやコカインを持ちこむような真似はしなかった。

末永は窓の外をじっと眺めた。せめぎ合うように歩く群衆、多様な民族、多様な性、多様な年齢、その全員の胸の奥に心臓が透けて見えた。収縮運動をくり返していた。どれもが太陽のようにまばゆく映った。

肺を満たす血、左心房、左心室、右心房、右心室、赤い血がとどまることなく全身を

駆け巡る、冠動脈《かんどうみゃく》、腕頭動脈《わんとうどうみゃく》、上大静脈《じょうだいじょうみゃく》、僧帽弁《そうぼうべん》、三尖弁《さんせんべん》――

ふいに雑踏のなかで立ち止まり、スマートフォンを耳に当てて話しはじめた若者に、末永は目を向けた。アロハのように派手なバティックシャツを着た若者の頭を見下ろして、末永はつぶやいた。

**おまえの心臓を摘出させてくれないか？　心配するな。また元に戻してやるから。**

笑っている末永の目は窓の外に向けられたまま、雑踏の様子を認識せずに、記憶のなかで光るメスを見つめていた。記憶、心臓血管外科医だけが目にする光景、無影灯の冷たい明かり、その光の照らす術野に運命のすべてが映しだされている、針で細い糸を結びながら、末永はしだいに恍惚《こうこつ》へと誘《いざな》われていく、末永は思う、こいつを生かすも殺すもおれしだいだ、おれは力とともにいる、おれは謎めいた神と向き合っている。

日本を追われ、臓器売買のコーディネーターにまで落ちぶれてしまったが、それでも末永はふたたび戻るつもりでいた。このまま東南アジアを逃げまわって埋もれていく気はなかった。自分には技術があり、だから必ず戻る。その信念を抱いていた。おのれの力を感じられる領域、心臓血管外科医の現場だけが自分のいるべき場所だった。

指先に残ったチョークの粉末をタオルで拭き、ジャカルタでは高級品と見なされているアイフォーンのロックを解除して、山垣康の番号を選んで発信した。

しばらく呼びだしたが、山垣は出なかった。一度切って五分待ち、また発信した。むなしくつづく呼びだし音を聞きながら、末永は昨夜に山垣と交わした会話を思いだしていた。


「いいですね？　明日の夜に手術ですから」

「わかってるよ」と山垣は言った。「飯を食うなって言うんでしょ」

「はい」

「少しくらいはいいんじゃないの？　胃の手術でもあるまいし」

「私は医者じゃないので」そう言って末永は笑った。「食べるなとは言いません。食べてもかまいませんが、全身麻酔中に胃の内容物が逆流して気管が塞《ふさ》がり、窒息死した人がいましてね。私としては商品が確保できればそれでいいんですが、どうします？　食事をする代わりに、安全を考えて、部分麻酔で腎臓を摘出しますか？」

部分麻酔と言われた山垣の表情が変わり、わずかな円を両替してジャカルタの夜を遊び歩いた態度を豹変《ひょうへん》させて、「明日は絶食するよ」と言った。

何度かけても山垣は電話に出なかった。この一週間にはなかった事態だった。

胸騒ぎがして、末永は休憩スペースを出ると、階段を駆け下りた。ロッカールームですばやく着替え、表通りに走りだし、バイクタクシーを呼び停めた。夕暮れの日射しがホンダのバイクに乗っているライダーの影を長く引き伸ばしていた。

末永はマンガブサール通りのビジネスホテルの名を告げた。山垣の滞在するホテルは、末永の定宿《じょうやど》の向かい側にあった。

「倍払う」と末永はライダーに言った。「とにかく飛ばしてくれ」

## 18

caxtölli-huan-ëyi

ダブルの部屋に滞在する山垣はカードキーを二枚持ち、一枚を末永が預かっていた。末永はノックもせずにカードキーをカードリーダーにかざし、４１２号室のドアを開けた。

一日中部屋にいて絶食するはずの山垣がいなかった。

逃げられたのか。腎臓を売る人間が直前で怖《お》じ気づき、姿を消すケースは皆無ではない。だがめったに起きることでもない。なぜなら、連中はとにかく金を欲しがっている。

末永は４１２号室をくまなく調べた。バスルームとクローゼットをたしかめ、床に這ってベッドの下をのぞいた。麻薬中毒者はすすんで狭い場所に潜りこんでいたりする。

室内に荒らされた様子はなく、トラブルに巻きこまれた可能性は低いように見えた。自分の足で近くを散歩でもしているのか。

末永は部屋から電話をかけたが、やはり山垣は出なかった。

４１２号室に泊まっている山垣の顧問弁護士を名乗った末永は、ビジネスホテルのフロント係に山垣の顔写真を見せた。日本人《オラン・ジュパン》の弁護士はジャカルタではめずらしくなく、むしろ日ごとに増えている。弁護士たちは法律事務所に常駐し、現地に支社を置く日本企業のトラブルに対処する。

フロント係は末永を疑いもせず、アイフォーンのディスプレイに映る男の顔をのぞきこんで言った。

「この人なら出ていきましたよ。あなたと同じ日本人と――」

末永は眉《まゆ》をひそめた。日本人？　山垣とは昨夜まで行動をともにしてきたが、あの男がジャカルタで親しくなった日本人など、自分以外にいないはずだった。

「この人は詐欺に遭っているかもしれないんだ」と末永はフロント係に説明した。「誰と出ていったのかを知りたい。警察にまかせるべきだが、急がないと金をだまし取られてしまう。監視カメラの映像を見せてくれないか？」

末永の差しだす十万ルピアを受け取ったフロント係は、一人で警備室に入っていった。待機中の警備員にいくらか金を分けて録画を再生させ、ロビーを歩いていく二人の姿を自分のスマートフォンで撮影し、末永の前に戻ってきた。映像を見せられた末永は、驚きを隠せなかった。

戴圭明《ダイ・グイミン》が山垣と並んで歩いていた。

中国黒社会《ヘイシャーホエイ》の有力組織、９１９《ジゥ・イー・ジゥ》の幹部を自称する男。９１９《ジゥ・イー・ジゥ》の構成員ではあっても、幹部というのはでまかせだ――と、ジャカルタの裏社会では、ほとんどの者たちに思われていた。虚栄心でそういう嘘をつくなどまぬけでしかなかったが、金まわりはよかった。どこの国でも見かけるような、黒に近いグレーの領域にいる男だった。

末永は食い入るように映像を見つめた。戴《ダイ》は銃や刃物で山垣を脅すこともなく、ごく自然に並んでロビーを通りすぎていった。おそらく戴《ダイ》は「臓器売買の関係者」を名乗ったはずだった。

これを見るかぎり、こいつはおれの名前《タナカ》も出して山垣を信用させたかもしれない、と末永は思った。しかし戴《ダイ》の奴にはおれが臓器密売コーディネーターだと明かしてはいない。山垣が話すわけもないし、そもそもあいつは戴《ダイ》とこれまで接触する機会がなかった。戴《ダイ》はなぜここに来た？　おれを調べたのか？　だとしたら、いつから嗅《か》ぎまわっていた？

ガラス製のパイプとクラックがあれば、この場で一服つけて気持ちを落ち着けたいところだった。もちろんコカインの粉末でもかまわなかった。

今夜、このタイミングで山垣を連れだされた理由は一つしかない。末永は拳《こぶし》を握りしめた。信じたくはないが、おれは商品を横取りされたのだ。戴《ダイ》はすべてを知った上で、山垣の腎臓をどこかにいる別の買い手に売る気でいる。あるいは、すでに売ったのかもしれない。売却済みなら、かぎりなくゲームオーバーだ。だが、ジャカルタの臓器摘出スケジュールは詰まっている。こっちもようやく今夜のバックアレイ・ドクターを確保したんだ。商品を奪った戴《ダイ》が、いきなり手術先を見つけられるとは思えない。いずれにしろ――

末永の背中を冷えきった汗が流れ落ちた。

真相がどうあれ、今夜中に山垣を取り戻さなければ、契約不履行でおれは――

**グントゥル・イスラミに罰を与えられる。**

連中に釈明は通じない。連中はだまされたと思い、戦士の誇りを傷つけられたと感じるだろう。おれが「代わりに自分の腎臓を一つ差しだす」と言ったところで、絶対に許してくれない。『恥知らずの嘘つきめ、おまえのもう一つの腎臓も寄こせ』と言うだろう。それどころか『すべての臓器を差しだせ』とまで言うだろう。

末永はフロントの斜め向かいにあるロビーのソファに腰を下ろし、顎先に指を当てて目を閉じた。こんな事態ははじめてだった。考えられるかぎりの善後策を検討したが、どれも役立ちそうになかった。

怖るべき死神の鎌の先端が、確実に自分の喉に迫っていた。もはや逃げ場はなかった。危機を認識するいっぽうで、どこかなつかしい感覚が湧き上がってくるのを、末永は不思議に思った。

やがてその感覚の正体に気づいた。それは過去に何度も味わってきたもので、第一執刀医として手術室に入る直前の、極限まで張りつめた空気だった。

過去と現在に重なる感覚を味わいながら、ロビーの天井を仰いだ末永の目に、一人の男の顔が浮かび上がってきた。

タナカの連絡を受けたバルミロは、マンガブサール通りの移動式屋台《カキリマ》にやってきた。ジャワ人とスンダ人の若者が額に汗してつぎつぎとコブラをさばき、漂う煙のなかで串に刺しては焼いていた。今週の売り上げは悪くなかった。タナカが現れると、バルミロはビンタンビールの瓶を傾けながら、いつものように路地裏へ移動した。その暗がりで、頼まれた粒数のクラックを売った。

「調理師《エル・コシネーロ》」紙幣をバルミロに渡したタナカが言った。「あんたに仕事を頼みたい」

バルミロはタナカの目をじっと見た。自分のことを探られたとはまるで気づいていない様子だった。

「盗まれた物を取り返したいんだ」とタナカは言った。

「おれのどこが警官に見える、なんて軽口を叩いている暇はなさそうだな」バルミロはビンタンビールを飲んで言った。

「大事な商品を戴《ダイ》に盗まれた」

「戴《ダイ》——戴圭明《ダイ・グィミン》か？」

「商品を取り戻したい。物というか人間の、ようするにおれの客なんだが」

「客か。たしか前にも訊いたが——」

「協力してくれたら礼はする」

バルミロはポケットから〈ジャルム・スーパー16〉の赤い箱を取りだして、くわえた紙巻煙草にオイルライターで火をつけた。「客ってのは、何の客なんだ」

「腎臓《リニョン》」とタナカは答えた。

もう何年も聞かなかったスペイン語の単語を耳にして、バルミロは静かに紙巻煙草を吸った。バリー・グロッセの調査で知ってはいたが、しばらく考えるふりをして、ゆっくりと煙を吐いた。「おまえ、臓器ブローカーなのか？」

「少しちがう。正確には密売コーディネーターだ」

「似たようなものだ」と言ってバルミロは笑った。「戴《ダイ》に会うのは簡単だよ。あいつは毎晩、自分の持っているナイトクラブに出勤してくる。おまえも知っているだろう？金の計算を人まかせにできない奴だからな。そこで話をつければいい」

「客を盗むような男が口を割るか？」

「それもそうだ」バルミロはわざとらしく真顔になった。「でもどうしておれを頼るんだ？　おれは移動式屋台《カキリマ》のオーナーで、コブラサテと安いクラックを売るだけのペルー人だよ」

「あんたの顔が浮かんだのさ」タナカは眼鏡を外し、額に浮いた汗をぬぐった。「賭《か》けだよ。いくら用意周到に計画したところで、どこかで賭けに巻きこまれるのは避けられない。人生ってのはそういうものだろう？」

「哲学だな。それで、おまえは何を賭けるんだ」

タナカは答える代わりに微笑み、自分の首の前で人差し指を水平にうごかしてみせた。

バルミロはふたたびタナカの目をのぞきこんだ。泣きわめかずに命を差しだせる奴とは今後に組む価値がある、と思った。こういう人間を見つけたくて屋台を買い、クラックをさばいてきた。

「おまえの名前は？」とバルミロは訊いた。

相手の誠実さを試すのに、これほどわかりやすいテストはなかった。解答はたった一つで、それが何かをバルミロは知っていた。

「ミチツグ・スエナガ」と末永は答えた。「おれの本名だ。嘘はついていない」

調理師《エル・コシネーロ》の暗いまなざしと向き合っているうちに、この場でこの男に殺されるかもしれない、という奇妙な不安が末永の頭をかすめた。それはじつに不可解な感覚だったが、本当にそう思えた。それでも末永は、ペルー人から目を逸《そ》らさなかった。

「わかったよ《エンティエンド》」バルミロは吸い殻を弾き飛ばして言った。「話を聞こう」

地元客でにぎわうパダン料理店のテーブルで、麻薬密売人と医師《ナルコ・イ・メディコ》は向かい合った。バルミロは末永の正体を知っていたが、末永はいまだに相手をペルー人だと思いこんでいた。

戴《ダイ》の経営するナイトクラブの開店時刻は午後七時だった。オーナーの戴《ダイ》は一時間ほど遅れて現れる。それまでのあいだに対策を立てる必要があった。

イスラム教徒の経営するパダン料理店に酒はなく、バルミロと末永はアップルタイザーを飲み、しばらくすると店員がやってきて、料理の皿を勝手にテーブルに並べだした。好きな料理を食べ、金は後払いする方式になっていた。

薄切りのレモンが浮いたフィンガーボウルの水で指先を洗ったバルミロは、その指で魚のフライを細かくちぎり、皿の上で米と混ぜ、さらにたっぷりのサンバル――唐辛子《チレ》の入った調味料――を混ぜ合わせた。末永のほうは料理には見向きもせず、海老のすり身を揚げた薄いチップスをかじるだけだった。

バルミロは、観光客がまちがいなく辛さに悲鳴を上げるサンバルを平然と口にしながら、末永の様子に少なからず感心していた。薄っぺらなチップスだろうと、何かを食えるのはたいしたものだった。自分の命がかかったとたん、一日中吐きつづける奴もいる。

「おまえの客、おまえの商品は」バルミロは魚のフライの脂がついた指先をフィンガーボウルの水に浸して訊いた。「どこから来て、どこへ流れる予定だった？」

「商品というか、商品のパッケージが、日本の闇医師から送られてくる」と末永は言った。

「生きた人間ってことか」

末永はうなずいた。「トーキョーの南にある、カワサキという都市から届く。カワサキの闇医師を仕切っているのは地元の日本人マフィア《マフィア・ハポネサ》で、届いたパッケージをおれがジャカルタで預かり、手術先を見つけ、腎臓《リニョン》を顧客に渡して、最後に仲介手数料をもらう」

「商品をなくしたおまえは、日本人マフィア《マフィア・ハポネサ》に殺されるのか？」

「ジャカルタにいれば、あいつらの目はごまかせる」末永は声を低くした。「契約不履行でおれを殺すのは買い手だ。グントゥル・イスラミだ」

そこから先は、バリー・グロッセの網にもかからなかった未知の情報だった。

グントゥル・イスラミ、インドネシア語で〈イスラムの雷鳴〉——

「初耳だな」とバルミロは言った。

「〈ジェマー・イスラミア〉っていう組織を知っているか？」

「耳にしたことがある」

バルミロはそう答えたが、たんに耳にした以上の知識を持っていた。カルテルはテロリストにくわしく、その逆も然りだった。どちらもアメリカ合衆国の国際捜査機関と激しく敵対している点で、なかば隣人のような一面もあった。

東南アジアに理想のイスラム国家樹立をめざしていた〈ダルル・イスラム〉が分裂し、一九九三年にジェマー・イスラミアが誕生した。その名はインドネシア語で〈イスラム共同体〉を意味していた。二〇〇二年十月、アメリカの国務省にテロ組織として指定されている。

おもにフィリピンでの軍事訓練によって構成員の戦闘力を高め、インドネシア国内で数々のテロを実行し、外資系高級ホテルを狙った二〇〇九年七月十九日の〈ジャカルタ同時爆弾テロ〉も、同組織の分派グループによって引き起こされた。二〇〇九年以降は長く潜伏していたが、二〇一四年、中部ジャワ州の武器工場を摘発され、これが組織の壊滅につながった。

そこまでがバルミロの知っている情報だった。

ジェマー・イスラミアを去った構成員による新たな組織、グントゥル・イスラミがインドネシアで活動している事実を、バルミロは末永の話ではじめて知った。

「組織の幹部と会ったことはあるのか？」とバルミロは訊いた。

「ない」

「だろうな」

「マルトノって男が連絡係だよ」

「こちらから連絡するには？」

「電話がかけられる」

バルミロは灰色のスープをスプーンですくって口に運んだ。見たことのない野草が浮いていた。「戴《ダイ》の奴は」と言った。「おまえの取引相手が誰だか知っているのか？」

「知っていたら、こんなことにはならない。戴《ダイ》の独断だ」

「たしかなのか」

「919《ジゥ・イー・ジゥ》に確認を取ってある。中国黒社会《ヘイシャーホェイ》とイスラム過激派がこのジャカルタでやり合っても誰も得をしない。そして戴《ダイ》の奴のおかげで損失が出た場合、腎臓の管理責任を取らされるのはおれだよ」

うなずいたバルミロはアップルタイザーを飲みほして、腎臓の売り値を訊いた。末永が答えると、今度は転売価格を訊いた。末永が答えた。どちらもコカインのビジネスにくらべれば少額だった。

バルミロは肩をすくめた。「おまえはさっき、おれを頼るのは『賭け』だと言った。この賭けに勝ったとして、何を手に入れる？　今夜殺されずに明日も生き延びることか？　おまえの望みは何だ？」

ドイツのミュンヘンで医師免許を取得したのち、日本に帰国した末永は〈東北循環器医療センター〉の心臓血管外科に勤務し、第一執刀医として休みなく手術室に入った。末永は難度の高い手術を成功させていった。急患の受け入れミスに端を発した二名同時並行の〈冠動脈バイパス術〉、国内ではきわめて異例な〈アイゼンメンジャー症候群〉患者の心肺同時移植。

**失敗は許されない。絶対にだ。**

第一執刀医の誰もが背負う精神的な重圧に、末永はコカインを摂取することで耐えていた。日ごろから使用の痕跡を消すように細心の注意を払い、〈鼻から吸いこむ《スニッフィング》〉以外にときおり使うガラス製のパイプ、注射器などは三日に一度、高度なセキュリティで保護される医療センターの廃棄物に混入させて処分していた。

　留学先のミュンヘンで、「雪《シュネー》」と言って近づいてきた売人から買ったのが、最初の出会いだった。アンダーグラウンド・ノイズの爆音が流れるクラブのトイレで、若者たちはみんな雪《シュネー》をきめていた。

　帰国後の末永は、関西の大学病院に勤務する麻酔科医の噂を聞いた。くすねたフェンタニルを密売する野村健二の名は、精神的な重圧から解放されたいと望む医師のあいだで、売人として知れ渡っていた。

　末永も最初はフェンタニルを買い、しばらくして「コカインはないか？」と尋ねて以来、野村が独自のルートで入手するコカインを転売してもらう関係になっていった。

　日本のコカインの末端価格はドイツの約四倍で、野村を介して届けられると、それがさらに六倍まで跳ね上がったが、路上の売人とつき合うよりはずっと安全だった。

　野村の医薬品横領が発覚したとき、末永は怯《おび》えた。自分の境遇を逆恨みして、あいつは口を割るのではないか？

　だが末永の不安に反して、野村は顧客だった医師たちの名前をいっさい明かさなかった。そのことで野村の信用は維持された。医師でなければ入手しにくいフェンタニルの安定供給は断たれたが、野村が転売するコカインを買っていた医師たちは、その後も野村との取引をつづけた。末永もその一人だった。

大学病院上層部の判断で横領事件は隠蔽され、依願退職となった野村は、勤務先を去っただけで医師免許は取り消されなかった。事件そのものが存在しないので、取り消される理由もない。しかし全国の病院に出まわるブラックリストには名前が載った。事実上の医療界永久追放だった。

架空口座にコカインの代金を振りこむ末永は、心のなかで野村のたどった運命をあざ笑っていた。まさしくそれは笑い話だった。医師免許を持ちながら闇医師になるなどとは。

末永は野村から小包で届くコカインをスニッフィングし、オーバーハングに挑むように、心臓血管外科手術の壁に挑みつづけた。

二〇一三年四月二十九日の月曜日、破滅は突然にやってきた。

十四時間におよぶ〈拡張心筋症〉患者の心臓移植が終わり、滅菌ガウンを脱いでシャワーを浴びた末永は、医療センターの駐車場に停めた車に乗りこんだ。赤のポルシェ718ケイマンだった。

エンジンをかけるとすぐに、ダッシュボードにコカインの線《ライン》を引き、少しだけスニッフィングして、アクセルペダルを踏み、医療センターを出て仙台《せんだい》市内を走った。交差点の信号待ちのあいだに、また少しスニッフィングした。

花京院通《かきょういんどおり》で、自転車に乗った少年を撥《は》ねた。午前四時四十七分だった。左から直進してきた自転車が宙に舞い上がり、落下するとアスファルトの上で激しく回転した。火花が散ったように見えた。

アクセルペダルから足を離したが、ポルシェ718ケイマンは慣性の法則でまだ進みつづけていた。結局、末永は一度もブレーキを踏まなかった。気がついたときには、少年と自転車はバックミラーのなかで小さくなっていた。そして末永はふたたび加速した。

長時間の手術を終えた極度の疲労、コカインのもたらす高揚感、事故の衝撃の記憶。

未明の仙台市を逃げながら、考えた。

徹夜の心臓移植で一人救ったのだから、一人殺しても帳消しだ――なんてことには、ならないだろうな。危険運転致死罪か？　医師免許剝奪《はくだつ》は確実だ。手術はおれのすべてなのに、二度と医師には戻れない。だったら――

**おれは何を償う必要があるんだ？**

轢《ひ》き逃げされて死亡した十四歳の少年は、仙台港に釣りに出かける途中で、青信号を横断したところだった。

交通監視カメラを解析した宮城県警は、三十八歳の心臓血管外科医、末永充嗣を全国指名手配した。容疑は危険運転致死罪、二〇〇一年成立の新法で、最高で懲役二十年を科すことができた。

世間に渦巻く非難の声、警察の捜査網がどこまでも広がるなか、末永は逃げつづけた。コカインの売り手だった川崎の闇医師、野村健二に連絡して助言を求め、彼の指示どおりに八戸《はちのへ》港から船に乗り、神奈川県へ向かった。川崎港で落ち合った野村に金を渡し、東南アジアまでの逃走ルートを確保してもらった。末永は高速艇で韓国へ密航し、コンテナ船に乗り換え、台湾経由で赤道直下の国をめざして南下した。

**おれの望みは、心臓血管外科医《シルハノ・カルディオバスクラール》に戻ることだ。**

パダン料理店の喧騒のなかで末永に打ち明けられたバルミロは、バリー・グロッセの身辺調査で末永の過去を知ってはいたが、わざと驚いたふりをしてみせた。

正規の医師には戻れないことは、末永も理解していた。末永が望んでいるのは、場末のうらぶれた闇医師としてではなく、かつてのような最新の設備、最高の環境のなかで心臓にメスを入れることだった。そのためにジャカルタの臓器密売コーディネーターの立場で得た経験をもとにして、大きなビジネスの計画を立てていた。

自分の理解者を、協力者を探していたのはバルミロだけではなかった。末永もまた、タナカとしてクラックを買った日から、調理師《エル・コシネーロ》のことを味方につけられる男だと直感していた。そして末永には、バルミロにはない明確なビジョンがあった。

医師《メディコ》は語り、麻薬密売人《ナルコ》は聞いた。暴力の予兆とともに二つの運命が交錯した。いまだかつて誰も考えたことのない最高のビジネス《エル・メホール》。

麻薬密売人《ナルコ》とは、正しくは麻薬密売人《ナルコ・トラフィカンテ》のことだった。末永の考案したビジネスに関わる自分たちを、のちにバルミロはこう呼んだ。心臓密売人《コラソン・トラフィカンテ》。

## 19

### caxtōlli-huan-nāhui

マンガブサール通りのナイトクラブの前に戴《ダイ》の乗るジャガーＸＪが停まると、子供たちが路地裏から駆けだしてきて、車の後ろから石を投げつけた。

金をくれたバルミロに命じられたとおり、子供たちはリアバンパーだけを狙い、窓には石を当てなかった。バルミロがそう指示した理由は、リアガラスが割れると戴《ダイ》は銃撃されたと思いこみ、車を降りずにアクセルペダルを踏んで逃げていくからだった。

リアバンパーに何かがぶつかる音を聞いた戴《ダイ》は、悪態をつきながらジャガーＸＪを降りた。いつものように両耳に十八カラットの純金のピアスをつけ、値の張る半袖のバティックシャツを着ていた。車体後部に回りこんできた戴《ダイ》の背後に、黒いスキーマスクをかぶったバルミロが忍び寄り、石を詰めた麻袋で後頭部を殴りつけた。麻袋は光を反射しないので目立たず、殴った音も吸収する。

バルミロは麻袋のなかの石をその場で捨て、空になった麻袋を前のめりに倒れた戴《ダイ》の頭にかぶせた。両腕をプラスチックの結束バンドで後ろ手に縛り、ナイトクラブの監視カメラに映らない位置まで戴《ダイ》を引きずっていった。死角に停めておいたシボレーのＳＵ

V――トレイルブレイザー――の車内に気絶している戴《ダイ》を連れこみ、急発進した。

トレイルブレイザーには、偽造のナンバープレートが取りつけられていた。渋滞緩和のためのジャカルタの新たな交通規制〈奇数・偶数〉制度が施行されて以来、車のナンバープレートや登録証の偽造ビジネスは活気づき、入手もたやすかった。

リアシートでは末永が戴《ダイ》を見張り、ハンドルを握るバルミロは南東の方角へとトレイルブレイザーを走らせた。〈ジャティヌガラ泥棒市場〉にほど近い路地裏に入ると、そこで車を停めた。

無数の露天商が軒を連ねる〈ジャティヌガラ泥棒市場〉には、何でも売っていた。大量の雑貨、道具類、とくに動物の品ぞろえは豊富で、梟《ふくろう》、兎《うさぎ》、イグアナ、家鴨《あひる》、蛙《かえる》といったさまざまな種が檻のなかから客を見つめ、物音を立てたり、鳴き声を上げたりして、その騒音は市場の外にまで響いていた。

トレイルブレイザーの停車した路地裏に、トヨタのハイエースが停車していた。車体は黒で、その横に男が一人立っていた。バルミロと親しいマレーシア人の売人で、ハイエースはバルミロが頼んでおいた乗り換え用だった。バルミロはトレイルブレイザーを降りて、マレーシア人と短く言葉を交わし、ハイエースの車内をのぞいた。注文しておいた道具が積まれているかどうかを確認するためだった。

バルミロはマレーシア人に金を払い、末永と二人で戴《ダイ》をトレイルブレイザーから引きずり下ろして、ハイエースのリアシートに押しこんだ。麻袋をかぶせられた戴《ダイ》は、わずかに意識を取り戻したのか、小さな声でうめいた。

三人の乗ったハイエースは市場の東に向かって一キロほど進み、そのあいだに末永は、偽造ナンバープレートの車両からさらに車を乗り換える調理師《エル・コシネーロ》の慎重さに感心していた。ハイエースが停まったのは、おもに家電製品のジャンクを集める倉庫だった。バルミロは電子キーに番号を入力して、倉庫のシャッターを開け、車ごと倉庫のなかへ乗り入れた。

麻袋で視界を奪われ、両手を結束バンドで縛られた戴《ダイ》は、ハイエースを降ろされるときに大声を出して暴れた。バルミロは麻袋の上から戴《ダイ》の頭を殴り、つぎに鼻のあたりを殴りつけ、リアシートから乱暴に引きずりだした。戴《ダイ》はコンクリートの床を這い、両足をばたつかせて何かを叫んだ。結束バンドの硬いプラスチックが手首に食いこみ、裂けた皮膚に血がにじんでいた。

バルミロは戴《ダイ》を引きずり起こし、倉庫に捨てられていた椅子に座らせると、戴《ダイ》の足を椅子の脚に工業用ロープですばやく縛りつけた。廃品の椅子の裏に隠れていた百足《むかで》があわてて逃げていった。

バルミロが麻袋を取ると、戴《ダイ》は怒りにゆがんだ顔で二人の顔をにらみつけた。「おまえら殺すからな」とインドネシア語で言った。「家族もずたずたに切り裂いてやる」

戴《ダイ》は北京語でも同じことを言った。

バルミロは涼しい顔をして、山垣の居場所をインドネシア語で訊いた。

戴《ダイ》は不敵に笑ってみせた。

革の手袋をはめて、バルミロは戴《ダイ》の顔を殴った。右、左、右。目尻、鼻、頬骨、こめかみ、くちびる、顎、殴られるうちに戴《ダイ》の頬が裂け、座らされた椅子の周囲に鮮血が飛び散った。右目が青黒く腫《は》れ上がって塞がり、鼻が奇妙な角度に折れ曲がった。

末永はただ傍観していた。調理師《エル・コシネーロ》は屋台でコブラをさばくように淡々と人間を痛めつける。自分にはできないことだった。

「殺してやる」戴《ダイ》は血の唾《つば》を吐いた。「919《ジゥ・イー・ジゥ》がおまえらを八つ裂きにする」

顔を変形させられてもなお、戴《ダイ》は強がるのをやめなかった。

バルミロは拷問の手を休め、革の手袋を脱ぎ、持ってきたビンタンビールを飲んだ。それからスペイン語で末永に言った。「このくらい痛めつけて吐かない奴は、普通だともう吐かない。意外だったな」

「じゃあどうする？」と末永は低い声で訊いた。

あの戴《ダイ》がここまで痛みに耐え抜いたことに、末永も驚かされていた。悪党気取りのプライドなのか何なのか知らないが、たいした男だった。事前に調べていなければ、本当に919《ジゥ・イー・ジゥ》が背後にいる、と思わされたかもしれなかった。戴《ダイ》は荒い呼吸をくり返していた。ねばついた鼻血が裂けたくちびるの上に垂れ、顎の先を滴り落ち、色鮮やかなバティックシャツに新たな模様を描いていた。

「こいつの右腕だけ自由にしてやれ」とバルミロは言った。

カッターナイフとガムテープを渡された末永は、カッターナイフはともかくガムテープの意味が理解できなかったが、すぐに気づいた。結束バンドをいきなり切ると、左右の腕が自由になり、血まみれの戴《ダイ》はでたらめに暴れだす。末永はまず戴《ダイ》の左手首と椅子の脚をガムテープでつなぎ、そのあとで両手を縛っている結束バンドをカッターナイフで切った。

戴《ダイ》は自由になった右腕をむなしく振りまわした。

倉庫の奥からバルミロが机を運んできた。それを戴《ダイ》の前に置き、「こいつの右腕を押さえていろ」と言い残して、ハイエースに戻っていった。

わめきながら抵抗する戴《ダイ》の右腕を、机の上に力ずくで押さえた末永は、こいつは今から爪を剝がれるんだ、と思った。映画では見たことのある拷問でも、現実に目にしたことはなかった。

疲れはて、下を向いた戴《ダイ》がつぶやいた。「おまえらを殺す。命乞《ご》いしても無駄だからな」

**戴圭明《ダイ・グイミン》が、グントゥル・イスラミが購入するはずの腎臓を盗んだ。**

それがたんなる臓器密売コーディネーターにすぎない一人の日本人の言葉であれば、

919《ジウ・イー・ジウ》も耳を貸さなかった。話を裏づける証拠がない。だが、同じ黒社会《ヘイシャーホェイ》の一大勢力である〈新南龍《シンナンロン》〉に言われれば、彼らも耳を貸さないわけにはいかなかった。

新南龍《シンナンロン》は、インドネシア生まれの若い中国人たちが作った組織で、二〇一一年に結成された。新しいスタイルのビジネスの発想力に長《た》け、ジャカルタを中心に急速に縄張りを拡大し、香港《ホンコン》に本拠地を持つ新義安《サンイーオン》や〈14K《サップセイ・ケー》〉にも迫るほどの存在感を放つようになっていた。構成員の体には組織の一員である証《あかし》として、コモドドラゴンの入れ墨が彫《は》れていた。インドネシアの東ヌサ・トゥンガラ州、コモド島にだけ棲息《せいそく》するその大型爬《は》虫類《ちゅうるい》は、組織のルーツを示す象徴だった。

彼らは同じインドネシア、ジャカルタを拠点とする新興テロ組織、グントゥル・イスラミと密接な関係を持ち、暗号通貨を用いた麻薬や密入国ビジネスなどの分野で協力しながら資金を得ていた。

末永はジャカルタで臓器密売コーディネーターになってから、両者の活動を注意深く見守ってきた。グントゥル・イスラミに腎臓を売っているうちに、ほんの少しずつだが情報が入ってくるようになり、その情報を細かく分析し、コネクションをたどり、やがて新南龍《シンナンロン》の幹部、郝景亮《ハオ・ジンリャン》と知り合った。末永にとってそれは大きな一歩だった。

二十八歳の郝《ハオ》は、新南龍《シンナンロン》のなかで財務的な才能を買われていたが、かつては殺手《シャアショウ》として何十人もの敵を殺し、組織内の戦闘部隊を率いた経験もある男だった。登山が趣味で、共通の話題があったことは末永に有利に働いた。郝《ハオ》は末永に言った。「山をやっていたおかげで、死体を担いで峠を越えるのも楽だったよ。わかるだろ？」

末永は新南龍《シンナンロン》の郝《ハオ》に事情を説明し、事前に戴《ダイ》の件を919《ジュ・イー・ジュ》に伝えてもらうことができた。

郝《ハオ》は、山垣を連れ去った戴《ダイ》の行動が919《ジュ・イー・ジュ》の指示ではなく、戴《ダイ》の独断であることを、919《ジュ・イー・ジュ》の幹部に直接確認し、「そうであればこちらは商品を奪回するために、戴《ダイ》を拉致しなければならない」と伝えた。

919《ジュ・イー・ジュ》上層部はもともと戴《ダイ》をまったく信用しておらず、ナイトクラブからの上納金が少しでも減れば、それを口実に殺すつもりでいた。

「あいつらとは敵同士だが」919《ジュ・イー・ジュ》との話を終えた郝《ハオ》は末永に言った。「おかげで貸しを作れたよ。連中も自爆テロの標的になりたくはないだろうしな」

戴《ダイ》は知らないうちに組織を破門され、郝《ハオ》は「グントゥル・イスラミとのあいだに禍根《かこん》が残らないような相応の事後処理」を919《ジュ・イー・ジュ》に頼まれた。

事後処理の役目は末永に回ってきて、末永は調理師《エル・コシネーロ》に協力を依頼した。それが戴《ダイ》の拉致の背景にある全体像だった。

末永はこの機会を逃さず、新南龍《シンナンロン》とグントゥル・イスラミの関係のなかに新たな自分の立場を築くことを目論《もくろ》んでいた。自分の思い描くビジネスを実現させる可能性は、そこにしかなかった。

目の前で血まみれになっている戴《ダイ》が、未来の鍵《かぎ》を握っていた。

くては。

勝負を賭けなくてはならない。末永は思った。山垣の居場所を、絶対に戴《ダイ》に吐かせなくては。

調理師《エル・コシネーロ》がハイエースの荷室から取りだしたのは、末永の想像したような爪を剝ぐ器具ではなかった。それは消火器を縦に伸ばしたような細長いボンベで、表面の金属の色は緑だった。

液体窒素《リキッド・ナイトロジェン》と書かれたボンベを引きずるバルミロは、腰のベルトに鋼鉄製の工業用ハンマーを差していた。どれもマレーシア人に頼んでおいた道具だった。

机の上で末永が押さえている戴《ダイ》の右腕の真横に、バルミロは液体窒素のボンベを置いた。岩を転がしたような音がした。ホースを取りつけ、バルブの栓をひねって、ホースの噴射口を戴《ダイ》の右腕に近づけた。

やめろ。

戴《ダイ》は恐怖を感じて叫んだが、バルミロは無表情だった。殺虫剤でも吹きつけるかのように、迷いなく液体窒素を噴射した。

マイナス百九十六度の超低温ガスが噴きだし、瞬時にブリザードのような冷気が机の上を覆った。空気中の微粒子が白く凍りつき、とっさに末永は戴《ダイ》の右腕をつかんだ指を放していた。そうしなければ自分も重度の凍傷を負ったはずだった。

右腕をまるごと燃やされるような激痛に、戴《ダイ》は人間離れした声で絶叫し、大きく目を見開いた。むきだしになった二つの眼球が、それ自体も凍りついたかのように宙の一点を見つめてうごかなくなった。戴《ダイ》の右腕から感覚が消えていった。不気味に変色し、細胞は破壊され、血液は血管もろとも凍りついた。


**よく見ろ《ビヒラロ》。**


バルミロはスペイン語で言って、戴《ダイ》の髪をわしづかみにした。顔を上げさせたところで、腰のベルトから引き抜いた工業用ハンマーを凍った右腕に叩きつけた。雪塊《せっかい》を割ったような奇妙に湿った音がして、あっけなく右腕の肘《ひじ》から先が砕け散った。じっくり痛めつける手間などかけなかった。

右腕を数秒で粉々にされた戴《ダイ》は、泣きながらすべてを白状した。

昨年、二〇一五年二月に、元木《もとき》大地《だいち》という名前の日本人が戴《ダイ》の経営しているマンガブサール通りのナイトクラブにやってきた。酔った元木は女たちに囲まれながら、連れのタナカが席を立った隙に「あいつは臓器売買に関わっている」と戴《ダイ》にこっそり打ち明けていた。

戴《ダイ》はすでにタナカと顔見知りだったが、その情報は知らなかった。

秘密を漏らした元木は、山垣と同じように、末永が日本から預かった商品のパッケージだった。元木は予定どおり腎臓を一つ摘出し、金を手にして帰国していった。

つまり一年前から戴《ダイ》は末永の仕事を知っていた。

そして今夜戴《ダイ》は、タナカの名前を出して信用させ、外に連れだした山垣の腎臓を、腹《ふく》膜透析《まくとうせき》を受けているシンガポール人の投資家に売るつもりでいた。山垣を拉致し、投資家が高速船に乗ってバタム島に到着するタイミングで、闇医師のところに連れていけばいい。そう考えていた。

ものごとのつながりに思いが至らず、背後でひしめく闇の深さがまるで見えていない。自分を過大評価し、知性も力もあり、すぐれた計画を立て、うまく金儲けができる人間だ、と信じこんでいる。

中国の故事〈人無遠慮《レンウーユェンリュ》、必有近憂《ビーヨウヂンヨウ》〉——人にして遠き慮《おもんぱか》り無ければ、必ず近き憂《うれ》い有り——それこそがまさに戴圭明《ダイ・ダイミン》という男が黒社会《ヘイシャーホェイ》で信用されなかった理由であり、バルミロの拷問を受けて命を落としかけている理由でもあった。

バルミロは話し終えた戴《ダイ》の両耳のピアスを引きちぎり、金の純度をたしかめ、ピアスに付着したわずかな血を、戴《ダイ》の着ているバティックシャツの布地で拭き取った。それから戴《ダイ》の右腕のつけ根をタオルで縛って止血し、車内に血が垂れないように肘の先をビニールで包みこみ、来たときと同じように頭から麻袋をかぶせた。

ハイエースのリアシートに戴《ダイ》を引きずりこむバルミロを手伝いながら、末永は念のために確認した。「連れていくのか？」

「もしこいつの話が嘘だったら」とバルミロは言った。「つぎは左腕だ」

戴《ダイ》を乗せてスライドドアを閉じたバルミロは、プラスドライバーを片手にフロントバンパーの前にかがみこみ、ナンバープレートの交換に取りかかった。

どこまでも用心深い男の背中を末永は見つめた。戴《ダイ》の右腕が砕かれた机に視線を移すと、蒸し暑くよどんだ倉庫の空気のなかで、血と肉と骨のシャーベットが溶けていくところだった。

すさまじいな。末永は思った。ペルー式の拷問か？――調理師《エル・コシネーロ》、この男は新南龍《シンナンロン》やグントゥル・イスラミの連中にも引けを取らない毒蛇だ。こいつはジャカルタに流れ着くまで、いったい何をやってきたのか。おれはこの男の過去を知らない。だが、いちいち調べている余裕もない。今はこいつの働きに賭けるだけだ。

バルミロは新たなナンバープレートの取りつけを終えて、外したほうのナンバープレートを、倉庫の隅に積み上がった家電製品のジャンクの山に向けて放り投げた。甲高い金属音が響き、何度かくり返すうちに小さくなって、やがて静けさが戻ってきた。

## 20

## cempöhualli

コタ駅からジャカルタ湾へと延びる一本道をハイエースは進み、七階建ての雑居ビルの前で停車した。613号室にバルミロと末永が入ると、戴《ダイ》が吐いたとおり、そこに山垣康の姿があった。山垣は不安そうな顔をして、革の裂け目からクッションのはみだしたソファに寝転がっていた。

「遅かったじゃないか」と山垣は言った。「何も食ってないし、このまま飢え死にするのかと思ったよ」

末永の顔を見て安心した山垣は軽口を叩いたが、背後から現れたバルミロを見るとぎょっとして口を閉ざした。バルミロは黒のバンダナで顔を覆い隠し、鋭い眼光だけをのぞかせていた。すでにビジネスははじまっていた。腎臓摘出後に生きて日本へ帰る予定の男に素顔を見せるわけにはいかなかった。ペルー料理店で一度会っているが、あのとき山垣は泥酔していておそらく記憶には残っていないはずだった。バルミロは山垣にはほとんど関心を持たず、殺風景な部屋をすばやく見まわした。

ハイエースのリアシートに乗りこんだ山垣の顔が、さらなる恐怖に引きつった。先に男が乗っていて、その男の右腕が切られていた。切断面を包むビニール袋に血がたまっていた。よく見ると、ビジネスホテルに自分を迎えにきた男だった。

「タナカ、何だこれは？」

「見てのとおりですよ」と末永は答えた。「怪我人です。今から闇医師のところに行くので、いっしょに連れていくんです。救急車を呼ぶより早い」

「ちょっと待て。本当か？　おれの身に危険はないだろうな？」

「山垣さん」と末永は言った。「おれ、若く見えますか？」

「何だって」

「若く見えるかって訊いたんです。はじめて言いますけど、おれ、あんたより歳上なんですよ」

スライドドアが閉まり、ハイエースは走りだした。

山垣は闇医師の手術室で右側の腎臓を摘出されたのち、壁ぎわのベッドに移された。全身麻酔の眠りから目覚めるのを待って、末永がマンガブサール通りのビジネスホテルへ送り届ける段取りだった。

手術が終わって闇医師が立ち去っても、バルミロと末永はその場に残っていた。ただ山垣の覚醒《かくせい》を待っているわけではなく、もっと重大なもの、末永のビジネスの計画を聞かされた男たちがやってくるのを待っていた。

手術室は真新しいテナントビルの地下二階にあり、地上階には正式に認可を得て開業している歯科医院と美容整形クリニックが入っていた。ビルの地下に降りる秘密の通路などはなく、普通にエレベーターに乗って移動するだけだった。

一時間ほど前まで山垣が横たわっていた手術台に、別人が載せられていた。裸で仰向《あおむ》けにされているのは、右腕を砕かれて失血死した戴圭明《ダイ・グイミン》の死体だった。

地下の手術室にグントゥル・イスラミの連絡係マルトノが現れた。あとにつづくのは組織の司令部に属している男だった。男の名はズルメンドリといった。末永はグントゥグントゥル・イスラミの幹部の顔をはじめて見た。もっともズルメンドリは末永の横にいるバルミロと同じように、バンダナを巻いて顔を覆っていた。

テロリストの到着に少し遅れて、新南龍《シンナンロン》の幹部、郝景亮《ハオ・ジンリャン》が護衛とともに現れた。似かよった黒のバンダナで素顔を見せずにいるズルメンドリとバルミロの二人を見た郝《ハオ》は、自分の頰に触れて苦笑した。「ガルーダの仮面でもつけてくりゃよかったな」

ガルーダはインド神話に登場する神の鳥で、インドネシアの国章にもなっていた。

バルミロ、末永、ズルメンドリ、郝《ハオ》、四人の男たちが手術台に載せられた死体を取り囲み、連絡係や護衛は後ろへ下がった。

男たちの会話は英語でおこなわれ、ひとしきり話した末永は手術室を出ていった。

末永が戻ってくるのを待つあいだ、郝《ハオ》は戴《ダイ》のぐちゃぐちゃになった右腕の切断面に顔を近づけ、興味深そうに眺めながらバルミロに尋ねた。「爆発物じゃないな。何を使った？」

「液体窒素《リキッド・ナイトロジェン》」バンダナで覆われた口でバルミロは答えた。

郝《ハオ》が声を上げて笑っているところに末永が戻ってきた。水色の帽子をかぶり、滅菌ガウンをまとい、ラテックスの手袋をはめ、耳かけ式ではなくひも式のサージカルマスクを着けていた。

集まった怪物のような連中を相手に、末永は心臓血管外科医の手技《しゅぎ》を披露することになっていた。本名を明かし、日本での経歴も伝えた。ジャカルタで目と鼻の整形手術を受けたことまで打ち明けた。自分を信じてもらい、投資してもらうために真実が必要だった。そして怪物たちの信頼を得る最後のピースは、本物の技術を見せることだった。

本来であれば高度な心臓移植手術を見せつけてやりたかったが、麻酔科医も灌流液《かんりゅうえき》担当医もいない闇医師の仕事場では不可能だった。何より戴《ダイ》は死んでいた。脳死ではなく全身の機能が完全に停止した状態。呼吸もなく、すなわち心臓は拍動していない。止まった心臓は商品にならない。

代わりに末永が見せようとしているのは、死体を使った摘出術のシミュレーションだった。ただ取りだすのではなく、戴《ダイ》が脳死状態にある前提で移植用に心臓を摘出する。

手袋をはめた腕を伸ばし、手術台の真上のLEDライトを点灯した。無影灯ではなかったが、白熱灯よりはましだった。かみそりで死体の胸を除毛し、滅菌シートをかぶせた。闇医師の使いまわすメスではなく、あらかじめ入手しておいたドイツ製の新しいメスを握って、その鋭利な刃で胸を縦に切り裂いた。それから、電動のこぎりを使って手早く胸骨を縦に切断した。

末永の作業を見つめていたバルミロは、なるほどな、と思った。おれは心臓を取りだすとき、ナイフで胸骨を真横に切っていた。プロの外科医はああやって縦に切るのか。

心臓血管外科医の〈胸骨正中切開《せいちゅうせっかい》〉を、バルミロが肉眼で見たのはそれが最初だった。器械を手渡してくれる看護師はいない。末永はトレイに並べた鋼性小物《こうせいこもの》をみずからの手で取り上げる。

開創器《かいそうき》、骨鉗子《こつかんし》、鑷子《せっし》、筋鉤《きんこう》――

人手が足りないのは苦にならなかった。たとえ死体を用いたシミュレーションだろうと、ようやくここまで戻ってきた。心膜をメスで裂き、心臓を目にした末永の腕に鳥肌が立った。コカインでさえも得られない高揚感を味わい、手技は速さを増していった。

想像力。死体の心臓が力強く拍動し、血液を送りだしている。ブロワーが術野の血液を吹き飛ばす音が耳に聞こえてくる。

あの緊張感、あの熱気。

末永は日本語で言った。

**上《じょう》大静脈を結紮《けっさつ》する。**

すばやくその手技を終えると、つぎにこう言った。

**肺摘出を想定して下《か》大静脈をクランプで遮断し切開する。**

心臓へ血液が流れこんでくるのを止め、存在しない血圧計のモニターを眺め、大動脈圧が下がったのを確認する。上行《じょうこう》大動脈と腕頭《わんとう》動脈が分岐する箇所を探り当て、クランプをかけ、灌流液担当医に心停止液の注入を指示する。

実弾こそ使わないが、かぎりなく実戦に近い模擬戦闘のような、終始緊迫感に満ちた摘出術のシミュレーションが終わると、グントゥル・イスラミの司令部から来たズルメンドリは納得してうなずき、新南龍《シンナンロン》の郝《ハオ》は拍手を贈った。

二人が見つけたのは、未来のビジネスパートナーとして認めた本物の心臓血管外科医だった。

郝《ハオ》につづいてズルメンドリが手術室を出ていくと、連絡係のマルトノが末永に近づいてきて耳打ちした。「同志ズルメンドリからあなたに伝言です。『私は外科手術を学んだ経験がある。おまえの動作に少しでも不自然な演技があれば、この場で殺して全臓器を摘出してやるつもりだった』、と」

悪い冗談のように聞こえておそらくは嘘いつわりのない言葉に、末永は苦笑してうなずいた。

戴《ダイ》の死体の前にバルミロと末永だけが残った。

五分ほどして、同じ手術室に腎臓を売った新たなパッケージが運ばれてきた。ジャワ人の闇医師はエナジードリンクの〈レッドブル〉を飲みほすと、ガムを口に放りこんで、全身麻酔で眠っている女の腎臓摘出に取りかかった。

額に大粒の汗を浮かべながらメスをあつかう男と、末永の技術の差は、外科手術を知らないバルミロが見ても歴然だった。


末永の摘出した心臓は、ベイスンと呼ばれる盥《たらい》に入っていた。

「この液体は何だ。水か？」とバルミロは訊いた。

「濃度〇・九パーセントの食塩水だよ。人体の血液や組織液の浸透圧に合わせてある。心臓が生きていれば、本番ではベイスン自体を氷水に浸《つ》けて冷やす」

末永は調理師《エル・コシネーロ》が食塩水に浸かった心臓を素手で取り上げる様子を見守った。林檎《りんご》でもつかむようにさりげなく持っている。手慣れていた。

まさか食う気じゃないだろうな？

末永は眉をひそめたが、調理師《エル・コシネーロ》はさらに思いがけない行動に出た。

死んでいる戴《ダイ》の顔に心臓を重ねて、小声で何かをつぶやいた。

聞こえたのはスペイン語ではなかった。英語でも、インドネシア語でもなかった。

「何て言ったんだ？」と末永は訊いた。

「神に祈ったのさ」とバルミロは答えた。

## 21

cempöhualli-huan-cë

心臓こそが人体のダイアモンドなんだよ、調理師《エル・コシネーロ》。

血の資本主義《ブラッド・キャピタリズム》。

その赤いマーケットに流通するあらゆる商品のなかで、心臓に最高の値がつく。

新鮮な心臓はピラミッドの頂点に置かれている。

その心臓を摘出できて、かつ移植までこなせる優秀な医師が裏の世界にいれば、そいつは何千万ドルも稼ぐだろう。

黒社会《ヘイシャーホェイ》やテロリストにとっては、喉から手が出るほど欲しい人材だよ。もしおれが連中の側にいたら、おれだって欲しいと考える。そういう医師を捕まえて暴力で屈服させ、とにかく手術だけをやらせるのさ。

腎臓は二つあるよな？　それと心臓が異なるのは、もちろん心臓が一つしかないってことだ。一人につき一つ。心臓が二つある奴はいない。だから移植の場合、誰かに差しだすほうは死んでいるわけだ。

表の世界であれば、心臓は脳死判定が下された提供者《ドナー》からしか摘出できない。移植を望む受容者《レシピエント》は、ひたすら提供者《ドナー》が現れるのを待つ。すなわち、どこかで提供者《ドナー》が脳死するのを待つってことだ。脳死判定には厳格な基準がある。

すべての条件が満たされたところで、今すぐ心臓が回ってくるわけじゃない。

一人の提供者《ドナー》の前には、気の遠くなるような数の受容者《レシピエント》の列ができている。順番を待っているあいだに死んでしまう。そんなのは日常茶飯事だ。

ところがだ、調理師《エル・コシネーロ》。この世界には「待つ」ことを拒む連中がいる。超のつく富裕層さ。連中は「待つ」のが大嫌いだ。憎みさえしている。とにかく金の力で何でもショートカットしたがるんだ。

自分の息子や娘が「心臓移植さえすれば助かる」状況で、じっと順番を「待つ」のに耐えられない。耐えられるはずがない。いつだって近道を通ってきたんだからな。そこで連中は臓器ブローカーにこう言ってくる。

「心臓を買いたい」、と。

とはいえ、心臓を用意するのは簡単じゃない。生きた人間から腎臓一個買うのとはレベルがちがう。

必ず誰かの命を犠牲にしなきゃならない。

それでいて、脳死判定なんて待っていられない。

つまり、誰かを殺すしかないのさ。

臓器密売コーディネーターになって、いろいろと見てきたよ。父親が心臓疾患に苦しむ自分の息子を国から連れてきて、ジャカルタで心臓移植を受けさせて、わが子が生き延びた奇跡に感動して泣きながら国に帰っていく。

父親が買ったのは、東南アジアのどこかにいた子供の心臓なんだ。

子供の心臓を売った連中は大金を手に入れる。

連中が売っているのはもちろんスラム街の子供たちの臓器で、どうやったって貧しさの連鎖を抜けだせず、盗みや売春で稼いで、麻薬を売り、なかには金をもらって殺人までやったような子供もいる。

そんな子供たちが、自分たちよりもっと悪い大人に捕まって、あえなく解体され、血の資本主義《ブラッド・キャピタリズム》のマーケットに出まわるんだ。

すべてに値がつく。

髪はかつらになるし、頭蓋骨《ずがいこつ》は鑑賞用、血液だって一滴残らず売り物になる。

まったく弱肉強食だよな。『エイペックス・プレデター《頂点捕食者》、イージー・ミート《簡単にだまされる奴》』っていうデスメタルのアルバムがあるんだ。デスメタルだよ。メロディのない絶叫《デスボイス》でテンポの速いやつ。知ってるか？　だろうな、調理師《エル・コシネーロ》。あんたは知らないよな。

とにかく、そのタイトルどおりってことさ。エイリアンの宇宙船が地球にやってきて人間を吸い上げるみたいに、この世界を流れる金は「下から上へ」と向かっていく。

心臓も同じ道をたどる。

ビジネスは完成されている。疑問を挟む余地はない。

おれはずっとそう思っていたんだが、じっさいのところ、そうでもなさそうなんだ。臓器密売コーディネーターをやっていると、うっすらと見えてくるものがあってね。さっき話した心臓移植、〈小児臓器売買〉のケースで言えば、自分の子供を生かすために、東南アジアのスラム街の子供の心臓を金で買う富裕層がいる。おかげで自分の子供が生き延びたのだから、連中に文句はないはずだ。普通はそう思う。でも調理師《エル・コシネーロ》、連中は必ずしも満足していないんだ。

どういうことかって？　話は単純だよ。商品の質に問題があるんだよ。

連中が買ったのは、盗みもやり、売春もやり、麻薬もやれば酒も飲み、あげくの果てに金のための殺人にまで手を出したような子供の臓器だ。

買い手の富裕層に履歴がいちいち伝えられることはない。だけど富裕層だって、自分の買ったものが「円満な家庭の子供の臓器」ではないことくらいわかっている。ようするに、連中から見れば野良犬、どぶ鼠、そういうレベルの人間の肉体に宿っていた臓器だ。

自分と同じ血が流れ、いずれは資産を相続し、ビジネスを継ぎ、輝かしい一族の未来を担う愛《いと》しいわが子に、野良犬だとか、どぶ鼠の臓器を与えてしまって、後悔の念に駆られるんだよ。

その思いは連中の無意識の奥底に沈みこみ、深く根を下ろす。被害妄想の原因になり、くり返しうなされる悪夢の芽になる。

〈生物学的感傷《バイオセンチメンタリティー》〉の一種だ。

バイオセンチメンタリティーというのは、臓器を移植された本人あるいはその家族が、提供者《ドナー》がどういう人格で、どういう生涯を送っていたのか、ふと想像してしまって感傷に入り浸るってことなんだ。とくに心臓移植では、提供者《ドナー》の死と引き換えに命を譲ってもらったために、重度のセンチメンタルに陥りやすい。会ったことのない臓器の持ち主について、考えずにはいられなくなるんだ。

よく聞いてくれ、調理師《エル・コシネーロ》。おれの描く新しいビジネスの第一の鍵がここにある。バイオセンチメンタリティーが移植後にもたらす影響にね。

第二の鍵が隠されているのは〈物理的汚染〉の問題だ。

富裕層はこう思っている。

「心臓を買ったはいいが、あとになってわが子の体内で提供者《ドナー》が摂取した麻薬や酒の影響が出てくるかもしれない。売られた子供がこの二つと無縁だったとしても、スラム育ちは排ガスをたっぷり吸いこんでいるじゃないか」、と。

大気汚染は、現代の富裕層の心の平穏をかきみだす大問題だ。

とくに中国人富裕層は、化学物質の〈PM2・5〉からどうにか遠ざかろうと苦心している。

あるときおれは、世界の大気汚染の状況を調べてみた。

驚いたよ。まともな空気が吸える国ってのは、地球上でかぞえるほどしかないんだ。

一度でいいから世界保健機関《WHO》の報告書を読んでみてくれ。笑ってしまうほどだ。あれは啓蒙《けいもう》用のテレビCMには流せないよな。大気汚染の影響で年間七〇〇万人が死んでいて、おれたちは惑星規模の危険にさらされているんだ。

EU、北アメリカ、こうした先進国は大気汚染度が低く、もっとも被害が深刻なのはアフリカとアジアの国々で、肺がんや呼吸器疾患による死者の九十パーセント以上がそのエリアに住んでいる。

だが、アジアにも唯一と呼べる例外があってね。

大気汚染度の低い国があるんだ。

それが日本だよ、調理師《エル・コシネーロ》。おれの国さ。

報告書を読みながら地球儀を眺めていたおれは、そこに新しい臓器ビジネスの可能性を見いだした。

グントゥル・イスラミや新南龍《シンナンロン》の連中も、まだおれほどのビジネスを思いついてはいない。

重要なのはバイオセンチメンタリティー、そして物理的汚染を回避した品質、つまり〈産地〉の問題ってことだ。

おれの望みは、もう一度、この手で心臓手術をすることだ。結局はそれだけさ。金は二のつぎだ。ただし、やるなら最高の設備でやりたい。倉庫の暗がりで誰かに行動を監視され、脅されながら、使いまわしのメスを握るなんてのはごめんだ。それに、そうやって働かされている闇医師の奴らは、肉屋のアルバイト程度の腕しかない。おれはあのレベルにはいない。だから自分でビジネスを考えて、金を集め、実行に移さなくてはならない。

再生細胞で心臓を作る話か？

ああ、知ってるよ。だけど調理師《エル・コシネーロ》、その質問にはすでに答えているはずだ。「そんな技術が完成するのはいつなんだ？」ってことさ。それは明日か？　来年か？　十年後か？　言っただろう？　おれたちの顧客《カスタマー》になる人間は「待つ」のが大嫌いだ。

なるほど、豚の体内で人間の臓器を作る研究か。

へえ、あんたもわりとこまめに科学ニュースをチェックしているんだな。BBCの番組でも観てるのか？

とりあえずこの店の料理を眺めてみろよ。豚肉がどこにある？　あるはずがない。客はみんな信仰に生きている。これ以上は言わなくてもわかるだろう？　人間由来の商品の需要は永遠に尽きない。

心臓は血の資本主義《ブラッド・キャピタリズム》に輝くダイアモンドでありつづける。神の作った電気じかけのポンプはうごきつづけ、価値はゆるがない。だから、おれたちのはじめるビジネスの可能性も無限だ。

調理師《エル・コシネーロ》。しつこいようだが、この話をしたのはあんたが最初だ。おれはあんたを信頼している。こいつは賭けなんだよ。もしあんたがおれの思うような男じゃないのなら、この場でおれの喉を突いて殺してくれ。おれの負けだ。失敗するなら、さっさと死んだほうが手っ取り早くていい。

気が早くておかしいか？

そうだな。正直に言って、このおれも「待つ」のは嫌いなんだ。

## 22

## cempöhualli-huan-öme

東京都品川区にある〈らいときっず小山台《こやまだい》〉は、園長のほかに職員八人、保育士十一人、計十九人の勤務する認可保育園だったが、労働基準法に違反する残業が黙認されている環境で、さらには園長によるパワーハラスメントの問題まであった。

そうした実態を看過できない職員の一人が、園長を問いつめた。彼女は小学校教師を定年退職後に再就職してきたばかりの人物だった。

園長を責める声は職員と保育士のあいだに広がり、園長はあれこれと釈明をつづけ、それでいて明確な改善の態度を示さなかった。抗議の意思を込めて、十四人がストライキを起こし、園長の辞職を要求した。

ストライキを決行したのはあくまでも十四人で、職員二人と保育士三人はそのまま残っていた。

宇野矢鈴《うのやすず》も残った保育士の一人だった。岡山県から上京した彼女は専門学校に入り、保育士の資格を取り、最初は世田谷区《せたがや》の保育園でアルバイトとして働いた。短い雇用期間が終わると、〈らいときっず小山台〉の採用面接を受けた。ちょうど二十歳になった春だった。仕事は過酷で、何度も失敗をくり返したが、どうにか四年勤め、「やすずおねえさん」と自分を呼んでくれる子供たちの成長を見守ってきた。

十四人がストライキに入って二日が経ち、この日は午後から〈保護者説明会〉が開かれる予定になっていた。

矢鈴は保育園の近くのセブン－イレブンに出かけ、説明会に訪れる保護者のために飲み物のペットボトルを買いこんだ。ミネラルウォーター、緑茶、烏龍《ウーロン》茶、オレンジジュース、四十個の紙コップ、自分の昼食用にサラダとコーヒーゼリーも買った。質素だったが、これ以上の食事は喉を通りそうになかった。

セブン－イレブンからの帰り道、晴れ渡った空に浮かぶ雲を見上げると、白くまぶしいはずなのに、何もかも暗く沈んだ灰色に見えた。

保護者が怒るのも無理はない。

両手にビニール袋を提げて歩きながら矢鈴は考えた。

私も怒りの矛先《ほこさき》を向けられる一人になってしまった。こんなに一生懸命やっているのに。

勤務をストライキした職員が週刊誌の取材を受けて洗いざらい話した――そんな噂は矢鈴の耳にも入っていた。それが本当なら、これから騒ぎはもっと大きくなる。

預かっている園児は三十二人いた。メディアに嗅ぎつけられ、近いうちに労働基準法違反に加えて、おそらくは児童福祉法違反の汚名が広まることがわかりきっている保育園に、今いる園児全員が残るとは考えにくかった。そのいっぽうで、しばらくは十人、もしくはそれ以上を一人で見なくてはならない。たとえ園児が去るとしても、今日明日にというわけにはいかない。園児を転園させる保育園がすぐには見つからないからだ。一人当たり十人の子供を見る——それは危険で、大きな事故を起こす可能性をはらんでいた。頭上の空がますます暗く見えた。

保育園に戻り、事務室の前を横切って〈おへや1〉の札がかけられた部屋に入った。セブン－イレブンで買ったペットボトルを受付の机に並べた。いつもなら子供たちが騒いでいる〈おへや1〉は、ひっそりと静まり返り、代わりにパイプ椅子が整然と並べられていた。

数時間後には、保護者の厳しいまなざしと怒号で満ちるはずの部屋を眺めながら、矢鈴はため息をついて、サラダとコーヒーゼリーだけの昼食を済ませた。レタスが黒のパンツの膝《ひざ》に落ちたことに気づき、あわてて指でつまんだ。保護者の心象を少しでもよくしたいという園長の指示で、矢鈴は就職活動中の学生のようなリクルートスーツを着ていた。

彼女がストライキに加わらずに、〈らいときっず小山台〉に出勤しつづけた最大の理由は、職場への愛着ではなく、子供を預かる使命感のためだった。どうせ自分にはたいしたことはできない。私はこのままでいい。このままがふさわしい。

〈おへや1〉で開かれた保護者説明会は、予想どおり荒れた。謝罪のなかにも自己弁護を交えて語る園長の言葉は、子供を預ける親たちの感情を逆撫《さかな》でしたにすぎなかった。園長の態度のみならず、これまで十一人だった保育士がたった三人になり、「しばらくは休日返上でこの三人が園児を見守る」という方針も、緊急事態中の対応とはいえ、激しい非難を浴びた。

こうなったのはあんたたちのせいよ、こんなの犯罪だわ、こんなところに子供を預けられると思うか、別の保育園にすぐ入れるわけじゃないんですよ、私も夫も仕事がある、今日は会社を早退して来たのにこのざまか、どうしてくれるんですか、どうしてくれるんだ、これからどうすればいいの？

怒号が飛び交うなか、椅子から立ち上がった母親の一人が叫び声を上げ、オレンジジュースの入った紙コップを園長めがけて投げつけた。しかしその母親は殴りつけるように腕を振ったので、狙いが逸れてしまい、紙コップは園長の横にいた矢鈴の顔に当たった。オレンジジュースが飛び散り、矢鈴の髪を濡《ぬ》らした。空になった紙コップが床に転がる様子を、矢鈴は驚いた顔をして見つめていた。

いつもは門の前に立っている七十二歳の警備員が職員たちと協力して激昂《げきこう》した母親をなだめ、両腕を押さえられた母親は「触らないで」と叫び、なおも暴れようとして、そのうちに泣きだし、「警察を呼んで」とわめきだした。〈おへや1〉は騒然となり、保護者用の紙の資料が床に落ちてでたらめに踏みつけられた。髪の毛の先からオレンジジュースを垂らしている矢鈴は、ぼんやりとした目つきで騒ぎを傍観するだけだった。

**私は何で、この仕事をはじめたんだろう？**

子供たちの役に立ちたい、そんなふうに考えた専門学生のころの自分の姿が遠ざかり、水平線のかなたに消えていく小さな染みになった。頭痛がして、吐き気がした。

後日あらためて説明会が開かれることになり、憮然《ぶぜん》とした表情で引き上げる保護者たちを、矢鈴は残った保育士とともに門の前まで行って、ひたすら頭を下げて送りだした。オレンジジュースのこぼれた髪がべたつき、奇妙な形で固まっていた。帰っていく保護者は誰も矢鈴に言葉をかけなかった。とくに親しかった〈まさのり君〉と〈えりかちゃん〉の母親たちでさえ、何も言わずに彼女の前を歩きすぎた。

最後の一人が帰っていくと、矢鈴はトイレの個室に駆けこみ、吐いた。すっかり吐き終えると、個室を出て洗面台でうがいをした。

それから上着を脱ぎ、腰を曲げて蛇口に頭を近づけ、オレンジジュースのこぼれた髪を洗った。ハンドバッグのなかからタオルを取りだし、濡れた髪を拭き、ふたたび個室に戻り、ドアを閉め、鍵をかけた。彼女は泣きながらコンパクトミラーを開き、鏡面にコカインの粉末を散らして、指先で寄せ集めて線《ライン》を作った。それからいっきにスニッフィングした。

目を閉じて、深呼吸をした。海の底に深く沈み、そして浮かび上がった。気分が高揚していく。不安が遠ざかっていく。ラテンアメリカの太陽の光を浴びて育ったコカノキから抽出され、硝煙と血の臭いが漂う戦争を勝ち抜いた麻薬密売人《ナルコ》が輸出したアルカロイド成分が、二十四歳の一人の女の鼻の粘膜から脳神経へと向かっていった。

別の世界、別の夢、そこに至る通路を知ったことで、矢鈴はつらい毎日を受け止められるようになった。不満を口にせず、理想と現実をくらべて、その差に胸を痛めることもなくなった。落ちこんだときは、落ちこんだぶんだけ、ハイになればいい。本当の私はこの粉末《パウダー》とともにある。何の心配もいらない。

## 23

## cempöhualli-huan-ëyi

〈らいときっず小山台〉の園長を相手にストライキを起こした職員が週刊誌の取材に応じて、品川区の保育園で起きている混乱を世間が知った。記事はインターネットのニュースサイトにも取り上げられ、ほどなくしてテレビのワイドショーに登場した。特集されたのは二度だけだったが、〈ブラック保育園〉の汚名を宣伝する効果は抜群だった。

悪意のある郵便物が届くようになった。嘘かもしれないとはいえ、住所も名前も記されていて、中身をたしかめずに受け取りを拒否するわけにもいかず、職員たちは怖るおそる封を開けた。「天誅《てんちゅう》」と血文字のような朱墨《しゅぼく》で殴り書きされた手紙、大量のカッターナイフの刃、小包に詰めこまれた黒い髪の毛。無言電話の数も日ごとに増えていった。

閉園時に外へ出て門扉を施錠する矢鈴は、しきりにこめかみを押さえるようになっていた。頭痛がつづいていた。左腕にも痛みを感じるような気がしたが、自分でもよくわからなかった。ただ頭痛がするのはたしかで、一週間経っても治らずに不安がつのってきた。

もしかしてあれが原因かもしれない。

トラブルつづきの保育園で心身ともに疲弊していた矢鈴は、ささやかな変化を求め、普段どおりのスニッフィングではなく静脈注射でコカインを摂取してみることにした。それが先週の火曜日だった。

売人から手に入れていた針とシリンジを用いて、生まれてはじめて自分の血管に自分で針を刺した。スニッフィングとのちがいは明らかで、鼻の粘膜を経由するよりも注射のほうが速く効いた。矢鈴は涼しい風の吹き渡る草原で踊った。悩みを忘れられる陶酔から覚めると、左腕に残った青黒い注射痕に気づき、思わず顔をしかめた。注射のやりかたがまずかったのか。

あの火曜日以来、ずっと頭痛がしていた。新品の針とシリンジを使い、消毒もきちんとやったのだから、感染症はあり得なかった。それでもはじめてなので何かを見落としていたのかもしれない。

もっと調べればよかった。矢鈴はつぶやいた。やったこともないのにいきなり静脈注射するなんて。

彼女は自分をなだめ、冷静になろうとしたができなかった。相談できる相手もなく、一人で不安をつのらせていき、ついには眠れなくなった。食欲も落ちた。ただでさえ保育園の人手が足りずに疲れているというのに、これでは過労死しかねなかった。

深呼吸をしてスマートフォンを手に取り、売人を呼びだした。

「ないない」矢鈴の話を聞いた売人は笑った。「針は新品だよ」

「でも、そうじゃなかったかもしれないし」

電話の向こうで売人はまだ笑っていたが、矢鈴の不安をそれ以上は強く否定しなかった。コカイン常用者はしだいに偏執病的《パラノイア》になっていくものだった。めずらしいことではなかった。

「あんたの家どこだっけ？」と売人は訊いた。「大田区《おおた》？　それなら近いところのバックアレイを教えてやるよ」

「――バック――アレイ――？」

「闇の先生だよ。予約入れて、血液検査とかやってもらいな。ちょっと金はかかるけどさ」

先の見えない保育園の仕事を必死にこなし、土曜日も働き、ようやく休める日曜日がやってきた。

ベッドから起きだすのもつらかったが、矢鈴は支度をして、50ccのホンダのスクーターにまたがってエンジンをかけた。「具合が悪くてもタクシーは使うな」と売人にくぎを刺されていた。

第一京浜を走り、大田区を南下して六郷橋《ろくごうばし》を渡った。東京都と神奈川県の境界を流れる多摩川を越えた彼女は、川沿いに東へ進み、川崎市の中心部からわずかに外れた町へ向かった。

川崎区旭町《あさひちょう》の路地に卸《おろし》売り業者の倉庫が並んでいた。文房具、水着、海苔《のり》、スノーボード、ペット用玩具《がんぐ》、オイルライター、電子煙草、そうした商品の倉庫のいちばん奥に医療器具の倉庫があった。その業者は倉庫の隣にある三階建てのビルも借り上げ、各階のフロアにも大量の商品を保管していた。矢鈴は売人に指示されたとおりに医療器具倉庫専用の駐車場の隅にスクーターを停めて、倉庫のシャッターの脇にあるインターフォンで予約した名前を告げた。すると男の声がして、「隣のビルの業務用エレベーターに乗って二階へ来てください」と矢鈴は言われた。エレベーターでビルの二階へ上がり、ドイツ語、韓国語、中国語などが印字された段ボール箱の積まれた薄暗がりを、矢鈴はとまどいながら歩いていった。

箱を開けて品数をチェックしている作業服姿の男を見つけ、この男に質問してもいいのかどうかを考えた。

もし無関係の人だったら――

「先生に用事か?」と作業服姿の男が言った。韓国語の訛りがあった。驚いた矢鈴がうなずくと、「それならこの突き当たりを右に行ってくれ」と男は言った。

闇医師と聞いて矢鈴が思い浮かべたのは、おどろおどろしい不潔な部屋にいる人物の姿だった。自分の想像力のとぼしさにあきれたが、ほかには何も想像できなかった。黄ばんだよれよれの白衣を着たひげ面《づら》の男が、聴診器を首に下げて、不機嫌な顔で紙巻煙草を吸っている様子。机の灰皿にうずたかく積み上げられた吸い殻、同じ机にはまるでボールペンか定規のように無造作にメスやペンチが置かれ、ウイスキーの空き瓶が転がり、床に置かれたごみ箱からは血のついたガーゼがはみだしている――

だが、ドアを開けた矢鈴が見たのは、まったく別の光景だった。撮影用のセットに足を踏み入れたように、診察室が突然現れた。壁、床、天井は白く、清潔な空気が漂っていた。煙草の脂《やに》の臭いも血に染まったガーゼもない。代わりに真新しい血圧計と、仕切りのカーテンが半分閉じられた向こうに見える診察台があった。

矢鈴の想像が的中したのは闇医師が白衣を着ていることと、聴診器を首に下げていることだけだった。ただし白衣はよれよれではなかった。闇医師はひげを生やしていたが、思ったような無精ひげとはちがい、顎の先できれいに切りそろえてあった。

研いだ鉛筆のような男、それが矢鈴の抱いた第一印象だった。少しだけ在籍した女子高の美術部で、入部後に何本も研がされたデッサン用の鉛筆を思いだした。闇医師の頬がこけて、やけに顎先がとがっており、その顎にひげが生えているせいかもしれなかった。頭髪はバリカンで三ミリくらいに短く刈ってあった。それも男に鋭い雰囲気を与えていた。

事務机の上で闇医師はタブレットPCを操作していた。矢鈴が椅子に腰かけると、ディスプレイから目を離さずに言った。

**今日はどうされました?**

矢鈴は本物の病院に来たような錯覚を覚えた。椅子に座った患者に尋ねるタイミング、声の抑揚、親切でいて事務的な調子、それらはまさに医師そのものだった。

でも、ここは合法の病院じゃない。矢鈴はそう思った。まちがいなく闇の診察室なのだ。

合法の病院では話せない事情もふくめて、矢鈴は自分の症状を伝えた。話しているだけで、少しずつ体が楽になっていった。矢鈴には自分の言葉をじっと聞いてくれる相手が誰もいなかった。

闇医師が聴診器を胸に当てるときになって、はじめて不安を感じた。ここには研いだ鉛筆のような顔をしたこの男と、自分の二人しかいない。変な指示をされたり、触られたりしたら――

「上着を脱ぐ必要はありません」と闇医師は言った。「聴診器ぶんの隙間を空けてくだされば結構です」

矢鈴が両手で浮かしたインナーシャツの裾から腕を差し入れ、胸に聴診器を当てる闇医師は、顔色一つ変えなかった。怪しい手つきで乳房を探るような行為もなく、心雑音がないかを聞き取り、すばやく聴診器を取りだした。

それから闇医師は矢鈴の血圧を測定した。平常な数値を確認すると、「つぎは採血です」と言った。

採血用のベルトで軽く左腕を締めつけられた矢鈴は、コカインを吸引する頻度を訊かれ、「日に三回です」と答えた。「一回につきたぶん〇・〇一グラムくらい」

闇医師は矢鈴の左腕に針を刺し、チューブにつないだ採血容器に血液を吸い上げた。

「もっとやりたいと思いますか?」

「それは――」矢鈴は答えるのをためらったが、正直な思いを口にした。「もっとやりたいんですけど、お金が足りなくなるから。がまんしているときは、家でブランデーにブラックコーヒーを混ぜて飲んでます」

「仕事はうまくいっていますか? 多くの体調不良は生活習慣とストレスから生じますよ」

「――仕事――」と言って矢鈴はだまりこんだ。採血容器に吸い上げられる自分の血をじっと見つめていた。やがてこう言った。「じつは私、保育園に勤めているんです。子供は好きなんですよ。好きなんですけど、最近トラブルが結構あって、というかトラブルばっかりで――」

血清、血糖、血算をそれぞれ測定する採血容器を保管ケースに収めると、「では心電図を取りましょう」と闇医師は言った。

診察台に横たわった宇野矢鈴の体に電極のパッチを取りつけながら、心因性だろうな、と野村健二は思った。ストレスによる体調不良、血液検査の結果を見るまで断定はできないが、この女の話を聞くかぎり、コカインの注射針から何かの病原体に感染した可能性はほとんどない。

「深呼吸をして」と野村は言った。「手足の力を抜いて」

関西の大学病院で麻酔科の准教授になる以前、研修医時代に積んださまざまな経験によって、野村はある程度の内科診療であればそつなくこなすことができたし、服用薬についても豊富な知識を持っていた。

野村は医療行為の大部分が偽薬効果《プラシーボ》のようなものだとわかっていた。たとえば闇医師しか頼ることのできない患者に心電図の測定をしてやれば、それだけで患者の安心感は増す。測定器もそのデータも本物だったが、野村の狙いは正確さよりも心理的な面に向けられていた。

診察台で目を閉じ、深呼吸をする女を野村は見下ろした。二十四歳、保育士、職場の保育園に問題があり、そこは週刊誌などで取り上げられている。女を自分に紹介した売人から、すでに話は聞いていた。

こいつが適任かもしれない。心電図のモニターを眺めつつ野村はそう考えた。病院で大きな手術が終わったあと、病室に戻された患者のもとを最初に訪れるのは執刀医ではなく、麻酔科医に課される役目だった。ちょっとした会話をよそおいながら、術後の状態に異常がないかを見抜く。そのときには一人で病室を訪れる。大勢で押しかければ、患者は手術が失敗したと思いこむ。熟練した麻酔科医は、聞きこみに長けた刑事のような分析力を持たなくてはならなかった。

その分析力を用いて、野村は宇野矢鈴という人間の心を探った。

短い会話でわかる。野村は思った。この女は自分に自信がない。自尊心の低さに苦しみ、他人への劣等感のなかでもがいている。それでいて心の奥底では、「自分にはもっと価値がある」と思っている。「何か別のことができるはずだ」、と。ちがう生きかたを夢見ていて、職場では不当なあつかいを受けている、そんな怒りを感じている。この女が愉快なのは、口では「子供が好きだ」と言いながら、コカインを常用するような自分が他人の子供を預かっている現状について、ひと言も触れない点だ。誰かの役に立ちたいという思いと、法を犯すほどのエゴイズムによる欲望が、この女のなかで矛盾せずに同居している。ようするにこの女は、コカインをやる以前に壊れているのだ。そこがいい。そこが利用できる。この女には社会貢献の大義名分と、増量したコカインを同時に与えてやればいい。そうすれば優秀な猟犬になる。おれたちのために獲物をくわえて戻ってくるようになる。猟犬は女にかぎるからな。男だと目立つ。

野村の周囲ですでに巨大なビジネスがうごきつつあった。インドネシアに潜伏している末永に計画を打ち明けられ、グントゥル・イスラミと新南龍《シンナンロン》が話に乗ったと聞いた野村は、さっそく行動に移っていた。

野村の頭に浮かんだのは、大田区にある休眠中のNPO――特定非営利活動法人だった。

二〇〇九年に児童福祉の目的で立ち上げられ、NPO認可を取得した〈かがやくこども〉は、二〇一五年、資金繰りに行きづまって以来、活動を停止していた。休眠中のNPOは暴力団に目をつけられる。それは彼らにとって絶好のカモフラージュの役割を果たしてくれる。投資して身内から理事を送りこみ、実権を握っておくだけの価値があった。

〈かがやくこども〉の新たな代表理事に収まったのは、川崎に拠点を置く甲林会《こうりんかい》系仙賀《せんが》組幹部の増山礼一《ますやまれいいち》だった。

増山が組織にまかされていた仕事の一つは、ホームレスや多重債務者などを闇医師の野村のもとに送り、インドネシアへ渡航する手配をさせて、おもにジャカルタで腎臓を摘出させることだった。野村と同じように増山も臓器売買のビジネスを知りつくしていた。

ジャカルタにいる末永の計画を聞かされた野村は、末永本人に了承を得た上で、仙賀組幹部の増山にも概要を伝えていた。どんなスタイルであれ、日本という国で臓器売買を手がけるのであれば、暴力団に話を通さないわけにはいかない。末永もそのことは理解していた。

計画を聞いた増山は、みずからが代表理事に収まっている〈かがやくこども〉を休眠状態から覚まして、新しい臓器ビジネスに参加させる約束をした。ビジネスの主導権《イニシアティブ》についてはグントゥル・イスラミ、新南龍《シンナンロン》、仙賀組の三者で、あらためて場を設けて話し合うことになった。

「しかし野村」と増山は言った。「心臓をあつかえる日本人の医者を闇でよく見つけたな。おまえが探したのか？」

「いえ、ジャカルタに一人いたそうです」と野村は答えた。末永の名前は明かさなかった。

答えを聞いた増山は野村をしばらく見つめた。できすぎた話で何か引っかかるところもあったが、テロリストと中国黒社会《ヘイシャーホェイ》が一枚嚙んだという事実は軽視できなかった。

「まあいい、おれの返事はとりあえず了承だ。話せる範囲で本部《オヤ》にも連絡しておくよ」

仙賀組に話を通した野村は、NPOの職員として活動する人材を見つけなくてはならなかった。ほとんど表に出ない理事とはちがって、そこにヤクザを送りこむことはできない。

物腰のやわらかな堅気《カタギ》の人間がいれば最適だった。〈かがやくこども〉の名称にふさわしい、子供好きで、子供の人権を何よりも大事に考え、社会の役に立ちたいと願っているような。

初診から一週間がすぎ、矢鈴は血液検査の結果を知るために、川崎区旭町の倉庫をふたたび訪れた。

診察室にいる闇医師は、矢鈴が現れる時間に合わせてコーヒーを淹れていた。豆はインドネシアのスマトラ島で収穫されたマンデリンだった。闇医師は矢鈴にコーヒーを勧め、それからこう語った。

「宇野矢鈴さん。私がこんな仕事をはじめることになった、そもそものきっかけは、大きな病院に勤務していたとき、院長の不正を見つけて、それを告発したからなんです」

「そうなんですか？」と矢鈴は言った。

「はい。それで私は解雇され、医療界も追放されました。私の記録を探しても、きっと見つからないでしょう。私のような目に遭った医師というのは、じつはたくさんいるんですよ」

矢鈴はコーヒーを飲んだ。そして闇医師のつぎの言葉を待った。

「それでも私は、どうにかして人の役に立ちたくて、こうやって非合法で開業しました。ですから私のような者が、必ずしも裏社会とつながっている、というわけではありません。合法的に社会貢献をしている人々のなかで、私のような境遇の者を理解してくれる相手には、今でもときおり会っていますし、そういった団体の職員とも親しくしています」

「団体の職員――」

「宗教団体ではありません。ＮＰＯで、たとえば児童養護などに関わる法人です」

　矢鈴は納得してうなずいた。

「私の知っている児童養護団体の一つに〈かがやくこども〉というＮＰＯがあります」と闇医師は言った。「ちょうどその事務所が、あなたもお住まいの大田区にあるんですよ。この法人は資金不足で長らく休眠中だったのですが、匿名の篤志家《とくしか》が寄付してくれることになったそうで、近日中に活動を再開するらしいんです。しかし急な話だったので、なかなか職員が集まりません。条件的に見ても、それは無理もない話ですね。ＮＰＯで働いたところで、年収はよくて百八十万円程度にすぎません。むろんケースバイケースですが、これでは人材を確保できないでしょう。そこで匿名の篤志家が『不幸な子供たちのために職員にはポケットマネーで活動費を払ってもいい』と言いだしたんです。こういう話は、ＥＵなどではたまに聞くのですが、日本ではかなりレアですね。具体的な数字を言うと、一人につき月額七十万円が支払われる。ところが、これは給与にはできない。ＮＰＯの平均的な報酬よりはるかに高いですし、そもそも非営利組織なのでいろいろと無理がある。だけど大人がこういうチャンスに乗ることで、結果的に救われる子供たちがいるのはたしかです。そして、このＮＰＯには私も関わっています」

　野村はそこで言葉を切り、矢鈴の顔を見つめて反応をうかがった。

「率直に申し上げます。われわれはこう考えました。こちらで信頼できそうな人物を選びだし、そのかたには、ぜひともこの善意のお金を毎月受け取っていただいて、子供たちのためにご協力いただきたい、と」

「それは――」

「ええ」野村はうなずいた。「あなたのことです。宇野矢鈴さん」

矢鈴は闇医師の言った言葉を、頭のなかで何度もくり返した。


**大人がこういうチャンスに乗ることで、結果的に救われる子供たちがいるのはたしかです。**


表に出ない月額七十万円のポケットマネーは、もちろん保育士の給与をはるかに超えていた。矢鈴の心はゆれた。「もしも、そのNPOを手伝ったとして、私は何をするんですか?」

訊かれた野村は机の上の万年筆を手に取り、それをレーザーポインターのように宙でうごかしながら話しはじめた。理路整然とした口調で語られる内容を聞くうちに、矢鈴は〈らいときっず小山台〉を退職する決意を固めていた。いずれにしろ、あの職場に残る気力はもうなくなっていた。矢鈴は野村の誘いに運命的なものを感じた。厚い霧に覆われていた視界がゆっくりと拓《ひら》けていくようだった。

野村はＮＰＯの活動概要について話し終えたが、矢鈴はまだ診察室に残っていた。野村は腕時計を見た。そろそろつぎの患者が来る時間だった。

「何か不明な点がありましたか？」と野村は言った。

「いえ、あの」と矢鈴は言った。「いいお話をうかがえて、本当にうれしくて、仕事の内容もだいたいわかったんですけど、血液検査の結果は――」

「そうでした」野村はファイルケースに手を伸ばし、書類をめくった。「健康です。異常はありません。やはり今の職場で感じるストレスが原因だったのでしょうね」

# 24

## cempöhualli-huan-nähui

この瞬間にもＤＶ——家庭内暴力《ドメスティック・バイオレンス》の犠牲となり、孤独と絶望の底に突き落とされている子供がいる。

保育士だった矢鈴も、根深いその問題を知らないわけではなかった。これまでニュースを目にするたびに心を痛めてきた。大人に支配され、人知れず犠牲になる子供たち。そんな子供たちを救うのが、矢鈴の新しい仕事になった。

彼女が驚いたのは、特定非営利活動法人〈かがやくこども〉の代表理事、増山礼一の築いたネットワークの広さだった。増山は日本中のあらゆる地方から、保護すべき子供たちの氏名と住所を拾い上げてきた。

父親も母親もＤＶの加害者にはなり得るが、増山が突き止めてくるのは〈父親によるＤＶ〉のケースが圧倒的に多かった。

経営者、企業の重役、市会議員といった立派な世間体を持つ人物から、無職で家にごろごろしているような輩《やから》まで、彼らが幼い息子や娘をひそかに虐待している情報をどこからか入手し、そこに矢鈴を派遣した。北海道から沖縄まで、矢鈴は出向いた町で子供たちと接触し、暴行の痕跡をデジタルカメラで撮影し、可能であれば話を聞き、収集したデータを増山に送信した。すると、まもなく暴力はやんだ。暴力を振るっていた父親は離婚し、親権も手放した。

　矢鈴が行政に報告したわけでも、警察に通報したわけでもない。彼女はただ子供の傷の写真を撮り、ときおり話を聞いただけだった。

　いったいどうなっているのか。矢鈴にはわけがわからなかった。

　闇医師の話を要約すると、「〈かがやくこども〉には匿名の篤志家が連れてきた一人の精神科医がいて」「その医師が子供たちの受けた傷から父親の人格を分析し」「明確な方向性を持った上で、父親本人と電話で話して問題の解決に導いている」ということだった。精神科医は日本人だが長くアメリカ軍に雇われ、アフガニスタン帰還兵の心的外傷《PT》後ストレス障害《SD》治療を数多く成功させた実績があり、普通のカウンセラーのように時間をかけずとも事態を改善できる。

　言うまでもなく闇医師の話は嘘だった。〈かがやくこども〉に雇われた精神科医などいなかった。

　矢鈴にとっては、事情はよくわからなくても、結果的に自分の出張が子供たちを救っているのはたしかだった。かつてなかったやりがいを感じ、自信が持てるようになった。長かった髪をセミロングに切り、黒のライダースジャケットを買った。大型バイクにも乗りたいと思ったが、事故が恐いのでスクーターと乗用車の運転だけにしておいた。

〈かがやくこども〉の正義を疑わない矢鈴は、毎週のように日本中を飛びまわった。顔写真と照らし合わせ、DVの犠牲になっている子供を見つけ、下校中に声をかけたり、ときには自宅の前で待ちかまえたりもした。

子供の父親が暴力団に脅され、DVの事実を隠すために高額の口止め料を払ったり、拉致されて暴行を受けていたりすることなど、彼女は知るよしもなかった。

仙賀組はNPOを通じて各地の児相《じそう》――児童相談所――の職員に金をばらまき、児童虐待に関する情報を集めていた。それはある種の善意を利用した恐喝ビジネスだった。親の暴力がわかっていても手を出せない児相職員は、地元の警察が頼りにならないとわかると、〈かがやくこども〉に連絡する。するとライダースジャケットを着た若い女がやってきて、何らかの手段で虐待をやめさせる。まるで魔法のようだった。いったい何が起きているのか、連絡した児相職員に真実はわからない。だが普通ではない何かがあったことはたしかだった。しかし真実が何だというのか？　そんなことは知りたくもないし、問題でもない。児相職員はそう思う。結果がすべてだ。子供は生き延び、翌日のニュースで死亡が取り上げられることもなかった。結果的に自分は善いことをしたのだ。

NPOの給与のほかに、約束どおり毎月七十万円が矢鈴に支払われた。税法上存在しない金、これでコカインを買うのに苦労しなくなった。ただし以前と変わったことが二つあり、一つは港区の公園での受け渡しではなく、川崎の闇医師の診察室に商品が送り届けられるようになったことだった。矢鈴は売人と顔を合わさなくなり、闇医師に金を払ってコカインを受け取った。もう一つの変化は、そのコカインの品質が上がったことだった。

いくら上物が手に入っても、二度と静脈注射は試さなかった。あんな不安に襲われるならやらないほうがいい。

スニッフィングをくり返しながら、いっぽうで危機に瀕《ひん》した子供たちを救う日々、そこに矢鈴は何の矛盾も感じなかった。人にはそれぞれ光と影の部分があり、聖人などない。矢鈴はそう考えた。それに自分は、副流煙を他人に吸わせる喫煙者のような迷惑もかけていない。紙巻煙草好きよりずっとましだ。

DVが起きている家庭のほかに、矢鈴は児童養護施設へ派遣されることもあった。日本には約六百の児童養護施設があり、そこで暮らす子供の数は二万七千人にもおよんでいる。

すべての施設が子供たちにとって安全な場所であるべきだが、そこで虐待がおこなわれているケースは実在した。

職員による子供への暴言、盗撮、セクシャルハラスメント、こうした行為は、施設の性格上、外部からは見えにくかった。善意の職員が内部告発したところで、被害届けでも出なければ警察は容易にはうごかない。多忙な日々を送る職員には、素人探偵のような真似をして証拠を集める余裕もなければ、記録用の機材を買う金もない。そこでへかがやくこども〉に連絡がやってくる。矢鈴は善意の職員の告発を聞き、証拠を押さえるための最新型の盗聴器、隠しカメラなどを無償で提供する。そこに収められたデータが増山に送られる。

しばらく経つと、問題を起こしている職員が青ざめた顔つきで辞表を提出し、施設を退職していく。どこかで喧嘩《けんか》でもしたのか、去っていく職員の顔は、誰かに殴られたようにどす黒く腫れ上がっていることもある。歯が折れていたりもする。

〈かがやくこども〉の仕事をこなすうちに、矢鈴は自分が〈バットマン〉や〈スパイダーマン〉のような存在だと思えてきた。世間の誰にも気づかれることなく、闇に消え入りそうな小さな命を救っているのだから。

いくつもの児童養護施設を回った矢鈴は、職員ではなく子供同士での虐待もあることを知った。暴力的な親に育てられた子供が、別の子供に同じ行為をやってしまう。

**そういう問題も解決できませんか?**

矢鈴はあるとき代表理事の増山に尋ねてみたが、いつまでも待っても返事はなかった。それ以上増山を問いつめようとはせず、矢鈴はこう思った。考えてみれば無理もない。誰だって全員を一度にまとめて救うことはできないんだし。

増山の本音に矢鈴が気づくことはなかった。子供同士の虐待は金にならない。子供には世間体も経済力もないので、脅しても金を巻き上げられない。

使命感に満ちて目覚める朝、それが半年ほどつづいたころ、矢鈴に与えられる仕事の内容が変わった。

DVや虐待を解決するのではなく、「子供自体を保護してくるように」と増山に言われた。保護とはすなわち、〈かがやくこども〉が大田区に用意したシェルターに子供を連れてくることを意味していた。

対象となるのは未就学の**無戸籍児童**だった。

「無戸籍児童ですか？」矢鈴は電話をかけてきた増山にそう訊いた。

「うん」と増山は言った。「戸籍のない子供だよ。耳にしたことがあるだろう？　これから宇野さんに行ってもらうケースだと、対象者である母親は、かつて夫に暴力を振るわれていてね、妊娠したときに彼女は身の危険を感じて、夫のもとから夜逃げしたんだよ。このとき、離婚届を提出していない。別れ話を切りだせば殺されかねなかったからね。彼女は遠く離れた町の小さな病院で、ひそかに息子を出産したんだが、生まれたその子を役所に登録できなかった。離婚手つづきをしていないので、彼女はまだ夫の妻であって、子供の存在を公的なものにすれば、夫に居場所を知られてしまう。夫が襲ってくる可能性は高かった。怪物に目をつけられたようなものだ。それで息子は無戸籍になった」

「その母親から、子供を引き離すのですか？」

「残念だが、そうだ。彼女は一人で息子を育ててきたが、経済的に追いつめられて、今では息子を虐待するようになっている」

「――そうですか――」矢鈴はため息をついた。

「〈かがやくこども〉に息子を託すのは、母親本人の望みでもあるんだよ。もっとひどいことになる前にどうにかしたい、とね」

増山が矢鈴に話したケース以外にも、無戸籍児童が生まれる複雑な背景はいくつもあり、こうした子供たちは自分を証明するものを何一つ持たずに生きつづける。書類上、日本国民として存在していない。

多くはシングルマザーの手で育てられ、経済的に厳しい状況のなか、学校にすら通っていなかった。母親の再婚相手に虐待を受ける苦境もめずらしくなかった。

そんな子供が果たして現代の日本にどれくらいいるのか、それは未知数だった。書類上存在せず、移民ですらない人間の実態を行政が把握することはできない。

〈かがやくこども〉が保護対象に無戸籍児童を優先するのは、矢鈴には当然のことだと思えた。いかにこちら側に正義があったとしても、役所に戸籍が登録され、学校に毎日通っているような子供を、現行法のもとで第三者が連れだすことは困難だった。それを実行すれば、誘拐事件として捜査の対象になる。だが無戸籍児童なら、私がすぐにでも助けだしてあげられる。全員をまとめて救うことはできない。それでもあきらめずに、今救える子供たちを救うべきだ。

ろくに食事も与えられず、虐待を受けている未就学の無戸籍児童たちを、矢鈴は東京に連れ帰った。増山の言ったように母親の了承はすでに得られていた。だが、子供たちの行き先が母親に教えられることはなかった。位置情報の漏洩《ろうえい》は、子供たちの身を危険にさらすことになるからだった。

NPOに多額の寄付をしている篤志家の意向で、保護する子供の性別は問われなかったが、年齢は三歳から十歳までに限定されていた。

生活に疲れきり情緒不安定になった母親と、部屋の隅でうつむいているその子供、こういった家庭へ出かけるたびに矢鈴は、理事の増山が情報をいったいどこから入手しているのか、あらためて不思議に思った。その答えは矢鈴自身に近いところにあったが、彼女が気づくことはなかった。

裏側にあるのは麻薬だった。

「覚醒剤やMDMAを買う客が戸籍のない子供を育てている」という情報を、全国の売人を通じてさまざまな暴力団が買っていた。情報の買い取り価格の高さで知られているのは、川崎市の仙賀組幹部の増山だった。売人の情報を得た増山は、追いつめられたシングルマザーに百万円から百五十万円を送金し、たったそれだけの額で子供たちを買い取った。

矢鈴が保護してきた無戸籍児童は、まず川崎区旭町の闇医師のもとに送られて健康診断を受けた。矢鈴は立ち会わなかったが、あとで子供たちが話すのを聞いてみると、胸部レントゲン、MRI、CTスキャンなどの検査までがおこなわれているようだった。矢鈴は思った。あの診察室にそんな機械はなかった。まだ別の部屋があるんだろうか。

健康診断を済ませた子供たちは、安全なシェルターに向かった。シェルターはNPOの事務局ではなかった。

〈かがやくこども〉が借りているのは、雑居ビル二階の2DKの部屋にすぎず、複数の人間が寝起きできる場所ではない。無戸籍児童の行き先は、事務局と同じ大田区にある崔岩寺《さいがんじ》だった。寺の地下に居住空間があり、子供たちはそこでシェアハウスに暮らすように寝食をともにする。

「立派だろう?」地下を案内しながら、増山は矢鈴に言った。「ここを使わせてもらえる。もともとは崔岩寺の住職が、DVとかストーカー被害に悩む女性のために設計した避難所なんだよ」

「広くて驚きました」と矢鈴は言った。「駆けこみ寺というのは本当にあるんですね。お寺というより、地下ですけど」

「まだ作っている途中なんだ。秘密を守らなきゃならんから、工事にも苦労するそうだよ。いいかい、宇野さん。われわれのほうも、この空間のことを絶対に明かしちゃならない」

「はい」

「ここに避難してくる子供たちに、もう絶望を与えてはいかん」

「わかります」

「住職とは長いつき合いでね」と言って増山は、住職の人柄について語りはじめた。その内容を矢鈴は疑いもしなかった。ほとんど嘘だったが、長いつき合いというのは事実だった。仙賀組と崔岩寺の関係は深く、住職は複数の裏社会のビジネスにすすんで加わっていた。そして増山の話を聞いて作り上げた新たな地下空間は、これまでのどのビジネスよりも大きな計画の拠点となる予定だった。

廊下でへだてられた左右六つの共同寝室、食堂、会議室、浴室があり、それに調理室があった。増山は住職と話し合い、会議室にマットを敷いて、遊戯室に改造した。それから倉庫にするはずだった部屋の壁に穴を開けて床面積を広げ、医務室を設けた。極秘の工事は今もつづいていた。

矢鈴が保護した無戸籍児童は三人になっていた。三歳、六歳の男児、七歳の女児、これからもっと増えていくとすれば、とても一人では世話をしきれなかった。何しろ自分はずっとシェルターにいるわけではない。保護にも出かけなければならない。

困惑していた矢鈴の前に、ともに崔岩寺の地下で働くという中国人の女が現れた。

増山に紹介された女は「夏《シア》」と名乗り、「児童心理学の学位を持っている」と言い、「こういう場所での仕事は前にも経験がある」と語った。日本語が上手だった。年齢は言わなかったが、自分より歳上だ、と矢鈴は思った。ベリーショートの黒髪、百七十四センチの長身で、手足はすらりとして、逆三角形の小顔の輪郭が有名な女優の誰かに似ていた。化粧をしているようには見えず、縁なしの丸眼鏡をかけていた。

「意義のある仕事です」と矢鈴に言った夏《シア》は、遊戯室ですごしている三人の子供たちを眺めた。「あの子たちの人生が少しでも明るくなるように、私たちで照らしてあげましょう」

表情があまりなく、冷たい美しさが少し恐くも見える夏《シア》だったが、その顔にははっきりとした笑みが浮かんでいた。矢鈴もうなずいて、子供たちを見た。

無戸籍児童、国の支援も受けられず、学校にも通えず、これまで劣悪な環境で暮らしてきた子供たち。母親に虐待されていた子は、その母親を追ってくる父親に襲われる危険もある。

何て理不尽なの。本人は何も悪くないのに。ここで児童を保護する理由はじゅうぶんにある。私の仕事、私の使命。異論はない。それでも――

矢鈴には、どうしてもたしかめたいことがあった。

「増山さん、この子たちは」と矢鈴は訊いた。「いつまでここにいるんですか？」

その言葉を聞いた増山は、夏《シア》の隣に立っている矢鈴を見つめて言った。「全力で新しい家族を探している」

「――この子たちは、誰かの養子になるってことですか？」

「日本国内だと、かつての親に追いかけられて、悲しい事故に巻きこまれたりするケースもあるんだ」と増山は言った。「だからなるべく国外で、信頼できる里親を見つけるつもりだ。里親の身辺調査から何からこちらで全部やった上で、胸を張って連れていくよ」

三歳から十歳までの未就学の無戸籍児童を保護し、シェルターに連れてくる。出張のないときは、保育園での経験を活かして子供たちの世話をする。みんなの未来が、海外の養子縁組先が見つかるまで。

矢鈴の新たな日々がはじまった。

# 25

## cempöhualli-huan-mäcuïlli

土方コシモは少年院のなかで学び、地球にある七つの海の名をはじめて知った。海の向こうにある母親の故郷、メキシコ合衆国の位置を理解したのも法務教官の授業が最初だった。北アメリカ大陸南部の国、日本の約五倍の面積。

「メキシコの国土、百九十六万平方キロメートルは、世界の国で十四番目の広さだ」と法務教官は言った。

それがいったいどれほどのサイズなのか、少年たちには想像がつかず、法務教官の用意した一個の地球儀を一人ずつ順番に確認して、描かれたメキシコと日本の大きさを見くらべてみることになった。

「これ、日本のほうがでかいよ」コシモの前の席に座っている左耳の欠けた少年が、受け取った地球儀を眺めて言った。

それを聞いて誰かが笑った。

「誰だ、今笑った奴？」左耳の欠けた少年は立ち上がり、声を荒らげて教室を見渡した。

「静かにしろ」と法務教官が言った。「座れ。早く地球儀を後ろの席に渡せ」

怒りで顔を紅潮させた少年が差しだす地球儀を、コシモは長い腕で受け取り、右まわりに回して眺めた。三周目になったとき、メキシコに人差し指をそっと当てた。地球儀はかすかな音のする自転を止めた。

コシモが知っていたのは、教室にいる少年たちと同じように小さな世界だけだった。地元のごくかぎられた町並み、神奈川と東京のあいだに流れている多摩川、東京湾に面した工業地帯、その光景に少年院ですごしている日々を足せば、記憶のすべてができ上がる。


夕食を告げる放送が流れ、コシモは集団寮を出た。廊下で整列したコシモの顔を法務教官が見上げていた。コシモは少年院にいる誰よりも背が高かった。

十五歳、身長百九十九センチ、体重九十八キロ。

二〇一五年七月二十六日に両親を殺害し、相模原の第一種少年院に入ってから、二年以上の月日が流れていた。

十三歳で少年院にやってきた当時、コシモの身長はすでに百八十八センチあった。同年代の平均身長をはるかに超えていたが、その当時よりもさらに十一センチ伸びた。

ただ一人、ずば抜けて背が高くなっていくコシモを見て、ほかの少年たちのあいだに、こんな噂が絶えず流れていた。

## あいつの飯だけ、栄養がちがうんじゃないのか？

コシモは定められた食堂の席に着いて、その日の夕食を食べようとした。好奇心を抑えられなくなった三人の少年が、コシモの皿をすばやく奪った。彼らは軽く味見をするぐらいの気持ちだった。

コシモよりあとに入院してきた三人の少年は、激怒したコシモの怖ろしさを知らなかった。それは彼らの不運だった。話には聞いていたが、甘く見ていた。親殺しで捕まる未成年はめずらしくもなく、コシモもそんな奴の一人だと思っていた。

食事を横取りされると思ったコシモは、コンソメスープを飲んだ少年の顔を殴り飛ばし、スプーンを取り上げた少年を引きずり倒して腹を踏みつけた。少年は魚のように口を開けてもがき苦しんだ。食事を奪う計画を立てたリーダー格の少年はコシモを殴ったが、手首をつかまれて身うごきできなくなり、その状態で左目に親指を突っこまれた。コシモは少年を片手で持ち上げると、食堂の床に叩きつけた。

非常ベルが鳴り、法務教官たちがコシモを取り囲んだ。三人の少年は救急搬送され、治療後に負傷の程度が法務教官に報告された。全員が重傷だった。殴られた少年は鼻骨および顔面骨折、腹を踏みつけられた少年は内臓破裂、そして左目に親指を入れられて持ち上げられ、床に叩きつけられた少年は脳震盪《しんとう》を起こし、意識が回復したのちの検査で、左目の完全失明が明らかになった。

以前より第一種少年院から第二種少年院への移送を検討されていたコシモは、食堂で起こした傷害事件によって、みずからその決定を後押しする形になり、入院期間も延長された。第三種少年院――旧法での医療少年院――への送致も話し合われたが、精神疾患とは認められなかった。

第二種少年院に移送されたコシモは、集団寮ではなく個室に入居させられた。傷害事件の反省を命じられ、事実上の独居房生活を送った。

五日がすぎると教科教育、生活訓練、職業能力開発といった授業を受けるため、個室の外へ出ることが許可された。二名の法務教官が常にコシモを監視した。百九十九センチ、九十八キロのコシモを制圧できるように、法務教官は特別な許可を得てスタンガンを携帯していた。

**土方小霜、日本語の読解力が低く、両親を殺害した罪にたいする悔恨《かいこん》の念がほとんど見られない、また、そうした情緒を表現できるような精神性を身につけていない点、さらには突発的な暴力衝動などが問題視され――**

一度暴れだすとコントロールが利かなくなる。生活訓練がまるで足りていない。

いつ退院できるのかもわからないコシモだったが、現場の法務教官からの評価は決して低くはなかった。物静かで、消灯後にわめきだすこともなく、きちんと起床し、いつまでも漢字は覚えられないが、書き取りもまじめにやり、授業も居眠りせずに聞いている。

第一種でも第二種でも、コシモに襲われた法務教官はいなかった。コシモが暴れるのは、ほかの少年たちに手を出されたときだけで、その報復が正当防衛をはるかに超えてしまうことが、彼の抱える大きな問題と見なされていた。

コシモが職業能力開発の授業で見せる手先の器用さは、法務教官たちをうならせた。彫刻刀のあつかいにすぐれ、旋盤などの機械類の操作にもすぐに慣れた。木彫りの鳩《はと》や鴉《からす》をみごとに作り、作品は少年院の外の世界で開催されるチャリティーイベントで即座に完売する。

定年退職の日が近づいた古株の職員はこう断言した。

**少年院《ウチ》が開院して以来、いちばんの才能だよ。**

しばらくは鳥にこだわっていたが、教科教育で「動物図鑑」を目にしてからは、虎、豹、鰐《わに》なども作りはじめた。こうした木彫りの動物たちもチャリティーイベントで残らず売れていった。

動物だけではなく、竹を曲げて精巧な眼鏡のフレームを作るのも得意だった。

作品を買った客は、「彼が社会復帰したら個人的に注文したい」と言い、ほかに「自分の契約している工房に推薦したい」と言うオーダーメイド家具店の経営者なども現れるようになった。

こうした購入者の誰もがコシモの犯した罪を知らず、知れば前言を撤回する可能性も高かったが、それでも彼らの声は法務教官を通じてコシモに伝えられた。

しかしコシモは無反応だった。

勝手に作っているだけで、うまくできればそれでよかった。他人にほめられてうれしい、という感覚をよく理解できずにいた。

その日の夕食は白米、魚のフライ、野菜炒《いた》め、豆腐とごまの中華風スープだった。二人の法務教官に監視されて食事を終えたコシモは、ふいに席を立ち、壁ぎわに立っている法務教官に小声で告げた。

「よる、ねむれないんです」

食堂でむやみに離席することや、話すことは禁じられていた。法務教官はコシモに着席を命じようとして、その深刻な顔つきに気づき、医務室にコシモを連れていく判断をした。そこで話を聞くつもりだった。

集団寮に入っている少年であれば、このあとに日記を書き終えれば、午後九時の消灯までは自由時間になるが、個室にいる少年はさらに数学のドリルや、漢字の書き取りをしなければならない。個室に入居させられた少年が夕食時に文句を言う場合、たいていは日課を怠けようとする口実だった。だがコシモはそうした嘘をつくタイプではなかった。

「第一種の集団寮のほうがよく眠れたか？」と法務教官は訊いた。

「いや」とコシモは答えた。「あっちにいるときから、よくねむれませんでした」

「いつからだ？」

「しょくどうで、おれがあばれるすこしまえからです」

「第一種で聴取を受けたとき、法務教官に話したか？」

「うん。なにもしてくれなかったけど」とコシモは言った。「ねむれないと、おれはまたあばれるかもしれません」

**不眠。**

法務教官は強張《こわば》った表情でノートに書きつけた。「一睡もできないわけじゃないんだろう？」

「いっすいってなんですか」

「少しだけ寝るってことだ」

「それならねれる」と言ってコシモは長い腕を折り曲げ、反対の腕の肘を指先でかいた。

「しょうとうして、めをつぶって、すこし。すぐにゆめをみます。いつもおなじゆめ」

「どんな夢だ。覚えているのか？」

「はい。くらいへやがあって、まっくろなけむりでいっぱいで、いきがくるしいんです。かいかじかとおもうけど、そうじゃありません。ときどきはなしごえがきこえます。スペインごかともおもうが、ちがう。ことばをききとっても、いみがわからない。くろいけむりのなかで、ひとがたおれていて、かおはよくみえません。だれかがナイフみたいなもので、たおれているひとをさすんです。そしたら、さされたひとからも、まっくろなけむりがふきだしてきて、なにもみえなくなります。おれは、いきができなくなって、めをさまして、とけいをみると、だいたいよるのいちじ。あとはねむれない。めをつぶってもだめだ」

口数の少ないコシモが、めずらしく熱心に語った夢の内容を法務教官は記録し、ノートを閉じて、コシモの大きな目を真っすぐに見すえた。そしてこう言った。

「いいか？　ここにいる人間が夢にうなされるのは、ある意味で当然だ。それは罪の意識の芽生えで、心がよいほうに向かう証拠だから、歓迎すべき場合もある。だけど、眠れないのは体にとってよくないことだな。それでもきみが眠るための薬を、私が今ここで渡すことはできない。診断書が必要だ。もし今夜も同じ状態がつづくようなら、明日専門医に診てもらうとしよう」

翌日の昼食後、第三種少年院から派遣されてきた医師がコシモを診察したが、睡眠導入剤の処方はしなかった。水をたくさん飲み、ストレッチをやって、リラックスするように、と伝えたにすぎなかった。

コシモの不眠はつづいた。

ふたたび診察をした医師は、夢の内容を毎日ノートに書き留めるように、と勧めた。

「夢を意識的に客観化することで、見なくなる場合もあるからね」

言われたとおり、コシモは夢を記録した。毎晩同じ夢を見るのだから、書く内容も毎晩ほとんど同じだった。

**ゆめ　きょうも　くらいへや　まっくらなまっくろなけむり　ケムリ　どんどんでてくる　放す話すこえ　なにをいっている？　きいたことのない　だれかがたおれているけむり。スペインごだと　ウーモ**

夢にうなされては真夜中に目を覚まし、ちょうどひと月がすぎたころ、急にその夢を見なくなった。それでもコシモは素直に喜べなかった。夢から解放されたのではなくて、夢のなかにすっぽりと自分が取りこまれてしまったような気がしていた。その感覚は、専門医にも法務教官にもうまく説明ができないものだった。とりあえず静かに眠れるようになったので、コシモはそれだけを報告した。

夢のなかで見た光景を木彫りで再現してみようとしたが、どうしても形にできなかった。絵に描くこともできなかった。コシモはあきらめ、まだ作ったことのない象や犀《さい》を彫った。図鑑で見た動物たちは、ほかにもたくさんいた。

# 26

## cempöhualli-huan-chicuacë

ジャカルタのスカルノ・ハッタ空港を離陸した国内線旅客機は、南スラウェシ州の州都マカッサルのスルタン・ハサヌディン空港に向かった。ジャワ島にあるジャカルタからスラウェシ島にあるマカッサルまでおよそ千四百キロ、海を越える二時間四十分のフライトだった。

ファーストクラスの革張りのシートに背を沈めた郝景亮《ハオ・ジンリャン》は、キャビンアテンダントが勧めるシャンパンを断り、インドネシア産の豆から抽出するコーヒーを注文した。指定した豆の銘柄はコモドドラゴンで、自身がリゾートホテルを所有しているフローレス島で収穫されていた。

パーティションを挟んで隣席に末永が座っていた。二人の周囲は空席だった。

「先生《ドクター》」郝《ハオ》は末永に声をかけた。「あの調理師《エル・コシネーロ》はどうしてついてこなかった?」

「『仕事がある』と言っていました」末永はそう答えてドイツ語の医学雑誌のページをめくった。

「コブラサテの屋台か?」と郝《ハオ》は言った。「いっしょに来ないってことは、あいつはおれを信用できないのか？」

「別にそんなことは」と末永は言った。「仕事のほかに『なるべく飛行機に乗りたくない』とも言っていたので、案外それが本音なのかもしれません」

「高所恐怖症か？」郝《ハオ》は笑った。「それにしても調理師《エル・コシネーロ》、名前はゴンサロとかいったな」

「ええ」と末永は言った。「ゴンサロ・ガルシアだそうです。ペルーでは〈センデロ・ルミノソ〉というカルテルの下で仕事をしていたこともあるとか――」

「仕事か」と郝《ハオ》は言った。「どうせ殺し屋《シカリオ》だろう」

キャビンアテンダントが淹れ立てのコーヒーを郝《ハオ》に運んできて、二人は口を閉ざした。笑顔を浮かべた彼女が去ってしまうと、郝《ハオ》はコーヒーを飲んで言った。「先生、ああいう奴の自己紹介は何の役にも立たない。ペルー人を名乗るってことは、ペルー人じゃないってことだ。最初から日本人を名乗っていた先生みたいなお人好《ひとよ》しは、こっちの世界にはいないんだよ。あいつはどこから来たんだ？　コロンビアか？　メキシコか？　グアテマラか？」

「わかりませんが――」末永はドイツ語の医学雑誌に向けていた顔を上げた。「嘘をついているのであれば、あの男がいないほうが、われわれのビジネスにとって好都合でしょうか？」

「まあ、そう急ぐな」郝《ハオ》は歳上の末永を相手に、幼い自分の息子に言い聞かせるような口調で言った。「自称ペルー人、ゴンサロ・ガルシア、通称調理師《エル・コシネーロ》。ああいう人間こそビジネスに必要だよ。危険なのはむしろ先生、あんたみたいな人間だ。いかにも潜入捜査官にいそうな顔だしな」

「冗談はよしてください」

「しかし、ゴンサロの奴」郝《ハオ》はコーヒーカップをサイドテーブルに置いて言った。「飛行機に乗りたくないってのは、いい心がけだな。先生、複数の人間をまとめて消すときの、効率のいいやりかたは何だと思うね？」

「考えもつきません」

「あらかじめ飛行機の貨物室に押しこんでおいて、高度一万メートルから順番に突き落とすのさ。そうすると死体が見つからない。ちょうど今みたいな海の上でやる」

末永は自分の感じた恐怖を伝えるように、無言で首を左右に振った。相手が怯えれば郝《ハオ》のような男は喜ぶ。末永は円形の窓の外をのぞいた。雲海《うんかい》が白く輝き、かすかな切れ目からジャワ海が見え隠れしていた。


スラウェシ島南西部、マカッサルのスルタン・ハサヌディン空港に降り立った二人は、先に到着していた新南龍《シンナンロン》の構成員四人と合流した。銃を携帯する彼らに護衛されてヘリコプターに乗りこみ、ふたたび空を飛んだ。

島を北上するヘリコプターはピンラン県の上空に入り、やがて彼らの目的地が眼下に現れた。マカッサル海峡をのぞむ沿岸の軍事基地のようにも映る広大な敷地は、中国黒社会《ヘイシャーホェイ》のヘロインビジネスの利益によって築かれた〈ピンラン造船所〉だった。

ヘリコプターを降りた男たちは、造船所のロゴ入りのヘルメットを手渡された。職員が操作する電気自動車に乗って敷地を縦断し、さまざまな種類の船が建造されているエリアを通過して、とてつもなく巨大な船体の前へとやってきた。

電気自動車を降りた末永は、思わずその場に立ちすくみ、ため息をついた。眼前にそびえている鋼鉄の船首《バウ》の威容は、クライマーの前に立ちはだかる岩盤《スラブ》の迫力そのものだった。じっさいに自分の目で眺める姿は想像を超えていた。これだけの構造物が海に浮かび、三つ星ホテルに匹敵するサービスを客に提供する。

船首《バウ》を見上げながら末永は思った。三つ星ホテルどころじゃない。こいつはまるで水上都市だな。

**ドゥニア・ビル。**

外航クルーズ船のなかでも世界最大級のサイズ、インドネシア語で〈**青い世界**《ドゥニア・ビル》〉の船名を与えられた船の全長は四百十メートル、全幅八十三メートル、総トン数二十三万八千九百トン、最大乗客定員七千五百十五人、客室数三千百十二、甲板《デッキ》数は十八におよんだ。

デッキはクルーズ船の階層を指し、ドゥニア・ビルは建築物でいえば十八階建てに相当した。このうち〈デッキ3〉から〈デッキ18〉までが乗客用の空間として設計されていた。

〈デッキ11〉と〈デッキ12〉に設けられた最上級の部屋〈ベルリアン・スイート〉の宿泊料金は、一度のクルーズにつきアメリカ・ドル換算で八万ドル以上、世界各国の料理を提供するレストランはメインレストランをふくめて三十、ハラールフード専用のレストランが十一、バーラウンジが五十四、ほかに用意された船内施設は八つのシアター、四つのダンスホール、三つのコンサートホール、五つのフィットネスジム、テニスコート、バスケットボールコート、フットサルコート、キックボクシング用リング、ブラジリアン柔術用マット、アイススケートリンク、図書室、会議室、大浴場、エステサロンなどがあり、十七メートルのフリークライミング用の壁と、大人、子供用ふくめて二十一のプールがあった。〈ガルーダの滝《アイル・タルジュン・ガルーダ》〉と名づけられたウォータースライダーでは〈デッキ8〉のスタート地点から三十二メートルもの高さを、水とともにすべり落ちて楽しめる設計になっていた。

　AI搭載のロボットがディーラーを務めるカジノも作られる予定だった。ただしインドネシア船籍のクルーズ船内では現金賭博《とばく》が違法になるため、代わりにメダルがやり取りされる。カジノにはロボットだけではなく、生身の人間のディーラーも二十四時間常駐し、マジシャンやコメディアンのショーも計画されていた。

　外航クルーズの日々のなかでもし海に飽きたなら、ドゥニア・ビルの船内に築かれた公園を散歩することができた。屋外に二万八千本、温室に四千本の木が植樹されていた。日の出から日没まで、たった一度も海を眺めずにすごすことも可能だった。

　こうしたエンターテインメントのすべてが、三年六ヵ月の建造期間を経て一隻の船の内部に詰めこまれ、最新の動力源を与えられて完成に近づきつつあった。

　ピンラン造船所の高い天井に配置されたレールを、無数の部品が鉤に吊るされて移動し、床をフォークリフトが駆けまわり、いたるところで溶接の火花が散り、デッキごとに組まれた各階の足場では、調理場のデザインを確認に来たシェフとスタッフたち、船内で店舗を開業するブランドの担当者、プール設営業者、造園業者、内装工事業者、動力設計技術者が、まるで並行世界《パラレル・ワールド》を展開しているかのように、それぞれの階層で休みなく仕事をしていた。二十三万八千九百トンに達するクルーズ船の建造現場は、資本主義社会の熱狂の縮図であり、混沌《こんとん》に満ちた空間だった。

　黄色のバティックシャツを着た男が現れ、郝《ハオ》とにこやかに握手を交わした。男の名はハリアント・セシオリアといった。クルーズ船運航会社の最高経営責任者《CEO》であり、建造中のドゥニア・ビルの名づけ親《ゴッドファーザー》でもあった。

　インドネシア国内でおもに四つに分けられた新南龍《シンナンロン》のフロント企業は、セシオリアのクルーズ船運航会社に巨額の投資をおこなっていた。

「彼はタナカだ」郝《ハオ》は英語でセシオリアに末永を紹介した。

「はじめまして」とセシオリアは言った。「日本のかたですか？」

「ええ」と末永は答えた。

二十九歳の最高経営責任者《CEO》は贅肉《ぜいにく》のない体つきで、末永の目にはマラソンランナーのように映った。趣味で走っているのかもしれなかった。圧倒的なサイズを誇るクルーズ船のビジネスをこんな青年が手がけている。これこそが現代のインドネシアのいきおいだ。しかし、と末永は思った。この青年はどこまで知っているのか？

セシオリアの案内で男たちは作業用エレベーターに乗り、上層のデッキへと移動した。男たちが見下ろすドゥニア・ビル船体下部の中央から、鯨《くじら》の胸鰭《むなびれ》に似た装置が突きだしており、技術者たちがそこに集まっていた。現場監督の男がふいに作業用エレベーターを見上げ、乗っているセシオリアの姿に気づいて大きく手を振った。

セシオリアは手を振り返し、末永に言った。「彼らが調整しているのはフィンスタビライザーです。ご存じですか？」

「いいえ」と末永は言った。

「巨大な船体の横ゆれ《ローリング》を防止する装置です。左右一対あって、コンピュータ制御で作動します。もともとは日本人が考案したものですよ。日本人は何をさせても優秀です」

〈デッキ4〉で作業用エレベーターを降りた一行《いっこう》を、トランシーバーを持った男が出迎えた。男はドゥニア・ビルの〈ホテルディレクター〉で、乗船客へのサービス業務のすべてを統括する総責任者だった。水上都市を機能させるもう一人の船長であり、出航後は船内のあらゆる情報がこの男に集まってくる。

　ホテルディレクターは男たちを医務室へ案内した。

「このような豪華客船は、いかなる緊急事態にも対処できなくてはなりません」とホテルディレクターは言った。「健康問題はもっとも重要です。高齢のお客様は言うまでもなく、あらゆる障害、多様な持病を抱えられたお客様にも、われわれは最上のサービスを提供する使命があります」

　医師をふくむ十七名の医療スタッフが常駐する予定の医務室に、男たちは足を踏み入れた。

　三百六十五平方メートル、ドゥニア・ビルのスイートルーム六室ぶんに相当する面積に、人間工学にもとづくベッド、高純度水《RO》を使用する人工大理石の自動手洗い装置、他社との競争を勝ち抜いて採用されたドイツ製の手術システムが二つ完備されていた。

　もはや医務室の域を超えた、一流の病院にも引けを取らない設備を見渡し、末永は手術台の真上の無影灯を点灯させて微笑んだ。本当は手術台の数が二つ以上だということを、末永は知っていた。

　クルーズ船ビジネスの利権に食いこんだ新南龍《シンナンロン》は、グントゥル・イスラミの息のかかった外科医を複数名乗船させ、クルーズ船そのものを臓器売買のマーケットにする計画を立てていた。当初の商品は〈腎臓〉を中心に考えていたが、郝《ハオ》が末永の提案を聞かされたことにより〈心臓〉の取引を柱にする考えに切り替えた。

末永の描いたビジネスが実現するためには、インドネシア最大の港タンジュン・プリオクを出航するドゥニア・ビルが、日本の関東地区に寄港する必要があった。

五万トンを超える大型船が停泊可能な関東地区の港は、横浜に六つ、東京に三つあり、そのほとんどがコンテナ船用だった。そして末永がビジネスの要所として語った神奈川県の**川崎港**には、これまでクルーズ船を受け入れる客船ターミナルが一つも存在しなかった。あるのはコンテナ船用の物流ターミナルだけだった。

その状況を二〇二〇年に開催される予定の東京五輪が変えた。

東京五輪による訪日外国人旅行客の増加を考慮すると、関東近郊のホテルは最大一万四千室が不足する。そこで日本政府は東京都の内外にクルーズ船を停泊させる〈ホテルシップ構想〉を打ちだし、大型ホテルの収容力に匹敵するクルーズ船をより多く受け入れることで、客室不足の混乱を回避する方針を打ちだした。

官民一体となって関東の港をクルーズ船のために開放する。そのうちの一つに選ばれたのが川崎港だった。東京五輪開催に先立って、羽田《はねだ》空港に近い立地にありながら、これまで客船ターミナルのなかった港に、巨大クルーズ船を試験的に停泊させる。川崎港の人工島〈東扇島《ひがしおおぎしま》〉地区の物流ターミナルがその実施区域となり、二〇一九年にインドネシアを初出航するドゥニア・ビルを受け入れることが正式に決定していた。神奈川県、とくに川崎のメディアは沸き立った。世界最大級、全長四百十メートル、全幅八十三メートル、総トン数二十三万八千九百トンのクルーズ船がやってくる——

「なあ、先生」広い医務室を歩きながら、磨かれた人工大理石の壁を眺める郝《ハオ》が言った。

「言葉というものは、じつに巧妙だ」

「言葉ですか？」と末永が訊き返した。

「表音文字のアルファベットは漢字の奥深さに劣るが、それでもよくできている。心臓外科手術に冠動脈バイパス術ってのがあるだろう？　心臓に血液を送る冠動脈が部分的に狭くなった患者にたいして、その患者の冠動脈のまともな箇所に別の血管をつないでやり、血液を供給させる」

「そのとおりです。勉強されましたね」

「バイパスに使われる血管は〈グラフト〉と呼ばれる。もともとは〈接《つ》ぎ木〉とか〈移植〉とかいう意味の言葉だそうじゃないか？　だから、この〈グラフト〉には〈収賄〉という意味も与えられている。言い得て妙だよ。新たな血管をバイパスして、新たな血の流れを用意する。おれたちも先生も、やっていることは同じだ。グラフトをつなぐのさ」

クルーズ船運航会社の最高経営責任者《CEO》は、医務室を出ると一行を〈デッキ17〉のバーラウンジに連れていった。内装工事中のラウンジでバーテンダーがカクテルを作り、彼らは船の未来に乾杯した。

人類の歴史だな、と末永は思った。絶えまないグラフト吻合《ふんごう》のくり返し。新しい血流《ルート》、新しい航路《ルート》、それが新しいビジネスの通り道《ルート》になる。

スラウェシ島の造船所からジャカルタに戻った末永は、ショッピングモールの〈グランド・インドネシア〉にある高級寿司《すし》店のボックス席でバルミロに会い、見学してきた巨大クルーズ船について報告した。

ビンタンビールを飲みながら話を聞くバルミロは、船の知識を豊富に持っていたが、まるではじめて耳にするように何度もうなずいてみせた。医務室にあったドイツ製の手術台の話が済むと、バルミロはこう尋ねた。「郝《ハオ》の奴、おれのことを何も訊かなかったのか？」

「『調理師《エル・コシネーロ》はどうしてついてこなかった』って言っていたよ」末永は小皿に醤油《しょうゆ》を垂らした。「郝《ハオ》はあんたのことをラテンアメリカの殺し屋《シカリオ》だと思ってる」

「おれは殺し屋《シカリオ》じゃない」

その返答に末永は笑った。「ちがうのか？　何がちがうんだ？」

「殺し屋《シカリオ》は、あの男が手にしているナイフみたいなものだ」バルミロは鮪《まぐろ》の赤身を切っている日本人の板前に目を向けた。板前は研ぎ澄まされた出刃包丁を器用にうごかしていた。

道具ということか、と末永は思った。それから言った。「あんたたちとつき合っていると、何だか子供あつかいされてばかりだな」

「学習の機会があるだけ幸運だ」とバルミロは言った。「学ばない新人《ノバート》に先はない。戴《ダイ》を見ただろう」

「わかってるよ。でもあれは、あんたがやったんだ」と言って末永は鰺《あじ》の握りをつまみ、ビンタンビールを飲んだ。「板前に言ってそのフルーツも切ってもらうか?」

バルミロの前に〈サラク〉の詰まった木編みのかごが置かれていた。サラクは古くからインドネシアに自生するフルーツの一種だった。

「いや」とバルミロは答えた。「あとで食うさ」

サラクの果実の下にアメリカ・ドルの札束が隠されていた。

新南龍《シンナンロン》と末永が造船所を見学しているあいだ、バルミロは液体コカインを混入させた合成樹脂の松葉杖を、ジャカルタの東にある工業地帯ブカシへ持っていき、買収した技術者に液体コカインを分離抽出させていた。それをマレーシア人の売人に買い取らせて、即日で現金を手にし、その一部をフルーツのかごに入れて運んでいた。

末永とともに日本に行けば、すぐにでも軍資金が必要になる。松葉杖を売るタイミングはこのときしかなかった。

バルミロはサラクの果実をつかんだ。「インドネシアともお別れだ。こいつもめったに食えなくなる。一つやるよ」

末永の目の前にサラクが転がった。褐色のコブラの鱗《うろこ》のような果皮が妖《あや》しくきらめいていた。

高級寿司店はジャカルタに暮らす富裕層と観光客でにぎわい、人々の影をかすかに映しだす水槽のなかを、やがて解体される運命の魚たちが優雅に泳ぎつづけていた。

日本に密入国する方法を、バルミロと末永はごく普通のビジネスマン同士のように話し合い、酒を飲み、寿司を食べた。

# III

## 斷頭台《エル・パティブロ》

私が自分の生を生そのものに、生きるべき生、失うべき生に（神秘体験に、とは言いたくない）捧げるなら、私は、あるひとつの世界へと目を見開くのだ。その世界とは、私が傷を負い、引き裂かれ、犠牲となって初めて意味をもてる世界、そして同様に神性が、断裂、殺害、供犠にほかならない世界だ。

——ジョルジュ・バタイユ『有罪者　無神学大全』（江澤健一郎訳）

島に上がってみると、神殿がひとつあってそこにはテスカテプーカと呼ばれる神の醜い巨大な偶像が祀られていた。それから頭巾の付いた黒っぽい色の非常に長い外套を着た四人の男がいた。

——ベルナール・ディーアス・デル・カスティーリョ『メキシコ征服記一』（小林一宏訳）

# 27

cempöhualli-huan-chicöme

二〇一七年六月二十三日金曜日、バルミロ・カサソラは、ガルーダ・インドネシア航空の運航するボーイング777－300ERのビジネスクラスに搭乗した。スカルノ・ハッタ空港発、行き先は東京、羽田空港だった。

ジャカルタの移動式屋台《カキリマ》で末永充嗣《みちつぐ》と会ってから一年がすぎていた。

バルミロはインドネシア国籍の新たな偽造パスポートを作り、スカルノ・ハッタ空港から堂々と旅客機に乗ったが、日本国内で指名手配されている末永は、たとえ偽名を使ったとしても同じように正面から入国するわけにはいかなかった。

新南龍《シンナンロン》の協力を得た末永は、バルミロが出国したのちに香港へ向かい、つぎに韓国へと入り、七月まで釜山《プサン》市内に潜伏して、福岡県福岡市をめざす船の出港を待つ予定だった。末永が便乗する船は、新南龍《シンナンロン》の息がかかった韓国マフィアの所有する小型高速艇で、博多《はかた》湾の志賀島《しかのしま》沿岸にメタンフェタミンを密輸する業務を請け負っていた。韓国マフィアが七月まで船を出さないのは、中国側の準備を待っているためだった。

新南龍《シンナンロン》の構成員が指揮する偽装漁船の船団が領海を侵犯し、海上保安庁の警備艇の注意を惹《ひ》きつけているあいだに、麻薬密輸船が全速力で突き進む。中国人に海保の動向を伝えているのはメタンフェタミンを買い取る福岡拠点の暴力団で、彼らは海保の内勤職員を買収し、得られるかぎりの情報を入手していた。

アメリカ合衆国の麻薬取締局《DEA》がアジア地域で捜査に力を入れている国は、ヘロイン産地〈黄金の三角地帯《ゴールデン・トライアングル》〉を形成するミャンマー、タイ、ラオス、そして三角地帯の利権を掌握している中華人民共和国で、ほかに近年になってMDMAの生産量を急激に上げてきたベトナムなどがあった。麻薬取締局《DEA》は日本の暴力団についてもそれなりにマークしてはいたが、世界の麻薬資本主義《ドラッグ・キャピタリズム》の勢力図を把握するという観点においては、日本への注目度は決して高くはなかった。

日本は麻薬を買う国であり、生産国でも、輸出国でもない。日本には世界的な麻薬ビジネスの中心人物《キング・ピン》がいない。麻薬取締局《DEA》の出る幕はなく、あとは日本人の組織、警視庁、警察庁、厚生労働省などにまかせておくだけだった。

日本の捜査機関がメキシコ人犯罪者にたいして持っている認識は、希薄なものでこそなかったが、その他の外国人犯罪者以上に危険視しているわけでもなかった。領土問題もなければ、領海侵犯の騒ぎを起こすこともないラテンアメリカの〈カルテル〉や〈麻薬密売人《ナルコ》〉などは、文字どおり海の向こうの問題でしかなかった。

国際空港に勤務する保安検査員たちも、海外から持ちこまれる麻薬などの違法物を取り締まるのがおもな仕事であって、外国人犯罪者の顔にいちいち目を光らせているわけではない。自国で重い罪を犯した者が笑顔を振りまき、入国審査をたやすく通過して、日本の大都市へと姿を消していく。訪日外国人観光客《インバウンド》のもたらす経済効果が年々大きくなっていくなかで、捜査機関の国際的な情報共有は急務とされていた。

麻薬取締局《DEA》は日本の捜査機関とさらに連携を深めることもできたが、それを牽制《けんせい》しているのが、沖縄を拠点に東アジアで活動を展開する中央情報局《CIA》だった。麻薬取締局《DEA》と中央情報局《CIA》の確執は長きに亘《わた》り、テキサスやメキシコシティでの麻薬犯罪捜査現場で主導権《イニシアティブ》を奪い合うのは日常的なできごとになっていた。どちらが中心人物《キング・ピン》を検挙し、大統領に功績を讃《たた》えられ、ホワイトハウスへ招かれるのか。それは組織の来年度予算に直結する問題だった。

麻薬取締局《DEA》の捜査員は、中央情報局《CIA》の職員を「目先の獲物に踊らされて、こちらの作戦を台なしにする連中」と見なし、とにかく毛嫌いしていた。顔も見たがらなければ、声も聞きたがらなかった。

国際最重要指名手配犯《グリンゴ》、ロス・カサソラス幹部、バルミロ・カサソラ――通称 粉《エル・ポルボ》は、アメリカ人の権力闘争と日本人の捜査機関の情報不足を計算に入れて、羽田空港での逮捕を杞憂《きゆう》することもなく、ビジネスクラスのリクライニングシートを倒して眠りについた。

頭上の読書灯を消して目を閉じたとき、家族《ファミリア》が処刑される夢を見る前触れを感じた。何となく気配でわかるようになっていた。

週に一度は必ず見る悪夢は、タマウリパス州ヌエボ・ラレドでドゴ・カルテルのドローン空爆によって兄弟と妻子を虐殺されるよりもずっと前、若くして麻薬密売人《ナルコ》になったときから、バルミロに取り憑《つ》いて離れようとしなかった。

夢のなかでバルミロの兄弟や妻子は、敵対するカルテルに拘束され、拷問を受け、何度も殺される。あらゆる残酷な処刑が夢の舞台でおこなわれる。もちろん見ているバルミロには、現実との区別がつかない。兄弟や妻子は首を切り落とされ、皮を剝《は》がれ、精肉工場で解体された牛のように、赤身と骨だけになって橋の欄干に逆さ吊《づ》りにされる。目覚めるまで夢だと気づかないのは、どの処刑方法も実在しているからだった。

精神科医がバルミロを診察していれば、定期的な悪夢は「恐怖と絶望の現れ」であり、「カルテルに惨殺された父親の死体を目撃した過去に由来する」といったような説明を口にするか、あるいは「心的外傷後ストレス障害《PTSD》でしょう」のひと言でかたづけたかもしれなかった。

だが、バルミロの悪夢にたいする考えはちがっていた。自分の家族《ファミリア》のうちに、夢のなかで絶対に殺されない者が二人だけいた。それが祖母《アブエリータ》と自分だった。

祖母《アブエリータ》と自分だけが殺されないということは、夢はアステカの神と何らかの関係があるという暗示だった。だからバルミロは、家族《ファミリア》が処刑される夢を、不吉な運命の宣告だとは思わなかった。むしろそれは自分を強くしてくれるものであり、アステカの神の恩恵によって絶望への耐性が育《はぐく》まれ、死への恐怖を乗り越える力を与えられている、と見なすべきだった。

――兄弟と妻子がワイヤーで手足を拘束され、眼球をくり貫かれて、飛行機の貨物室からリオ・ブラボーに突き落とされる――

そうした救いのない死にざまを、バルミロは夢のなかでじっくりと眺め、やがてベッドの上で目覚めると、何ごともなかったように起き上がる。服を着て、顔を洗い、歯を磨き、トルティーヤを食べ、コーヒーを飲む。防弾仕様の車に乗り、ロス・カサソラスの拠点にしている事務所へ出かけ、デスクトップの前に座り、コカイン供給量のグラフを注視し、コロンビアやグアテマラに電話をかける。

敵対するカルテル、その幹部クラスの麻薬密売人《ナルコ》と家族《ファミリア》の処刑は、みずからの手でもずいぶんやってきた。妻を殺し、両親を殺し、娘や息子を殺した。麻薬密売人《ナルコ》にかぎらず、政治家、裁判官、警官、記者の家族《ファミリア》も殺害してきた。ロス・カサソラスは死《シルバト・デ・ラ・》の笛《ムエルテ》を持っていた。その笛を吹けば、そこに死体の山ができた。

バルミロは部下たちに言った。これがおれたちのやりかただ《エスタ・エス・ヌエストラ・マネーラ》。

ただし、どんな人間も一人ではない。法の外側で処刑を執行する麻薬密売人《ナルコ》にも家族《ファミリア》がいて、彼らの手先となる殺し屋《シカリオ》にも、殺人の報酬で養っている家族《ファミリア》がいる。

誰とも関わりを持たず、まったくの一人きりで行動しているような犯罪者は、逆に麻薬資本主義《ドラッグ・キャピタリズム》のなかでは使えない。いかに凶暴な者であれ、組織に属することが求められ、すなわち人間性を理解していることがこのビジネスでは重要視される。人間性を理解するのは人間であり、人間であるかぎりは、自分の家族《ファミリア》に愛情を持っている。家族《ファミリア》は戦いを支える力の源となるが、同時に最大の弱点になり得る。

麻薬戦争のさなかに子供を殺され、抜け殻になってしまう麻薬密売人《ナルコ》もいた。麻薬密売人《ナルコ》だけではない。「この国《メヒコ》から麻薬犯罪を一掃したい」と熱弁を振るっていた検事が、家族《ファミリア》の殺害を予告されるとあえなく正義を放りだし、辞職してアメリカ合衆国へ一家で逃げ去っていく。

家族《ファミリア》は最大の弱点になり得る。

しかしバルミロは、その弱点を克服していた。少なくとも、自分ではそう感じていた。おれは兄弟と妻子を一人残らず殺され、組織を破壊されても、魂を抜かれたようにはならなかった、とバルミロは思った。振り返ってみれば、一滴の涙も流していない。家族《ファミリア》が生きていようが、死んでいようが、何の関係もなかった。家族《ファミリア》とは何なのか？それは生者を指すのではない。それは力への賛歌のようなものだ。その向こう側には何もない。そして力への賛歌は言葉によって作られる。

**おれたち《ソモス》は家族《ファミリア》だ。**

その言葉の力を使って、ロス・カサソラスはカルテルを築いた。麻薬密売人《ナルコ》を集め、殺し屋《シカリオ》を訓練し、序列を作り、終わりのない麻薬戦争へと差し向けた。血、金、死を巡る戦いのなかで、もっとも強い絆《きずな》は、四人兄弟とアステカの神を結びつけるものだった。われらは彼の奴隷《ティトラカワン》、夜と風《ヨワリ・エエカトル》、煙を吐く鏡《テスカトリポカ》、その聖なる名、偉大なる名。おれたち《ソモス》は戦士《ゲレロス》だ。おれたちは強い《ソモス・フエルテス》。ロス・カサソラスは敵の首を切り落とし、〈輝く者《トナティウ》〉——太陽の神に焼かれているヌエボ・ラレドの州道の上に残らず並べてみせる。乾季の熱風のなかで、カルテルは勝利の雄叫《おたけ》びを上げる。

**おれたち《ソモス》は家族《ファミリア》だ。おれたち《ソモス》は家族《ファミリア》だ。**

髪を整髪料でていねいに撫《な》でつけ、落ち着いた色合いのグッチのボウリングシャツを着こなし、手入れの行き届いた革靴を光らせて歩くバルミロは、入国審査のゲートを問題なく通過した。

所持金は九千アメリカ・ドルで、申告せずに日本に持ちこめる金額の上限をきちんと下まわっていた。

手荷物は〈グランド・インドネシア〉でボウリングシャツといっしょに買ったグッチのメッセンジャーバッグ一つしかなかった。そこに財布と偽造クレジットカード、偽造パスポート、スマートフォンなどのごくわずかなものを入れていた。荷物制限のある格安航空会社《LCC》が増えた時代に、所持品の少なさが係員の疑念を喚起することはなかった。生活必需品はコンビニエンスストアですべて購入できる。日本の〈コンビニ〉を楽しみにしている観光客は多い。

外は雨だった。国際線旅客ターミナルのガラスの壁面を水滴が絶えまなく流れ落ち、滑走路がぼんやりと曇って見えた。末永に聞かされていたとおり六月の日本は雨模様で、不思議なのはこれがメキシコやインドネシアのような雨季ではないという点だった。「日本には雨季も乾季もなく、四つの季節がある」と末永は言っていた。「もっとも四つの境界は、昔ほどはっきりしなくなってきているがね」

人々の行き交う羽田空港、国際線旅客ターミナルをバルミロは歩き、色とりどりのキャリーケースを引いて行進するツアーの団体客を眺め、心地よく反響する各国語のアナウンスに耳を傾けた。セグウェイが走りまわっていないことをのぞけば、東京の空の玄関口は、スカルノ・ハッタ空港の印象とあまり変わらなかった。

アメリカ・ドルを円に両替すると、フードコートを歩いてまわった。ジャカルタのショッピングモールにいくつもの日本食レストランがあったおかげで、日本語の看板が並んでいる光景も奇異に感じなかった。寿司《すし》や天ぷらもすっかり馴染《なじ》みの料理だった。ステーキハウスに入り、英語で注文した。サーロインのハーフポンド、焼き加減はウェルダン、飲み物はキリンの生ビールを選んだ。

厨房《ちゅうぼう》で肉が焼かれているあいだ、先に出された生ビールを飲み、東京近郊の地図を広げ、羽田空港と川崎市を結ぶルートをたしかめた。すでに機内で確認していたが、過去に何の縁もない日本の関東の地図に、なぜか既視感を覚えるのが奇妙だった。

熱い鉄板に載ったステーキが運ばれてきて、バルミロは地図を折りたたみ、ナイフとフォークを手に取った。肉を切りわけながら考えた。

**おれはこの地図をどこかで見たことがあるのか？**

思い当たるふしはなかった。食事を進めながら、手にしているステーキナイフを品定めした。くすんだ銀色のステンレス鋼、MADE IN JAPANの刻印、刃渡り十二センチ、一つの鋼材から削りだされ、刃《ブレイド》と柄《ハンドル》が一体化した、ほどよい重さのインテグラルナイフ。

ハーフポンドのサーロインを食べ終えると、二つ折りにしたナプキンの内側で口もとを拭《ふ》き、サービスで出されたコーヒーを飲みほした。伝票をつかんでレジに向かう途中で、客のいないテーブルに置かれているステーキナイフに指を伸ばし、マジシャンのように瞬時に回転させて掌《てのひら》と手首の内側に忍ばせ、それから背中側のベルトに挟みこんだ。ボウリングシャツの裾《すそ》の下に、ステーキナイフが隠された。最低限の護身用の武器だった。自分が食事に使ったステーキナイフではなく、別のテーブルに用意されたものを持ち去れば怪しまれることもない。

現金で食事代を支払ったバルミロは、店員に「釣りはいらない《キープ・ザ・チェンジ》」と告げて、入店してきた四人組と入れちがいにドアを出た。

気温は高くなかったが、湿度はジャカルタより上だった。

国際線旅客ターミナルの外にある屋根つきの通路を歩き、降りやまない雨をしのぎながら、タクシー乗り場に向かった。電車には乗らずに車に乗る。東京から川崎までの陸路の様子を、少しでも自分の目で見ておきたかった。

タクシー乗り場では、停車位置を巡って運転手同士が口論を起こすこともなく、どの車両も整然と並んで客を待っていた。空港という場所にもかかわらず、悪質なタクシーを警戒せずに済む。日本のタクシー事情についてあらかじめ末永に聞かされてはいたが、乗ってみるまでは信じられなかった。

還暦をすぎた運転手が自動ドアを開け、物腰のやわらかなインドネシア人をリアシートに乗せると、自動ドアを閉めた。運転手は日常会話程度の英語を話すことができた。

環状8号線を走るタクシーにゆられて、バルミロは腕時計を見た。偽名のインドネシア人として、一泊の予約を入れた東京都内のビジネスホテルに、すでに別人がチェックインしているはずだった。金で雇われたその男が、翌朝チェックアウトすれば、来日した一人のインドネシア人の足取りはそこで途絶える。

バルミロは川崎で待っている闇医師の野村健二から、ペルー人〈ラウル・アルサモラ〉名義の偽造パスポートと在留カードを受け取る予定になっていた。スペイン語圏の様式にしたがったフルネームはラウル・エミリオ・アルサモラ・ミシティッチで、アルサモラが父方の姓、ミシティッチが母方の第二姓になる。ジャカルタにいたゴンサロ・ガルシアとは異なるペルー人、ラウル・アルサモラの経歴は、入国管理局の目をあざむくように巧妙に創作され、川崎市に住んですでに一年が経過している設定になっていた。

ほどなくしてタクシーは、多摩川に架かる六郷橋《ろくごうばし》にやってきた。東京都大田区と神奈川県川崎市の境界を流れる川を眺めたバルミロは、この一帯の地図になぜ既視感を覚えるのか、その理由にようやく思い当たった。気づくのが遅すぎたほどだった。

**川か。**

バルミロは思わず苦笑いした。

東京と神奈川、二つの都市の境界を西から東へと流れ、東京湾に注ぎこむ地図上の多摩川は、アメリカのコロラド州を源流にして西から東へと流れ、アメリカとメキシコの東部国境に沿ってメキシコ湾へと注ぎこむリオ・ブラボーの形とよく似ていた。西から東へ蛇行しながら南下していく川は、〈二つの世界〉をへだてていた。ただ一本の川を越えるだけで、さまざまなものが変わる。どちらも川を挟んだ北側に、資本主義の圧倒的な光が輝いていた。メキシコの北にアメリカがあり、川崎の北に東京があった。

**この川がおれにとっての新たなリオ・ブラボーというわけか。**

バルミロはリアシートに寄りかかり、笑みを浮かべて目を閉じた。

## 28

## cempöhualli-huan-chicuëyi

頬の肉が削《そ》ぎ落とされたような鋭い顔つきは、末永に聞かされていたとおりだった。抜け目がなく、非情な人間だが、落ち着いた口振りで話して、相手の警戒心を解くことができる。

バックアレイ・ドクター、闇医師にふさわしい男。バルミロの目に野村健二という人物は、カルテルに雇われる弁護士や会計士と同様のタイプに映った。

川崎市幸区堀川町《ほりかわちょう》のホテルのラウンジで、二人は空気清浄機のカタログを広げ、英語で話し合っていた。野村は末永のようにはスペイン語ができなかった。

商談するビジネスマンを演じ、コーヒーを飲みながら、バルミロは野村のあつかっているコカインの仕入れ先について質問した。すると、すべてをヤクザに管理されているのではなく、わずかながら独自のコネクションを持っていることがわかった。

おもしろい奴だ。バルミロは野村の顔を眺めて思った。それともおもしろいのはこいつではなくて、日本人マフィア《マフィア・ハポネサ》なのか？　メキシコのカルテルであれば、雇った弁護士や会計士が、たとえ〇・〇一グラムでも自分でコカインを売っているのを見つけたら、まず生かしてはおかない。闇医師だから特別な自由でも与えられているのか。あるいはノムラに偽装の才覚があるのか。

現役の麻酔科医だったころから、野村は台湾を経由してコカインを入手していた。それを聞いたバルミロは、頭のなかに麻薬密売人《ナルコ》の世界地図を思い浮かべた。ロス・カサソラスを壊滅させ、メキシコ東部を支配し、アメリカへの販路を独占したドゴ・カルテルは、まだ東アジアには商品を流してはいないはずだった。メキシコ西部の支配者シナロア・カルテルの目はアメリカとEUに向けられている。そうなると台湾にコカインを売っているのは、ミチョアカンやハリスコの新興勢力の可能性が高かった。

野村自身が持っている販路は、ローカルに限定されたもので、バルミロが知恵を貸して拡大してやることもできたが、日本人のささやかなコカインビジネスを助けるために、川崎へやってきたのではなかった。何よりも本物の麻薬密売人《ナルコ》は、農家が大麻やコカノキを育てるように、ゆっくりとビジネスを成長させたりはしない。組織作りには時間をかけるが、ビジネスを大きくするときには、あたかも火山が噴火するように爆発的に仕掛け、短期間で敵の縄張り《プラサ》を奪わなくてはならない。

競争はなく、あるのは独占だけだ。

同じことをシリコンバレーのIT起業家が言いだしたとき、バルミロは兄弟たちと笑い合ったものだった。

**これを言いだしたのはおれたちだ。無断使用で訴訟を起こすか？**

独占と独占がぶつかり合えば、そこに戦争《ゲーラ》が生まれる。ときとしてそれは何年もつづく。

ふたたび戦争《ゲーラ》を仕掛ける資金を作ることが、バルミロが極東の島にまでやってきた理由だった。

歯車は、すでに回りだしていた。

血の資本主義《ブラッド・キャピタリズム》、人体部品市場《レッド・マーケット》、バルミロと野村は空気清浄機のカタログをめくりながら、ひそひそと英語で話しこんだ。ラウンジの従業員がテーブルに来て、「コーヒーのお代わりはいかがですか？」と言った。

バルミロと野村は笑顔でうなずいた。

末永が日本に着くまでの約一ヵ月、そして船が川崎へ入港するまでの一年間、二人のこなすべき仕事は山のようにあった。

川崎港にほど近い小田栄《おださかえ》の立地で、経営不振にあえいでいたアクセサリー製作の工房を野村は買い取った。その工房をまかせられる人間をバルミロが探し、日本人とペルー人の混血の職人に目をつけた。

バルミロと野村は、昼も夜も休みなく働きつづけた。一日の睡眠時間はどれほど長くても四時間だった。常にアドレナリンを副腎髄質《ふくじん》から分泌させている二人の姿は、人知れず独占の基盤を築いているベンチャービジネスの起業家そのものだった。

バルミロは偽名のラウル・アルサモラではなく、自分のことを調理師《エル・コシネーロ》と野村に呼ばせた。そして野村のことはスペイン語で〈奇人《エル・ロコ》〉と呼び、まだ日本に到着していない末永についてては、インドネシア語で〈蜘蛛《ラバ・ラバ》〉と呼ぶように決めた。

なぜ蜘蛛《くも》なんだ、と訊《き》く野村に、バルミロは答えた。あいつはジャカルタのボルダリングジムでそう呼ばれていたのさ。

指示を出すのはバルミロで、野村は闇医師の仕事をこなしながら、インターネットに接続していないスタンドアローンのラップトップに一日のスケジュールを記入し、閲覧制限をかけ、その日が終わるとすべてを消去した。それでもデータは復元可能なので、ビジネスの下準備ができた段階で、ラップトップを記憶装置ごと破壊するつもりでいた。

・中古車の購入手配
・携帯電話以外に使用している通信機器の盗聴防止処置
・ダミー事業で展開する飲食店の視察

・車の改造を依頼する自動車解体場《ヤード》の確認
・売人周辺で人材について情報収集
・大田区、雀岩寺へ
・六郷橋を渡って多摩川を越えるルートで移動
・出発時にトヨタ・アルファードのナンバープレートを交換
・住職に面会
・新南龍《シンナンロン》の夏《シア》に面会
・シェルターに保護されている児童の健康状態を確認
・商品の搬送ルートを再検討

息つく暇もない多忙な一日を終えて、野村は自宅のダイニングキッチンで糖質制限を考えたメニューの夜食をとり、ミネラルウォーターをたっぷりと飲み、それからリビングのソファに座って、コカインをスニッフィングしてくつろいだ。

つくづく自分は勤勉な男だ、と思った。大学病院にいたころより過密なスケジュールをこなしている。

決して本人は明かさないが、おそらく過去に麻薬ビジネスに関わっていたはずの調理師《エル・コシネーロ》、その男から学ぶことは多かった。

ラテンアメリカの人間は時間にルーズだと聞くが、そうした生来のルーズさが犯罪の計画においては完全に反転して、驚くべき用心深さと緻密《ちみつ》さを生みだすのかもしれない。野村はそう思った。ヤクザの場合は逆に、日本人の持った几帳面《きちょうめん》さが、ルーズさに置き換えられてしまうことが多々ある。暴力団というあからさまな呼び名が、何よりもその証拠だ。

ヤクザとはまったく異なるラテンアメリカの犯罪のセンスを間近で学べることは、野村にとって刺激的だった。

・蜘蛛《ラバ・ラバ》の釜山港出港時刻について確認
・すべての携帯電話の破棄、新機種交換、番号変更
・大田区、崔岩寺へ
・大師橋《だいしばし》を渡り多摩川を越えるルートで移動
・出発時に三菱パジェロのナンバープレートを交換
・住職に面会、夏《シア》に面会
・小田栄のアクセサリー工房へ
・各種アクセサリーとナイフの製作について会議
・導入する作業機材（グラインダー等）の選定
・川崎港における移動手段について会議
・湾岸工業地帯の視察

### ・衛星通信で郝景亮《ハオ・ジンリャン》と会議

「この金で〈エスコペータ〉を買ってくれ」川崎区旭町の野村の仕事場に突然現れた調理師《エル・コシネーロ》は、アメリカ・ドルの札束を机に置いて言った。「〈バラクーダ〉を四つは用意したい」

「つまり、私はダークウェブで何を買えばいいんです？」と野村は訊いた。

「エスコペータはスペイン語で〈ショットガン〉のことだ。といってもカクテルのことじゃない。本物の銃のほうだがな」と調理師《エル・コシネーロ》は言った。

表情にも口調にも変化がないので、彼が冗談を言ったのかどうか、野村にはわからなかった。そういうことはよくあった。

「消音装置《サイレンサー》をつけたエスコペータがバラクーダだ」と調理師《エル・コシネーロ》が言った。「魚のバラクーダを見たことはあるか？」

「いや」

「まあいい。エスコペータの種類はすべてレミントンM８７０、中国製は買うな。口径は十二ゲージにしろ。エスコペータで撃たれた銃創を見たことは？」

「私は麻酔科医ですよ。検視はやらない」

「昔の話じゃない、今の話だ。エスコペータで撃たれた死体がここには流れてこないのか？　日本は平和だな。エスコペータは至近距離で散弾《ペレット》を食らわせる武器だ。バックシヨットのダブルオーバックを買えるだけ集めてくれ。通称ダブルオーだ。直径八ミリちょっとの鉛の弾が、一つのショットシェルに九粒詰まっている。人材を育てたら、いずれは自分たちでショットシェルを作らせる。あとは専用のサイレンサーだが」

「──ショットガン──エスコペータ専用のサイレンサーなんて、映画だけの小道具じゃないんですか」と野村は訊いた。

「アメリカのSilencerCo《サイレンサー・コー》という会社が作っている。製品名は〈サルボ12〉だ」

調理師《エル・コシネーロ》が立ち去り、野村はインターネットでサルボ12の実在をたしかめたのち、魚のバラクーダについても調べてみた。最大二メートルの大型魚で、凶暴な性格で知られ、鋭い歯を持っている。和名は鬼魳《おにかます》だった。


バルミロが乗る予定の中古のジープ・ラングラーが納車されると、野村は川崎市中原区の自動車解体場《ヤード》までみずから運転していった。

自動車解体場《ヤード》のオーナーの宮田《みやた》は、野村とは麻薬を通じた旧知の間柄で、今でこそ自動車の解体を柱にしたビジネスを手がけていたが、かつては腕利きの改造屋として知られていた。改造をやめて解体に移ったのは、そのほうがずっと楽に儲《もう》けることができ、注文も多いからだった。

「防弾ですか？」とオーナーの宮田は言った。「暴力団《スジモノ》の仕事は受けないようにしてるんですがね」

「ヤクザの車じゃない。約束するよ」と野村は言った。

「まあ、だったら――でも、ガラスを用意するのに少し時間もらいますよ」

「かまわない。それと〈トラップ〉をお願いしたいんだが、わかるか？」

「そりゃわかりますが、これ売人の車ですか？　うちでトラップやるのは、たぶんはじめてだな」

　トラップとは、麻薬や銃などを隠すことのできるシークレットの収納区画を指していた。野村はバルミロの指示どおりに、ダッシュボードを二重構造にし、以下の手順でカバーが開くように配線してほしいと伝えた。イグニションキーを回し、ハザードランプを点灯して、可動式にしたドリンクホルダーを九十度右に回すと、トラップが開く。

　ひさしぶりに引き受けた改造の注文内容を、宮田は興味深く聞き、何度も確認して、その場で簡単な図面を描いた。


　バルミロは拠点に定めた川崎区桜本《さくらもと》のペルー料理店の二階で、デスクトップを起動させ、対テロを想定した神奈川県警の訓練映像を眺めていた。インターネットで得られた映像には二種類あった。〈横浜市内のバス営業所での訓練〉と〈川崎港貨物ターミナルでの訓練〉、それぞれのなかで、銃器対策部隊と特殊急襲部隊《SAT》が映っていた。

　タンブラーに注いだメスカルを飲みながら、バルミロは彼らの装備を分析した。九ミリのサブマシンガンが多用されている。Ｈ＆ＫのＭＰ５は悪い銃ではなかったが、訓練で使われているのは日本製の電動ガンで、プラスチックの弾を発射する玩具《おもちゃ》だった。メディアに公開される訓練とはいえ、玩具の銃を使用するというのは、メキシコ人のバルミロにとってカルチャーショックだった。軽いプラスチックの弾に多少なりとも殺傷力があるのか？　思わずそんな疑いを抱いたほどだった。やがてバルミロは、銃社会ではない日本における実弾の価値を知った。それはメキシコのコカインの末端価格がこの国で跳ね上がることに似ていた。

　この国の警察の特殊部隊は、レスキュー隊のようなものか。映像を見終えたバルミロは、メスカルをあおってつぶやいた。おれたちがメキシコで殺し合った連中とはちがう。そう言えば新南龍《シンナンロン》の郝《ハオ》は「日本では特殊警備隊《SST》が強い」と話していたが、あいつらは海上保安庁だ。おれたちがやり合うことはないだろう。

・中原区のヤードで実弾射撃訓練（バラクーダを使用）
・ドア突破《ブリーチング》訓練（同じくバラクーダを使用）
・ドローン操縦訓練
・蜘蛛《ラバ・ラバ》が川崎到着予定、時刻未定
・家畜商と面会
・牛一頭（闘牛）の購入手配
・崔岩寺に手術台と無影灯を搬入

### ・すべての携帯電話の破棄、機種交換、番号変更

七月後半になってようやく川崎に到着した末永に、野村は「通信時の本名の使用禁止」というペルー人ボスの指示を再度伝えた。

通称で呼び合うのは、個人を特定させないための基本だった。

ゴンサロ・ガルシアあらためラウル・アルサモラ——調理師《エル・コシネーロ》。

末永充嗣——蜘蛛《ラバ・ラバ》。

野村健二——奇人《エル・ロコ》。

崔岩寺の住職——十字架《ラ・クルス》。

ビジネスに関わるそのほかの人間にも一人ずつ通称が与えられ、通信時での本名の使用禁止が徹底された。スクラップ《ラ・チャタ―ラ》、樽《エル・バリル》、陶器《ラ・セラミカ》、電気ドリル《エル・タラドロ》、灰《ネシュトリ》、女呪術師《マリナルショチトル》——スペイン語とインドネシア語とナワトル語が混合し、日本の捜査機関や暴力団が耳にしたとしても混乱するはずだった。

船はまだやってこない。

それでもこなすべき仕事は無数にある。たとえ新たなビジネスで市場を独占できたとしても、金の匂いのするところには、必ずハイエナのような敵が現れる。

調理師《エル・コシネーロ》の指示にしたがって、大田区と川崎市をまたいで暗躍する蜘蛛《ラバ・ラバ》と奇人《エル・ロコ》は、みずからの市場占有率《シェア》を脅かす敵がすでに存在しているかのように、昼も夜もなく働きつづ

けた。

野村がいくら持ちかけても、バルミロは日本の暴力団と顔を合わそうとはしなかった。おかげで野村は口実を作るのに苦労していた。

仙賀組の増山礼一という男がどういった人物なのか、野村を通じて多くの情報を入手した上で、バルミロは対面するのを拒みつづけていた。時期尚早だと考えていた。

「ふさわしい時期が来れば会う」とバルミロは野村に告げた。

ふさわしい時期とは、この国、この町で、信頼に値する自分の道具、殺し屋《シカリオ》を育てたあとのことだった。

## 29

### cempōhualli-huan-chiucnāhui

川崎の麻薬常習者たちのひそかな購買エリアとなっている多摩川沿いの緑地で、停車中のミニバンのフロントドアガラスを売人がノックした。黒のホンダ・ストリームには、仙賀組の五次団体に所属しているホストクラブの経営者の男と、その恋人のホステスの女が乗っていて、売人にとって二人は顔馴染みの上客だった。

だがその夜は、いくらノックしても反応がなかった。売人が助手席側のフロントドアガラスに額を押しつけてなかをのぞくと、二人とも意識をなくしていた。こいつら死んでいる。直感的に売人はそう思った。

排ガスを引きこんだ心中かもしれないと考えたが、エンジンはかかっていなかった。それなら死んだ原因は一つだった。

売人は小声で吐き捨てた。過剰摂取《オーバードーズ》だ。やりすぎちまったな。

路上の売人の推測はほぼ正しかったが、事実と異なる点もあった。

車内の二人はメタンフェタミンを摂取し、女がバッドトリップに陥った。女には隣に座る恋人の顔が、二つに裂けた蟹《かに》のように見えた。そして蟹の裂け目から、血を流している母親の顔が現れようとしていた。母親は借金の返済に苦しみ、ずっと昔に死んだはずだった。女は男の首を絞め、異常な幻覚のもたらす恐怖によって、男でさえ抵抗できないほどの腕力を発揮し、ついには男を窒息死させた。それから女も気を失った。

やがて目を覚ました女は、ハンドルにもたれてぐったりしている恋人の異変に気づいたが、119に電話はかけなかった。救急隊員を呼ぶ代わりに、恋人の持っていた粉末を残らず吸引して、過剰摂取《オーバードーズ》が引き起こす心停止で息絶えた。それがじっさいに起きたことだった。

売人が仙賀組に連絡し、現場に派遣された組員が二人の死体を回収して、旭町の闇医師のもとに運びこんだ。

二人の死体を見下ろした野村は、男の首に残された圧迫痕《こん》を見つめ、調理師《エル・コシネーロ》の指示で番号を変えたばかりのスマートフォンを取り上げて、仙賀組の増山礼一にかけた。

「もしもし、野村ですが」

「てめえ、また番号変えやがって」増山が舌打ちした。「つぎ変えたら出ねえぞ」

「届いた女のほうは過剰摂取《オーバードーズ》のようですが――」野村は淡々と報告した。「男のほうは女に絞殺されたようです」

「逆じゃねえのか？」

「いえ、女が男を殺していますよ」

「まったくどうなってんだか」と増山は言った。「覚醒剤《シャブ》のせいか？」

「まあ、でしょうね」

「どっちの身元もたいしたことないから、さっさと腎臓取ってくれ」

「男のほうは、そちらの五次団体の構成員だそうですが」

「だったら何だ？」

「葬式を出しますか？」

「葬式？」

「つまり、納棺するか否か、ということですが――」

それは形式上の確認だった。野村には訊く前から増山の答えがわかっていた。組の五次団体に加入しているホストクラブの経営者など、チンピラにすぎない。切り捨てられる存在でしかない。

「そんなもん出すわけねえだろう」と増山は言った。

「わかりました。遺体を残さなくてよいのなら、二つとも解剖《バラ》します」

「好きにしろよ」と言って増山は笑った。「しかし野村、おまえらは本当に狂ってるよな。解剖好きって奴は」

増山は野村を高学歴のサイコパスだと見なしていたが、奇人《エル・ロコ》と呼ぶことはなかった。そういう通称ができたことすら増山は知らなかった。奇人《エル・ロコ》を知らなければ蜘蛛《ラバ・ラバ》も知らず、調理師《エル・コシネーロ》についても何も知らなかった。

野村は末永に電話を入れて、それからボスの調理師《エル・コシネーロ》に連絡した。

バルミロは川崎区桜本にあるペルー料理店の経営権を買い取り、二階の事務所に暮らしていた。店名は〈パパ・セカ〉で、ペルーで親しまれている乾燥ジャガイモの名前だった。

桜本を出たバルミロは、改造をほどこしたジープ・ラングラーに乗って旭町へやってきた。野村と末永がバルミロを待っていた。

バルミロは診察台に横たわった女の死体を眺め、つぎに床に寝かされた男の死体に目を向けた。どちらも衣服を着たままだった。診察台は一つしかなく、男の死体の置き場所は床しかなかった。

おもむろにかがみこんだバルミロが、死んだ男の履いている革靴を脱がしはじめた。自分のシャツのポケットからフォールディングナイフを取りだし、手にした革靴の爪先《つまさき》をていねいに切り落とすと、小さな空間に収められたビニールパックが現れた。

「コカイン？」と野村が言った。

野村の問いかけには答えず、ビニールパックの中身を机に散らしたバルミロは、小指に粉をつけて舌先で舐《な》め、つづいて野村と末永も同じように味見した。

「〈バスコ〉だ」とバルミロは言った。

野村が末永の顔を見て、末永も眉《まゆ》をひそめた。バスコなど聞いたことがなかった。

「コカインペースト、レンガ粉末、硫酸」そう言ってバルミロは材料をかき混ぜるジェスチャーをした。「コロンビアでよく売られている。ひどい代物で、飴玉《あめだま》のように安い。この国にも売っている奴がいるんだな」

暴力団が運んできた二つの死体から、野村と末永はそれぞれ左右一対、計四つの腎臓を死後摘出し、クーラーボックスに保存した。手ぎわのよい二人の仕事ぶりを眺めながら、バルミロは思案していた。

**収穫した腎臓《リニョン》の利益の分配、仙賀組に九十六パーセント、野村に四パーセント……以前の分配は二パーセントだったそうだが、四パーセントでも話にならない。ヤクザは心臓《コラソン》のビジネスでも、おそらく同じような要求をしてくるだろう。近いうちに連中の認識を変えてやる必要がある……主導権《イニシアティブ》を奪わなくてはならない……**

「あとはどうする？」末永が血のついたゴム手袋を外しながら言った。

「処分するだけだ」と野村は答えた。

「腎臓以外は好きにしていいのか？」

「許可は取ってある」

野村の答えを聞いた末永は、背後のバルミロを振り返った。「射撃訓練に使うか？」厚紙でできたマンシルエットの標的ではなく、生身の人間を調理師《エル・コシネーロ》が欲しがっているのを末永は知っていた。本物の標的を使ってこそ、本物の殺し屋《シカリオ》を育てられる。だがバルミロにとっては、すでに死んでいる者はたいして意味がなかった。即席爆破《IE》装置《D》のテストに使える程度でしかない。バルミロは首を横に振った。

すると末永が自分の考えを口にした。「だったら大田区のシェルターに運ぼうじゃないか」

野村も同じことを考えていた。

崖岩寺の地下の手術室には、来たるべき日に備えて最新の設備が搬入されていた。無影灯も設置済みで、器械の数も野村の仕事場とは比較にならないほど豊富だった。

シェルターで栄養学にもとづく食事をとり、人工太陽照明灯の放射する自然光に近い波長の光を浴びて、健康的な日々を送っている商品に手をつけるのは、まだ先だった。新鮮な心臓を売るためには、インドネシアの船がやってくるのを待たなくてはならない。

「手術室はずっと空いている」と末永は言った。「自由になる死体があるのだから――」

手術室の使い心地を試すには、絶好の機会だった。

暗い目つきで紙巻煙草を吸っていたバルミロは、末永の意見に無言でうなずいた。

腎臓を抜き取られた二つの死体は、崖岩寺に移されることになったが、あくまでも本物の人間の死体であり、仙賀組を真似て無造作に車に乗せていくのは、あまりにもリスクが高すぎた。

運搬の問題、三人の男たちはそれを解決する手段を、もちろん用意していた。

樽《エル・バリル》と名づけられた男が呼ばれて、闇医師の仕事場に現れた。川崎市高津区でプロパンガス販売の有限会社を経営している四十九歳の日本人の男、競馬と競輪に目がなく、野村からコカインを買っている客の一人。

男がバルミロに与えられた通称は、ビジネスの全体のなかで男が果たす役割そのものを示していた。

普段あつかっているプロパンガスのボンベのうち、最大の五十キロ規格のものを改造し、内径を広くしたその内側に、死体や臓器を隠して運ぶ役割を樽《エル・バリル》は請け負った。かりに道中でトラックが何かの検問に捕まったところで、「プロパンガスのボンベのなかを見せろ」と言ってくる警官はいない。なかをのぞけるとすら思わない。改造されたボンベは、さながら霊柩車《れいきゅうしゃ》の運ぶ棺《ひつぎ》だった。

唯一の問題があるとすれば、それはサイズにあった。小柄な女の体であれば五十キロ規格の改造ボンベの内部にどうにか収まるが、男の体はそうはいかなかった。しかし、この問題はすぐに解決された。野村と末永は、死んだ男の手足をつけ根から切断してコンパクトにした。

樽《エル・バリル》は切り離された左右の手足を、やや小さな三十キロ規格の改造ボンベに収めて、商売用のプロパンガスのボンベといっしょに荷台に積み、トラックを北に走らせた。国道を走り、安全に橋を渡って多摩川を越えた。

無駄な死体など、この世に一つもなかった。死後十時間以上が経過したため、最高値のつく心臓こそ使いものにならないが、そのほかはアフリカで密猟される象牙《ぞうげ》のように確実に売れる。

**眼球一個につき十万円、状態によっては百万円。**
**膵臓《すいぞう》五百万円。**
**骨髄一グラムにつき二百万円。**
**靭帯《じんたい》五十万円。**
**胆嚢《たんのう》二十万円。**
**足首十五万円。**
**手首五万円。**

すべてにもっと高値がつくこともあった。崔岩寺の地下、無戸籍児童の眠っている部屋と同じ階にある手術室で、末永は嬉々《きき》として死体の肉を切り裂いた。メスをうごかす末永の額に、汗の粒が浮いていた。手術中は換気を停止するのが基本だった。相手が死体でも末永はそれを守った。

「血液は惜しかったな」末永は空の血液パックに目をやってつぶやいた。


**血液一リットル三万円。**


目の前に横たわる死体の血流は心停止とともにすでに止まり、血管下部で凝固していた。

「頭蓋骨《とうがいこつ》はどうするんだ？」使用後の骨《こつ》ノミと椎間《ついかん》拡張器を煮沸洗浄しながら野村が言った。

末永はラテックスの手袋を外し、額の汗をぬぐって、スマートフォンを手に取った。

桜本へ戻った調理師《エル・コシネーロ》に電話をかけて、野村の質問と同じ言葉をスペイン語で訊いた。

「頭蓋骨はどうするんだ？《ケ・デボ・アセール・コン・エル・クラネオ》」

「職人に渡せ《ダセロ・ア・ウン・アルテサーノ》」とバルミロは言った。「〈陶器《ア・ラ・セラミカ》〉にな」


手術用の電動のこぎりを使って、野村と末永は、二つの頭を切り落とし、頭髪を剃《そ》り落として、頭皮を剥いだ。

**頭皮十万円。**

「これで工房に送りつけてやるか？」末永が楽しそうに言った。

「いや、もう少し下ごしらえ《プリペア》してやろう」と野村が言った。「備品に炭酸ナトリウムがあったはずだ」

「おれたちで煮るのか？」と末永が訊いた。「本物の骨格標本作りなんて、今どき医大生でもやらないよ」

「標本じゃない。おれたちのは美術品だ」と野村が言った。

水と炭酸ナトリウムの入った大鍋を火にかけ、火力を調整しながら、二人は女と男の頭を順番に煮た。やわらかくなった筋繊維を手術用の鋭匙《えいひ》と歯ブラシを使ってこそぎ落とし、むきだしの頭蓋骨を仕上げた。

あとは職人の手にゆだねるだけだった。

頭頂部を皿状に加工して、全体をていねいに磨き上げれば、南アジアの一部地域で高く売れる。人間の頭蓋骨と信仰心は、かつては世界中で強く結びついていた。髑髏《どくろ》を聖なる象徴としてあがめる宗教者たちはいまだにいる。

陶器《ラ・セラミカ》。

その男の雇われたアクセサリー工房は、製鉄所のすぐ近くにあり、運河を挟んだ東側はもう川崎港だった。潮風の吹いてくる工房で働く職人は、今のところ男一人しかいなかった。

陶器《ラ・セラミカ》の通称を与えられた座波《ざは》パブロは、ペルー人の父親と日本人の母親のあいだに生まれ、沖縄県那覇《なは》市で育った。正式な本名は、清勇《きよたけ》・パブロ・ロブレド・座波で、ロブレドが父方の姓、座波が沖縄生まれの母方の姓だった。パブロは長男で、弟が一人と妹が一人いた。両親が死んだのちに二人とも沖縄を出ていき、それから一度も会っていない。二人がどこで何をしているのか、まるでわからなかった。

幼いときのパブロは、サッカー選手になるのを夢見ていたが、自分の家の貧しさを理解できる年齢になるころには、すっかりあきらめていた。サッカーボールを買ってもらうことすら叶《かな》わず、サッカーシューズも手に入らなかった。友人のサッカーシューズを盗むことも考えたが、あとで見つかるに決まっていた。地元のクラブにも入れず、空き地や公園でのゲームに混ざるばかりだった。

こういう環境でプロをめざすには、子供時代から突出した才能を見せる必要がある――幼いパブロにもそれはわかっていた。天才である必要が。そして自分はサッカーの天才ではなかった。

両親を助けるために、中学卒業後は就職すると決めていたが、仕事に就《つ》ければ何でもいいわけではなく、サッカーに代わる夢があった。

パブロは中学二年生のとき、友人の家でフォールディングナイフのコレクションを見せてもらった。収集しているのは友人の父親で、「ナイフのコレクション」というからには大きくて怖ろしい刃物を想像していたが、ケースに整然と収まっていたのはポケットサイズの柄《ハンドル》ばかりだった。研がれた刃《ブレイド》は柄《ハンドル》の内側に一ミリの狂いもなく折りたたまれていた。柄《ハンドル》はさまざまな木や貝殻でできていて、いつまで眺めていても飽きなかった。ナイフ職人《メイカー》の手による一点物《いってんもの》。なめらかな刃《ブレイド》が柄《ハンドル》の内側から現れるとき、パブロの目には、木にとまっていた鳥が翼を広げたように見えた。その鋼《はがね》の翼がふたたび折りたたまれて、ポケットサイズに戻る。

コレクションを鑑賞して友人の家を出るパブロの心は、すでに決まっていた。

**ぼくはナイフメイカーになりたい。**

分業で作られる大量生産《マスプロ》ナイフの制作販売を手がける会社は沖縄にもあったが、一点物の美しいカスタムナイフを作るには、独立したナイフメイカーに弟子入りするしかなかった。弟子になれば、当分は無給に等しい日々を送らなくてはならない。それでは両親を助けられないので、パブロはしかたなく大量生産《マスプロ》ナイフの会社に就職し、勤務外の空き時間を費やしてナイフメイキングを独学で学んだ。

もともと手先の器用だったパブロは、確実に腕を磨いていった。ときおり有名なナイフメイカーの仕事場を訪ねることもあった。大量生産《マスプロ》ナイフ会社のスパイに技術を盗まれると思いこんだ相手に放りだされ、「二度と来るな」と塩をまかれたりもしたが、パブロの情熱に感心して、時間をかけてつき合ってくれる職人は少なからずいた。

もっとも親身になってくれたナイフメイカーは、ブライアン・トレドだった。

二十代のときに海兵隊員として沖縄にやってきたブライアンは、この島で見る以上に美しい海を見たことがなかった。除隊後も沖縄に残り、日本人の妻と結婚して、那覇市内にナイフメイキングの工房を作り、二十年以上もそこで働いていた。ブライアンのファンは世界中にいた。年に二度、故郷のテキサスで開催されるカスタムナイフのイベントに顔を出すと、ブライアンは必ず数ヵ国のナイフ専門誌の取材を受けた。ブライアンの持ちこんだ作品は午前中で完売するので、記者たちはイベントの前夜に写真を撮らなくてはならなかった。

ブライアン・トレドは、若いパブロが工房にやってくると、作業の手を止めて自分でコーヒー豆を挽《ひ》き、二人ぶんのコーヒーを淹《い》れた。そしてナイフメイキングに欠かせない多くの知識をパブロに教えた。

十九歳になったパブロは、日本のナイフ専門誌主催のコンテストに自作のフォールディングナイフを出品して、審査員の高い評価を得て優勝した。だが大量生産《マスプロ》ナイフの営業で生計を立てているパブロは、社内での批判を怖れて本名を明かすことができず、スペイン名のイニシャルで応募するしかなかった。パブロの成し遂げたことは、大量生産《マスプロダク》品《ツ》とは真逆の、会社にたいする裏切りになる。優勝後に専門誌に申しこまれた取材も、短い電話で済ませるのが限度だった。

アパートに届いた専門誌をめくり、自分のナイフの写真が載っているページを開いた。写真の下に「那覇市・会社員・PRさんの作品」と書いてあるのをむなしく眺めた。

PR《パブロ・ロブレド》。

会社では残業をつづけ、相当な数のナイフの企画にもたずさわってきたが、いくら努力しても貯金はできなかった。薄給で、実家に金を入れてしまえばそれで終わりだった。会社に不当にあつかわれていたことを、中卒のパブロは気づかなかった。貧しいのはおれだけじゃない。そう思っていた。沖縄そのものが長い不況のなかであえいでいるんだ。景気がいいのは、別荘に遊びにくる本土の連中だけさ。

貧しかった両親はすでにこの世になく、代わりに今では妻と二歳の娘がいた。二人を幸せにするために、もっと金が必要だった。パブロは腹を決めて、大量生産《マスプロ》ナイフの会社を退職した。中卒で入ってからずっと勤めてきたが、送別会すら開かれなかった。

妻と娘を残して那覇を出たパブロは、〈ペルー人のコミュニティ〉があるという神奈川県の川崎市へ向かった。

しかし慣れない本土で、これといった仕事はなかなか見つけられなかった。神奈川県内の大量生産《マスプロ》ナイフの会社も不景気で、中途採用の予定はない、と突き放された。独立したナイフメイカーの助手になろうにも、この世界でパブロはまったくの無名で、若くもなかった。

ペルー人のコミュニティで自動車部品の製造工場のことを聞き、そこで働けないかと思ったが、面接に出かけるとさまざまな国籍の外国人労働者たちがあふれていて、そのほとんどが仕事をもらえずに帰されていた。面接を待つ行列を整理にやってきた日本人の社員に、「在留カードはあるか?」と訊かれたパブロは、首を横に振り、無言で列を離れた。在留カードは持っていなかった。座波パブロは、日本国籍を持っている日本人だった。

仕事の情報を集めるため、桜本のペルー料理店〈パパ・セカ〉に通い、川崎在住のペルー人の男たちと話しこんだ。金欲しさにブラック企業の契約社員になった者もいれば、仕事がないので空き缶を集めて売ろうとして、地元のホームレスのコミュニティに袋叩《ふくろだた》きにされた男もいた。かと思えば、ペルー人の集まる公園で麻薬を売っていたバングラデシュ人の売人に殴りかかって追い払った男もいる。神奈川県には米軍基地もあり、兵士と喧嘩沙汰《けんかざた》になることも多く、ペルー人たちの苦労を聞いていると、沖縄とたいして変わらない気がしてきた。

おれは、いったい何のために本土へ出てきたのか？　うなだれ、ため息をついてカナリオ豆の煮こみを食べていた夜、ラウル・アルサモラに声をかけられた。

**おまえはナイフを作れるって聞いたよ《オイ・ケ・プエデス・アセール・ウン・クチージョス》。**

最初にラウルを見たとき、風邪でも引いている工場労働者なのかとパブロは思った。工員のような服装をしていて、カーキ色の作業帽をかぶり、白いマスクで顔を覆って、決して外そうとはしなかった。

ラテンアメリカで使われるスペイン語だけを話すラウルに、パブロも父親に教わったスペイン語で応じた。ラウルは自分をペルー人だと言ったが、パブロにはそれが信じられなかった。

パブロ自身もペルーに住んだことはないが、郷土料理のセビーチェや、天井のスピーカーから流れてくる民族音楽《フォルクローレ》にラウルが自分よりもさらに興味を持っていないのは明白だった。出稼ぎに来たペルー人だったら、故郷の文化にもう少し感傷的《センチメンタル》な反応をするはずだった。あとになってラウルがこの店のオーナーだと聞き、心から驚いた。

ラウルは金を持っていて、ビールをおごってくれた。紙巻煙草を勧められたが「吸わない」と言ってパブロは断った。

ビールを飲んで、過去の経歴を話した。パブロはしわだらけになった雑誌の切り抜きをポケットから取りだして広げた。十九歳のときにコンテストで優勝したフォールディングナイフの写真。その写真を見つめたラウルは、静かだが力強い声で称賛してくれた。誇張した様子はなく、本心で言っているのがパブロにはわかった。それに気をよくしたパブロは、スマートフォンに保存している自作のナイフの写真をつぎつぎと見せはじめた。ラウルはじっくりと鑑賞し、そのどれにも高い評価を与えて、ナイフの途中で家族の写真が出てくると、「仕事を探しているのか？」とパブロに訊いた。

「沖縄に妻と娘がいる」パブロはきまり悪そうに笑った。「そろそろ観光を切り上げて、送金しなきゃならないよ」

同じペルー料理店で二度目に会った夜、パブロはラウル・アルサモラの目に秘められている闇の深さに気づいた。前に会ったときにはわからなかった。巧妙に隠していたのかもしれない、と思った。

マスクで顔の半分を覆ったラウルの目には、タングステン鋼でできた刃《ブレイド》のような重みがあった。ラウルは声を荒らげたり、酔って暴れたりもしないが、これほど怖ろしい雰囲気をまとった人間をパブロはほかに知らなかった。

それでもラウルは金を持っていた。

そして仕事を与えてくれた。

夢のような仕事を。

ラウルは言った。

**おれのことは調理師《ジャマメ・エル・コシネーロ》と呼べ。**


与えられた仕事の条件は、すばらしすぎるほどだった。調理師《エル・コシネーロ》ことラウル・アルサモラ、そして彼のビジネスパートナーが所有する小田栄の工房で働く。工具はそろっている。銀製のアクセサリーのほかに、販売用のカスタムナイフの製作も許可された。住居も用意してもらった。三ヵ月ぶんの生活費を受け取ったパブロは、その一部を家族に送り、ひさしぶりに床屋に行って散髪してもらった。素泊まりの安宿を出てアパートに移り、毎朝工房に出勤する日々がはじまった。

ときおり工房に顔をだす蜘蛛《ラバ・ラバ》という通称の日本人と、奇人《エル・ロコ》というスペイン語を名乗った日本人は、どちらも調理師《エル・コシネーロ》のビジネスパートナーで、工房の共同オーナーだった。

四月の夕方、工房内に置かれた休憩用のソファに座った蜘蛛《ラバ・ラバ》は、おもむろにマリファナを吸いだした。パブロも少し分けてもらった。知らないわけではなかった。元海兵隊員のブライアン・トレドも、所有する工房の裏でこっそり吸っていた。

肺の奥深くまで煙を吸いこんだ蜘蛛《ラバ・ラバ》は、柄《ハンドル》から刃《ブレイド》までパブロが自分で仕上げたフォールディングナイフを眺めまわしていた。「あんたが一人で作ったのか？」

「ほかに人がいませんから」と言ってパブロは笑った。「鋼《こう》材と柄《ハンドル》材を仕入れて、設計もおれがやりました」

「刃《ブレイド》はどうやって作る？」

「全体のイメージをまず考えて、つぎに罫《け》書《が》き線のとおりに鋼材から削りだすんです。あとは研磨ですね」

「すばらしい完成度だ」と蜘蛛《ラバ・ラバ》は言った。「こいつは高値で売れる。むしろコレクターのファンが増えすぎないのを願うよ」


　工房ですごせる毎日はまさしく夢のようだった。

　ナイフ以外の商品も、一点ずつ丹念に仕上げていった。〈銀の王様《キング・オブ・シルバー》〉と称されるクロムハーツの商品をつぶさに研究し、髑髏をあしらった銀の指輪やペンダントを作って、どれもがインターネットで飛ぶように売れた。その魅力は単純な模倣《コピー》にあるのではなかった。すぐれたブランドには、他社にはない特徴がなくてはならない。

　ヒントをくれたのは雇用主の調理師《エル・コシネーロ》だった。「かつてペルーにあった古代文明を手本にするといい」と彼は言った。「インカ帝国のデザインを取りこめ」

こうしてパブロの手がける銀細工は、工房だけの独創性を持った。

待遇に文句はなかった。給料は以前いた会社の倍以上で、とまどうくらいだった。落ち着いたら川崎に妻と娘も呼びたいと思ったが、おそらく自分はその計画を実行しないだろう、と感じていた。

あまりにも金払いがよすぎた。何か裏がある。それは全員が本名を使わないことや、調理師《エル・コシネーロ》の怖ろしい目、そしてナイフを褒めてくれた蜘蛛《ラバ・ラバ》の何げないひと言に現れていた。

**コレクターのファンが増えすぎないのを願うよ。**

あの三人は、いったいどういう人間なのか？　麻薬の売人なのか？　いや、蜘蛛《ラバ・ラバ》がマリファナを吸っていたからといって、売人だとはかぎらない。かりに彼らが売人だったとして、おれは麻薬を売るように強要されているわけでもない。少なくとも、今のところは。おれはただ工房に出かけ、そこで銀細工を作り、カスタムナイフを作っているだけだ。いっさいの手抜きもなく、値段相応の手間をかけている。それでも――

この仕事は危険だという不安が、頭の片隅から消えなかった。仕事というよりも、あの男たちに普通ではない何かがあった。足抜けするなら早いに越したことはなかった。

でも、ほかにどんな仕事があるというんだ？　パブロは自問した。学歴もないこのおれに。皿洗いのアルバイトじゃ家族を食わせられない。大事なのは家族を養い、幸せにすることだ。金がなければそれは叶わない、金がなければ、金が――

**特注品を作ってもらいたい。ちょっと変わった依頼になるが、陶器《ラ・セラミカ》、おまえなら問題なくこなせるだろう。**

調理師《エル・コシネーロ》からそんな電話がかかってきた翌日の午後、特注品の材料が工房に持ちこまれた。プロパンガスの販売業者の男がトラックに積んだ改造ボンベの空洞に入れてきたのは、本物の髑髏だった。

パブロには医学の知識はなかったが、ナイフの柄《ハンドル》にする牛の脛骨《けいこつ》をいくつも加工した経験があった。指で触れる骨の感触で、運ばれてきたのが作り物ではない人間の頭蓋骨だとわかった。

どこでどうやって入手したのか。調理師《エル・コシネーロ》に聞いたところで、あの男が教えてくれるとはとても思えなかった。

髑髏は大小二つあり、まだ新しかった。そう遠くない過去に、本人の首とつながっていたはずだった。髑髏とともに特注品の図面が添えてあった。

何を作るにせよ、誰が買うにせよ、およそまともな材料ではないし、こんなものを加工した経験などありはしない――いつかはあの連中に、「覚醒剤《かくせいざい》を売ってこい」とでも命じられるのではないか、そんな懸念を抱いていた自分自身を、パブロはあざ笑った。まだ覚醒剤のほうがましだった。その日にこなす予定だったすべての作業を中止して、たった一人だけの工房で、経路不明の新鮮な二つの髑髏と向き合った。

手をつけずに新聞紙でそっと包み、柄《ハンドル》材の空き箱のなかに収めた。工房の明かりを消し、外に出て、ドアに鍵《かぎ》をかけた。平屋の外壁に取りつけられたRiverport Metalの看板をしばらく見上げた。工房の名称は買収時に引き継がれたもので、登記上の社名は〈有限会社川崎リバーポートメタル〉といった。

港へ向かって歩きながら、ワイヤレスのヘッドホンを耳につけて音楽を聞いた。川崎区の家電量販店で買ったMP3プレイヤーに入っている曲は、テキサス・ブルースばかりだった。超一流のナイフメイカー、ブライアン・トレドが自分の工房でそればかりを聞いていた。

ブライアンに「コーヒーは豆から挽いて淹れろ」と言われてきたパブロは、普段は缶コーヒーを絶対に飲まなかったが、この日は自販機で買って飲みながら歩いた。味など気にしなかった。製鉄所の煙を眺め、海を眺め、鷗《かもめ》を眺め、行き交うコンテナ船を眺めた。スマートフォンに保存した妻と娘の写真も眺めた。家族の顔を調理師《エル・コシネーロ》に見られたことが、今となっては致命的な失敗のように感じられた。何てことだ、とパブロは海に向かってつぶやいた。

この依頼は断るしかなかった。硬いスチール缶をへこませるほど強く握りしめて、パブロは工房へ歩きだした。戻って電話をかけるつもりでいた。そして調理師《エル・コシネーロ》にこう言わなくてはならない。できない《ノ・プエド》、と。自分に言い聞かせるように、何度も口にした。でき《ノ・》ない《プエド》、できない《ノ・プエド》。


**遅かったな。**


ドアの鍵を開けて工房に入ると、男のスペイン語が聞こえた。

暗がりのなかで作業台の椅子に座っているのは、調理師《エル・コシネーロ》だった。紙巻煙草を吸いながら、パブロが箱に収めたはずの二つの髑髏を作業台に並べて見つめていた。

「少しは頭を整理できたか？」と調理師《エル・コシネーロ》は言った。

パブロはだまって明かりをつけ、缶コーヒーのスチール缶をごみ箱に放った。それから窓の外を眺めた。花の散った桜の枝が風にゆれていた。「調理師《エル・コシネーロ》、悪いがおれは――」

「『金を稼げるのなら手段を選ばない』」バルミロ・カサソラはパブロの言葉をさえぎって言った。「臆面《おくめん》もなくそう言いきる人間は、どこでだろうと見つけられる。どんな国でも、どんな町でもだ。地域の犯罪発生率が低いからといって、住んでいるのは善人だけなのか？　もちろんそうじゃない。だが、『金を稼げるのなら手段を選ばない』と言いきる奴が、『邪魔者はみな殺しにする』と宣言するかといえば、それはまた別の話だ。強がって本当に殺したところで、せいぜい一人か二人やって終わりだ。お祭り騒ぎのように十人殺したとしても、刑務所に入っちゃ意味がないしな。普通の奴らは、殺人の技術をよく知らない。それでも『金を稼げるのなら手段を選ばない』という結論、その単純な信念には、平然と到達するのさ。洟垂《はなた》れの大学生でもだ。その信念こそが『邪魔者はみな殺しにする』と同じ意味なのだとは気づきもしない。だが同じことなんだよ。それが資本主義というものだ。いいか、陶器《ラ・セラミカ》。おまえはこの髑髏を加工する。ほかに道はない。頭のてっぺんを金属のヤスリで削り、目の細かいサンドペーパーで磨き、器の形に近づける。そうすればこいつは、広いアジアのどこかで高く売れる。それ以上のことをおまえが知る必要はない。陶器《ラ・セラミカ》、ここで金を稼げ。車も欲しいだろう？　服も必要だ。娘の学費だっている。ときどき怖ろしい夢にうなされて、真夜中に目を覚ますことがあるかもしれない。だが、それがどうしたっていうんだ？　それは妻と娘が飢え死にする悪夢よりひどいことなのか？　おまえは、かつての貧しさには戻りたくない。貧しさは邪魔者だ。そして邪魔者はみな殺しにしなければ、必ずまた戻ってくる。今のおまえはこの工房の責任者だ。どんな言葉を話そうが、どんな肌の色を、どんな瞳《ひとみ》の色をしていようが、おれたちの仕事に向いている奴は、ひと目見ればわかる。陶器《ラ・セラミカ》、パブロ・ロブレド、おまえはおれが選んだ男だ。いいか？　**おれたちは家族《ソモス・ファミリア》だ**。それ以外のことは考えるな。どうしても考えてしまうようなら、さっきみたいに港まで散歩して、頭の中身を海に捨ててくるんだな」

## 30

### cempöhualli-huan-mahtlactli

**チャターラ。**

伊川徹《いがわとおる》がバルミロ・カサソラに与えられた通称は、スペイン語の〈スクラップ《ラ・チャターラ》〉だったが、いつのまにか定冠詞のLaが省かれ、家族《ファミリア》にはチャターラとだけ呼ばれるようになった。

三十一歳、身長百七十八センチ、体重百五十四キロ、一見すると気の優しい肥満体の男に映ったが、その肉体に怖るべき力を秘めていた。ノーギアのベンチプレスで二百九十キロ、ワンハンドアームカールで、左右どちらの腕でも百五キロを挙げられる。

ベンチプレスの重量も尋常ではなかったが、すさまじいのは百五キロのワンハンドアームカールをこなせることだった。片手でそれだけの重さを挙げるのは、巨漢の力士やプロレスラーでもまず不可能なことで、可能な人間は世界中を探しても容易には見つからないはずだった。握力は百六十キロを超えていて、ようするにチャターラは、アームレスリング重量級世界王者に匹敵する、もしくはそれ以上の腕っぷしを誇っていた。

川崎市中原区の自動車解体場《ヤード》で働くチャターラは、文字どおりのスクラップ《ラ・チャターラ》を再利用して、雑草の生えた敷地の片隅に自分だけのトレーニング設備をそろえていた。

乗用車の古タイヤとドライブシャフトを組み合わせてバーベルを作り、リクライニングシートの残骸《ざんがい》でベンチプレスの台を作り、廃車にされたトラックのキャビンに二本の鉄パイプを溶接して、背筋力と脚力を強化するマシンに改造した。

どの器具も実用的だったが、スクラップ《ラ・チャターラ》の塊《かたまり》であることには変わらなかった。もともとディストピア的な光景が広がっている自動車解体場《ヤード》の片隅は、チャターラ自作のトレーニング設備のせいで、より荒廃した眺めになっていた。それは途上国の郊外にあるような野ざらしの手作りジムを思わせた。

自動車解体場《ヤード》で分別された車の部品は、鋼鉄製コンテナに収められ、川崎港を出るコンテナ船に積まれて海を渡り、一部はロシアに、大部分は東南アジア全域のマーケットに届けられる。

出荷前の部品が盗まれればビジネスは成り立たない。自動車解体場《ヤード》は鋼板《シートスティール》の壁と有刺鉄線で囲まれ、複数の監視カメラが侵入者を見張っていた。鳥類を追い払う名目で、有刺鉄線に電流を流している箇所さえあった。

外からは様子の見えない閉ざされた空間は、たやすく犯罪の温床になる。中原区の自動車解体場《ヤード》は、いつしか暴走族のたまり場になっていた。恐喝、監禁、金を賭《か》けた決闘、さまざまな違法行為の現場あるいは中継地となり、暴走族から噂を聞きつけた半グレのグループが、麻薬売買や売春の取引場所として使うこともあった。

雇われた当初のチャタ―ラは、歳上の立場から、若い不良たちの突発的な喧嘩をいさめる〈用心棒《バウンサー》〉として振る舞っていたが、冷静に仲裁に入ったのはわずか数度で、すぐに圧倒的な暴力性を発揮し、不良たちを屈服させた。自動車解体場《ヤード》のなかで無用なトラブルを起こす暴走族や半グレを容赦なく殴り、持ち上げ、叩きつけ、恫喝《どうかつ》し、必要と思えばさらなる苦痛を与えて罰金を支払わせた。どんな相手でもまったく気にかけなかった。殺してやる、と脅されても愉快そうにただ笑っていた。

自動車解体場《ヤード》を出入りする不良の顔と名前を覚え、動向を把握し、いつのまにか各種の取引を仕切る顔役になったチャタ―ラは、雇用主の社長でさえもコントロールできなかった。

チャタ―ラの獰猛《どうもう》さを目にした不良たちは、心から彼を怖れるようになった。この男に喧嘩を吹っかけようなどと思う人間は正気ではなく、いるとすればそれは覚醒剤中毒者《シャブ中》くらいのものだった。

自動車解体場《ヤード》の社長である宮田は、暴走族や半グレの違法行為に場所を貸し、使用料をもらい、自分でも闇医師の野村からコカインを買っていたが、「暴力団の事業《シノギ》には関わらない」というルールを決めて、それをずっと守ってきた。ヤクザと組んでしまえば、自動車部品の解体と輸出の利益を連中に根こそぎ持っていかれるようになる。暴力団と距離を置いたのは本当に正解だった、宮田は最近そればかりを考えていた。

もしヤクザが一人でも自動車解体場《ヤード》に出入りしていれば、いずれは伊川ともめごとを起こし、そして伊川に半殺しにされるはずだった。十代、二十代の不良どもはおとなしく伊川にしたがっているが、本職の連中はそうはいかないだろう。宮田は思った。組に目をつけられたら、この商売をやっていけなくなる。

宮田正克《まさかつ》は高知県に生まれ、横浜の大学を卒業後に消防士となった。闇医師の野村健二と知り合ったのは、五十四歳のときだった。

当時鶴見《つるみ》の消防署に勤務していた宮田は、横浜市の売人からメタンフェタミンを買って常用していたが、県警薬物銃器対策課の捜査線上に自分の名前が挙がっている情報を知らされて、川崎の野村を訪ね、金を払って全身の血液を入れ替えてもらい、任意の尿検査を白《シロ》で逃れることができた。それからはメタンフェタミンの代わりに野村からコカインを買うようになった。

消防署を早期退職後、車いじりが趣味だった宮田は、川崎市に転居して小さな自動車修理工場を立ち上げた。はじめこそ持ち前の技術を発揮して、修理や改造の依頼をこなしていたが、自動車部品を東南アジアに輸出したほうがよっぽど金になると知って、仕事を切り替え、より広い土地を手に入れて、自動車解体場《ヤード》の社長として再出発した。

ささやかな修理や改造をしていたころとはちがって、人手を増やさなくてはならなかったが、なかなかいい人材に恵まれなかった。雇った若い連中は、トラックのタイヤをガレージの端から端へ転がすだけで息が上がっていた。非力な者ばかりで、見ていると腹が立ち、毎日のように怒鳴りつけた。

殺人罪で仮釈放中の伊川徹を雇い入れた理由は、何よりも単純な腕力にあった。今まで見てきた男たちとは桁《けた》ちがいの力で、大げさに言えば小型の重機を一台購入するような、そんな感覚だった。

法務省の保護観察官にも「人間的に更生している」と言われた伊川は、相撲取りのような丸っこい体つきをしていて、屈託のない笑顔に親しみが持てた。

伊川が人を殺《あや》めた原因は、上司のひどいパワーハラスメントにあると聞いていた。ある意味で伊川は犠牲者でもあった。消すことのできない過去を乗り越えようと本人も努力していた。罪状を知らなければ、〈気は優しくて力持ち〉という言葉にふさわしい男、それが宮田の抱いた伊川の印象だった。

伊川は〈ディッキーズ〉のサファリハットを必ず頭に載せて自動車解体場《ヤード》に出勤してきた。カーキとグリーンの二色を持っていた。

「子供のころに負った火傷《やけど》を隠したい」と言って、伊川はいつもサファリハットをかぶり、人前では決して脱ごうとしなかった。

横浜市中区《なか》で育った伊川は、生活保護を受けている父親に虐待される日々をすごしてきた。父親はアルコール中毒で、息子を殴り、紙巻煙草の火を頭に押しつけた。それが何度もつづいたせいで、伊川の頭のところどころから髪が抜け落ち、まだら模様になった。

伊川は父親を殺そうとたくらんでいたが、実行する前に父親は精神科病院に送られた。その半年後にアルコール中毒がもたらした脳の萎縮《いしゅく》が原因で死んだ。別の男と再婚していた伊川の母親は、父親の葬式に現れなかった。

宮田にとっては、伊川は外まわりの営業をするわけでもなく、自動車解体場《ヤード》で働いて汗を流してもらうだけで、帽子の着用など何の問題にもならなかった。

宮田は新品の横浜ＤｅＮＡベイスターズの野球帽をプレゼントしてやったことがあったが、伊川は一度もかぶらずにずっと事務所に置いていた。

サファリハットをかぶった伊川を、宮田は油圧式ジャッキでリフトした廃車の前に連れて行き、いくつもの工具を使用する〈解体事前作業〉を一から教えこんだ。解体用のパワーショベルを使った〈機械解体〉も覚えさせた。伊川は重機の免許を持っていなかったが、ここで覚えてから取得すれば済むことだった。

いくぶん性格に粗野な面があるにせよ、飲みこみが早く、休憩時間以外に休んだりもしない。何よりも伊川は宮田に懐《なつ》いていた。

宮田は故郷の高知で土佐《とさ》闘犬を飼っていた父親を思いだし、同じ血が自分に流れているのを感じた。殺人の罪を犯して仮釈放中の伊川徹、怖ろしいまでの腕力に恵まれたその男を、闘犬のように飼い慣らせるのは自分しかいない、と思った。独身で家庭を持たなかった宮田は、伊川を本当の息子同様にあつかった。

四ヵ月も経つころには、宮田は伊川をすっかり怖れ、怪物を雇ってしまったことをひたすら後悔し、「人間的に更生している」などという戯言《たわごと》を口にした法務省の保護観察官を呪った。

自動車解体場《ヤード》には東京都や他県で盗難された車両が運びこまれる場合も多かった。車を盗むのは個人ではなく複数で活動する窃盗グループで、商談のほとんどをメールやSNSで済ませるような、迅速なビジネスに徹した集団もいれば、事務所にやってきて居座り、ヤクザまがいの恫喝をして、できるだけ高く買い取らせようとする古いタイプの者たちもいた。

その日、朝から夕方まで二階の事務所に居座った車両窃盗グループのリーダーに、伊川が声をかけた。「おれの乗ってるシボレーを見ませんか?」

伊川は一階のガレージへリーダーを誘いだし、スパナで殴り殺した。ついてきたその部下の腹には、先端をグラインダーで研いだ鉄パイプを突き刺して貫通させた。

いつまで待っても窃盗グループの二人が戻ってこないので、不審に思った宮田が伊川に尋ねると、伊川は無表情でこう答えた。「あいつらはもういないですよ」

　宮田が真相を知ったのは翌朝だった。

　自動車解体場《ヤード》に出勤してきた宮田は、敷地の隅でドラム缶を火にかけている伊川の姿に気づいた。伊川はガスマスクを装着して、廃車のドライブシャフトを握り、煮えたぎる液体をかき混ぜていた。いつものようにサファリハットをかぶって、キャンプ場で大人数用の料理でも作っているように見えた。

「何をやってるんだ？」と宮田は言った。

「攪拌《かくはん》です」と伊川が答えた。「あんまり近づかないほうがいいですよ。ガスが出てるから」

「攪拌――何をだ？」

「苛性《かせい》ソーダと熱湯と人体ですよ」と伊川は言った。「きのうの二人をどろどろに溶かしているんです。こいつらたかが車泥棒のくせに、ごちゃごちゃうるさかったですからね。服と靴はそこに置いてあります。あとで回収業者に渡しますよ。どっちも東南アジアで売れますから」

　宮田は絶句して、ドラム缶のなかで沸騰している液体の渦を見つめた。

　頭上で鴉《からす》が鳴いた。伊川は晴れた空を見上げ、疲れを取るように首を左右に曲げて、ドライブシャフトを手放した。それから数歩あとずさりしてガスマスクを外し、紙巻煙草を吸いはじめた。「もうずいぶん煮てるんですがね」と言った。「この方法だと歯だけ残るんですよ。前のときは、最後にプレス機でつぶしました」

「前のときって、おまえ――」

伊川は宮田を見て笑い、煙を吐きだして言った。「通報しますか？　別にいいですよ。でも刑務所に送り返される前に、社長、おれはあんたを殺しますよ。ついでに社長の友だちも。家もわかってますしね。やると決めたらやります。もちろん何の恨みもないですよ。おれはただ殺すだけですから。そうだ社長、先週は消防のＯＢ会のバーベキューに呼んでいただいて、どうもありがとうございました。ごちそうになりました。地《じ》ビールもうまかったですよ」

二人の人間を殺しておいて平然としていられる神経、良心の呵責《かしゃく》のなさ、伊川はまるで更生などしていなかった。気のいい男を演じていたにすぎなかった。伊川にとって他人は好きなように狩れる獲物だった。

自動車解体場《ヤード》で人を殺し、苛性ソーダ入りのドラム缶で死体を溶かし、その事実を隠しもせずに、社長である自分に告げる――何もかも狂っていた。宮田は伊川の暴力性に打ちのめされた。伊川の罪を通報することも、解雇することもできなかった。誰が主導権《イニシアティブ》を握っているのか、液体の煮えたぎるドラム缶の前で明らかになった。

宮田の耳に伊川の声がこびりついて、いつまでも離れなかった。

おれはただ殺すだけですから。

伊川徹はかつて、横浜市にある映像制作会社のカメラマンとして働いていた。その職場を去ったあとの十一年間——川崎市中原区の自動車解体場《ヤード》に雇われるまでの空白期間——は殺人罪で服役した年月だった。

高校を中退して、映像制作会社の契約社員となった伊川は、すぐに撮影の見習いをはじめた。ローカル放送局の下請けで成り立っている会社で、報道番組の素材を用意することが多かった。

交通事故や火災の発生を聞きつけると、多忙な放送局のカメラマンの代わりに車を飛ばして、現場に向かう。速度違反、無線傍受、住居不法侵入、捕まらないかぎりはどんな手を使ってでも「画《え》を撮ってくる」のが下請けの役目だった。

写真週刊誌並みのメンタリティーだったが、どの社員も自分たちのことをアメリカの〈ストリンガー〉に似ている、と思っていた。ニュース番組に事件や事故の映像を売る独立したカメラマンのことで、多くはチームを組んで夜間に活動する。だが彼らは一つの映像ごとに放送局と交渉し、買い取ってもらえなければ、別のチャンネルに持ちこむ。一社と独占契約を結び、半年ごとの更新をおこなう伊川の会社とは、その点で大きく異なっていた。

ストリンガーはフリーだが、伊川の会社は下請けだった。そしてテレビ業界での下請けは、どれだけひどくあつかわれても文句を言えない立場にあった。迫力に欠ける画を持っていくとディレクターに罵倒《ばとう》され、灰皿や飲みかけの缶コーヒーを投げつけられた。献上する収穫物が少なければ、当然契約を打ち切られた。

「切られそうだったら、ぶん殴られてこい。それで更新できる」というのが伊川の会社での決まり文句だった。下請けの人間はディレクターという人種のストレスの受け皿にすぎない。生き残るためには、ピラミッドの階層構造を理解する以外に道はない。

〈映像戦略部〉の大げさな肩書きの名刺を持ったチーフカメラマンとともに、新人の伊川はビデオカメラを抱えて、神奈川県一帯を駆けまわった。

テレビ番組にも業界にも、じつはまるで興味のない伊川だったが、交通事故の現場を見るのは好きだった。派手で、凄惨《せいさん》であればあるほどよかった。電柱に激突し原形をとどめないほどつぶれた車、近づいてくるサイレンの音、レスキュー隊が車体を切断して外に引きずりだす重傷者、その重傷者がストレッチャーで搬送されていく様子、それらをアスファルトに散らばったフロントガラスの破片を踏みしめながら眺めるのは、何よりも楽しかった。

左折しようとした大型トラックに轢《ひ》かれた老婆の死体を見ていたとき、伊川は激しい空腹を感じて、コンビニエンスストアでパンを買い、また事故現場に戻ってきて、食べながら眺めた。それ以来、事故現場で何かを食べるのが習慣になった。

交通事故現場を、誰でもたやすく手に入るスマートフォンのカメラ機能ではなく、プロ仕様の高額のビデオカメラで、しかも〈報道〉の腕章をつけて堂々と撮影できるのは、伊川にはうってつけの職業だった。

会社のビデオカメラで事故現場を撮りながら、伊川はいつでも笑みを浮かべていた。そのときは必ず右目を閉じた。利き目の左目でレンズをのぞき、右目を閉じていると、頬がゆがむので、笑っていることを周囲に悟られなかった。

ニュース番組での放送時には編集でモザイクを入れられている血液、重傷者の苦痛に満ちた顔、そして死体の顔。それらに現場でレンズを向けている興奮は何ものにも代えがたかった。おまけに給料までくれる。定休もなく、残業代もつかず、新入りがつぎつぎとやめていく仕事だったが、悪くはなかった。

先輩にどれほど叱られようが平気だったし、局のディレクターに暴力を振るわれても、むしろ相手の攻撃の非力さに同情したほどだった。

だが、たった一人、がまんできない相手がいた。

会社のチーフカメラマンは、伊川が事故現場でパンやおにぎりをむしゃむしゃと食う姿勢について、しつこく注意してきた。「食うな」と怒鳴ってくる。パンを取り上げようとしてきたこともあった。

伊川の認識のなかでは、それこそがパワーハラスメントにほかならなかった。食事の権利を奪われる。伊川は思った。

**ごちゃごちゃうるさい奴だ。**

二〇〇六年五月二十二日、その日はよりによって伊川の二十歳の誕生日だった。午後十時、鶴見川近くの綱島街道《つなしまかいどう》で大型トラックと乗用車の衝突事故が発生し、会社で消防無線を傍受していた伊川は、チーフカメラマンとともに現場の撮影に向かった。社用車のSUV、三菱アウトランダーを運転する伊川は、法定速度以上のスピードを出し、クラクションを鳴らし、無謀な追い越しを何度もくり返した。見かねた助手席のチーフカメラマンが伊川の運転をとがめ、二人は口論になった。
やがて伊川は大きなため息をついた。

**今日は腹減ってるから、おれ、機嫌が悪いんですよ。**

そう言ってハザードランプを点灯させると、伊川はアウトランダーを国道の路肩に寄せた。エンジンは切らなかった。
カーキ色のサファリハットを脱いでダッシュボードの上に置いた。傷だらけの頭があらわになった。それから自分のシートベルトを外し、さりげなく肩を組むようにして、チーフカメラマンの首に左手をかけた。右手ですばやく相手のシートベルトのロックを解除すると、チーフカメラマンの首をつかんだ左手に力を込めて、その顔面を助手席のグローブボックスに思いきり叩きつけた。

ビルの外壁からコンクリート片が落ちてきたような音がした。衝撃で車体がゆさぶられ、つぎの瞬間、助手席のエアバッグがふくらんだ。

伊川は笑い声を上げた。大声で笑いつづけた。グローブボックスに叩きつけられたチーフカメラマンは、エアバッグに顔をうずめたままうごかなかった。

膨張したエアバッグを三脚調整用のマイナスドライバーで切り裂いた伊川は、チーフカメラマンの体を起こし、シートベルトで助手席に固定した。そして綱島街道の交通事故現場に向かい、ビデオカメラを抱えて車を降り、〈報道〉の腕章をつけて、いつものようにじっくりと撮影した。

腹が減っていた。帰社の途中でコンビニエンスストアに立ち寄り、死んだチーフカメラマンの財布の金で、焼きそばパンを四つ、チキンカツ弁当を二つ、エナジードリンクの缶を三本買った。

何ごともなかった顔をして会社に戻った伊川は、事故映像の編集作業に取りかかった。別の事故現場を撮影して午前三時すぎに戻ってきた社員が、駐車場のアウトランダーの車内で眠っているチーフカメラマンに目を留めた。額の形がおかしかった。影のせいで奇妙に見えるのかと思ったが、そうではなかった。

深夜の社内が騒がしくなった。ある社員が編集室にいる伊川に声をかけた。

「おまえ、アウトランダーで現場に行ったよな?」社員の声は震えていた。「駐車場のあれ、何だ?」

伊川は編集作業を終えて、バイク便で素材を送ったあとだった。伊川は笑いながら答えた。「見ました? 見てのとおり交通事故ですよ」

開放性頭蓋骨陥没骨折、脳挫傷《ざしょう》、頸椎脱臼《けいついだっきゅう》骨折、グローブボックスのカバーがゆがみ、すさまじい衝撃で開けられなくなっていた。

検視の結果、チーフカメラマンは即死していた。人間が人間の頭をグローブボックスに叩きつけ、その衝撃で殺されたばかりか、エアバッグまで作動したというケースは、神奈川県警の過去の記録にも前例がなかった。

伊川徹の存在は、この男が懲役についたころには世間から忘れ去られていた。上司を一人殴打して殺しただけで、とくに刺激的な話もない。

この男が信じがたい腕力で相手の頭をグローブボックスに叩きつけてエアバッグを作動させたことや、死体を乗せたその車で交通事故現場に向かい、堂々と撮影をしていたことなどは、放送局上層部の根まわしで表沙汰にされなかった。放送局は、伊川が殺人を犯した日、彼が撮影編集した交通事故映像をニュース番組で流してしまっていた。その批判をかわすために、事件の詳細は伏せられなくてはならなかった。

殺人は言うまでもなく、死体を乗せた車で仕事をつづけた行為が重く見られ、伊川に下された刑期は十七年だったが、受刑者としての態度は優秀だった。心にもない後悔を巧みに語り、ノートに書き記し、刑務官の高い評価を得て、二〇一七年五月三十一日、十一年の服役を終えて仮釈放された。

社会復帰した伊川は、新しい職場、分解された部品の山積する自動車解体場《ヤード》の眺めを気に入っていた。パワーショベルを操作して廃車を解体する作業にも慣れ、重機免許を正式に取得する試験勉強にも積極的に取り組んだ。

調理師《エル・コシネーロ》と名乗るペルー人が自動車解体場《ヤード》に現れたのは、二〇一八年の冬だった。ペルー人は蜘蛛《ラバ・ラバ》という冗談のようなあだ名の日本人を連れていた。その男がスペイン語しか話さないペルー人の通訳を務めた。

伊川の考えつく相手の用件は、何らかの報復だった。川崎に出稼ぎに来ているペルー人は多い。しかし、そのうちの誰かをぶちのめした記憶はなかった。

調理師《エル・コシネーロ》は目だけをのぞかせて、顔のほとんどを黒いバンダナで覆っていた。ふざけた奴だ、と伊川は思った。

丸太のような太い左腕を伸ばして、伊川はペルー人の顔からバンダナを剝ぎ取ろうとした。ペルー人はその場をうごかずに、じっと伊川を見つめていた。何か異様な気配を察して、伊川はバンダナを剝ぎ取るのを思いとどまった。

伊川は眉をひそめた。これまでに見たことのないまなざしと雰囲気だった。刑務所には外国人犯罪者も多くいたが、この男のような迫力を持つ者はいなかった。

「おまえの経歴が気に入ったよ」蜘蛛《ラバ・ラバ》が調理師《エル・コシネーロ》の言葉を訳した。「エアバッグの話は最高だったな」

伊川は二人の腹を探るために、雑談しながらガレージへ案内した。一九七七年型のシボレー・シェベルSSワゴンが置かれているガレージは、伊川が暴力を振るうときに気に入っている場所で、同時にリラックスでき、頭がよく回る場所でもあった。

三人の男は手入れの行き届いたビンテージカーを眺めた。

「いい車だ」蜘蛛《ラバ・ラバ》が調理師《エル・コシネーロ》の言葉を伝えた。

ペルー人もアメリカ車にくわしかった。伊川とひとしきりの車談議を終えたところで、ようやく本題を切りだした。

何かと思って伊川が聞いてみれば、その内容は子犬の世話の依頼だった。蜘蛛《ラバ・ラバ》が訳した日本語を耳にした伊川は、それが自分の知らない犯罪の隠語を指しているのかと思ったが、そうではなかった。

本当に子犬の世話だった。

拍子抜けした伊川は、声を上げて笑いだした。涙を浮かべて笑った。伊川のほかには誰も笑わなかった。

「誰に話を聞いてここに来た？」と伊川が言った。「何でおれが子犬の面倒を見なきゃならないんだよ」

「その辺にいる犬じゃない。危険な犬だ」と蜘蛛《ラバ・ラバ》が言った。

「ピットブルか」

「ピットブルはあいつの相手にならない」

「でかいってことか？　そういや、たしかうちの社長の実家で土佐闘犬を飼ってたな」

「成犬になれば、それよりもずっと強いだろうな。ピューマさえも咬《か》み殺す世界最強の猟犬だよ」

「何でもいいが、おれじゃなくて社長に頼め。おれは犬なんか飼ったことがない」

「おまえが世話をするんだ。スクラップ《ラ・チャタ－ラ》、子犬のボスになれ」

「チャターラって何だ」

「おまえのことだよ。おれたちはおまえをスクラップ《ラ・チャタ－ラ》と呼ぶ」

「何だそりゃ？　何のことだ？　おまえら何なんだ？　からかってるのか？」

「仕事の依頼だ。最初からそう言っている。スクラップ《ラ・チャタ－ラ》、預けた子犬に名前をつけて餌をやってくれ。金は払う。前金もやるよ」

「用はそれだけか？」

「それだけだ」

アルゼンチン産のドゴ・アルヘンティーノ。その犬種の名をはじめて聞かされた伊川は、二人の乗ってきたジープ・ラングラーから降りてくる白く大きな犬を眺め、あとについてくるはずの子犬を探したが、子犬はどこにもいなかった。その犬が子犬だった。トレーナーのように調教するのでもなく、ただ肉を食わせて体を大きくしてやる。それだけでペルー人にいい金をもらえる。

自動車解体場《ヤード》に置きざりにされたドゴ・アルヘンティーノの雄の子犬の力には、すでに並外れたものがあった。伊川は子犬に革の首輪をはめ、土に深く突き刺したドライブシャフトにリードでつなぎ留めた。

奇妙な仕事がはじまった。朝夕の敷地内の散歩。骨つき牛肉の塊を鼻先に放り投げる。子犬はチャターラに懐いた。

預かって一ヵ月がすぎるころには、体重は二十五キロを超えた。筋肉の隆起が猟犬の血を物語り、リードの材質は以前のナイロンから鉄の鎖に変わっていた。

名前をつけろ、と調理師《エル・コシネーロ》に言われていたチャターラは〈ランエボ〉という名前を考えついた。昔乗っていた三菱ランサーエボリューションの愛称で、車好きのあいだでよく知られていた。

ランエボが骨つき牛肉に食らいつき、骨ごと咬み砕く音を聞くのがチャターラは好きだった。できれば生きた牛を襲わせてやりたかった。アルゼンチンの森でネコ科の猛獣ピューマと戦う姿も一度は目にしたかった。

ランエボは、自分のボスがチャターラだとはっきり認識していた。猟犬らしい二面性を持ち、知らない人間には敵意をむきだしにするが、サファリハットをかぶった太った主人に牙《きば》をむくことはなかった。

チャタ一ラ以外の従業員や、暴走族、半グレの男たちがリードを持とうものなら、暴れるドゴ・アルヘンティーノにたちまち引きずり倒され、土まみれになった。そのとき上にのしかかられた者は、たまらず恐怖の悲鳴を上げた。猟犬が革の口輪をはめていなければ、咬み殺されたはずだった。助けを求めて叫ぶ男たちを見て、チャターラは手を叩いて笑った。

さらにひと月がすぎ、ようやく調理師《エル・コシネーロ》が蜘蛛《ラバ・ラバ》を連れて自動車解体工場《ヤード》にふたたび現れた。何かの紙袋を片手に持っていた。

調理師《エル・コシネーロ》はおもむろに言った。

**あの犬を撃て《ディスパラ・ア・エセ・ペロ》。**

スペイン語をまったく知らなくても、何を言われたのかチャターラには漠然と理解できた。

調理師《エル・コシネーロ》に手渡された紙袋のなかをたしかめた。拳銃《けんじゅう》が入っていた。フィリピンで作られた模造品ではなく、れっきとしたドイツ製のワルサーQ4、銃口にはサイレンサーが取りつけられ、アンダーレイルにはシュアファイア社のフラッシュライトが装着されていた。

**終わったら声をかけろ。ここの事務所にいる。**

蜘蛛《ラバ・ラバ》を通じて調理師《エル・コシネーロ》にそう言われたチャターラは、テストだったのか、と思った。どれほど冷酷になれるのか、育てた犬を殺させて見極めるつもりだったのか？　こいつら、おれを試していやがった。道理で金払いがよかったわけだ。

はじめて手にする拳銃を眺めたチャターラは、今日まで試されていたのは面白くなかったが、不思議とペルー人にそれほど腹を立てていない自分に気づいた。調理師《エル・コシネーロ》は自分と同じ種類の人間だった。寡黙で、用件だけを告げる。チャターラが大嫌いな日本のおしゃべり反社野郎ではなかった。そしてチャターラは、課されたテストにさらなる金と血の臭いを嗅《か》ぎ取った。

何のテストなのかはわからない。それでも、この先に大きな何かが待っているはずだった。

チャターラは、十メートル先で鎖につながれているランエボを見つめた。

殺し屋《シカリオ》という仕事は、コロンビアのスラム街で生まれた。

首都ボゴタの北西約四百キロに位置する都市メデジン、その郊外にあるコムネス地区は、住民の半数近くが悪夢のような貧困にあえいでいる土地だった。そこに暮らす二十代の若者たちが、十代の少年たちを集めて犯罪グループを作った。それが殺し屋《シカリオ》の最初だった。メンバーのなかには八歳の男児もいた。

生まれ落ちた土地で過酷な運命に翻弄《ほんろう》され、あまりにも非情な現実を目の当たりにして育った彼らは、運命の振る舞いと同じように、自分の仲間にたいしても非情さを貫いた。友情や同情は、弱さや甘さでしかなく、生存競争において無意味だった。

犯罪グループに加わりたいと望む者は、リーダーの課すテストに合格し、資質を証明しなければならない。テストにはつぎのようなものがあった。

**自分で育てた小鳥を握りつぶす。もしくは、友だちを撃ち殺す。**

やがて大人たちがコムネス地区の掃きだめから生まれた〈子供の悪党〉の存在に気づく。安い報酬で、さまざまな汚れ仕事をさせるのに適していた。悪人を気取っているだけの大人よりも、彼らはずっと有能だった。

伝説となった麻薬王パブロ・エスコバル、〈メデジン・カルテル〉を率いて裏社会に君臨し、莫大《ばくだい》な富を築き、政財界に影響をもたらしたその王が、少年たちの呪われた能力を最大限に引きだした。

犯罪グループのなかでもとくに凶暴で狡猾《こうかつ》な者が選抜され、メデジン・カルテルの敵を殺害する仕事を請け負った。みずから育てた小鳥を握りつぶし、親友を射殺してきた彼らの非情さは比類がなく、いざとなると重圧に負けてでたらめに引き金を引くような大人の〈殺し屋《ヒットマン》〉の能力をはるかに超えていた。

麻薬王エスコバルを渦の中心とする壮絶な戦争《ゲーラ》のなか、少年たちはさらに深い闇の奥へと足を踏み入れていき、生き残った数少ない者は成長し、大人になり、新たな仕事を請け負った。いつしかスラム育ちの少年だけではなく、メキシコやグアテマラの軍の特殊部隊出身者も殺し屋《シカリオ》に加わるようになった。

カルテルの指示で働く殺し屋《シカリオ》というシステムは、メデジンの外の世界、コロンビアの外の国々へと広がっていった。北はメキシコ、南はブラジル、アルゼンチンまで。

殺し屋《シカリオ》の需要は尽きない。生きた殺人機械である彼らは、麻薬密売人《ナルコ》があらゆる手を使って目的地へコカインを確実に運ぶように、狙った相手のもとへ絶望と死を確実に送り届けた。

## 31

cempöhualli-huan-mahtlactli-huan-cë

帰る家のない少年。

たとえ家があったとしても、家族に引き取りを拒否された少年。

彼らは少年院を出る時期が迫ってくると〈特別調整者〉になる。

特別調整者には住む場所だけではなく、仕事の当てもなければならない。罪を犯した少年を社会に戻すには、支援センターの力を借りたさまざまな調整が必要だった。

両親を殺した罪の重大さ、その反省の欠如、日本語の読解力の低さ、院内で起こした傷害事件などの積み重ねによって、何度も仮退院を延長されてきた土方コシモは、二〇一九年四月になってようやく仮退院を許可されたが、「社会に居場所が存在していない」という理由のため、相模原の更生保護施設に移されたのち、特別調整者としての日々をすごしていた。

コシモは十七歳になっていた。

木工細工で類《たぐ》いまれな技術を発揮するコシモを、「うちで雇いたい」という企業は七社あった。

少年院の仮退院後に前科はつかないが、雇用主は少年の情報を知る権利があり、彼らはコシモの罪状、院内での傷害事件を聞くと、瞬時に態度を変えた。

それでも「土方君を雇ってもいい」と言ってくれる塗装会社の社長が現れ、その社長と更生保護施設とのあいだで話し合いが進み、一度はコシモの仮退院日が決まった。施設の職員たちは胸を撫で下ろしたが、先方の反応が少しずつ変わってきたことに気づき、嫌な予感を抱いた。

職員たちの予感は的中し、塗装会社の社長は「社員の理解が得られず、少年の雇用は困難になった」と告げてきた。

仮退院に備えて、最低限の日用品を小さなショルダーバッグにまとめていたコシモは、ふたたびバッグの中身を取りだし、机にきれいに並べて、ショルダーバッグを職員に返却した。

仮退院が突然取り消された少年は、通常、職員にとって注意すべき人物となる。更生保護施設の外に出られるはずが、また閉じこめられてしまう。誰でも自暴自棄になる。だがコシモは暴れもせず、わめきもしなかった。畳の上で長い手足を伸ばして、無言で天井を見つめていた。

起床、点呼、いつもの朝。目覚めたコシモは考えた。おれにはいくところがない。いくところがないと、ここをでられない。

**おまえはたぶん、このまま刑務所行きだよ。**

コシモより先に仮退院していく少年が、食堂の隣の席でそう言った。その少年は朝食を食べてから、一時間後に更生保護施設を出る予定になっていた。コシモは少年の顔を見下ろした。少年は真剣な表情で、嫌がらせを言ったようには見えなかった。幼さの残るその顔にはコシモにたいする憐《あわ》れみがあった。

朝食を終えると、午前中に運動の時間があり、午後には貯蓄の授業と、職業能力開発訓練があった。少年院とよく似た一日がすぎていった。

工作室で電動のこぎりを使い、一枚の板《ボード》から器用に蜥蜴《とかげ》の形を切りだしているコシモの前に、書類を抱えた職員が立った。「土方君、ちょっと来なさい」と職員は言った。

事務室の椅子にコシモが座ると、職員は話を切りだした。「きみを面接したいという相手が、急に見つかりました。川崎市でアクセサリーやナイフを作っている工房で、ナイフのほうはコレクターのための鑑賞用だそうです。鑑賞用――わかりますか？」

コシモは首を横に振った。

「道具として使うよりは」と職員は言った。「美しさを眺めて楽しむものです」

「それは、かざり、ですか」

「そうですね」

「きれないナイフですか」

「どうでしょう――」と職員は首を傾げた。「切れるけれど、何かを切ったりすることには使わないんだと思いますよ。土方君、きみは院内の教科でもいろんな刃物を安全にあつかえたし、この施設でもきちんとやってますよね。手先が器用だから、工房の仕事は向いていると思います。場所は川崎区の小田栄《おださかえ》、港に近いところです。こちらの面接を受ける意思は、土方君にありますか？」

しばらくぼんやりしていたコシモは、小さくうなずいた。

「返事は？」と職員が訊いた。

「はい」

「わかりました。面接に来られる人は、工房の職人さんではなくて、きみの就職に協力してくださっているＮＰＯの関係者です」

「――エヌピーオー。なんですか、それ」

「特定非営利活動法人というのですが、お金儲けを目的としない団体と思ってもらえばよろしいでしょう。〈かがやくこども〉という団体の、宇野矢鈴さんという女性が、近日中にうちの施設に来られます。面接をがんばりなさい。期待していますよ。工房の近くに、寮として借りている部屋があるそうですから、住む場所にも困りませんしね」

一週間後、はじめから採用が決まっていたような奇妙な面接に合格したのち、更生保護施設の職員につき添われて廊下を歩き、コシモは固く閉ざされていたドアの外へ出た。中庭でも、運動場でもない、本物の外。条件つきとはいえ、そこには自由が待っていた。しかしコシモの胸には、特別な感情と呼べるものは湧いてこなかった。

空はよく晴れて、光のなかに蟬の声が降り注いでいた。

二〇一九年七月三十一日、水曜日。

相模原市の第二種少年院から移ってきて、三ヵ月をすごした更生保護施設、その職員たちに、短く髪を刈りこんだ頭を下げて別れを告げ、コシモは背を向けて歩きだした。

十七歳の少年の前に、白のトヨタ・アルファードが停まっていた。

フロントドアを背にして立っている女がコシモを見た。

コシモは更生保護施設に二度面会にやってきた彼女の名前をつぶやいた。うのさん。うのやすず。エヌピーオー。かがやくこども。

誰かが迎えに来てくれるという状況は、コシモにとってはじめてのことだった。

矢鈴は伸ばした黒髪をコーンロウに編み上げていた。夏の気温にもかまわずに革のライダースジャケットをTシャツの上に羽織り、黒光りする革は日射しを浴びて青みがかった光沢を放っていた。

「やっと出てこられて」と矢鈴はコシモに言った。「いろいろ行きたい場所もあるでしょうけれど——」

ミネラルウォーターのペットボトルを矢鈴はコシモに差しだした。

ペットボトルを受け取ったコシモは、自分の行きたい場所があるかどうかを考えた。バスケットボールの試合を観戦した〈とどろきアリーナ〉が浮かんだが、チケット代もないのに行ったところでしかたがない。

「予定どおり、川崎の工房に行くから」と矢鈴は言った。「それでいいね?」

矢鈴は十七歳の少年の顔を見上げた。本当に背の高い少年だった。彼女の乗ってきたアルファードの全高は百九十センチ以上あったが、少年の頭はそれよりも高い位置にあった。

コシモは頭を低くして助手席に乗りこみ、とまどいながらシートベルトを着けた。いわゆる〈普通の車〉に乗った経験がなく、逮捕されたときはパトカーなのでシートベルトを着けなかったし、第二種少年院から更生保護施設に移ったときは専用のマイクロバスだったので、座席にシートベルトそのものがなかった。

信号が赤に変わり、矢鈴はアルファードのブレーキペダルを踏んだ。視線を前に向けたまま、彼女はコシモに話しかけた。「工房の名前、ちゃんと覚えてる?」

「はい」コシモはうなずいて、ゆっくりと言った。「ゆうげん、がいしゃ——かわさき、リバー、ポート——メタル」

「ぎりぎり覚えてるって感じね」矢鈴は苦笑した。「字で書ける？」

コシモは書けると思ったが、〈有限〉の二文字を考えるうちにわけがわからなくなり、あきらめて首を横に振った。それからは口を閉ざして、何も言わなくなった。

彼を傷つけたかもしれない。ハンドルを握った矢鈴は不安になった。そして自分を責めた。別に字で書けなくったっていいのに、何で私はあんな質問を――


アルファードは国道16号線に出て、ひたすら直進した。

コシモはフロントガラス越しの眺めに目を奪われ、めまいに襲われた。何もかもがあまりにも真っすぐで、夢を見ている気分になった。意識がどこかへ吸いこまれそうだった。こんな光景は、少年院や更生保護施設にはない。

「もしかして酔った？」と矢鈴が訊く。

コシモは答えずに、じっと前を見ている。

「窓開ける？」

その問いにコシモは無言でうなずく。

矢鈴がボタンを操作して、助手席側のパワーウインドウを下げると、エアコンの効いた車内に七月最後の朝の熱風が入ってくる。矢鈴はコシモの横顔に目を向ける。口を利かないが、落ち着きを取り戻したように見える。シェルターで保護している無戸籍の子供たちを思いだす。あれぐらいの年齢の子供と接しているような感覚になる。風を浴びているコシモを見て矢鈴は思う。体は大きいが心は子供だ。十七歳よりずっと幼い。

アルファードが歩道橋の下を通りすぎたとき、ふいに矢鈴が言う。「そう言えば、私の名前――」

「うのさん。やすず。おぼえてます」とコシモは言う。

「ありがとう」と言って矢鈴は微笑む。「その名前とは別にあだ名があるんだよ。これから行く工房の職人さんも、私をそのあだ名で呼ぶんだけれど」

「あだな――」

「マリナルっていう――」

「マリナ――」

「マ、リ、ナ、ル」矢鈴は一語ずつ区切って言う。「最初はもっと長かったんだよ。マリナルショチトルっていうの。長すぎておかしいでしょ？　宇野矢鈴と何の関係もないし」

「――なにごですか」

「わかんない」

「――どういういみなんですか」

「意味、それもわかんないんだ」と言って矢鈴は笑った。「ＮＰＯの仲間が考えて、私につけてくれたんだけれど、ちょっと変だよね」

コシモは光り輝く雲を横切る鳥の影を見上げながら、ペットボトルのミネラルウォーターを飲んだ。それから小声で矢鈴の風変わりなあだ名をつぶやいた。

**マリナルショチトル。**

その通称を崔岩寺のシェルターで矢鈴に与えたのは夏《シア》だった。もちろん自分で考えたのではなく、調理師《エル・コシネーロ》に言われたことを伝えたにすぎなかった。

「中国語ですか？」と矢鈴に訊かれたが、夏《シア》は何も答えなかった。

マリナルはマリナリ、〈草〉のことで、ショチトルは〈花〉のことだった。ナワトル語、アステカの歴史に残る呪術師《じゅじゅつし》の名前、人間の女の姿をしているが、その正体は戦争の神ウィツィロポチトリの妹だとされていた。語り継がれる彼女《マリナルショチトル》の名は、メキシコシティ南西の町〈マリナルコ〉の語源にもなっていた。

ハンドルを握る矢鈴は、助手席のコシモが指先でつまんでいる水色の歯車のようなものが気になった。プラスチックでできているように見えた。いったいどこから出てきたのか。施設を出るときから持っていたのだろうか。

空になったミネラルウォーターのペットボトルが、コシモの側のドリンクホルダーに収まっていた。しかしプラスチックのキャップがなかった。矢鈴はキャップの色を思いだした。水色。

「もしかして、それ」信号待ちのあいだに矢鈴は尋ねた。「あなたの手に持ってるやつ、ペ、ッ、ト、ボ、ト、ル、の、キ、ャ、ッ、プ、だったの？」

コシモはうなずいた。

「ちょっと見せて」矢鈴はコシモからキャップを受け取り、目を丸くした。ブリッジの部分が押しつぶされ、放射状に裂ける形で、全体はカジノのチップのように完全に平らになっていた。「どうやったの？」

「ゆび」と答えてコシモは人差し指と親指をうごかしてみせた。

キャップの硬さを自分でたしかめた矢鈴は、コシモのすさまじい指の力に開いた口が塞《ふさ》がらなかった。

信号が青になったのに気づかず、後続車から四度クラクションを鳴らされて、やっと矢鈴はアクセルペダルを踏んだ。そのときもコシモのつぶしたキャップのことを考えていた。


**普通、ペットボトルのキャップって、指の力だけでこんなふうになる？**

工房の屋根は青色のペンキで塗られ、外壁材には赤みがかったカラマツが使われていた。

Riverport Metal の看板が風に吹かれて小刻みにゆれていた。以前のオーナーが趣味で乗っていたカナディアンカヌーは、かつては工房の軒下の鉤《フック》にきちんと吊るされていたが、今では二本のパドルとともに土の上に転がされて、すっかり雨ざらしになっていた。

矢鈴が工房のドアノブに手をかけようとすると、コシモの長い腕が後ろから伸びてきて先にドアを開けた。子供だと思っていたコシモに自分のほうが子供あつかいされたように感じたが、気を遣ってくれたのはうれしかった。

工房のなかはエアコンが効いていて寒いほどだった。

ドアの脇に積み重ねられた段ボール箱の向こうに、赤黒のチェック柄のネルシャツを着た職人の姿が見えた。ゴーグル、あごひげ、作業用エプロン、山小屋の管理人のような風貌《ふうぼう》の男が、機械に向かって金属を削っていた。

「こんにちは」と矢鈴が言った。「例の子を連れてきたんですが」

職人は振り返り、それから機械のモーターを止めて、ゴーグルを外した。

コシモは段ボール箱をまたいで、男の前まで遠慮なく歩み寄り、あいさつもせずに、男が使っていた機械を眺めまわした。少年院の工作室にはなかったものだった。

目を輝かせて機械を見つめる少年の横で、陶器《ラ・セラミカ》——パブロはしばらく無言で立っていた。やがてこう言った。「ベルトグラインダーだ。一台買うのも高いぞ。こいつでナイフの刃《ブレイド》を削りだす」

「ブレイドってなんですか」

パブロは近くにあったフォールディングナイフを手に取り、ロックを解除して開いてみせた。研がれたステンレス鋼が釣れたばかりの鮎《あゆ》のようにきらめいた。

「それをこのきかいで——」とコシモが訊いた。

「基本はな。研ぎは別だ。そこのワークレストを見てみろ。ちょうど440C《ヨンヨンマルシー》から刃《ブレイド》を削りだしているところだ」

「ヨンヨンマル——このせんはなんですか」

「罫書《けが》きだよ。木工と同じさ。そのラインに沿って加工する。おまえも上手なんだって？」

「きんぞくは——やったことないです」

「そりゃそうだ。糸のこじゃ鋼材は切れないしな」

コシモはベルトグラインダーの前を離れようとしなかった。

パブロはふたたびゴーグルをかけて、設計上必要な穴をすでに開けた440C《ヨンヨンマルシー》の鋼材の両端を支え、外形を削りはじめた。火花が散り、木よりもずっと硬い金属の板が、コシモの目の前でなめらかな刃《ブレイド》に生まれ変わっていった。

ベルトグラインダーが停止し、パブロに背中を軽く叩かれたコシモは、そこではじめて機械から視線を上げて相手の顔を見た。

「おれはパブロだ」とパブロは言った。「陶器《ラ・セラミカ》っていうあだ名でも呼ばれているが、こここではパブロでいい。この工房ではな」

ラ・セラミカ？　コシモは思った。マリナルと同じように変な名前だと感じたが、工房を見まわしても、陶器《ラ・セラミカ》と呼べる瓶や皿は一つもなかった。

　コシモはパブロの顔に目を戻して、そのときふいに法務教官の言った言葉を思いだした。


**はじめてあうひとには、あいさつをしなさい。しごとでおせわになるひとには、とくにていねいに、じぶんのなまえをいいなさい。**


　あわててコシモは姿勢をただして、パブロの顔よりはるかに高い位置にある頭を下げると「土方コシモです」と名乗った。

「よろしくな《ムーチョ・グスト》」とパブロはスペイン語で言った。

「パブロ——パブロさんも、にほんとメキシコなんですか」

「おれはペルーと日本だよ。親父がリマで、お袋が那覇の生まれでね。おかげで、おまえと同じようにスペイン語《エスパニョール》が話せる」

　二人の様子を見守っていた矢鈴は、工房の職人が遠慮なく両親の話をしたので驚き、眉をひそめてコシモの表情を観察した。矢鈴の心配をよそに、コシモは何とも思っていないようだった。

「それにしてもおまえ、でかいな」とパブロが言った。「いくつあるんだ?」

「さいごにはかったときは、にひゃくにでした」

「二メートル二センチか?」

「はい」

「目方はいくつある?」

「めかた――」

「体重だよ」

「ひゃくよんです」

「百キロ超えてるのか?」

「はい」

パブロはコシモの頭上で静かに回っているシーリングファンに目を向けた。「頭、打つなよ」と言った。


矢鈴が去り、工房にパブロとコシモの二人が残された。コシモはカスタムナイフの数々を眺めるのに忙しくて、ドアを出ていく矢鈴に別れを告げるのも忘れていた。後日様子を見にくると言っていたので、また会えるのはわかっていた。

パブロはコロンビアのコーヒー豆を挽き、熱いコーヒーをコーヒーポットに淹れて、二個のマグカップに注いだ。

「まっすぐなやつ、ぎざぎざのやつ、ふたつある」とコシモは言った。

「刃先《エッジ》のことか？」パブロはコーヒーを飲みながら言った。「真っすぐなのは直刃《ノーマルエッジ》で、ぎざぎざなのは波刃《セレーテッドエッジ》だ。ほかにも部位ごとに名前がある。ここはリカッソ、ここがキリオン、ここはベベルストップだ。このタイプのナイフだと、この部分をダブルヒルトと呼ぶ。どうだ、おもしろいか？」

「これ、みんなパブロがつくったの？」

「ほかに人がいないからな」

「すごいよ。パブロ。ほんとうにじょうずだ」

少年に褒められたパブロは困ったような笑みを浮かべた。「コーヒー飲めよ。うまいぞ」

コシモは返事をせず、マグカップにも口をつけなかった。柄《ハンドル》に固定される前の美しい刃《ブレイド》を見つけて、それに目を奪われていた。それは〈ダマスカス〉と呼ばれる刃《ブレイド》で、宙を漂う煙のような、複雑な渦巻き模様が表面に浮かび上がっていた。見れば見るほど、謎めいた魅力にコシモは惹きつけられた。図鑑に載っていた銀河系を思いだした。これはきんぞくなのか。なんてきれいなんだろう。どうやってつくるんだろう。

はじめて工房にやってきたコシモが、ナイフに取り憑かれたように夢中になっている姿は、どんなに多くの言葉を交わすよりも、パブロにとって重要なことだった。パブロは思った。心を惹かれなければ、いい〈シグトゥ〉はできない。シグトゥは沖縄の言葉で〈仕事〉のことだった。

「柄《ハンドル》も大事だぞ」とパブロは言った。「刃《ブレイド》と柄《ハンドル》がバランスよく一体になって、はじめてすぐれたナイフができる」

パブロに言われたコシモは、作業台に積まれた柄《ハンドル》材に視線を移した。木もあれば、木でないものもあった。

「これは――」コシモは素材の一つを手に取った。

「手触りで当ててみろ」

「ほね――どうぶつの？」

「そうだ。牛の脛骨《けいこつ》だよ。脛《すね》の骨だ。乾燥させて、刻み模様を彫りこんで、スタッグに似せたものがそのジグドボーンだ。ちなみにスタッグってのは鹿の角だよ」

「だったら、これは、にせものっていうこと？」

「悪く言えばな。鹿が獲《と》れなかったころの西洋で考案されたのがジグドボーンで、それからずっと作られている。今じゃ専門のコレクターがいる柄《ハンドル》材だ。彫刻と染料の色づけで味わいが変わる」

「これもジグド――」

「ああ、それもジグドボーンだ。いろいろあるだろう？　レッド、グリーン、琥珀《こはく》、彫刻なしのやつはオイルドボーンといって、骨の風合《ふうあ》いを活《い》かしたものだ」

工房はすばらしい場所だった。コシモはいつまでも眺めていられた。完成したナイフ、作業工程の途中にある刃《ブレイド》、柄《ハンドル》。いつのまにか正午をすぎていた。コシモは思いだしたようにマグカップをつかみ、冷めたコーヒーを飲んだ。それからまたナイフを眺め、ときおりパブロに質問をして、また眺めた。

川崎港の物流ターミナルにあふれ返るほどの群衆が、船の登場を待っている。赤道を越えて航行してきた船影が見えてくると、人工島の東扇島《ひがしおおぎしま》に集まった人々は暑さを忘れてどよめき、プロとアマチュアの入り混ざったカメラマンたちはファインダーをのぞく。

沖合いの防波堤に整然と並んで休んでいた鷗《かもめ》の群れが、風を切り裂く汽笛を合図にいっせいに飛び立つ。

若い父親に肩車されて、きらめく波の先を見つめる男の子が言う。

「あれがドアビルなの？　おおきいね」

「ドアビルじゃない」と父親が言う。「ドゥニア・ビルだ。それがあの船の名前だよ」

ドゥニア・ビル。インドネシア語で〈青い世界〉。

全長四百十メートル。

全幅八十三メートル。

総トン数二十三万八千九百トン。

最大乗客定員七千五百十五人、客室数三千百十二。

デッキ数十八。

インドネシアのタンジュン・プリオク港を出港し、試験的に川崎港に寄港する世界最大のクルーズ船、積乱雲のようにそびえ立つ真新しいその船体の脇を、海上保安庁の巡視船が進んでいく。巡視船は波間に浮かぶ水上スキーほどに小さく見える。

ドゥニア・ビルが港に近づくにつれ、日射しは強くなり、波をまぶしく輝かせて、あざやかなコバルトブルーで塗装された船体の側面に白抜きで描かれた船名が、集まった人々の目を惹きつける。

DUNIA BIRU

国際信号旗が太平洋を吹く風にはためき、オープンデッキに並んでいる乗船客の小さな影が、港に向かって手を振っている。

## 32

### cempöhualli-huan-mahtlactli-huan-öme

誰もが心のうちに隠している本能的な攻撃性を引きだしてやり、ついには深淵《しんえん》から現れた怪物へと作り替える。殺し屋《シカリオ》の訓練を経た者の目には、人間としてあるべき何かが欠落している。無機質な鉱物に似たまなざしを持った殺戮《さつりく》マシンは、わずかな罪の意識すら抱かない。

川崎の市街地にある自動車解体場《ヤード》で射撃訓練をする、という発想は、調理師《エル・コシネーロ》でなければ思いつかないことだった。

野村も末永も、アイディアを聞かされたときは不安を覚えた。調理師《エル・コシネーロ》はこの国が銃社会ではないことをわかっているのか？

だが二人はすぐに、自動車解体場《ヤード》こそが極秘の射撃場にふさわしい場所なのだと理解した。複数の監視カメラ、敷地を囲む鋼板《シートスティール》、有刺鉄線。

それでもやはり、好き放題に撃つわけにはいかない。不可欠なのは高性能のサイレンサーと、解体の立てる騒音だった。

あいさつを覚えるより先に、チャターラは調理師《エル・コシネーロ》が口にするスペイン語を聞き取れるようになった。

**バラクーダを持ってこい《トラエ・ウナ・バラクーダ》。**

そのひと言で、山積みになった部品の下に隠されたショットガン《エスコペータ》が用意され、川崎市中原区の自動車解体場《ヤード》で射撃訓練が開始された。サイレンサーのサルボ12を装着したレミントンM870、それを調理師《エル・コシネーロ》は〈バラクーダ〉と呼んでいた。

隠された鉄の箱からバラクーダを取りだす係は、〈電気ドリル《エル・タラドロ》〉という通称の自動車解体場《ヤード》の従業員だった。

十九歳、日系ブラジル人四世。電気ドリル《エル・タラドロ》はチャターラの強さにあこがれ、兄のように慕っていて、本名はフラビオ・カワバタといった。ポルトガル語と日本語を話すことができ、スペイン語も多少は理解できた。

母親に連れられて来日する十四歳のときまで、リオデジャネイロで暮らしていた電気ドリル《エル・タラドロ》は、街の路地裏で実銃を撃った経験があった。自動車解体場《ヤード》でチャターラが銃を撃つのなら自分も——と思っていたが、生まれつきひどい近視で、コンタクトレンズを入れた状態でも遠くを見るのが苦手だった。そしてこの若者はチャターラほど凶暴な性格の持ち主でもなかった。
電気ドリル《エル・タラドロ》が調理師《エル・コシネーロ》に与えられた役目は、バラクーダの準備と、重機で騒音を響かせて、サイレンサーで小さくなった銃声をさらにかき消すことだった。それらは若者のこなすべき重要な仕事になっていた。

サイレンサーのサルボ12はその名のとおり十二インチの長さで、サイレンサーと聞いて誰もが思い浮かべる円筒形ではなく、長方形の箱が前後に伸びたデザインになっていた。材質はアルミニウムとステンレス鋼で、マットブラックに仕上げられ、光をまったく反射しなかった。

調理師《エル・コシネーロ》に教わったとおりに、チャタータはチューブマガジンにショットシェルを詰め、フォアグリップを引き、ふたたび前に戻し、引き金に指をかけた。

無煙火薬を調合する量にも左右されたが、サルボ12の消音効果は絶大だった。発射時の高音域がみごとにカットされ、銃声は建築現場でネイルガンを使って板にくぎを打ちこむ程度のデシベルにまで下がっていた。もちろん耳栓《イヤマフ》なしで撃つことができた。

射撃訓練のあいだは、電気ドリル《エル・タラドロ》がパワーショベルを使った機械解体の騒音を出しつづける。たとえサブマシンガンを連射していようと、自動車解体場《ヤード》の外にいる者が〈銃声〉を識別することはあり得なかった。

九メートル先のマンシルエットの標的を穴だらけにしたチャタータは、フォアグリップを引き、ダブルオーバックの散弾《ペレット》を放出した空のショットシェルを排莢《エジェクト》した。

メキシコの銃撃戦にバラクーダを持ちこんだのは、ロス・カサソラスだった。彼ら以前には、ショットガン《エスコペータ》にサイレンサーをつける者などほとんどいなかった。銃身の長いショルダーストックタイプ、銃身の短いピストルグリップタイプ、どちらのショットガ《エスコペー》ン《タ》にもサイレンサーを装着し、暗闇でもあつかえるようにフラッシュライトをつけ、敵を至近距離で仕留めた。直方体のサイレンサーが装着された無骨な銃器は、獰猛な肉食魚の名で呼ばれたが、同時にその輪郭は、カサソラ兄弟の目に、祖母《アブエリータ》の語ったアステカの戦士の武器〈マクアウィトル〉を彷彿《ほうふつ》させるものとして映っていた。

暴力団をのぞく無数の犯罪の温床になっていた自動車解体場《ヤード》に出入りする人間から、新たな二名の殺し屋《シカリオ》候補生が選びだされ、ドゴ・アルヘンティーノの子犬を殺すテストに合格し、バルミロの指導する射撃訓練に参加していた。二人の通称は〈マンモス《エル・マムート》〉と〈ヘルメット《エル・カスコ》〉だった。

マンモス《エル・マムート》、本名仲井《なかい》大吾《だいご》、二十九歳、百九十一センチ、百二十三キロ。高校時代にボクシングで二度国体に出場し、卒業後は川崎市の消防士として働いた。直接の面識はなかったが、自動車解体場《ヤード》の社長の宮田の後輩に当たった。

マンモス《エル・マムート》は二十六歳のとき、大麻の所持と使用の容疑で逮捕され、消防署を懲戒免職となり、懲役六ヵ月の判決を下された。出所後に東京都足立《あだち》区を拠点とする半グレグループに加わり、高収入のホストを恐喝するなどして生計を立てていた。

ヘルメット《エル・カスコ》、本名大畑圭《おおはたあきら》、二十六歳、百七十七センチ、七十九キロ。相模原に拠点を置く暴走族の元リーダーで、グループ引退後は板金工として働いた。仕事仲間と飲んでいた居酒屋で別の客と喧嘩になり、フルコンタクト空手の高段者をふくむ三人に重傷を負わせていた。そのうちの一人は十二日後に死亡し、ヘルメット《エル・カスコ》は傷害致死罪で懲役六年の判決を下され、出所後は自動車解体場《ヤード》で開催される喧嘩賭博《とばく》の胴元として収入を得ながら、収益の三分の一を兄貴と慕うチャターラに納めた。

二人ともチャターラと同じように機械類のあつかいにすぐれ、飲みこみも早く、銃の《ガン・ハン》操作《ドリング》においてもすぐれた才能を見せた。それでもチャターラにはおよばなかった。肥満体形に映るチャターラだったが、二人よりも俊敏に敷地内を駆けまわり、心から射撃を楽しんでいた。

並んだマンシルエットの標的には、同心円状の得点ゾーンが描かれる代わりに、撃たれれば致命傷となる脳、心臓、肺、肝臓などのバイタルゾーンが表示されていた。バルミロに言われて末永と野村が臓器の原画を描き、電気ドリル《エル・タラドロ》が原画をコピーした用紙を標的に貼りつけた。

不動の標的を何十枚も撃つと、つぎは古タイヤを撃つ。磨耗した古タイヤがさまざまな向きに転がされ、うごきまわる相手を演出する。移動中の人間を射殺できなければ殺し屋《シカリオ》としての価値はなかった。
調理師《エル・コシネーロ》はみずからバラクーダを手に取り、実演をまじえて三人を指導した。

**遮蔽物《しゃへいぶつ》に隠れて銃口を下げるときは、銃口を必ず自分の足よりも前に出しておけ。誤射で足の指や膝《ひざ》を吹き飛ばす奴がいるからな。**

**どれだけ撃ったのか常に数えておけ。生き残るために重要なのは弾だ。撃ち合いの途中で残弾数がわからなくなるまぬけは犬のように死ぬ。**

**棒立ちになって撃つな。ゲームじゃない。同じ場所にとどまるな。転がってくる古タイヤを警察の特殊部隊だと思え。どんな体勢からでも散弾《ペレット》を敵に突き刺せるように準備しておけ。**

ショットガン《エスコペータ》特有の発射時の強い反動を抑えこみ、連射を可能にする〈プッシュ・プル〉の技術を調理師《エル・コシネーロ》は三人に教えた。
フォアグリップを握る手を意識的に前に押しだし、ショルダーストックを肩に強く引きつける。銃本体を同時に前後に引き伸ばすような〈押す－引く《プッシュ　プル》〉の構えが発火の反動を殺し、正確な連射を可能にする。

左利きのチャターラは通常とは逆構えだった。〈プッシュ・プル〉を試して連射してみると、これまで腕力だけで跳ね上がる銃身をねじふせていたのが、無駄な力が不要になり、転がる古タイヤを撃つ精度が格段に上がった。

何て楽しいんだ。チャターラは思った。宙を舞うショットシェルを視界の隅に捕捉《ほそく》しながら、チャターラは笑みを浮かべ、汗をぬぐい、フォアグリップをうごかしてまた撃った。

バラクーダを撃ちながら、映像制作会社のカメラマンだったころを思いだした。撮影と射撃はどちらも英語で同じ〈シューティング〉と呼ばれる。じっさいに共通点が多く、それがマンモス《エル・マムート》とヘルメット《エル・カスコ》にはないチャターラの利点となっていた。どちらが刺激的かと問われれば、チャターラの答えに迷いはなかった。撮影は死体を映すことしかできないが、射撃は死体そのものを作りだせる。

射撃後にバラクーダのメンテナンスをしたあとは、入浴の時間が待っていた。ただし普通の風呂《ふろ》ではなかった。ガレージに置かれた三つのバスタブに牛の血と臓物が放りこまれ、そこにぬるま湯が入っていた。調理師《エル・コシネーロ》が〈煮こみ《エストファド》〉と呼ぶバスタブに頭までどっぷり浸《つ》かり、三人は血の臭いと一体化する。そして教えられたスペイン語の歌を口ずさむ。歌詞の意味はわからなかったが、〈ナルコ・コリード〉と呼ばれる麻薬密売人《ナルコ》を讃《たた》える歌だった。

血まみれのすさまじい眺め。ガレージで煮こみ《エストファド》の用意をさせられる電気ドリル《エル・タラドロ》は、用意をしているだけで何度か吐いた。

住所を持たずに路上で寝起きする男が連れてこられ、三人の標的にされる。生きた標的、実戦的な学習。男には何の恨みもない。ただ運が悪かっただけだ。三人は泣いて命乞《ご》いをする男を射殺し、それから死体のまわりに集まってよく観察する。ダブルオーバックの散弾《ペレット》が人体を破壊する威力。〈鼠の巣〉と称される銃創が胸や腹にできている。頭は割れた西瓜《すいか》のように吹き飛ばされている。同じように撃ったのに、なぜ頭だけが吹き飛ぶのか。考えている三人に調理師《エル・コシネーロ》が説明する。

**頭蓋骨だ。硬く閉ざされた空洞に散弾《ペレット》が同時に撃ちこまれると、衝撃波が起きる。衝撃波の内圧で、頭蓋骨がこんなふうに破裂するのさ。**

翌日から三人は、三日間の絶食を命じられる。ガレージに閉じこめられて、外出は許されない。寝袋で眠り、紙巻煙草を吸い、飛んでくる蚊や蝿を追い払う。水分の摂取だけは認められている。チャタ－ラとマンモス《エル・マムート》は何度も起き上がって大量の水を飲む。ヘルメット《エル・カスコ》はスマートフォンにダウンロードした漫画をぼんやりと読みつづける。

三日の絶食を終えた朝、三人がガレージの外に出てくると、雨が降っている。そしてぬかるんだ自動車解体場《ヤード》の敷地を、岩のように大きな動物がせわしなく歩きまわっている。

島根県の闘牛ブローカーを通じて、生きたまま届けられた四歳の闘牛。体重九百五十キロ。提示された価格は四百万円だったが、バルミロに命じられて交渉に当たった野村は、台湾経由のコカインとＭＤＭＡを闘牛ブローカーに送って、二百五十万円で購入していた。

調理師《エル・コシネーロ》は腹を空《す》かせた三人に言った。

**あの牛を殺して食え。ただし、バラクーダを使わずに仕留めてみろ。**

九百五十キロの闘牛は、興奮剤を注射されていた。刃渡り二十センチのボウイナイフを一本ずつ手渡された三人は、真っ黒な牛の盛り上がった肩を見つめ、巨大な頭の左右に突きだす角《つの》を眺めた。

三日の絶食の直後に、ナイフだけで闘牛を殺す。世話した犬を銃で撃ち殺す心理テストとは次元の異なる命がけの狩りだった。

バルミロは葉巻を吹かしながら、ボウイナイフを手に雄牛《エル・トロ》に近づく三人の姿をじっと見守った。

過去に殺人の経験のある者も、ない者も、雄牛《エル・トロ》狩りの儀式によっておたがいの絆《きずな》が作られる。メキシコでの記憶。ベラクルスの空き地で、十五歳のバルミロは、三人の兄弟と力を合わせて一頭の雄牛《エル・トロ》を殺した。雄牛《エル・トロ》の体重は一トン以上あり、歳上の麻薬密売人《ナルコ》たちが違法な闘牛《ロス・トロス》の見物に集まっていた。銃は持たず、闘牛士《マタドール》の長槍《ガローチャ》もなく、武器は山刀《マチェーテ》だけだった。

あのときは四人がかりだったな。三人を見守るバルミロは思った。一人少ないこいつらは苦労するだろう。その代わりに雄牛《エル・トロ》のサイズはひとまわり小さいがな。

**行け《バモス》！**

バルミロのスペイン語の叫びが、三人よりも先に闘牛の怒りに火をつける。雨のなかで、狂気に満ちた狩りがはじまる。男たちは泥にまみれ、黒毛の巨体を懸命にかわし、いちばん体重の軽いヘルメット《エル・カスコ》が背にしがみついて、ボウイナイフをでたらめに上下させる。裂けた皮膚から噴きだす血が、雨にぬかるんだ地面に飛び散る。

チャターラが突進してくる闘牛の正面に立ち、額にボウイナイフを突き立て、ぶ厚い頭蓋骨を貫こうとする。

闘牛は煙のような鼻息とともに猛烈に頭を振って、刺したボウイナイフの柄《ハンドル》を握るチャターラを持ち上げる。

百五十キロを超えるチャターラの両足が宙に浮く。

横から走ってきたマンモス《エル・マムート》が闘牛の左首を刺す。血管を切り裂き、刃《ブレイド》は頸椎まで届くが、それでも闘牛はひるまない。

三人は振り落とされまいと、必死に闘牛にしがみついている。顔についた返り血を降り注ぐ雨が流し、また新たな返り血を浴びる。歓声のまったくしない闘牛場《プラサ・デ・トロス》、ぶざまな闘牛士《マタドール》たち。

黒雲に覆われた空の下、自動車解体場《ヤード》に原始時代の闘争が再現される。飢え、狩り、獲物の血、人間の奥深くに眠る本能が目覚め、特別な仲間意識が生みだされる。おれたちが力を合わせれば、このばかでかい獣よりも強い。おれたちは特別だ。おれたちは。

**おれたちは家族《ソモス・ファミリア》だ。**

調理師《エル・コシネーロ》に教えられた呪文、たったそれだけの短い言葉が、犠牲の雄牛《エル・トロ》の血と肉を通して魔力を帯び、男たちの意識の深層に強烈に刻みこまれる。神殿《テオカリ》で人間の心臓を神に捧《ささ》げるアステカの偉大さもここからやってきた。

闘牛の額に突き立てたボウイナイフから手を離し、二本の角を握っているチャタータが、背中にしがみついたヘルメット《エル・カスコ》に「ナイフを貸せ」と言う。ボウイナイフを手渡された瞬間、柄《ハンドル》を両手で握って、斧《おの》を振り下ろすように、全力で闘牛の額に刃《ブレイド》の先端を突き立てる。

小田栄の工房で陶器《ラ・セラミカ》の作った極上のボウイナイフが、ぶ厚い頭蓋骨を貫通して脳神経を破壊し、駆けていた闘牛は脚をもつれさせて倒れる。下敷きになりかけたヘルメット《エル・カスコ》があわてて飛びのく。

闘牛のうごきが止まり、血と泥にまみれた三人は、大の字になって雨の降る空を見上げ、荒い呼吸をくり返す。こぼれる闘牛の血が泥の上の水たまりを赤く染めていく。

やがてチャタータが笑いだす。それから残りの二人も笑う。雨粒がしだいに大きくなり、自動車解体場《ヤード》に積まれたスクラップの山を滝のように流れ、むきだしの土をぬかるみに変えていく。それから嵐がやってくる。

## 33

*cempöhualli-huan-mahtlactli-huan-ëyi*

午前七時半、近所のアパートから少年が工房に出勤してくると、パブロは古い工具のモーターを利用して作った装置でコーヒー豆を挽き、ていねいにコーヒーを淹れた。豆のストックはコロンビアのほかに、マンデリンとグアテマラなど五種類があった。

コシモの役割はトーストを焼くことだった。六枚切りのトーストをオーブントースターで薄く焦げ目がつくまで焼き、バターを載せて戻し、余熱でバターが溶けるころに取りだした。トーストが焼けるまでにベーコンを切るのもコシモの分担だった。工房にある小さな冷蔵庫にはいつもベーコンの塊が入っていた。まな板の上でベーコンを切り、コシモは師匠の作ったナイフの鋭い切れ味を毎朝のように実感した。鑑賞用だからといって、切れない刃《ブレイド》を客に売ることをパブロは認めていなかった。

**いいか、コシモ。ナイフは芸術《アート》だから美しいんじゃない。道具《ツール》だから美しいんだ。そこを履きちがえるな。**

二人は工房の片隅のテーブルで朝食をとった。コシモはトーストとベーコンだけでは空腹が収まらず、コンビニエンスストアで買ってきたサラダチキンを食べた。最初は一食につき二パックだったが、日ごとに数が増えていき、今では十パック食べるようになっていた。朝食の皿にサラダチキンが積まれ、皿を片づけるころには跡形もなく消えた。

弟子に教えるのがパブロの仕事で、師匠に学ぶのがコシモの仕事だった。人類最古の道具であるナイフ、その世界は奥深く、先人の遺《のこ》した知識の量は膨大だった。刃《ブレイド》と柄《ハンドル》のデザインと組み合わせは無限にあり、ナイフメイカーは作品の完成度を果てしなく追求することができた。

コシモはシースナイフの刃《ブレイド》の種類を学んだ。シースナイフは刃《ブレイド》と柄《ハンドル》が固定されたナイフで、折りたたむことはできない。開閉構造を持つように設計しなければならないフォールディングナイフにくらべれば、作りやすいタイプだった。刃《ブレイド》を〈鞘《シース》〉に収めるため、日本ではシースナイフと呼ばれている。世界的にはフィックスドナイフの名で親しまれていた。

パブロがコシモに渡す教材の刃《ブレイド》は、全体像が見えるようにどれも柄《ハンドル》から外してあった。

ストレートポイント。

ドロップポイント。

スピアーポイント。

タントーブレイド。
フィレブレイド。
クルックドスキナー。
ガットフックスキナー。

ダイアモンドシャープナーで研ぎ澄まされたさまざまな刃《ブレイド》の形状をコシモは凝視し、紙に書き写し、切り抜き、鋼材に貼りつけ、ペンシル型の罫書き針を使ってゆっくりと輪郭を写していった。幼児の殴り書きのような文字とはちがって、コシモの描く線は力強く、繊細で、正確だった。

コシモはパブロにこう指示された。

**刃《ブレイド》は百五十ミリより短くしろ。**

百五十ミリ、刃渡り十五センチ未満、それは国内販売で遵守《じゅんしゅ》すべき規制《レギュレーション》だった。リバーポートメタルのカスタムナイフは国外に売られることも多かったが、まずは日本仕様を作ることからコシモははじめた。

濃いブラックコーヒーを飲みながら、作業に夢中になるコシモの横顔を見つめるパブロの頭に、マリナルの顔が浮かんだ。彼女がここにいたら、やはりいい顔はしないはずだった。少年はナイフメイカーになるべきではない、という彼女の主張は一貫していた。

少年が過去にやってきたことを考えれば、無理もなかった。

更生保護施設にいる土方コシモの情報を最初に奇人《エル・ロコ》に伝えたのは、中原区の自動車解体場《ドヤー》で表向きは従業員として勤めているヘルメット《エル・カスコ》だった。同じ更生保護施設を出てきた暴走族の後輩から、「身長二メートルでめちゃくちゃ手先の器用な混血児がいる」と聞かされたヘルメット《エル・カスコ》は、それを奇人《エル・ロコ》に話した。

ほどなくして奇人《エル・ロコ》は、NPO職員の宇野矢鈴《マリナル》を連れてパブロの工房を訪れた。工房で新人を雇う相談をするためだった。

パブロが驚いたのは、マリナルという通称の日本人の女の態度や口にする言葉の内容だった。彼女は大田区の寺の地下で何がおこなわれているのか、本当に知らないように見えた。自分が無戸籍児童のために役立っていると心から信じこんでいるようだった。カルト宗教の信者のように洗脳されているのか？　パブロはそう思ったが、奇人《エル・ロコ》のいる前でそんなことは訊けなかったし、訊いたところで、本当に洗脳されているのであれば無意味だった。

更生保護施設にいる少年を工房に就職させて、社会に居場所を作ってやる、という奇人《エル・ロコ》の提案にマリナルは理解を示すいっぽうで、少年がナイフ作りに関わることには反対しつづけた。

「危険です」と彼女は言った。「両親を殺害した少年に、わざわざ刃物を作らせるなんて――」

「何をさせるかは別としてだよ」とパブロは言った。「とりあえず彼の作品を見たいんだが、実物はあるのか？」

「あります」とマリナルは言った。「福祉のチャリティーで買ってきた木工細工ですけれど」

マリナルが取りだした木工細工は、一頭のジャガーの形をしていた。それがテーブルに置かれたとき、パブロの目つきが変わった。物作りに長くたずさわっていれば、作品から多くの情報を感じ取ることができる。

買った本人のマリナルは「雌のライオン」だと思いこんでいたが、パブロにはすぐにジャガーだとわかった。トレードマークの斑点《はんてん》模様がなく、木肌がむきだしのままの仕上がりでも、密林に潜み、木の葉の暗がりから獲物を狙っている肉食獣の迫力がすばらしく表現されていた。

これを作った少年が、意味もなく暴力を振るうはずはない。パブロはそう思った。木、粘土、石膏《せっこう》、鉄、素材は何であれ、立体造形には根気強さが不可欠だった。感情を抑制し、さらに全体像を把握する能力がなければ、完成にはたどり着かない。それでもマリナルが言うように少年が「危険」なのであれば、マリナルを介して間接的に少年を雇用しようとしている奇人《エル・ロコ》、蜘蛛《ラバ・ラバ》、自動車解体場《ヤード》にいる連中、そして調理師《エル・コシネーロ》といった人間のほうが、はるかに危険な存在だった。

しかし施設を出た少年がこの工房に来れば、それは彼が新たな深い罪に関わることを意味した。

パブロは採用を断りたかったが、奇人《エル・ロコ》の考えはすでに決まっているようだった。パブロにはどうしようもなかった。ほかに行き場のない少年の不運を憐れむことしかできなかった。

コシモは工房にストックされた柄材《ハンドル》を見るのも好きだった。

牛の脛骨から作るジグドボーン、オイルドボーン、ボーンスラブ、インド産の大型鹿の角を原材料にしたサンバースタッグ、取引が禁じられた象牙《アイボリー》の代用品として脚光を浴びている古代象の化石の牙《マストドン・アイボリー》、規制以前にマーケットに流通したセイウチの牙《ウォルラス・アイボリー》。天然樹木にはアイアンウッド、ココボロ、ボコテ、グリーンハート、アフリカンブラックウッドなどがあり、貝《シェル》には白蝶貝やアワビ《アバロン》やブラックパールといったものがあった。鉱石をアクリル系樹脂で凝固させたアクリストーン、麻の布の層にフェノール系樹脂を浸透させて加圧成型したマイカルタといった合成素材も、コシモは熱心に観察し、パブロに加工法を教わった。

ナイフメイキングの基礎を学んだコシモがはじめて一人で完成させたのは、クロモ7《セブン》という鋼材から削りだしたストレートポイントの刃《ブレイド》に、メキシコ原生の硬いココボロの木から作った柄《ハンドル》を組み合わせたシースナイフで、刃《ブレイド》を納める牛革の鞘《シース》もミシンを用いて自分で縫製《ほうせい》した。

アメリカ製の万能ヤスリを使って刃《ブレイド》を最終的に仕上げるころには、日が落ちて工房の外は暗くなっていた。

パブロは帰らずに工房で待ってくれていた。

コシモは椅子から立ち上がり、完成した作品を見せようとしたが、パブロは片手を上げてそれを制した。「研ぎも済んだのか?」と訊いた。

「うん。ニコルソンのヤスリをつかった」

「そこのケースに入れて持ってこい」とパブロは言った。「晩飯のついでに切れ味をたしかめる。切れないようなら、ナイフとは呼べないからな」

ABS樹脂製の黒いハンディケースに、コシモは作ったばかりのシースナイフを収めて、そっとふたを閉じた。急に空腹感が襲ってきた。作業に集中するあまり、昼飯を食べていなかったことを思いだした。

二人は川崎ナンバーのシトロエン・ベルランゴに乗った。パブロは工房にほど近い大《おお》島上町《しまかみちょう》のコインパーキングに車を停め、コシモを連れて、向かいのステーキハウスに入った。

チャック・ベリーの曲が流れている店内のテーブルで、パブロは百五十グラムのサーロインステーキを二つ頼んだ。「一つはベリーレア、もう一つはベリーウェルダンで持ってきてくれ」

パブロがメニューを閉じたので、店員は去ろうとした。その店員をパブロは呼び止めた。「今のはおれのぶんだよ。こいつの注文はまだだ」

好きなのを食えと言われたコシモは、スペシャルメニューの三ポンドステーキを頼み、大盛りのライス、サラダ、スープをつけた。

熱い鉄板に載った肉が運ばれてくると、コシモはフォークで鉄板の端を軽く叩いて音を聞いた。

「それ、やるようになるんだよ」と言ってパブロは笑った。「毎日鋼材ばっかりあつかってるとな。よし、ナイフを見せてみろ」

厳しい表情に戻ったパブロの前で、コシモはABS樹脂製のハンディケースを開けた。渡されたシースナイフのストレートポイントの刃《ブレイド》を、パブロは店の照明にかざしてしばらく眺め、生に近いベリーレアで出されたサーロインを切った。溶けたバターを切るように赤身が切断できた。パブロは切った肉を重ねてもう一度試した。四つ重ねた赤身を両断するまでくり返し、うっすらと血糊《ちのり》のついた刃《ブレイド》を見つめた。

つぎにパブロは、完全に火の通ったベリーウェルダンの肉を切った。ベリーレアの肉と同じように重ねて、脂の部位を切り、硬い繊維を切り、溶けだした脂で鉄板の上をすべっていく肉を、フォークで押さえずに切れるかどうかを調べた。

刃《ブレイド》に付着した血と脂をナプキンで静かに拭き取ったパブロは、刃先とエンドボルスターの両端に指を添えて、リカッソの刻印をじっと見つめた。

## Koshimo y Pablo

コシモとパブロ。紙に書かせたらあんなに下手くそな字が、刻印となると文句なしのできだった。ココボロの柄《ハンドル》、木目のゆたかな赤材の仕上げにも、牛革の鞘《シース》の仕上げにも隙がなかった。

「よくやった」とパブロは言った。「この調子で努力しろ」

心のなかでは、コシモは天才だと思っていた。三週間教わっただけでこれだけのものを作れる奴がいるだろうか。刃《ブレイド》、柄《ハンドル》、鞘《シース》、すべてを完璧《かんぺき》にこなしてきた。研磨にもけちのつけようがない。

師匠に認められたコシモは、うれしがる様子もなく、食事のほうに忙しかった。三ポンドステーキを十分とかからずに平らげ、大盛りのライス、サラダ、スープも食べ終えた。

切れ味を試すために切り刻んだ肉を、パブロは残らずコシモに食わせてやった。それでも足りずにコシモは一ポンドステーキとマッシュポテトを追加注文した。

「おまえ、一人のとき何食ってるんだ」とパブロは言った。

「ばんめしですか」

「ああ」

「ボイルしたとりをたべてます。あれくらいしかりょうりできないから」

「ボイルするだけか？ 塩は？」

　コシモは首を横に振った。

「朝もチキンを食ってるよな。あのコンビニのやつ。あれ何パックあるんだ？」

「十《ディエス》」コシモはスペイン語で答えた。

「それで夜もチキンか」

「うん」

「野菜も食えよ。あとはブルーベリーも食え。冷凍のやつでいい。目にいいんだ。この仕事は目が大事だからな」

「はい」

　パブロはアイスコーヒーの味に顔をしかめた。ため息をつき、それからこう言った。

「考えてみたらナイフのことばかりで、こういう話はしなかったな」

「うん」とコシモはうなずいた。「ちょっと、ききたいことがあります」

「何だ」

「バスケは、みますか」

「バスケ？　バスケってあのバスケか？」

「うん」

「どうだかな。時間があると、わりと観るほうかな。バスケ、サッカー、競輪、競馬、どれもこの町の楽しみだ。ここで観られるし、アメフットもあったな。おまえ、バスケ好きなのか？」

「うん」

「やってたのか？」

　コシモは首を横に振った。コシモは自分が応援していた川崎拠点のチームについてパブロに尋ねた。

「そのチームはもうない」とパブロは答えた。「なくなった」

「なくなった――」コシモは食事の手を止め、パブロを呆然《ぼうぜん》とした顔で見つめた。

「というか、変わった」とパブロは言った。「そうか。おまえ知らないんだな。おまえがあっちにいるあいだに、〈Bリーグ〉っていうプロ組織ができたんだよ。おまえの応援していたチームは、そこで新しく変わったのさ」

　パブロはスマートフォンを取りだし、検索した画面を見せた。コシモは食い入るように小さな画面をのぞきこんだ。赤いユニフォーム。川崎ブレイブサンダース。

「つよいですか」

「いいチームだよ」

「せかいいちですか」

「世界一って、海外もふくめるってことか?」

「うん」

「ときどき妙なことを訊くよな、おまえは。いいか、ブレイブサンダースは日本国内の〈Bリーグ〉で戦っているんだ。バスケで世界一っていうのは、〈NBA〉っていう北米プロリーグのチャンピオンのことだ。だいたい〈NBA〉の試合、観たことあるのか?」

「ない」

「だろうな」とパブロは言った。「観たけりゃ、どこかのチャンネルに加入しろよ」

「エヌビーエーでいちばんつよいのは——」

「今年はトロント・ラプターズ。〈二〇一八—二〇一九シーズン〉で優勝したからな。アメリカじゃなくて、カナダのトロントが本拠地のチームだよ」

「ラプターズ——」

新しい情報に頭が追いつかず、考えこんでいるコシモを眺めながらパブロは苦笑して、まずいアイスコーヒーを飲んだ。

リカッソに彫られたKoshimo y Pabloの刻印が、あざやかに目に焼きついていた。とんでもなく字の下手なコシモが一生懸命にアルファベットを彫っている姿が浮かんできて、自分の名前だけ彫ればいいものを——とパブロは思った。まだ何も知らないコシモが巻きこまれていく仕事のことを考えると、ふいに涙があふれてきた。

ナプキンで目もとをぬぐったパブロはコシモに言った。「今日作ったシースナイフ、外で持ち歩くなよ。職質を食らったら一発だからな」

「うん」

肉の焼ける音、客の話し声、チャック・ベリーの歌、煙の匂い、香辛料の香り。オレンジ色の薄明かりに照らされたステーキハウスのテーブルで、コシモはひたすら食べつづけ、パブロは椅子に寄りかかって、窓の外の夜を眺めた。

パブロの信頼を得たコシモは、工房の鍵を預かり、午前七時半よりも早くやってくるようになった。

昨晩に寸胴《ずんどう》でボイルしておいた牛の脛骨を、歯ブラシで一本ずつ磨いていく。ジグドボーンの材料になる脛骨は、十五センチから二十センチの長さがあり、牛の体重を支えるために太くがっしりとしている。

脛骨を洗い終えると、工房の裏にあるエアコンつきの倉庫に運びこみ、ワイヤーを使って吊るし、低温乾燥させる。エアコンの風が吹きつけると、並んだ太い骨がかすかにゆれて、隣同士でぶつかり、湿り気の混ざった音を立てる。暗い倉庫は、石器時代の人類が住む洞窟《どうくつ》の家のようだった。

四、五本程度の脛骨はジグドボーンとして加工せずに残しておき、別に分けて箱詰めにする。パブロの話によれば、仲間が働いている中原区の自動車解体場《ヤード》に大きな猟犬がいて、そいつのストレスを発散させる玩具になるという。猟犬の顎《あご》の力はとても強く、牛の脛骨もすぐに咬み砕いてしまうので、定期的に骨を届けなければならなかった。

工房でボイルする骨は、牛の脛骨のほかにもう一種類あった。血と肉の痕跡がわずかに残る骨の長さは、牛の脛骨とほぼ同じだったが、表面はそれよりもやわらかく、色合いも優しげで、全体的に弱々しい印象がした。

謎めいた骨を届けにくるのはいつも同じ男で、運送業者ではなかった。男の乗ってくるトラックの荷台にはプロパンガスのボンベしか積まれていなかった。

パブロの下で働きだしたコシモは、鋼材や柄《ハンドル》材を運んでくる運送業者の出す受領書にサインすることを覚えたが――読めない殴り書きでもかまわないので楽だった――プロパンガスのボンベを積んだトラックに乗ってくる男は、一度もサインを求めてこなかった。もともと受領書が存在しなかった。

**そいつは牛といっしょにボイルするな。ていねいにあつかえ。**

パブロにはそう言われた。これはなんのほねですか、とコシモが訊いても教えてくれなかった。謎の骨の話になると、パブロの顔つきが急に暗くなり、コシモと目を合わせなくなった。

ある日パブロは、骨の名前だけ教えてくれた。いつもコシモに向かって「そいつ」とか「それ」と呼んでいるので、本人も不便になったからだった。

**Cボーン《シー》**。

パブロに骨の名前を教わっても、コシモには何のことかさっぱりわからなかった。子牛の骨なのかもしれないと考えたが、だとするとパブロの指示が奇妙だった。牛といっしょにボイルするな。パブロはそう言ったのだ。だったら、うしじゃない。なんのほねだろう。

## 34

### cempōhualli-huan-mahtlactli-huan-nāhui

関東に上陸した大型の台風が自動車解体場《ヤード》の敷地をぬかるみに変え、泥水のプールを残していった。

吹き飛ばされた廃車のドアやルーフをパワーショベルでようやく片づけた電気ドリル《エル・タラドロ》は、二階の事務所に戻り、名ばかりとなった社長の宮田の指示で、排水装置のレンタル業者に電話をかけた。自分たちが所有するパワーショベルは機械解体用で、アーム先端のアタッチメントがグラップル仕様になっており、泥水の除去には不向きだった。

排水装置のレンタル業者との電話を終えると、電気ドリル《エル・タラドロ》は壁のカレンダーに目を向けた。正確にはカレンダーそのものではなく、カレンダーを映している向かいの壁の鏡を見た。反転した今日の日付に重なるように、鏡の表面に紫色の水性マジックで小さな印がつけられていた。カレンダーそのものには何も記されていなかった。

鏡像の日付につけられた紫色の印は、〈警察の立ち入り〉を意味していた。社長の宮田が刑事の一人に金を渡しているので、訪問の予定は前もって伝えられている。

敷地を取り囲む鋼板《シートスティール》、有刺鉄線、複数の監視カメラ。日本各地にあるさまざまなヤード——英語のyardの語源は〈囲い〉で、自動車や家電製品などの〈解体場〉のほかに、〈資材置き場〉や〈裏庭〉を指しても使われる——は、ときとして暴力団事務所以上のセキュリティを誇り、その閉鎖性は犯罪の呼び水となる。各地の警察は、疑わしい私有地への立ち入りを継続的に実施していた。令状のない任意の立ち入りだが、オーナーが拒否すれば警察は余計に嗅ぎまわるようになる。

　宮田のような人間にとっては、警察とのあいだに波風を起こさないことが何よりも重要だった。チャターラを雇う以前から、宮田は警察とうまくつき合ってきた。そして宮田はこれまで以上に、警察に目をつけられないように振る舞わなくてはならなかった。たとえ法の規範を踏み越えたとしても、暴力団の事業《シノギ》には関与しない、そう決めてビジネスをつづけてきた宮田だったが、今や自分の所有する自動車解体場《ヤード》は、ヤクザよりも危険な連中に支配されていた。平気で人を殺して溶かしたチャターラ、闇医師が突然連れてきた得体の知れないペルー人。そのペルー人の命令で猟犬が撃ち殺され、まだ生かされている猟犬もいた。敷地内でおそらく何千発も撃たれた散弾、ガレージで見た血と臓物の入ったバスタブ、自動車解体場《ヤード》は悪夢に満ちており、なかでも宮田にとってもっとも怖ろしいのは、これらの悪夢の背後で本当は何が起きているのか、まったくわからないことだった。

神奈川県警の覆面パトカーが自動車解体場《ヤード》の前に現れた。シルバーの車色のスバル・インプレッサに乗っているのは組織犯罪対策本部、国際捜査課の二人だった。尾津利孝《おづとしたか》警部補、後藤和政《ごとうかずまさ》巡査部長、彼らは盗難車両を海外に転売する窃盗グループの捜査をつづけていた。

経験豊富な上司であり、情報通でもある尾津警部補が、よもや「話の通じる相手」として裏社会に名を馳《は》せていようとは、若い後藤巡査部長は気づきもしなかった。それほど素直に尾津を信じきっていた。川崎市内で違法カジノを手がけるウクライナ人も、会員制の高級娼婦《しょうふ》クラブを経営する韓国人も、尾津が汚職警官であることを知っていた。毎日隣にいる後藤だけが何も知らなかった。

自動車解体場《ヤード》の重々しい鋼鉄のゲートが自動で開かれ、インプレッサは敷地に入っていった。二人の視界に排水装置を使って大量の泥水を除去している電気ドリル《エル・タラドロ》の背中が小さく映った。広い敷地にはほかに人影はなかった。

ぬかるみをのろのろ進んでくる覆面パトカーを、宮田が笑顔で出迎えた。

事務所のソファに寄りかかった尾津は、出された緑茶をすすりながら、「親父、灰皿あるか？」と訊いた。

宮田はすぐに銅製の丸い灰皿を持ってきてテーブルに置いた。

「きのうの雨、すごかったな」と尾津は言った。「こんなろくでもないがらくた置き場、いっそ流されちまえばよかったのに」

「勘弁してください」宮田は苦笑いして、尾津と後藤の顔を交互に見た。「タイヤが泥だらけになったでしょう？　高圧洗浄機がありますから、どうぞ洗っていってください」

「いや、結構」と尾津は言った。「あんまりぴかぴかになって帰ると、『どこで洗車した？』って訊かれる。領収書がなかったら大変だ。それこそ問いつめられる」

「昔はヤクザの事務所に行って、若い衆に覆面を洗車させるマル暴の刑事さんなんかもいましたよね」

「そうだよ。まったく、とんでもない時代だったな」

ため息をつきながら、尾津はポケットから百円硬貨を取りだし、おもむろに宙に放り投げた。表が出たら今日は敷地の東側、裏が出たら敷地の西側を調べる。部下の後藤には前もってそう話していた。自動車解体場《ヤード》は大型マンションの建設予定地ほどにも広いので、場所を絞って調べなければ日が暮れてしまう。令状なしの立ち入りでまる一日をつぶすわけにはいかなかった。

「今日は東だな」手の甲で硬貨を受け止めた尾津が後藤に言った。じっさいには硬貨の裏表など見ていなかった。そして東側を調べることは抜き打ちではなく、すでに宮田に伝えてあった。

「先に見てきます」と言って後藤が立ち上がった。後藤は県内で盗まれた車両の種類を控えた紙と、記録用のデジタルカメラを持っていた。

「おれもすぐ行くよ」尾津はスーツの内ポケットから紙巻煙草の箱を取りだして言った。「一服だけさせてくれ。車内禁煙だからな」

何も知らない後藤が事務所の階段を下りていき、足音が遠ざかったところで、尾津は紙巻煙草にオイルライターで火をつけた。煙を吐きながら、テーブルの隅に置いた山吹《やまぶき》色《いろ》に似た色合いの箱を見つめた。ナチュラルアメリカンスピリットの〈ゴールド〉、ニコチン含有《がんゆう》量〇・八ミリグラム、タール含有量六ミリグラム。

職務に忠実で、部下の相談にも乗ってやることの多いベテラン刑事の顔が、金に魂を売った男の顔へと変わっていった。

うまそうに紙巻煙草を吸う尾津は、この自動車解体場《ヤード》の裏の部分を自分が知り抜いていると思っていた。だが状況は変わり、尾津が知らないことのほうが増えていた。メキシコから流れてきた麻薬《ナルコ》密売人が殺し屋《シカリオ》を育て、準軍事組織《パラ・ミリタリー》のような訓練を課している現実など、尾津の頭では思い描くことすらできなかった。

吸い殻を灰皿に押しつけて、尾津はナチュラルアメリカンスピリットの箱の中身をたしかめた。まだ数本残っていたが、尾津はこう言った。「親父、煙草あまってないか?」訊かれた宮田は同じ銘柄の箱を手渡した。入っているのは紙巻煙草ではなく、折りたたまれた一万円札だった。紙幣は全部で十五枚あった。

尾津は箱を手に取ってスーツの内ポケットに仕舞いこみ、ソファからゆっくりと立ち上がった。「世間っていうのは変わるもんだな」と言った。「流行《はや》りの電子煙草のおかげで、おれみたいなのは喫煙所でもすっかり浮いちまってさ」

「じつは私も買っちゃいましてね」宮田は愛想笑いを浮かべて答えた。

「何だよ」と言って尾津は舌打ちした。「ところで、ここで飼ってる猟犬がいるだろう？　あれ、何ていうんだ？」

「ドゴっていう種類だそうで――」

「狂犬病の予防注射とか、ちゃんとやってるのか？」

「それはもう――」

「親父、まちがってもあれに逃げられるなよ。外に出したら二、三人は咬み殺すぞ」

「わかってます」

「若い奴によく言っておけ」

「はい」

立ち入りを終えた二人の刑事が自動車解体場《ヤード》を去っていくと、電気ドリル《エル・タラドロ》は敷地の西側に積まれた古タイヤの山へと向かった。あらかじめそこに移しておいた銃を、東側のスクラップの山のなかに戻すためだった。

古タイヤを取りのけてずっしりと重い木箱を引きずりだし、手押しの一輪車の荷台に載せた。ゴム長靴を履いて一輪車を押していく電気ドリル《エル・タラドロ》は、途中のぬかるみでふと立ち止まり、自分の運んでいる木箱をじっと見つめた。箱のなかにはレミントンM870、男たちがバラクーダと呼ぶショットガン《エスコペータ》が入っていた。

無骨なサイレンサーをつけた散弾銃を自分も撃ってみたい。二十歳になったばかりの電気ドリル《エル・タラドロ》は常にそう望んでいたが、いつまで経っても願いは叶えられなかった。あこがれているチャターラだけが撃っているならまだしも、自分よりあとに自動車解体場《ヤード》に雇われたマンモス《エル・マムート》とヘルメット《エル・カスコ》がバラクーダを撃っているのは、どう考えても納得しがたいことだった。素手の喧嘩だったら二人には勝てそうもない。だが射撃の腕は腕力と関係ない。自分にも才能はあるはずだった。

調理師《エル・コシネーロ》が自分に銃を撃たせてくれないのは、生まれつきの近視に理由があるとわかっていた。だからといって、その現実をだまって受け入れるのは退屈すぎた。どこかで自分の評価を上げたかった。何のための射撃訓練なのか、電気ドリル《エル・タラドロ》はその目的をさっぱり知らなかったが、そんなことはどうでもよかった。調理師《エル・コシネーロ》に認められ、チャターラに認められ、マンモス《エル・マムート》とヘルメット《エル・カスコ》のいる場所に加わりたい。本物の仲間になりたい。

木箱を東側のスクラップの山に隠すと、空になった一輪車の荷台に牛の脛骨を放りこみ、ジーンズの尻《しり》ポケットに〈A&Wルートビア〉の缶をねじこんだ。冷えていなかったが気にしなかった。電気ドリル《エル・タラドロ》はふたたび一輪車を押して、今度は自動車解体場《ヤード》の南側へと向かった。そこに猟犬がいた。

殺し屋《シカリオ》のテストでつぎつぎと殺されたドゴ・アルヘンティーノのうち、一四だけが生かされて番犬になり、これまで飼われたどの犬よりも大きく育っていた。鉄パイプに鎖でつなぎ留められたドゴ・アルヘンティーノの雄に、電気ドリル《エル・タラドロ》はポルトガル語の〈筋肉《ムスクロ》〉という名前を勝手につけていた。世話をしているのは自分だけなので、誰からも文句は言われなかった。

気だるそうに顎を前脚に載せてあくびをする筋肉《ムスクロ》めがけて、電気ドリル《エル・タラドロ》は牛の脛骨を放り投げた。それから持ってきたA&Wルートビアの栓を開け、筋肉《ムスクロ》が牛の脛骨に牙《きば》を突き立てる様子を眺めた。世界最強の猟犬、まだ成犬になる前にピューマを咬み殺すこともあり、顔はピットブルやブルドッグに似ているが、脚はずっと長く、体も大きかった。

ピューマを倒せるほどの遺伝子的な強者に生まれついた猟犬は怖れを知らず、育つにつれてほとんど吠《ほ》えなくなった。肉をむさぼり、骨をかじり、ぶ厚い舌で水をすくって飲み、太い鎖につながれた首をぶるぶると振って、ときおり暗い目つきで遠くを眺めやった。

近くにいるだけで電気ドリル《エル・タラドロ》は緊張し、自然と汗ばんできた。鎖が外れたら大変なことになるだろうな、と思った。たとえ銃を持っていてもこの距離では危険だ。でもチャタ－ラとほかの二人は、こいつの鎖を外してやって、自由にした状態で撃ち殺したんだよな。こんな相手にひるまなかったのは、やっぱりすごいよ。だけど――チャターラとほかの二人が撃ち殺した奴は、おれが世話をしているこいつよりも小さかったじゃないか？

そう考えた瞬間、彼は自分の評価を上げる方法を思いついた。これでボスもチャタ―ラもおれを認めてくれる、そう確信した。われながらすばらしいアイディアだった。一度思いつくと頭から離れなくなった。

筋肉《ムスクロ》が牛の脛骨を咬み砕く音の聞こえるなかで、電気ドリル《エル・タラドロ》は昨夜の嵐が嘘だったように晴れている青空を見上げ、A&Wルートビアをひといきに飲みほした。

コシモは工房ですごす時間の大半を柄《ハンドル》作りに費やした。それもナイフメイカーの重要な仕事だった。とくに刃《ブレイド》を折りたたんだ状態のフォールディングナイフでは、柄《ハンドル》がそのナイフの顔になる。骨《ボーン》、天然樹木《ウッド》、貝《シェル》、化石《フォッシル》、コシモはそれぞれの材料から形を削りだし、パブロの作ったナイフと組み合わせて、いくつかは最後の仕上げをまかされた。

工房には世界各地から柄《ハンドル》材が届けられる。

毎日のようにボイルする牛の脛骨の産地はアメリカだった。鹿の角はインドから、マンモスの化石の牙はロシア、マストドンの化石の牙はカナダ、ワシントン条約の附属書Ⅱに記載されて稀少《きしょう》品となった河馬《かば》の牙は、南アフリカから輸出されてくる。

「象牙、それに犀の角――」ある日パブロはコシモに語った。「ああいう違法な密猟品で柄《ハンドル》を作れば、それだけで高値がつく。でもおれはやらない。ブラックマーケットで出まわっている品で値を吊り上げるなんて、ナイフメイカーのやることじゃないからな」

パブロがそう言うのを聞いたとき、コシモは少年院の法務教官の言葉を思いだした。

**ただしいことをしたら、どうどうとむねをはりなさい。**

ところがパブロの様子は、それからはほど遠いものだった。ひどく淋《さび》しげな顔つきで、目線は宙をさまよい、まるで嘘をついている人間のようだった。コシモが質問しようとすると、パブロは「散歩してくる」と言い残して、逃げるように工房を出ていった。

一人になったコシモは柄《ハンドル》を作りつづけ、そのうちに腹が空いてきて、昼食のときにひときれだけ取っておいた宅配ピザを、オーブントースターに入れて温めた。

# 35

## cempöhualli-huan-caxtölli

十月になったばかりの涼しい午後、パブロは作業台に川崎市内の電車の路線図を広げ、コシモと二人でのぞきこんでいた。指で路線図を押さえながら乗り継ぎを教えるパブロは、コシモの力のない返事を聞いて不安になった。こいつはきちんと目的地までたどり着けるのか？

コシモは一人で電車に乗ったことがなく、バスもタクシーも使ったことがなかった。むろん免許もない。パブロは眉間《みけん》にしわを寄せて腕組みした。二メートル以上の大男が町で迷っていたら嫌でも目立つ。今までどおり、おれが行ったほうがよさそうだ。

あきらめかけたパブロの横で、路線図を見ていたコシモが言った。「おれ、このへんしってます」

コシモの長い指が、目的地の自動車解体場《ヤード》に最寄りの武蔵中原《むさしなかはら》駅に置かれていた。

「わかるのか？」と言ってパブロは眉をひそめた。

「こっちにバスケのアリーナがある」

「そうだ」パブロはうなずいた。コシモの言うとおり、多摩川のほうに進むとへとどろきアリーナ〉があった。「そうか、おまえバスケ好きだったな。行ったことあるのか？」

「うん。じてんしゃで」

「自転車」とパブロは言った。「なるほど。その手があるな」

小田栄にある工房から、上小田中《かみこだなか》の自動車解体場《ヤード》まで、ナイフの柄材《ハンドル》にしなかった牛の脛骨を届ける。番犬の玩具になる骨を従業員に渡せば用事はそれで済む。コシモのちょっとした出張のためだけに、パブロは中古の自転車を買った。錆《さ》びたかごと荷台がついていて、ブレーキのワイヤーはひどくゆるんでいた。パブロはワイヤーを締め直し、チェーンと歯車に潤滑油を差して、タイヤのチューブを取り替え、しっかりと空気を入れた。

牛の脛骨が六本詰めこまれた段ボール箱を荷台にくくりつける前に、パブロはふたを開けて、ドッグフードの袋を放りこんだ。かりに途中でコシモが職質に引っかかった場合、犬用の骨と餌を運んでいます、と警官に説明させるためだった。

「日が落ちたらライトをつけろ」

「うん」

「自動車解体場《ヤード》にいる連中には関わるな。届けたらすぐ帰ってこい」

「わかった」

西日の射してくる方角に向かって、コシモは軋《きし》むペダルを漕《こ》いだ。遠ざかっていく鳥の群れの影を見送り、ちぎれた雲を眺めた。

多摩川に近づくにつれて、吹いてくる風が変わってきた。コシモは思った。


**ひろいかぜ。**


風にはいろんな種類があった。ひろいかぜ、せまいかぜ、まるいかぜ、するどいかぜ、おこるかぜ、わらうかぜ、なくかぜ。それらはおたがいに組み合わさることもあり、ナイフの刃《ブレイド》と柄《ハンドル》のように無限のパターンを持っていた。

あとどれくらいで着くのか、ペダルを漕ぎながらコシモは考えた。パブロにもらった腕時計を手首に巻いていたが、一度も針を見ようとはしなかった。やがて彼は**時間**のことを考えはじめた。

コシモは時間についての奇妙な哲学を持っていた。むろん本人はそれを哲学だとは思わず、口下手なので他人にうまく説明することも不可能だった。

じかんがふろにはいっている、そんな言葉を口にしたとき、少年院の法務教官はコシモを呼び止めて注意した。「まちがってるぞ」と言った。「正しくは『風呂に入っている時間』だ」

同じようなことはパブロとの会話でも起こっていた。じかんがゆうひにしずんでいる、と言ったコシモの文法を、パブロはゆっくりと訂正した。「夕日が沈んでいる時間――

だろ？」

法務教官に注意されたときも、パブロに言い直されたときも、コシモにはまちがえたつもりはなかった。自分の感じている時間のことをごく自然に、正しく言ったつもりだった。

コシモにとって時間は、主体や事物の容れ物ではなく、生命そのものだった。時間こそが主語だった。時間のほうがこの世界を経験しているという考えかたは、一般常識から見ればまるであべこべで、フィルムのポジとネガを反転させたような世界観だといえた。

こういう考えかたをするのは、どうやら自分だけのようだと気づいたコシモは、誰かと時間の話をするのを控えるようになった。

自動車解体場《ヤード》に着いたころにはすでに暗くなっていた。

有刺鉄線が巻きつけられた監視カメラの下で自転車を降りて、コシモはインターフォンのボタンを押した。「こんばんは」と言った。「ほねをとどけにきました」

反応はなく、もう一度ボタンを押そうとすると、鋼鉄のゲートがゆっくりとスライドしはじめた。投光器の照らす夜の自動車解体場《ヤード》が目の前に広がり、コシモは自転車を押して敷地に入っていった。

暗がりのなかに現れた若者は、野球帽を後ろ向きにかぶり、薄汚れた軍手をはめて、ガムを噛《か》んでいた。Tシャツからのぞく左腕と首筋に入れ墨が彫ってあった。
「冗談だろ」電気《エル・》ドリル《タラドロ》はガムを噛みながら、コシモの顔を見上げるなり言った。「おまえ何センチあるんだ？」

Cボーンの柄《ハンドル》を加工していた手を休め、パブロは工房の壁の時計に目を向けた。午後八時。コシモはまだ帰ってこなかった。持たせたスマートフォンに連絡してみたが、呼びだし音だけがつづいた。

パブロは作業用の眼鏡を外し、目もとをもみほぐした。それから作業台に散らばっている削りくずを見つめた。Cボーンの削りくず。地獄の眺め。

雇われた工房で作るすべての商品のなかで、本物の頭蓋骨に次いで高価なものが、柄《ハンドル》にCボーンを使用したカスタムナイフだった。作るのは小型のフォールディングナイフばかりで、シースナイフはほとんどなかった。Cボーンは中型や大型の刃《ブレイド》を支える柄《ハンドル》の材料としては強度が不足している、とパブロは思っていた。

ボイルや乾燥といった下準備を手伝わせても、Cボーンの加工そのものは、パブロは絶対にコシモにやらせなかった。教えることもしなかった。すべてを一人で引き受けた。パブロはこの世の残酷さを嘆き、許しを乞いながら、Cボーンに模様を彫り、サンドペーパーで磨き、表面にオイルを染みこませた。

完成品を梱包《こんぽう》した箱のラベルには、Cボーンとは書かれなかった。そこにはこう記された。

**Kawasaki Riverport Metal Ltd.**
**鑑賞用カスタムナイフ／鋼鉄《スティール》／牛の骨（ジグドボーン、オイルドボーン、ボーンスラブ）**

パブロは作業用の眼鏡をかけ直し、あくまでも牛の骨だといつわって売られる高額の柄《ハンドル》をふたたび削りはじめた。彫刻刀をうごかしながらときおり壁の時計を見上げ、不安をつのらせた。

コシモを一人で自動車解体場《ヤード》に行かせたのは失敗だった。あいつは何をやっているんだ。電話にも出ない。だいたいこの程度の用事すらできなければ、一人前にはなれない。

そう思ったとき、パブロは自分自身の愚かさをあざ笑った。

一人前だって？　そんな言葉は、まともな職業に就いた人間のためのものだ。この工房で、おれが、おれたちがやっているのは――

電気ドリル《エル・タラドロ》が十四歳まで暮らしたブラジルの言葉、ポルトガル語では、山のように背の高い男を〈モンターニャ〉と呼んだ。

自動車解体場《ヤード》に牛の脛骨を届けにきた奴が、驚くほどのモンターニャだった点をのぞけば、すべては電気ドリル《エル・タラドロ》の考えたシナリオどおりに進んでいた。むしろ新顔が現れたのは、電気ドリル《エル・タラドロ》にとって好都合だった。いつも牛の脛骨を持ってくる中年男、陶器《ラ・セラミカ》が相手だったら、警戒されて失敗したかもしれなかった。

電気ドリル《エル・タラドロ》がモンターニャに話を聞いてみると、自分よりも歳下で、通称さえ持っていないとわかった。呼び名がないのは、調理師《エル・コシネーロ》に役立たずと見なされている証拠だ、と電気ドリル《エル・タラドロ》は考えた。無駄にでかいだけの気の毒な奴なんだな。

じっさいにはコシモは調理師《エル・コシネーロ》に会ったことがなく、そんな人間がいることすら知らなかった。

百六十八センチの電気ドリル《エル・タラドロ》、二メートルを超えるコシモ、自動車解体場《ヤード》の投光器の光が地面に映す二人の影は、親子のように頭の位置に差があった。

自転車を押すコシモと並んで歩きながら、電気ドリル《エル・タラドロ》は砂利を踏みしめる足音にまぎれて、小声でつぶやいた。


**悪く思うなよ、モンターニャ。おまえは運がなかったんだ。**

敷地の南側へコシモを連れてきた電気ドリル《エル・タラドロ》は、筋肉《ムスクロ》の前で立ち止まった。普段世話をしていても、不用意には近づかなかった。

鎖につながれて、土の上に横たわっている犬をコシモは眺めた。これまで川崎の町で見かけたどんな犬よりも大きく、力も強そうだった。白く短い毛に覆われていたが、右目のまわりだけが黒かった。そのせいで眼帯をしているように見えた。ときおりこの犬種に現れる遺伝で、猪《いのしし》狩りやピューマ狩りにドゴ・アルヘンティーノを連れていくラテンアメリカの男たちが〈海賊《ピラタ》〉と呼んでいる顔だった。

コシモが抱えた段ボール箱のなかをのぞきこんだ電気《エル・タラドロ》ドリルは、ドッグフードの袋を取り上げた。「何だこれ」と言った。「こんなものあいつは食わねえよ」

ドッグフードの袋を地面に放り捨てた電気《エル・タラドロ》ドリルは、コシモに牛の脛骨の入った箱を抱えたままそこで立っているようにと命じた。それから寝そべっている筋肉《ムスクロ》にそっと近づいて、首輪と鉄パイプをつなぎ留める鎖のロックを、コシモから見えない角度で外しはじめた。

つながれていたはずの大型犬が、何かの拍子で自由になったり、飼い主の不注意で檻《おり》の扉が開いてしまったりして、不運な通行人が襲われる。そんな事故は世間のどこかでいつも起きている。交通事故と同じような悲劇だった。動物園の飼育係でさえ、ライオンに咬み殺されたりする。猛獣の飼育に事故はつきものだ。牛の脛骨を届けにきた新顔を見て、突然にドゴ・アルヘンティーノが暴れだす。不自然なところはどこにもない。電気《エル・タラドロ》ドリルはそう考えていた。

なぜか鎖が外れて自由になった番犬、襲われる工房の人間。彼を助けるためにしかたなく銃で番犬を撃つ。

それが電気ドリル《エル・タラドロ》の描いたシナリオだった。自分には勇気があり、仲間思いで、射撃の才能もある。調理師《エル・コシネーロ》やチャターラに認めてもらうには、そうするしかないと思いこんでいた。

問題は敷地の東側に隠してあるバラクーダを、走って取ってくるまでにかかる時間だった。あらかじめ持ちだせば疑われるので、本当の緊急事態になってから取りに行くしかなかった。そのあいだに時間を稼ぐのは、番犬に襲われる人間のほかにはいない。筋《ムス》肉《クロ》に襲われたモンターニャがどうなるのか、神のみぞ知ることだった。

ロックを解除すると、電気ドリル《エル・タラドロ》は手首にかけた鎖のずっしりとした重さを感じながら、静かに地面に垂らしていった。

筋肉《ムスクロ》は急に外れた鎖を不思議そうに眺め、そこにしばらく鼻先を近づけていたが、やがて起き上がるとあくびをして、太く鋭い牙をのぞかせた。首を振り、それから全身を激しく震わせた。体長一メートル十二センチ、体高六十八センチ、体重五十二キロ。無骨な顔つきに似合わないすらりとした白い胴体は、投光器の光を浴びて雪の塊のように輝いた。もう一度首を振ると、いちばん近くにいる人間を暗い目でじっと見つめた。

コシモは風が変化したのを感じた。あばれだすかぜ。自動車解体場《ヤード》のなかを、何の物音も立てずに竜巻が駆け抜けていくようだった。じかんがいかりくるっている。

自由にしてやった筋肉《ムスクロ》が、牛の脛骨の詰まった箱を抱えて突っ立っている新顔に近づいていくことは、電気ドリル《エル・タラドロ》にとって当然の展開だった。ところが現実はそうならなかった。すでに敷地の東側に向かっていた電気ドリル《エル・タラドロ》は、かすかな足音を耳にして振り返り、一度も吠えることなく猛然と飛びかかってきた筋肉《ムスクロ》の姿を目にして、恐怖と絶望に襲われた。

**どうしておれなんだ。世話をしてやったじゃないか。**

一瞬で押し倒された電気ドリル《エル・タラドロ》は、自分の頬骨が咬み砕かれる音を聞いた。泣いて助けを求めた。返事は獣の熱い吐息だけだった。視界の片隅に段ボール箱を持って突っ立っているモンターニャが映り、すぐに血で見えなくなった。生きたまま顔が破壊されていった。ネコ科の猛獣と殺し合える猟犬にとって、二十歳の人間の男など子猫にすぎなかった。

痙攣《けいれん》している電気ドリル《エル・タラドロ》から顔を上げたドゴ・アルヘンティーノは、舌を垂らして堂々と首を振り、温《ぬく》もりのある血と肉片と唾液《だえき》をまき散らした。唾液のなかには、欠けた顔面の骨が混ざっていた。

生まれ持った狩りの本能を解放する喜びを感じながら、赤く染まった鼻先をつぎの標的に向けた。暗い光を放つ両目が、段ボール箱を抱えてじっと立っているコシモを見つめていた。その箱のなかに牛の脛骨があるのを、頭のいいドゴ・アルヘンティーノはきちんと理解していた。だが今夜は、それよりもずっと楽しい玩具があった。

調理師《エル・コシネーロ》からパブロに着信があったのは、その日の深夜だった。

パブロは工房でコシモの帰りを待っていたが、結局帰ってこなかった。しかたなくパブロは自宅に引き上げ、テレビでバスケットボールの試合を観ながら、いつのまにか眠っていた。第二クォーターの途中から記憶が途ぎれていた。

静止したカラーバーの映っているテレビを消して、鳴っているスマートフォンを手に取ったパブロは、見覚えのない番号を眺めた。直感的に調理師《エル・コシネーロ》か奇人《エル・ロコ》だと思った。あの連中は毎日のように番号を変え、早朝や深夜でもかまわずに電話してくる。

「陶器《ラ・セラミカ》」聞こえてきたのは、調理師《エル・コシネーロ》の話すスペイン語だった。「おまえが雇った若い奴が自動車解体場《ヤード》にいる。コシモとかいったな。あいつを連れておれの店に来い」

パブロはだまりこんだ。コシモがまだ自動車解体場《ヤード》にいる？　すぐに返事ができなかった。やがて怖るおそる訊いた。「――コシモが、何かやりましたか？」

「あいつもナイフを作れるのか？」パブロの問いには答えずに調理師《エル・コシネーロ》が言った。

「技術を教えて、いくつか作らせましたが――」

「ぜひ見てみたい」と調理師《エル・コシネーロ》は言った。

そこで通話を切られた。これまで真夜中の電話で起こされることはあったが、店——桜本のペルー料理店——に呼びだされたのは記憶になかった。耳に残った調理師《エル・コシネーロ》の低い声が、パブロを怯《おび》えさせた。動悸《どうき》が速くなり、汗を吸ったTシャツが不快さを増した。

パブロはスマートフォンを両手で握りしめ、待ち受け画面に設定している娘の写真を見つめた。すがりつくようにその小さな笑顔を凝視しつづけた。彼女の笑顔のまわりに、果てしなく深い闇が広がっていた。パブロはスマートフォンから目を逸《そ》らした。

ただごとではなかった。調理師《エル・コシネーロ》に呼びだされた。コシモといっしょに。自動車解体場《ヤード》で何があったのか。パブロは目を閉じた。パブロには信仰はなかったが、死んだ父親は熱心なカトリックだった。かつて父親が口にしていたように、一人きりの寝室で、パブロは生まれてはじめて自分の意志で言った。神よ。

## 36

cempöhualli-huan-caxtölli-huan-cë

自動車解体場《ヤード》の鋼鉄のゲートを目にするたびに、パブロは沖縄の米軍基地を思い浮かべた。ゲートが開くと、シトロエン・ベルランゴのアクセルペダルを軽く踏んで敷地内へ入っていった。

機械解体用のパワーショベルがヘッドライトの光に浮かび上がり、怪物のようにそびえ立っていた。不穏な静けさのなかで車を降り、フロントドアを静かに閉め、ガレージの二階にある事務所へと上がっていった。

事務所のドアは開いていた。パブロの目に社長の宮田とコシモの姿が映った。二人は応接用のソファに座り、うなだれたコシモのTシャツには血がついていた。

疲れきった様子の宮田は、パブロが現れたのに気づくと言った。「着替えを用意してやりたかったが、この体に合うサイズがなくてね」

「何があったんです？」とパブロは言った。

宮田が電子煙草の煙を吸いこんだ。「ウチの従業員が番犬に咬まれたんだよ。咬まれたというか――」

重傷で死にかけている、とまでは宮田は言わなかった。

「咬まれたって、あの犬にですか？」パブロは低い声で言った。「コシモ、おまえも咬まれたのか？」

　コシモは返答しなかった。パブロがよく見ると、Tシャツには血だけではなく土もついていた。

「番犬が逃げたんですか？」とパブロは訊いた。

「番犬なんてのは、名ばかりでね」と宮田が言った。「あんたも知ってるように、あれは化け物だ。そうだろ？　おれはね、消防署をやめてから、のんびり暮らしたかっただけなんだよ。それがこのごろじゃ、化け物どもに囲まれて夜も眠れない。昔より寝つきが悪くなったくらいでね」

　パブロはもう一度訊いた。「番犬はどこにいるんです？」

「いないよ」と宮田は言った。「彼が――あんたのところの若いのが殺しちまったよ」

　真夜中の川崎のドライブ。

　中原区の自動車解体場《ヤード》を出て、調理師《エル・コシネーロ》の待つ桜本のペルー料理店〈パパ・セカ〉へ向かいながら、パブロはできるだけゆっくりとベルランゴを走らせた。信号が見えてくると、かなり手前で減速した。考える時間が欲しかった。パブロの頭は混乱していた。コシモとはひと言も言葉を交わさなかった。

交差点の脇の路地裏に少年たちが集まって、真夜中の即興のラップを楽しんでいた。川崎に暮らす韓国人のグループ、パブロやコシモと同じように日本に生まれ育ち、もう一つのルーツである韓国語、さらには英語を話すことができる者もいれば、日本語しか話せない者もいた。パブロはパワーウインドウを少し下げ、信号が変わるのを待つあいだ、彼らのサイファー《サイファー》に耳を傾けた。日本語のラップ、韓国語のラップ、英語のコーラス、ヒューマンビートボックス、手拍子、足踏み。

リズムを乗りこなして盛り上がっている少年たちは、コシモと同世代だった。信号が青になり、パブロはベルランゴのアクセルペダルを踏んだ。

〈パパ・セカ〉の前にやってくると、ベルランゴのエンジンを切り、店の看板を照らすヘッドライトを消した。ドアにはクローズドの札がかかっていたが、窓からは明かりが漏れていた。パブロは駐車場に目を向けた。ジープ・ラングラー、レンジローバー、逆輸入されたピックアップトラックのトヨタ・タンドラ。

フロントドアガラスが叩かれる音がした。折り曲げた指の関節でこつこつと叩いている男が、左ハンドルの運転席に座るパブロの横顔をのぞきこんでいた。マンモス《エル・マムート》。パブロはその日本人の男を自動車解体場《ヤード》で見たことがあった。呼び名も知っていた。パブロはドアを開けた。

「何やってんだ」とマンモス《エル・マムート》は言った。「早く降りろよ」

うながされて二人は車を降りた。マンモス《エル・マムート》は百九十一センチ、百二十三キロの大男だったが、直立したコシモの身長を目にすると、あきれたように笑った。マンモス《エル・マムート》は杢《もく》グレーの無地のTシャツを手に持っていた。サイズは8Lだった。「とりあえずこれに着替えろ」

　コシモは軽く頭を下げ、その場で血と土のついたTシャツを脱ぎ、新しいTシャツを着た。

　クローズドの札がかかった店のドアをマンモス《エル・マムート》が開けた。黒いTシャツから伸びた上腕二頭筋がふくれ上がり、そこから手首にかけて入れ墨がびっしりと皮膚を埋めつくしていた。

　騒々しい男たちの声が聞こえる店のなかにパブロが入り、コシモがあとにつづこうとすると、マンモス《エル・マムート》が腕を伸ばしてさえぎった。「おまえは上だ。ついてこい」

　ただコシモを見送ることしかできず、表情を硬くしたパブロの目の前で店のドアが閉ざされた。

　コシモはマンモス《エル・マムート》に案内されて、建物の外階段を上り、事務所に向かった。監視カメラ、鋼鉄のドア。オートロックの鍵は内側からしか解除されなかった。ドアが開き、背中を叩いてコシモを前に進ませたマンモス《エル・マムート》は、食事をつづけるために一階の店に戻っていった。

　コシモが入った部屋は真っ暗で何も見えなかった。消灯された少年院の個室よりも暗かった。コシモは背後のドアが自動で施錠される音を聞きながら、そこから進むこともできずに立ちつくしていた。

何も見えないが、人の気配は感じられた。じっと自分のほうを見ていた。ふいにコシモは、空で稲妻が光っているのに、雷鳴がまったく聞こえない夜のことを思いだした。

「暗闇に目が慣れるには時間がかかる」と男の声が言った。スペイン語だった。「そのうち見えるようになる」

男がマッチを擦って何かに火をつけた。やがてコシモのところに甘い花とガソリンの混ざったような、何とも言えない香りが漂ってきた。

「なんのにおいですか」とコシモはスペイン語で訊いた。

「コパリ」と男は言った。「琥珀《こはく》になる前の樹脂のことを、ナワトル語でそう呼ぶ」

「――ナワトル？――」

「コパリの煙は、アステカには欠かせないものだ」

「――アステカ？――」

「おまえの背はいくつだ？」

「いまは――」急に訊かれたコシモは、工房で巻尺《テープメジャー》を使って最近測った数字を思いだそうとした。はじめてパブロに出会った日から、二センチ伸びていた。二メートル四センチ。コシモはスペイン語で答えた。「ドス・イ・クアトロ」

「おまえを見ていると」と男が言った。「セルヒオを思いだす」

「――セルヒオ――」

「セルヒオ・エンリケ・ビジャレアル・バラガン。〈大男《エル・グランデ》〉と呼ばれていた。ヌエボ・ラレドで一度会ったことがある。あの男も二メートル《ドス・メトロス》を超えていた。こうして見ると、おまえのほうが大きいようだな」

暗闇に慣れないコシモの目には、相変わらず男の姿が見えなかった。大男《エル・グランデ》と聞いてコシモは考えた。そして言った。「セルヒオは、バスケットボールのせんしゅですか」

「バスケットボール？」男はふたたびマッチを擦ったが、火を移したのはコパリではなく、口にくわえたマリファナだった。「あいつは麻薬密売人《ナルコ》だ。有名な奴さ。まだ刑務所にいるだろう」

バルミロはいつも暗闇のなかで招いた相手を待っていた。最初から明かりをつけて会う相手は、野村や末永などにかぎられていた。

閃光発音筒《スタングレネード》を机の引きだしに隠しているのは、メキシコ時代の名残りだった。暗視ゴーグルを装着して突入してくる敵の視力を、閃光《せんこう》の一撃で奪い去ることができる。

「母親《マドレ》がメキシコ人なのか」とバルミロが訊いた。

「はい《シ》」とコシモは答えた。暗闇のなかに男の顔の輪郭が少しずつ見えてきた。

「どこの生まれだ」

「シナロア」

「シナロアか」バルミロは濃い煙を吐きだした。「故郷の話を聞かされたか？」

「いえ《ノ》」とコシモは言った。「シナロアのはなしは、かあさん《マドレ》はしなかったです。メキシコシティの——ソカロのはなしのはなしを、よくしゃべってました。メキシコばんざ《ビーバ・メヒ》い《コ》って」

「独立記念日の花火か。お祭り騒ぎだ」とバルミロは言った。「メキシコシティの地下に何が埋まっているのか、母親《マドレ》に教えてもらったか？」

「いえ《ノ》」

「首都の下にはピラミッド《ピラミデ》が埋まっている。神殿《テンプロ》がな。メキシコシティは、テノチティトランの栄光の上に築かれた。アステカの持っていたすべてが破壊されて、あの都市の地下で眠っている」

「——アステカって、だれですか」とコシモは言った。

コシモは他人との会話で冗談を言うことはなかったが、自分が真剣に何かを質問すると、急に相手が笑いだすことがあった。このときもコシモは、暗闇にいる男に笑われる気がした。しかし男はまったく笑わなかった。そして質問にも答えなかった。

「コシモ」とバルミロは言った。「おれはめったなことでは驚かない。だが、おまえが素手でドゴを殺したと聞いて、ひさしぶりに驚いたよ」

「——ドゴ——」

「自動車解体場《ヤード》でおまえが殺した犬の名だ」

コシモはくちびるを噛んだ。「すみませんでした」と言って頭を下げた。そのまま下げつづけた。自動車解体場《ヤード》の社長の宮田に、ペルー料理店のオーナーが犬の本当の飼い主だ、と教えられていた。犬は生き返らず、咬まれた若者も死にかけているはずだった。もしかすると、もう死んだのかもしれなかった。

「顔を上げろ」とバルミロは言った。「何が起きたのか、覚えているか？」

「はい《シ》」

電気ドリル《エル・タラドロ》も知らない位置にあったカメラに何もかも記録されていた。電気ドリル《エル・タラドロ》がやったのは、まぎれもない裏切りだった。ドゴを勝手に自由にして、部外者を襲わせようとしていた。裏切り者には死が与えられる。だがブラジル生まれの小僧の裏切りなど、バルミロにとってはたいして問題にならなかった。その直後に起きたことにくらべれば。

自動車解体場《ヤード》の監視カメラの映像を宮田から送られたバルミロは、コシモに会う前に一部始終を確認していた。

電気ドリル《エル・タラドロ》を瀕死《ひんし》に追いやり、鼻先を血に染めたドゴ・アルヘンティーノが、レンズのフレームのなかに戻ってくる。コシモは抱えていた箱を放りだし、牛の脛骨が地面に転がる。

五秒経過。

ドゴ・アルヘンティーノは脛骨に見向きもしない。真っすぐに、コシモに狙いをさだめて飛びかかる。コシモはひるむことなく長い右腕を突きだす。牙をむく犬の顔の肉をつかみ、宙で受け止め、地面に叩きつける。すぐさま左腕を振り上げて、拳《こぶし》の側面を犬の頭に振り下ろす。

十秒経過。

世界最強と謳《うた》われる猟犬が舌を垂らして痙攣し、やがてうごかなくなる。殴られた側の眼球が衝撃で外に飛びだしている。作り物の映像のようだった。眺めていたバルミロは戦慄《せんりつ》さえ感じた。どれほどの腕力、どれほどの握力があれば、こんなことができるのか。力だけではない。獲物を仕留める俊敏さ、とどめを刺す冷徹さにおいても、その若者はずば抜けていた。

「おまえがドゴを殺したことを、おれは怒っていない」とバルミロは言った。「だがコシモ、あのドゴを素手で殺したことで、おまえの人生は大きく変わる。おれと会っていることで、もう変わってしまっている」

おれはまた、しょうねんいんにはいるのか、とコシモは思った。そうなったら、パブロとマリナルはきっとおこるだろう。

「選ばれたおまえは、ピラミッド《ピラミデ》の前に立っている」バルミロはマリファナの煙を吐いて言った。「そこに立てば、あとは太陽と月に向かって階段を上るばかりだ。その先に心臓《コラソン》をえぐりだす神官が待っている。おまえはその仲間に加わる」

男が何を話しているのか、コシモにはまったく意味がわからなかった。

「ドゴが死んだのはおまえの責任ではない」とバルミロは言った。「コシモ、おまえは当然のことをした。戦士として戦い、みごとに獣に打ち勝った。だが電気ドリル《エル・タラドロ》はどうだ。原因はすべて電気ドリル《エル・タラドロ》にある。電気ドリル《エル・タラドロ》はおれたちを、家族《ファミリア》を裏切った。おれたちの言うことを聞かず、勝手にドゴの鎖を解いた。おまえが勇敢にもドゴと戦ったおかげで、奴は顔の半分を食いちぎられたが、まだ生きている。恥をさらしたその命もすぐに終わる。電気ドリル《エル・タラドロ》は自分の行為の報いを受けなくてはならない。奴は家族《ファミリア》を裏切った」

「――かぞく《ファミリア》――」

「コシモ、おまえは今日からおれたちの家族《ファミリア》だ。神に捧げられる電気ドリル《エル・タラドロ》の最期をおれたちと見届ける。その前に下に行って、食事をするといい。チャタ－ラ、マンモス《エル・マムート》、ヘルメット《エル・カスコ》と会ってこい。わかるか、コシモ？　おれたちは――」

**おれたちは家族《ソモス・ファミリア》だ。**

# 断頭台《エル・バティブロ》。

## 37

cempöhualli-huan-caxtölli-huan-öme

マンモス《エル・マムート》とヘルメット《エル・カスコ》は、調理師《エル・コシネーロ》との面会を終えて店に下りてきたコシモをそう呼んだ。二人はスペイン語で相手を呼ぶのにすっかり慣れていた。

彼らは調理師《エル・コシネーロ》が決めた少年の呼び名を、まだ事情の飲みこめていない本人よりも先に知っていた。思いがけない事故によって調理師《エル・コシネーロ》に評価され、即決で殺し屋《シカリオ》に加えられることになったコシモは、二人に歓迎されても困惑するばかりだった。

コシモが呼ばれたテーブルで、マンモス《エル・マムート》とヘルメット《エル・カスコ》に挟まれたパブロが小さくなっていた。二人にずっとペルー産の葡萄《ぶどう》で作る蒸留酒のピスコを飲まされていた。車で来ていたが、暗い顔でテーブルに視線を落としていた。

「おまえ、ナイフ作るんだって？」マンモス《エル・マムート》が指を開いたり閉じたりしながらコシモに訊いた。「器用なのはいいよな。結局、手先が器用な奴ってのは、素手喧嘩《ステゴロ》も強いんだよ」

「あれを殴り殺せるってのは、半端《はんぱ》じゃねえな。なあ、親父」ヘルメット《エル・カスコ》がパブロの肩を叩いて言った。パブロは下を向いたままだった。

自動車解体場《ヤード》でドゴ・アルヘンティーノの世話をして、みずから撃ち殺した経験のある男たちは、あの犬を素手で殺すことのすさまじさを誰よりも理解していた。調理師《エル・コシネーロ》にコシモの話を聞いたとき、興奮して目を輝かせずにはいられなかった。

「ところでおまえ、何やって年少に入った？」とヘルメット《エル・カスコ》が訊いた。

「おれは──」

「知ってるよ」ヘルメット《エル・カスコ》が笑ってコシモの言葉をさえぎった。「こんなところで言うな。ほかのお客さんもいるからな」

　クローズドの札をかけた〈パパ・セカ〉の店内は貸しきり状態で、十人以上の屈強な男たちがペルー料理の肉のパイ《エンパナーダ》を食べ、蒸留酒のピスコと、ピスコをジンジャーエールで割ってライムを足したチルカーノを飲んでいた。

　騒いでいるのは、横浜の会場での興行を終えたメキシコ人ルチャドールたちだった。善玉《テクニコ》も悪役《ルード》も入り混じり、日本人プロモーターに連れられてやってきていた。マスクを脱いで素顔に戻っている者もいれば、プライベート用のマスクをかぶっている者もいた。「寿司が食いたい《キエロ・コメール・スシ》」などと叫びながら、陽気に酔っ払い、真上の階に自分たちの国から逃げてきた麻薬密売人《ナルコ》が潜んでいるなど夢にも思わずに、さらに飲みつづけた。

札が濡《ぬ》れると、額に汗を浮かべた男たちは悲鳴を上げて笑った。

ピスコで上機嫌になった男たちは、一台のテーブルを囲んで金を賭《か》けるアームレスリング《ルチャ・デ・ブラソ》をはじめた。対角線上にコースターが置かれ、そこに手の甲がつくと負けだった。ひと勝負につき三千円が賭けられた。ルチャドールの身長は大きな男でもせいぜい百八十センチ程度だったが、誰もが職業にふさわしい太い首を持っていた。肩、上腕、前腕にかけての筋肉もぶ厚かった。アームレスリング《ルチャ・デ・ブラソ》の勝負は白熱し、スペイン語の罵声が飛び交い、酒がこぼれて千円

「あいつら、誰だか知ってるか」とマンモス《エル・マムート》が言った。

コシモは男たちに目を向けた。きらきらと光る赤い布で頭をすっぽり覆った男がいて、紫色や緑色の布をかぶっている男もいた。布には美しい刺繍《ししゅう》がほどこされ、コシモは近くで見てみたいと思ったが、出されたペルー料理を食べるのに忙しかった。肉のパイ《エンパナーダ》、真蛸《まだこ》のセビーチェ、ジャガイモと牛の第二胃《ハチノス》を煮こんだカウカウ。

「あのひとたちもかぞく《ファミリア》ですか」ライムの酸味とアヒ・アマリージョの辛味を味わいながら、コシモは訊いた。

「あいつらはちがうよ。あいつらはプロレスラーだ」マンモス《エル・マムート》が笑った。

「プロレスラーって言うな。ちゃんとルチャドールって言え」とヘルメット《エル・カスコ》が言った。

「断頭台《エル・パティブロ》、おまえスペイン語できるんだろ？　スペイン語だと、プロレスはルチャ・

リブレ〉なんだよな？」

ルチャ・リブレ。真蛸を嚙みながらコシモは考えた。「おれはしらないです」

「おまえ、プロレス観たことないのか？」とマンモス《エル・マムート》が言った。

「だからルチャ・リブレだって言ってるだろ」とヘルメット《エル・カスコ》が言った。

「どっちでもいいんだよ」と言ってマンモス《エル・マムート》がコシモの肩に手を載せた。「新入り、見てろ。今からあのお兄さんが全員から金を巻き上げるぞ」

アームレスリング《ルチャ・デ・ブラソス》の勝負にチャターラが名乗りを上げると、ルチャドールたちはサファリハットをかぶった日本人の勇気を讃えた。彼らはチャターラのことを店に居合わせた常連で、気のいいルチャ・リブレのファンくらいに思っていた。

勝負がはじまると、誰もチャターラに勝てなかった。大人に挑んだ子供のようにつぎつぎとねじふせられ、悔しまぎれにテーブルを思いきり叩いたりした。そのたびに衝撃で瓶やグラスが床に落ちて割れた。

コシモは食事をしながら、勝ちつづけるチャターラを見た。背は低かったが、体の厚みは異様なほどで、風船のような胴体から手足と首が生えていた。あきらかにメキシコ人の男たちよりも腕が太かった。

ルチャドールは左手でテーブルの端をつかみ、体重を支えて右手に力を込めたが、チャターラのほうは空いた左手にテキーラのショットグラスを持つほど余裕があった。

チャターラの前に千円札が何枚も積み重なっていった。それまでバーカウンターでテキーラを飲みながら、勝負をじっと眺めていた一人の男が、テーブルに歩み寄って対戦を要求した。仲間が素人にこけにされるのを見すごすわけにはいかなかった。

男のかぶっている黒いマスクには悪魔を象徴する山羊《やぎ》の頭と、黒魔術の魔法陣が縫いつけてあった。男は〈毒《エル・ベネノ》〉の名前で人気の悪役《ルード》だった。凶悪なファイトスタイルで観客を盛り上げるいっぽうで、冷静な観察力を持っていた。頭が切れなければ悪役《ルード》は務まらなかった。

男はルチャドールになる以前に、アームレスリング《ルチャ・デ・ブラソス》の競技を経験していた。専門のトレーニングを積み、メキシコシティで開かれた国際大会のライトハンド九十キロ級で三位に入賞したことがあった。

ルチャドールに勝ちつづけている太った日本人《ハポネス》は、たしかに腕力はあったが、動作を分析するかぎり、技術を知らなかった。いつも吊り手《トップロール》で勝っていて、しかしおそらく本人は何も意識していなかった。吊り手《トップロール》で勝つ選手は、手首を巻きこんでくる噛み手《フック》の相手を苦手とする。それはアームレスリング《ルチャ・デ・ブラソス》の常識だった。力まかせの吊り手《トップロール》は、開始と同時に噛み手《フック》に持ちこまれると対応できない。そしてアームレスリング《ルチャ・デ・ブラソス》においては、競技経験者の瞬発力に素人はまず敵《かな》わないことを、毒《エル・ベネノ》は知り抜いていた。

自信満々でテーブルに肘《ひじ》を突く毒《エル・ベネノ》に向かって、チャターラは審判を務める日本人プロモーターを通じて「おれは奪った金を全部賭けるので、そっちはマスクを賭けないか」と提案した。

そのとたんにルチャドールたちの空気が変わった。チャタ―ラの提案は彼らがもっとも嫌うものだった。マスクは高価であるばかりではなく、命を託したプロフェッショナルの道具だった。ハロウィンの仮装とはわけがちがっていた。

それでも毒《エル・ベネノ》は、苦笑いしながら提案を受け入れた。

作戦どおり開始直後に噛み手《フック》に持ちこんだが、そこから攻めても相手の腕はびくともしなかった。ふいに味わったことのない力が右腕に襲いかかってきて、骨をへし折られる予感がした。毒《エル・ベネノ》は自分からグリップをほどき、アナコンダの顎のような相手の指を必死に振りほどいてあとずさった。

「こいつ、逃げやがった」とチャタ―ラが言った。

仲間を侮辱されたと察したルチャドールたちは、エンターテイナーの顔をかなぐり捨て、路上の喧嘩屋の目つきになった。ビール瓶をつかみ、叩き割って、チャタ―ラを取り囲んだ。店は静まり返り、流れているクリオーヤ音楽だけが響き渡った。

マンモス《エル・マムート》とヘルメット《エル・カスコ》は、テーブルの下ですばやく拳銃の安全装置を解除して騒ぎを見守っていた。いつでも相手を殺せたが、この店で誰かを傷つけるわけにはいかなかった。それにルチャドールたちは奇人《エル・ロコ》の客だった。

「行ってこい」唐突にマンモス《エル・マムート》がコシモに言った。「お兄さんがピンチだぞ。喧嘩を止めてこい」

食べながらずっと見ていたので、コシモにも状況は飲みこめた。マンモス《エル・マムート》に背中を叩かれたコシモは、とまどいながら立ち上がった。二時間以上も自分たちの騒ぎに夢中だったルチャドールたちは、店に入ってきたときのコシモの姿を誰も見ていなかった。彼らは席を立ったコシモの身長に驚き、そろって視線を上げた。

こういう場合に接近してくるのは、店の用心棒《バウンサー》しかいなかった。割れたビール瓶を持ったルチャドールは腰を低くして身構えたが、コシモは思いがけない行動に出た。

「おれがやるよ」とスペイン語でコシモは言った。しびれた右手を振っている毒《エル・ベネノ》を押しのけてテーブルに歩み寄った。

涼しい顔でテキーラを飲んでいたチャタ―ラは、二メートルを超える少年が誰なのかを知っていた。断頭台《エル・パティブロ》。チャタ―ラは少年を見上げて言った。「おれと腕相撲をやる気なのか？」

「うん」

ひと暴れするつもりでいた男たちは出鼻をくじかれ、ビール瓶を持ったままそこに立ちつくした。隅のテーブルで様子を見ていたマンモス《エル・マムート》とヘルメット《エル・カスコ》は腹を抱えて笑いだした。

「おもしろい奴だな」チャタ―ラも笑った。「おまえ、利き手はどっちだ？」

「ひだり」

「おれもだよ。だったら左でやろうか」

二人はテーブルに左肘を突いて向き合った。腕の長さがまるでちがう二人の肘の角度には、かなりの開きがあった。

チャタ―ラの腕力に怖れをなして棄権した毒《エル・ベネノ》が、日本人プロモーターに耳打ちして審判を務めた。収拾のつかない騒動になりかけた場の空気をなだめる意味もあったが、チャタ―ラの勝負を近くで見てみたいという思いもあった。

コシモとチャタ―ラが手を組み合わせると、毒《エル・ベネノ》は二人の手首に指を添えて角度を調整し、「真《ス》っすぐに《トレート》」と言った。それからスペイン語のわかるコシモに向かって警告した。「勝負の最中は自分の手から目を離すな。でないと大怪我するぞ」

開始の合図と同時にコシモの指が軋んだ。二人の腕はどちらも微動だにしなかった。チャタ―ラは腕を倒さずに、コシモの左手を握りつぶそうとしていた。骨を砕くまではやらないが、悲鳴を上げさせて序列を教えこもうとしていた。

コシモのほうは、このゲームはこういうものなのか、と思った。相手の腕を押し倒す力くらべのように見えたが、じつは指を握りつぶす力くらべなのか。

そう理解したコシモは、それで自分も指に力を込めた。コシモの前腕に蛇のような太い血管が浮き上がり、筋肉が盛り上がった。握力と握力。チャタ―ラの顔から笑みが消えた。真顔になり、頬をふくらませた。二人はおたがいの目の奥底にある暗い光をのぞきこんだ。

なるほどな、とチャタ―ラは思った。たしかにこいつなら、素手でドゴ・アルヘンティーノを殺せるはずだ。

店のドアが開いて奇人《エル・ロコ》が現れた。抱えているジュラルミンケースに入っているのは、三週間かけて日本の地方をサーキットするメキシコ人ルチャドールたちに頼まれた商品だった。鎮痛剤と筋肉増強剤。鎮痛剤は彼らが成田空港に持ちこめなかったフェンタニルで、筋肉増強剤は日本では合法のダイアナボルだった。興行にはドーピング検査がないので好きに使うことができた。

ジュラルミンケースを開けた奇人《エル・ロコ》をルチャドールたちが囲み、つぎつぎと現金を渡して、滞在中に必要な分量を購入した。アームレスリング《ルチャ・デ・ブラッス》のことなどもう眼中になかった。

「時間切れだ」と言ってマンモス《エル・マムート》がコシモとチャターラの手に自分の手を重ねた。「奇人《エル・ロコ》が来たから、おれたちも行かないと」

チャターラは笑いながらグリップをほどいた。調理師《エル・コシネーロ》に育てられた三人の殺し屋《シカリオ》は、新入りのコシモを連れてドアに向かった。ビールの空き瓶とコシモが料理を平らげた皿の並ぶテーブルには、まだパブロが一人で座っていたが、誰も見向きもしなかった。

店を出ていこうとするチャターラとコシモに、奇人《エル・ロコ》からダイアナボルを買ったばかりの毒《エル・ベネノ》がスペイン語で声をかけた。「おまえらどっちもモンスター《モンストルオ》だよ。見ているだけで冷や汗が出たぜ。仕事は何をやってるんだ？　興味があるんだったら、レスリングをやってみないか？」

## 38

cempöhualli-
huan-
caxtölli-
huan-ëyi

〈パパ・セカ〉のドアを出たコシモは夜空を仰いだ。

三日月がうっすらと光っていた。吹いている風には何の表情も感じられなかった。笑っても怒ってもいなかった。月明かりに透かされて漂う雲も無言だった。

あの車に乗れ、とマンモス《エル・マムート》が言った。コシモは奇人《エル・ロコ》――闇医師の野村が運転するトヨタ・ヴェルファイアに乗りこんだ。

チャターラが左ハンドルを握るピックアップトラックのタンドラが先頭を走り、バルミロのジープ・ラングラー、野村とコシモの乗ったヴェルファイアがあとにつづいた。三台の車は車間距離を均等に保ちつづけ、ヘッドライトの光は一本の線となり、うねりながら道路を進んだ。

自動車解体場《ヤード》のゲートが開くまでのあいだに、それぞれの車がヘッドライトを消し、フォグランプに切り替えた。真っ暗な敷地に巻き上がる砂埃《すなぼこり》を、フォグランプの光がおぼろげに照らしだした。殺し屋《シカリオ》の三人が先にタンドラを降りてガレージに向かった。野村は車のなかでコカインをすばやくスニッフィングして、リアシートにいるコシモに車を降りるように言った。ジープ・ラングラーのドアを開けたバルミロは、黒曜石で満たされたような冷たい夜空を見上げた。そのままじっと三日月を見つめていた。

処刑される電気ドリル《エル・タラドロ》はガレージに運びこまれ、解体用の作業台に横たえられていた。血まみれの服を脱がされて、カルバン・クラインのボクサーパンツ一枚だけになっていた。ボクサーパンツの股間《こかん》が漏らした小便で黒く染まっていた。

顔の右側をドゴ・アルヘンティーノに食いちぎられ、手足を咬まれた電気ドリル《エル・タラドロ》は、止血をほどこされてはいたが、もはや自力で寝返りを打つことさえできなかった。それでも意識はあった。ガレージの天井を見つめ、弱々しい呼吸をしていた。顎《がく》関節を砕かれた口は、だらしなく開いたままだった。ときおりうめいたが、意味のある単語を発することはできなかった。

死にかけている若者を、末永が見下ろしていた。末永の投与したモルヒネが若者の感じる痛みをやわらげていたが、時間とともに鎮痛作用は弱まり、まもなく切れようとしていた。竜巻のように迫ってくる苦痛の気配に、電気ドリル《エル・タラドロ》は恐怖した。懸命に瞬きをくり返し、眼球をうごかして、蜘蛛《ラバ・ラバ》に救いを求めた。

末永にはモルヒネを追加してやるつもりはなかった。ハンドバッグに注射針と麻酔剤の容器を戻し、入れ替わりにチョコレート味のプロテインバーを取りだしてかじった。ガレージの外に車の音が聞こえてくると、横たわる電気ドリル《エル・タラドロ》を頭から爪先まで眺めた。そして調理師《エル・コシネーロ》の言った言葉を思いだした。

**家族《ファミリア》を裏切った奴の心臓《コラソン》は、おれたちの手でえぐりだす。**

おれが解剖すれば金になるのにな、と末永は独りごちた。
ラテンアメリカ式の処刑方法なのか、古いしきたりなのか知らないが、ばかげた遊びだと思った。それでもボスにはっきりと言われれば、おとなしく引き下がるしかなかった。新南龍《シンナンロン》の郝《ハオ》に電話して相談することも考えたが、自分たちの築いた心臓売買の体制は児童向けに特化していた。死にかけた電気ドリル《エル・タラドロ》の心臓を摘出し、移植リミットの四時間以内に届ける大人の顧客を大急ぎで探すことは、今となってはビジネスの方向性を混乱させる行為でしかなかった。狙ったシェアの独占のために切り捨てられる利益もある。
だが、残った肺は売り物になるのではないか。そう思った末永は電気ドリル《エル・タラドロ》の裸の胸を見つめた。しかしすぐにため息をついた。おそらく無理だった。素人が心臓をえぐりだせば、肺や気管支はずたずたになる。結局、心肺機能は何一つ売り物にならない。

男たちがガレージに入ってきた。チャタータ、マンモス《エル・マムート》、ヘルメット《エル・カスコ》。野村につづいて、小田栄の工房に雇われたという十七歳の少年が姿を現した。コシモを見上げる末永は、怪物の二文字を思い浮かべた。調理師《エル・コシネーロ》のまわりには、怪物が自然と集まってくる。末永は苦笑した。となると、おれもその一人ってことか。

チョコレート味のプロテインバーを食べ終えて、末永はプラスチックの包装紙を握りつぶし、電気ドリル《エル・タラドロ》の足の傷口にねじこんだ。

ガレージに足を踏み入れたコシモは、作業台に仰向《あおむ》けにされた電気ドリル《エル・タラドロ》から伝わってくる恐怖と絶望以上に、激しい憎悪と殺意を感じ取った。実在しない黒い煙の渦がコシモには見えた。そのどす黒い感情を放っているのは、チャタータとマンモス《エル・マムート》とヘルメット《エル・カスコ》の三人だった。瀕死の重傷を負った電気ドリル《エル・タラドロ》を、三人は何度も「裏切り者」と呼んだ。コシモはいったい彼が何を裏切ったのか、よくわかっていなかった。いぬをにがそうとしたことが、そんなにわるいことなのか。そうであれば、いぬをころしたのはじぶんなのだから、じぶんもばつをうけなくてはならない。コシモはそう思った。少年院なら法務教官に厳しく説教され、処分を言い渡されるはずなのに、責められるどころか、みんなに褒められるのが不思議だった。

どす黒い感情に満たされていく広いガレージ、電気ドリル《エル・タラドロ》を見下ろす三人の口から、海中の蛸や烏賊《いか》が吐く墨のような煙が絶えまなく吐きだされている。これほどの憎悪と殺意を感じたことは過去にはなかった。コシモはめまいを覚え、息苦しさに襲われた。いつか見た夢を思いだした。毎晩うなされて、眠れなくなった原因の夢。

電気ドリル《エル・タラドロ》の左腕をチャターラが押さえつけ、つぎに右足と左足をマンモス《エル・マムート》とヘルメット《エル・カスコ》がそれぞれ押さえつけた。残る右腕を押さえつけるのはコシモに与えられた役目だった。

「どうした」とチャターラが言った。「早くしろ。ぐずぐずしてるとこいつは死んじまうぞ」

そう言われてコシモは、しかたなく電気ドリル《エル・タラドロ》の右腕を押さえつけた。自分が何をしているのか――犬に襲われた気の毒な人間を見捨てようとしているのか、それとも助けようとしているのか――わけがわからなくなっていた。めまいと息苦しさがひどくなった。

屈強な四人で押さえつけなくとも、電気ドリル《エル・タラドロ》に抵抗する力など残っていなかった。だが彼は痛みを感じ、むごたらしい処刑を怖れるだけの意識を保っていた。

ジープ・ラングラーの横で三日月を眺めながらマリファナを吸っていたバルミロが、静かな足取りでガレージに入ってきた。コシモの目に見える憎悪と殺意のどす黒さが増した。両目に涙を浮かべている電気ドリル《エル・タラドロ》の胸にバルミロは指先で軽く触れて、ナワトル語とスペイン語を交えた小声でこう言った。

**夜と風《ヨワリ・エエカトル》、双方の敵《ネコク・ヤオトル》、偉大な神よ。裏切り者の心臓《ヨリョトル》をあなたに差しだします。われら《テイ》は彼の奴隷《トラカワン》。**

バルミロが電気ドリル《エル・タラドロ》の腹の上に木炭を置き、オイルライターで火をつけた。それから赤く輝きだしたその木炭の上に、飴色の粒をいくつか並べた。コパリのかけらだった。熱で溶けていく樹脂の煙がガレージに漂い、甘い花とガソリンの混ざったような奇妙な香りをコシモは嗅いだ。わずか数時間前に、ペルー料理店の二階で嗅いだ煙と同じだった。

電気ドリル《エル・タラドロ》の目は極限まで見開かれ、稲妻のような毛細血管が眼球に広がっていった。

調理師《エル・コシネーロ》の取りだした刃物を見て、末永は思わずかぶりを振った。原始的なストーンナイフで、天然のガラス質火山岩でできていた。末永はその石器を前にも見せられたことがあった。黒曜石のナイフ。先端は鋭く、切れ味もあるが、手術用メスの精度には遠くおよばない。消毒もされていない。博物館の陳列品に見えた。わざわざあんな石器で人体を切開するなんて、と末永は思った。調理師《エル・コシネーロ》、あんたがいちばん狂ってるよ。あきれた末永は眼鏡をかけ直して、野村に視線を向けた。野村は目を合わせようとせず、作業台の上だけを見つめていた。

バルミロの振り下ろした黒曜石のナイフが、電気ドリル《エル・タラドロ》の胸に突き刺さった。ナイフが引き抜かれると、手足を押さえる男たちに鮮血の滴《しずく》が降りかかった。電気ドリル《エル・タラドロ》は残ったすべての力を費やして悲鳴を上げた。その声はかすれていた。ナイフが何度か振り下ろされ、サンドバッグを殴るような音とともに肉が切り裂かれた。胸骨が切断されるときには、ごりごりという すさまじい音が鳴った。

ガレージの天井をコパリの煙が覆い、その煙を透かして届いてくる光のなかで、コシモはうごいている心臓を見た。

**なぜだ。どうしてこんなことをするんだ。**

コシモの頭は激しく混乱していた。

電気ドリル《エル・タラドロ》は痙攣しながら、胸の奥深くに沈んでいく激痛に苦しみ、かすれた声で叫びつづけた。どろどろした赤い溶岩が肋骨《ろっこつ》の内側に流れこんできて、体を燃やされるような苦しみだった。喉《のど》が焼け、舌が焼けた。耳鳴りがした。涙で何も見えなくなった。四人に押さえつけられた手足にはすでに感覚がなかった。自分の胸から噴きだしてくる血が顔にかかり、その非情な温もりに絶望した。銃で撃たれるよりひどい最期だと思った。過去のことは何も思いださなかった。両親も、リオデジャネイロの町並みも。この地獄から早く逃れたいとだけ願っていた。

ゆめをみているんだ、とコシモは思った。ガレージを支配していたどす黒い憎悪と殺意の渦が、立ちこめていくコパリの香煙と入れ替わるようにして、しだいに薄れていった。目を閉じていれば、コパリの煙がガレージを清めたように感じたかもしれなかったが、じっさいにこの場を浄化しているのは、死にゆく電気ドリル《エル・タラドロ》の肉体にほかならなかった。それはコシモの想像を超えた現象だった。生きた人間の犠牲が熱狂と恍惚《こうこつ》をもたらし、憎悪と殺意の渦を消し去ろうとしていた。焚《た》かれているコパリの煙は、怖ろしい奇跡を彩る演出でしかなかった。

バルミロが太い血管を切り、まだ脈打っている心臓をいっきに引きずりだした。拳を突き上げるようにして頭上に掲げ、男たちの視線を一点に集めた。全員の放つどす黒い感情が血まみれの心臓に注がれて、まばゆい光に変わっていく様子をコシモは見ていた。電気ドリル《エル・タラドロ》が殺される。えぐりだされた心臓が、ガレージに充満していた吐き気を催すほどの負の感情を吸いこんでいく。虫眼鏡のレンズで光を集めたように、散乱していた暗い力が一点に結ばれて輝きはじめる。呪われた浄化、古代より人類の関わってきた血の祭祀《さいし》、隠された文明の礎《いしずえ》。

竜巻にも似たどす黒い渦がガレージからきれいに消え去って、死者の心臓が星のようにまぶしく輝いた。胸に大きな穴の空いた電気ドリル《エル・タラドロ》の死体さえも、不思議な虹色に包まれているようだった。

言葉では説明のつかない何かにコシモは立ち会っていた。バルミロも言葉で語ろうとはしなかった。

人々の祈りがただ一つの太陽に、ただ一つの月に捧げられるように、ふくれ上がった暴力の衝動が、ただ一人のいけにえの肉体に乗り移る。流される血、取りだされる心臓、それが連鎖する人々の憎悪と殺意を飲みこんで相殺《そうさい》する。儀式をつかさどる神官によって、死にゆく者から、生きている者たちのための秩序が捏造《ねつぞう》される。神の名のもとに。

**人身供犠《サクリフィシオ》。**

バルミロは掲げた心臓を指差し、つぎにガレージの天井を指差す。

幻影がコシモの目に映りこむ。心臓から滴る血が、重力に逆らって上昇し、高いガレージの天井を突き破り、夜空に浮かぶ三日月へと吸いこまれていく。調理師《エル・コシネーロ》に黒曜石のナイフを渡されたチャターラが、その怪力で電気ドリル《エル・タラドロ》の左腕を切り落とす。心臓に近いほうの左腕、それも神への供物《くもつ》になる。

目を見開いたまま絶命した電気ドリル《エル・タラドロ》の顔に、バルミロは温かい心臓をそっと重ね置く。壁に寄りかかって見物している末永は、バルミロの同じ行為をジャカルタで見たことを思いだす。

あの夜と同じように、祖母《アブエリータ》に教わった聖なる言葉を、おごそかにバルミロはささやく。

**イン・イシトリ、イン・ヨリョトル。**

## 39

*cempöhualli-huan-caxtölli-huan-nähui*

## 日記（子供たち）

今日　たのしかったこと　を　かこう!

【なまえ　☞　ゆうじ　】

あさのべんきょう。せんせいにじをならって、たのしかつたです。
ひる　とらんぽりんで　あそびました。
みつひろくんがけがねんざして、てあてしました。ぶじでよかった。

＊

今日　たのしかったこと　を　かこう!

【なまえ　☞　けいすけ】

ほしかったプレイステーションが3っつもきて　びびった　てれび　も3っつだ　でかいおとがでる　みんなであそんで　ぼくはじゅんばんをまもった　まいにち　たのしいな

*

今日　たのしかったこと　を　かこう!

【なまえ　えみり】

テレビのニュースでゴきぶりがうつった。ひとに、めいわくをかけていた。まえのうちには、ゴきぶりがいた。ここはいない。せんせいは、「きれいだから、ゴきぶりは、いっぴきもいません」と、いった。わたしは、きれいなところにこれてよかった。と思った。

*

今日　たのしかったこと　を　かこう!

【なまえ　りょうじ】

はんば　あぐ゛　うま　かった

＊

今日　たのしかったこと　を　かこう！

【なまえ　　しほこ　】

七じ二十ふん　きょうも、お風呂にはいれた。まいにち　お風呂にはいれる。まえは、おとうさんといっしょにいたときは、はいれなかった。みずのしゃわーをかけられたりした。あれはつめたかった。きょうは七じ四十ふんにお風呂をでました。

＊

今日　たのしかったこと　を　かこう！

【なまえ　　あかり　】

おかしばかりたべると、せんせいをかなしませてしまう。ごはんもたべて、けんこうになりたい。ゆうしょくにやさいをすこしたべた。たべたのはぶろっこりー。

＊

今日　たのしかったこと　を　かこう！

【なまえ　ただし　】

きょうあったことは、むかし、お母さんにたたかれて　ほねがおれたゆびを、せんせいにみてもらった。みぎてのこゆびだ。あと、ふうせんであそんだ。せんせいが、ふうせんをたくさんもってきた。みんなでふくらませた。ひるねのあと、らんにんぐましんではしった。

*

今日　たのしかったこと　を　かこう！

【なまえ　みちる　】

わたしのたんじようびかい　がありました　おわかれです　あしたはあたらしいおうちに　いきます　きようは　はじめてばすでーけーき　をたべました

# IV

ヨワナ・エエカトル
夜と風

ただしばしの間のみ
束の間の花々を
われらは支度せり。
されどそれらはすでに神の住処《すみか》へ運ばれたり
肉落ちし者らの住処へと……

――ル・クレジオ『メキシコの夢』（望月芳郎訳）

# 40

## ōmpōhualli

　その日、午前二時すぎに、崔岩寺のシェルターの手術室で末永が九歳女児の心臓の摘出を終える。

　百五十グラムの心臓は一リットルの心保存液とともに排液バッグに入れられ、アイスボックスのなかに保管される。

　移植可能な四時間以内に心臓を届けなくてはならない。シェルターを出た心臓はトラックに積まれ、殺し屋《シカリオ》の車両に護衛されながら多摩川を越えて川崎市へ向かい、海底トンネルを抜けて人工島の東扇島《ひがしおおぎしま》へと運ばれる。

　心臓、心保存液、アイスボックス。総重量二・二キロの商品は物流ターミナルで降ろされ、待機していた中国製ドローンにセットされる。

　海風の強い午前三時半の岸壁で、赤外線カメラを搭載して飛翔する一機のドローンに気づく者はいない。ドローンはＡＩの自動操縦で移動し、喫水部分を差し引いても七十メートル以上の高さがあるドゥニア・ビルの最上階、オープンデッキまで上昇していく。

　東扇島の物流ターミナルに潜む男たちは、赤外線カメラが送信してくる映像を注視して、内通者の乗組員《クルー》と無線通信を交わし、不測の事態が生じればただちに手動の遠隔操作に切り替える用意をしている。

無音に近い回転翼の低いうなりとともに現れたドローンがオープンデッキに着地し、アイスボックスを乗組員《クルー》が確保すると、ドローンはすばやく船上を離れて闇に消える。

乗組員《クルー》はアイスボックスを抱えて〈デッキ7〉へ降り、廊下で待つ医務スタッフにそれを渡す。そのとき同時刻の気圧の数値が口頭の暗号として使われる。中身を了解した医務スタッフは英語で「気をつけて、床がすべりますから」と合言葉の返事をする。医務スタッフは交換用のシーツを運ぶ台車にアイスボックスを載せて、医務室のある〈デッキ4〉へ業務用エレベーターで降りていく。

最新機器を完備した医務室の奥に別室があり、〈拡張型心筋症〉で苦しんできた七歳の女児が麻酔を投与されて眠っている。

彼女の存在は船長でさえ知らない。

彼女には乗船記録がなく、寄港地でひそかに下船することもない。

女児の父親はシンガポール人の投資家で、中国の経済特区深圳《シェンチェン》の半導体企業の視察に出向いたとき、そこで接触してきた黒社会《ヘイシャーホェイ》の男から〈チョクロ〉の話を極秘に教えられた。

娘のために心臓を買ったシンガポール人の投資家は、手術費込みで総額八百万シンガポール・ドル――当時の日本円で約六億四千万――の金を、〈チョクロ〉の窓口である奇人《エル・ロコ》という呼び名の日本人に支払うことになった。それはたとえば、移植先進国のドイツやアメリカの病院で合法的に心臓移植をした場合の二倍以上の金額だった。それでも父親は「高い」とはまったく思わなかった。どれだけ待っても提供者《ドナー》に出会えるとはかぎらない心臓移植の世界で、金さえ払えば確実に移植までたどり着ける。しかも闇ルートであるにもかかわらず、空気の汚染されたスラム街で買われた子供の心臓ではなく、日本で健康に育てられた子供の心臓を。父親はもっと金を出しても惜しくなかった。

ドゥニア・ビルの船内での移植手術はインドネシア人のチームが担当した。心臓血管外科医、麻酔科医、灌流液《かんりゅうえき》担当医、循環器内科医、看護師、関与する全員がグントゥル・イスラミと密接に関係していた。アイスボックスがオープンデッキに届いた時点で、受容者《レシピエント》の胸部レントゲン撮影は済まされ、免疫抑制薬の投与も終わっている。チームは受容者《レシピエント》の皮膚を清拭《せいしき》し、肉眼では見えないわずかな産毛《うぶげ》の除毛も終えて、手術の準備を完了させている。

**チョクロ。**

東京都大田区のシェルターで摘出され、川崎港へ出荷される子供たちの心臓はそう呼ばれていた。

元来〈チョクロ〉とは、ペルー原産の謎めいたトウモロコシを指し、なぜかこの種類だけ、粒が通常のトウモロコシの二倍の大きさに育つことで知られている。かつてインカ帝国の首都だったクスコを取り囲む標高三千メートル級の高地でしか生育せず、別の土地で育てると普通のトウモロコシになってしまう。さらに遺伝子組み替えによって生産することもできない。

産地を限定された希少性があり、遺伝子操作では手に入らない穀物の名、その名を自分たちの売る心臓に与えることを思いついたのはバルミロだった。

シェルターに保護された無戸籍児童の管理責任者は、新南龍《シンナンロン》から派遣されてきた夏《シア》で、中国人小児科医をふくむ複数名のスタッフが彼女の指示で働き、宇野矢鈴もその一人となっていた。シェルターにはビジネスの真相を知る者と知らされていない者が存在し、矢鈴は知らされていない側の人間だった。矢鈴のように真相を知らされていない者たちも、「暴力的な親から子供を保護する」という使命感にもとづいて、シェルターの存在を誰にも口外しなかった。

秘密は守られ、シェルターで暮らした子供たちはNPOの探した海外の里親のもとへと巣立ち、二度と戻ってくることはない。

スラム街に住む子供の心臓ではなく、品質が保証された日本産《メイド・イン・ジャパン》の子供の心臓。

新しいビジネスをはじめるにさいして、末永は大田区のシェルターに出向き、〈灰《ネシュトリ》〉に会った。灰《ネシュトリ》とは夏《シア》にバルミロがつけたナワトル語の呼び名だった。

末永はシェルターの管理責任者を相手に、手術前カンファレンスのような入念な説明をおこなった。

『日記』を書かせてほしいんだ。そうだ、『日記』だ。「すべての証拠を消す」という観点からすれば奇妙に思われるかもしれないが、シェルターで生活する子供たち全員に、一日のうちで楽しかったことを毎日記録させてほしい。

ジャカルタにいたころ、おれは臓器移植をテーマにした人類学者の著作を読んだ。レスリー・シャープの『奇妙な収穫《ストレンジ・ハーベスト》』という本だ。彼女の調査で判明したのは、臓器移植の受容者《レシピエント》とその家族は提供者《ドナー》のことをもっと知りたいと望んでいる――という現実だった。臓器移植で延命するのは、単純な経験じゃない。複雑な、深い感情がそこに生じるというわけだ。

提供者《ドナー》となった『誰か』は、どういう人間だったのか？　生き別れた親を捜したくなるように、受容者《レシピエント》とその家族は提供者《ドナー》のことを知りたがる。だが、医療機関が両者の接触を阻止する。無用のトラブルを避けるためだ。とくに心臓移植においては、提供者《ドナー》となった者は百パーセント死んでいる。向こう側の遺族に逆恨みを抱く者がいてもおかしくない。日本でも事情は同じだ。両者の交流はまずあり得ない。心臓移植を何度となく手がけてきたおれ自身も、『提供者《ドナー》と受容者《レシピエント》が同じ時間、同じ場所に集まったりしたら、いったいどうなるのか？』ということについて、まともに考えたことはなかった。

現実にその集まりを目にしたシャープは、こう書いていた。『集まった人々のあいだに喜びと祝福の感情が湧き起こった』、と。ここで報告された人々の反応には、正直言って驚いたよ。もっと暗い雰囲気になると想像していたが、現実はちがっていた。おれのような人間には奇妙に映るこうした和解、他人同士の共感を成立させている力を、シャープは〈生物学的感傷性《バイオセンチメンタリティー》〉と呼んでいる。

臓器はたんなる部品ではなくて、一人の人間の全存在を象徴するというわけだ。それは他人のなかで継続する別の魂なんだ。だからこそ、そこにセンチメンタリティーが発生する。移植されたのが心臓であれば、その思いはますます強くなる。

いいか？　これがおれたちの〈チョクロ〉のビジネスを成功に導く第一の鍵《かぎ》と言える。第二の鍵である〈産地によるブランド化〉とともに、決して除外してはならない最初のセールスポイントだ。

「シェルターにいる子供は、過去に両親に虐待されていたが、われわれが救いの手を差し伸べて引き取った」ということを、おれたちは顧客《カスタマー》にオープンにするんだ。それこそがこのビジネスの魅力となる。本来なら世間に見捨てられ、残酷な親のせいで悲惨な最期を迎えるしかなかった子供たち――そういう存在が、優遇された日々をすごし、完璧《かんぺき》な健康状態にまで回復し、その思い出を持ったまま、長い眠りにつく。そして子供たちの魂は、新しい肉体のなかで生きつづける。

その物語を、わが子のために心臓を買った富裕層の連中がありありと想像できるように、こっちで材料を与えてやるんだよ。

おれたちの顧客《カスタマー》が抱くバイオセンチメンタリティーは、与えられる情報によって満たされ、連中は罪を許されたように感じ、涙すら流すだろう。その感動は〈チョクロ〉を買って生き延びたわが子に向けられる。人は誰しも善《よ》き者でいたいと望む。とくに法外な金持ちはな。

顧客《カスタマー》に渡す『日記』は、ようするに人間の心理に注目した、斬新な日本式アフターサービスだ。それは本物の子供の字、つたない手書きの原文でなければならない。たとえ意味がわからなくとも、その筆跡を見るだけで涙を誘われるだろう。もちろん訳文もつける。英語、中国語、アラビア語、インドネシア語、地球上のあらゆる言語圏の顧客《カスタマー》に対応させるよ。

だから、日記帳と鉛筆を用意してくれ。クレヨンを買って絵を描かせてもいい。その辺は灰《ネシュトリ》、あんたが現場で考えてくれ。

大人ではなく子供に照準をさだめた新たな心臓移植のビジネス、インドネシアを出港する巨大クルーズ船の極秘情報は、地震の波動が伝わるようにして世界中の富裕層のもとに届く。

血の資本主義《ブラッド・キャピタリズム》の激しい競争のなかで〈チョクロ〉は唯一無二のブランドとなり〈児童心臓売買〉のシェアを独占していった。

新南龍《シンナンロン》にもたらされたオーダーをもとに、受容者《レシピエント》と同等の体重の子供がシェルターのなかから選ばれる。性別や年齢よりも体重を第一に考慮するのは、心臓のサイズを釣り合わせるためだった。

事前の適合テストを終えた子供は「海外での養子縁組が決まった」と説明され、友だちに別れを告げ、何の疑いもなく大人たちについていく。しかし一歩も外に出ることはない。廊下を歩き、シェルターに隠された手術台で短い生涯を終える。

言われるままにベッドに横たわり、野村による麻酔処置を受け、意識をなくし、末永が胸骨正中切開を実施して、新鮮な心臓を摘出する。厳格な脳死判定の過程は存在せず、それどころか子供は脳死ですらなく普通に生きている状態で眠らされ、そのまま死んでいる。

心臓を摘出した末永と野村は、商品になる別の部位、肺、角膜、腎臓《じんぞう》、腱《けん》などをつぎつぎと取りだしていく。

「そういやこの前、調理師《エル・コシネーロ》がおもしろいことを言ってたな」工房で作られるカスタムナイフの柄材《ハンドル》になる大腿骨《だいたいこつ》を摘出しながら、末永は野村に話しかける。「おれたちは『心臓密売人《コラソン・トラフィカンテ》』だってさ」

「心臓密売人《コラソン・トラフィカンテ》？」野村は切除した筋繊維をステンレス製のトレイに置いて少し考え、それから言う。「麻薬密売人《ナルコ・トラフィカンテ》のもじりか？」

末永は無言で微笑み返す。

二人は額に汗を浮かべ、解剖を逸脱した解体をつづける。血の資本主義《ブラッド・キャピタリズム》。手術室に関節を切断するのこぎりの音が響く。

# 41

## ömpöhualli-huan-cë

家族《ファミリア》。工房で働くコシモの日々に現れた新たな男たち。チャターラ、マンモス《エル・マムート》、ヘルメット《エル・カスコ》。自動車解体場《ヤード》のなかで彼らとともにくり返す射撃の練習。ナイフメイキングの腕を磨くように、工具の機能を最大限に引きだすように、コシモはバラクーダを使いこなし、無煙火薬の臭いを嗅《か》ぎ、標的のバイタルゾーンをダブルオーバックの散弾《ペレット》でずたずたに引き裂く。コシモは受け入れられ、称賛され、指導され、殺し屋《シカリオ》の技術を吸収する。車やバイクの免許を持たないコシモに男たちはトライクの操縦を教える。トライクは三輪のバイクで、バギーに似て車高が低く、スクーターよりもずっと太いタイヤがついている。公道に出るときにヘルメットは必要ない。

　奇人《エル・ロコ》に金を渡された女たちが、ときおり自動車解体場《ヤード》のガレージにやってくる。厚い化粧をして香水の匂いを振りまき、代金のほかにコカインをもらって上機嫌になっているが、チャターラに罵倒《ばとう》されて誇りを傷つけられ、不機嫌になったりもする。ある女は帰りかけて一度着た服をコシモの目の前でふたたび脱ぎ、コカインをスニッフィングしながら言った。「あのでぶ、何なの？」

ボリビア出身でスペイン語を話す娼婦《しょうふ》は、その粉を〈黄金の粉《ポルボ・デ・オロ》〉と呼んだ。手首に引いた白い粉の線《ライン》を吸う裸の女を、コシモはだまって見つめた。

「あんたはやらないの？」女はコシモに抱きついて訊《き》いた。

コシモには黄金の粉《ポルボ・デ・オロ》と氷《イエロ》がどうちがうのかわからない。母親《マドレ》の姿が目に浮かんですぐに消える。

朝食と昼食は工房でパブロといっしょに食べ、夕食は殺し屋《シカリオ》の男たちと同じテーブルに着く。コシモが金を払うことはない。たいていはステーキで、コシモは毎晩三ポンドから四ポンドの牛肉を平らげる。背はさらに伸び、体重も増えていく。蛋白質《たんぱく》を多く摂取しているので筋肉量が増える。十八歳、二メートル六センチ、百十八キロ。

マンモス《エル・マムート》の腕を埋めつくす入れ墨を見て、コシモは自分も何か彫ってもらいたいと思う。彫り師の連絡先を尋ね、絵柄を考えながらステーキを食べる。水を飲み、ステーキを食べ、スープを飲み、またステーキを食べる。男たちは酒を飲まない。コシモは一度だけ、チャターラが酒を飲んでいる姿を見たことがあった。電気ドリル《エル・タラドロ》が殺された夜だった。あの夜以来、誰も酒を飲まなかった。調理師《エル・コシネーロ》の言いつけを守っていた。調理師《エル・コシネーロ》はこう言っていた。

**近いうちに狩りをさせてやる。いつ呼ばれてもいいように準備をしておけ。**

「なあ、断頭台《エル・パティブロ》――」ステーキを食べ終えたチャタラが、バニラアイスの載った皿を手もとに引き寄せて言った。「年少にいる悪い奴らでも、そいつらにとっての〈恐いもの〉があったりしただろ？　刑務所にもいたよ。『蜘蛛《くも》が出た』とか『毛虫がいる』とか言って大騒ぎしやがる。おれはそういう奴らをずっと笑ってきたが、今は見方が変わった。この世に〈恐いもの〉があるってのは、いいことだ。おれはそう思うんだ。〈恐いもの〉があれば、それについて考えることができるだろ？　何も怖れてないっていうのは、じつは退屈だ。〈恐いもの〉はあったほうがいい。おれにはこれまで〈恐いもの〉なんて何もなかった。でもな、今じゃ調理師《エル・コシネーロ》が怖ろしいんだ。おまえの父親《パドレ》がな。おかげで退屈しない」

スペイン語が通じるということ以上に、自分たちのボスがコシモを特別視しているのを男たちは知っていた。調理師《エル・コシネーロ》だけはコシモを断頭台《エル・パティブロ》と呼ばずに〈坊や《エル・チャボ》〉と呼び、そしてコシモには自分のことを〈父親《パドレ》〉と呼ばせていた。家族《ファミリア》のなかの家族《ファミリア》。調理師《エル・コシネーロ》は全員の父親であるべきだったが、あからさまにコシモばかりを本当の息子のようにあつかっていた。

コシモが調理師《エル・コシネーロ》のお気に入りだからといって、男たちは嫉妬《しっと》を覚えたりなどしなかった。彼らは調理師《エル・コシネーロ》に忠誠を誓いつつ、ひどく怖れてもいた。それは彼ら自身にもうまく説明のつかない畏怖《いふ》だった。コシモのように二階の事務所に呼びだされて、暗闇で二人きりで話すのは避けたかった。

「おまえ、霊が見えるか？」バニラアイスを食べながら、チャターラは唐突にコシモに言った。「おれはな、自分が殺した奴の霊がときどき見えるんだ。ちょうどそこの壁ぐらいの距離に、服を着てぼうっと突っ立ってる。恐くも何ともない。立ってるだけだ。どうせおれが殺した奴だからな。向こうのほうがおれを恐がってるくらいだ。死んでからもおれにびくついているなんて、本当に哀れなくそ野郎《ピンチェ・カブロン》だよ。でもな、おまえの父親《パドレ》には、あんなのとは次元のちがう霊が取り憑《つ》いてる。あの霊がおれには怖ろしいよ。おまえの父親《パドレ》に取り憑いてる奴は、ありゃ何だ？　真っ暗闇のなかにもっと暗い穴があって、あいつはそこに潜んでる。このおれでもあいつには敵《かな》わないだろうな。あいつのことを考えると、見ろ、こんなふうに鳥肌が立ってきやがる。おまえはいつも父親《パドレ》に呼ばれてるだろ？　あれが見えないのか？　何も感じないのか？」

コシモは答えない。いくら家族《ファミリア》が相手でも、うかつに答えるわけにはいかない。だが見えないものが見えて、触れられないものに触れられるような気がするのは、自分もまったく同じだった。チャターラはさすがだと思った。何人も殺してきた人間には、特別な能力があるのかもしれなかった。チャターラの言っているのは、おそらく霊ではなく神のことだった。アステカの怖ろしい神。とうさん《パドレ》の仕えている神。あるときはわれら《テイト》は彼の奴隷《ラカワン》と呼ばれ、あるときは夜と風《ヨワリ・エエカトル》と呼ばれ、あるときは双方の敵《ネコク・ヤオトル》と呼ばれる偉大な神。
戦争の神さえも超越するその神の秘められた本当の名を、コシモは心のなかで呼んだ。
けむりをはくかがみ《テスカトリポカ》。

匂い立つ香煙も、いけにえの心臓も、すべては彼のためにあった。電気ドリル《エル・タラドロ》の心臓は彼に捧《ささ》げられた。チャターラの言うように、彼は暗黒の奥にある闇の根源のような穴に住んでいた。その穴は、本当は穴ではなくて鏡だった。黒曜石の鏡。人間の知り得ない世界の底に、死神の住む冥界《めいかい》よりも深いところに、世界のはじまりからずっと置かれている黒きアステカの鏡。

週に一度、コシモはバルミロに呼ばれ、〈パパ・セカ〉の二階の事務所へ出かけた。

暗闇のなかでバルミロはコパリの煙を焚《た》き、紙巻煙草や葉巻に火をつけた。マリファナを吸うこともしばしばだった。ただしコカインはやらなかった。麻薬密売人《ナルコ》には黄金の粉《ポルボ・デ・オロ》を味見して品質を見極める能力があればそれでよかった。一流のソムリエがキッチンドランカーにならないように、本物の麻薬密売人《ナルコ》も麻薬中毒者にはならない。

コシモの目が暗闇に慣れてくるころ、バルミロはオイルランプに火を灯《とも》した。バルミロが肘《ひじ》を突いている机には、黒曜石とターコイズの緻密《ちみつ》なモザイクで覆われた髑髏《どくろ》が置いてあった。きらめく黒と緑がかった空色、あまりにも美しく光っているので模造品に見えたが、それは本物の骨だった。バルミロに指示されてパブロが加工した、偉大な神に捧げられた電気ドリル《エル・タラドロ》の頭蓋骨。

いけにえの心臓がえぐりだされた夜、コシモはさらに彼の首を切断するバルミロの姿を見ていた。首を切ったバルミロは、つづけて顔の皮を剝《は》いだ。そのすべてに理由があり、一つ一つの行為が宇宙の背後にいる神々の力と結びついていた。

オイルランプのオレンジ色の炎の輪、輝く髑髏、ゆらめくコパリの煙の渦——

バルミロはコシモがやってくるたびに、アステカ王国の話をした。鼻と口を覆ったバンダナを外して、コシモには素顔を見せた。

一人の人間が、ただ自分のためだけに、これほど多くのことを語ってくれた経験は、コシモの人生に一度もなかった。工房のパブロはナイフメイキングの師匠だったが、バルミロはもっと大きな世界、神々について語り、滅びたインディヘナの文明の芸術と儀式を伝え、そのどれもがコシモの思考と感覚を強くゆさぶった。コシモは夢中になって聞いた。

バルミロはコシモのためにアステカの資料を取り寄せては、そこに収録されている図版を見せてやった。その様子は考古学者が溺愛《できあい》する息子に歴史のロマンを教える姿を思わせたが、バルミロが坊や《エル・チャボ》に伝えているのは歴史でもロマンでもなく、アステカそのものの精神だった。

ナワトル語とスペイン語が併記された資料を目にしたコシモは、興奮のあまり空腹すら忘れた。何時間も見ていられる気がした。

いけにえの心臓を入れるための緑岩《りょくがん》の鉢には鷲《クアウトリ》とジャガー《オセロトル》の絵柄が精巧に彫られ、心臓をえぐる燧石《テクパトル》のナイフにはトウモロコシと矢が彫られていた。卓越した彫刻に貝殻や宝石の装飾を組み合わせて、アステカの職人たちは何もかもを美しく仕上げていた。くり返し使われるモチーフは、コシモの目を惹《ひ》きつけて離さなかった。花、鳥、トウモロコシ、矢、竜舌蘭《マゲイ》のとげ、サボテンのとげ、髑髏、動物たち。戦士の装備でさえ美しかった。ケツァル鳥の緑色の羽根飾りで覆った円盾《えんたて》の華麗さはたとえようもなく、燃えている星のように輝いて見えた。

あるときコシモはバルミロに時間の話をした。

常にコシモは、時間という容《い》れ物のなかをいろんなものがすぎ去っていくのではなくて、時間そのものがいろんな姿を持ち、表情を持っているように感じていた。

そんなきがする、とコシモはスペイン語で言った。だから、このへやのコパリのけむりも、じかんがコパリのけむりになってながれている。

コシモの話を聞き終えたとき、バルミロは法務教官やパブロとはちがって、コシモの文法を訂正しなかった。

「おまえの感覚は正しい」とバルミロは言った。「おれの祖母《アブエラ》も同じだった。遠くの町へ出かけるとき、彼女はよく『帽子《ソンブレロ》一つぶんかかる』とか『帽子《ソンブレロ》二つぶんだね』と言ったものだ。時間が帽子《ソンブレロ》の形になって目に見えているのさ。帽子《ソンブレロ》を編むのにかかる時間が、すなわち帽子《ソンブレロ》に宿る神のことだ。帽子《ソンブレロ》の形はもともと神の住む世界にあったもので、それが人の手仕事を通して外に出てくる。帽子《ソンブレロ》にも神が宿っている。それがアステカの時間だ。物はたんなる材料の組み合わせではない。そこにも神々の秩序がある。そして――」


**そして、すべての神々は人間の血と心臓を食べて生きている。血と心臓を捧げなかったら、太陽も月も輝くのをやめるだろう。**


引きだしをおもむろに開けたバルミロは、そこから人間の顔の皮を取りだして眺めはじめた。それは電気ドリル《エル・タラドロ》の顔の皮だった。

ドゴ・アルヘンティーノに咬《か》みちぎられた箇所が末永の手でみごとに縫合されていた。爪で引っかかれた頭頂部、欠けた上に乾燥して縮んだ両耳のある側頭部。

補修された顔を見て、コシモは以前目にしたルチャドールたちのマスクを思いだした。すっぽりと頭を覆うきらびやかな布。あれと似かよったものが死んだ電気ドリル《エル・タラドロ》の顔の皮でできている。コシモは思った。このかおも、あんなふうに、きれいにかざったほうがいいのだろうか。

目、鼻、口の暗い穴を、バルミロの吹きつけた紙巻煙草の煙が通り抜けていった。

「坊や《エル・チャボ》。かぶってみろ」顔の皮を眺めていたバルミロが、ふいにコシモに言った。

「これを？」

「そうだ。こいつの顔をおまえがかぶってみろ」

剝ぎ取られた顔の皮を受け取ったコシモは、ひんやりとしたやわらかな質感を指先に感じながら、やはりルチャドールたちを思いだしていた。そして死人のマスクを頭からすっぽりかぶろうと試みた。

「だめだ、とうさん《パドレ》」とコシモは言った。「ちいさすぎる」

これ以上引っ張ると、生きているあいだに犬に引き裂かれた彼の顔が、死者になってからもふたたび引き裂かれそうだった。

「小さいか？　おまえが大男《エル・グランデ》なんだ。もういい、こっちに寄こせ」バルミロはそう言って、コシモの手から顔の皮を取り戻した。「ひさしぶりに、ささやかな〈トラカシペワリストリ〉をやろうと思ったんだがな。本物のように盛大なことはできないが」

「トラ――カペシ――」

「トラカシペワリストリ。皮を剝がれたわれらが主《あるじ》、シペ・トテックを讃《たた》える祝祭だ。皮を剝がれたといっても、赤く光る肉をむきだして歩いているわけではない。人間の死体の皮をいつもかぶっているのがシペ・トテックだ。シペ・トテックのまぶたは常に閉じられ、人間にさまざまな病気、とくに眼の病いをもたらす。目を患《わずら》う者は、シペ・トテックにいけにえを捧げなくてはならない。坊《エル・チャボ》や、おまえの目は健康か？」

「よくみえるよ」

「だったら問題ないな」と言ってバルミロは肩をすくめた。「偉大な夜と風《ヨワリ・エエカトル》について話す前に、トラカシペワリストリのことを話してやろう。一年に一度、アステカの太陽暦《シウポワリ》の二月、シペ・トテックのために人間の皮を剝ぐ祝祭がおこなわれた。燃え上がる炎の前にいけにえが連れだされ、頭頂部の髪を引き抜かれる。祝祭のつづく二十日のあいだ、その髪は大切に保管される。いけにえの心臓が神殿《テオカリ》の頂上でえぐりだされたあと、死体は階段から突き落とされ、落ちてきた死体の皮はていねいに剝ぎ取られる。顔だけではない。全身の皮だ。心臓を取りだすのは神官《トラマカスキ》の役目だが、皮を剝ぐのは職人《トルテカ》の仕事だった。黒曜石のナイフを使って、何十人ものいけにえの皮を器用に剝ぎ取っていく。そこへ祝祭のために選ばれた若者たちが集まってきて、それぞれが死体の皮を身にまとうのさ。もちろんなめされる前の生皮をだ。剝がれた皮を着た連中は、すばやくて体力のある男たちで、最高位のジャガーの戦士団《オセロトル》や、血気盛んな鷲《クアウトリ》の戦士団にはおよばないが、一日中うごきまわっても疲れない。この連中がシペ・トテックの分身となって人々を追いまわす。怖れをなした人々は、分身に食べ物や装飾品などを差しだしてなだめようとする。やがていろんな病気を抱えた者たちが大勢やってきて、病いの原因である神を鎮《しず》めるために供《そな》え物を置いていく。ときにはシペ・トテックの分身同士が激しい戦いを演じることもある。この戦いを見物したくさんの人間が集まってくるが、いつしか分身の目や鼻の穴、皮の破れた肘や膝《ひざ》から、腐った血と脂が垂れてくる。当然だ。さっきも言ったとおり、なめした皮ではないからな。太陽暦《シウポワリ》のひと月は二十日だ。シペ・トテックの分身は、神殿《テオカリ》に死者の皮を奉納する日まで、それを決して脱いではならない。水浴びも許されない。血と脂でぬらついて腐敗していく皮を、ひたすら着つづける。まさにそれがシペ・トテックの姿だ。それがトラカシペワリストリだ」

死んだ人間の皮をかぶった者が神になるなど、コシモは考えたこともなかった。バルミロの話を聞き終えると、電気ドリル《エル・タラドロ》の顔の皮が急に特別なものに見えてきて、どうしてもかぶってみたくなった。死んだ人間の顔の内側から世界をのぞいてみたい。いったいどういう景色が見えるのか。

「よせ」手を伸ばしてきたコシモにバルミロは言った。「おまえの頭が大きすぎるんだ。代わりにおれがかぶってやる」

バルミロは電気ドリル《エル・タラドロ》の顔の皮を左右に押し広げ、頭からすっぽりとかぶってみせた。コシモの目に映るバルミロの顔から表情が消え、粘土に穴を空けただけのような容貌《ようぼう》になった。

紙巻煙草をくわえて、スマートフォンのインカメラに写した自分の顔を見たバルミロは、肩をゆすって笑いだした。電気ドリル《エル・タラドロ》の顔の皮がはち切れそうになっていた。「とんだトラカシペワリストリだな」とバルミロは言った。

　バルミロは笑いつづけ、そのうちだんだんコシモもおかしくなってきて微笑んだ。バルミロが電気《エル・》ドリル《タラドロ》の顔の皮を脱ごうとすると、鼻に引っかかってなかなかうまくいかなかった。それでまた二人は笑った。

　バルミロがもがいている様子を、コシモはオイルランプの輝きのなかで見つめた。コシモが誰かと笑ったのは、このときがはじめてだった。かつて存在しなかった時間をコシモはすごしていた。それは父親といっしょに笑っている時間だった。時間がとうさん《パドレ》といっしょに笑っていた。何もかも夢のようだった。

# 42

## ömpöhualli-huan-öme

崔岩寺《さいがんじ》のシェルターで保護している無戸籍児童を見守りつづけ、日記をつけさせて、健康状態をチェックし、各自のデータを記録し終えた矢鈴は、業務を別のスタッフに引き継いでシェルターを出る。

退出時も入出時同様に生体認証《バイオメトリックス》による三種の照合を要求された。顔、指紋、虹彩。シェルターのセキュリティは厳重で、鼠一匹すら侵入できない。その厳重さは「子供たちを虐待する親《モンスター》を絶対に近づけない」ためだった。矢鈴はともに働く灰《ネシュトリ》——連絡時に使う彼女の通称——こと夏《シア》にそう聞かされ、そう信じていた。

シェルターの存在を誰にも明かさずにいる矢鈴は、もともと私生活でまったく他人と話さなかった。地上と地下の往復、指示があれば無戸籍児童の保護に出向く。それだけが彼女の人生になっていた。人知れず子供たちを救い、人知れずコカインを吸った。少しずつ人数の増えていく子供たちの世話は楽ではなかったが、使命感とコカインの力で乗りきっていた。

更生保護施設に出かけて自分が面接し、ナイフ作りの見習いとなった少年も、問題を起こさずに小田栄の工房で働きつづけているようだった。

影のなかにも光が射してくる。矢鈴はそう思い、現状に誇らしさを感じた。あの少年、シェルターを巣立つ子供たち、全員の未来を、私の活動が明るく照らしているんだ。

階段を上って地上に出た矢鈴は、寺の駐車場に停めてあるレンタカーに乗った。用意されていたのはトヨタのアクアで、車色は黒だった。矢鈴はシートベルトを装着し、エンジンをかけ、ギアをドライブに入れて、タイヤが砂利を踏みつける音を聞きながら、ヘッドライトをつけた。

一日ごとに異なるレンタカーに乗ることも、児童の保護につながっていた。子供を手放したはずの親《モンスター》の気が変わり、追いかけてくる事態もあり得る。たとえ場所を秘密にしていようと、通勤にいつも同じナンバーの車を使うのは安全ではない、と夏《シア》に言われていた。

矢鈴の乗るレンタカーは、〈かがやくこども〉の活動を支援してくれているレンタカー業者が毎日手配していた。一度は会って感謝を述べたいと思っていたが、矢鈴が業者と会うことはなかった。ただ夏《シア》を介してキーを受け取り、車に乗るだけだった。

世田谷区に借りたマンションに帰り着き、矢鈴はバスタブの湯に浸《つ》かって髪を洗った。浴室を出るとバスローブを羽織り、ドライヤーで髪を乾かした。冷蔵庫を開けて缶ビールを取りだし、ソファに座って十二・九インチのアイパッドをテーブルに置いた。スタンドで角度をつけた暗い画面に彼女の顔が映っていた。〈ネットフリックス〉で映画を観るためだけに使う端末で、ほかの用途には使っていなかった。もともと矢鈴はインターネットで物を買うことが少なく、SNSを利用してもいなかった。

缶ビールの栓を開け、マーベルコミックが原作の映画を観はじめた。世界を救うために戦っている主人公たち。

火花の散るカーアクションを眺めながら、ふと、書かせた日記の内容に問題のあるシェルターの子供の顔が浮かんだ。矢鈴が保護してきた無戸籍児童で、男の子だった。

彼が日記に一行だけ書いた言葉を、矢鈴は思いだした。

**みんな　ころされる。**

男の子はシェルターで静かな日々を送っていた。ほかの子から嫌がらせを受けている事実もない。いまだに親を怖れているのかもしれないと矢鈴は思ったが、彼は父親の顔を知らず、母親もすでに他界していた。シェルターに来る前は、母親の友人の女が彼を引き取って面倒を見ていた。その女には育児放棄《ネグレクト》と呼べる冷たさはあっても、直接的に暴力を振るう傾向はなかった。

あの子は『誰』にみんなが殺されると言いたいのか。それともただそう書いてみたかっただけなのか。

考えてもわからなかった。ああいう日記がつづくようなら、いずれ夏《シア》がカウンセリングするだろう。縁なしの丸眼鏡をかけた夏《シア》の顔を思い浮かべた。化粧をしていない、きれいな小学校の先生のような顔。

矢鈴は考えるのをやめて、ビールを飲んだ。缶が空になると逆さにして、銀色をしたアルミニウムの底にコカインの粉を落とした。鼻先を近づけてスニッフィングし、ふたたび映画に集中しはじめた。

〈パパ・セカ〉の二階の事務所で、その神の名をコシモに伝えたときのバルミロの様子は、いつもの夜とはちがっていた。それまでバルミロはコシモにたいして、残忍だがどこかでたらめなところのあるアステカの神々を、ときおり笑いながら語ったりしたが、その夜はまったく笑わなかった。おおらかな多神教徒ではなく、厳粛な一神教徒のようだった。バルミロは偉大な神のためにコパリの煙を焚き、輸入したメキシコ産の竜舌蘭《マゲイ》のとげで耳たぶを刺し、その血を煙に振りかけた。コシモにも同じことをやるように命じた。

耳たぶの血を煙に振りかけるたびに、自分のいる部屋に怖ろしい気配が広がっていくのをコシモは感じ取った。あの冷酷なチャタ―ラが〈恐いもの〉としてコシモに打ち明けた何かだった。

われらは彼の奴隷《テイトラカワン》、とバルミロはナワトル語でささやいた。川崎のペルー料理店の二階の暗い事務所が、メキシコへ、ロス・カサソラスの記憶へ、兄弟で集まったベラクルスの祖母《アブエリータ》の寝室へとつながっていった。

バルミロにとって、極東の地で自分の前に現れた一人の若者は、祖母《アブエリータ》からの贈り物であり、神の意志そのものだった。コシモをひと目見ただけでバルミロにはわかった。この少年こそジャガー《オセロトル》の戦士なのだ、と。夜と風《ヨワリ・エエカトル》の力をコシモが授かったとき、極東の地で自分の育てた殺し屋《シカリオ》のチームは完成する。

しかしその神について語るのは、簡単なことではなかった。昔話をするように、ふと思い立って語りだすのは不可能だった。

コパリの煙の立ちこめるバルミロの机には、パブロに命じて作らせた直径十二センチの黒曜石の鏡と、コシモに作らせた木彫りのジャガーが並べてあった。バルミロは机の左端に黒曜石の鏡を置き、右端に木彫りのジャガーを置いて、そのあいだに一枚の皿を置き、そこに雄鶏《ガジョ》の心臓を載せた。小さな心臓をコパリの煙で燻《いぶ》しながら、これから自分の舌で語ることが神に許されるように、と祈った。そしてもし自分が偽りを語ったのなら神に呪われるように、とつぶやいた。

「ジャガーと鏡《ハグワル・イ・エスペホ》、ジャガーと鏡《オセロトル・テスカトル》」バルミロはスペイン語とナワトル語で言った。「この二つはまるで似たところがない。色も形もちがう。それなのにどちらも同じ神の分身だ。

なぜだかわかるか？　坊《エル・チャボ》や、見えている姿に惑わされるな。色も形もちがう。それでもなお、この二つは同じなのだ。どういう意味か？　最高神《トロケ・ナワケ》であるわが神の分身だ。わが神はわれらは彼の奴隷《ティトラカワン》とも呼ばれている。どういう意味か？　神に服従を示す人間側の呼びかけが、そのまま神の名になってしまうほどに怖ろしいということだ。わが神は夜と風《ヨワリ・エエカトル》とも呼ばれている。どういう意味か？　夜は暗く、風には体がない。つまり『目に見えず、触れることもできない』という意味だ。それが煙を吐く鏡《テスカトリポカ》の偉大さだ」

「——テスカ——トリポカ——」

スペイン語版の『ボルジア絵文書』のページをめくり、そこに描かれたテスカトリポカの異様な姿を、バルミロはコシモに見せた。人間でも動物でもない、インディヘナの手によって描かれた想像上の機械のような神の姿がコシモの目に飛びこんできた。怖ろしく戦闘的な容姿だった。顔も手足もあったが、生物には見えなかった。テスカトリポカは日を示す二十種類の象徴《シンボロ》すべてを身にまとっていた。鰐《シパクトリ》、風《エエカトル》、家《カリ》、蜥蜴《クエッパリン》、蛇《コアトル》、死《ミキストリ》、鹿《マサトル》、兎《トチトリ》、水《アトル》、犬《イツクィントリ》、猿《オソマトリ》、草《マリナリ》、葦《アカトル》、ジャガー《オセロトル》、鷲《クアウトリ》、禿鷲《コスカクアウトリ》、うごき《オリン》、燧石《テクパトル》のナイフ、雨《キアウィトル》、花《ショチトル》——名もなきインディヘナの芸術家たちはその絵によって、テスカトリポカが暦の背後にいる〈時の超越者〉だと伝えていた。

「アステカ王国で最強の獣はジャガー《オセロトル》だった。森を駆け、水に潜り、蛇《コアトル》や鰐《シパクトリ》さえも捕らえて殺す」とバルミロは言った。「ジャガー《オセロトル》に敵う者はいない。ジャガー《オセロトル》の顎《あご》の力がどれほどのものなのか、坊《エル・チャボ》や、知っているか？　たとえばおまえの殺した〈ドゴ〉も、あるいは野生のピューマでさえも相手にならない。ジャガー《オセロトル》の顎にはアフリカライオンの倍以上の力がある。その顎で獲物の頭蓋骨を咬み砕き、暗闇へ引きずりこむんだ。森で最強の獣がテスカトリポカの分身となった。そして空には鷲《クアウトリ》がいる。空を舞う者のなかで鷲《クアウトリ》より強い者はいない。だからこの鳥が〈戦争の神〉ウィツィロポチトリの分身となった。ただしウィツィロポチトリそのものは、鷲《クアウトリ》とはちがう。その名が意味するのは〈蜂鳥《はちどり》の左〉だ。

アステカで最強の戦士はジャガー《オセロトル》の戦士団に加わり、血に飢えているが戦士として未熟な若者は鷲《クアウトリ》の戦士団に加わる。よく聞け、坊や《エル・チャボ》。おれの先祖は、アステカ王国でジャガー《オセロトル》の戦士団を率いていたのさ。

この話をおれが聞いたのはずっと昔だ。おれはまだ子供だったが、最初に聞いたとき頭に浮かんだ疑問はよく覚えている。おれはこう思った。『鷲《クアウトリ》の戦士団よりもジャガー《オセロトル》の戦士団のほうが強い。つまり煙を吐く鏡《テスカトリポカ》のほうが戦争の神よりも強い。それはどうしてなんだ？』

この理由を理解するには、テスカトリポカが、なぜ最高神《トロケ・ナワケ》の座に置かれているのか、それを知らなくてはならない。

いいか、坊や《エル・チャボ》。前にもおまえに聞かせたように、アステカの首都テノチティトランには、今では大神殿《テンプロ・マヨール》と呼ばれる巨大な階段ピラミッド《ピラミデ》があった。正面は西を向いている。長い階段を上っていくと、頂上に二つの神殿《テオカリ》があり、南側に戦争の神ウィツィロポチトりが祀《まつ》られ、北側に雨の神トラロクが祀られていた。戦争の神の神殿《テオカリ》の下には、いけにえの髑髏を並べた〈頭の壁《ツォンパントリ》〉が置かれ、雨の神の神殿《テオカリ》の下には、血と心臓を入れる鉢を抱いた〈チャクモール〉の像が横たわっていた。戦争の神と雨の神。アステカ人はこの二人の神を大神殿《テンプロ・マヨール》でそれぞれあがめ、いけにえを捧げつづけた。

敵に仕掛けられた戦争に勝たなければ国は滅びる。

雨が降らなければ飢えと渇きが民を滅ぼす。

戦争、雨、どちらも大事なものだ。だが鏡《テスカトル》は、それにもまして重要な存在だった。

わかるか、坊や《エル・チャボ》。心の耳で聞くがいい。ここに世界の奥深い秘密がある。重要なのは、戦争に勝つ前に、雨の恵みを受ける前に、まず何よりも国が国でなければならないということだ。そのために必要なのは、仲間同士で殺し合わないということだ。おれたち《ソモス》は家族《ファミリア》ということだ。おたがいに殺し合えば、敵国と戦争になる前に、雨が降り大地に草木が芽吹《めぶ》く前に、民《たみ》は一人残らず死ぬだろう。人間とはまとまりのない群れだ。一人が殺されると仕返しに一人を殺し、その仕返しにまた一人を殺し、その仕返しにまた一人を殺す。ドミノ倒しさながらだ。群れのなかで暴力は伝染するのさ。その怒りと憎悪の連鎖を抑えこみ、暴走する群れを力ずくでまとめ上げなければ、戦争の勝利もなく、雨の恵みも無駄となる。

特別ないけにえが用意されるのは、そのときだ。血と心臓がただ一枚の黒き鏡《テスカトル》に捧げられ、ばらばらに砕け散った鏡《テスカトル》の破片であるおれたちの心の目が一つに結びつけられる。戦争の勝利を祈るのでも、雨の恵みを祈るのでもない。すべてはテスカトリポカに支配されている——そのことを思い起こすために祈る。われら《ティトラカワン》は彼の奴隷、夜と風《ヨワリ・エエカトル》、双方の敵《ネコク・ヤオトル》。テスカトリポカにさだめられた住処《すみか》はなく、天上だろうと地底だろうと自由に往来できる。冥界の神でさえ彼の言葉にはしたがう。鏡《テスカトル》は戦争の神よりも偉大なのだから、鷲《クアウトリ》よりも強いジャガー《オセロトル》がその分身とされるのは当然だ。

いいか、坊や《エル・チャボ》。人間の群れが生きていくためには、神にいけにえを差しだすほかはない。そんなこともわからない現代の連中が、『アステカは血塗られた野蛮な文明だった』などとわけ知り顔で語っている。救いようもなくまぬけな奴らだ。この世界をよく見てみるがいい。人間の群れはいつでもいけにえを欲しがっている。それこそが神の望みだからだ。人間が黒き鏡《テスカトル》の供犠《くぎ》をやめてしまえば、その日からすぐに暴力の伝染がはじまる。たちまち仲間同士で殺し合うようになる。仲間などいなくなる。いけにえの血はただの血ではなく、心臓はただの心臓ではない。それらはすべて神々の秘密とつながっている。そのことをアステカ人は誰よりも深く知っていた」

出口のない夢のなかに迷いこんだような顔で、コシモはバルミロの話を聞いていた。いくら考えてもよくわからなかった。コシモはトラカシペワリストリの話を思いだした。皮を剝がれたわれらが主、シペ・トテックの祭り。あのときは祭りの話を聞いたことで、シペ・トテックのことがわかった気がした。同じように祭りのことを聞けば、テスカトリポカのことも少しは理解できるかもしれなかった。

「とうさん《パドレ》」とコシモは言った。「――よるとかぜ《ヨワリ・エエカトル》――テスカトリポカのまつりは、あったんですか」

「これから話すつもりだったよ、坊や《エル・チャボ》」とバルミロは答えた。

## 43

ömpöhualli-huan-ëyi

「よく聞け、坊や《エル・チャボ》」とバルミロは言った。「**トシュカトル**――それが太陽暦《シウポワリ》十八ヵ月のうち五番目の月の名前であり、テスカトリポカのためにとりおこなわれる祝祭の名前だ。トシュカトルには〈乾燥したもの〉という意味がある。時期は今の暦の五月とほとんど変わらないな。アステカの五月は乾季の終わりで、一年のうちでももっとも暑い。太陽は燃え盛り、夜でも乾いた風が吹き、大地は干からびて草木は枯れていく。

五十二年に一度の〈時間の尽きはてる夜〉をのぞけば、トシュカトルはアステカ最大の祝祭だ。征服者《コンキスタドール》ども、呪わしきキリスト教徒の連中も、その規模を目にして『主の復活祭《パスクワ》に匹敵する』などと記録したほどだ。

祝祭の準備は一年をかけておこなわれる。その年の太陽暦《シウポワリ》の五月が終わるとつぎの年の準備、それが終わると、つぎの年の準備にかかる。

トシュカトルのためには、一人の少年が選びだされなくてはならない。健康な少年だ。耳を切り落とされた奴隷でもなく、戦闘で負傷した敵国の捕虜でもない。どこにも傷を負っていない少年は、ひとたびトシュカトルのために選ばれたなら、たとえどんなに貧しい生まれだろうと、最高級の衣服と宝石でその身を飾りつけられ、宮殿と変わらない豪華な住居に移り住む。すばらしい食事、すばらしい寝床が与えられ、神官《トラマカスキ》によって〈話す者《トラトアニ》〉のように高貴な言葉遣いを教えられる。話す者《トラトアニ》とは、坊や《エル・チャボ》、アステカの王のことだ。

少年は髪を切らない。身のまわりの世話をする従者が、毎日のように彼の髪の手入れをする。腰にまで伸びた髪は、まるで黒曜石の鏡《テスカトル》のように黒く輝いている。少年は王国で広く名を知られた歌い手に歌を教わり、名を知られた音楽家に笛の吹きかたを教わる。

少年が外出するときは、まるでそれ自体が祭りのような騒ぎになる。少年は頭に載せた大きな羽根飾りをゆらし、庭園で育てられた花々を抱え、大勢の従者を引き連れて歩く。町で太陽暦《シウポワリ》の別の祝祭がおこなわれていても意に介さない。彼だけは特別だ。少年を目にした人々はひれ伏し、彼をあがめる。貴族も、首長《カシケ》もだ。ジャガーの戦士団《オセロ・トル》がやってきて少年の前でひざまずく。戦士団長が両手を土につける。それはな、坊や《エル・チャボ》。この少年こそが、テスカトリポカの分身だからだ。ほかの神の場合は、衣裳《いしょう》をまとった戦士や踊り手がその分身になれるが、テスカトリポカは一年にたった一人の少年しか分身になれない。

だが、ここに大きな矛盾が生まれてくる。坊や《エル・チャボ》、おまえもよく考えてみるといい。この神は**夜と風**《ヨワリ・エエカトル》だった。おれはおまえに言ったはずだ。夜は暗く、風には体がない、と。

『目に見えず、触れることもできない』、と。その神が、なぜ人間の姿をしているのか？

この矛盾は、一年後に驚くべきやりかたで解決されることになる。シペ・トテックの祝祭などとはまったくちがう結末だ。それについては坊や、最後までおれの話を聞けばわかる。

少年はただ贅沢三昧《ぜいたくざんまい》ですごしているわけではない。運動することも大事だ。永遠の若者であるテスカトリポカの分身が、料理を食いすぎてチャタ－ラのような体形になってはまずいからな。少年は広場で従者たちを相手に〈ウラマ〉をやって汗を流す。石でできた輪にボールを入れるゲームだ。手を使わないところがサッカーに似ているが、足で蹴《け》りはしない。太い帯を巻きつけた腰でボールを打つ。ちょうど相手に横から体当たりするような感じでな。

やがて五月になり、燃えるような暑さが町を襲い、トシュカトルの祝祭が頂点に達する日まで残り二十日になったとき、四人の少女が少年のもとに贈り届けられる。この四人の少女は少年のためにだけ育てられ、誰もがまばゆいばかりに美しく着飾っている。四人の少女が届けられる日、少年の衣裳はより神聖なものに取り替えられる。そして一度も切らずに伸ばしてきた髪を、ジャガー《オセロトル》の戦士団長のように勇ましく刈りこまれる。一年間の最高級の食事、睡眠、運動の日々が、幼かった少年の肉体を若き戦士の姿に変えている。少年は四人の少女と交わる。祝祭が終わるまでの二十日間、ずっとだ。片時《かたとき》も離れずにすごすのさ。

トシュカトルの終わる五日前、少年と四人の少女は従者を引き連れて、人々の前に姿を現す。盛大な宴《うたげ》が開かれる。火が焚かれ、醸造酒《プルケ》とトルティーヤが振る舞われる。笛が吹かれ、太鼓が打ち鳴らされる。一本の縄でつながれた奴隷たちが輪になって柱のまわりを踊りつづける。王族は言うまでもなく、テノチティトランの有力者すべてがその宴にやってくる。

儀式の日、少年は〈笛を吹く場所《トラピッァワヤン》〉に案内され、二十日間ずっと彼に寄り添ってきた四人の少女に別れを告げる。

少年はそこで一年ぶりに一人きりになって、習った笛を吹き、この世で最後の音色を奏でる。

それから少年は〈矢の家《トラクチカルコ》〉と呼ばれている聖域に向かう。そこも神殿《テオカリ》だ。少年は階段を上っていく。袋を一つ持っていて、そのなかに今日まで自分が吹いてきたすべての笛が入っている。少年は階段を上るごとに笛を取りだし、足で踏みつける。一段につき、一本ずつ。笛が残らず踏み砕かれたとき、ちょうど〈矢の家《トラクチカルコ》〉の頂上に着く。

五人の神官《トラマカスキ》がそこに待っている。少年はみずからすすんで供犠の石台に身を横たえて、四人の神官《トラマカスキ》が彼の手足を押さえつけると、残る一人の最高位の神官《トラマカスキ》が黒曜石のナイフで心臓をえぐりだす。

坊《エル・チャボ》や、何が起きたのかわかるか。少年はテスカトリポカの分身だった。分身として一年をすごし、常に人々にあがめられてきた。だが神の正体は夜と風《ヨワリ・エエカトル》であって、『目に見えず、触れることもできない』はずだった。だから神は、かりそめのときを終え、ふたたび夜と風《ヨワリ・エエカトル》へと還《かえ》らなければならない。

**テスカトリポカは自分自身の血と心臓を、自分自身に捧げる。**

坊《エル・チャボ》や、これがトシュカトルの驚くべき結末だよ。もっとも美しいアステカの祝祭だ。心臓をえぐりだされたいけにえの亡骸《なきがら》は、たいていは階段ピラミッド《ピラミデ》から無造作に突き落とされるが、トシュカトルのときはそうではない。神官《トラマカスキ》の手でおごそかに担がれて、神殿《テオカリ》から下ろされる。地上に着いたところで首が切り落とされ、〈頭の壁《ツォンパントリ》〉に移されて串刺《くしざ》しにされる。

その瞬間から、来年のトシュカトルの準備がはじめられる。また少年が一人選ばれて、偉大な神の分身になるのさ」

# 44

## ömpöhualli-huan-nähui

コシモは工房で二種類の硬い木材を切断した。ローズウッドを七十六×十九センチ、ココボロを九十×二十センチ、どちらも厚さは二センチあった。

それぞれ床に並べておがくずを息で吹き飛ばすと、コシモは作業台に広げた図面をのぞきこんだ。これから作る武器が実寸大で描かれていた。

アステカの戦士が使ったマクアウィトル。〈マ〉はナワトル語で〈手〉を意味し、〈クアウィトル〉は〈木〉を意味した。山刀《マチェーテ》のように振り下ろして斬撃を与える武器だったが、コシモはバルミロの話を聞いて図面にした形を、山刀《マチェーテ》というよりも、工房の外に放置されているカヌーのパドルによく似ていると思った。

コシモの様子を暗い表情で眺めるパブロには、弟子の描いた図面がクリケットのバットそっくりに見えて、本当にクリケットのバットを作る気なのかと思ったくらいだった。しかし材質が異なっていた。コシモの選んだローズウッドとココボロは、クリケットのバットに用いられるカシミールウィローやイングリッシュウィローとはくらべものにならないほど硬い。

奇怪なものを作りはじめるコシモを、パブロは止めたりはしなかった。そんな権限は彼になかった。断頭台《エル・パティブロ》は調理師《エル・コシネーロ》のお気に入りで、今や怖ろしい自動車解体場《ヤード》の男たちの一員だった。コシモは夢中になって人殺しの道具を作っていた。おそらくそれはアステカの何かのはずだった。調理師《エル・コシネーロ》に呼びだされるたびに、コシモは滅びた王国の悪夢を、頭にたっぷり詰めこまれて帰ってきた。

図面に合わせた罫書《けが》き線に沿ってコシモが板を切ると、マクアウィトルの輪郭が現れた。ローズウッドの板《ボード》の長さは五十七センチで、残り十九センチが細い棒の形をした柄《ハンドル》になった。ココボロのほうの板《ボード》の長さは六十七・五センチ、柄《ハンドル》の長さは二十二・五センチだった。

全体をていねいに研磨すると、コシモは板《ボード》の中央に十三日間《トレセーナ》をつかさどる二十種類の象徴《シンボロ》を四列にわけて彫刻した。

鰐《シパクトリ》　風《エエカトル》　家《カリ》　蜥蜴《クエツパリン》　蛇《コアトル》

死《ミキストリ》　鹿《マサトル》　兎《トチトリ》　水《アトル》　犬《イツクイントリ》

猿《オソマトリ》 草《マリナリ》 葦《アカトル》 ジャガー《オセロトル》 鷲《クアウトリ》
禿鷲《コスカクアウトリ》 うごき《オリン》 燧石のナイフ《テクパトル》 雨《キアウィトル》 花《ショチトル》

すべての日の象徴《シンボロ》を彫りこんだマクアウィトルを持つことは、テスカトリポカに仕える最強の戦士団だけに許される特権だった。

パブロを追い抜くほどの腕前になった彫刻を終えて、コシモは厚さ二センチの板《ボード》の両側面に糸のこぎりで細い溝をこしらえ、おがくずを吹き飛ばし、溝の深さをたしかめた。

つぎに黒曜石の刃《ブレイド》作りに取りかかった。

ストーンナイフにもくわしいパブロにコシモが教わったのは、〈割る〉という加工法だった。天然のガラス質火山岩である黒曜石から薄い刃《ブレイド》を作るには、鏡や装飾品を作る場合とはちがい、研磨機は使わない。材料の核《コア》となる大きな黒曜石の塊《かたまり》を用意して、自然にできた筋《ライン》の方向を見定め、そこに楔《くさび》を垂直に打ちこむ。このときアステカ人は鹿の角や銅器を用いたが、コシモはパブロに倣《なら》って鋼鉄の工具を利用した。楔を打ちこまれた黒曜石の核《コア》に亀裂が入り、端《エッジ》から小さな破片が落ちてくる。その割れた黒いガラスのかけらが人や獣の肉を切り、皮を剥ぐ刃《ブレイド》となる。コシモは何度も核《コア》を割りつづけた。核《コア》となる黒曜石は、伊豆《いず》諸島の恩馳島《おんばせじま》で採掘されたものだった。

ローズウッドの板《ボード》の両側面の溝に長さ十センチの黒曜石の刃《ブレイド》を五枚ずつ接着し、ココボロのほうには八枚ずつ接着した。松脂《まつやに》と並んでアステカ人が用いていた天然接着剤〈チクル〉を溝に塗りたくって、ガラス質火山岩をしっかりと固定した。あまったチクルをコシモは口に入れて嚙んでみた。メキシコ産の常緑樹、サポジラの樹液を煮詰めたチクルは、現代ではチューインガムに欠かせない原料として知られていた。

仕上げのニス塗りを終え、コシモが四日間かけて完成させたインディヘナの武器を見たパブロは、ただ恐怖しか感じなかった。ナイフでも斧《おの》でもない。こんなものを作っていったいどうする気なのか？　パブロは知りたくもなかった。だからコシモには何も尋ねなかった。

パブロの目に映るコシモの存在はあまりにも純粋で、孤独で、哀《あわ》れだった。そして、そんなコシモが罪に染まっていく日々を傍観しているだけの自分は、誰よりも救いがたい卑怯者《ひきょうもの》だった。

パブロは目にうっすらと涙を浮かべて、もう一度武器を見つめた。ただでさえ人間の頭蓋骨を叩き割れるほど硬い木に、真っ黒なガラスの刃《ブレイド》が山羊《やぎ》の歯のように並んでいる。コシモが板《ボード》に彫った謎めいた象徴《シンボロ》の単純な美しさが、その武器に得体の知れない凶々《まがまが》しさを与えている。

　マンモス《エル・マムート》の運転するタンドラに乗って自動車解体場《ヤード》に着いたコシモは、現代によみがえった二本のマクアウィトルをボストンバッグから取りだした。バラクーダのメンテナンスをしていた男たちは、異様な雰囲気の武器を目にして笑った。侮蔑《ぶべつ》ではなく、コシモの狂気を称賛する笑いだった。

「こいつは傑作だ」板《ボード》に並ぶ黒い刃《ブレイド》を眺めながらチャターラが言った。

「これ持った奴が襲ってきたらもうホラー映画だよな」とマンモス《エル・マムート》が言った。「何ていうんだっけ、これ」

「マクアウィトル」とコシモは答えた。「ローズウッドのほうはとうさん《パドレ》にあげるから、おれはココボロのほうをつかう」

「使うっておまえ――」想像以上に重いココボロの木でできた武器を手にして、元暴走族のヘルメット《エル・カスコ》があきれ顔をした。「本当にこれで相手をぶん殴る気か？　すげえな。金属バットなら腐るほど喧嘩《けんか》で見てきたけど、こいつは――」

「ほしかったら、つくるよ」とコシモが言った。

　マクアウィトルを持ち上げたヘルメット《エル・カスコ》は、何も言わずに首を横に振った。黒曜石の刃《ブレイド》がガレージのなかで光っていた。

　日が落ちると自動車解体場《ヤード》に奇人《エル・ロコ》がやってきて、男たちの使っているアイフォーンをすべて回収し、新しい番号で登録された偽装名義の〈飛ばし携帯〉を配った。

「〈ハイドラム〉をインストールしろ」と奇人《エル・ロコ》は言った。

新たに渡されたアンドロイドOSベースの中国製スマートフォンを操作して、男たちは言われたとおりにハイドラムをインストールした。ハイドラム——公式名hidelamb 2.0——はインドネシアで開発された暗号通信アプリケーションで、高い機密性によってアジアの裏社会で重宝されていた。サーバーはジャカルタにあり、日本の警察はデータの追跡も解析もできなかった。

「連絡が来るからここで待っていろ」と言い残し、回収したアイフォーンを持って奇人《エル・ロコ》は立ち去ろうとした。

あくびをしたチャターラが奇人《エル・ロコ》を呼び止めた。「待ってるうちに眠っちまうな。いくつかパケを置いていってくれ」

奇人《エル・ロコ》はチャターラの顔をじっと見つめた。それから低い声で言った。「いつもポケットに入れているとでも思っているのか？　欲しいのなら車までついてきてくれ」

「冗談だよ」と言ってチャターラは笑った。「コカインなしでも、仕事に呼んでもらえりゃ、ナチュラルなアドレナリンですぐに目が覚めるよ」

## 45

## ömpöhualli-huan-mäcuïlli

世界規模の心臓密売移植ビジネスに参画する日本の暴力団は、強気の交渉姿勢を崩さなかった。

インドネシア船籍の巨大クルーズ船はすでに川崎港に三度入港し、〈チョクロ〉は七十億円を超える利益を上げていたが、指定暴力団甲林《こうりん》会系仙賀組は、その二十五パーセントを自分たちに分配するように要求した。

ＮＰＯ〈かがやくこども〉の代表理事に納まり、仙賀組の事務局長を務めている増山礼一は、その日、川崎市幸区大宮町《おおみやちょう》のホテルの会議室でおこなわれた二度目の交渉のテーブルで、前回同様の主張を、用意した文書を読み上げてくり返した。

「われわれは東京都大田区崔岩寺の地下空間を提供し、さらにその場所に商品を集めてくるための情報を提供している。〈チョクロ〉のビジネス自体、われわれの協力を前提としなければ成立しない――」

東南アジアにのさばる中国黒社会《ヘイシャーホェイ》の新南龍《シンナンロン》、イスラム過激派のグントゥル・イスラミ。

増山は両者の強大な力を理解していたが、たとえ彼らであっても、日本国内にいる無戸籍児童の存在を容易には察知できないことを見抜いていた。彼らは仙賀組の情報網に頼らなくてはならず、その現実を増山は交渉で何度も強調した。新南龍《シンナンロン》とグントゥル・イスラミがこの国でゼロから緻密《ちみつ》な情報網を構築しようとすれば、膨大な時間がかかる。それを回避するには、どうしても現地の協力者が必要になる。

「仙賀組がいなければ心臓の供給は終わりだ」と増山はなかば恐喝するように怒鳴った。自分たちの提示した二十五パーセントの利益分配という条件は、決して大きすぎる数字ではないはずだった。

三度目となったその交渉のテーブルには、前回出席しなかった仙賀組の組長である仙賀忠明《ただあき》、若頭《わかがしら》の谷村勝《たにむらまさる》の顔もあった。仙賀忠明は終始表情を曇らせて、ひっきりなしに電子煙草を吸いつづけていた。交渉が難航している以前に、相手の顔ぶれに納得がいかなかった。

増山が二十分間の休憩を提案し、出口の見えない長い話し合いはいったん中断され、双方が会議室を退出して別室に移った。

上部組織の甲林会幹部との短い電話を終えた仙賀忠明は、交渉用の書類を再読している増山を近くに呼び寄せ、怒りに震えた声で訊いた。「おまえ、いつもあんなガキどもと話してるのか？」

　増山には答えようがなかった。交渉相手として対面していたのは野村健二、末永という男、それに夏《シア》という中国人の女だった。野村は組の下で商売をはじめた川崎の闇医師にすぎず、末永という男も同業者だった。末永はフロント企業に送りこまれるインテリヤクザのような害のない顔つきをしていた。三十代の夏《シア》は新南龍《シンナンロン》とグントゥル・イスラミの代理人として出席していたが、場に不釣り合いのおとなしい小娘にすぎなかった。新南龍《シンナンロン》幹部の郝《ハオ》は現れず、来日の予定さえ聞かされていない。組織の存亡を賭《か》けて交渉に臨んでいる自分たちを、相手は完全になめているとしか思えなかった。

　三度目の交渉も決裂すると判断した野村は、別室に移ると即座に調理師《エル・コシネーロ》に電話をかけた。

　仙賀組が〈チョクロ〉の利益の二十五パーセントを求めて妥協しなかった場合、どのように対応するのか、あらかじめ決めてあった。それは仙賀組に存続のチャンスを与えてやることだった。〈チョクロ〉の利益分配の減額を認めさせる代わりに、別のルートから金が入ってくるように支援する。

　〈氷《イエロ》〉と〈縄張り《プラサ》〉がその鍵だった。

　調理師《エル・コシネーロ》の口にする、英語にはない二つの単語の意味を、野村は末永に教えられて知っていた。氷《イエロ》はメタンフェタミンのことで、縄張り《プラサ》は売人のテリトリーのことを指している。

仙賀組のおもな資金源は氷《イエロ》の密売にあった。しかし近年そのビジネスは、目も当てられないほど急激に下降しつづけている。原因は最大の利益を得ていた縄張り《プラサ》――東京都の城南《じょうなん》地区と地元川崎――の顧客を新たな競争相手に奪われたからだった。氷《イエロ》の売り上げが激減した仙賀組は、損失を埋めなくてはならず、結果的に〈チョクロ〉の交渉で一歩も引かなくなっている。

調理師《エル・コシネーロ》の出した答えはこうだった。

**あいつらの縄張り《プラサ》で氷《イエロ》を売る競争相手をつぶしてやればいい。**

たしかに調理師《エル・コシネーロ》の言うとおりだ、と野村は思った。氷《イエロ》の売り上げが回復すれば、仙賀組は〈チョクロ〉のビジネス全体の四分の一の利益分配を求めるなどという愚行をすぐにでもやめるだろう。

そのために、暴力団でも消せない競争相手をこちらで一掃する。

野村は今までにない緊張を感じていた。調理師《エル・コシネーロ》の育てた怪物どもが解き放たれ、ラテンアメリカ流の暴力を披露するときがやってきたのだ。あの連中の獰猛《どうもう》さは桁外《けたはず》れだった。これからどんなことが起きるのか、野村には想像もつかなかった。

予想どおり奇人《エル・ロコ》から「三度目の交渉も決裂する」と報告を受けたバルミロは、自動車《ヤー》解体場《ド》で待機しているチャタ—ラに電話をかけた。バルミロは淡々と狩りの開始を告げた。

〈ゼブブス〉——Zebubs——は川崎に拠点を置きながら、多摩川を越えて北上し、東京での勢力を拡大している犯罪組織だった。指定暴力団に属さない〈半グレ〉に分類され、警察や公安委員会に実態を把握されることなく活発にうごきまわっていた。

彼らの強みは、ベトナム人の持つ東南アジア裏社会へのコネクションと、多様な日本人の半グレのなかでもひときわ暴力的なメンバー——大半は元地下格闘技の選手——の二つをそろえている点にあった。

二〇一五年七月、ベトナム系日本人とベトナム人を中心とした川崎市内の窃盗グループ〈RKG〉が、盗品を売りさばくルートを広げるために、非合法の地下格闘技団体を運営していた日本人たちと結びついたのが契機となって、ゼブブスの原形が生まれた。

現在のリーダーはRKGの主要メンバーでもあった二十七歳のベトナム系日本人で、彼は〈災害〉を意味するベトナム語、〈タム・ホア〉の通称で知られていた。

旧ソ連製の対戦車手榴弾から名を取ったRKGと同じく、ゼブブスの名称もタム・ホアが考えついたもので、母親の故郷であるベトナムで二〇一一年に発見された新種の

〈ベルゼブブコウモリ〉の名前——俗称ではなく正式な学名——にちなんでいた。ベルゼブブは言わずと知れた〈魔王〉のことだった。

ベトナム系日本人、ベトナム人、日本人の混成部隊となったゼブブスは、地元で長く敵対していた韓国人のカラーギャングを暴力で圧倒したのち、勢力拡大に取りかかった。窃盗でも地下格闘技興行でもなく、麻薬密売人《ナルコ》としてのし上がる道を彼らは選び、コネクションをたどって接触したハノイとホーチミンの売人から商品を仕入れ、川崎市内と世田谷区で売りさばいた。高純度のメタンフェタミン、ＭＤＭＡ、笑気ガス——亜酸化窒素——を吸引できる小型ボンベ。とくにベトナムで生産されたメタンフェタミンの品質は評判になった。その宣伝にひと役買ったのは、旅行中のフランス人バックパッカーの男だった。のちにフィリピンで逮捕されるこの男は、日本滞在中に「東京で買えるメタンフェタミン《クリスタルメス》ではｚｅｂ《ゼブ》のやつが最高」という英語の文章をダークウェブに投稿していた。これでまず外国人の顧客が増え、それから大量の日本人ユーザーがゼブブス傘下の売人のもとに流れてくるようになった。

いきおいに乗った彼らは世田谷区以外にも進出し、大田区、品川区、目黒《めぐろ》区、港区に商品を流通させた。城南地区と総称されるこの地域でメタンフェタミンのシェアを独占していた仙賀組とは、すでに川崎市内で衝突していたが、この進出を期に抗争が決定的となった。

仙賀組の売る北朝鮮製のメタンフェタミンは見向きもされなくなり、ビジネスは壊滅的な打撃を受け、その零落《れいらく》ぶりは、品質の低さを笑う顧客と口論になった売人が路上で逮捕される不始末を起こすほどだった。

暴力団に先立ってゼブブスを襲撃したのは、MDMAのシェアを奪われ激怒したイラン人密売グループだった。彼らはゼブブスの売人を誘拐して暴行を加えたが、逆に武装したゼブブスの襲撃を受け、二人を殺害された。ゼブブスの武器は日本の不良が持ち歩く金属バットやメリケンサックではなく、九ミリの銃弾を放つサブマシンガンと拳銃《けんじゅう》だった。アサルトライフルもあり、軍用の防弾チョッキも所有していた。それらはすべてベトナムから密輸されたものだった。戦力に圧倒されたイラン人たちは城南地区から撤退し、その後はすっかり鳴りを潜めた。

ゼブブスの若者たちは最新の通信技術にくわしく、さらに複雑な暗号を組み合わせて連絡を取り合ったため、警察にも暴力団にも所在を突き止められたりはしなかった。かりに歓楽街で仙賀組の組員と偶然に遭遇したとしても、地下格闘技出身のメンバーは、むしろ素手で人間を殴ることのできる機会を喜んだ。喧嘩《ゴロ》に備えて普段からマウスピースを持ち歩いている者もいた。若く血に飢えた半グレにとって、不摂生のヤクザは声が大きいだけの人間サンドバッグにすぎなかった。鼻の骨と前歯を折り、服を脱がせて土下座をさせた。

危険を感じた仙賀組の幹部のなかには、大阪や名古屋《なごや》で見つけた地下格闘技経験者に金を払ってボディガードになってもらい、自分の身を守る者まで現れた。その事実を知ったタム・ホアたちは涙を流して笑い転げ、〈**身辺警護やります　給与は応相談**〉のメッセージをハッキングした組員のラインアカウントに書きこんで、それからまた大笑いした。

ベトナム産のメタンフェタミンの密売で資金を得たゼブブスは、略奪したシェアを維持しつつ、暗号通貨を使った投資ビジネスの展開を検討しはじめていた。地下格闘技の選手がメジャー団体との契約をめざすように、半グレの犯罪組織はいずれ地下から地上に出なくてはならない。ブラックからグレーゾーンへ、そしてホワイトの領域へ。その過程に暗号通貨での投資があった。

ベトナム人投資家を招いてレクチャーを受ける予定だった彼らは、仲間の森本中秋《もりもとなかあき》が現れないので不審に思い、まったく連絡が取れないことがわかった時点で顔色を変えた。

タム・ホアに次ぐナンバーツーとして通信指令役となり、組織をまとめ上げていた二十六歳の日本人は、何の前触れもなく姿を消した。

# 46

## ömpöhualli-huan-chicuacë

　森本中秋《なかあき》は誰よりも用心深い男で、敵対勢力に拉致《らち》されるような失敗をする人間ではなかった。タム・ホアに通信司令役を命じられたのも、その慎重な性格ゆえだった。ゼブブスのメンバーは消えた森本を全力で捜しまわったが、手がかりはつかめなかった。

　失踪《しっそう》の四日後に、彼らは森本の死を知った。

　メンバーの自宅前に宛名のない段ボール箱が置いてあり、なかを開けてみると切断された人間の左腕がドライアイスとともに詰めこんであった。左腕には森本が彫っていた髑髏――荊《いばら》の冠《かんむり》を頭に載せた――の入れ墨があり、小指にはめたウルフヘッドの指輪もたしかに森本のものだった。左腕の隣にまだ栓を開けていない〈ドクターペッパー〉の赤い缶が一本置かれていた。森本が好んだ炭酸飲料で、うまそうに飲んでいる姿を仲間たちはいつも目にしていた。

　ゼブブスが拠点として利用する部屋は十二ヵ所あり、そのうちの一つに幹部クラスのメンバーが全員集められた。

　タム・ホアは腐肉の臭いに寄ってくる小蝿を払いのけて、左腕の切断面を凝視した。

鋭利な刃物の切り口にはほど遠く、車のタイヤで轢《ひ》きつぶされたように、肉も骨もぐしゃぐしゃになっていた。変色した皮膚には火傷《やけど》の痕《あと》のようなものがあった。死後に切断されたのではなく、拷問を受けて、生きたまま切り落とされた——と見るべきだった。

誰がやったのか。タム・ホアは考えた。

おそらく仙賀組ではなかった。

左腕にあえて添えられた未開栓のドクターペッパーの缶、森本の好物。この手のブラックユーモアはヤクザには思いつかない。

たしかなのは、未知の敵が現れたという事実だけだった。

敵の正体をつかめないまま、タム・ホアは精鋭の部下八名を引き連れて、武器と通信機器を詰めたジュラルミンケースとともに彼らが〈4C《フォーシー》〉の暗号で呼ぶ川崎市川崎区の工業地帯、大川町《おおかわちょう》に潜伏することを決めた。〈4C〉は四つの運河《カナル》、京浜運河、白石《しらいし》運河、境《さかい》運河、田辺《たなべ》運河を意味し、それらの運河は大川町の四方を囲んでいた。そこに彼らが偽装名義を使って醬油《しょうゆ》メーカーから買い取った倉庫があった。

午前二時すぎ、タム・ホアと部下は運送会社の車両に見せかけた四トントラックの荷室に隠れ、ファントムブラックの車色の日産エルグランド350ハイウェイスターに先導されて〈4C〉の倉庫へと向かった。

在日アメリカ海軍の油槽所《ゆそうじょ》の西を走り、白石運河を越えて潜伏先の倉庫が見えてきたところで、ゼブブスのリーダーを荷室に乗せた四トントラックは銃撃を受けた。チャターラのバラクーダが放ったダブルオーバックの散弾《ペレット》が、四トントラックのフロントドアを撃ち抜いた。運転手は即死だった。急停止した先導車両のエルグランド350ハイウェイスターに向かって、急加速する一台のトライクが突進していった。幅広の三輪のタイヤがどれも摩擦の煙を上げていた。トライクはゼブブスを追ってきたタンドラの荷台から降ろされたもので、乗っているのは無免許のコシモだった。コシモは長く伸びた髪を風にたなびかせてスロットルを回し、積んできたトライクを降ろしたタンドラは、Uターンして四トントラックに接近した。

エルグランド350ハイウェイスターの正面で、コシモはトライクを飛び降り、そこからジャガー《オセロトル》のように駆けていって、左手に握ったマクアウィトルをフロントガラスに叩《たた》きつけた。ガラス質火山岩の刃《ブレイド》が透きとおった人工のガラスを砕き、工業地帯を照らす月明かりに破片がきらめいた。フロントガラスにできた穴にコシモは右手で構えたバラクーダの銃口を差しこみ、姿勢を低くしてドアから逃げようとしていた運転手の側頭部を撃った。至近距離で放たれたダブルオーバックの威力はすさまじく、運転手の頭がまるごと消えた。

リアシートにいた五人は、一瞬で運転手を殺されたのでその場で下車するほかなかった。彼らは電動スライドドアが開くと同時にサブマシンガンを抱えて飛びだしたが、チャターラが連射するバラクーダの散弾《ペレット》を浴びせられた。とっさに車両の下に這《は》いこんで生き残った一人は、すばやく反対側へ転がり、車両の下を出てすぐに立ち上がったが、目の前には大男のコシモが待っていた。男は抱えたサブマシンガンを蹴り飛ばされ、捨て身で大男に殴りかかった。男は地下格闘技団体の元ウェルター級王者だった。左ストレートには自信があったが、全力で顔面を殴ったのにもかかわらず、大男は倒れなかった。

コシモは相手の労をねぎらうように、男の背中に右手を添えた。メキシコ式の片腕抱《ハ》擁《グ》に似ていたが、異なるのは左手で男の額をつかんだ点だった。背中に添えた右手を支点にして、男の首を真後ろに倒すと頸椎《けいつい》が折れた。男の顔は真上を向いた。光の消えた目で工場地帯の夜空を数秒仰ぎ、よだれを垂らして、糸の切れた操り人形のようにくずおれた。

停止した四トントラックの荷室のリアドアの前で、マンモス《エル・マムート》がバラクーダを構えていた。散弾《ペレット》ではなく突入《ドア・ブリーチング》用の一発弾をショットシェルに詰めていた。マンモス《エル・マムート》が閂《かんぬき》を吹き飛ばした直後にドアが開き、荷室の奥の暗闇から炎がほとばしった。タム・ホアと部下の反撃だった。ハノイから仕入れたＡＫ－47を彼らは連射していたが、銃弾の先には誰もいなかった。銃弾が途ぎれた一瞬の隙を見逃さずに、ヘルメット《エル・カスコ》がスタングレネードを放りこんだ。爆音と閃光《せんこう》が荷室のなかで炸裂《さくれつ》し、視力と聴力に痛手を負った三人の護衛の首と胸を、暗視ゴーグルを装着したマンモス《エル・マムート》が拳銃で撃った。ゼブブスの人間を殺すのに何のためらいもなかったが「もったいない」とは思った。高値のつく新鮮な血と臓器を、闇医師さながらに惜しむようになっていた。

リーダーのタム・ホアはヘルメット《エル・カスコ》が殺さずに拳銃で左肩を撃った。即死させずに制圧する銃撃は、即死させる銃撃よりもむずかしく、集中力と判断力が求められた。ヘル《エル・》メット《カスコ》の拳銃には体内での銃創拡大を目的としたホローポイント弾が装塡《そうてん》されており、その弾で撃たれたタム・ホアの左肩はやわらかな果実のように引き裂かれた。

　スタングレネードの残した白煙が漂っている四トントラックの荷室にチャターラが入り、左肩を撃たれながらなおもAK－47を構えようとするタム・ホアの顔面を蹴りつけた。落ちたアサルトライフルを拾い上げ、それから倒れたタム・ホアの左手をつかみ、すでに肩を撃たれているその腕の可動域の限界を超えてねじ曲げ、手首をへし折った。

　殺し屋《シカリオ》の男たちは、襲撃時に相手車両のタイヤを撃たないように注意していたので、運転席に乗りこめば、その場から移動させるのに支障はなかった。だがそこには邪魔になる死体が転がっていて、ハンドルやシートも血液とガラス片にまみれていた。

　元消防士で大型車両のあつかいに慣れたマンモス《エル・マムート》が四トントラックを運転し、チャターラが死体を積んだエルグランド350ハイウェイスターを走らせた。ヘルメット《エル・カスコ》はタンドラに乗り、コシモはトライクにまたがった。彼らはゼブブスのリーダーが姿を隠すはずだった倉庫に入り、内側からシャッターを下ろした。

　急襲《アサルト》の様子を見ていたバルミロは、先に倉庫のなかで待っていた。バルミロは手を叩いて四人を称賛した。急襲《アサルト》に要した時間の短さ、相手への容赦のなさ、いずれも完璧に近い仕事だった。

　チャターラが四トントラックの荷室からゼブブスのリーダーを引きずり下ろし、ごみ袋でも放り投げるようにコンクリートの床に転がした。銃創と骨折の激痛に顔をゆがめるタム・ホアは、血の混ざった唾《つば》を吐き捨てた。「おまえら、誰だ」と日本語で言った。

「ボランティアの市民パトロールだよ、くそ野郎《ピンチェ・カブロン》」とチャターラが言った。それから〈好きです　かわさき　愛の街〉の旋律を口笛で吹きはじめると、聞いていたマンモス《エル・マムート》が笑いだした。

「殺せ」とタム・ホアは言った。「どうした。さっさとやれよ」

　それを聞いたチャターラはタム・ホアの頭を軽く叩き、曲げた親指で背後のコシモを指しながら言った。「まあ、そう命を無駄にするな。あいつと勝負して勝てば生きて帰れるってのはどうだ？」

　タム・ホアは時間をかけて苦しそうに床から立ち上がり、コシモを見上げた。コシモはTシャツを脱ぎ、布地に付着した無数のガラス片をはたき落としているところだった。

　視線を感じたコシモは、血まみれのタム・ホアを見つめ返した。ゼブブスのリーダーの髪は短く刈りこまれ、肌は浅黒く、両耳にダイアモンドのスタッドピアスを刺していた。左肩は大きく裂け、左手首は奇妙な方向に折れ曲がっていた。

「やれ《アスロ》、坊や《エル・チャボ》」と言うバルミロの声をコシモは聞いた。バルミロはさらに言った。

**花の戦争《ショチヤオヨトル》だ。**

アステカの戦士がいけにえを獲得する模擬戦争が、花の戦争《ショチヤオヨトル》だった。アステカの王は代々、周辺国であるトラスカラなどをあえて征服せず、敵対状態を維持しておき、洪水、干魃《かんばつ》、太陽暦《シウポワリ》の大祭などで多数のいけにえが必要になれば、その土地に戦士を派遣した。それはゲーム的な要素を持つ享楽《きょうらく》としての戦争であり、国家規模の人間狩りであり、未熟な戦士に経験を積ませることのできるまたとない実戦の機会でもあった。

ガラスまみれのTシャツを手放した半裸のコシモは、ココボロのマクアウィトルを手に取った。コシモの左右の腕は真新しい入れ墨で埋めつくされていた。マンモス《エル・マムート》に紹介してもらった彫り師に頼んだのは、アステカ時代の絵柄ばかりだった。前腕《ぜんわん》に二十種類の日の象徴《シンボロ》を彫り、広い胸板には階段ピラミッドの神殿《テオカリ》を彫りこんでいる途中だった。完成する前の入れ墨は、金属や木材に描く罫書き線に似ている、とコシモは思っていた。

長髪を垂らした二メートル以上の大男の腕に彫られている謎めいた絵、その腕で持つ板《ボード》の武器、そうしたすべてがタム・ホアの目に底なしの悪夢として映った。あまりの異様さに笑みを浮かべたほどだった。

タム・ホアの前にバルミロがダマスカス刃《ブレイド》のボウイナイフを投げて寄こした。足もとで独楽《こま》のように回転する刃物を見つめていたタム・ホアは、それが静止したところで、右手で拾い上げた。表面を渦模様で覆われた刃《ブレイド》の長さは二十センチを超えていたが、これで目の前の怪物とやり合えるとは思わなかった。失血と痛みで何度も意識が遠のきかけた。それでもタム・ホアは立って戦うつもりだった。どれほど不気味な相手だろうと、床を這いつくばって逃げるのは誇りが許さなかった。

できるだけ深く息を吸いこんで力を振り絞り、コシモに襲いかかった。だが逆にマクアウィトルの一撃を受けて自由の利く右手の前腕が裂けた。狙われた頭をとっさにかばうことはできたが、もう右腕が上がらなくなった。つづけてタム・ホアは右肩を切られ、左右の脇腹をえぐられ、鎖骨と肋骨を砕かれた。すさまじい衝撃に耐えながら、タム・ホアはまだ意識を保っていた。自分が殺してきた男たちの顔が浮かんだ。ぼんやりした頭で考えた。あいつらのように命乞《ご》いはしたくない。でも、なぜおれは生きているんだ？　大男の奴が手加減しているのか？　だろうな。

コシモはふいに深く腰を落として、床に近い位置でマクアウィトルを水平に振った。タム・ホアの両足を刈り取り、ふくらはぎを構成する下腿三頭筋《かたいさんとうきん》をまとめて破壊する残忍な一撃だった。

両足を刈られたタム・ホアは宙に浮き上がり、背中からコンクリートの床に落ちて埃《ほこり》を巻き上げた。彼は懸命に体をひねり、うつぶせになって這いずり、血の跡を残しながら、何とかして立ち上がろうとした。かつて醤油メーカーが所有していた倉庫の窓から、運河を挟んだ向こう岸にある東扇島の火力発電所が見えた。遠くで照明に浮かぶ建造物の影と、手の届く近さを淡い光に透かされて漂っていく埃のきらめきが、タム・ホアの視界で夢のように重なった。

　血糊《ちのり》のついたココボロのマクアウィトルをコシモは呆然《ぼうぜん》と眺めていた。何度も全力で振り下ろしたのに相手はまだ生きている。しっぱいした、と思った。つくりかたをまちがえたのか。これだったらせんしのぶきにはならない。

　板《ボード》の溝にチクルで接着した黒曜石の刃《ブレイド》から血が滴り落ち、そこにかすかな脂の光沢も混ざっていた。並んだすべての刃《ブレイド》にコシモの顔が映りこんでいた。

「これでいい」這いつくばるタム・ホアの頭を踏みつけたバルミロが、落胆しているコシモに声をかけた。「マクアウィトルは剣や槍《やり》にはない役目がある。殺すだけが目的の武器ではないということだ。もっともおまえの腕力のおかげで、こいつは今にも死にそうだがな。マクアウィトルは敵を傷つけ、捕虜にして、アステカの神殿《テオカリ》に連れていくための武器だ。花の戦争《ショチヤオヨトル》で相手を殺してしまえば、神に捧げるいけにえがいなくなる。死体の心臓《ヨリヨトル》はうごかないだろう？　いいか、坊や《エル・チャポ》。いけにえの心臓《ヨリヨトル》は脈打っていなければならない。心臓《ヨリヨトル》を食べるのはわが神であって、おれたちではない」

　タム・ホアの視界は血で赤く染まり、周囲がよく見えていなかった。誰かの腕が自分に向かって伸びてくる影にかろうじて気づくと、タム・ホアは目を閉じた。とどめを刺されると覚悟した。しかし、いくら待ってもその一撃はやってこなかった。代わりにもっと怖ろしい最期が彼を待っていた。

男たちはビデオカメラを三脚に固定し、録画ボタンを押す。

死にゆくいけにえ以外、誰の顔も映らない。殺し屋《シカリオ》がタム・ホアの手足を押さえ、バルミロが黒曜石のナイフを胸に突き刺して、心臓をえぐりだす。悲鳴、あふれだす血、恐怖に目を見開いて絶命したタム・ホアの首に、コシモが渾身《こんしん》の力でマクアウィトルを叩きつける。二度目の斬撃で首が切断され、コンクリートの床に当たった黒曜石の刃《ブレイド》が音を立てて欠ける。

男たちはビデオカメラの録画を一時停止して、自動車解体場《ヤード》からタンドラの荷台に載せて運んできた備品を組み立てはじめる。

長さ三メートルの鉄の柱の先端に、ポリカーボネイト製の白い板《ボード》とリングが取りつけられる。リングの直径は四十五センチ、そこに穴の開いたネットが装着されている。柱を垂直に立てると、バスケットボールのゴールが完成する。

ふたたび録画が開始され、コシモはバルミロに命じられるままに、切り落としたタム・ホアの首をゴールに向かって放り投げる。ネットをくぐって床に落ちた首を、チャターラが拾ってふたたびシュートする。

バルミロはマリファナを吸いながら、ビデオカメラの液晶モニターをのぞいている。

自分たちでは待ち伏せすらできなかったゼブブスの狡猾《こうかつ》なリーダーが、生きたまま心臓をえぐりだされ、首を切り落とされ、バンダナで顔を覆った男たちがその首をバスケットボール代わりにしてもてあそぶ。

血まみれの凄絶《せいぜつ》な映像を見た仙賀組の人間は絶句した。

映像をコピーしたDVDは、組長と幹部全員の自宅に届けられた。増山礼一の自宅に配送された小包には、バルミロからのサービスでタム・ホアの両耳が入れてあった。耳たぶにダイアモンドのスタッドピアスが残っていた。

城南地区のメタンフェタミンのシェアを取り戻した仙賀組に提案されたのは、「〈チョクロ〉のビジネスの利益分配については、七パーセントで合意してはどうか」というものだった。

その提案を拒んで四度目の交渉を持ちかけられるような状況ではなかった。ゼブブスの中枢を破壊したのは新南龍《シンナンロン》なのか、それともグントゥル・イスラミなのか、仙賀組はまったく説明されないまま、幹部全員の自宅に殺戮《さつりく》の映像がやすやすと届けられることの重大さに震え上がった。

それは警告だった。タム・ホアを殺した連中は、およそ正気ではない処刑の映像を通じてこう語っていた。

**その気になれば、いつでもおまえたちをこんなふうに殺せる。**

# 47

# ömpöhualli-huan-chicöme

心臓密売人《コラソン・トラフィカンテ》が仙賀組に力を見せつけた半月後の川崎港に、ドゥニア・ビルが四度目の入港を果たした。

二〇二一年の世界は、インドネシアの巨大クルーズ船が初入港した二年前の二〇一九年とはかけ離れた状況にあった。「進化するアジアの象徴」「移動する夢の水上都市」などのキャッチフレーズで、さまざまなメディアに注目され、国会議員や市会議員が視察に訪れ、入港のたびに大勢の見物客に歓迎されてきたドゥニア・ビルは、今や激しい議論の対象となり、ときには存在自体を否定され、罵倒の言葉すら浴びせられていた。その理由は、この船を舞台にした残酷な〈チョクロ〉のビジネスが露見したからではなく、パンデミックを引き起こしたウイルスにあった。

SARS《サーズ》－CoV《シーオーブイ》－2《ツー》――新型コロナウイルス。二〇二〇年初頭の横浜港に停泊したイギリス船籍のクルーズ船の内部で、このウイルスがCOVID《コビッド》－19が猛威を振るった。港に釘《くぎ》づけにされた船の姿は連日報道され、船籍のあるイギリス、運航会社のあるアメリカまでを巻きこみ、日本人の心に暗い影を落としていた。

巨大クルーズ船としては世界で五番目に運航再開したドゥニア・ビルは、考えられるかぎりの感染症対策を取り、最大乗客定員のわずか五分の一しか乗せずにジャカルタのタンジュン・プリオク港を出港していたが、それでも批判の声はやまなかった。

かつては夜間になると、大量の青色LED——青い世界《ドゥニア・ビル》と名づけられた船のイメージカラー——で幻想的にライトアップされるオープンデッキを港から眺めるために、多くの人々が車で海底トンネルを抜けて東扇島にやってきていたが、二〇二一年の世界でその人工島にやってくるのは〈デモの参加者〉と、〈デモの実施〉を聞きつけた報道関係者ばかりだった。おたがいにソーシャルディスタンスを維持しながら行進する人々は、「クルーズ船の入港反対、即時出港」を訴えた。

集まった人々が近づけるのは、ドゥニア・ビルの停泊する物流ターミナルから五百メートル離れた地点までだった。そこに規制線が張られ、マスクとフェイスシールドを着用した神奈川県警の機動隊員と海上保安庁の職員が並んでいた。

「コンテナ船以外は帰れ」「まだ日本政府は人命より経済を優先するのか」「官房長官を呼べ」といった抗議の声が上がった。「大声を出さないでください」と誰かが大声で叫び、すると叫ぶ代わりに誰かが救命用の笛を吹いた。

デモ隊にまぎれてゴムボートを岸壁から下ろした三人の活動家は、停泊したクルーズ船の真横で発煙筒に点火する計画だった。三人は計画どおり派手なピンク色の煙を上げることに成功したが、ボートで追ってきた機動隊員にすぐさま逮捕され、上空を旋回するヘリコプターに乗った放送局のカメラマンが一部始終を撮影した。

波の上に残されたピンク色の煙が、鳴きながら飛び交う鷗《かもめ》の群れの高さにまで届き、やがて風にかき消されていった。


夏《シア》はシェルター内に設置されたすべての監視カメラの録画映像を再生して、問題となっている一人の子供の行動をたしかめた。無戸籍の九歳の男児。矢鈴が彼を連れてきたのち、このシェルターで心臓を摘出された子供は三名いた。

寝室、食堂、廊下、浴室、遊戯室、学習室、そして人工太陽照明灯の輝く屋内庭園の芝生と砂場。芝生を低速で移動する小型カートに乗ってはしゃぐ子供たち。四台購入したカートのうち、男の子向けのバットモービルに似た一台がいちばんの人気で、女の子たちもその真っ黒なマシンに乗りたがった。

監視カメラの映像を見るかぎり、不審な点は見当たらなかった。男児が見るべきではないものを見た様子はなかった。そもそも蜘蛛《ラバ・ラバ》や奇人《エル・ロコ》が使用する手術室にはたどり着けない。ここで何が起きているのか、それを男児が知ることは絶対にあり得ない。

だったら、なぜ――

夏《シア》は男児の『日記』を開いた。

今日　たのしかったこと　を　かこう!

【なまえ　じゅんた　】

みんな　ころされる。

夏《シア》はそのページをじっと見つめ、縁なしの丸眼鏡を外し、コーヒーを飲んだ。前日も、その前日も、同じことが書いてあった。

男児のメンタルについて心配になった矢鈴から「大丈夫でしょうか?」と訊かれたが、そういう質問が出てくること自体、夏《シア》にとっては好ましくない状況だった。シェルターの管理体制は万全で、情報の漏洩《ろうえい》などあるはずもない。だが人間は一度心配になると、自分でいろいろと調べだす。余計なことに首を突っこみ、見るべきではないものを思いがけず見てしまう。

気がかりは矢鈴のようなスタッフだけではなかった。負の感情は強い伝染力を持っているので、こういう言葉をほかの子供たちが真似しはじめると、〈チョクロ〉の日本式アフターサービスである『日記』に大きな影響が出る。蜘蛛《ラバ・ラバ》は怒るだろう。夏《シア》には彼の声が想像できた。

**何をやってるんだ？　顧客《カスタマー》のバイオセンチメンタリティーを癒《い》やすには、子供は最期の瞬間まで幸せでいなければならないんだよ。**

夏《シア》は電子煙草を吸った。この男児――順太の『日記』はどうやっても改善しない。こういう欠陥《バグ》が出た以上、蜘蛛《ラバ・ラバ》に報告するしかなかった。

電子煙草を吸い終えると、夏《シア》は静かにコーヒーを飲みほし、『日記』を閉じてファイルケースに戻した。眼鏡をかけ直し、シェルターに常備してある銃のメンテナンスをはじめた。アサルトライフルのH&K－G36は、カーボン鋼製の特殊警棒とともに彼女が警官時代に慣れ親しんできた道具だった。

仙賀組の男たちが「小娘」と思いこんでいた夏《シア》は、黒社会《ヘイシャーホェイ》の人間になる以前に香港警察で働いていた。少年犯罪の現場で経験を積み、倍率の高い過酷なテストに合格して、念願の特別任務連《SDU》の隊員になった。

そろって小学校の教師だった夏《シア》の両親は、大学院で児童心理学の博士号を取得した自分たちの娘も、いずれ同じ教育者になるものと思いこんでいたが、彼女は警察に就職し、特殊部隊に入る道を選んだ。

香港独立を提唱する活動家のアジトに踏みこんだとき、夏《シア》は逮捕に抵抗した二人の男を撃ち殺した。二人の近くには鉄パイプと斧が置いてあった。しかし、それを彼らが手にしたわけではなかった。発砲せずに逮捕することもじゅうぶんに可能だった。

「権力による不当な殺人だ」と遺族に訴えられ、法廷で夏《シア》は発砲の正当性を主張したが、状況証拠はどれも彼女の違法性を示していた。そして彼女は、どうしても刑務所には入りたくなかった。

　追いつめられた彼女に裏で手を回してくれたのが、黒社会《ヘイシャーホェイ》の新南龍《シンナンロン》だった。組織の暗躍で無罪判決を勝ち取り、願いどおりに投獄を免れた夏《シア》は、ひっそりと警察を辞職した。整形し、名前を変えて、新南龍《シンナンロン》の見習いとなった。ジャカルタで彼女に与えられた最初の仕事は、幹部の郝景亮《ハオ・ジンリャン》を護衛することだった。人民解放軍の使う03式自動歩槍《ほそう》を渡された彼女は、そのアサルトライフルで敵対組織の人間を五人ほど殺し、殺手《シャアショウ》としての腕を認められて、コモドドラゴンの入れ墨を彫ることを許された。警官になる前から、彼女は自分の内にある殺人衝動に気づいていた。黒社会《ヘイシャーホェイ》の一員として生きることは、彼女の性に合っていた。

　分解したH&K－G36を組み立てた夏《シア》は、シェルターの夜間巡回に出かけた。銃こそ携帯しないが、カーボン鋼製の特殊警棒とフォールディングタイプのタクティカルナイフを持っていた。子供たちの寝静まったシェルターの長い廊下を進み、自分の足音を聞きながら、警官時代に愛用したものと同型のフラッシュライトで暗闇を照らした。

神々はコシモの深い眠りのなかにやってくる。夢のなかに。滅ぼされたインディヘナの王国、巨大な神殿《テオカリ》、メキシコシティの地下に埋められた湖上都市。王《トラトアニ》も神官《トラマカスキ》も怖れをなしてひざまずいている。

**花の戦争《ショチヤオヨトル》で捕獲されたいけにえの血と心臓を求めて、神々はつぎつぎと現れる。**

ウィツィロポチトリ、戦争の神、カザリドリの羽根の耳飾り、晴れ渡った天空の青で染めた腰布、背中に吊《つ》るした炎の蛇の仮面、彼は足首のリングにつけた鈴を踏み鳴らして悠然と歩き――

トラロク、雨を授ける神、アオサギの羽根の冠、エメラルドの首飾り、煤《すす》で覆われた黒い顔にアマランスの練り粉でつけた点の模様、霧の羽織り、泡のサンダル、葦《アカトル》で編み上げた緑と白の幟《のぼり》――

ミクトランテクトリ、冥府の神、地底世界《ミクトラン》の王、血の滴で彩られた髑髏の顔、梟《ふくろう》の羽根飾り、いけにえの目玉をつらねた首飾り、骨から削った耳飾り、地獄の犬《イツクイントリ》をしたがえて、ときに蝙蝠《こうもり》の姿で宙を舞い、ときに蜘蛛の姿で地を這いまわり――

ケツァルコアトル、羽根の生えた蛇《コアトル》、ターコイズのモザイクで彩られた耳飾り、風を呼ぶ巻貝の描かれた緑色の頭巾《ずきん》、いけにえの肋骨をつらねた首飾り――
シペ・トテック、皮を剝がれたわれらが主《あるじ》、死人の皮をかぶり、羽根のかつらを垂らして、ウズラと同じ黄褐色の縦斑《じゅうはん》模様で顔を彩り、黄金の耳飾り、サポジラの葉の腰布、赤い輪を描いた盾を持ち、腐臭を放ち、血を垂らし――

**それから女神たちがやってくる。血と心臓のもとに、彼女たちはつぎつぎと現れる。**

テテオ・インナン、神々の母、出産と占いと蒸し風呂《ぶろ》の女神、光り輝く貝殻をちりばめたスカート、鷲《クアウトリ》の羽根で飾った貫頭衣《ウィピリ》、片手に七面鳥の脚、片手に一本の箒《ほうき》を持ち――

シワコアトル、蛇《コアトル》の女、不吉な声ですすり泣いて夜をさまよう女神、黒曜石の耳飾り、ターコイズのモザイクをあしらった機織《はたお》り棒、彼女は戦争の前触れを予知することができ――

チャルチウトリクエ、翡翠《ひすい》のスカートを穿《は》いた者、水を支配し人間を溺死《できし》させる女神、くちびるは青、顔は向日葵《ひまわり》のような黄色、ケツァル鳥の羽根の冠、黄金の円盤をつけた貫頭衣《ウィピリ》、一輪の睡蓮《すいれん》の花を描いた盾と霧の楽器を持ち――

シワピピルティン、気高き女、同じ姿をした五人、五人で一人、女神トラソルテオトルの分身、人間をからかって笑う真っ白な顔、黒曜石の剣先が描かれた紙の貫頭衣《ウィピリ》、アララ鳥の羽根をあしらったサンダル、彼女たちに狙われた者は運に見放され、さらに顔と口が自然にねじ曲がってしまい——

トラソルテオトル、罪深さと情欲の女神、全裸で怖ろしい顔をして、呪術師《ナワリ》を通じて人間の隠された秘密に耳を傾ける、その者が誰にも打ち明けることのできなかった忌むべき罪を——

コアトリクエ、蛇《コアトル》のスカートを穿く者、戦争の神を産んだ母、向き合った一対の大蛇の頭が、あたかもだまし絵のように一つの顔となり、息子であるウィツィロポチトリよりも大きく怖ろしげな容貌で——

神々はまだ現れる。

アステカ、めくるめく多神教。

やがてすべての神々が立ち去ったあとに——

**われらは彼の奴隷《ティトラカワン》、と王《トラトアニ》が言う。**
**夜と風《ヨワリ・エエカトル》、と神官《トラマカスキ》が言う。**
**双方の敵《ネコク・ヤオトル》、と呪術師《ナワリ》が言う。**

突然に静寂が訪れ、コシモはたった一人になる。騒々しいインディヘナの太鼓の響きも、笛の音も聞こえない。神殿《テオカリ》は消え、乾いた風の吹く夜の砂漠にコシモだけが取り残される。

　そこに黒き鏡が浮かんでいる。巨大な円形をした黒曜石の鏡。

　**煙を吐く鏡《テスカトリポカ》。**

　コシモは不思議に思う。ただ一枚の鏡しかない。人の姿をした神はどこにもいない。羽根飾りもなければ、冠もサンダルもない。『ボルジア絵文書』に描かれていた、永遠に歳を取らない戦士の姿はなく、沈黙する鏡があるだけ。

　何もかも奇妙だった。

　そもそも〈煙を吐く鏡〉とはいったい何のことなのか、コシモにはいまだによくわからなかった。いつもとうさん《パドレ》が話してくれるのに、もっとも大切なこの神だけが理解できずにいた。

　けむりをはくかがみ。かがみがけむりをはく。それは、どういういみなんだ。

　コシモが考えていると、漆黒の鏡面にいけにえの顔が映りこみ、救いを求める二つの目がコシモに向けられた。そのときコシモは自分の胸にナイフを突き立てられたような激しい痛みを感じ、思わず叫び声を上げて体を起こした。

　真っ暗な部屋。どこにいるのか。少年院の個室ではない。寝ているのは敷き布団ではなくてベッドだ。ベッドからはみだした自分の長い両脚を、コシモは暗闇のなかに呆然と見つめる。息を吐き、すっかり汗まみれになっているのに気づく。

目を閉じて横になっていても、まるで眠れなかった。

パブロはしかたなく起き上がり、寝室の窓を開けた。思いのほか強い風がカーテンをゆさぶって、部屋のなかで何かが落ちた。パブロはしばらく暗闇のなかに立っていた。やがて机に向かい、椅子に腰かけて、スマートフォンに保存した画像を見はじめた。沖縄の妻から送信されてきた、何十枚もの自分の娘の姿。

淡い光のなかで画像をスクロールする指先に、昼間に加工したCボーンの感触が残っていた。その指で娘の笑顔に触れていた。とてつもない怖ろしさを感じた。悪魔の指が自分の娘を撫《な》でている。やめろ、と大声で叫びたくなったが、それは自分の指だった。

パブロはスマートフォンを手放し、両手で顔を覆った。長いあいだそうしていた。机の上の読書灯の明かりをつけると、目の前の小さな棚に目を向けた。沖縄から持ってきたわずかな私物がそこに並んでいた。

十九歳のときにはじめて一人で作ったカスタムナイフ、今ではすっかり開くこともなくなったナイフメイキング用のノート、誕生日に娘が描いてくれた似顔絵、妻の買ってきたサボテンの頭をした人形。それらの奥に一冊の本があった。

スペイン語の聖書。

その本のたどってきた歳月はパブロが最初に手がけたナイフよりも長く、旅してきた距離もはるかに遠かった。鹿革の表紙は折れ曲がり、ぼろぼろになっていた。パブロ自身は読んだことがなかったし、信仰心も持ち合わせていなかった。鹿革の表紙がビンテージになるまで聖書を読みこんだのは、パブロではなくて、パブロの父親だった。

ペルーのリマに生まれた父親、日本に出稼ぎにやってきてひたすら働きつづけて死んだ父親、生涯を貧しさのなかで送り、サッカーボールすら買ってくれなかった父親。彼はペルーで虐げられてきたアフリカ系移民《アフロ・ペルーヴィアンズ》の子孫だった。

パブロは父親のようにはなりたくないと思い、貧しさから抜けだしたいと願って働いてきたが、近ごろでは父親の顔が一日に何度も頭をよぎるようになっていた。会いたいとすら思った。

たしかに自分は父親の何倍も稼いでいた。家族には何でも買ってやることができる。もう少しすれば一戸建ても夢ではない。だがパブロは、自分が何をしているのかを知っていた。どうやって法外な金を稼いでいるのかを。

工房から帰ってくると、棚の奥で埃をかぶっている聖書に、パブロの目はいつのまにか注がれるようになった。パブロは自分の変化に気づいていた。これまでは何の興味もなく、父親の形見以上の意味を持たなかった本、ただ儀礼的に部屋に置かれる本、開いてみる気などまったくしなかった本が、今や自分の罪深さを映す鏡となり、一人きりの部屋でこちらを見つめ返している。

パブロは机から立ち上がり、父親の形見にそっと腕を伸ばした。指先で埃を払いのけ、読書灯の光の輪のなかで開いた。黄ばんだ紙に黒い指紋がついていた。港湾労働者だった父親が油で汚れた指でめくった跡だった。パブロは書かれていることを読まずに、ただページだけを静かにめくりつづけた。一ページ、また一ページ。

そのページにやってくると、栞《しおり》代わりの紙幣がそこに挟まれていた。おそらくペルーではもう使われなくなったはずの二百ヌエボ・ソル札で、リマの聖ローサの肖像が印刷されていた。

しわだらけの紙幣を考古学者のように慎重につまみ上げて、パブロは何十年かぶりにつぶやいた。コシモが調理師《エル・コシネーロ》をそう呼んでいるように。

**父《パ》さん《ドレ》。**

パブロは父親の息吹を感じた。わずかな金のために汗を流している彼が、昼休みにほかの労働者とは離れた港の片隅で、パン切れをかじり、水を飲みながら、むずかしい顔をして聖書を読んでいる姿が目に浮かんだ。

二百ヌエボ・ソル札が挟まれていたのは、新約聖書のページだった。**マタイによる福

**音書。九章。**パブロはそこに書かれていることを読んでみた。そしてもう一度読み、さらにもう一度読み、さらに読み直した。窓の外がしだいに明るくなり、研ぎ上げた刃《ブレイド》のような青が空を満たしてくるまで、パブロはそのページだけをずっと読みつづけた。

# 48

## ömpöhualli-huan-chicuëyi

これから洗濯する子供たちの衣類を運んでいた矢鈴は、廊下を歩いてきた末永とすれちがった。崔岩寺の広いシェルターでその男を見かけるのはそれが三度目だった。

矢鈴は末永の名前を知らず、蜘蛛《ラバ・ラバ》という通称すら教えられていなかった。奇人《エル・ロコ》と同じような〈先生〉ということだけを夏《シア》に聞かされていた。子供たちを診《み》てくれる優秀な医師だ、と。

彼女は末永を見るたびに思った。奇人《エル・ロコ》——野村と同じということは、何らかの事情で表の世界にいられなくなった闇医師ということだ。でもあの〈先生〉は、とてもそんなふうには見えない。

矢鈴の目に映る〈先生〉に闇の空気は微塵《みじん》もなかった。手ぶらで廊下を歩く姿に、羽織っていないはずの白衣が重なって見えた。黒縁の眼鏡、七三に分けて側面を短く刈りこんだツーブロックの髪型、自信に満ちあふれた表情。彼は穏やかな微笑みを浮かべながら、真っすぐ前を向いて歩いていた。すれちがう矢鈴とは一度も視線を合わせなかった。

農場を視察するように、シェルターの現状を自分の目で確認した末永は、三歳児用の保育室と医務室の前を歩きすぎ、東側の廊下の突き当たりにあるドアを開けた。そのセキュリティを解除できる者は夏《シア》と数人しかいなかった。ドアの先に児童の個人情報を管理する事務室があり、さらに奥には心臓を摘出する手術室があった。

誰もいない事務室の机に、問題になっている児童の『日記』が置いてあった。末永は椅子に座り、はじめにコンピュータを起動して顧客《カスタマー》に伝えられる児童の情報をたしかめた。

**氏名／順太《じゅんた》（JUNTA）　性別／男　年齢／九歳　血液型／O　基礎疾患なし**

この児童の母親《シングルマザー》はかつて千葉県千葉市の住民で、メタンフェタミン中毒に陥り、無戸籍の一人息子を長く育児放棄《ネグレクト》していた。ドラッグに金を使い、生活費に困窮して電気を停められ、猛暑日の室内で脱水症状を起こして死んだ。母親の姓は〈尾野垣《おのがき》〉だったが、それは顧客《カスタマー》には伝えられず、〈順太〉のみが報告される。順太の血液型はOなので、ABO型すべての受容者《レシピエント》に心臓を売ることができた。

夏《シア》が事務室に来るのを待ちながら、末永は順太の『日記』のページをめくった。話に聞いていたとおり、九歳の子供のつたない字で、絶望と呪詛《じゅそ》が書きつらねてあった。

今日 たのしかったこと を かこう!

【なまえ ☟ じゅんた 】

みんな ころされる。

こいつら ばかだ。

ここは ひどい ところ。

廊下を歩く夏《シア》は、洗濯物を乾燥機に移している矢鈴を見つけると、〈先生〉を見なかったかと訊いた。

「向こうに行きましたよ」矢鈴はシェルターの東側に視線を向けた。

「そう」と夏《シア》は言った。「ありがとう」

「あの〈先生〉って」と矢鈴は言った。「キャリー・ジョージ・フクナガに似てますよね」

「誰?」

「映画監督の、日系アメリカ人の――」矢鈴は小声になった。

「そうなの?」

「はい。あの――全然関係なくてすみません」

「何で謝るの? ところで今日は〈庭〉の照明チェックの日ね」

「はい。これが済んだらすぐに」

〈庭〉は子供たちを遊ばせる屋内庭園を指し、そこで子供たちの浴びる人工太陽照明灯の光度が適当かどうか、矢鈴が週の最初に機械で測定することになっていた。

夏《シア》は廊下を足早に歩いて、突き当たりのドアのセキュリティを解除し、事務室に入った。

末永が〈順太〉の『日記』を読んでいた。

「見てのとおりです」と夏《シア》は末永に言った。「どうしてそういうことを書くのか、まだわかっていません。監視カメラの映像も残らず調べたのですが――」

「これがシェルターを指しているのかどうか、本人に聞いてもはっきりしないんだろう？」

「はい」

「だったらしかたない」末永は苦笑した。「ここは児童心理学の研究施設じゃないからな。この〈順太〉が自分の運命を予知しているというのならもう第六感、超心理学ってやつの分野だ。おれたち外科医にはお手上げだよ。灰《ネシュトリ》――きみのいた香港警察にその手の専門家はいなかったのか？　予知とか透視とか、中華人民共和国の警察にはいそうだけれどな」

「いいえ」夏《シア》は無表情で答えた。「いません」

「冗談だよ」と言って末永は笑った。「それにしても〈順太〉の血は便利だな。ブラッドタイプOだと、全部のブラッドタイプに臓器移植できるから――」

夏《シア》は無言でうなずいた。〈順太〉の心臓を摘出する用意は常に整えておかなくてはならない。〈順太〉にかぎらず、ここにある〈チョクロ〉はすべて、いつでもドローンがドゥニア・ビルに運べるように準備をしておく必要があった。それが末永の指示であり、新南龍《シンナンロン》のボスである郝《ハオ》からは、「このビジネスでは末永の指示にしたがえ」と言われていた。

今のところ欠陥《バグ》が生じているのは〈順太〉の『日記』のみで、〈順太〉本人の健康管理はうまくいっている。

この『日記』さえなければ、と夏《シア》は思った。

末永はポケットから取りだした糸を指先にからめて、あやとりのように糸を交差しはじめた。指先にからめているのはみずから選んだ新しい手術用の糸だった。つぎの心臓摘出で吻合《ふんごう》に用いるつもりの単繊維《モノフィラメント》の感触を、前もって確認しておきたかった。3－0、4－0、5－0、必要になるすべての規格で〈男結び〉〈女結び〉〈外科結び〉を作った。外科の研修医が毎日練習させられる基本的な糸の結びかただった。

三つの結び目を机に並べると、末永は言った。「アフターサービスは徹底する。この子の『日記』は代筆させるよ」

「別の子供にですか？」と夏《シア》は訊いた。

「いや、大人が書く」

夏《シア》は表情にこそ出さなかったが、心のなかでは困惑していた。初等教育を受けていない九歳児の筆跡を模倣するのは、どのスタッフにとっても簡単ではない。誤字や脱字は当たり前で、鏡文字もあったりする。下手に偽造したところで、疑り深い顧客《カスタマー》が筆跡鑑定をすれば、大人が書いたことを見抜かれてしまう。『日記』の偽造の発覚は、〈チョクロ〉のブランドが築いてきた信頼を深く傷つけるはずだった。

「誰も『シェルターのスタッフに書かせろ』とは頼んでいない」末永は夏《シア》の困惑を見透かして笑った。「ちょうどいい奴がいるんだ。字がへたくそで、漢字はまったく書けない。あれなら代筆にぴったりだろう。ただしあいつは、会ったこともない相手の『日記』は書けない、と言うだろうな。一度か二度は〈順太〉に会いに来るはずだ。とりあえず調理師《エル・コシネーロ》に相談してみるよ」

それまで無表情だった夏《シア》の顔に驚きが広がった。考えてもみなかった方法だった。夏《シア》は思った。

――殺し屋《シカリオ》の、あの若者に代筆させるというのか。

夏《シア》が仕事に戻ると、末永は事務室を出て、さらに厳重なセキュリティを通過し、手術室に入った。誰もいない手術室を見渡して、完璧な換気システムで浄化された空気を吸いこんだ。地下に作られた手術室は、通常手術時の〈陽圧〉、ウイルスなどの室外流出を防ぐ〈陰圧《いんあつ》〉環境のほかに、排気風量を上げて〈真空減圧室〉の状態まで酸素分圧を下げることも可能だった。そこは実験病理学の研究室さながらに、精緻な密閉空間として設計されていた。

末永は手術台に寄りかかり、コカインの線《ライン》を手首に引いた。それから正規の心臓血管外科医として病院に勤務していたときのことを思いだした。

――十一歳の女児の心臓移植を成功させた末永は、術後の経過観察のなかで、女児が自分の心臓の提供者《ドナー》となった十歳の男児の話をするのを聞いた。それは映画や小説でしか起きないはずの不可解なできごとだった。男児が自動車事故に遭い脳死状態になったことや、その当日の光景を、女児は正確に言い当てた。

……母親と歩いていた男児は、歩道に突っこんできたミニバンに轢かれた。二階建ての自宅にほど近い公園の前だった。左手に携帯ゲーム機を持っていた。オレンジに黒のストライプが入った〈アディダス〉のスニーカーを履いていた……

術後で入院中の受容者《レシピエント》が、脳死した提供者《ドナー》について知ることはあり得ない。事故の詳細を耳にするなどもってのほかだった。

女児の語る内容のあまりの正確さに「移植関係者による情報漏洩が起きたのではないか」という疑惑が持ち上がり、院内で内部調査がおこなわれ、第一執刀医の末永まで呼びだされた。聴取される末永は苦笑するしかなかった。提供者《ドナー》の年齢、性別、血液型、そして彼が脳死したという事実以外、何も知らなかった。心臓移植手術の第一執刀医に、余計な情報を頭に入れる暇などない。

当時の記憶をたどり、シェルターの手術室でコカインをスニッフィングしながら、末永は思った。人間には未知の力がある。いわゆるバイオセンチメンタリティーも、その力の可能性を示唆《しさ》しているのかもしれない。心《こころ》の臓《はらわた》と書いて心臓と読む——心臓が何らかの信号を発するとしたら、感受性にすぐれた子供は、その信号を声や幻影《ビジョン》として受け取るのかもしれず——

**だとすれば、あの『日記』を書いた〈順太〉という九歳児が、ここでおこなわれている心臓摘出を直感で知ることもあり得るのか？**

末永は自宅のベッドに横たわるように、手術台の上にゆっくりと倒れこんだ。明かりのついていない無影灯を見上げ、印象に残った〈順太〉のアルファベットの綴《つづ》りを思い浮かべた。JUNTAという表記には、偶然のもたらした皮肉が隠されていた。コシモはともかく、調理師《エル・コシネーロ》にはわかるはずだった。JUNTAと書けば、それは名詞になり、クーデターによって作られた〈軍事政権《フンタ》〉を指す。クーデターか。皮肉を笑っているうちに、明かりのついていない無影灯がきらめきだした。コカインが全身に回ってきた。いいぞ、と末永は思った。上物《じょうもの》だな。子供たちの血が流され、生きたまま心臓を摘出された手術台の上で、自分の体が宙に浮き上がっていく至福を感じた。

「坊や《エル・チャボ》」とバルミロは言った。「おまえは『日記《ディアリオ》』を書いたことがあるか？」

そう訊かれて、それはスペイン語でなのか、日本語でなのかをコシモは尋ねた。コパリの煙が漂うなかで、日本語でだ、と答えが返ってきた。

それならあった。少年院では夕食後に〈日記記入〉の時間があり、法務教官に毎日書かされていた。

「そうか」バルミロはうなずいた。「そのころのように、もう一度書け。ただしおまえの『日記』ではない。シェルターにいる男の子の『日記』だ。そいつは、一日にあったことをうまく書けずに困っている。助けてやるといい」

家族《ファミリア》の一人となったコシモは、みずからに課せられた仕事を、自分なりに理解しているつもりだった。

シェルターは多摩川を越えた東京都の大田区にある現代の神殿《テオカリ》のことで、そこに現代のトシュカトルのために選ばれた子供たちがいる。みんな幸せに暮らしている。われら《テイト》は彼の奴隷《ラカワン》、またの名を夜と風《ヨワリ・エエカトル》、またの名を双方の敵《ネコク・ヤオトル》――最高神《トロケ・ナワケ》であるテスカトリポカに心臓を捧げる子供たち。アステカの祝祭を守り、とうさん《パドレ》と神殿《テオカリ》を守ることが自分の使命だった。それは工房で働く以上に大切なことだった。

しかし、顔も知らない子供の日記を書けと言われると、何をすればいいのか、まるでわからなくなった。カスタムナイフやマクアウィトルを作ったり、バラクーダを撃って人を殺したりするよりもむずかしいことのように思えた。

「会わせてやる」バルミロは重みのある濃い煙を吐いて言った。「だが、トシュカトルの話は絶対にするな。いいな？　トシュカトルのことをいけにえに伝えられるのは、祝祭を準備する神官《トラマカスキ》だけだ。ジャガー《オセロトル》の戦士にも許されてはいない。そして神官《トラマカスキ》はまだその男の子のもとを訪れてはいない。おまえはシェルターに行って、ただ男の子の話を聞き、『日記』を書け。ささいなことでいい。何時に風呂に入ったとか、夕食に何を食ったとか、そういうことだ。作り話はいらん。絵も描くな。おまえの絵は文字とちがって立派すぎる。子供が描ける絵じゃないからな」

事務所を出るときに、コシモはバルミロから、男の子の年齢は「九歳」だと教えられた。暗い階段を下りながら、そういえば名前を訊くのを忘れていた、と思った。

# 49

## ömpöhualli-huan-chiucnähui

二〇二一年八月四日水曜日は、コシモがバルミロに教わったアステカの十三日間《トレセーナ》で家《カリ》の週、〈六の兎《チカセー・トチトリ》〉の日だった。ほかに太陽暦《シウポワリ》の月の名前なども教えられていたが、コシモには覚えられなかった。

〈六の兎《チカセー・トチトリ》〉の朝早く、小田栄の工房にホンダの電気自動車が迎えにやってきて、コシモは頭を低くして乗りこんだ。

静かにモーターを駆動させて走る車は、第一京浜を北に進み、六郷橋を渡り、多摩川を越えて川崎市から大田区に入った。幼いころから向こう岸の景色を眺めてきたコシモが、川を越えて東京に入ったのは、この日が生まれてはじめてだった。徒歩でも楽に渡れる六郷橋を一度も渡ったことがなく、渡ろうと思ったこともなかった。

何も言わずにハンドルを握っている女の横顔をコシモは見た。物静かで縁なしの眼鏡をかけていた。自動車解体場《ヤード》で何度か見かけたことがあった。彼女も家族《ファミリア》の一人で灰《ネシュトリ》と呼ばれていた。

車の流れが都心へ向かってつぎつぎと北上していくなか、二人の乗った電気自動車は左折して、多摩川沿いを西へ走った。

かわさきのまちといっしょだな。コシモはそう思った。光に照らされるフロントガラス越しに空を見上げた。無限のかなたまで晴れ渡っているような広大な青のなかを、羽田空港へ向かってくる旅客機の影がゆったりとうごいていた。


コシモは夏《シア》のあとについて崔岩寺の境内を歩いた。東京に来たことがなかったように、寺院の敷地に入った経験もなかった。

砂利敷きの駐車場、石畳の道、荘厳な瓦《かわら》屋根の本堂、柄杓《ひしゃく》と桶《おけ》の置き場、灯明《とうみょう》用の蠟《ろう》燭《そく》の自動販売機。漢字の彫られた四角い石と、梵《ぼん》字の書かれた木の板《ボード》が並んでいる場所が〈墓地〉だということは、コシモも知っていた。コシモはつぶやいた。ぶっきょうのはか。

光沢のある墓石に近づいて指先で触れた。硬い花崗《かこう》岩《がん》でできていて、石の前で線香があげられていた。コシモは側面に刻まれた戒名《かいみょう》をなぞり、機械彫りだろうと推測した。墓石を眺めていると、蟬の鳴き声に混ざって、背後の本堂からナワトル語の呪文のような声が聞こえてきた。コシモはじっと耳を澄ました。

――オン・カカカ・ビサンマエイ・ソワカ、オン・カカカ・ビサンマエイ・ソワカ――

それは崔岩寺の若い僧侶《そうりょ》が唱える地《じ》蔵《ぞう》菩《ぼ》薩《さつ》の真言だった。

トシュカトルの子供たちが暮らす現代の神殿《テオカリ》は、真言の聞こえてくる寺院の地下、正確には檀家《だんか》の墓地の真下に築かれていた。

一度そこに入った子供が地上に連れだされることはなく、出るとすれば〈チョクロ〉として出荷されるときだった。

コシモは天井に頭をぶつけないように背中を曲げて、地下へ延びていく階段を下りていった。明かりはわずかで、通路は狭く、空気は冷たかった。真夏なのに雪が降っているような、ひどく寒い場所がこの先に待っている気がした。

死んだ人間の眠る墓の下に向かっているとすれば、これから行くところは、死よりもさらに深い地の底だった。階段を下りながら、コシモは地底世界《ミクトラン》を支配しているアステカの神のことを思った。ミクトランテクトリ。すさまじい形相《ぎょうそう》をした絵や偶像を眺めたキリスト教徒の征服者《コンキスタドール》たちは、悪魔《ルシファー》と死神《デス》の姿をそこに見いだした。この神の異名は〈頭から落ちる者《ツォンテモック》〉なので、コシモは階段を踏み外さないように注意した。〈頭から落ち《ツォンテモッ》る者《ク》〉を思いだしたコシモは、それとよく似た言葉の〈頭の壁《ツォンパントリ》〉を連想した。いけにえの髑髏を並べた壁。テノチティトランにあった戦争の神ウィツィロポチトリの神殿《テオカリ》の真下に置かれていた。

やがて、いつもの疑問がコシモの頭に浮かんできた。それはとうさん《パドレ》があがめている偉大な神よりも、ミクトランテクトリやウィツィロポチトリのほうがずっと強そうに思える、ということだった。コシモの夢に現れるテスカトリポカは、常に一枚の丸い黒曜石の鏡の姿をしていた。髑髏の顔をした地底世界《ミクトラン》の王や、鷲《クアウトリ》の鋭い鉤爪《かぎづめ》と羽根飾りを頭に載せた戦争の神よりも、たった一枚の黒い鏡のほうが強いとは、どうしても思えなかった。なんとなくおそろしいけれど、いちばんつよそうにはみえない。それでもコシモは、頭から離れないその疑問を直接バルミロにぶつけることができずにいた。コシモをためらわせたのは、とうさん《パドレ》への罪悪感のせいだった。

　コシモは自分に言い聞かせた。

**だめだぞ。おれはとうさん《パドレ》のかみさまをだいじにしなきゃいけない。おれたちは《ソモス・》かぞく《ファミリア》だ。**

夏《シア》とコシモは階段を下りきって地下のドアの前に立った。

　コシモの顔、虹彩、指紋はあらかじめ登録されていた。セキュリティが解除され、ドアが開く。薄暗い除菌室。コシモは洗剤で手を洗い、粘着剤の上を歩き、ブーツの靴底についた泥や埃を取りのぞく。頭から爪先《つまさき》まで強烈なエアシャワーにさらされ、風が髪と衣服に付着した微粒子を吹き飛ばした。

　コシモが崔岩寺のシェルターに入るにあたって、事前に野村が中国から届いた検査機器を使い、ＣＯＶＩＤ－19のウイルスを検出するポリメラーゼ連鎖反応《PCR》検査をおこなっていた。偽陰性の確率を下げるために四回実施した検査で、コシモはいずれも陰性だった。

二重のドアが開き、白く光る廊下が現れた。コシモの目の前で夜が昼に切り替わり、ひどく寒い場所が待っているのではないかという予感はみごとに外れ、ほどよい温度の微風がそこに漂っていた。空気は夜明けの川べりのように澄み渡り、地底世界《ミクトラン》を思わせる暗さや汚さなどは、どこにもなかった。

廊下の左右にドアが並んでいる。天井から電車の吊り革に似た遊具の輪がぶら下がっている箇所があり、そのいくつかは背が低い子供のために床に近づけてある。

コシモの長く暮らした少年院も掃除が行き届いていたが、これほどではなかった。シェルターには古びたところが何一つなく、心地よい風と光にあふれ、コシモはここが日射しの届かない地の底だということを忘れた。

子供たちの騒ぐ声が聞こえた。どの声も甲高く、悲鳴に似ていたが、それは楽しさの叫び、喜びの叫びだった。屋内庭園の人工太陽照明灯の光を浴びて遊んでいる子供たちの声。

面会場所となった医務室には、黄色いTシャツを着た順太が先に入ってコシモを待っていた。

九歳、一メートル三十一センチ、二十六・七キロ。矢鈴がシェルターに連れてきたと

き の体重は二十三キロしかなく、九歳児の平均値を約七キロも下まわっていた。順太が母親と二人で生活していたころは、週の大半が一日一食だった。母親の死後、母親の友人だった女に引き取られたのちも、待遇はほとんど変わらなかった。相変わらず戸籍はなく、学校に通っておらず、給食にもありつけなかった。

何が起きても、順太は表情を変えないタイプの子供だった。注射のときにも泣かない。だが夏《シア》に連れられてドアに入ってきたコシモを見ると、彼の目に恐怖の色が浮かんだ。

十九歳のコシモの身長は二メートル八センチ、体重は百三十キロを超えていた。奇人《エル・ロコ》に計測してもらった体脂肪率は八・八パーセントで、つまり筋肉の塊だった。黒髪を鎖骨のあたりまで垂らし、黒いTシャツを着て、袖《そで》から伸びる太く長い腕は、上腕から手首までアステカの象徴《シンボロ》の入れ墨で覆われていた。

かすかな薬品の臭いがする医務室の机の中央に、飛沫《ひまつ》防止のアクリル板の衝立《ついたて》が置いてあった。コシモは椅子に座り、透明な板《ボード》を挟んで順太と向かい合った。

夏《シア》は同席するかどうか少しだけ迷い、やはり予定どおり退出して隣室のモニターで様子を見守ることにした。自分が相手だと順太は何も語らない。それはすでにわかっていた。だが末永に指示されたこの方法でうまくいくとも思えなかった。

あんな男に目の前に座られたら、と夏《シア》は思った。私でも尻《しり》ごみする。まして子供が心を開くなんて、とても――

警官時代から黒社会《ヘイシャーホェイ》の一員になるまで数多くの犯罪者を見てきた夏《シア》の目にも、十九歳の断頭台《エル・パティブロ》の放つ迫力はとりわけ異様なものに映っていた。

順太は何も言わず、コシモも話さなかった。

どちらも口を開かないまま、十五分がすぎた。会話が禁じられた部屋のなかで、誰かが呼びに来るのをじっと待っているかのようだった。

コシモは天井の監視カメラを見上げた。

レンズを覆う半球状のカバーに映る小さな少年と自分の影を、三十秒ほど見つめていた。それから少年に視線を戻した。少年の目は虚《うつ》ろで、顔は木彫りの仮面のようだった。どんな表情もなかった。これがトシュカトルのために選ばれたいけにえなのだろうか。奇妙だとコシモは思った。翡翠で飾られた服を着ていない。髪も伸びていない。黒曜石の耳輪もなく、笛も持っていない。

ほんとうに、ぜいたくなくらしをしているのか。

とうさん《パドレ》に聞かされたいけにえの姿とはずいぶんちがっていた。

「なまえはしってるよ」先に静寂を破ったのはコシモのほうだった。夏《シア》に聞いた名前を言った。「じゅんたっていうんだろ」

順太は返事をしなかった。ふたたび沈黙の時間が流れた。

隣室でモニターを見ている夏《シア》は、ため息をつき、思わず時計をたしかめた。父親の好きだった囲棋《ウェイチー》の長い対局を思いだした。

あくびをしたコシモは、夏《シア》に渡された白紙のノートをおもむろに開いて、絵を描きはじめた。「絵は描くな」とバルミロにくぎを刺されていたが、その言葉を忘れたわけではなかった。自分が代筆する『日記』に絵を残さなければ問題はないはずで、描いたページを引きちぎればそれでいいと思っていた。

戦争の神の母親で、怪獣のような容姿をしたコアトリクエや、大地の怪物であるトラルテクトリを描こうかとも思ったが、怖ろしい神々を遊び半分に呼び覚ましてはならなかった。それでコシモは、日の象徴《シンボロ》を描くことにした。今日は家《カリ》の週、〈六の兎《チカセー・トチトリ》〉だったので、家《カリ》と兎《トチトリ》の絵を描き、兎《トチトリ》の横に〈・━〉を描いた。そのページを引きちぎって、アクリル板の衝立の上から順太に差しだした。しかし順太が受け取らないので、しかたなく長い腕をさらに伸ばし、少年の目の前に絵を置いた。

「なんのえか、わかるか」とコシモは言った。

しばらく反応を見せなかった順太は、ふいに置かれた紙を手に取った。そして不思議な記号のような絵を見つめた。

「うさぎ」と順太は言った。

「そうだ」

「こっちは――」

「いえだよ。やねがあるだろ。おなじものが、おれのうでにもある」

コシモは左手の前腕に彫られた二つの象徴《シンボロ》を指差してみせた。家《カリ》と兎《トチトリ》。

順太は入れ墨を眺め、それからコシモを見上げた。もらった絵を逆さにして、またすぐに向きを戻した。そしてふたたびコシモを見上げた。小さな声で何かを言った。あまりにか細《ぼそ》くて、耳のいいコシモにさえ聞き取れなかった。

コシモは身を乗りだし、アクリル板の衝立に耳を近づけた。すると順太がもう一度口を開いて、さっきと同じことを言った。


**ぼくをころしにきたのか？**


九歳の少年はたしかにそう言っていた。コシモは驚いて彼を見つめた。トシュカトルのことをしっているのだろうか？

それはないはずだった。トシュカトルのことをいけにえに伝えられるのは祝祭を準備する神官《トラマカスキ》だけだった。とうさん《パドレ》がそう言っていた。神官《トラマカスキ》はまだその男の子のもとを訪れてはいない、と。

コシモは順太に訊かずにはいられなかった。「どうしてそうおもうんだ？」答えは返ってこなかった。長い沈黙が訪れた。空調の音が聞こえ、かすかな薬品の臭いが漂った。順太は絵を見つめ、コシモはただ座っていた。時がすぎ、何の前触れもなくコシモが立ち上がると、順太は驚いてコシモを見上げた。

「ひとつだけおしえてくれ」とコシモは言った。「じゅんた、きのうはなんじにふろにはいった？」

医務室を出たコシモは、セキュリティの厳重なエリアにある事務室に案内された。大男がほかの子供と出くわさないようにする夏《シア》の配慮だった。

そこでコシモは新しいノートを手渡され、順太の『日記』を代筆した。面会した今日の日付の一日前、八月三日のページに、末永が望んだとおりの殴り書きの文字が記された。

今日　たのしかったこと　を　かこう！

【なまえ　じゅんた】

~~きのう~~きょう　ふろに　ろくじ　はいりました

# 50

## ömpöhualli-huan-mahtlactli

一度か二度シェルターで会わせてやれば、あとは想像で書けるだろう――というのは大人たちの安易な考えでしかなかった。

コシモは順太に会わなければ、一行も『日記』を書けなかった。本人の声を聞かずには、どれほど短い言葉でも記せない。コシモに可能なのは文字どおりの代筆で、夏《シア》は末永に事情を報告し、毎朝工房にコシモを迎えに行った。

シェルターの医務室の机で、コシモは順太と向き合った。相変わらずほとんど会話はなかったが、二人のあいだには一つの習慣《ルーティン》ができ上がっていた。

コシモは代筆する『日記』とは別に用意した自分のノートに、その日の象徴《シンボロ》を描き、ページを引きちぎり、順太に手渡す。家《カリ》の十三日間《トレセーナ》。〈七の水《チコーメ・アトル》〉の日には、家《カリ》と水《アトル》と〈‥━〉を描き、〈八の犬《チクエーイ・イツクイントリ》〉の日には家《カリ》と犬《イツクイントリ》と〈∴━〉を描き、〈九の猿《チクナーウイ・オソマトリ》〉の日には家《カリ》と猿《オソマトリ》と〈‥‥━〉を、〈十の草《マトラクトリ・マリナリ》〉の日には家《カリ》と草《マリナリ》と〈═〉を描いた。

順太はもらった絵を大事に取っていて、コシモと会うときには必ず持ってくる。矢鈴や夏《シア》にゲーム機を与えられてもまるで無関心だった少年は、コシモの描く不思議なアステカの象徴《シンボロ》に興味を抱いていた。もらった絵を真似て、自分で描いてみることもあった。〈十三の鷲《マトラクトリ・ワン・エーイ・クアウトリ》〉の日で家《カリ》の十三日間《トレセーナ》が終わり、禿鷲《コスカクアウトリ》の新たな週がはじまると、コシモは一日目の禿鷲《コスカクアウトリ》と〈・〉を描いた。その日はグレゴリオ暦で二〇二一年八月十二日木曜日だった。

風変わりな絵を受け取る順太の目には、たしかな表情が生まれていた。誰にたいしても心を閉ざしていた子供が、いつのまにか断頭台《エル・パティブロ》の存在を受け入れている。夏《シア》にとっては予想外と言うしかなかった。

九歳児と面会する殺し屋《シカリオ》は、別れぎわに短い質問をした。昨夜の入浴時間、夕食のメニュー。すると九歳児は短く答え、殺し屋《シカリオ》は医務室を出て、怖ろしく汚い字でそれを『日記』に記入する。

二人を毎朝見守りつづける夏《シア》は、何か別の意図が隠された心理学の実験に立ち会っている気分になった。もちろん面会に『日記』の代筆以外の目的などなかった。蜘蛛《ラバ・ラバ》が断頭台《エル・パティブロ》を指名したのは結果的に最適な人選だった。〈チョクロ〉の出荷に備えて『日記』のページは着実に増えていく。

禿鷲《コスカクアウトリ》の十三日間《トレセーナ》、〈二のうごき《オーメ・オリン》〉の日、いつものように絵を渡し、短い質問を終えて立ち去ろうとしたコシモは、ドアの前で急に足を止め、順太を振り返った。「じゅんた」とコシモは言った。「まえのにっきに『みんなころされる』って、かいていただろう？　あれはどうしてなんだ」

隣室にいた夏《シア》は耳を澄ましてモニターを凝視した。医務室の机の下のマイクが音声を拾っていた。コシモが投げかけた質問は、これまで何度自分が訊いても、明確な回答を得られなかったものだった。

「ちのにおい」順太はあっさりと答えた。

「ちのにおい？」とコシモは訊き返した。流れる血の臭いならよく知っていた。すぐに鼻をひくつかせたが、医務室には微弱な薬品臭しか漂っていなかった。

部屋を嗅ぎまわるコシモを、順太はじっと見つめていた。

やがてコシモが言った。「おれからも、におうのか？」

コシモに訊かれた順太は、無言でうなずいた。

自分の腕やTシャツの生地にコシモは鼻先を近づけた。今朝早くに工房で削ったオークの香りがした。付着したおがくずはシェルターの入口のエアシャワーで吹き飛ばされていたが、樹木の匂いはまだ残っていた。

「きのにおいか？」とコシモは順太に訊いた。

順太は首を横に振った。「ちのにおいだよ」

コシモが自分の体臭を嗅いでいるとき、同じように夏《シア》も自分の着たハイネックのブラウスをつまんで嗅いでいた。「血の臭い」という順太の言葉は初耳だった。ブラウスは柔軟剤の香りしかしなかった。清掃、除菌が行き届き、空調設備も完璧なこのシェルターで、血が臭うはずなどなかった。手術室は何重ものドアの向こうにあり、人間の嗅覚《きゅうかく》が探知することはあり得ない。そして子供たちは常にそこから完全に隔離されている。

子供の持つ直感力というものを夏《シア》は追究してみたくなったが、すぐに末永の言葉を思いだした。

**ここは児童心理学の研究施設じゃないからな。**

二〇二一年八月十四日土曜日。禿鷲《コスカクアウトリ》の十三日間《トレセーナ》、〈三の燧石のナイフ《エーイ・テクパトル》〉の日。

その朝、コシモは眠たげな目をこすり、普段よりずっと早く工房にやってきた。午前四時。まだ太陽は昇っていなかった。

工房の窓から光が漏れていて、パブロが先に来ているのがわかった。コシモはドアを開け、淹れ立てのコーヒーの香りを嗅いだ。そのおかげで頭にかかった霧が少し晴れた。

午前四時にコシモを呼んだのは、パブロだった。パブロは工房の以前のオーナーが捨てていったカナディアンカヌーを三日がかりで修理して、泥を落とし、ペンキを塗り直していた。古びたパドルの補強も終えてあった。パブロはこのカヌーにコシモを乗せてやりたいと思っていた。

早朝の時間帯であれば、八月の強烈な日射しにさらされずに済む。何よりも最近のコシモは、午前八時になると出かけてしまうので、それまでに川遊びを終えて戻ってこなくてはならなかった。毎朝どこに行っているのか、コシモはパブロに何も話さなかったが、車で迎えに来る女の顔を見て、パブロはたやすく察することができた。理由はわからないにしても、コシモは大田区のシェルターに行っている。あの地獄の底に。

約束どおり現れたコシモに、パブロはライフジャケットを着させてみた。やはりまったくサイズが合わなかった。二人は工房の外に出て、長さ四メートル七十二センチ、重さ三十八キロの二人乗り《タンデム》のカヌーを持ち上げ、逆さにして、シトロエン・ベルランゴのルーフキャリアに載せた。ロープで固定し、二本のパドルを荷室に放りこんでドアを閉めた。

夜明け前の多摩川に浮かんだカヌーは、下流に向かって音もなくすべりだした。コシモのほうがはるかに重い大男だったが、経験者のパブロが後ろに座って漕いだ。はじめて乗ったカヌーのすばらしさに、暗闇のなかでコシモは目を輝かせた。夢のなかで空を飛んでいるようだった。進路を微調整するときは、後ろにいるパブロが左右どちらかの舟縁《ふなべり》を叩き、パドルを漕ぐ方向の指示を与えた。パドルが水面に刺さるわずかな水音が美しかった。

広い川幅の中央まで来て、ゆるやかな流れに乗った。漕ぐ必要はほとんどなかった。川が二人を運んでくれた。見上げる東の空が少しずつ明るくなり、日の出に向かって気温が上昇し、川の上に靄《もや》がかかりはじめた。

地上で見る多摩川の眺めとはまったくの別世界だった。

テスココ湖の上に築かれていたアステカの大きな都を、コシモは思い浮かべた。テノチティトラン。水路が縦横に張り巡らされ、人々は自分が今こうしているようにカヌーを漕いで、荷物を運び、町から町へと移動し、ときには戦争へと出かけていった。

多摩川に架かる丸子橋《まるこばし》が近づいてきて、カヌーはその真下をくぐった。橋桁《はしげた》と橋脚《きょうきゃく》の影が、そびえ立つ神殿《テオカリ》のように見えた。

辺りは静まり返り、ときおり水の弾《はじ》ける音だけが聞こえてきた。しだいに近づいてくる小さな渦の中心で、二十センチ超えの鱸《すずき》の死骸《しがい》がゆったりと回転していた。腹を食いちぎられ、ふやけた肉から骨がのぞいていた。

何かの標識のように回りつづける死んだ魚を、パブロはじっと見ていた。それからコシモの背中に向かって話しかけた。「なあ、コシモ。おまえシェルターに行ってるんだろ？　毎朝、東京の――」

コシモは答えなかった。シェルターで見たことは神殿《テオカリ》で見たことであり、家族《ファミリア》だけの秘密だった。そしてどういうわけか、自動車解体場《ヤード》の男たちはパブロを――陶器《ラ・セラミカ》のことを、「あいつは家族《ファミリア》とは呼べない」と言っていた。

とうさん《パドレ》もこう話していた。


**いいか、坊や《エル・チャポ》。あの男はただの職人だ。腕のいい職人だが、おれたちの家族《ファミリア》にはなれない。**


「答えなくてもいいさ、気にするな」だまっているコシモにパブロは声をかけた。「ところで、おまえはあのシェルターが何をするところなのか、知ってるのか？」

その問いかけにも、コシモは答えなかった。もちろん答えることはできた。トシュカトル。いけにえをささげるばしょだ、と。

パブロはコーヒーを入れてきたタンブラーを二つ取りだした。一つをコシモに差しだして、「振り向かずに受け取れ」と言った。「急に振り向くと、カヌーが引っくり返るからな」

二人は靄のなかを東へ運ばれながら、まだ涼しい川の上で温かいコーヒーを飲んだ。

空を満たしていく光が、罪を明らかにする裁きの光に見えた。

楽しい時間なんて錯覚にすぎない。パブロは思った。おれたちの乗った舟は怖るべき罪のほうへ、地獄へと押し流されていく。

「きっとおまえは――」パブロは独りごとをつぶやくように言った。「おれが秘密にしていることなんて、もう残らず知っているんだろうな」

　こういう話をするために、わざわざカヌーを修理してコシモを呼んだのではない、とパブロは思った。そう思いながら、こういう話をするために、きっとおれたちは舟に乗ったのだ、と感じてもいた。おれたちというよりも、自分自身だった。工房のなかでは、パブロは自分から話をする勇気を持てなかった。

逃げたかった。目を逸《そ》らしたかった。自動車解体場《ヤード》の連中といっしょになって殺人に手を染め、哀れな電気ドリル《エル・タラドロ》の処刑を見たはずのコシモに今さら何を言ったところで、手遅れなのかもしれなかった。もとより自分には話す資格がなかった。

　それでもパブロは、おれが話をしなければならない、と思った。

　あのシェルター、地獄の底にコシモが出入りするようになった今、おれは大事なことを、どうしても伝えなければならない。でなければコシモは、おれにとって最初のナイフメイキングの弟子は、怪物のまま一生を終えることになる。血と暗闇のなかで。

「なあ、コシモ――」パブロはタンブラーのふたを閉じて言った。魚の死骸が川の流れる速度で遠ざかっていった。「Cボーンが何の骨かっていうことは、おれの口から早く言うべきだったし、おれにもそれはわかっていたよ。恐かったんだ。そしておれは卑怯だった。シェルターから届く子供の骨《チャイルド・ボーン》の加工で金を稼いでいるってことを、おまえには知られたくなかった。そんなことを気にしても、何の意味もないのにな。おれがだまっているあいだに、おまえのほうがどんどんひどいことになっちまった。あいつらがおまえを見つけて、家族《ファミリア》にしちまった。それでもおれは言えなかったし、言わなかった。コシモ、Cボーンは死んでいった子供の大腿骨っていう足の骨だ。子供の骨で作った物に魔力が宿る。そんなことを信じている人間がこの世界にはいる。めったに手に入らないからコレクターも欲しがる。だからCボーンの柄《ハンドル》がついたカスタムナイフは、ジグドボーンやサンバースタッグの柄《ハンドル》がついたカスタムナイフの十倍以上の値がつく。おれはそういう商売をしている。人間とは思えないよな。怖ろしいことだ。でも調理師《エル・コシネーロ》は、おまえのとうさん《パドレ》は――」

もっと怖ろしい罪で手を汚している、という言葉をパブロは口にしなかった。コシモに伝えたいのは別のことだった。

「よく聞いてくれ」とパブロは言った。「ずっと昔、イエスという男がいた」

「キリストきょうはきらいだ」前を向いたままコシモは言った。「インディヘナのくにをこわした。しんでんをやいて、みんなころしたんだ。わるいやつらだ」

「だろうな」とパブロは言った。「あいつらは、地獄に落ちるのがふさわしいほど悪い連中だったよ。おれの父親が生まれたペルーにも、昔はインカ帝国というインディヘナの大きな国があった。そこもスペイン人の征服者《コンキスタドール》に滅ぼされたよ。アステカと同じだった」

「インカ――」

「だけどコシモ、イエスという男は、自分のためにインディヘナの国を滅ぼせだなんて、一度も言ったことがなかったんだ。黄金を奪って、人々を奴隷にして、スペイン王国の旗を立てろだなんて、新約聖書のどこにも書いていない。代わりにこう書いてあるんだ。それを教えるよ。もしおまえがおれの弟子でいてくれるなら、心のどこかに、この言葉だけ留《と》めておいてくれないか？　この言葉だけでいいんだ――」

　コシモの大きな背中を見つめるパブロは、死んだ父親が二百ヌエボ・ソル札を挟んでいたページの言葉、マタイによる福音書の九章十三節を告げた。

**『わたしが求めるのは憐れみであって、いけにえではない』とはどういう意味か、行って学びなさい。**

　目を真っ赤に腫《は》らしたパブロは嗚咽《おえつ》し、鼻水を垂らしながら、その言葉を何度もくり返した。歩けない者が杖《つえ》にすがりつくようにしてパドルをつかみ、まだ暗い水面《みなも》を漕いでいた。

　パブロのすすり泣く声を聞いたコシモは、ゆっくりと――カヌーが転覆しないように――背後を振り返った。

# 51

ömpöhualli-huan-mahtlactli-huan-cë

裏切りはどこから生じるのか。敵からか、味方からか。もちろん味方からだ。でなければ、裏切りとは呼べない。

暗い部屋のなかでバルミロはメスカルを飲み、立ちこめるコパリの香煙を嗅ぎながら考えた。

では、裏切った者とは誰なのか。その人間も家族《ファミリア》ではなかったのか。そうだ。そいつも家族《ファミリア》だ。だからこそ裏切るのだ。

バルミロが異変に気づいたのは、〈チョクロ〉のビジネスと並行して手がけている髑《カラ》髏《ベラ》の密売がきっかけだった。

心臓を摘出した子供の髑髏をパブロの工房に送り届け、芸術的な加工をほどこさせてから世界各地に出荷する。子供ではないが、ゼブブスのタム・ホアの髑髏もすでに売約済みだった。以前は南アジアの宗教団体が購入していた装飾なしの髑髏の売り上げを、今では一般人の買う加工された髑髏の利益が大きく上まわっていた。

黒曜石とターコイズのモザイクで髑髏を覆うアイディアの原点は、アステカ王国から白人に持ちだされ、現在もロンドンの大英博物館に収蔵されているテスカトリポカの装飾品《オーナメント》にあった。言うまでもなくそれも本物の髑髏だった。亜炭《リグナイト》とターコイズで外側は覆われ、内側には竜舌蘭《マゲイ》の繊維と鹿の皮《マサトル》で織った布地が貼りつけてあった。接着には松脂が使われていた。磨かれた黄鉄鉱が眼窩《がんか》にはめこまれて光を放ち、赤い牡蠣《かき》の殻で裏打ちされた鼻腔《びくう》は、髑髏のなかを駆け巡っているみずみずしい血を見る者に想像させた。

大英博物館にある装飾品《オーナメント》とは異なるが、川崎の工房で加工された現代の髑髏美術の人気は絶大で、違法な象牙《ぞうげ》のコレクターから髑髏のコレクターに転じた上海《シャンハイ》の実業家もいた。彼女はCボーンの柄《ハンドル》のカスタムナイフの愛好家でもあり、強運をもたらしてくれるアイテムだと信じて、象牙と同じく取引の禁じられている〈シベリア虎の牙《きば》〉とともに、Cボーンのナイフを堂々と事務所に飾るような人物だった。髑髏を欲しがるのはそういう連中で、欲しいものがあれば金に糸目をつけない。

ダークウェブを介した髑髏の密売を、多忙なバルミロは末永にまかせていた。バルミロがチェックするのは、パブロが加工した装飾の仕上がりまでで、あとは納品履歴をときおり眺める程度だった。〈チョクロ〉の顧客《カスタマー》を調べるほどには記録を集中して見なかったし、その必要もなかった。それでもこの三ヵ月間、同じ客が髑髏を購入している履歴には気づいた。客が気に入った商品をつづけて買うことに問題はない。Cボーンの柄《ハンドル》のカスタムナイフを毎月のように購入する物好きもいる。

だが、何かが妙だった。それはバルミロがメキシコでコカインをあつかっていた麻薬《ナ》密《ルコ》売人でなければ見逃したはずの、ほんのわずかな異変の兆《きざ》しだった。バルミロはグントゥル・イスラミから送られてきたロシア製潜水艦のスペックを確認する作業をあとまわしにして、自分の抱いた違和感についてよく考えてみた。髑髏はCボーン以上に価値がある。予約の順番待ちも生じている。その髑髏が三ヵ月間とはいえ、事実上、買い占められている。すなわち売り手が優先的にあつかっている相手が存在する。

バルミロはまず野村を事務所に呼びだした。

「蜘蛛《ラバ・ラバ》が、ここのところ同じ客に髑髏を売っているが、奇人《エル・ロコ》――おまえは何か聞いているか？」

「いえ」野村は眉《まゆ》をひそめて首を横に振った。「知りません」

バルミロは元麻酔科医の闇医師の顔を凝視した。無言でにらみつけながら、兄のベルナルドの口癖を思い返していた。

**嘘は銃弾に先がけて放たれる。それを見抜けなかったら、蜂の巣にされておしまいだ。**

野村に嘘はなかった。

ようやく鋭い視線を外したバルミロは、ほっとしている野村に、ハッカーを雇って蜘蛛《ラバ・ラバ》の通信記録を調べさせろ、と命じた。

オーストラリア南部の都市アデレードに暮らす二人の兄弟が、末永から連続して髑髏を買っていた。ダレン・マクブライド、ブレンダン・マクブライド。ともに犯罪歴なし、職業は映画プロデューサー、共同でオフィスを持ち、兄は独身で弟は既婚。二人は商品の代金を特別に高く払ったわけでもなく、末永が彼らを優先する理由は、バルミロにとって謎のままだった。

末永とマクブライド兄弟の交換したメッセージやファイルは〈PGP〉によって暗号化され、野村の雇ったハッカーにものぞき見ることはできなかった。しかし商品の性質上、あらゆるやり取りが暗号化されていてもおかしくはない。

さらに調査が進むにつれ、商品の代金とは別に、マクブライド兄弟から末永に電子マネーが渡っていることが判明した。兄弟は日本円にして合計一千万を超える金額を分割して振りこんでいた。

これは何の金なのか、バルミロにも野村にもわからなかった。

マクブライド兄弟が運営している児童ポルノのサイトを見つけたのは、ハッカーの大きな手柄だった。

兄弟で共有している管理者のハンドルネームは〈ボルズオブ〉、会員制のサイト名は〈ブラッドショット・アイズ・ワイド〉――BSEWの通称で知られていた。

ダークウェブを利用した児童ポルノのコミュニティは世界中に広がっており、徹底した匿名性のもとに運営され、摘発しようとする捜査機関から連日逃れつづけている。その点は麻薬《ナルコ》密売人の手がけるドラッグ販売サイトと似ているが、金銭の授受は少ない。ドラッグとは異なり、児童ポルノの動画や画像はワンクリックで複製できる。呪われたトレーディングカードのようにデータが交換《トレード》されることもあるが、あまりにも危険すぎて交換されないデータが存在する場合、情報をたどってオリジナルを見るしかない。

ごく一部の、しかし世界中に点在している特殊なユーザーは、自分の危険な願望を満たしてくれる理想郷を探しつづけ、ついにＢＳＥＷのサイトにたどり着く。

新たに登場したそのサイトの魅力は、圧倒的なオリジナルが定期的にアップロードされることにあった。そして自分が怪物であることを世間に隠しながら、ひっそりと生きているサイトの会員たちは、夢中になって〈ボルズオブ〉の提供してくれる画像を眺めた。

小児性愛死体愛好者《ペドネクロフィリア》。

ＢＳＥＷは、小児性愛者《ペドフィリア》であるだけではなく、小児の死体愛好者《ネクロフィリア》でもある会員に向けて、みずからも同じ欲望を持つマクブライド兄弟が生みだした理想郷だった。

実物の子供の死体にしか性的興味を抱けない会員たちにとっては、サイトを運営する〈ボルズオブ〉の存在は神にも等しかった。ＢＳＥＷのサイトに行けば、解剖された子供の全裸死体と、同じ子供の頭蓋骨を加工した装飾品が並べられている。その二つを自分で殺人を犯さずに好きなだけ鑑賞できる。

バルミロが見たサイトには、パブロが加工した髑髏とともに崖岩寺のシェルターの手術室の画像がアップロードされていた。そこに心臓を摘出された子供の顔と体がはっきり映っていた。

マクブライド兄弟が末永から買った画像。

手術室の監視カメラの録画から流出した死体の姿は、装飾品となった本人の髑髏とセットになっていた。

末永の裏切りは画像の流出だけにとどまらなかった。マクブライド兄弟から振りこまれた金を、そのままベトナムのホーチミンに送金していた。受け取っているのはグエン・ミンという男だった。

グエン・ミンの名を、バルミロはよく覚えていた。拉致したゼブブスのナンバーツー、通信司令役の森本中秋を拷問したときに、その男の口から出てきた名だった。グエン・ミンは高純度の氷《イエロ》をゼブブスに納品するホーチミンの売人で、将来は自分でも生産工場を作ろうと考え、資金を集めていた。

そういう人間に末永が送金している。氷《イエロ》を買っているのではなく、目的は投資にあった。末永はマクブライド兄弟から得た金を使って、ベトナムの新たな麻薬密売人《ナルコ》のスポンサーになろうとしていた。

本人を呼んで弁明を聞くまでもなかった。金の流れがすでに答えだった。

**残念だ、蜘蛛《ラバ・ラバ》。**

調査を終えたバルミロは、葉巻の吸い口をナイフで切り落とし、先端にマッチの火を移してつぶやいた。暗い天井を見つめ、煙をくゆらせながら、ジャカルタの郝景亮《ハオ・ジンリャン》に電話をかけた。

「心臓を摘出できる外科医を一人寄こしてくれ」と告げた。「今までの〈先生〉は使えなくなった」

ふたたび海を越えてきたドゥニア・ビルはすでに川崎港に入港し、新たな〈チョクロ〉の出荷日が近づいていた。それまでは末永を生かしておかなければならなかった。

蜘蛛《ラバ・ラバ》、あの男をなめてかかることはできない。バルミロは思った。今やあいつは地底世界の王《ランテクトリ》のような自信に満ち、容赦のない冷血さを備えている。おれたちの隙を突いて逃げきる可能性もある。

確実に殺害できるとすれば、それは〈チョクロ〉の出荷当日の夜だった。殺し屋《シカリオ》の四人がシェルターで仕留める。東扇島の物流ターミナルに向かう車を護衛する連中が、商品の出発地点で待機することに不自然さはない。手術を終えた末永はその場で始末され、予定どおり〈チョクロ〉はクルーズ船に届けられる。こちらはつぎの入港までにシェルターで働く医師《メディコ》を用意すればいい。

　バルミロは煙を吐き、チャターラに電話をかけた。


　コシモから絵を受け取った順太は、がっかりした様子で言った。「うさぎか。まえにもらったやつだ」

　引きちぎられたページには禿鷲《コスカクアウトリ》と兎《トチトリ》が描かれ、その横に十三を意味する〈…＝〉が描かれていた。禿鷲《コスカクアウトリ》の週、〈十三の兎《マトラクトリ・ワン・エーイ・トチトリ》〉の日。八月二十四日火曜日。

　まえにもらった、と順太に言われて、コシモはシェルターで描きつづけた二十種類の象徴《シンボロ》が今日ですっかり一巡したことに気づいた。暦だからしかたがない。だが、少年院にいたころの自分と重ね合わせてみると、順太の気持ちもわかる気がした。シェルターから出られない少年は、新しい絵を毎日楽しみにしていた。一人のときも、絵の描かれた紙切れを肌身離さず持ち歩いているようだった。

〈はずれ〉のくじを引いて気落ちしているような順太を見ているうちに、コシモの表情も曇っていった。別の絵を描いてやりたかったが、暦にない象徴《シンボロ》を勝手に作るわけにはいかなかった。

困惑したコシモは考えこみ、順太は塞《ふさ》ぎこんだ。隣室のモニターで監視する夏《シア》にはおなじみの長い沈黙が訪れた。

二十分がすぎると、コシモは頭の後ろで両手の指を組み合わせて、椅子の背もたれにのけぞり、顔を天井に向けて目を閉じた。そのままうごかなくなった。

順太はきのうまでにコシモにもらった絵を、すべてポケットから取りだして、小さな指でしわを伸ばし、テーブルの上に一枚ずつ並べはじめた。二十種類の象徴《シンボロ》を静かに並べていく姿は、子供の占い師のようだった。

そのあいだもコシモは目を開けず、じっとしていた。

眠っているのではないか？　夏《シア》は軽く舌打ちして眼鏡を外し、モニターに目を近づけた。沈黙は許可できても、居眠りはさすがに見すごせない。夏《シア》がコシモのスマートフォンを鳴らそうとしたとき、コシモが目を開けた。

「じゅんた」ゆっくりとした口調でコシモは言った。「えはかかない。コパリもたかない。なまえもおしえられない。だけど、とくべつに、おれのしってるかみさまのことを、すこしだけはなすよ。いちばんつよいかみさまだ。いちばんつよいかみさまは、いちばんつよいかがみだ」

「――かがみ？」

「うん」

「──それがいちばんつよい？」

「せんそうのかみさま、へびのあたまをしためがみ、がいこつのしにがみ、それよりもずっとつよい。ふしぎだな」

「──かがみって、どんなかがみ？」

「くろいいしでできていて、まるいかたちをしている。じゅんた、コーヒーのんだことあるか。まっくろなコーヒーをのぞくと、かおがうつるだろ。あんなふうに、くろいかがみにもかおがうつる」

コシモの話を聞きながら、順太は鉛筆を手に取り、並べた象徴《シンボロ》から適当に一枚を選んで、その余白部分に絵を描きはじめた。黒い石でできていて、丸い形をしている鏡。

「かがみは、ただのかがみじゃない」とコシモは言った。「けむりをはく。だから、とくべつなんだ」

「ひじゃなくて、けむり？」

「けむりだ。おかしいだろ。かがみは、ふつう、けむりなんてはかないよな」

象徴《シンボロ》の紙切れの余白を利用して、真剣に絵を描いている順太の姿をコシモは見守っていた。偉大な神をむやみに絵にするのはよくないことだったが、自分が描くのではないので別にいいだろうと考えた。たぶん、とうさん《パドレ》もゆるしてくれる。

順太が鉛筆を置いた。黒く塗りつぶした円の外側に、煙を示すぼかした線が描き加えられていた。それで終わりだった。コシモの話を聞くかぎり、ほかに描くようなこともなかった。

「これしってるよ」と順太が言った。「ぼくみたことあるよ」

思いがけない言葉に、コシモの顔つきが変わった。コシモは順太をじっと見つめて、それから尋ねた。「どこでみた」

「たいようだよ」二〇一七年八月二十一日に北アメリカ大陸を横断した天体ショーのことを順太は話していた。彼がその記録映像を見たのはテレビ番組のなかでだった。

たいよう？　コシモは考えた。トナティウのことをいってるのか？

〈輝く者〉《トナティウ》は、アステカの暦の中心に置かれる太陽の神だった。循環する時のなかで長い舌を垂らし、いけにえの血を求めていた。だが輝く者《トナティウ》は煙を吐く鏡《テスカトリポカ》ではない。闇を支配する夜と風《ヨワリ・エエカトル》ではなく、明るい昼を支配する神だった。

順太はまちがっているとコシモは思ったが、少年の自信に満ちあふれた様子にたじろいだ。嘘をついているようにも見えなかった。

「そのえをみせてくれ」

コシモは急に身を乗りだした。ばねが弾けるような敏捷《びんしょう》さは、隣室でモニターを見ている夏《シア》の目に、おとなしかった猛獣が突然子供に襲いかかったような印象を与えた。あわてた彼女は思わずタクティカルナイフに指を伸ばして立ち上がりかけたが、何ごとも起きないのを見てため息をついた。そしてマイクの拾う子供同士の無意味な会話を聞きつづけた。

「たいようが、まっくろになるんだ」と順太は言った。「つきとかさなって、ひるでもまっくらになる。そのとき、たいようが、こんなふうにみえるよ。まわりが、けむりみたいにひかって――」

順太の描いた絵を手にしたコシモは、衝撃のあまり息を呑《の》んだ。目を大きく見開いて凝視しつづけた。これほど驚いたのは、電気ドリル《エル・タラドロ》の処刑を見た夜以来だった。怖ろしいことに、順太が絵を描く余白に選んだ象徴《シンボロ》は、ジャガー《オセロトル》の紙切れだった。コシモが自分で描いたジャガー《オセロトル》の真上にそれは描かれていた。

呆然となった。めまいがした。絵が紙から飛びだして、胸の奥に飛びこんできた。ナイフで突き刺されたように息ができなくなり、コシモは胸をかきむしった。

じゅんたにいわれるまで、おれはどうしてきづかなかったのか。とうさん《パドレ》はおしえてくれなかった。もしかして、とうさん《パドレ》もきづいていないのか。とうさん《パドレ》のほうがなにもしらないのか。とうさん《パドレ》もしらないことを、トシュカトルのいけにえがしっているなんてことはあるのか。

日の象徴《シンボロ》をしたがえた少年が目の前に座っていた。少年はまるでアステカの神官《トラマカスキ》のようだった。真実を伝えるためにコシモを神殿《テオカリ》に呼びつけた偉大な神の代理人のようだった。

コシモは少年院のなかで、みんなで見たテレビのニュースを思いだす。それから翌日の教科指導の時間に、法務教官が見せてくれた写真を思いだす。はっきり覚えている。

あれは黒曜石でできた丸い鏡《テスカトル》と同じだった。あれこそは煙を吐く鏡《テスカトリポカ》だった。昼を夜に変え、太陽の神をねじ伏せて、戦争の神の住む神殿《テオカリ》でさえも闇に包みこんでしまう。

コシモは自分がどの場所に、どの時代にいるのかがわからなくなった。順太の声も、夏《シア》の声も届いてこなかった。

激しく打ち鳴らされる太鼓の響き。悲鳴にそっくりの笛の音。怖ろしさに震えるインディヘナが懸命に祈りを捧げている。われらは彼の奴隷《ティトラカワン》、夜と風《ヨワリ・エエカトル》、双方の敵《ネコク・ヤオトル》。

煙を吐く鏡《テスカトリポカ》。黒い鏡が空にあった。

**皆既日食——**

シェルターを出ても、いつものように工房の仕事に戻れなかった。グラインダーで正確に刃《ブレイド》を削りだし、シャープナーで精密に研磨できるような状態ではなかった。アパートに帰り、カーテンを閉めきった部屋でベッドに倒れこんだ。両足がベッドからはみだしていた。

コシモはひたすら眠りつづけた。眠りつづけ、そして夢にうなされつづけた。コシモの感覚にとっては、じかんがねむり、ゆめがじぶんをみつづけていた——

神々がつぎつぎと現れては去っていった。

暗くなった空に黒曜石の鏡が浮かんでいた。その下でいけにえが捧げられていた。

とうさん《パドレ》がいて、チャタ—ラがいて、マンモス《エル・マムート》がいて、ヘルメット《エル・カスコ》がいた。電気ドリル《エル・タラドロ》とタム・ホアが干からびたミイラになって、乾いた風のなかを転がっていった。

　誰も空を見ていなかった。

　とうさん《パドレ》、とコシモは言った。あれがおれたちのかみさまだよ。テスカトリポカだ。

　いくら呼びかけても、とうさん《パドレ》は振り返らなかった。いけにえだけを見つめていた。気づくとコシモは、男たちといっしょにいけにえの体を押さえつけていた。いけにえは順太だった。彼は空を見上げていた。

よせ。弱々しい声でコシモは言った。とうさん《パドレ》はしらなかったじゃないか。けむりをはくかがみのことを。それなのにトシュカトルをやるのか。とうさん《パドレ》は、いったい、だれにいけにえをささげているんだ？

　とうさん《パドレ》が黒曜石のナイフを振りかざした。

　やめろ。コシモは叫んだ。とうさん《パドレ》はうそつきだ。

　ガラス質火山岩の先端を胸に突き立てられ、順太の体が跳ね上がった。目、口、耳、鼻から、赤い血があふれてきた。全身が痙攣《けいれん》していた。肋骨が砕かれ、胸骨が切断された。噴きだす血。順太の悲鳴が響き渡った。同じ喉《のど》から電気ドリル《エル・タラドロ》とタム・ホアの悲鳴まで聞こえてきた。誰かがコシモの耳もとでささやいていた。その声は言った。

　わたしがもとめるのはあわれみであって、いけにえでは——

　わたしがもとめるのはあわれみであって、いけにえでは——

**どういういみか、いってまなびなさい。**

コシモは叫び声を上げて目を覚ました。体を起こし、胸に手を当てた。その胸に美しい神殿《テオカリ》の入れ墨があった。彫り師のところに通いつめ、ようやく完成したばかりだった。シェーダーの針を何度も刺して仕上げた階段ピラミッドの石段を、滝のようなコシモの汗が滴り落ちていた。それは汗ではなくて、血のような気がした。血の臭いがした。部屋は暗く、どれくらいのあいだ眠っていたのか、見当もつかなかった。

暗闇のなかでスマートフォンが光っていた。

「おまえ寝起きか？」とチャタ―ラが言った。「今から〈先生〉を殺すから、支度しろよ」

「せんせい――」とコシモは訊いた。

「蜘蛛《ラバ・ラバ》だよ」

家族《ファミリア》だったはずの末永の殺害計画は、実行当日の夜までバルミロとチャターラしか知らなかった。

「いかれた奴で、おれは嫌いじゃなかったけどな」と言ってチャターラは通話を切った。

## 52

ömpöhualli-huan-mahtlactli-huan-öme

ロス・カサソラスの崩壊後、バルミロ・カサソラという男と誰よりも長い時間をすごしてきたのは末永充嗣だった。

ジャカルタのマンガブサール通りにある移動式屋台《カキリマ》で二人が顔を合わせた日、バルミロはコブラサテの屋台のオーナーで、末永は底辺の臓器密売コーディネーターにすぎなかった。

あれから五年二ヵ月の時が流れていた。

麻薬密売人《ナルコ》と医師《メディコ》、どちらが欠けても〈チョクロ〉のビジネスは実現し得なかった。二人は臓器密売の概念を刷新し、新たな血の資本主義《ブラッド・キャピタリズム》を象徴する心臓密売人《コラソン・トラフィカンテ》となった。それでいて二人は、ただの一度も真の目的を共有したことはなかった。

ゴンサロ・ガルシア、ラウル・アルサモラ——偽名を名乗りつづけるバルミロの秘めた狙いは、資金と戦力を得てメキシコへ舞い戻り、ドゴ・カルテルを殲滅《せんめつ》し、縄張り《プラサ》を奪回することにあった。

末永はいずれドゥニア・ビルに乗船する考えでいた。崖岩寺の地下で心臓を摘出するのではなく、巨大クルーズ船に隠された最新の医療設備のなかで、インドネシア人スタッフを率いて心臓移植を担当する。たんなる闇医師を超えた、〈チョクロ〉のビジネス全体を支配する第一執刀医として。

そのときは船に暮らすことになるが、自分が陸を離れれば、おそらく東京や川崎の体制は、調理師《エル・コシネーロ》の好きなように作り替えられてしまう。それが問題だった。〈チョクロ〉というビジネスのなかに、調理師《エル・コシネーロ》の居場所があった時期はすでにすぎ去っている。末永はそう考えていた。

心臓という臓器に迷信的な執着を抱いている自称ペルー人は、最初から異物でしかなかった。日本を〈産地〉とするビジネスに必要なのは、現代の血の資本主義《ブラッド・キャピタリズム》に適応する合理性であり、過度の武装、カルト教団じみた処刑、ラテンアメリカ式の家族主義などでは断じてなかった。子飼いの殺し屋《シカリオ》どもが「おれたちは家族だ《ソモス・ファミリア》」と口にするのを聞くたびに、末永は虫唾《むしず》が走る思いをしてきた。

末永が調理師《エル・コシネーロ》を見かぎった最大の理由は、ゼブブスへの対処にあった。調理師《エル・コシネーロ》は仙賀組に力を見せつけるために、子飼いの殺し屋《シカリオ》を放ってリーダーのタム・ホアを惨殺したが、明らかに誤った選択だった。ゼブブスこそ、現代の血の資本主義《ブラッド・キャピタリズム》に適応したスマートな組織だった。味方につけこそすれ、壊滅するべきではなかった。ひたすら破壊的なだけの自動車解体場《ヤード》の男たちよりもよっぽど合理的で、〈チョクロ〉のビジネスに適していた。

調理師《エル・コシネーロ》はビジネスの拡大よりも、準軍事組織《パラ・ミリタリー》の育成に取り憑かれていた。買い集める武器や弾薬のせいで大金が失われ、ロシア製の潜水艦、ミサイルなどの購入も検討しているとあっては、もはや正気ではなかった。

そういう男を陸に残して、自分が心臓血管外科医としてドゥニア・ビルに乗りこめば、結果は目に見えている。ビジネスをあの男に乗っ取られる。

末永がひそかに雇っているハッカーは十六歳の日本人と、十七歳のベトナム人で、どちらもバルミロに心臓をえぐりだされたタム・ホアの部下だった。処刑されることを怖れる二人を説得して調理師《エル・コシネーロ》の身辺を探らせた末永は、すでに自分の置かれた状況をかなり正確に把握していた。

その末永に二人の若いハッカーはこう報告した。

**調理師《エル・コシネーロ》は殺し屋《シカリオ》を使って、心臓摘出を終えた直後のあんたを逃げ場のない手術室で殺すつもりでいるよ。**

予期したとおりだった。排除すべき異物に、自分のほうが排除されつつあった。新南龍《シンナンロン》とグントゥル・イスラミに泣きついたところで、早急に救いの手が差し伸べられるとは思えなかった。むしろ二つの組織は、自分たちと精神性《メンタリティー》の近い調理師《エル・コシネーロ》のほうを有用だと認識している。

いつかはあの二つの組織も超越しなければならない。そのためにも、おとなしく殺されるわけにはいかなかった。調理師《エル・コシネーロ》が自分を殺し屋《シカリオ》に始末させる気なら、その裏をかくまでだった。ある意味ではビジネスの方向性を改善させる絶好の機会でもあった。

こちらが異物をまとめて排除したのち、児童の心臓を摘出し、スタッフの誰かに川崎港まで運ばせる。護衛は灰《ネシュトリ》がいればこと足りる。

ただし摘出に取りかかるときには、おそらく手術室にいる野村も死んでいる。すなわち一人で執刀しなければならなかった。常識的に言って摘出術は一人では困難だった。

あくまでも常識的には。

末永は自分を待ち受ける未知の苦難を思い、顔をほころばせた。

**これぞ心臓血管外科医の醍醐味《だいごみ》だ。**


八月二十六日木曜日の午後九時すぎ、子供たちが就寝したシェルターの廊下に男たちの足音が響いた。

全員がゴルフ用のキャディーバッグを担いでいた。中身はレミントンM870にサイレンサーのサルボ12を取りつけたバラクーダだった。チャターラだけは散弾《ペレット》ではなく鹿撃ち用の一発弾をショットシェルに詰めていた。十二ゲージのスラッグショット。なるべく手術室を傷つけたくないので、破壊箇所が面で広がる散弾《ペレット》を避けたのが一発弾を選んだ理由だった。ほかの三人はダブルオーバックをショットシェルに詰めていた。

バラクーダ以外にも、男たちはサイドアームを用意していた。チャターラはバルミロの持つ拳銃と同型のワルサーQ４、マンモス《エル・マムート》の拳銃はグロック17で、ヘルメット《エル・カスコ》はロシア製ＭＰ４４３を携帯した。コシモは拳銃ではなくアステカの武器、全長九十センチのマクアウィトルをバラクーダといっしょにキャディーバッグに入れていた。

全員の完全武装がバルミロの指示だった。これから〈チョクロ〉を護送し、あらゆるトラブルに備えるはずの男たちが手ぶらで現れれば、逆に末永に警戒される。

灰色の壁が割れるようにして、固く閉ざされていた自動ドアが開き、大学病院にも劣《おと》らない広く明るい手術室が、キャディーバッグを担いだ四人の前に現れた。サージカルマスクを着けた末永がそこに立っていた。青色の帽子をかぶり、滅菌ガウンを着ていた。

「楽しみだな」とチャターラが言った。「前からプロの心臓摘出を見学したかった」

「調理師《エル・コシネーロ》にも言ったんだが」手術室にはじめて足を踏み入れた男たちを、末永は弾んだ声で歓迎した。「どうせきみたちは、血が見たいだけなんだろう？」

心臓摘出を見学する四人はサージカルマスクを装着した。〈耳かけ式〉ではなく〈ひも式〉だった。それぞれ鼻と口を覆い、頭と首の後ろの二ヵ所でひもを結んだ。

チャターラは興奮したふりをしながら、すでに手術室にいる奇人《エル・ロコ》に目を向けた。何が起こるのかを知っているもう一人の闇医師は、チャターラを無視して淡々と摘出用の器械を並べた台車を押していた。

マンモス《エル・マムート》とヘルメット《エル・カスコ》もごく自然に末永と言葉を交わしたが、コシモは無言だった。

四人の背後で自動ドアが閉ざされた。ほとんど音がしなかった。閉じると同時に対人センサーが切られ、誰かがドアの前に立っても反応しなくなった。本物の病院であれば、この瞬間に〈手術中〉の文字が赤く光るところだった。

トシュカトル、とコシモはつぶやいた。かみさまのいけにえ。

まだ夢のなかをさまよっている気がした。うなされつづけた夢の不快な感覚が蜥蜴《クエッパリン》のように体の内側を這いまわっていた。

とうさん《パドレ》はうそつきだと叫んだ夢。

あのゆめが、おれをじっとみつめている。

スウェーデン製の充電式人工呼吸器を装着され、点滴で麻酔を投与されている手術台の上の少年。

無影灯の光に浮かび上がる横顔をコシモは見た。

---

**じゅんた。**

少年の名を小さな声で呼んだ。順太はもう死んでしまったような深い眠りに落ちていた。コシモはこめかみに疼《うず》きを感じ、それがひどくなってきたかと思うと、経験したことのない強烈な頭痛に襲われた。ドリルで穴を穿《うが》たれているような痛み。めまい、耳鳴り、吐き気、心臓が激しく波打って息が詰まり、視界は暗くなっていく。コシモはよろめいて壁に寄りかかった。自分以外の家族《ファミリア》が真っ白な手術室の床に倒れている光景を見たのはそのときだった。何がどうなっているのか。チャターラが倒れ、マンモス《エル・マムート》が倒れ、ヘルメット《エル・カスコ》が痙攣していた。壁ぎわに転がった奇人《エル・ロコ》は喉をかきむしり、台車を蹴り飛ばした。ステンレスの器械と液体を充塡された注射器が白い床に落ちて音を立てた。

　末永だけが真っすぐに立っていた。

いつのまにかサージカルマスクを外し、厚みのある透明なマスクに着け換えている末永を見て、コシモは朦朧《もうろう》としながら、毒ガスをまかれたのだと思いこんだ。〈酸素欠乏症〉のことは知らなかった。密閉された手術室が急激に減圧され、酸素分圧を末永に下げられているとは思いもよらなかった。

　小型ボンベにチューブで接続されたプラスチックの酸素マスクを介して呼吸する末永は、呼吸困難の段階からより死に近づいたチアノーゼの苦しみにもだえる野村を平然と見下ろし、酸素モニターの数値に目をやった。その酸素分圧から推測すれば、ここにいる人体の動脈血酸素飽和度《SaO2》は危険値の九十パーセントどころか、六十パーセントを下回っているはずだった。生命の危機に見舞われていないのは末永と、全身麻酔時用の充電式人工呼吸器を着けられた意識のない順太だけだった。

蜘蛛《ラバ・ラバ》がこの室内に毒ガスをまいているのなら、ドアを開けなくてはならなかった。コシモはバラクーダでドアを吹き飛ばそうと思った。力の入らない手でキャディーバッグのファスナーを開けようとして、震える指先で把手《とって》の金具を懸命につまんだ。

断頭台《エル・パティブロ》がうごいている姿に気づいた末永は、驚いた表情になり、研ぎ澄ましたドイツ製のメスを急いで手に取った。頸動脈を切断してすぐに殺すつもりだった。一歩踏みだした瞬間に、左足を何かにつかまれた。

床を這ってきたチャタ－ラの右手が足首をつかんでいた。末永はもう一度酸素モニタ－に目をやった。酸素分圧は確実に下がっていた。コシモとチャタ－ラ以外の連中は失神《ブラックアウト》して死の淵《ふち》を真っ逆さまに落ちている。

末永はあきれたように首を振った。この低酸素のなかで活動する人間が二人もいる。治験に使う動物以上の生命力だった。

チャタ－ラの右手の腱をメスで切り裂き、左足を自由にしたと同時に末永の右足が燃え上がった。拳銃の弾で膝を撃ち抜かれていた。

末永は激痛に叫び、くずおれて床を転がった。

「化け物め」と吐き捨てた末永は、みずからも酸素欠乏症に陥ったかのように床を這って逃げた。悪夢としか言いようがなかった。体内の動脈血酸素飽和度が六十パーセントを切っている状況下で、相手に銃を撃つという複合的な行為が実行できるのは医学的にあり得ない。

チャターラのワルサーQ4がまた火を噴いた。狙いはでたらめで、外れた弾丸が排液バッグを破裂させ、なかを満たしている心保存液が放射状に飛び散った。

うごかない野村の体にすがりついて振り返った末永は、ふたたび自分の目を疑った。あろうことかチャターラは立ち上がろうとしていた。その姿を見て、末永はうなり声に似た悲鳴を上げた。チャターラは銃口を末永に向けて前進したが、ふいに顎を打ち抜かれたボクサーのように前のめりに倒れ、そのまま末永に覆いかぶさった。拳銃は落としたが、空いた左手で末永の喉をつかんでいた。末永はうめきながら、野村の押していた台車から床に転がった注射器を拾い、チャターラの首に針を突き立てた。順太の大動脈基部に注入されるはずだった心停止液を化け物の血管に送りこんだ。

末永とチャターラが殺し合っているあいだ、コシモはついにキャディーバッグを開けてバラクーダを引きずりだすことに成功した。バラクーダは二百キロのバーベルよりも重く感じられた。酸素分圧はさらに下がっていた。コシモはすべての力を込めてフォアグリップをうごかし、引き金を引いた。一回。それが限度だった。

ダブルオーバックの散弾《ペレット》は閉ざされたドアを破壊した。内と外の気圧差のせいで爆発が起きて、車がぶつかったようにドア全体がねじ曲がり、新鮮な空気がいっきに流れこんできた。

猿《オソマトリ》のように身軽に、音もなく手術台の端に跳び乗った者の影を、コシモはぼんやりと眺めていた。彼は子供のようでもあり、大人のようでもあった。眠っている順太をじっと見つめていた。緑色に輝く派手な羽根飾りを頭に載せ、顔を黄色と黒で塗りわけ、ジャガー《オセロトル》の皮の腰布を巻き、蛇《コアトル》の皮で覆った盾を持ち、赤く塗った鹿《マサトル》の皮で編んだサンダルを履いていた。

手術台の端にしゃがんでいる彼がふいに顔を上げ、コシモに向けたその両目は、およそ人間のものではなかった。それは暗い炎のように燃え盛る二つの黒曜石の輝きだった。神はコシモを見つめていた。そしてケツァル鳥のようにすばしこく首を左右に傾けた。

目を開けたコシモは、床に倒れたまま手術室の天井を見上げていた。突然激しく咳《せ》きこみ、溺《おぼ》れる寸前で岸に引き上げられたように息を吸い、空気をむさぼった。頭も、手足も、誰かに踏みつけられているように重かった。

ゆっくりと起き上がって歩きだす。よろめき、手術台に両手を突く。順太の胸にそっと掌《てのひら》を載せた。指先に小さな心臓の鼓動が伝わってきた。

眠っている順太の人工呼吸器を外していいのかどうか、家族《ファミリア》の誰かに教えてほしかった。手術室を見まわすと、もう家族《ファミリア》ではなくなった男だけが生きていた。

絶命したチャターラの百五十キロを超える樽《たる》のような体にのしかかられた末永は、そこから抜けだせなくなっていた。チャターラの手から落ちたワルサーＱ４をつかもうとして、必死に腕を伸ばしていた。

「これをとったら、いきができなくなるのか」コシモは順太の顔を覆う酸素マスクを指して末永に訊いた。

末永はうなずいた。全身麻酔中は自力呼吸ができない。今の時点で充電式人工呼吸器を外せば子供は死亡し、心臓の出荷が不可能になる。

コシモが点滴用のチューブの先をたしかめると、点滴剤は空になっていた。「これはとっていいのか」とコシモは訊いた。

末永は答えなかった。コシモがバラクーダの銃口を向けると、だまってうなずいた。

コシモは注射針を固定しているテープを順太の腕から引き剝がし、針を抜いた。

バラクーダを収めたキャディーバッグを左肩に担ぎ、つぎに順太と充電式人工呼吸器をまとめて右手で持ち上げた。コシモは手術室を出ていこうとしたが、急に足を止めた。まだ神を怖れていた。ここは神殿《テオカリ》ではないし、トシュカトルの祝祭がおこなわれているのでもない。きっとそうにちがいなかった。

でも、もしこれがほんもののトシュカトルだったら、おれはテスカトリポカのいけにえをぬすんだことになる。

最高神《トロケ・ナワケ》の怒りを鎮めるには、せめてもの贈り物を用意しておくべきだった。コシモは順太と充電式人工呼吸器を床に下ろし、キャディーバッグを開けてマクアウィトルを取りだした。

近づいてくるコシモを見た末永は、酸素マスクに覆われた口を開けて悲鳴を上げた。うごかせないチャターラの死体の下でもがき、首を左右に激しく振った。コシモが末永を見下ろした。

「待て」と末永は言った。声は酸素マスクのせいでくぐもっていた。「おれがいなかったら、あの子供の心臓を誰が取りだすんだ？　心臓をおまえの神に捧げられなくなるぞ。そんなことになったら、おまえの好きな父親《パドレ》だって神の怒りを買うはずだ」

コシモは少しだけ考えた。それから「じゃあ、かみさまのなまえをいってみろ」と言った。

末永は答えられなかった。

コシモはうつぶせで末永にのしかかったままうごかないチャターラのぶ厚い背中を見つめ、それから奇人《エル・ロコ》を見て、マンモス《エル・マムート》とヘルメット《エル・カスコ》を見た。顔の見える三人は目を開けて絶命していた。

コシモがマクアウィトルを振り上げると、末永はスペイン語で必死に呼びかけた。

「やめてくれ《ノ・ロ・アガス》。おれたちは家族だ《ソモス・ファミリア》」

「もうかぞくじゃない」とコシモは日本語で言った。

末永の表情が憎悪にゆがんだ。

**このくそガキが。**

それが末永の口にした最後の言葉だった。
疲れきっていたコシモは、マクアウィトルを四度振り下ろして、ようやく末永の首を切断した。

心臓を入れるアイスボックスを手術室に運ぶ途中だった夏《シア》は、廊下のずっと先から聞こえてきた破裂音に足を止めた。いくつものセキュリティのドアに阻《はば》まれて、はっきりとは聞き取れなかったが、たしかに何かが爆発したような音だった。アイスボックスを床に置き、耳を澄ました。

眉をひそめてふたたび廊下を進んでいくと、いきなりコシモと出くわした。充電式人工呼吸器ごと子供を抱えて、酸素マスクをつけた蜘蛛《ラバ・ラバ》の首を片手にぶら下げていた。夏《シア》はコシモから目を逸らさずに、ベルトに着けているタクティカルナイフに指を伸ばした。カーボン鋼の特殊警棒も携帯していた。

立ちはだかる灰《ネシュトリ》の周囲に、どす黒い殺意が広がっていくのを感じたコシモは、いらだった声で「どけ」と言った。早くこの地下を出ていきたかった。

「説明を聞くまでは通せない。その子――」夏《シア》は話しかけるふりをして、コシモに突進し、ぶつかる直前で右に逸れて前転した。すれちがいざまにコシモの左足にタクティカルナイフを突き刺して引き抜いた。警官時代の近接格闘訓練の教えにしたがって、夏《シア》は大男の足を攻撃し、すばやくカーボン鋼製の特殊警棒を抜いてつぎの攻撃に移ったが、そのとき彼女の顔面に何かが叩きつけられた。

　それはコシモが全力で振りまわした末永の首だった。死んだ者の顔と生きている者の顔が衝突した。末永の頭蓋骨に亀裂が入るほどのすさまじい威力で、夏《シア》の縁なしの眼鏡は吹き飛ばされ、彼女の眼窩《がんか》と頬骨が砕かれた。車に撥《は》ねられたように廊下の端まで転がった。脳震盪《しんとう》を起こしただけではなく、首の骨も折れていた。

　コシモは廊下に落ちた夏《シア》のタクティカルナイフを拾い上げた。自分の傷口を見る前にナイフに顔を近づけて、刃《ブレイド》と柄《ハンドル》をたしかめた。刃《ブレイド》はタングステン鋼のダマスカスで、タンカラーに塗られた柄《ハンドル》にはサムホールと呼ばれる穴があった。自分たちの工房で作ったナイフではなかった。

　順太と人工呼吸器、末永の首、武器の入ったキャディーバッグを運び、刺された左足を引きずって歩きだした。地上へ出る階段を探したが、どこにあるのかわからなかった。廊下を進んではまた戻り、何度も往復するうちに、子供の悲鳴が聞こえた。

　コシモが振り向くと、そこに宇野矢鈴が立っていた。

「マリナル――」コシモは目を見開いて言った。「やすず――？」

　六歳の女児を連れてトイレのドアを出てきた矢鈴は、目の前に現れたおぞましい眺めに呆然としていた。

　不気味な大男が、酸素マスクを着けたまま切断された人間の首をぶら下げている。血の付着した死顔《しにがお》に見覚えがあった。眼鏡をかけていないが、たしかに〈先生〉の顔だった。そして廊下の先に倒れているのは夏《シア》のように見えた。

矢鈴は大男を見上げた。声が出てこなかった。小田栄の工房で働くあの若者だった。矢鈴は心のなかで叫んだ。どうしてここにいるの？　何をやったの？　抱えているその子は——

**順太？**

夏《シア》に夜勤を命じられた矢鈴は、目を覚ました六歳の女児に頼まれてトイレまでつき添い、寝室に戻るところだった。女児の悲鳴でわれに返った矢鈴は、彼女の手を引いて走りだしたが、すぐさまコシモの長い腕に後ろ髪をつかまれて引きずり倒された。矢鈴は女児の手を離し、小さな背中に向かって叫んだ。

**逃げて。部屋に入って鍵をかけて。**

あの子を若者が追いかけるようなら、たとえ殺されてでも止める覚悟だった。その決断の早さに自分自身でも驚いていた。だがコシモに見下ろされると、たちまち迫力に圧倒された。最後に会ったときよりも大きく見えた。子供を守りたい思いと、逃げだしたい恐怖の相反《あいはん》する感情に心を引き裂かれ、涙があふれてきて、全身が震えだした。わけがわからなかった。どうしてコシモがここにいて、〈先生〉の首があって、何よりも順太がいるのか？　オーストラリア在住の老夫婦とのあいだで養子縁組が決まり、昨夜シェルターを旅立ったはずの順太が、まだここにいる。病気でもないのに、人工呼吸器らしきものを着けられている。意識はないように見える。わからない。わからないことだらけだった。それでも身を守らなくてはならなかった。しかし矢鈴には、手にできるような武器は何もなかった。

「ここからでたいんだ」取りつくろうように、夏《シア》の持っていたタクティカルナイフを矢鈴に向けたコシモが言った。「くるまをうんてんしてくれ」

コシモの手にしたタクティカルナイフは、矢鈴の目にはバターナイフのように小さく映った。

その日、崔岩寺の駐車場に用意されていたレンタカーは、矢鈴がコシモをはじめて工房に連れていったときと同じ、白のトヨタ・アルファードだった。ナンバーこそちがっていたが、矢鈴はこの偶然の符合に、自分の不運が凝縮されているように感じた。ハンドルを握った矢鈴は鼻水をすすり、唾を呑みこんでエンジンをかけた。両目は真っ赤だった。「どこに行けばいいの？」

切断された人間の首――それも生きていたころを知っている男――が、助手席に乗ったコシモの足もとに無造作に転がっていた。コシモは平気な様子だった。彼は見たこともない大きな銃を膝に載せていた。狂っている、と矢鈴は思った。リアシートには人工呼吸器を着けて眠っている順太が横たわっていた。

　コシモは行き先を告げた。

　トシュカトルが信じられなくなった今、行くところは小田栄の工房しかなかった。崔岩寺の境内を出て走りだした車のなかで、コシモはパブロに電話をかけた。自宅に戻っていたパブロが出ると、コシモは短く告げた。

「シェルターのこどもを、ひとりつれだした。とうさん《パドレ》はおこるとおもう。いまから、こうぼうにいくよ」

　桜本の事務所の机で、バルミロは葉巻を一本吸った。そのあいだずっと壁のカレンダーを見つめていた。グレゴリオ暦二〇二一年八月二十六日木曜日。〈九の家《チクナーウィ・カリ》〉の年、十番目の月、水《アトル》の十三日間《トレセーナ》、〈二の犬《オーメ・イツクィントリ》〉の日。

　予定では０型の九歳児の心臓摘出が終わっているはずだったが、チャターラからの連絡はなかった。奇人《エル・ロコ》からの報告もない。

　ひとしきり煙を吹かすと、バルミロはスマートフォンを光らせて最初にチャターラの位置情報をたしかめた。東京都大田区崔岩寺。座標に印が表示された。奇人《エル・ロコ》も同じだった。マンモス《エル・マムート》もヘルメット《エル・カスコ》もシェルターにいた。末永でさえそこにいる。心臓が運びだされる時刻になっても、誰も移動しなかった。

ただ一人をのぞいて。

コシモの座標だけが川崎に戻っていた。

暗がりで石像になったように、バルミロは呼吸さえ止めて考えた。

坊や《エル・チャボ》、きさまは何をやっている。


工房のなかで待っていたパブロは、急いでコシモの話を聞いた。血のこびりついた末永の生首を見ても彼はコシモを問い詰めず、通報しようともしなかった。

それが矢鈴には衝撃的だった。この工房の二人は、いったい何なのか。どちらも異常者で、殺人鬼なのか。

「知っていたのか？」険《けわ》しい顔をしたパブロが矢鈴に尋ねた。

「――何を？」相手の質問の意図が、矢鈴にはまったくわからなかった。訊きたいことがあるのは自分のほうだった。

「時間がない。答えてくれ」とパブロは言った。「このビジネスについて、あんたはどこまで知っていたんだ？」

パブロに聞かされた話は、矢鈴にとって到底信じられるものではなかった。とてつもない規模の犯罪の物語。だが、いくら殺人犯になってしまった自分の弟子をかばいたいからといって、こんな嘘をつくだろうか？　矢鈴の目に映るパブロの顔には、懇願するような必死さがあった。

心臓の摘出、超富裕層の子供の受容者《レシピエント》を乗せたクルーズ船、何もかも彼女の想像を絶していた。そして、もしこの男の話を受け入れるのなら、これまで自分がシェルターに連れてきて、遊んで、入浴させて、寝かしつけて、送りだしてきた子たちは――

嘘だ。あり得ない。矢鈴は目を閉じた。このナイフ職人もコシモも同じ殺人鬼で、私にでたらめを教えて楽しんでいる。死体の首を見ても平気な連中だ。だから嘘――

**無戸籍児童だけの保護、高額の報酬、毎日車種が変わるレンタカー、海外に行ったはずの順太がシェルターにいて、手術着を着せられて、麻酔を投与されていた――シェルターにやってくる医師、彼らは闇医師で――新鮮な心臓を――**

作業台にコシモが敷いた毛布の上で、順太が眠りつづけていた。

「それをその子から遠ざけて。近づけないで」と矢鈴は叫んだ。

順太のそばに置いてあった末永の首を、怒鳴られたコシモが床に下ろした。

矢鈴は顔をゆがめてパブロに言った。「本当だって言うのなら、すぐに通報したら？」

「ここにパトカーを呼ぶのか」とパブロは言った。

矢鈴は無言のまま、泣き腫らした目でパブロを見つめていた。

「コシモ」とパブロは言った。焦ってはいたが、冷静になろうと努めていた。「おまえのとうさん《パドレ》が、ここで警官と撃ち合ったら何人ぐらい死ぬんだ？」

訊かれたコシモは、ちょうど左足の刺創《しそう》の消毒と止血を終えたところだった。コシモは空いた右手を作業台に載せて、指折りかぞえはじめた。バラクーダが火を噴き、警官をなぎ倒す光景を思い浮かべながら、親指からはじめて、小指まで曲げ終えた。そこでしばらくうごきを止め、今度は逆に小指から順に伸ばしてかぞえはじめた。

見ていたパブロは両手で顔を覆い、そのままじっとしていた。もう誰にも死んでほしくなかった。やがて両手を下ろすと、天井の照明を見上げて、大きく息を吐いた。それから作業台で眠っている男の子を見た。調理師《エル・コシネーロ》の目を、すべてのCボーンを、すべての髑髏を思いだした。

「お願いだ。この子を助けてやってくれ」パブロは矢鈴に歩み寄って言った。「車を飛ばして川崎署へ行くんだ。二キロ程度だから十分もあれば着く。この子を抱いて署内に駆けこんで、二人で保護してもらうんだ。いいか？　川崎署だ。交番じゃだめだ」

「おれもいくよ」とコシモが言った。

「コシモ、おまえがいっしょに行ったら――」

哀しそうな顔をしたパブロの言いたいことは、矢鈴にもわかった。それは不思議な感覚だった。あきらかな殺人犯のはずなのに、コシモの存在からは、ねじ曲がった悪意が伝わってこなかった。だからこそ逆に怖ろしいのかもしれなかった。

パブロは自分の作業台の上で地図を広げた。二キロ西にある川崎署を罫書き用のシャープペンシルで丸く囲み、矢鈴に説明した。南武線《なんぶ》の高架下をぐって、京町通り《きょうまちどお》へ。京町通りを抜けて、第一京浜を横断する。「署の駐車場までいっきに突っこめ」とパブロは言った。「できるかぎり飛ばすんだ。いいな？」

物音が聞こえて、三人は振り返った。コシモの作業台に横たわっている順太のもがく音だった。目は閉じられていたが、まぶたの下で眼球が小刻みにうごいていた。酸素マスクに小さな手を伸ばして、無意識のうちに外そうとしていた。

全身麻酔から覚めつつある順太に矢鈴が駆け寄ると、パブロは工房の隅へ歩いた。コシモと二人で使ってきたベルトグラインダーが載っている台をうごかし、おがくずの降り積もった床板をのぞきこんだ。パブロはおがくずを吹き飛ばし、床板を外して、窪《くぼ》みのなかからスマートフォンと現金を取りだした。紙幣は日本円とアメリカ・ドルにわけられ、それぞれマネークリップで留められていた。

パブロは手招きしてコシモを呼び寄せた。

「あの二人が川崎署に入るのを見届けたら、コシモ、おまえは逃げろ」

床下から取りだしたスマートフォンと現金をコシモの手に押しつけて、パブロは一枚の紙切れに電話番号を書きつけた。

川崎港に定期入港するコンテナ船の乗組員の連絡先だった。いつの日か、このビジネスから抜けだすために用意しておいた逃げ道。いつの日か。パブロは目を閉じた。おれにその日は来ない、永遠に。それでいい。

「こいつに電話をして、パナマ船籍のコンテナ船に乗れ」パブロは紙切れの番号を指しながらそう言った。「おまえはスペイン語が話せるから、何とかなるさ」

「パブロは？」

大きなコシモを見上げてパブロは微笑んだ。たった一人の弟子を抱きしめてやりたかったが、そんな余裕はなかった。「さあ早く行け」

工房の十五メートル手前で減速し、ヘッドライトを切り、様子をうかがった。人影は見えなかった。窓からは明かりが漏れていた。

七メートル手前まで進むと、バルミロはジープ・ラングラーのエンジンを切った。

バラクーダを持ってラングラーを降り、工房のドアをノックしてから、ドアの前を離れ、窓辺に移ってなかをのぞいた。誰かがうごいた気配はなかった。音楽が鳴っていた。曲が途絶えると同時に女がしゃべりだす。ラジオ。

工房のドアに戻り、ドアノブに手をかけた。鍵は開いていた。バラクーダの銃口を四十五度傾けてなかに入った。

赤と黒の格子柄のネルシャツを着たパブロが、作業台で淹れ立てのコーヒーを飲んでいた。工房に豆の香りが漂っていた。

バルミロはバラクーダの銃口をパブロに向けた。「ラジオを消せ」とスペイン語で言った。

パブロは電源を切る代わりに音量を下げた。それから自分に向けられた銃口を眺めた。長方形のサイレンサー。ドットサイトとフラッシュライトをのぞけば、コシモの持っていたショットガン《エスコペータ》とそっくりだった。

「おしまいだ、調理師《エル・コシネーロ》」とパブロは言った。「報いを受ける日が来たんだよ」

バルミロが何度かけても通じなかったコシモのスマートフォンが、パブロの作業台の上に置かれていた。

「コシモはどこだ」とバルミロは訊いた。

「知らないな」とパブロは言った。

「あいつは何をやった」

「その質問は奇妙だな、調理師《エル・コシネーロ》」パブロは肩をすくめた。「おれはあいつにナイフメイキングを教えただけだ。人殺しを教えたのはあんただよ」

バルミロはブーツの硬い底で床板を軋《きし》ませながら、工房のなかを歩いた。やがて床に転がされた末永の首を見つけた。髪をつかんで持ち上げ、切断面を調べた。叩き切られた肉の乾いた血のなかに、黒く小さな粒が光っていた。黒曜石の破片だった。

「コシモはどこにいる」とバルミロは言った。

パブロは答えなかった。バルミロがバラクーダの引き金に指をかけると、パブロは目を閉じた。


バラクーダのフォアグリップを後退させて、空《から》のショットシェルを弾きだし、床から拾って胸のポケットに放りこんだ。

工房を出たバルミロが車のドアハンドルに腕を伸ばしたとき、中国人の徐操《シュウ・ツアオ》が電話をかけてきた。ほかに三つの偽名を名乗っているこの男は、郝《ハオ》の下にいる灰《ネシュトリ》の部下だった。この男は〈チョクロ〉の出荷時に輸送ルートの〈橋〉に先まわりして、そこで待機する役割を与えられていた。交通事故、工事による一時通行止め、ほかにも何かちょっとした異変に気づけば、殺し屋《シカリオ》を指揮する調理師《エル・コシネーロ》に連絡する。夜のウォーキングをよそおって〈橋〉の上を移動する徐操《シュウ・ツアオ》は、いかなる武器も携帯せず、ジャージを着て、アップルウォッチとスマートフォンと偽造IDだけを持っていた。

「さっき〈橋〉を歩いてきたが、川崎方面から来たミニバンが途中で停まっていた」と徐操《シュウ・ツアオ》は英語で言った。「橋の上で車道と歩道をへだてる柵《さく》にぶつかっている。白のトヨタ・アルファード、大破してはいない。ナンバーを今から言う――」

バルミロは徐操《シュウ・ツアオ》が「Wa」と発音する声を聞いた。この国でナンバーの冒頭に「Wa」

――〈わ〉が使われる場合、車両がレンタカーであることを意味していた。シェルターの人間が乗るレンタカーか。バルミロは考えた。乗り捨ててあるだけかもしれないが、行く価値はある。

ジープ・ラングラーのエンジンをかけて、フロントガラス越しに夜空を見上げた。月が光り、星の瞬《またた》くなかに夏の大三角《トリアングロ・デ・ベラーノ》を見つけだした。その星座を探すのは昔から得意だった。

バルミロは〈橋〉に向かった。

第一京浜が多摩川を越える橋、大田区と川崎市のあいだに架けられた四百四十三・七メートルの六郷橋《ろくごうばし》。

わずか十分に満たないドライブのなかで、矢鈴の頭にさまざまな過去の記憶がよみがえってきた。

退職した保育園の建物、説明会で保護者に浴びせられた罵声、飛んできたオレンジジュースの紙コップ、ライダースジャケットを着て訪れた全国の町、子供に暴力を加えている親たちの作り物の笑顔、ろくに食事を与えられず、半月も同じ服を着つづける無戸籍の子供。

コインパーキングの入口で光っている緑色ＬＥＤの〈空〉の文字がすぎ去り、街灯の明かりが近づいては消えた。南武線の高架沿いの道路に人影はなかった。

もうすぐ川崎署に着く。矢鈴は思った。本当のことが何であれ、署に行けばこの子は助けてもらえる。私は刑事にいろいろ質問されるだろう。私は話さなくてはならない。知っているかぎりのことを。

奇妙な冷静さが矢鈴に訪れた。シェルターの廊下で六歳の女児をコシモから守ろうとした自分とは別の人間が、少しずつ顔を出してきた。

私が怖ろしい犯罪に加担していたとしたら、そのとき刑事は、私の住んでいるマンションを調べるかもしれない。調べないわけがない。私の部屋――

コカイン。

その言葉が雷のようにきらめくと、矢鈴はハンドルを切った。タイヤが軋み、アルファードが大きくゆれた。

捕まればもう手に入らない。不安がふくれ上がり、それしか考えられなくなった。あの白い粉を奪われた自分が想像できなかった。

交差点の信号を直進しなかった矢鈴にコシモは驚いた。アルファードは突然速度を上げて、第一京浜を北に向かった。南武線の高架下をくぐり、さらに加速した。

元木《もとき》交差点、川崎消防署、川崎区役所、アクセルペダルを踏みつける矢鈴は、自分でもどこに向かっているのかわからなかった。

「どこにいくんだ」とコシモが言った。

赤信号を突っ切り、汽笛のような長いクラクションを浴びせられながら、矢鈴は前を見つづけた。

「どこにいくんだ！」とコシモは叫んだ。リアシートに横たわってうなされていた順太が、完全に目を覚ましたほどの大声だった。

とうさん《パドレ》からはにげきれない。コシモはそう確信していた。おいつかれて、しんぞうをとられる。

法定速度を超過した時速八十キロで、アルファードは多摩川に架かる六郷橋に差しかかった。車が橋の中程《なかほど》まで進むと、矢鈴は急にブレーキペダルを踏んだ。タイヤがスリップし、甲高い音を立て、蛇行するアルファードは紅白の縞《しま》模様が描かれたガイドポストをなぎ倒した。東京都、大田区、神奈川県、川崎市、四つのカントリーサインが表裏一体となった標識の真下を通過し、車道と歩道をへだてる柵にぶつかって、アルファードは停止した。ヘッドライトが割れ、フロントバンパーがゆがんでいた。

矢鈴は握りしめたハンドルに額を押しつけて泣きはじめた。

リアシートにしがみついた順太が窓の外を見ていた。

嗚咽して何かをつぶやいている矢鈴を、コシモはだまって眺めていることしかできなかった。どうすればいいのか。川崎署とは逆方向に来てしまっただけではなく、この場所は危険すぎた。ここはシェルターを出た心臓が港まで運ばれるときの通り道だった。

車を運転できないコシモの目に、反対車線を走るタクシーが映った。橋の上でタクシーを停めて二人を乗せることも考えたが、途中でとうさん《パドレ》に見つかるかもしれなかった。バラクーダの散弾《ペレット》がタクシーのドアと窓ガラスを撃ち抜き、運転手の死体が残される。

ふいに、とうさん《パドレ》が近づいてくる気配を感じた。

おいつかれる。だめだ。

川崎署に行かなかった時点で、すでに逃げそこなったようなものだった。

コシモは必死になって考えた。地下の手術室の酸欠で割れそうになった頭が、ふたたび割れそうになった。アルファードのドアを開けて空気を吸った。アスファルトにヘッドライトの破片が散らばっていた。暗い多摩川の流れ。パブロとカヌーを漕いだ川。夜と風。

**花の戦争《ショチヤオヨトル》。**

頭に浮かんだその言葉のなかに、何かがあった。コシモは目を閉じて、記憶の水底に潜っていった。

はじめてマクアウィトルを使ってタム・ホアに叩きつけた夜、なかなか相手が倒れないので、戦士の武器を作るのに失敗したと思った。そのときとうさん《パドレ》が言った。

これでいい、と。

**花の戦争《ショチヤオヨトル》で相手を殺してしまえば、神に捧げるいけにえがいなくなる。死体の心臓《ヨリヨトル》はうごかないだろう？　いいか、坊や《エル・チャボ》。いけにえの心臓《ヨリヨトル》は脈打っていなければならない。心臓《ヨリヨトル》を食べるのはわが神であって、おれたちではない。**

どうすれば二人を救えるのか、その答えをコシモは自分が知っていることに気づいた。そうか。

彼はうなずいた。そして自分の考えを矢鈴に打ち明けた。

リアシートに順太を一人で残していくなど、矢鈴にはコカインをあきらめること以上に考えられなかった。車に残る者と去る者があべこべだった。順太をアルファードに置いて、自分たちは離れたところで様子を見守る。そんな計画を認めるわけにはいかなかった。怖ろしい相手が追いかけてくるのなら、順太を置きざりにすることは、自分の手であの子を殺すことと何も変わらない。

コシモはキャディーバッグを開けて、ココボロのマクアウィトルを取りだした。蜘蛛《ラバ・ラバ》の血がこびりついていた。バラクーダを使うべきだったが、これからやろうとしている花の戦争《ショチヤオヨトル》に銃弾はふさわしくなかった。

矢鈴がはじめて目にする凶器のおぞましさは、コシモが順太を見捨てずに戦う気でいることを示していた。コシモがとうさん《パドレ》と呼ぶ男、パブロが調理師《エル・コシネーロ》と呼んでいた怪物と。でも、どちらが怪物なのか。矢鈴はコシモの手にした凶器を見ながら思った。パドルに似た板《ボード》の両端に真っ黒なかみそりの刃のようなものが並んでいる。そして血の痕跡《こんせき》。いくら説明しても拒否する矢鈴を、コシモはしかたなく力ずくで運転席から引きずり下ろした。矢鈴は抵抗したが、助けを求めて叫んだりはしなかった。もともと警察に行かなかったのは、彼女自身の選択だった。

花の戦争《ショチヤオヨトル》、トシュカトル。バルミロの声がコシモの耳によみがえった。一人で車に残される少年の目を見つめ、コシモは無言でうなずき、心のなかで呼びかけた。

**とうさん《パドレ》はじゅんたをころせない。だから、ぜったいにうたない。くるまのなかをのぞいて、たしかめるはずなんだ。**

ジープ・ラングラーを運転して六郷橋にやってきたバルミロは、ヘッドライトの光のなかに浮かぶトヨタ・アルファードを見つけた。徐行して左に寄せ、車一台ぶんの間隔を空けて停車すると、パワーウインドウのスイッチを押してフロントドアガラスを下げ、耳を澄ました。

一分ほど待ってから、静かにドアを開けて外に出た。縦にしたバラクーダを体の線に密着させて歩くと、夜の暗さのなかで銃の形は見えなくなった。アルファードの側面に回りこんだところで、銃口を前に向けた。たやすくドアを貫通できる至近距離。裏切り者が車内から攻撃してくるには手遅れだった。少なくとも自分の育てた殺し屋《シカリオ》には、ここまで相手を近づけることを許してはいなかった。

バルミロは慎重に車内をのぞきこんだ。運転席は空だった。コシモの姿もない。リアシートに手術用のガウンを着た子供がいた。その横に充電式の人工呼吸器が転がっていた。

顔は知らないが、〈チョクロ〉の子供にまちがいなかった。アルファードのドアをすぐには開けずに、バルミロは橋の上を見渡した。つぎに欄干のそばに行って、川岸をたしかめた。暗闇を凝視しつづけた。多摩川の流れる音。川崎側の岸辺に誰かが立っていた。影は女のように見えた。

背後に気配を感じたのは、そのときだった。

バルミロは振り返った。

反対車線側の欄干にぶら下がって隠れていたコシモが、体を引き上げて橋の上に姿を現したところだった。左手にマクアウィトルを持っていた。コシモはバルミロに向かってゆっくり歩きだした。二人のあいだに車線をわける中央分離帯があった。コシモはTシャツを脱いで半裸になり、胸に彫った階段ピラミッドの入れ墨が月明かりを浴びて光った。

　相手が死ぬ気で向かってくるのか、それとも懸命に強がっているだけなのか、かつて麻薬密売人《ナルコ》の世界で頂点に立った粉《エル・ポルボ》は正確に見抜く目を持っていた。しかし培《つちか》った洞察力を用いる必要はなかった。コシモの行動に見せかけ《ブラフ》など存在せず、だからこそ裏切りは明らかだった。

「坊や《エル・チャボ》」さらに中央分離帯に近づいてくるコシモに、バルミロは呼びかけた。「銃を持っていないのか？　バラクーダは？」

「ない」とコシモは答えた。

「拳銃をやる」とバルミロは言った。そして本当に腰のベルトから引き抜いたワルサーQ4を、コシモめがけて放り投げた。「おれの手でおまえを殺させるな。そいつを拾って、自分でけりをつけろ」

　足もとに落ちてきた拳銃をコシモは見つめ、拾わずに首を振った。「花の戦争《ショチヤオヨトル》だよ、とうさん《パドレ》」とコシモは言った。「じぶんをうったら、おれのしんぞう《ヨリヨトル》がうごかなくなってしまう。いけにえのしんぞう《ヨリヨトル》はうごいていないとだめだ。しんぞう《ヨリヨトル》をたべるのはかみさまで、おれたちじゃない。とうさん《パドレ》がそういったんだ」

　バルミロは何も答えなかった。静かにバラクーダの銃口を前に向けた。その瞬間、コシモは車線をいっきに駆け抜けて、中央分離帯を飛び越えた。

マクアウィトルを振りかざし、一度も着地せずにバルミロの頭上まで到達した。

すさまじい跳躍力だった。

見上げるバルミロは、雷に打たれたように立ちすくんだ。見えているのはおよそ人間ではなかった。月と星々をしたがえたテスカトリポカが、長い髪を振りみだして宙を舞っていた。なぜ自分が兄弟と家族を奪われ、メキシコを追われ、何のためにこの遠い極東の島国まで流れ着いたのか、瞬時にすべてを理解した。それは復讐《ふくしゅう》のためではなく、アステカの神に出会うためだった。この身を彼に捧げるためだった。桁ちがいの獰猛な美しさに目を奪われた。バルミロは恐怖に包まれ、絶望のなかの歓喜を味わった。バラクーダの引き金を引き、銃口が火を噴いた。勝てないことはわかっていた。ただバルミロは、神の前で自分が戦士であることを証明したかっただけだった。
大好きだった祖母《アブエリータ》のしわがれた声が聞こえた。

**われらは彼の奴隷《ティトラカワン》。**

マクアウィトルを振り下ろすコシモは、この一撃でとうさん《パドレ》が死ぬかどうかを運命にゆだねた。これは花の戦争《ショチヤオヨトル》だった。神に捧げるまで生かしておかなくてはならないが、ここで死ぬこともある。
黒曜石の刃《ブレイド》がバルミロの髪と頭皮を切り裂き、ココボロの木が頭蓋骨にめりこんだ。バルミロはジャガー《オセロトル》の輝く瞳《ひとみ》を見て、牙の生えた顎から吐きだされる熱い煙に等しい息吹を感じた。

激突した二人は、橋の欄干を乗り越えて夜の多摩川に落ちていった。水しぶきが上がり、すぐに静けさが戻った。川岸から橋の上を見守っていた矢鈴は急いで橋に向かい、車まで走った。柵にぶつかったアルファードに乗りかけたが、後ろに停まっているジープ・ラングラーに目をやった。運転席をのぞくと、イグニションキーは挿《さ》さったままになっていた。

麻酔の副作用で嘔吐《おうと》している順太の小さな体を抱きかかえ、矢鈴はジープ・ラングラーに乗りこんでエンジンをかけた。

川崎には戻らず、そのまま東京へ向かった。

橋を渡りきったとき、矢鈴は生まれてはじめて自分の考えで何かを成し遂げた感覚になった。どんなことをしても順太を守ってやりたい。それだけが望みだった。そのためには——

ハンドルを握りながら、彼女は涙をぬぐった。それでも涙はあふれてきた。いったい何人が死んだのだろう。

前を向いてアクセルペダルを踏み、矢鈴は自分に言い聞かせた。

**私はコカインをやめられる。**

二つの都市をへだてる暗い川は何ごともなかったように流れつづけた。橋から落ちた二人は、失われた暦と同じように、誰の目にも触れなかった。

失われた暦。

ユリウス暦一五二一年八月十三日にアステカ王国は滅びた。

そしてグレゴリオ暦での今日の日付——

二〇二一年八月二十六日は、ユリウス暦に換算すると二〇二一年八月十三日になった。

それはバルミロでさえも知らなかった偶然だった。

二人が川に落ちていったのは、アステカ王国の滅亡から正確に五百年をかぞえた夏の夜だった。

暦にない日
nemontemi

地球上でもっとも過酷な砂漠——メキシコ合衆国ソノラ州に建てられた刑務所に、千二百七十七人の重犯罪者が収監されていた。ほとんどは麻薬密売人《ナルコ》で、ほかに快楽殺人犯や強盗殺人犯などがいた。

建物は二十四時間体制で装甲車に囲まれ、囚人が奇跡的に脱獄できたとしても、三百六十度、見渡すかぎりすべての方向にソノラ砂漠が広がっていた。装備なしで生き延びることは不可能だった。

ドミンゴ・エチェベリアは、刑務所の食堂で味気ない朝食を終えようとしていた。ドミンゴの隣に座っているのは〈教　師《エル・プロフェソール》〉と呼ばれ、三十八人の男子中学生を殺害した罪で服役している男だった。メキシコ合衆国では死刑が廃止されていた。

教　師《エル・プロフェソール》は、隣で食事をするアルゼンチン移民の細身の男のことをよく知っていた。囚人でその男を知らない者はいなかった。

自分を圧倒的に超える殺人者。比類のない凶暴さを誇ったロス・カサソラスに挑み、縄張り《プラサ》を奪い、壊滅にまで追いやった男。

ドミンゴ・エチェベリアこそは、ソノラ刑務所の王だった。

教師《エル・プロフェソール》は必ずドミンゴよりあとに食事をはじめることで、王に無言の敬意を払い、服従の意を示した。

海軍省《SEMAR》特殊部隊の掃討作戦によってドゴ・カルテルのリーダー、ドミンゴ・エチェベリアが逮捕されてから、二年の月日が経っていた。

おもだった幹部も各州の刑務所に分散して収監され、司令塔を失ったカルテルの残存勢力は三つに分裂し、かつての仲間同士で戦争《ゲーラ》をはじめていた。いずれの派閥も、ドミンゴは自分たちのところへ帰ってくる、と主張してみずからの正統性を訴えていた。

砂漠の熱波をさえぎる特殊な天窓から、食堂に明るい光が射しこんでいた。囚人たちは黙々と朝食を口にした。彼らに与えられたフォークとスプーンは、子供の玩具のような丸みのある黄色いシリコンゴムで覆われ、いっさいの殺傷力を奪われていた。

ドミンゴが食堂を出るときに横に並んだ男が、歯を三度打ち鳴らした。情報がありま す、という合図だった。

朝食後の散歩は少人数のグループごとに実施されていた。ドミンゴのグループは体育館の床に貼られたテープをたどって、ひたすら歩きまわった。歩くのが許されるのはその線《ライン》の上だけで、四方をアサルトライフルで武装した刑務官に包囲され、監視されていた。散歩とは名ばかりの運動だった。天井と壁と床と銃口しか目に入らなかった。

〈下顎《ラ・マンディブラ》〉と呼ばれている男が、さりげなくドミンゴに近づいた。男はかつて至近距離でバラクーダの銃撃を受け、下顎の三分の一を吹き飛ばされていた。

「ドミンゴ」体育館を歩きながら下顎《ラ・マンディブラ》は言った。「粉《エル・ポルボ》が殺されました」

ドミンゴはめずらしく表情を変えた。ひさしく聞かなかった名前に驚いた。あいつ生きていたのか。

「どこで死んだ？」とドミンゴは訊いた。

「日本《ハポン》です。日本人《ハポネス》がアメリカ人《グリンゴ》に問い合わせて、麻薬取締局《DEA》が確認しました。本人ですよ」

「誰にやられた？」

「わかりません。ただ中国人《ロス・チノス》たちが言うには、自分の息子に殺されたそうです」

ドミンゴはだまりこんだ。床に貼られたテープを見つめた。立ち止まるな、と刑務官に注意された。白い線《ライン》をたどって歩きだし、見飽きたカーブに差しかかったところでドミンゴは言った。「その息子はどうなった？」

「情報がありません」と下顎《ラ・マンディブラ》は答えた。

会話はそれきりだった。白いテープに沿って体育館をもう一周すると、刑務官が朝の散歩の終了を告げた。

ホームセンターの安売り品をまとめ買いした母親が、八歳の娘と並んで歩いている。大型ショッピングモールの駐車場は広く、自分たちの車までかなりの距離を歩かなくてはならない。沖縄県那覇市、日曜日、午後三時をすぎて気温はさらに上がり、熱せられたアスファルトの上に陽炎《かげろう》が立って、駐車場に並んだ車の輪郭は、一台残らず溶けだしたように見える。

「もっと入口の近くに停めればよかった」と母親がこぼす。

「そうだね」と少女が言う。「お母さんの停めるところ、いつも遠いよ」

二人とも鍔広《つばびろ》の帽子をかぶり、母親はサングラスをかけている。火傷しそうなほど熱くなった軽自動車のバックドアを開けて、母親は品物の入ったエコバッグを積みこむ。ドアを閉めようとして、ふと手を止める。もう一度ドアを開け、エコバッグのなかをたしかめる。観葉植物を植え替える土を買い忘れている。ため息をつき、空を見上げる。暑すぎて鳥は一羽も飛んでいない。太陽と、わずかな雲だけが、果てしなくまぶしく光り輝いている。

「ちょっとここで待ってて」と母親は少女に言う。「エバーフレッシュの土を買ってくるから」

母親は少女を車に乗せて、エンジンをかけエアコンを作動させる。エアコンはこれまでに二度壊れていた。娘が熱中症にならないように、母親はパワーウインドウのスイッチを押して、助手席側のフロントドアガラスを少しだけ下げる。

「鍵かかってるからね。誰か来ても開けないで」そう告げて母親は帽子を脱ぎ、額の汗をぬぐい、また帽子を頭に載せると、ホームセンターまでの道のりを急ぎ足で戻っていく。

車をうごかして入口のそばまで行けばいいのに、と残された少女は思う。それに私はもう幼稚園児じゃない。いちいち窓を開けてもらわなくても自分で開けられる。熱中症になりそうだったら、ドアからだって降りられる。だが、何かを言い返せば母親はあわてふためき、無駄に時間がすぎてしまう。要領の悪さはいつものことだった。八歳の少女はドリンクホルダーに差したペットボトルを取り、ぬるくなった水を飲む。フロントガラスの先でゆらめく母親の背中が小さくなり、ホームセンターのなかに消える。

駐車場に一台のトラックが入ってきて、少女が残った軽自動車の二十メートルほど後ろに停まる。少女はサイドミラーに映るトラックを見ている。男が二人乗っていて、助手席から一人降りてくる。

男の背の高さに少女は驚く。大男だ。黒いTシャツを着て、両腕は入れ墨だらけだった。そのせいで肘から手首までが紫色に見える。髪は肩よりも長く、束ねた三つ編みをいくつか垂らしている。大男は左足をわずかに引きずって歩き、褐色の顔は日本人ではないように見えた。

海兵隊かもしれない、と少女は思う。一人でうろついているアメリカ兵には絶対に近づかないように、そう先生にきつく言われていた。だけど、本当に海兵隊なのかな、と少女は考える。あんなに長い髪をした男の兵隊なんていないと思うけど。

サイドミラーに映る大男の姿がしだいに迫ってきて、少女は息を呑む。ドアロックをたしかめる。窓だ。窓も閉めなきゃ。助手席側のパワーウインドウのスイッチを押そうとしたとき、大男がその窓から自分をのぞきこんでいるのに気づく。少女は叫びかけたが、口を開けただけで声は出せなかった。

「パブロのむすめか？」とコシモは訊く。

少女は答えない。大男の顔に、まるで似ていないはずの父親の面影が一瞬だけ重なって消える。父親が死んでから三年がすぎている。

両手を強く握りしめて口を閉ざし、少女は大男の目をじっと見つめ返す。こんなにも透きとおった人間の目を見るのは、これがはじめてだった。瞳の黒さは父親よりもずっと濃く、澄みきって、奇妙な光を帯びていた。動物の目のようにも思えたが、少しちがっていた。

だまりこんで怯《おび》える少女をよそに、コシモは札束の詰まった封筒を取りだし、軽自動車のドアフレームとフロントドアガラスの隙間に押しこみはじめる。ポストに郵便物でも投函《とうかん》しているかのようだ。ずっしりとした封筒が、助手席に座った少女の膝の上に落ちる。コシモは全部で三つの封筒を落とす。

封筒につづいて、木彫りのペンダントが少女の頭上からゆっくりと降りてくる。渦と線を組み合わせた形で、中心にはめこまれた黒曜石を翡翠とエメラルドの粒が取り囲んでいる。黄色い麻紐《ひも》に結びつけられたペンダントはくるくる回りながら、日射しを受けてあざやかな輝きを放つ。黒と緑。麻紐がコシモの手を離れると、ペンダントは少女の手の上に静かに横たわった。

「お父さんを――」少女はようやく声を出す。「知ってるの？」

コシモは答える代わりにうなずく。

「あなたのこと、お母さんに話してもいい？」

尋ねられたコシモは、あらためて少女の目をのぞきこむ。少し考えてから、窓越しに顔を近づける。「よるとかぜはめにみえない」とコシモは言う。「おれたちはゆめをみたんだろうな」

少女は考える。たしかにそこにいるはずの大男が、自分の目に映っていないような気もする。夢のなかをさまよっているように感じる。瞬きをして、もらった木彫りのペンダントを眺める。裏側に文字があった。Koshimo y Pablo と彫られている。コシモとパブロ。父親の名前を見つけて、少女は息を止め、目を閉じる。遠くで雷が鳴った。駐車場に突風が吹いて、少女は目を開ける。風のうなり声。フロントガラスの向こうに母親の姿が見える。車に戻ってくる母親は、向かい風に思わず立ち止まり、帽子を飛ばされる。宙を舞う帽子をあわてて追いかけていく。サイドミラーをのぞくと、左足を引きずって歩く大男も、彼が乗ってきたトラックも、いつのまにかいなくなっている。

サボテンにとまった鷲《クアウトリ》が
蛇《コアトル》を食らっている、
そこがおまえたちの栄《さか》える地だ。

白人の暦で、今は何世紀だい？　リベルタは四人に問いかけた。

二十世紀《シグロ・ベインテ》、と三人が答え、つづけてドゥイリオが兄たちを真似て同じことを言った。

そうだよ、とリベルタが言った。白人の時間はアステカの時間とまるでちがうけれどね、今から八百年くらい前、十二世紀《シグロ・ドセ》のころ、アステカは湖の上の小さな島に暮らしていた。そこには水鳥――〈鷺《アスタトル》〉がいたから〈鷺の地《アストラン》〉というのさ。島に住んでいるのは〈鷺の地の人《アステカ》〉さ。

さて、ある日、神官《トラマカスキ》がウィツィロポチトリ様の命じる声を聞いたので、アステカ全員で新しい土地を探す旅に出ることになった。ウィツィロポチトリ様は、テスカトリポカ様の分身で兄弟なんだよ。

アステカは荒野を歩きつづけ、放浪の旅をつづけた。貧しくて持ち物のなかったアステカは、行く先々で「誰も顔を知らない連中が来た」とさげすまれたよ。どこかで村を作ろうとすると、そのたびに戦いをけしかけられ、ふたたび荒野に追いやられた。

アステカの戦士は気が強くて、どの部族よりも力があったけれど、装備が古かった。

みすぼらしい棍棒《こんぼう》と盾だけさ。おまけに腹も空《す》いていた。それでも敵に立ち向かっては返り討ちに遭って、むなしく逃げるしかなかった。相手は剣と長い槍《やり》を持っていたし、硬い木に獣の皮を重ねた盾も持っていたからね。

どれほど旅しても新しい土地を見つけられず、すっかりくたびれ果てたアステカは、トルテカ王国の血統を継ぐクルワカンの王様のところへ行って「どうか土地をお与えください」と必死になってお願いしたよ。

さあ、おまえたち、寝る時間だ。今夜はここまで。つづきはまた明日。


おまえたち、よくお聞き。

クルワカンの王様がアステカにくれたのは、これまで旅してきたのと変わらない荒れた土地だったよ。岩だらけで、ガラガラ蛇がたくさんいた。クルワカンの王様は、アステカを追放したかったのさ。

疑うことを知らないアステカは、クルワカンの王様が自分たちを認めてくれたと素直に感謝したよ。ガラガラ蛇を食べ、血を飲み、毒蠍《さそり》やサボテンの実を食べて、疲れた体を休めた。

蛇と蠍に囲まれて楽しそうに暮らすアステカを見て、クルワカンの王様はだんだん恐くなってきた。やっぱり追い払いたいと思った。

何も気づかないアステカは、王様のために他国と戦い、驚くほどの強さを見せた。体を休められる場所と食べ物さえあれば、戦士たちは本当に強かった。敵から奪った武器も役に立った。アステカは自分たちを認めてくれたお礼に、戦利品の黄金や宝石のすべてを王様の宮殿に届けたよ。

ある日、宮殿に人間の耳がどっさりと運ばれてきた。アステカは神様に捧《ささ》げるはずの捕虜の耳を、特別にクルワカンの王様に献上したのさ。王様は嫌がって、部下に命じて耳の山をすぐに捨てさせた。

捕虜の耳を贈られた王様が不機嫌になった、という話は、荒れ地に住むアステカにも伝わった。だから、みんなは二度と耳の山を献上しなかった。

さあ、おまえたち、もうベッドにお入り。今夜はここまで。つづきはまた明日。

さて、おまえたち、よくお聞き。

アステカはしばらくおとなしくしていたから、クルワカンの王様もすっかり安心していたよ。アステカの使者が来て「祭りの前の晩、ぜひ姫君をお招きしたく存じます」とうやうやしく告げると、考えもなしに娘を寄こしたのさ。

そして祭りの日の夜、戦争の神ウィツィロポチトリ様の花嫁となって踊るアステカの女は、クルワカンの王様の娘の皮をすっぽりとかぶっていたよ。天に還《かえ》り、神様と踊るのは、アステカにとっていちばんすばらしいことだった。

だけど王様は怒ったね。娘が殺されて、皮を剝《は》がれたことしか目に見えなかったのさ。

アステカは信じた王様の軍隊に蹴散《けち》らされ、またしても土地を追われた。家族や仲間を殺されながら逃げつづけ、とうとうテスココ湖の岸まで追いつめられた。もう行くあてはなかったよ。すると神官《トラマカスキ》が夢のなかで景色を見て、予言の声を聞いた。

**サボテンにとまった鷲《クアウトリ》が蛇《コアトル》を食らっている、そこがおまえたちの榮《さか》える地だ。**

神官《トラマカスキ》はテスココ湖に浮かぶ島に、予言とそっくりの光景を見つけた。ひときわ背の高いサボテンに鷲《クアウトリ》がとまっていて、鋭いくちばしにくわえているのは一匹の蛇《コアトル》だったよ。アステカは水辺に集まり、広大なテスココ湖を見渡した。

神話で語られている世界の姿を、みんなが思い浮かべた。世界は水に囲まれた平らな地で、真っすぐに伸びている見えない柱が、〈二元の世界《オメヨカン》〉に至るまでの十三層の天と、〈地底世界《ミクトラン》〉を最下層にする九層の地下を刺し貫いているのさ。

そこが約束の地だった。〈鷲の地《アストラン》〉を出て二百年がすぎていた。放浪の旅はついに成就した。テスココ湖に浮かぶその島から、アステカ王国の物語がはじまったよ。

独立記念日の憲法広場《ソカロ》で、サッカースタジアムで、ボクシングの試合で、いつもはためいている緑と白と赤のメキシコ国旗、その真んなかでサボテンにとまって蛇をくわえている鷲《わし》の絵が描かれているのは、こういうわけさ。アステカは世界を白人に奪われ、予言の景色だけが生き残ったのさ。

さあ、おまえたち、ベッドにお入り。今夜はここまで。つづきはまた明日。

アステカの最初の王様は誰だった？　とリベルタは四人に尋ねた。

アカマピチトリ様、とバルミロが答えた。

そうだよ。どんな意味だった？

〈ひと握りの矢〉って意味。

バルミロ、おまえはかしこいね。リベルタは煙管《キセル》の煙をゆっくりと吐き、バルミロの頭を撫《な》でてやった。撫でられたバルミロは、すぐに兄と弟の頭を撫でて、祖母《アブエリータ》にもらった力をわけた。それも戦士の掟《おきて》だった。

テノチティトランがまだ小さな町だったころ、とリベルタは言った。アカマピチトリ様の時代から、おまえたちのご先祖様は立派な戦士だった。狩りの腕も優秀だった。五番目の王様の時代になったとき、とうとうジャガー《オセロトル》の戦士団でいちばん偉くなった。五番目の王様のことを白人は〈モクテスマ一世〉と呼ぶけれどね、本当はモクテスマ・イルウィカミナ様というのさ。〈怒った君主が空を撃つ〉という意味だよ。

アステカの軍隊のなかには、戦士団があってね。いちばんはテスカトリポカ様に仕えるジャガー《オセロトル》の戦士団さ。ウィツィロポチトリ様に仕える鷲《クアウトリ》の若い戦士たちよりも経験があって、ずっと強いよ。もっとも羽根飾りのついた兜《かぶと》をかぶった鷲《クアウトリ》の戦士は、おまえたちの目には誰よりも勇ましく見えたかもしれないね。

ジャガー《オセロトル》の戦士は、顔を黄色と黒で塗りわけて、綿入れの戦闘服を着て、鍛えられた腕と足をジャガー《オセロトル》の革で覆っていた。森のなかでは相手に見えないし、すばやくうごけるし、何よりもなめした獣の革は敵の矢を弾くのさ。

ご先祖様はジャガー《オセロトル》の戦士団を率いて戦場に出かけ、幾度も敵を打ち破っては、捕虜を大勢連れて国に帰ってきた。モクテスマ・イルウィカミナ様が「おまえこそ夜と風《ヨワリ・エエカトル》の化身だ」とおっしゃったので、ご先祖様はあまりの光栄に、その場で膝《ひざ》を突き、頭を下げ、首の後ろをさらした。うなじをだよ。ここで首を刎《は》ねてもらってもかまいません、それほど感激いたしました、ということさ。人間がテスカトリポカ様の姿にたとえられるのは、言葉にできない栄誉だよ。

モクテスマ・イルウィカミナ様は、おまえたちのご先祖様に「これからは〈テスカコアトル〉と名乗るように」と申しつけられた。〈鏡の蛇〉という意味さ。どうしてジャガー《オセロトル》ではなくて蛇《コアトル》なのかって？　いい質問だね、ベルナルド。それはね、アステカにはケツァルコアトル様、〈羽根の生えた蛇〉という神様がいて、この神様は、別の国でテスカトリポカ様と戦ったことがあるのさ。だから〈鏡《テスカトル》〉と〈蛇《コアトル》〉をともに名乗るのを許されるのは、おたがいに正反対のもの、夜と昼、影と光、水と火、月と太陽、そういう名前を持つのと同じで、ものすごく立派なことなんだよ。

今夜はここまでだね。もうお休み。つづきはまた明日。

おまえたち、宿題は済んだのかい？　じゃあ話してあげるよ。テノチティトランの南にテスカトリポカ様の新しい神殿《テオカリ》を造ることが決まって、職人たちが階段ピラミッドの土台を築きはじめた。土台に埋めるいけにえにするために、テスカコアトルは外国の兵士を捕虜にして、何百人も連れてきた。神官《トラマカスキ》といっしょにいけにえの心臓を取りだして、呪文《じゅもん》も覚えて、神官《トラマカスキ》の仕事もできるようになった。そういうことが許されるのも、特別な名前をもらったからさ。

テスカコアトルの息子はまたテスカコアトルを名乗り、その息子もテスカコアトルを名乗った。ジャガー《オセロトル》の戦士団の最高位を継ぎ、息子もそのまた息子も、テスカトリポカ様の神殿《テオカリ》の建造にたずさわった。工事はずっとつづいたよ。歳月をかけて少しずつ石を積み、装飾を加えて、やっと立派なものができ上がるんだよ。

八番目の王様、アウィツォトル様は、これまでの王様のなかでも並外れて怖ろしく、強いお方だった。名前の意味は〈水の獣〉さ。

アウィツォトル様の時代に王国の領土はどこまでも広がり、アステカに刃向かえる国はなくなった。ところがそのとき、テノチティトランは洪水に襲われたのさ。何万もの人々が死んでいき、美しい町は壊れ、新しく造ったテスカトリポカ様の神殿《テオカリ》も沈んでしまった。神官《トラマカスキ》たちも溺《おぼ》れていった。そして強かったアウィツォトル様までが、洪水から逃げようとする途中に、石に頭を打ちつけてお亡くなりになった。

それで、テスカコアトルは考えたのさ。あれほど強かった王様が洪水でたやすく命を落とし、聖なる都が破壊されたのはどういうわけだろう?

神話では、かつてテスカトリポカ様が洪水を起こして世界を滅ぼしたと伝えられている。〈四の水《ナーウィ・アトル》〉と呼ばれているその時代は、三百十二年つづいた。

やがてご先祖様は、いけにえが足りないので、テスカトリポカ様がお怒りになっていると気づいた。ふたたび〈四の水《ナーウィ・アトル》〉のような破局がやってくるのを避けるために、死んでしまった神官《トラマカスキ》の代わりとなって儀式をとりおこないながら、国中の職人をかき集め、大急ぎで新しい神殿《テオカリ》を造らせた。小さな建物だったけれど、ジャガー《オセロトル》の戦士団はこれまでの倍の数の捕虜を連れてきて、そこで一日中いけにえが捧げられたよ。

さあ、おまえたち、ベッドにお入り。今夜はここまで。つづきはまた明日。


おまえたち、今夜はきれいな月が出ているよ。あとで窓からのぞいてごらん。さて、きのうのつづきだね。

九番目の王様は、アウィツォトル様の甥《おい》で、モクテスマ・ショコヨツィン様といった。征服者《コンキスタドール》が〈モクテスマ〉と呼び、考古学者が〈モクテスマ二世〉と呼ぶのはこのお方だ。〈若き怒った君主〉という意味さ。

モクテスマ・ショコヨツィン様は、洪水を予言できなかった呪術師《ナワリ》をみんな処刑した。先代の王を死なせた罰でもあったよ。そして翌年の雨季がやってきて、雨が降りつづき、水かさがどんどん増してきた。またしても都が沈むように思えたとき、大雨のなかで儀式をつづけていたテスカコアトルの祈りが通じて、テスカトリポカ様が暴れる水をお鎮《しず》めになった。

それでモクテスマ・ショコヨツィン様は、テスカコアトルを正式な神官《トラマカスキ》として認め、戦士でありながら祭祀《さいし》をつかさどることもお許しになった。

戦場へ出陣するおまえたちのご先祖様は、戦士であり神官《トラマカスキ》という立場にふさわしく、王族のような姿で身を飾られた。どの戦士団の最高位の戦士にも真似のできない、名誉ある姿だよ。

九頭《ウィトル》のジャガー《オセロトル》の牙《きば》とターコイズ《シウィトル》のモザイクをあしらった美しい仮面を着け、翡翠《チャルチ》の首飾り、耳たぶには蝙蝠《こうもり》の牙の耳飾り、黒曜石の斧《おの》を持って、立派な盾も持っていた。最高位の戦士を示す緑色をしたケツァル鳥の羽根と鰐《シパクトリ》の光る革で覆われた盾は、星のようにまぶしく輝いて、さらには敵の心の内にある恐怖を映しだす鏡《テスカトル》までがその盾に縫いつけられていたのさ。

まるで王族のようで、ほとんど王様に近かった。ないものは王様の頭の羽根飾りだけだった。ご先祖様が陣地を歩くと、ほかの戦士団も怖れおののいて大地にひれ伏したよ。

さあ、もう月を眺めてお眠り。おまえたちが見上げるのは、ご先祖様がテノチティトランから見上げたのと同じ月だよ。

# 参考資料

## 書籍

『アステカ王国――文明の死と再生』
セルジュ・グリュジンスキ著　落合一泰監修　創元社　1992年
『アステカ・マヤ・インカ文明事典』
エリザベス・バケダーノ著　川成洋日本語版監修　あすなろ書房　2007年
『荒井商店　荒井隆宏のペルー料理』荒井隆宏著　柴田書店　2014年
『インディアスの破壊についての簡潔な報告』
ラス・カサス著　染田秀藤訳　岩波文庫　1976年
『インドネシアのことがマンガで3時間でわかる本』キムテソン　中村正英
河江健史　渡邉裕晃著　鈴木隆宏監修　明日香出版社　2013年
『インドネシア夜遊びMAX2015―2016』
ブルーレット奥岳監修　オークラ出版　2015年
『価値がわかる　宝石図鑑』諏訪恭一著　ナツメ社　2015年
『神々とのたたかいI』
サアグン著　篠原愛人　染田秀藤訳　岩波書店　1992年
『現代メキシコを知るための60章』国本伊代編著　明石書店　2011年

『コカイン　ゼロゼロゼロ　世界を支配する凶悪な欲望』
ロベルト・サヴィアーノ著　関口英子　中島知子訳　河出書房新社　２０１５年
『古代アメリカ文明　マヤ・アステカ・ナスカ・インカの実像』
青山和夫編　講談社現代新書　２０２３年
『古代マヤ・アステカ不可思議大全』芝崎みゆき著　草思社　２０１０年
『コルテス征略誌』モーリス・コリス著　金森誠也訳　講談社学術文庫　２００３年
『資本主義リアリズム』
マーク・フィッシャー著　セバスチャン・ブロイ　河南瑠莉訳　堀之内出版　２０１８年
『銃器使用マニュアル　第3版』カヅキ・オオツカ著　データハウス　２０１４年
『樹海考』村田らむ著　晶文社　２０１８年
『新・世界現代詩文庫　5　現代メキシコ詩集』
アウレリオ・アシアイン　鼓直　細野豊編訳　土曜美術社出版販売　２００４年
『心臓移植』松田暉監修　布田伸一　福嶌教偉編　丸善出版　２０１２年
『聖書　新共同訳』日本聖書協会　１９９７年
『世界のマフィア――越境犯罪組織の現況と見通し』
ティエリ・クルタン著　上瀬倫子訳　緑風出版　２００６年
『ダークウェブ・アンダーグラウンド　社会秩序を逸脱するネット暗部の住人たち』
木澤佐登志著　イースト・プレス　２０１９年

『テクストとしての都市　メキシコDF』柳原孝敦著　東京外国語大学出版会　2019年
『特別展　古代メキシコ―マヤ、アステカ、テオティワカン　展覧会図録』
杉山三郎　猪俣健　レオナルド・ロペス・ルハン監修
東京国立博物館　九州国立博物館　国立国際美術館　NHK　NHKプロモーション編
NHK　NHKプロモーション　朝日新聞社　2023年
『ナイフマガジン2011年10月号』ワールドフォトプレス　2011年
『ナイフ・メイキング読本　最古の道具、ナイフを自分の手で作る』
ワールドフォトプレス　2004年
『ナショナル ジオグラフィック　日本版　2010年11月号』
日経ナショナル ジオグラフィック社　2010年
『ナワ（ナウワ）語辞典』戸部実之著　泰流社　1994年
『ニック・ランドと新反動主義　現代世界を覆う〈ダーク〉な思想』
木澤佐登志著　星海社新書　2019年
『はじめての心臓外科看護―カラービジュアルで見てわかる!』
公益財団法人心臓血管研究所付属病ICU編著　メディカ出版　2014年
『バスケットボールサミット　Bリーグ　川崎ブレイブサンダース』
バスケットボールサミット編集部　カンゼン　2018年
『ビッグイシュー日本版　第311号』ビッグイシュー日本　2017年

『ひとつむぎの手』知念実希人著　新潮社　2018年
『標的：麻薬王エル・チャポ』アンドルー・ホーガン　ダグラス・センチュリー著
棚橋志行訳　ハーパーコリンズ・ジャパン　2018年
『ヘイトデモをとめた街――川崎・桜本の人びと』
神奈川新聞「時代の正体」取材班編　現代思潮新社　2016年
『マヤ・アステカの神話』アイリーン・ニコルソン著　松田幸雄訳　青土社　1992年
『無戸籍の日本人』井戸まさえ著　集英社　2016年
『メガロマニア』恩田陸著　角川文庫　2012年
『メキシコ征服記一　大航海時代叢書エクストラ・シリーズⅢ』
ベルナール・ディーアス・デル・カスティーリョ著　小林一宏訳　岩波書店　1986年
『メキシコ征服記二　大航海時代叢書エクストラ・シリーズⅣ』
ベルナール・ディーアス・デル・カスティーリョ著　小林一宏訳　岩波書店　1986年
『メキシコの夢』ル・クレジオ著　望月芳郎訳　新潮社　1991年
『メキシコ麻薬戦争　アメリカ大陸を引き裂く「犯罪者」たちの叛乱』
ヨアン・グリロ著　山本昭代訳　現代企画室　2014年
『野生の探偵たち〈上〉』
ロベルト・ボラーニョ著　柳原孝敦　松本健二訳　白水社　2010年
『山登りABC　ボルダリング入門』佐川史佳著　山と溪谷社　2015年

『有罪者　無神学大全』ジョルジュ・バタイユ著　江澤健一郎訳　河出文庫　2017年
『世の初めから隠されていること』
ルネ・ジラール著　小池健男訳　法政大学出版局　2015年
『ルポ川崎』磯部涼著　サイゾー　2017年
『レッドマーケット　人体部品産業の真実』
スコット・カーニー著　二宮千寿子訳　講談社　2012年
『An Illustrated Dictionary of the Gods and Symbols of Ancient Mexico and the Maya』
Mary Miller, Karl Taube/Thames & Hudson/1997
『CIRCULATION Up-to-Date Books 01　透視図→心カテ断面図→心エコー見たいところが見える　心臓外科医が描いた正しい心臓解剖図』
末次文祥著　池田隆徳監修　メディカ出版　2014年
『GONZALES IN NEW YORK　ゴンザレス・イン・ニューヨーク』
丸山ゴンザレス著　イースト・プレス　2018年
『The Codex Borgia: A Full-Color Restoration of the Ancient Mexican Manuscript』
Gisele Díaz, Alan Rodgers/Dover Publications/1993
映像
『メキシコ万歳』セルゲイ・エイゼンシュテイン監督・脚本　アイ・ヴィー・シー

本作品を書くにあたり、スペイン語の文法および発音について、日本学術振興会特別研究員（現・東京大学大学院総合文化研究科地域文化研究専攻准教授）の棚瀬あずさ氏に監修していただいた。御礼を申し上げたい。なお、メキシコで使われるスラングに関しては、筆者が独自に調べたものもあり、不備があればすべて筆者の責である。

また文庫化にさいして、東京国立博物館学芸研究部長・河野《かわの》一隆氏より、アステカの神々の名称表記に関する貴重なご助言をいただいた。心より感謝したい。

本書は、二〇二一年二月に小社より刊行された単行本を加筆修正のうえ、文庫化したものです。
作中の個人、団体、事件などはすべて架空のものです。

本文デザイン／川名潤

# テスカトリポカ

佐藤《さとう》究《きわむ》

令和6年 6月25日　初版発行
令和6年 9月15日　5版発行

発行者●山下直久

発行●株式会社KADOKAWA
〒102-8177　東京都千代田区富士見2-13-3
電話　0570-002-301（ナビダイヤル）

角川文庫 24192

印刷所●株式会社KADOKAWA
製本所●株式会社KADOKAWA

表紙画●和田三造


ISBN 978-4-04-114618-7　C0193

◆◇◇

# 角川文庫発刊に際して

角川源義

第二次世界大戦の敗北は、軍事力の敗北であった以上に、私たちの若い文化力の敗退であった。私たちの文化が戦争に対して如何に無力であり、単なるあだ花に過ぎなかったかを、私たちは身を以て体験し痛感した。西洋近代文化の摂取にとって、明治以後八十年の歳月は決して短かすぎたとは言えない。にもかかわらず、近代文化の伝統を確立し、自由な批判と柔軟な良識に富む文化層として自らを形成することに私たちは失敗して来た。そしてこれは、各層への文化の普及滲透を任務とする出版人の責任でもあった。

一九四五年以来、私たちは再び振出しに戻り、第一歩から踏み出すことを余儀なくされた。これは大きな不幸ではあるが、反面、これまでの混沌・未熟・歪曲の中にあった我が国の文化に秩序と確たる基礎を齎らすためには絶好の機会でもある。角川書店は、このような祖国の文化的危機にあたり、微力をも顧みず再建の礎石たるべき抱負と決意とをもって出発したが、ここに創立以来の念願を果すべく角川文庫を発刊する。これまで刊行されたあらゆる全集叢書文庫類の長所と短所とを検討し、古今東西の不朽の典籍を、良心的編集のもとに、廉価に、そして書架にふさわしい美本として、多くのひとびとに提供しようとする。しかし私たちは徒らに百科全書的な知識のジレッタントを作ることを目的とせず、あくまで祖国の文化に秩序と再建への道を示し、この文庫を角川書店の栄ある事業として、今後永久に継続発展せしめ、学芸と教養との殿堂として大成せんことを期したい。多くの読書子の愛情ある忠言と支持とによって、この希望と抱負とを完遂せしめられんことを願う。

一九四九年五月三日

# 角川文庫ベストセラー

## D坂の殺人事件　江戸川乱歩

名探偵・明智小五郎が初登場した記念すべき表題作を始め、推理・探偵小説から選りすぐって収録。自らも数々の推理小説を書き、多くの推理作家の才をも発掘してきた大乱歩の傑作の数々をご堪能あれ。

## 黒蜥蜴と怪人二十面相　江戸川乱歩

美貌と大胆なふるまいで暗黒街の女王に君臨する「黒蜥蜴」。ロマノフ王家のダイヤを狙う「怪人二十面相」。乱歩作品の中でも屈指の人気を誇る、名探偵・明智小五郎の二大ライバルの作品が一冊で楽しめる！

## 鏡地獄　江戸川乱歩

少年時代から鏡やレンズに異常な嗜好を持っていた男の末路は……（「鏡地獄」）。表題作のほか、「人間椅子」「芋虫」「パノラマ島奇談」「陰獣」ほか乱歩の怪奇・幻想ものの代表作を選りすぐって収録。

## 魔術師　江戸川乱歩

思いを寄せる妙子の叔父から依頼を受けた明智だが、賊に捕らえられてしまう。賊の娘・文代の助けで脱出したものの、依頼人が殺される。文代と妙子の間で揺れる、明智の恋も描いた表題作他、「黒手組」収録。

## ユージニア　恩田　陸

あの夏、白い百日紅の記憶。死の使いは、静かに街を滅ぼした。旧家で起きた、大量毒殺事件。未解決となったあの事件、真相はいったいどこにあったのだろうか。数々の証言で浮かび上がる、犯人の像は――。

# 角川文庫ベストセラー

不夜城　馳　星周

アジア屈指の歓楽街・新宿歌舞伎町の中国人黒社会を器用に生き抜く劉健一。だが、上海マフィアのボスの片腕を殺し逃亡していたかつての相棒・呉富春が町に戻り、事態は変わった——。衝撃のデビュー作!!

鎮魂歌《レクイエム》　不夜城II　馳　星周

新宿の街を震撼させたチャイナマフィア同士の抗争から2年、北京の大物が狙撃され、再び新宿中国系裏社会は不穏な空気に包まれた！『不夜城』の2年後を描いた、傑作ロマン・ノワール！

夜光虫　馳　星周

プロ野球界のヒーロー加倉昭彦は栄光に彩られた人生を送るはずだった。しかし、肩の故障が彼を襲う。引退、事業の失敗、莫大な借金……諦めきれない加倉は台湾に渡り、八百長野球に手を染めた。

ゴールデン街コーリング　馳　星周

バー〈マーロウ〉で働く坂本は、ある日放火の現場に遭遇する。親しくしている「ナベさん」が取締りのため見回りを始めるが——。バブル前夜の新宿ゴールデン街、ひりひりした空気を切り取った珠玉の長編！

煉獄の使徒　(上)(下)　馳　星周

〈真言の法〉のカリスマ教祖と侍従長。組織に罪を背負わされ失脚した公安。暗躍する権力者——。欲望と狂気に憑かれた男たちの思惑が業火の中で絡み合う。著者畢竟の大作にして圧巻のノワール・サスペンス。

# 角川文庫ベストセラー

小説帝銀事件　新装版　松本清張

占領下の昭和23年1月26日、豊島区の帝国銀行で発生した毒殺強盗事件。捜査本部は旧軍関係者を疑うが、画家・平沢貞通に自白だけで死刑判決が下る。昭和史の闇に挑んだ清張史観の出発点となった記念碑的名作。

神と野獣の日　松本清張

「重大事態発生」。官邸の総理大臣に、防衛省統幕議長がうわずった声で伝えた。Z国から東京に向かって誤射された核弾頭ミサイル5個。到着まで、あと43分！　SFに初めて挑戦した松本清張の異色長編。

葦の浮船　新装版　松本清張

某大学の国史科に勤める小関は、出世株である同僚の折戸に比べ風采が上らない。好色な折戸は、小関が親密にする女性にまで歩み寄るが……大学内の派閥争いと2人の男たちの愛憎を描いた、松本清張の野心作！

美しき闘争　新装版　(上)(下)　松本清張

井沢恵子は姑との不和が原因で夫と離婚した。ひとりで生きていくため、評論家・大村の斡旋で「週刊婦人界」の記者の職に就くが、それをきっかけに邪な感情を抱いた大村は恵子にしつこく迫るようになり……。

内海の輪　新装版　松本清張

考古学者・江村宗三は、元兄嫁の美奈子と密かに逢瀬を重ねていた。肉欲だけの関係を理想に思う宗三だが、瀬戸内の旅行中に美奈子から妊娠を告げられる。醜聞発覚を恐れた宗三は美奈子殺害を決意するが……。

# 角川文庫ベストセラー

## あやし
宮部みゆき

木綿問屋の大黒屋の跡取り、藤一郎に縁談が持ち上がったが、女中のおはるのお腹にその子供がいることが判明する。店を出されたおはるを、藤一郎の遣いで訪ねた小僧が見たものは……江戸のふしぎ噺9編。

## 過ぎ去りし王国の城
宮部みゆき

早々に進学先も決まった中学三年の二月、ひょんなことから中世ヨーロッパの古城のデッサンを拾った尾垣真。やがて絵の中にアバター（分身）を描き込むことで、自分もその世界に入り込めることを突き止める。

## おそろし
三島屋変調百物語事始

宮部みゆき

17歳のおちかは、実家で起きたある事件をきっかけに心を閉ざした。今は江戸で袋物屋・三島屋を営む叔父夫婦の元で暮らしている。三島屋を訪れる人々の不思議話が、おちかの心を溶かし始める。百物語、開幕！

## あんじゅう
三島屋変調百物語事続

宮部みゆき

ある日おちかは、空き屋敷にまつわる不思議な話を聞く。人を恋いながら、人のそばでは生きられない暗獣〈くろすけ〉とは……宮部みゆきの江戸怪奇譚連作集「三島屋変調百物語」第2弾。

## 泣き童子
三島屋変調百物語参之続

宮部みゆき

おちか1人が聞いては聞き捨てる、変わり百物語が始まって1年。三島屋の黒白の間にやってきたのは、死人のような顔色をしている奇妙な客だった。彼は虫の息の状態で、おちかにある童子の話を語るのだが……。

# 角川文庫ベストセラー

## 三鬼
三島屋変調百物語四之続

宮部みゆき

此度の語り手は山陰の小藩の元江戸家老。彼が山番士として送られた寒村で知った恐ろしい秘密とは!? せつなくて怖いお話が満載! おちかが聞き手をつとめる変わり百物語、「三島屋」シリーズ文庫第四弾!

## あやかし草紙
三島屋変調百物語伍之続

宮部みゆき

「語ってしまえば、消えますよ」人々の弱さに寄り添い、心を清めてくれる極上の物語の数々。聞き手おちかの卒業をもって、百物語は新たな幕を開く。大人気「三島屋」シリーズ第1期の完結篇!

## 黒武御神火御殿
三島屋変調百物語六之続

宮部みゆき

江戸の袋物屋・三島屋で行われている百物語。「語って語り捨て、聞いて聞き捨て」を決め事に、訪れた客が胸にしまってきた不思議な話を語っていく。聞き手の交代とともに始まる、新たな江戸怪談。

## 魂手形
三島屋変調百物語七之続

宮部みゆき

江戸神田の袋物屋・三島屋では一風変わった百物語が続けられている。これまで聞き手を務めてきた主人の姪の後を継いだのは、次男坊の富次郎。美丈夫の勤番武士が語る、火災を制する神器の秘密とは……。

## ブレイブ・ストーリー (上)(中)(下)

宮部みゆき

ごく普通の小学5年生亘は、友人関係やお小遣いに悩みながらも、幸せな生活を送っていた。ある日、父から家を出てゆくと告げられる。失われた家族の日常を取り戻すため、亘は異世界への旅立ちを決意した。

# 角川文庫ベストセラー

## ロマンス小説の七日間　三浦しをん

海外ロマンス小説の翻訳を生業とするあかりは、現実にはさえない彼氏と半同棲中の27歳。そんな中ヒストリカル・ロマンス小説の翻訳を引き受ける。最初は内容と現実とのギャップにめまいものだったが……。

## 月魚　三浦しをん

『無窮堂』は古書業界では名の知れた老舗。その三代目に当たる真志喜と「せどり屋」と呼ばれるやくざ者の父を持つ太一は幼い頃から兄弟のように育つ。ある夏の午後に起きた事件が二人の関係を変えてしまう。

## 白いへび眠る島　三浦しをん

高校生の悟史が夏休みに帰省した拝島は、今も古い因習が残る。十三年ぶりの大祭でにぎわう島である噂が起こる。【あれ】が出たと……悟史は幼なじみの光市と噂の真相を探るが、やがて意外な展開に！

## ののはな通信　三浦しをん

ののとはな。横浜の高校に通う2人の少女は、性格が正反対の親友同士。しかし、ののははなに友達以上の気持ちを抱いていた。幼い恋から始まる物語は、やがて大人となった2人の人生へと繋がって……。

## あとは野となれ大和撫子　宮内悠介

かつて中央アジアに存在した海。塩の沙漠となったそこは今、アラルスタンという国だ。だが大統領が暗殺され残ったのはうら若き後宮の女子のみ。生きる場所を守るため、ナツキたちは臨時政府を立ち上げる!?

# 角川文庫ベストセラー

ドグラ・マグラ（上）（下）　夢野久作

昭和十年一月、書き下ろし自費出版。狂人の書いた推理小説という異常な状況設定の中に著者の思想、知識を集大成し、〝日本一幻魔怪奇の本格探偵小説〟とうたわれた、歴史的一大奇書。

少女地獄　夢野久作

可憐な少女姫草ユリ子は、すべての人間に好意を抱かせる天才的な看護婦だった。その秘密は、虚言癖にあった。ウソを支えるためにまたウソをつく。夢幻の世界に生きた少女の果ては……。

犬神博士　夢野久作

おかっぱ頭の少女チイは、じつは男の子。大道芸人の両親と各地を踊ってまわるうちに、大人たちのインチキを見破り、炭田の利権をめぐる抗争でも大活躍。体制の支配に抵抗する民衆のエネルギーを熱く描く。

瓶詰の地獄　夢野久作

海難事故により遭難し、南国の小島に流れ着いた可愛らしい二人の兄妹。彼らがどれほど恐ろしい地獄で生きねばならなかったのか。読者を幻魔境へと誘い込む、夢野ワールド7編。

押絵の奇蹟　夢野久作

明治30年代、美貌のピアニスト・井ノ口トシ子が演奏中倒れる。死を悟った彼女が綴る手紙には出生の秘密が……（「押絵の奇蹟」）。江戸川乱歩に激賞された表題作の他「氷の涯」「あやかしの鼓」を収録。